T0013913

Contemporánea

Jozef Teodor Conrad Korzeniowski, más conocido como **Joseph Conrad**, nació en Berdichev (en la actual Ucrania) en 1857, en el seno de una familia de la nobleza rural polaca. Pasó su niñez en Siberia y en Ucrania, donde su padre había sido deportado. A los diecisiete años se trasladó a Marsella y, ocho años después, obtuvo la ciudadanía británica, se hizo oficial de la marina mercante y recorrió los mares bajo pabellón británico. Retirado en 1896, se estableció en Inglaterra, se casó y se dedicó por completo a la literatura. En la lengua de su país de adopción, escribió clásicos modernos como *Lord Jim* (1900), *El corazón de las tinieblas* (1902), *Nostromo* (1904), *El agente secreto* (1907) y *Bajo la mirada de Occidente* (1911). Fue también autor de una gran variedad de cuentos y relatos largos, que se reunieron en siete colecciones, y publicó dos libros de memorias, *El espejo del mar* (1906) y *Crónica personal* (1909). Su obra ejerció una influencia capital en el modernismo anglosajón de principios del siglo xx, y desde entonces no ha dejado de inspirar a escritores de las más diversas latitudes, entre los que se cuentan figuras señeras de nuestra lengua como Adolfo Bioy Casares, Javier Marías y Juan Gabriel Vásquez. Murió en 1924.

Joseph Conrad

Cuentos escogidos

Prólogo y traducción de
Martín Schifino

DEBOLS!LLO

Papel certificado por el Forest Stewardship Council®

Primera edición: enero de 2024

Printed in Spain – Impreso en España

ISBN: 978-84-663-7362-3
Depósito legal: B-19.335-2023

Compuesto en M. I. Maquetación, S. L.

Impreso en Novoprint
Sant Andreu de la Barca (Barcelona)

P 3 7 3 6 2 3

Índice

Cuentos escogidos

Prólogo

Un cuentista global

Joseph Conrad nunca escribió un cuento sencillo, al menos si por eso entendemos una narración de pocas páginas centrada en una anécdota, con un nudo rápido y un golpe de efecto al final. Todos sus relatos son lentos y exploratorios, y responden a indagaciones estéticas, morales o incluso metafísicas que exceden la simple articulación de una trama. Ford Madox Ford, amigo y colaborador del escritor, afirmaba que para Conrad lo esencial era «justificar» lo que contaba. Una historia, desde esta perspectiva, debía «transmitir una sensación de inevitabilidad»; lo ocurrido tenía que parecer «lo único que habría podido ocurrir». A fin de presentar cualquier suceso era necesario situar al narrador, caracterizarlo, dotar a los demás personajes de señas particulares, ordenar impresiones y preparar el escenario con mil detalles convincentes. La escritura se dilataba hasta conformar textos que, a falta de mejor definición, solo pueden llamarse «cuentos largos».

De los muchos que Conrad redactó, el presente volumen reúne quince de los mejores, más de la mitad en número de textos y aproximadamente un tercio en páginas. Nuestra intención ha sido abarcar todo el arco de las dos décadas de actividad que van desde 1897, cuando Conrad publicó el primero, «La laguna», hasta la aparición en 1917 del último, «La historia», sin descuidar una variedad representativa del conjunto. En ninguna antología de los relatos del autor pueden faltar los de ambiente marinero ni los situados en el archipiélago malayo, dos ámbitos que llevan su marca indeleble, pero tampoco pueden echarse en falta los que examinan los movimientos políticos de Europa ni los que repasan la historia del continente, incluidas las empresas coloniales. Para hacer sitio a esa diversidad, hemos renunciado con cierto pesar a textos bastante más extensos como «Una cuestión de honor» o «Gaspar Ruiz», aunque esperamos que la presencia de clásicos como «Juventud», «El cómplice secreto» o «El alma del guerrero» compense esas omisiones. Hay también relatos menos conocidos, y hemos incluido algún divertimento efectista como «La posada de las dos brujas», cuya ambientación en Cantabria acaso sea de interés para los lectores españoles.

Cuando empezó a publicar estos textos, Conrad contaba con dos novelas en su haber, *La locura del Almayer* y *El paria de las islas*, y estaba por dar a la imprenta una tercera, *El negro del Narciso*, que suele considerarse su primera obra maestra. El precedente merece señalarse porque el autor no era en modo alguno un principiante, ni los cuentos mismos, como en tantos casos, una suerte de laboratorio dedicado a experimentar con técnicas que luego sirvieran para componer obras mayores. Eligió escribirlos a conciencia. A lo largo del siguiente decenio, de hecho, volcó en ellos lo mejor de sí, y, aunque no hay que descartar consideraciones prácticas como el hecho de que venderlos a periódicos suponía una buena fuente de ingresos para un hombre que vivía de la pluma, parece evidente que la forma se avenía con su talento. Poner a competir al cuentista con el novelista sería absurdo, pero no cabe duda de que el cuento sacaba a relucir muchos de sus fuertes. Juan Benet, entre otros, dio en el blanco al señalar que Conrad alcanza su máxima excelencia estilística en estos textos. Y no es difícil entrever el motivo: los amplios frescos como *Nostromo* o *Lord Jim* presentan por necesidad desequilibrios internos, puentes entre episodios, algunas frases de relleno. En los textos más acotados, sin embargo, la prosa puede ceñirse a unos pocos elementos afines, con menor riesgo de perder fuerza.

El estilo no era una cuestión baladí para Conrad, ni lo ha sido nunca para sus lectores, que bien lo alaban o bien se le resisten. «Lento y majestuoso», lo llamó Virginia Woolf. «Delicado como un mecanismo de relojería», lo definió H. G. Wells. Pero V. S. Naipaul, él mismo un fino estilista de la lengua inglesa, confesó que encontraba mucha de la prosa de Conrad «impenetrable». Tal vez el mejor consejo sea dejarse llevar. Si uno lo hace, la voz narradora de los cuentos depara una resonancia que premia una y otra vez la lectura con aciertos verbales e iluminaciones perceptivas. El gran tono descriptivo, a menudo aliado a lo que el crítico F. R. Leavis llamó la «insistencia adjetival» de Conrad, aparece ya perfectamente formado en «La laguna», en frases como: «... los rayos sesgados del sol acariciaron la borda de la canoa con un resplandor ígneo, proyectando las sombras flacas y distorsionadas de sus tripulantes sobre el brillo estriado del río» (la delgadez y distorsión de las sombras sin duda está al alcance de todo buen escritor, pero hace falta mucho más para notar en el agua el brillo «estriado»); y esa capacidad para evocar impresiones con palabras medidas sigue destacando diez años después en «El cómplice secreto», por ejemplo al señalarse que «el rastro de luz que dejaba el sol en el oeste brillaba con suavidad, sin el resplandor animado que delata un oleaje imperceptible». Frases así —tomadas más o menos al azar— nos recuerdan al credo artístico expresado por Conrad en el prólogo de *El negro del Narciso*: «El fin que me esfuerzo por alcanzar, con el poder de la palabra escrita, es haceros comprender, haceros sentir y, ante todo, haceros ver».

Esa intención puede no sorprender mucho hoy en día, cuando en cualquier taller literario se recomienda «mostrar, no contar», pero era casi inédita en la literatura inglesa de la época, y se vinculaba sobre todo con los preceptos de dos escritores franceses que Conrad tenía en muy alta estima: Gustave Flaubert y Guy de Maupassant, adalides de *le mot juste* y de una prosa que pudiese diferenciar, según cuenta el segundo, «cómo el caballo de un carruaje no se parece a los otros cincuenta que lo siguen y lo preceden». En términos simbólicos, un momento crucial en la historia de las influencias tuvo lugar cuando Conrad, hallándose a bordo de un barco sin páginas en blanco, empezó a redactar las primeras frases de *La locura de Almayer* en las últimas hojas de su ejemplar de *Madame Bovary*. Más en concreto, el escritor hizo suya la exhortación flaubertiana a utilizar la palabra como instrumento de precisión, importando así a la literatura inglesa una nueva exigencia estilística. Y a esa exigencia al nivel de la frase le sumó la exploración de recursos poco corrientes en el pasado literario de la isla. Buena parte de sus innovaciones, como ha señalado el crítico Michael Gorra, puede entenderse en relación con el cuento europeo: el manejo de punto de vista, el uso de marcos narrativos, la indagación en el pasado a través de documentos encontrados o la presencia de un narrador que duda del significado de su historia emparientan a Conrad con autores como Nikolái Gógol, Heinrich von Kleist o Iván Turguénev. Puede parecer paradójico que la narrativa breve de Conrad resulte más original cuanto más apela a una tradición, pero ningún contemporáneo suyo fusionó esos precedentes como él.

Por añadidura, los cuentos de Conrad enriquecieron las letras inglesas con lo que podría llamarse una importación de contenido. Sus temas, sus escenarios, sus personajes no son los de un escritor británico característico de la época como, digamos, John Galsworthy, cuya ficción rara vez abandonaba la isla o siquiera el cerco de la finca familiar. Es cierto que existía ya una figura como Rudyard Kipling, el escritor por excelencia del Imperio, que incorporaba en su obra los amplios espacios del Raj británico y otras posesiones de ultramar. Pero una cosa era retratar la vida de las colonias, sin siquiera cuestionar la legitimidad de sus vínculos con la Corona, y otra reunir noticias de sitios tan distantes y distintos como Malasia, el Congo, el Caribe, España, Italia, Rusia o Polonia, por enumerar algunos de los escenarios en los que transcurren los cuentos del presente volumen. Notemos también, para apartar de una vez la comparación con Kipling, que Conrad no ambienta uno solo de sus cuentos en los territorios del Imperio británico. En ese sentido, como en muchos otros, su obra trasciende las fronteras de la literatura a la que se la adscribe por pertenencia lingüística: sin limitarse a los ámbitos de una cultura nacional, tiende numerosos caminos hacia el exterior.

Sin duda la escritura no habría podido aventurarse por ellos si el escritor no lo hubiese hecho antes a lo largo de su propia vida. Henry James, uno de los novelistas de habla inglesa más admirados por Conrad, identificó muy bien la importancia del sustrato biográfico al decirle a nuestro autor por carta: «Nadie ha sabido las cosas que usted sabe, y usted tiene, como artista capaz de usar todo ese material, una autoridad a la que nadie se ha acercado». Esa autoridad estribaba en experiencias singulares y más o menos sucesivas: los años de infancia y formación en Polonia, cuando el territorio se encontraba bajo el dominio del Imperio ruso; el paso de joven por Marsella y los comienzos como marinero en Francia; el empleo en la marina mercante británica hasta alcanzar el grado de capitán; y el asentamiento a los treinta y seis años en Inglaterra, donde se volcó por completo en la escritura, se casó y formó una familia. Dada la diversidad, se ha hablado incluso de las distintas vidas de Joseph Conrad.* Y, como es de esperar, hay textos que guardan una estrecha relación con cada uno de los periodos señalados. Un cuento sobre la revolución polaca de 1830 como «El príncipe Román» sería imposible sin el primero; la aventura marina de «Juventud» presupone el segundo; «Amy Foster», que sitúa en la campiña inglesa a un desnortado inmigrante polaco, recrea con licencias la visión distanciada de quien ha pasado por el tercero.

Sería un error, sin embargo, tratar de dividir la obra del autor en compartimentos estancos, como si hubiese un Conrad polaco, un Conrad marinero, un Conrad inglés y así sucesivamente. Si algo salta a la vista al leer sus escritos, y muy en particular sus cuentos, no es la parcelación de la realidad o la historia en distintos ámbitos, sino las múltiples conexiones que se establecen entre personas, países, clases, etnias, tiempos y ambientes. Conrad no solo sabía muchas cosas, sino que buscaba ponerlas en relación. Por tomar un ejemplo de esta colección

---

* Los biógrafos han sido especialmente afectos a ello: Frederick Robert Karl propuso ya un *Joseph Conrad: The Three Lives* (1979), y John Stape subió la apuesta con *The Several Lives of Joseph Conrad* (2007), traducido como *Las vidas de Joseph Conrad* (2011). También un crítico como Edward Said, en *Joseph Conrad and the Fiction of Autobiography* (1966), ha postulado que Conrad veía su propia vida «como una serie de episodios cortos» porque era «muchas personas distintas». Conrad mismo rebajaba la cantidad; en su *Crónica personal* se lee, en referencia a sus oficios de marinero y de escritor: «He procurado ser un trabajador sobrio durante toda mi vida... mejor dicho, a lo largo de mis dos vidas». (Traducción de Miguel Martínez Lage).

como «Un anarquista»: el cuento presenta a un anónimo narrador europeo que, al visitar una finca ganadera en el estuario «de un gran río sudamericano», conoce a un mecánico al que todos toman por un anarquista proveniente de Barcelona, pero que en realidad resulta ser un prófugo francés, que ha llegado hasta allí con la ayuda de unos marineros caribeños tras escapar de una cárcel de Guyana. El hilo narrativo que une a los personajes acaba formando una figura compleja, en la que se dibuja la relación entre la ley, el comercio, la técnica, la política y hasta la ciencia. Desde el punto de vista de un autor, hace falta un conocimiento sistémico de todos esos ámbitos para conjugarlos con armonía. Y el corolario implícito del texto es que el mundo mismo se encuentra inextricablemente conectado.

Muchos han notado esta percepción de Conrad, aunque quizá nadie la ha estudiado con tanta dedicación como la historiadora Maya Jasanoff en uno de los mejores libros recientes sobre el escritor: *The Dawn Watch: Joseph Conrad in a Global World* (2017). «En todos sus escritos, dondequiera que se ambienten, Conrad lidia con las ramificaciones de vivir en un mundo global», escribe Jasanoff. Y luego considera el modo en que sus grandes ficciones relacionan los cuatro puntos cardinales. Importa recalcar que Conrad no procede, sin embargo, como lo haría un posmoderno frívolamente fascinado con el efecto mariposa o los presuntos seis grados de separación existentes entre dos personas cualesquiera. Su búsqueda de conexiones avanza, en realidad, por la senda de la ética. Una y otra vez, sus historias estudian las consecuencias de causas insospechadas, a menudo determinadas al otro lado del mundo, en las vidas de personajes zarandeados por las circunstancias. Véase «Una avanzadilla del progreso», donde la supuesta empresa civilizatoria conduce a dos funcionarios a cometer actos incalificables en el corazón de África; o «Juventud», que cuenta una travesía de Londres a Bangkok plagada de dificultades ante los que el narrador «no puede hacer nada, pero nada, ni poco ni mucho»; o incluso en «El informante», que detalla la facilidad con que se puede caer en situaciones absurdas por influencia de ideologías políticas o sentimentales. Es seguro que Conrad, a quien a menudo se le atribuye una visión trágica, no creía en la fatalidad en un sentido metafísico, como por ejemplo los griegos. No obstante, a menudo retrata un mundo en el que el individuo se enfrenta con fuerzas abstractas e incomprensibles que acaban delineando un destino.

Es un mundo muy parecido al nuestro, donde seguimos estando a merced de dinámicas externas como la tiranía del mérito o las fluctuaciones del capital. Los cuentos de Conrad abordan otros temas de incuestionable vigencia, incluidos el desarraigo de los migrantes, la falibilidad de la memoria histórica, las amenazas del terrorismo, los excesos del comercio, las disrupciones de la tecnología o la manipulación política de la realidad. Si se buscan razones de actualidad para leerlos, no se tardará en comprobar que, en su retrato de la modernidad temprana, el autor nos ha legado una herramienta para comprender el presente. Pero el pasado de sus personajes no constituye una razón de menor peso, y hasta hay una figura secundaria, a menudo anónima, que fascina por su carácter atemporal. Aparece de manera fugaz en muchos cuentos. Es un narrador que suele introducir a un narrador más importante, como Marlow, para luego quedarse en silencio escuchando lo que leemos. A veces vuelve por unas líneas al final, aunque su identidad tampoco se aclara entonces. Parece ser solo un recolector de historias, la presencia fantasma que atestigua el hechizo de las palabras. Nadie sabría decir si es un trasunto del autor o del lector, pero conecta directamente con el misterio del fenómeno estético.

«En todo lo que he escrito —anotó Conrad en un prefacio a *Tifón y otros relatos*— hay siempre un propósito invariable, que es captar la atención del lector, asegurando su interés y despertando sus simpatías por el asunto tratado, sea cual fuere, dentro de los límites del mundo visible y dentro de los límites de las emociones humanas». A esa noble aspiración cabría añadir una promesa. En los cuentos que siguen, a menudo el mundo visible se ilumina con el relumbre de una prosa excepcional, y las emociones humanas, una materia que no debería guardar sorpresas para nadie, se despliegan en narraciones tan sugestivas que más de una vez consiguen llevarnos hasta las costas de una revelación.

MARTÍN SCHIFINO

Nota sobre esta edición

La narrativa breve de Joseph Conrad se encuentra reunida en siete colecciones, seis publicadas en vida del autor y la última de manera póstuma. Según los títulos más habituales en castellano, esas colecciones son: *Cuentos de inquietud* (1898); *Juventud y otras dos historias* (1902); *Tifón y otros relatos* (1903); *Seis relatos* (1908); *Entre tierra y mar* (1912); *Entre mareas* (1915) y *Cuentos de oídas* (1925). Casi todos los textos, sin embargo, vieron la luz primero en revistas o periódicos, y en algunos casos Conrad los agrupó en sus respectivas colecciones muchos años después de escribirlos. En la presente antología se ordena el conjunto de acuerdo con la fecha de composición o primera publicación de cada uno.

«La laguna» (*CDI*), el primer cuento publicado por Conrad, se escribió en 1896 y apareció en *Cornhill Magazine* en 1897. «Una avanzadilla del progreso» (*CDI*), escrito en 1896, se publicó en *Cosmopolis* en 1897. «Karain: un recuerdo» (*CDI*), también escrito en 1896, vio la luz en 1897 en la revista *Blackwood's*. «Juventud» (*JYDH*) se publicó también en *Blackwood's* en 1898. «Amy Foster» (*TYOR*) se publicó en *Illustrated London News* en 1901. «Mañana» (*TYOR*) apareció por entregas en *The Pall Mall Magazine* en 1902. «Un anarquista» (*SR*) y «El informante» (*SR*) se escribieron en 1906 y se publicaron por entregas en *Harper's Magazine* ese mismo año. «La bestia» (*SR*) se publicó en *The Daily Chronicle* en 1906. «Il Conte» (*SR*) apareció, con el título de «Il Conde», en *Cassell's Magazine* en 1908. «El cómplice secreto» (*EMYT*) se publicó en *Harper's Magazine* en 1910. «El príncipe Román» (*CDO*) se publicó en *Oxford and Cambridge Review* en 1911. «La posada de las dos brujas» (*EM*) se publicó en *The Pall Mall Magazine* en 1913. «El alma del guerrero» (*CDO*) se publicó en *Land and Water* en 1917. «La historia» (*CDO*), el último cuento de Conrad y el único que trata de la Primera Guerra Mundial, se escribió en 1916 y se publicó en *The Strand Magazine* en 1917.

Toda traducción es una obra colaborativa, en la que participan al menos dos personas: el escritor y el traductor. En la que aquí se ofrece han participado, además, tres excelentes profesionales de la lengua: Ismael Belda, Carmen González y Marta Suárez. Sus revisiones, correcciones y sugerencias han mejorado el texto de manera incalculable. A los tres, muchas gracias. Quisiera expresar aquí también mi agradecimiento a Kit Maude, con quien comenté muchas dificultades lingüísticas cuando empecé a traducir los cuentos de Conrad hace años, y a Daniel Aguirre Oteiza, que sin proponérselo me animó a retomar este proyecto largo tiempo postergado.

CUENTOS ESCOGIDOS

La laguna

El blanco, con los dos brazos sobre el techo del camarote situado en la popa de la barca, le dijo al timonel:

—Pasaremos la noche en el claro de Arsat. Es tarde.

El malayo se limitó a gruñir y siguió contemplando el río. El blanco apoyó el mentón en sus brazos cruzados y miró la estela de la barca. En el fondo del camino recto trazado en la selva por el resplandor del río, el sol aparecía sin nubes y deslumbrante, posado sobre el agua lisa que brillaba como una banda de metal. La selva, apagada y sombría, se alzaba inmóvil y silenciosa a ambos lados del ancho torrente. En el fango de la orilla, al pie de los altos árboles, crecían las nipas sin tronco, con racimos de palmas enormes y pesadas que pendían quietas sobre los remolinos pardos. Con el aire en calma, todo árbol, toda hoja, toda rama, todo zarcillo de enredadera y todo pétalo de flores diminutas parecían sumidos en una inmovilidad perfecta y definitiva, como si estuviesen hechizados. Nada se agitaba en el río excepto los ocho remos que aparecían regularmente y se hundían al unísono con un solo chapoteo, mientras el timonel barría el aire con un pase periódico y rápido de su cimitarra, describiendo un semicírculo centelleante sobre su cabeza. El agua revuelta hacía espuma a los lados en un murmullo confuso. Y la canoa del blanco, al remontar el río entre el disturbio fugaz producido por ella misma, parecía ir atravesando portales de una tierra donde hubiera desaparecido para siempre incluso el recuerdo del movimiento.

De espaldas al poniente, el blanco miró la amplitud vacía de la cuenca. En las últimas tres millas de su curso, el río sinuoso y titubeante, como seducido irresistiblemente por la libertad de un horizonte abierto, corre derecho al mar, derecho al oriente —el oriente que alberga luz y oscuridad por igual—. Detrás de la barca, el canto repetido de un pájaro, una llamada débil y disonante, rebotó en el agua bruñida y, sin alcanzar la orilla opuesta, se perdió en el intenso silencio del mundo.

El timonel hundió el remo en la corriente y lo mantuvo firme con los brazos rígidos, echando el cuerpo hacia delante. El agua borboteaba en voz alta; y de repente la cuenca larga y recta pareció girar sobre su centro, la selva trazó un semicírculo y los rayos sesgados del sol acariciaron la borda de la canoa con un resplandor ígneo, proyectando las sombras flacas y distorsionadas de sus tripulantes sobre el brillo estriado del río. El blanco se volvió a mirar hacia delante. El curso de la barca se había alterado en ángulo recto con respecto a la corriente, y ahora la cabeza de dragón tallada en la proa apuntaba a una abertura entre los arbustos que bordeaban la orilla. La barca entró en ella deslizándose, rozando las ramitas que sobresalían, y desapareció del río como una criatura delgada y anfibia que saliera del agua para ir a su guarida selvática.

El arroyo estrecho era como una zanja: tortuoso, inusualmente hondo; lleno de sombra bajo la delgada franja de azul puro y brillante del cielo. A los lados se alzaban árboles inmensos, invisibles bajo la envoltura festoneada de las enredaderas. Aquí y allá, cerca de la negrura reluciente del agua, aparecía, entre el reborde de pequeños helechos, la raíz torcida de algún árbol alto, negra y apagada, sinuosa e inmóvil, como una serpiente paralizada. Las palabras breves que decían los remeros en voz alta resonaban entre los muros espesos y sombríos de vegetación. La oscuridad rezumaba por entre los árboles, el amasijo laberíntico de enredaderas, las grandes hojas fantásticas e inmóviles; la oscuridad, misteriosa e invencible; la oscuridad perfumada y venenosa de la selva impenetrable.

Los hombres hundieron las pértigas en el lecho aluvional. El arroyo se ensanchó y reveló la extensa curva de una laguna de agua estancada. La selva retrocedía en la orilla pantanosa, y una franja plana de hierba muy verde y llena de juncos enmarcaba el azul reflejado del cielo. En las alturas flotaba una lanuda nube rosada que dejaba la estela de su delicado color bajo las hojas flotantes y las flores plateadas de los lotos. A lo lejos se recortó una casita negra, montada sobre altos pilotes. Cerca de ella, dos grandes palmeras nibong, que parecían aflorar del fondo selvático, se inclinaban un poco sobre el techo descuidado, con un esbozo de ternura e inquietud en el ladeo de sus cabezas elevadas y frondosas.

El timonel, señalando con el remo, dijo:

—Arsat está en casa. Veo su canoa amarrada entre los pilotes.

Los encargados de las pértigas corrieron por la borda de la barca mirando por encima del hombro el paisaje donde el día llegaba a su fin. Habrían preferido pasar la noche en alguna parte que no fuera aquella laguna de aspecto extraño y de reputación fantasmal. Es más, Arsat les desagradaba, primero por ser extranjero y, después, porque quien arregla una casa en ruinas y vive en ella anuncia que no teme vivir entre los espíritus que rondan los lugares abandonados por la humanidad. Un hombre así puede alterar el curso del destino con miradas o palabras; y sus fantasmas no son fáciles de aplacar por los viajeros ocasionales en los que anhelan descargar la malicia de su amo. A los blancos no les importan esas cosas, pues no creen y están confabulados con el Padre del Mal, que los conduce indemnes por los peligros invisibles de este mundo. Combaten las advertencias de los justos simulando de manera ofensiva que no creen. ¿Qué se le va a hacer?

Eso pensaban, mientras recargaban su peso en la punta de sus largas pértigas. La gran canoa se deslizó rápida, silenciosa y suavemente hacia el claro de Arsat, hasta que, con un gran traqueteo de pértigas soltadas y murmullos en voz alta de «alabado sea Alá», se detuvo de un golpe ligero contra los pilotes torcidos que sostenían la casa.

Los barqueos gritaron discordantemente mirando hacia arriba:

—¡Arsat! ¡Oh, Arsat!

Nadie salió. El blanco subió por la tosca escalera de mano que daba acceso a una plataforma de bambú junto a la entrada de la casa. El *juragan* de la barca dijo enfurruñado:

—Cocinaremos en el sampán y dormiremos sobre el agua.

—Pásame las mantas y el cesto —dijo el blanco secamente.

Se arrodilló al borde de la plataforma para recibir el paquete. Entonces la barca se alejó, y el blanco, de pie, quedó frente a Arsat, que acababa de salir por la puerta baja de su cabaña. Era un hombre joven, fuerte, de pecho ancho y brazos musculosos. No tenía puesto nada más que su *sarong*. Llevaba la cabeza descubierta. Sus ojos grandes y dulces miraron ansiosamente al hombre blanco, pero su voz y su comportamiento no se inmutaron cuando preguntó, sin saludar primero:

—¿Tienes medicina, Tuan?

—No —dijo el visitante con tono de sorpresa—. No. ¿Por qué? ¿Hay enfermos en casa?

—Pasa y mira —contestó Arsat con la misma calma que antes, y, tras darse media vuelta, volvió a pasar por la pequeña puerta.

El blanco soltó sus paquetes y lo siguió.

En la luz mortecina de la vivienda distinguió a una mujer acostada de espaldas en un sofá de bambú, bajo una ancha sábana de algodón rojo. Yacía quieta, como muerta, pero sus grandes ojos, bien abiertos, brillaban en la penumbra, inmóviles e invidentes, clavados en las vigas delgadas del techo. La mujer tenía mucha fiebre y estaba a todas luces inconsciente. Tenía las mejillas ligeramente hundidas, los labios un poco abiertos, y había en su cara joven una expresión inquietante y fija: la expresión absorta, contemplativa, de los que han perdido la conciencia y se van a morir. Los dos hombres se quedaron mirándola en silencio.

—¿Lleva mucho tiempo enferma? —preguntó el viajero.

—Hace cinco noches que no duermo —respondió el malayo en tono pausado—. Al principio ella oía voces que la llamaban desde el agua y se debatía cuando yo la retenía. Pero desde que ha salido el sol hoy, no oye nada; no me oye a mí. No ve nada. No me ve a mí, ¡a mí!

Guardó silencio un minuto, luego preguntó suavemente:

—Tuan, ¿va a morir?

—Me temo que sí —dijo el blanco con tristeza.

Había conocido a Arsat años atrás, en un país lejano, en épocas de conflictos y peligros, cuando no se desprecia la amistad de nadie. Y, desde que su amigo malayo se había instalado inesperadamente en aquella cabaña de la laguna con una mujer desconocida, había pernoctado allí varias veces en sus travesías por el río. Le tenía afecto a aquel hombre que había sabido mantener su palabra y pelear sin miedo al lado de su amigo blanco. Le tenía afecto, quizá no tanto como el que siente un hombre por su perro favorito, pero sí el suficiente para ayudarlo sin hacer preguntas, para a veces pensar, vaga e imprecisamente, en medio de sus propias actividades, en aquel hombre solitario y en la mujer de cabello largo, rostro audaz y ojos triunfales que convivían ocultos en la selva; solos y temidos.

El blanco salió de la cabaña a tiempo para ver el enorme incendio del atardecer apagarse entre las sombras rápidas y sigilosas que, al elevarse como un vapor negro e impalpable sobre las copas de los árboles, se propagaban por el cielo sofocando el resplandor carmesí de las nubes flotantes y el brillo rojo de la luz que se marchaba. En pocos momentos, aparecieron todas las estrellas sobre la intensa negrura de la tierra, y la gran laguna, que enseguida reflejó luces resplandecientes, se asemejó a un pedazo ovalado de cielo nocturno arrojado en la noche vana y abismal de la espesura. El blanco cenó unas provisiones de su cesto, recogió unas ramas tiradas en la plataforma e hizo una pequeña fogata, no para calentarse, sino para ahuyentar a los mosquitos con el humo. Se envolvió en las mantas y se quedó sentado con la espalda apoyada contra la pared de cañas, fumando pensativo.

Arsat salió por la puerta con paso silencioso y se acuclilló junto al fuego. El blanco movió un poco las piernas estiradas.

—Aún respira —dijo Arsat en voz baja, anticipando la pregunta esperada—. Respira y arde como si tuviera un fuego dentro. No habla, no oye: ¡arde! —Hizo una pausa; luego preguntó en tono quedo y poco curioso—: Tuan, ¿se va a morir?

El blanco movió los hombros incómodo y murmuró vacilante:

—Si ese es su destino.

—No, Tuan —dijo Arsat con calma—. Si ese es mi destino. Yo oigo, veo, espero. Recuerdo... Tuan, ¿recuerdas los viejos tiempos? ¿Recuerdas a mi hermano?

—Sí —dijo el blanco.

El malayo se levantó de pronto y entró. El otro, sentado fuera, oía la voz dentro de la cabaña.

—¡Escúchame! ¡Habla! —decía Arsat, y tras su voz siguió un completo silencio—. ¡Oh, Diamelen! —gritó de pronto.

Después del grito se oyó un profundo suspiro. Arsat salió y volvió a hundirse en su lugar de siempre.

Se quedaron callados delante del fuego. No había ningún sonido dentro de la casa, no había ningún sonido cerca de ellos; pero a lo lejos, en la laguna, claras y entrecortadas, se oían resonar las voces de los barqueros sobre el agua calma. La fogata que habían encendido en la proa del sampán brillaba con un vago resplandor rojo. Al cabo se extinguió. Las voces cesaron. La tierra y el agua dormían invisibles, inmóviles y mudas. Era como si no quedara nada en el mundo salvo el brillo de las estrellas, corriendo vano e interminable por la quietud negra de la noche.

Con los ojos dilatados, el blanco miraba la oscuridad que tenía enfrente. El miedo y la fascinación, la inspiración y el asombro de la muerte —de la muerte cercana, inevitable e invisible— calmaban la inquietud de su raza y agitaban sus pensamientos más confusos, más íntimos. La sospecha espontánea de maldad, la sospecha corrosiva que anida en nuestros corazones, salía a borbotones hacia la tranquilidad que lo rodeaba, hacia la calma muda y profunda, y dotaba a esa calma de un aspecto sospechoso e infame, como la máscara plácida e impenetrable de una violencia injustificable. Durante esa perturbación fugaz y poderosa de su ser, la tierra, envuelta en la paz iluminada por las estrellas, se convirtió en un país de lucha inhumana, un campo de batalla de fantasmas terribles y encantadores, augustos o innobles, que pugnaban ardientemente por poseer nuestros corazones indefensos. Un país inquieto y misterioso de deseos y temores inextinguibles.

Un murmullo plañidero se alzó en la noche; un murmullo entristecedor y sorprendente, como si las soledades de los bosques aledaños intentasen susurrarle al oído la sabiduría de su inmensa y altiva indiferencia. Sonidos vagos y vacilantes flotaban en el aire que lo rodeaba, poco a poco formaban palabras, hasta que comenzó a fluir un torrente suave y monótono de oraciones. El blanco se movió como un hombre que se despierta y cambió ligeramente de postura. Arsat, inmóvil y oscuro, sentado bajo las estrellas con la cabeza gacha, hablaba en voz grave y soñadora.

—... porque ¿dónde podemos descargar el peso de nuestros problemas sino en el corazón de un amigo? Un hombre tiene que hablar de la guerra y del amor. Tú, Tuan, conoces la guerra y, en momentos de peligro, ¡me has visto salir al encuentro de la muerte como otros salen al encuentro de la vida! Un escrito puede perderse; puede escribirse una mentira; pero ¡lo que el ojo ha visto es verdad y queda grabado en la mente!

—Lo recuerdo —dijo el blanco en voz baja.

Arsat continuó con triste tranquilidad:

—Por eso te hablaré de amor. Hablaré por la noche. Hablaré antes de que la noche y el amor desaparezcan y de que el ojo del día vea mi tristeza y mi vergüenza; vea mi cara renegrida, mi corazón calcinado.

Un suspiro, corto y débil, marcó una pausa casi imperceptible, y sus palabras salieron fluidas, sin un solo movimiento, sin un gesto.

—Al término de los conflictos y de la guerra, después de que te fueras de mi país siguiendo tus deseos, que nosotros, los isleños, somos incapaces de comprender, mi hermano y yo nos convertimos de nuevo en espaderos del Soberano, como lo éramos antes. Sabes que éramos hombres de familia, pertenecientes a una raza de gobernantes y más aptos que cualquiera para portar sobre nuestro hombro derecho el emblema del poder. Y en épocas de prosperidad Si Dendrig nos colmó de favores, tal como nosotros, en tiempos de pesar, le habíamos demostrado la lealtad de nuestro coraje. Era una época de paz. Una época de cacerías de ciervos y de peleas de gallos; de charlas despreocupadas y rencillas tontas entre hombres que tenían el estómago lleno y las armas oxidadas. El sembrador veía crecer el arroz sin miedo, y los mercaderes iban y venían, partían flacos y regresaban gordos por el río de la paz. Además traían noticias. Traían verdades y mentiras mezcladas, de manera que nadie sabía cuándo alegrarse y cuándo sentir pena. Ellos también nos hablaron de ti. Te habían visto aquí y te vieron por allá. Y me alegró oírlos, porque me acordaba de las épocas difíciles, y siempre me acordé de ti, Tuan, hasta que mis ojos ya no veían nada del pasado, porque habían mirado a la mujer que ahora agoniza ahí dentro, en la casa.

Se detuvo para exclamar en un intenso susurro:

—Oh, *Mara bahia*. ¡Oh, calamidad!

Después siguió hablando un poco más alto:

—No hay peor enemigo ni mejor amigo que un hermano, Tuan, porque los hermanos se conocen, y en el perfecto conocimiento reside la fuerza necesaria para el bien y para el mal. Yo amaba a mi hermano. Fui a verlo y le dije que no veía sino una cara, no oía sino una voz. Me dijo: «Abre tu corazón para que ella vea lo que hay dentro, y espera. La paciencia es sabiduría. Tal vez Inchi Midah muera o nuestro Soberano deje de temer a una mujer...». ¡Y esperé...! Recordarás la dama de rostro velado, Tuan, y cuánto temía nuestro Soberano su astucia y su mal genio. Y si ella quería conservar a su sirvienta, ¿qué podía hacer yo? Pero alimenté el hambre de mi corazón con breves miradas y palabras furtivas. Durante el día merodeaba por los senderos que van a los baños y, cuando se ponía el sol tras la selva, me arrastraba entre las matas de jazmín del patio de las mujeres. Sin que nos vieran, hablábamos entre el perfume de las flores, entre el velo de las hojas, entre la hierba crecida que ni se movía ante nuestros labios; así de grande era nuestra prudencia, así de débil el murmullo de nuestro enorme anhelo. El tiempo pasó rápido... y en un momento las mujeres cuchicheaban, nuestros enemigos nos vigilaban, mi hermano no ocultaba su pesadumbre, y yo empecé a pensar en matar y en una muerte feroz... Somos un pueblo que toma lo que quiere, como vosotros los blancos. Llega un momento en que un hombre tiene que olvidarse de la lealtad y del respeto. A los soberanos se les otorga poder y autoridad, pero a todos los hombres se les otorga amor y fuerza y coraje. Mi hermano dijo: «Te la llevarás de entre ellos. Tú y yo somos como uno». Y le respondí: «Que sea pronto, porque no encuentro calor en la luz que no la ilumina». Nuestra oportunidad llegó una noche en que el Soberano y todos los ilustres fueron a la desembocadura del río para pescar a la luz de las antorchas. Había cientos de botes, y se construyeron moradas de hojas en la arena blanca, entre el agua y la selva, para los séquitos de los rajás. El humo de las hogueras era como una niebla azul vespertina, y en él resonaban muchas voces alegres. Cuando preparaban los botes para ir tras los peces, mi hermano se me acercó y me dijo: «¡Esta noche!». Preparé mis armas, y llegado el momento nuestra canoa se ubicó en el círculo de botes que portaban las antorchas. Las luces ardían sobre el agua, pero detrás de los botes estaba oscuro. Nos escabullimos cuando empezaron los gritos y todos se pusieron locos de excitación. El agua se tragó nuestro fuego, y volvimos flotando a la costa, que estaba oscura salvo por el brillo de algunos rescoldos. Oíamos la charla de las esclavas entre las chozas. Luego hallamos un lugar desierto y silencioso. Esperamos allí. Llegó ella. Llegó corriendo por la orilla, veloz y sin dejar huellas, como una hoja que el viento arroja al mar. Mi hermano dijo sombríamente: «Ve y tómala; llévala al bote». La alcé en mis brazos. Ella jadeaba. Su corazón latía contra mi pecho. Dije: «Te llevaré lejos de estas gentes. Acudiste a la llamada de mi corazón, pero ¡mis brazos te llevan a mi bote contra la voluntad de los ilustres!». «Así debe ser», dijo mi hermano. «Somos hombres que tomamos lo que queremos y podemos enfrentarnos a muchos. Deberíamos habérnosla llevado a la luz del día», dije yo. «Vámonos». Con ella en el bote pensé en los numerosos hombres del Soberano. «Sí, vámonos», dijo mi hermano. «Nos destierran y ahora este bote es nuestro país, y el mar, nuestro refugio». Aún tenía un pie en la costa, y le supliqué que se apurara, porque recordaba los latidos de su corazón contra mi pecho y pensaba que dos hombres no pueden enfrentarse a cien. Partimos, remando río abajo cerca de la orilla; y, al pasar por el arroyo donde pescaban, oímos que los gritos habían cesado, pero las voces murmuraban fuerte, como zumban los insectos al volar en el mediodía. Los botes flotaban en grupos, a la luz roja de las antorchas, bajo un techo negro de humo; y los hombres hablaban de la pesca. Hombres que se ufanaban, adulaban y bromeaban; hombres que habrían sido nuestros amigos a la mañana siguiente, pero esa noche ya eran enemigos. Pasamos remando deprisa. Ya no teníamos amigos en nuestra tierra natal. Ella iba sentada en medio de la canoa con la cara cubierta, callada como ahora, ciega como ahora; y yo no lamentaba lo que dejaba atrás porque la oía respirar cerca, como la oigo ahora.

Hizo una pausa, prestó oídos a la puerta volviendo la cabeza, luego la sacudió y prosiguió:

—Mi hermano quería dar un grito desafiante —un solo grito— para hacer saber a la gente que éramos ladrones libres, que confiábamos en nuestras armas y en el mar. Y una vez más le imploré en nombre de nuestro amor que callara. ¿No la oía respirar a mi lado? Yo sabía que nos perseguirían con suficiente rapidez. Mi hermano me amaba. Hundió su remo en el agua sin ruido. Se limitó a decir: «Ahora hay solo medio hombre en ti; la otra mitad está en esa mujer. Puedo esperar. Cuando vuelvas a ser un hombre entero, regresarás aquí conmigo para desafiarlos. Somos hijos de la misma madre». No respondí. Toda mi fuerza y mi alma estaban puestas en las manos que sostenían el remo, porque anhelaba estar con ella en un lugar seguro donde no llegara la ira de los hombres ni el rencor de las mujeres. Tan grande era mi amor, pensaba, que podía guiarme hasta un país donde se desconociera la muerte, con tal de que lograra escapar a la furia de Inchi Midah y a la espada del Soberano. Remamos deprisa, respirando entre dientes. Las palas mordían hondo el agua calma. Dejamos el río; volamos por canales abiertos en los bajíos. Bordeamos la negra costa; bordeamos las playas de arena donde el mar susurra a la tierra; y el relumbre de la arena blanca pasó como un relámpago delante de nuestro bote, tan rápido corríamos por el agua. No hablamos. Una sola vez dije: «Duerme, Diamelen, porque pronto te harán falta todas tus fuerzas». Oí la dulzura de su voz, pero ni una vez volví la cabeza. Salió el sol y seguimos adelante. El agua caía por mi cara como la lluvia de una nube. Volamos en medio de la luz y del calor. En ningún momento volví la vista, pero sé que los ojos de mi hermano, detrás de mí, miraban fijos adelante, porque el bote avanzaba recto como el dardo de un cazador del bosque cuando abandona la punta de su cerbatana. No existía mejor remero, mejor timonel que mi hermano. Muchas veces, en aquella misma canoa, habíamos ganado carreras juntos. Pero nunca habíamos puesto a prueba nuestras fuerzas como entonces, cuando remamos juntos por última vez. En nuestro país no había hombre más valiente ni más fuerte que mi hermano. Yo no tenía fuerzas para volver la cabeza y mirarlo, pero oía el silbido de su respiración cada vez más ronca detrás de mí. Seguía sin hablar. El sol estaba alto. El calor se adhería a mi espalda como una lengua de fuego. Mis costillas estaban a punto de reventar, pero no podía inspirar suficiente aire en mi pecho. Y entonces me vi forzado a gritar con mi último aliento: «¡Descansemos!». «¡Muy bien!», respondió; y su voz sonó firme. Era fuerte. Era valiente. No conocía el miedo ni el cansancio... ¡Mi hermano!

Un murmullo poderoso y tenue, un murmullo vasto y débil, el murmullo de las hojas temblorosas, de las ramas que se agitan, atravesó las profundidades enredadas de la selva, pasó sobre la superficie estrellada de la laguna, y el agua chapoteó de golpe contra la madera enmohecida de los pilotes. Una ráfaga de aire tibio rozó las caras de los dos hombres y a su paso soltó un sonido lúgubre: un aliento fuerte y breve como un suspiro incómodo de la tierra que sueña.

Arsat prosiguió con voz grave y monótona:

—Arrastramos la canoa a una playa blanca en una pequeña bahía, cerca de una lengua de tierra que parecía bloquear el camino; un cabo largo y boscoso que se internaba un buen trecho en el mar. Mi hermano conocía el lugar. Detrás del cabo está la boca del río, y en medio de la jungla hay un sendero estrecho. Hicimos una fogata y cocinamos arroz. Luego nos echamos a dormir en la arena blanda, a la sombra de la canoa, mientras ella hacía de vigía. Tan pronto como cerré los ojos oí su voz de alarma. Nos levantamos de un salto. El sol estaba ya en mitad del cielo, y en la bahía vimos aparecer un prao tripulado por muchos remeros. Lo reconocimos de inmediato; era uno de los praos de nuestro rajá. Miraban hacia la costa, y nos vieron. Hicieron sonar el gong, y pusieron proa bahía adentro. Sentí que el corazón me flaqueaba en el pecho. Diamelen se sentó en la arena y se cubrió la cara. No había escapatoria por mar. Mi hermano se rio. Tenía el fusil que tú le habías dado antes de partir, Tuan, pero solo un puñado de pólvora. Me habló deprisa: «Corre con ella por el sendero. Yo los mantendré alejados, porque no tienen armas de fuego, y desembarcar frente a un hombre con un fusil es la muerte segura para algunos. Corre con ella. Al otro lado de ese bosque está la casa de un pescador, y hay una canoa. Cuando haya disparado todas las descargas os seguiré. Soy un gran corredor, y nos iremos antes de que nos alcancen. Resistiré cuanto pueda, porque aunque ella no es más que una mujer, que no puede correr ni luchar, tiene tu corazón en sus débiles manos». Se apostó tras la canoa. El prao se acercaba. Ella y yo echamos a correr, y desde el sendero oí disparos. Mi hermano disparó una, dos veces, y cesó el tañido del gong. Detrás de nosotros se hizo el silencio. Esa lengua de tierra es estrecha. Antes de oír a mi hermano disparar por tercera vez, volvía a ver agua: la boca de un río ancho. Cruzamos un claro de hierba. Corrimos hacia el agua. Vi una cabaña sobre el barro negro y una pequeña canoa amarrada. Oí otro disparo. Pensé: «El último». Nos precipitamos a la canoa; un hombre salió corriendo de la cabaña, pero yo le salté encima, y rodamos por el barro. Me levanté, y él quedó tendido a mis pies. No sé si lo maté. Y yo y Diamelen empujamos la canoa al agua. Oí gritos detrás, y vi a mi hermano cruzar el claro a la carrera. Muchos hombres corrían tras él. La tomé a ella en mis brazos, la arrojé al bote y subí de un salto. Al mirar atrás vi que mi hermano había caído. Había caído y se había levantado, pero los hombres acortaban distancias. Gritó: «¡Ya llego!». Los hombres estaban cerca. Miré. Muchos hombres. La miré a ella. Tuan, ¡empujé la canoa! La empujé hacia el agua profunda. Ella estaba de rodillas mirándome, y yo le dije: «Agarra un remo», mientras golpeaba el agua con el mío. Tuan, oí a mi hermano llamarme. Lo oí llamar mi nombre dos veces; y oí voces que gritaban: «¡Matadlo! ¡Dadle!». Nunca me volví. Lo oí llamar mi nombre una vez más con un alarido terrible, como cuando la voz se queda sin vida, y ni una vez volví la cabeza. ¡Mi nombre...! ¡Mi hermano! Tres veces me llamó; pero yo no temía a la vida. ¿No estaba ella en la canoa? ¿Y no podía encontrar con ella un país donde se hubiese olvidado la muerte, donde fuera desconocida?

El blanco se incorporó. Arsat se levantó y se quedó de pie, una figura indistinta y silenciosa junto a los rescoldos del fuego. En la laguna se había levantado una bruma baja y errante que borraba las imágenes brillantes de las estrellas. Y entonces una inmensidad de vapor blanco cubrió la tierra: brotó frío y grisáceo en la oscuridad, se arremolinó en silencio en torno a los troncos de los árboles y a la plataforma de la casa, que pareció flotar sobre un mar ilusorio, inquieto e impalpable. Solo en la distancia las copas de los árboles se delineaban contra el parpadear del cielo, como una costa sombría e imponente, una costa engañosa, despiadada y negra.

La voz de Arsat vibró fuerte en la paz profunda.

—¡La tenía allí! ¡La tenía conmigo! Para conseguirla me habría enfrentado a toda la humanidad. Pero la tenía... y...

El eco de sus palabras se perdió en la distancia vacía. Hizo una pausa, y pareció oírlas extinguirse a lo lejos, sin poder hacer nada ni retractarse. Después dijo en voz baja:

—Tuan, yo amaba a mi hermano.

Una ráfaga de viento lo hizo estremecerse. Muy por encima de su cabeza, muy por encima del silencioso mar de neblina, las hojas colgantes de las palmeras se agitaron con un sonido afligido, como una expiración. El blanco estiró las piernas. Tenía el mentón apoyado en el pecho y murmuró tristemente sin levantar la cabeza:

—Todos amamos a nuestros hermanos.

Arsat espetó en un susurro de intensa vehemencia:

—¿Qué me importaba quién muriera? Yo quería que mi corazón estuviese en paz.

Pareció oír algo en la casa... escuchó... y entró sin hacer ruido. El blanco se puso de pie. Una brisa se levantaba en rachas intermitentes. Las estrellas palidecían como si retrocediesen en las profundidades heladas del espacio. Tras una ráfaga fría hubo unos segundos de perfecta calma y absoluto silencio. Luego, detrás de la línea negra y ondulada de los bosques, una columna dorada de luz se disparó en el cielo y se extendió por el semicírculo del horizonte oriental. Salía el sol. La neblina se levantó, se dispersó en retazos flotantes, desapareció en forma de volutas vaporosas; y la laguna, bruñida y negra, reposó entre las sombras densas, al pie del muro de árboles. Un águila blanca inició sobre ella un vuelo lento y oblicuo, alcanzó la zona llena de sol, destelló por un momento, se elevó aún más y se volvió una mancha oscura e inmóvil antes de desaparecer en el azul, como si hubiese abandonado la tierra para siempre. El blanco, que miraba hacia arriba desde la puerta, oyó dentro de la cabaña un murmullo confuso y entrecortado de palabras dementes que terminaron en un fuerte gemido. De pronto Arsat salió tambaleándose con los brazos extendidos y se quedó quieto un rato con la mirada perdida. Luego dijo:

—Ya no arde.

Frente a él, el borde del sol asomaba sobre las copas de los árboles, alzándose de manera constante. La brisa refrescó; un gran brillo estalló sobre la laguna, espejeando en el agua agitada. Los bosques emergieron de las sombras claras de la mañana, fueron definiéndose, como si se hubiesen acercado deprisa, para detenerse en medio de una gran agitación de hojas, ramas que asentían y se balanceaban. Bajo el sol inclemente el susurro de la vida instintiva aumentó de volumen, hablando en una voz incomprensible en torno a la oscuridad muda de aquella tristeza humana. Arsat dejó vagar la mirada lentamente y luego observó el sol naciente.

—No veo nada —se dijo a media voz.

—No hay nada —dijo el blanco.

Fue hacia el borde de la plataforma e hizo señas a la barca. Se oyó un grito débil en la laguna y el sampán empezó a deslizarse hacia la morada del amigo de los fantasmas.

—Si quieres venir conmigo, te esperaré toda la mañana —dijo el blanco, desviando la vista hacia el agua.

—No, Tuan —dijo Arsat en voz baja—. No dormiré ni comeré en esta casa, pero primero tengo que ver mi camino. Ahora no veo nada, ¡nada! No hay luz ni paz en el mundo; pero hay muerte, la muerte de muchos. Somos hijos de la misma madre, y yo lo dejé en medio de enemigos; pero ahora voy a regresar.

Inspiró hondo y continuó en tono distraído:

—Dentro de poco veré lo bastante claro para... para atacar. Pero ella ha muerto y... ahora... oscuridad.

Abrió los brazos, los dejó caer junto al cuerpo y se quedó quieto con la cara inmutable y los ojos de piedra, mirando fijamente el sol. El blanco bajó hasta su canoa. Los encargados de las pértigas corrieron rápido por las bordas de la barca, mirando por encima del hombro el comienzo de un viaje agotador. En lo alto de la popa, con la cabeza envuelta en trapos blancos, el *juragan* iba sentado de mal humor, dejando que su remo se arrastrara en el agua. El blanco, reclinado con los dos brazos en el techo de paja del camarote, volvió la vista a la estela brillante de la barca. Antes de que el sampán saliera de la laguna al arroyo, levantó la vista. Arsat no se había movido. Estaba solo bajo la penetrante luz del sol, y atravesaba con la mirada la claridad de un día diáfano para internarse en las tinieblas de un mundo de ilusiones.

Una avanzadilla del progreso

I

Había dos blancos a cargo de la factoría. Kayerts, el jefe, era bajo y gordo; Carlier, el ayudante, era alto, de cabeza grande y dueño de un torso muy ancho posado sobre unas largas piernas flacas. El tercer miembro del personal era un negro de Sierra Leona que aseguraba llamarse Henry Price. Sin embargo, por algún motivo los nativos de río abajo lo llamaban Makola, y el nombre se le había pegado en sus viajes por la zona. Hablaba inglés y francés con acento cantarín, tenía muy buena caligrafía, entendía de contabilidad y adoraba desde el fondo de su corazón a los malos espíritus. Su esposa era una negra de Loanda, muy robusta y muy ruidosa. Tres niños correteaban al sol delante de su vivienda baja y parecida a un cobertizo. Makola, taciturno e impenetrable, despreciaba a los blancos. Tenía a su cargo un pequeño almacén de barro con techo de paja y se jactaba de llevar una contabilidad exacta de los abalorios, las telas de algodón, los pañuelos rojos, el alambre de cobre y los demás artículos que contenía. Aparte del almacén y de la choza de Makola, había en el claro de la factoría una sola construcción, de buen tamaño. Estaba bien hecha de cañas, y la rodeaba una galería por los cuatro costados. Tenía tres habitaciones. La del centro era la sala, y contenía dos mesas toscas y algunos taburetes. Las otras dos eran los dormitorios de los blancos. Cada una tenía por todo mobiliario una cama y un mosquitero. En el suelo de tablones estaban tiradas las pertenencias de los blancos: cajas abiertas medio vacías, ropas desgarradas, botas viejas, las cosas sucias, las cosas rotas que se acumulan misteriosamente alrededor de hombres desordenados. A cierta distancia de las construcciones había otra morada. En ella, bajo una cruz alta muy ladeada, descansaba el hombre que había visto el comienzo de la empresa; que había proyectado y supervisado la construcción de la avanzadilla del progreso. En su país, había sido un pintor sin éxito y, cansado de perseguir la fama con el estómago vacío, se había trasladado allí gracias a las recomendaciones de amigos en buena posición. Había sido el primer jefe de la factoría. Makola, con su habitual indiferencia, como con cara de «te lo dije», había visto al enérgico artista morir de fiebre en la casa recién terminada. Durante un tiempo, Makola vivió solo con su familia, sus libros de contabilidad y el Espíritu Maligno que gobierna las tierras situadas al sur del ecuador. Se llevaba muy bien con su dios. Tal vez se había congraciado con él al prometerle que llegarían más blancos con los que divertirse. En cualquier caso, el director de la Gran Compañía Comercial, tras remontar el río en un vapor que parecía una enorme lata de sardinas con un cobertizo achatado encima, halló el puesto en buen estado y a Makola tan diligente y callado como siempre. El director hizo que se levantara la cruz en la tumba del primer agente y nombró a Kayerts para el cargo. Carlier quedó como subjefe. El director era un hombre despiadado y eficiente que a veces se dejaba llevar por su humor negro, aunque de modo imperceptible. Pronunció un discurso ante Kayerts y Carlier, resaltando lo prometedor que era aquel puesto. El más cercano quedaba a unas trescientas millas. Tenían la oportunidad excepcional de distinguirse y ganar comisiones en el comercio. Aquel nombramiento era un favor que se les hacía a los novatos. La amabilidad del director conmovió a Kayerts casi hasta las lágrimas. Daría lo mejor de sí, dijo, para merecer aquella alentadora muestra de confianza, etc., etc. Kayerts había trabajado en la Administración de Telégrafos y sabía expresarse con propiedad. Menos impresionado quedó Carlier, un exsuboficial de caballería de un ejército protegido del peligro por varios poderes europeos. Si podían sacarse comisiones, tanto mejor; paseó una mirada hosca por el río, la selva, la maleza impenetrable que parecía aislar la factoría del resto del mundo, y murmuró entre dientes: «Ya veremos».

Al día siguiente, después de que les arrojaron a la costa unos fardos de algodón y unas cuantas cajas de provisiones, el vapor en forma de lata de sardinas partió con la promesa de volver al cabo de seis meses. En cubierta, el director saludó a los dos agentes que permanecían en la orilla agitando los sombreros y, volviéndose al viejo criado de la Compañía, que lo acompañaba en su viaje hacia la oficina central, dijo:

—Mira a esos dos imbéciles. En mi país deben de estar locos para enviarme semejantes especímenes. Les he dicho que planten un huerto, que construyan nuevos almacenes y cercos y que levanten un embarcadero. ¡Seguro que no hacen nada! No saben ni por dónde empezar. Siempre he pensado que la factoría de este río no sirve para nada, y ellos le van como anillo al dedo.

—Aquí se formarán —dijo el viejo criado con una sonrisa silenciosa.

—En cualquier caso, me he librado de ellos durante seis meses —respondió el director.

43

Los dos hombres vieron el vapor perderse en un recodo de río y regresaron a la factoría, subiendo cogidos del brazo por la pendiente de la orilla. Llevaban muy poco tiempo en aquel país vasto y oscuro y, hasta entonces, siempre habían convivido con otros blancos, bajo la mirada y la dirección de sus superiores. Y ahora, por insensibles que fuesen a la sutil influencia del entorno, se sentían muy solos al no contar con asistencia alguna para enfrentarse a la naturaleza; una naturaleza que se volvía más extraña, más incomprensible, por los misteriosos indicios de la vigorosa vida que albergaba. Eran dos individuos completamente inútiles e insignificantes, cuya existencia solo era posible en medio de la gran organización de las masas civilizadas. Pocos hombres se dan cuenta de que su vida, la esencia misma de su carácter, de sus aptitudes y de su audacia, no es más que la expresión de su confianza en el entorno. El coraje, la compostura, las convicciones; las emociones y los principios; todos los pensamientos grandes e insignificantes pertenecen no al individuo sino a la masa: la masa que cree ciegamente en la fuerza irresistible de sus instituciones y su moral, en el poder de su policía y su opinión pública. Pero el contacto con lo salvaje, con la naturaleza primitiva y con el hombre primitivo causa en el corazón malestares súbitos y profundos. Al sentimiento de ser el único de un género, a la clara percepción de la soledad de los pensamientos propios, de las sensaciones propias; a la negación de lo habitual, que hace que nos sintamos seguros, se añaden la afirmación de lo inusual, que hace que nos sintamos en peligro; una sugerencia de cosas vagas, incontrolables y repulsivas, cuya perturbadora intromisión excita la mente y pone a prueba los nervios de los necios y los sabios por igual.

Kayerts y Carlier caminaban del brazo, arrimándose uno al otro como niños en la oscuridad; y tenían el mismo presentimiento, no del todo desagradable, de un peligro que se sospecha imaginario. Hablaron insistentemente, en tono familiar.

—Nuestra factoría está bien situada —dijo uno.

El otro asintió entusiasta, abundando locuazmente en la belleza de la ubicación. Después pasaron delante de la tumba.

—¡Pobre diablo! —dijo Kayerts.

—Murió de fiebre, ¿no? —murmuró Carlier, frenando en seco.

—Caramba —respondió Kayerts—. A mí me dijeron que el tipo cometió la imprudencia de exponerse mucho al sol. Todo el mundo dice que el clima de aquí no es peor que el de nuestro país siempre y cuando no te quedes al sol. ¿Me oyes, Carlier? Aquí soy el jefe y te ordeno que no te expongas al sol.

Asumió su superioridad jocosamente, pero lo decía en serio. La idea de tener que enterrar a Carlier y quedarse solo lo hizo estremecerse por dentro. De pronto sintió que, allí en el corazón de África, Carlier era más preciado que un hermano en cualquier otra parte. Carlier, entrando en el juego, hizo un saludo militar y contestó con voz enérgica:

—¡Sus órdenes serán acatadas, jefe! —dijo, y después se echó a reír, le dio una palmada a Kayerts en la espalda y gritó—: Aquí nos vamos a dar la buena vida. Solo tenemos que quedarnos sentados y recolectar el marfil que nos traigan los salvajes. A fin de cuentas, este país tiene su lado positivo.

Los dos rieron en voz alta mientras Carlier pensaba: «Pobre Kayerts; es tan gordo y tiene tan mala salud. Sería horrible si tuviera que enterrarlo. Es un hombre al que respeto». Antes de llegar a la galería de la casa ya se llamaban el uno al otro «mi querido compañero».

El primer día estuvieron muy ocupados yendo de un lado a otro con martillos y clavos y percal rojo, a fin de colgar cortinas y convertir la casa en un lugar habitable y bonito; estaban decididos a instalarse cómodamente en aquella nueva vida. Sin embargo, resultó ser una tarea imposible. Para solventar problemas puramente materiales hace falta más serenidad mental y mayor valor de lo que suele suponerse. Cuesta imaginar a dos seres menos aptos para esa lucha. La sociedad, no por cariño, sino debido a sus extrañas necesidades, se había ocupado de ambos, prohibiéndoles cualquier pensamiento propio, cualquier iniciativa, cualquier desvío de la norma; y prohibiéndolo bajo pena de muerte. Se les permitía vivir a condición de que fuesen máquinas. Y ahora, sin el cuidado alentador de los hombres que llevan lápices tras la oreja, o de los hombres con galones dorados, eran como esos condenados a cadena perpetua que, liberados al cabo de muchos años, no saben en qué emplear su libertad. No sabían cómo emplear sus facultades, pues ambos eran, por falta de práctica, incapaces de tener un pensamiento propio.

Pasados dos meses, Kayerts decía a menudo: «Si no fuera por mi Melie, no me verían aquí ni muerto». Melie era su hija. Kayerts había renunciado a su puesto en la Administración de Telégrafos, en el que había sido muy feliz durante diecisiete años, a fin de reunir una dote para su hija. Su esposa había muerto, y la niña se criaba con las hermanas de Kayerts. Echaba de menos las calles, las aceras, los cafés, los amigos de muchos años; todas las cosas que solía ver a diario; todas las ideas que le inspiraban las cosas familiares, las ideas espontáneas, monótonas y tranquilizadoras de un funcionario del Estado; echaba de menos los chismes, las rencillas, la malicia moderada y las bromas de las oficinas de la administración. «Si yo hubiera tenido un cuñado decente, un tipo de buen corazón —observaba Carlier—, no estaría aquí». Carlier había dejado el ejército y se había vuelto tan odioso ante su familia por su pereza e impudicia que su exasperado cuñado había hecho esfuerzos sobrehumanos para conseguirle un cargo en la Compañía como agente de segunda. Carlier, que no tenía un penique a su nombre, se vio obligado a aceptar esa manera de ganarse la vida cuando le quedó claro que no le sacaría nada más a sus parientes. Al igual que Kayerts, echaba de menos su antigua vida. Echaba de menos el tintineo de los sables y las espuelas las tardes de buen tiempo, las chanzas en los barracones de la tropa, las muchachas de los pueblos donde se instalaba la guarnición; pero, además, se sentía agraviado. Claramente, era un hombre maltratado por la vida. A veces eso lo ponía temperamental. Pero los dos se llevaban bien, y estaban hermanados por la estupidez y la pereza. Juntos no hacían nada, absolutamente nada, y disfrutaban del ocio por el que se les pagaba. Con el tiempo llegaron a sentir el uno por el otro algo parecido al afecto.

Vivían en una habitación amplia como ciegos, solo conscientes (y hasta cierto punto) de aquello con lo que entraban en contacto, sin ser capaces de ver las cosas en general. El río, el bosque, la inmensa tierra que palpitaba de vida eran como una gran ausencia. Ni siquiera la resplandeciente luz del sol les revelaba algo inteligible. Las cosas aparecían y desaparecían delante de sus ojos de manera inconexa y carente de sentido. El río parecía surgir de ninguna parte y bajar hacia ninguna otra. Corría por un vacío. A veces, por ese vacío llegaban canoas, y al frente del puesto se amontonaban unos hombres que empuñaban lanzas. Iban desnudos, eran de un negro reluciente y tenían extremidades perfectas, adornadas con conchillas blancas y alambre de cobre brillante. Emitían un ruido rústico al hablar, caminaban de manera majestuosa y echaban vistazos rápidos y salvajes con sus ojos alertas, que nunca se quedaban quietos. Aquellos guerreros permanecían acuclillados ante la galería en largas filas, de cuatro en fondo o más, mientras sus jefes regateaban durante horas con Makola por el precio de un colmillo de elefante. Kayerts se sentaba en su silla y supervisaba la transacción, sin entender nada. Se los quedaba mirando con sus redondos ojos azules y llamaba a Carlier:

—Eh, ¡mira! Mira a ese de allá, y a aquel otro, a la izquierda. ¿Alguna vez has visto semejante cara? Ah, ¡qué salvaje tan curioso!

Carlier, mientras fumaba tabaco del lugar en una corta pipa de madera, se acercaba retorciéndose el bigote, estudiaba a los guerreros con altanera indiferencia y decía:

—Bestias de primera. ¿Han traído marfil? ¿Sí? Pues ya era hora. Mira los músculos del tercero desde atrás. No quisiera que me diese un puñetazo en la nariz. Buenos brazos, pero piernas mediocres debajo de la rodilla. No servirían para soldados de caballería. —Y tras mirarse con autosatisfacción las propias espinillas, siempre concluía—: ¡Uf! ¡Qué mal huelen! ¡Makola! Lleva a las bestias al fetiche (el almacén se conocía en cada puesto como el fetiche, tal vez por el espíritu de la civilización que contenía) y dales algunas de las baratijas que guardas ahí dentro. Preferiría que ese cuarto estuviera lleno de marfil y no de trapos.

Kayerts se mostraba de acuerdo.

—¡Sí, sí! Termine con estos trámites, señor Makola. Iré cuando estén listos para pesar el colmillo. Hay que ser cuidadosos. —Después, volviéndose a su compañero, decía—: Esta es la tribu que vive río abajo; son bastante aromáticos. Ya han estado aquí. ¿Oyes ese follón? Las cosas que hay que aguantar en este país de perros... Se me parte la cabeza.

Las visitas así de lucrativas eran pocas. Los pioneros del comercio y del progreso pasaban días enteros mirando el patio vacío bajo el brillo vibrante de un sol vertical. Barranca abajo, el río silencioso corría reluciente y constante. En los bancos de arena que asomaban en mitad de la corriente, los hipopótamos y los cocodrilos tomaban el sol flanco con flanco. Y en todas direcciones, en torno al insignificante claro de la factoría, la selva inmensa, que ocultaba un desorden fatídico de fantástica vida, recibía el elocuente silencio de una grandeza muda. Los hombres no entendían nada; nada les importaba salvo los días que los separaban del regreso del vapor. Su predecesor había dejado unos libros arruinados. Cogieron esos despojos de novelas y, como nunca habían leído algo así, se asombraron y se divirtieron. Durante días entablaron discusiones interminables e idiotas sobre tramas y personajes. En el centro de África conocieron a Richelieu y D'Artagnan, a Hawk's Eye, al padre Goriot y a mucha otra gente. Todos los personajes imaginarios se convirtieron en tema de conversación, como si fuesen amigos de carne y hueso. Depreciaban sus virtudes, sospechaban de sus motivos, censuraban sus triunfos; se escandalizaban de la duplicidad de algunos o dudaban del valor de otros. Los relatos de crímenes los indignaban, mientras que los pasajes tiernos o patéticos los conmovían hasta el alma. Carlier carraspeaba y decía con su voz de soldado:

—¡Cuántas tonterías!

Kayerts, los ojos redondos llenos de lágrimas, las mejillas gordas temblorosas, se frotaba la calva y declaraba:

—Este libro es espléndido. No tenía ni idea de que hubiera en el mundo tipos tan inteligentes.

También encontraron algunos periódicos de su tierra. La edición comentaba en lenguaje altisonante lo que se complacía en llamar «Nuestra Expansión Colonial». Hablaba de los derechos y deberes de la civilización, de lo sagrado de la tarea civilizadora, y alababa los méritos de quienes continuaban llevando la luz, la fe y el comercio a los rincones oscuros del planeta. Carlier y Kayerts leyeron, se hicieron preguntas y empezaron a tenerse en mayor estima. Una noche Carlier dijo, agitando el brazo:

—A lo mejor dentro de cien años hay un pueblo aquí mismo. Muelles, depósitos, barracas y... y... salones de billar. La civilización, amigo mío, y la virtud y todo lo demás. Y entonces, la gente leerá que dos buenos tipos, Kayerts y Carlier, fueron los primeros hombres civilizados que vivieron en este lugar.

Kayerts asintió:

—Sí, da gusto pensarlo.

Al parecer olvidaban a su predecesor muerto; sin embargo, un día Carlier fue a primera hora hasta la tumba y volvió a plantar la cruz con firmeza.

—Me hacía bizquear, de tan ladeaba que estaba. Así que la he clavado derecha. Y firme, te lo prometo. Me he colgado con las dos manos del travesaño. Ni se movió. Sí, lo hice como es debido.

A veces los visitaba Gobila, el jefe de una aldea vecina. Era un salvaje delgado y negro, de cabeza plateada, que vestía un taparrabos de tela blanca y llevaba una raída piel de leopardo sobre los hombros. Se acercaba a grandes zancadas con sus piernas de esqueleto, meciendo un bastón tan alto como él y, tras entrar en la sala de la factoría, se acuclillaba a la izquierda de la puerta. Allí se quedaba, mirando a Kayerts, y cada tanto soltaba un discurso que el otro no entendía. Kayerts, sin interrumpir lo que estuviera haciendo, le decía de vez en cuando en tono amistoso:

—¿Cómo va todo, viejo espectro?

Y se sonreían el uno al otro. A los dos blancos les caía bien aquella criatura vieja e incomprensible, al que llamaban padre Gobila. Los modales de Gobila eran paternales y al parecer quería a todos los hombres blancos. Todos le parecían muy jóvenes, indistinguibles (salvo por la estatura), y sabía que eran hermanos y además inmortales. La muerte del pintor, el primer blanco al que había conocido de cerca, no perturbó esa creencia, pues estaba firmemente convencido de que la había fingido y se había hecho sepultar con algún propósito, sobre el que no servía hacerse preguntas. ¿Tal vez era su manera de regresar a su tierra? En cualquier caso, los de ahora eran sus hermanos, y Gobila depositó en ellos su absurdo afecto. En cierto modo le correspondieron. Carlier le daba palmadas en la espalda y derrochaba cerillas para divertirlo. Kayerts siempre estaba dispuesto a dejarlo olisquear la botella de amoníaco. En dos palabras, se comportaban igual que la otra criatura blanca que se había ocultado en un hoyo del suelo. Gobila les prestaba atención. Tal vez fuesen un solo ser con el otro, o uno de ellos lo fuera. No se decidía: era un misterio; pero siempre era muy amigable. A raíz de esa amistad, cada mañana las mujeres de la aldea de Gobila llegaban en fila a la estación por entre la hierba alta, trayendo aves, batatas, vino de palmera y, a veces, un cabrito. La Compañía nunca aprovisiona totalmente a las factorías, y los agentes necesitan los víveres locales para sobrevivir. Los obtenían gracias a la buena voluntad de Gobila, y vivían bien. Cada tanto uno de ellos sufría un ataque de fiebre, y el otro lo cuidaba con devoción. No se preocupaban mucho por eso. Se iban debilitando y su apariencia empeoraba. Carlier se puso ojeroso e irritable. Kayerts presentaba una cara macilenta y flácida sobre su rotundo estómago, lo que le daba un aspecto extraño. Pero al estar siempre juntos no notaron el cambio progresivo de sus respectivas apariencias y de sus caracteres.

Así pasaron cinco meses.

Y entonces, una mañana, mientras Kayerts y Carlier hablaban de la inminente visita del vapor sentados al pie de la galería, una masa de hombres armados salió de la selva y avanzó hacia la factoría. Eran desconocidos en aquellos pagos. Altos y esbeltos, iban envueltos a la manera clásica desde el cuello hasta los tobillos en telas azules con flecos, y cargaban mosquetes de percusión sobre el hombro derecho, que llevaban desnudo. Makola dio muestras de animación y salió corriendo del almacén (donde pasaba sus días) para recibir a los visitantes. Entraron en el patio y miraron alrededor con ojos firmes y desdeñosos. El líder, un negro de ojos inyectados en sangre, fuerte y con aire resuelto, se paró delante de la galería y pronunció un largo discurso. Gesticulaba mucho, y se detuvo de repente.

Había en su entonación, en los sonidos de las largas oraciones empleadas, algo que inquietó a los dos blancos. Era como el recuerdo de un sonido no del todo familiar, pero que sin embargo se parecía al habla de los hombres civilizados. Sonaba como uno de esos idiomas imposibles que a veces se oyen en sueños.

—¿Qué lengua es esa? —preguntó Carlier, asombrado—. En un primer momento pensé que iba a hablar en francés. En fin, es un guirigay distinto de los que escuchamos siempre.

—Sí —contestó Kayerts—. Eh, Makola, ¿qué dice? ¿De dónde viene? ¿Quiénes son?

Pero Makola, que parecía estar de pie sobre ladrillos calientes, respondió apresurado:

—No lo sé. Vienen de muy lejos. Tal vez la señora Price los comprenda. A lo mejor son hombres malos.

Al cabo de un momento, el líder le dijo algo rápido a Makola, que negó con la cabeza. Entonces el otro, tras mirar alrededor, vio la choza de Makola y se dirigió a ella. Un momento después se oyó a la señora Makola hablar con gran locuacidad. Los demás desconocidos —en total eran seis— se pasearon de un lado a otro en calma, asomaron la cabeza por la puerta del almacén, se congregaron en torno a la tumba, señalaron la cruz en señal de comprensión y en general se pusieron cómodos.

—Estos tipos no me caen bien. Y, digo yo, Kayerts, serán de la costa; tienen armas de fuego —observó el sagaz Carlier.

A Kayerts los tipos tampoco le caían bien. Por primera vez, ambos tomaron conciencia de que, en las condiciones en que vivían, lo inusual podía volverse peligroso, y de que ningún poder iba a protegerlos de lo inusual. Se inquietaron, entraron en la casa y cargaron sus revólveres. Kayerts dijo:

—Tenemos que ordenarle a Makola que les diga que se vayan antes de que oscurezca.

Los desconocidos se fueron por la tarde, tras comer un plato preparado por la señora Makola. La enorme mujer estaba muy animada y habló mucho con ellos. Cacareaba con voz estridente, señalando aquí y allá el río y la selva. Makola se sentó aparte y escuchaba. A veces se levantaba y le susurraba algo a su mujer. Acompañó a los desconocidos hasta el otro lado del barranco que estaba detrás de la factoría y regresó lentamente, con aire pensativo. Cuando los blancos le hicieron preguntas, se comportó de manera muy extraña, como si no comprendiera o como si hubiese olvidado el francés: como si hubiese olvidado por completo el habla. Kayerts y Carlier pensaron que el negro había bebido demasiado vino de palmera.

Se habló de hacer guardia por turnos, pero al caer la noche la paz y la tranquilidad eran tales que los dos se fueron a acostar como de costumbre. Durante toda la noche los perturbó el ruido de los tambores que sonaban en las aldeas. A un hondo y rápido redoble cercano le sucedía otro a lo lejos, que pronto paraba. Poco después unas llamadas breves tamborileaban aquí y allá, se entremezclaban, aumentaban, ganaban vigor y continuidad, se propagaban por la selva y resonaban en la oscuridad, ininterrumpidas y sin cesar, cerca y a lo lejos, como si la tierra entera fuese un inmenso tambor que retumbaba con ritmo constante en una invocación al cielo. Y en medio del sonido grave y tremendo, unos gritos repentinos, que evocaban trozos de las canciones entonadas en un manicomio, escapaban en torrentes discordantes que parecían elevarse muy lejos de la tierra y arrebatar la paz a las estrellas.

Carlier y Kayerts durmieron mal. A los dos les pareció oír disparos en la noche, aunque no se ponían de acuerdo en cuanto a dónde. Por la mañana vieron que Makola se había marchado. Regresó cerca del mediodía con uno de los desconocidos del día anterior y evitó todos los intentos de Kayerts por hablarle: al parecer se había vuelto sordo. Kayerts se preocupó. Carlier, que había estado pescando en la orilla, volvió y comentó mientras mostraba su pesca:

—Los negros parecen muy agitados; me gustaría saber qué ocurre. En las dos horas que he pasado pescando han cruzado el río unas quince canoas.

Kayerts, inquieto, dijo:

—¿No está muy raro Makola?

Carlier aconsejó:

—Reunamos a nuestros hombres por si hay problemas.

II

El director había dejado en la factoría a diez hombres. Estos, que se habían comprometido con la Compañía por seis meses (sin tener ninguna idea en particular de lo que es un mes y solo con una noción muy vaga del tiempo en general), llevaban más de dos años al servicio del progreso. Al pertenecer a una tribu situada en una zona muy lejana de aquella tierra de oscuridad y pesar, no huían, pues daban por sentado que como extranjeros errantes serían asesinados por los habitantes locales; y en eso tenían razón. Vivían en chozas de paja en un barranco lleno de juncos, detrás de las construcciones de la factoría. No eran felices; echaban de menos los ensalmos festivos, las hechicerías, los sacrificios humanos de su tierra, donde también habían quedado parientes, hermanos, hermanas, jefes admirados, brujos respetados, amigos queridos y otros lazos que en general se suponen humanos. Además, las raciones de arroz que servía la Compañía no les sentaban bien, pues era un alimento desconocido en su tierra y no se acostumbraban a él. En consecuencia, tenían mala salud y nostalgia. Si hubiesen sido de cualquier otra tribu se habrían decidido a morir —porque nada les resulta más fácil a ciertos salvajes que el suicidio— para escapar de las desconcertantes dificultades de su existencia. Pero, al pertenecer a una tribu de guerreros de dientes afilados, resistían más y continuaban viviendo estúpidamente en la enfermedad y en la tristeza. Trabajaban muy poco y habían perdido su espléndido físico. Carlier y Kayerts intentaban curarlos con diligencia sin ser capaces de ponerlos de nuevo en forma. Los reunían cada mañana y les encargaban distintas tareas: cortar la hierba, levantar cercos, podar árboles, etc. etc., que ningún poder terrenal podía inducirlos a ejecutar con eficiencia. En la práctica, los dos blancos tenían muy poco control sobre ellos.

Por la tarde Makola fue a la casa y encontró a Kayerts observando tres densas columnas de humo que se alzaban sobre la selva.

—¿Qué es eso? —preguntó Kayerts.

—Arden algunas aldeas —respondió Makola, que al parecer había recobrado la razón. Luego dijo abruptamente—: Tenemos muy poco marfil; malos seis meses de comercio. ¿Le gustaría tener más marfil?

—Sí —dijo Kayerts ansiosamente.

Pensó en los bajos porcentajes.

—Los hombres que vinieron ayer son comerciantes de Loanda que tienen más marfil del que pueden llevar a su tierra. ¿Compro? Sé dónde acampan.

—Claro —dijo Kayerts—. ¿Quiénes son esos comerciantes?

—Hombres malos —dijo Makola con indiferencia—. Pelean con la gente y se llevan mujeres y niños. Son hombres malos y tienen armas. Hay grandes disturbios en el país. ¿Quiere marfil?

—Sí —dijo Kayerts.

Por un momento Makola no dijo nada. Después murmuró, mirando a su alrededor:

—Esos trabajadores nuestros no sirven para nada. La factoría en muy mal estado, señor. Director va a enojarse. Mejor conseguir mucho marfil, así no dice nada.

—No hay nada que hacer; los hombres no quieren trabajar —dijo Kayerts—. ¿Cuándo conseguirás el marfil?

—Muy pronto —dijo Makola—. Tal vez esta noche. Déjemelo a mí. Y quédese dentro, señor. Me parece que mejor les da vino de palmera a nuestros hombres para que esta noche hagan una danza. Que disfruten. Así mañana trabajan mejor. Hay mucho vino de palmera: un poco agrio.

Kayerts dio su consentimiento, y Makola llevó con sus propias manos unas calabazas grandes hasta la puerta de su choza. Allí quedaron hasta el fin de la tarde, y Makola se ocupó de cada una. Los hombres las recibieron al atardecer. Cuando Kayerts y Carlier fueron a acostarse, ardía una gran fogata entre sus chozas. Los blancos oyeron sus gritos y redobles de tambor. Algunos hombres de la aldea de Gobila se habían sumado a los peones de la factoría y el entretenimiento resultó un gran éxito.

En mitad de la noche, el grito desgañitado de un hombre despertó de pronto a Carlier; después se oyó un disparo. Uno solo. Carlier salió corriendo y encontró a Kayerts en la galería. Los dos estaban alterados. Al cruzar el césped en busca de Makola, vieron sombras que se movían en medio de la noche. Una de ellas gritaba:

—¡No disparen! Soy yo, Price.

Entonces Makola apareció cerca de ellos.

—Vuelvan adentro, adentro, por favor —les suplicó—. Lo están echando todo a perder.

—Por aquí hay extraños —dijo Carlier.

—No se preocupe; ya lo sé —dijo Makola. Luego susurró—: De acuerdo. Traen marfil. ¡No digan nada! Sé lo que hago.

Los dos blancos volvieron a regañadientes adentro de la casa, pero no durmieron. Oían pasos, susurros, algunos gemidos. Daba la impresión de que llegaban muchos hombres, descargaban objetos pesados en el suelo, discutían un largo rato y al final se iban. Tendidos en sus camas rígidas, los blancos pensaban: «Este Makola no tiene precio». Por la mañana, Carlier salió, muy soñoliento, y tiró de la cuerda de la gran campana. Los peones de la factoría se reunían todas las mañanas al oírla. Esa vez no se presentó nadie. También Kayerts salió, bostezando. Vieron a Makola salir de su choza al otro lado del patio con una vasija de agua jabonosa en la mano. Makola, un negro civilizado, era muy pulcro en su aseo personal. Arrojó la espuma hábilmente sobre un pobre chucho amarillo que tenía y, mirando la casa de los agentes, gritó desde lejos:

—¡Anoche se fueron todos los hombres!

Lo oyeron claramente, pero de la sorpresa los dos gritaron:

—¡Cómo!

Después se miraron fijamente el uno al otro.

—Ahora sí estamos en un aprieto —gruñó Carlier.

—¡Es increíble! —farfulló Kayerts.

—Iré a las chozas a cerciorarme —dijo Carlier, empezando a caminar.

Makola se acercó a Kayerts, que se había quedado solo.

—Me cuesta creerlo —dijo Kayerts con los ojos llorosos—. Cuidamos de ellos como si fuesen nuestros hijos.

—Se fueron con la gente de la costa —dijo Makola, tras un momento de vacilación.

—¿Qué más da con quién se fueron? ¡Bestias ingratas! —exclamó el otro. Después, con una súbita sospecha y mirando fijo a Makola, agregó—: ¿Qué sabes tú del asunto?

Makola movió los hombros, mirando el suelo.

—¿Que qué sé? Yo solo pienso. ¿Quieren ver el marfil que tengo ahí? Es un lote excelente. Nunca ha visto nada así.

Se dirigió al almacén. Kayerts lo siguió mecánicamente, pensando en la increíble deserción de los hombres. En el suelo, a la puerta del fetiche, había seis magníficos colmillos.

—¿Qué les diste a cambio? —preguntó Kayerts, tras examinar el lote con satisfacción.

—No fue compraventa habitual —dijo Makola—. Trajeron el marfil y me lo dieron. Les dije que se llevasen lo que quisieran. Es un lote hermoso. Ninguna factoría exhibe semejantes colmillos. Esos mercaderes necesitaban transportistas, y nuestros hombres no servían para nada. Ningún trato; ningún asiento en los libros: todo correcto.

Kayerts casi estalló de indignación:

—¡Cómo! —gritó—. ¡Entonces has vendido a nuestros hombres por los colmillos! —Makola permaneció impasible y en silencio—. Yo... yo... voy a hacer que... —balbució Kayerts—. ¡Eres un demonio! —espetó por fin.

—Hice lo más conveniente para usted y para la Compañía —dijo Makola, imperturbable—. ¿Por qué grita tanto? Mire este colmillo.

—¡Estás despedido! Voy a denunciarte: no pienso mirar el colmillo. Te prohíbo que los toques. Te ordeno que los arrojes al río. Eres... ¡Eres...!

—Usted muy colorado, señor Kayerts. Si se enfada al sol, va a pillar fiebre y morirá: ¡como el primer jefe! —pronunció Makola de manera impresionante.

Se quedaron quietos, contemplándose uno a otro intensamente, como si mirasen con esfuerzo a través de inmensas distancias. Kayerts se estremeció. Makola no había querido insinuar nada más que lo dicho, pero sus palabras le parecieron a Kayerts cargadas de ominosas amenazas. Se volvió de pronto y fue a la casa. Makola se refugió en el seno de su familia; y los colmillos, tirados al sol delante del almacén, parecían muy grandes y valiosos.

Carlier regresó a la galería.

—Se han ido todos, ¿eh? —preguntó Kayerts con voz ahogada desde el extremo de la sala de estar—. ¿No has encontrado ni a uno?

—Bueno, sí —dijo Carlier—. Encontré a uno de la tribu de Gobila muerto delante de las chozas: con el cuerpo atravesado de un disparo. El disparo que oímos anoche.

Kayerts salió deprisa. Halló a su compañero mirando seriamente a través del patio hacia los colmillos que estaban junto al almacén. Durante un rato los dos se quedaron sentados en silencio. Entonces Kayerts refirió su charla con Makola. Carlier no dijo nada. En el almuerzo comieron muy poco. Apenas cruzaron palabra en todo el día. Era como si un enorme silencio pesara sobre la factoría y les sellara los labios. Makola no abrió el almacén; pasó el día jugando con sus hijos. Se tumbó en una esterilla a la puerta de su casa, y los pequeños se le sentaban en el pecho y se le trepaban por todas partes. La escena era enternecedora. La señora Makola, como de costumbre, se ocupó todo el día de la cocina. Los hombres blancos comieron un poco más por la noche. Más tarde, Carlier fue hasta el almacén fumando su pipa; permaneció un rato largo junto a los colmillos, tocó uno o dos con el pie, incluso intentó levantar el más grande por el lado más delgado. Volvió adonde estaba su jefe, que no se había movido de la galería, se dejó caer en la silla y dijo:

—¡Es como si lo viera! Les saltaron encima mientras dormían profundamente después de beber todo ese vino de palmera que permitiste que les diera Makola. ¡Un golpe premeditado! ¿Lo ves? Lo peor es que con ellos había gente de Gobila, y sin duda se los llevaron. El que estaba menos borracho se despertó, y le dispararon por estar sobrio. Este es un país extraño. ¿Qué vas a hacer ahora?

—Por supuesto, no podemos tocarlo —dijo Kayerts.

—Por supuesto que no —asintió Carlier.

—La esclavitud es algo horrible —balbuceó Kayerts con la voz quebrada.

—Espantoso... los sufrimientos —gruñó Carlier con convicción.

Creían sus palabras. Todo el mundo respeta ciertos sonidos que emiten sus congéneres. Pero en realidad nadie sabe nada de sentimientos. Hablamos con indignación o entusiasmo; hablamos sobre opresión, crueldad, crímenes, devoción, sacrificio, virtudes, y no conocemos más realidad que las palabras. Nadie sabe qué significa el sufrimiento o el sacrificio; excepto, quizá, las víctimas del misterioso propósito de esas ilusiones.

A la mañana siguiente vieron a Makola muy atareado, instalando en el patio la balanza que se usaba para pesar marfil.

—¿Qué trama ese roñoso sinvergüenza? —dijo Carlier poco después, y salió al patio.

Kayerts lo siguió. Se lo quedaron mirando. Makola no se dio por aludido. Cuando la balanza estuvo instalada, trató de poner un colmillo en uno de los platos. Pesaba demasiado. Sin decir una palabra, alzó la vista en un gesto de impotencia, y por un minuto los tres permanecieron de pie alrededor de la balanza, mudos y quietos como estatuas. De pronto Carlier dijo:

—Agárralo por el otro lado, Makola, no seas bruto.

Y juntos subieron el colmillo. Kayerts temblaba de arriba abajo.

—¡Caramba! Ah, ¡caramba! —murmuró, y al meter la mano en el bolsillo encontró un pedazo sucio de papel y un pequeño lápiz.

Les dio la espalda a los otros dos, como si estuviese haciendo algo peligroso, y anotó los pesos que gritaba Carlier a un volumen innecesario. Cuando terminaron, Makola murmuró para sí:

—El sol está muy fuerte para dejar los colmillos aquí.

Carlier le dijo a Kayerts con voz despreocupada:

—Bueno, jefe, ya que estoy ayudo a Makola a llevar el lote al almacén.

Cuando regresaban a la casa, Kayerts observó con un suspiro:

—Había que hacerlo.

Y Carlier dijo:

—Es deplorable, pero, si los hombres pertenecían a la Compañía, el marfil pertenece a la Compañía. Tenemos que ocuparnos de él.

—Elevaré un informe al director, por supuesto —dijo Kayerts.

—Por supuesto, que sea él quien decida —aprobó Carlier.

Al mediodía comieron con ganas. De tanto en tanto Kayerts suspiraba. Cada vez que pronunciaban el nombre de Makola le añadían un epíteto oprobioso. Así aliviaban su cargo de conciencia. Makola se concedió medio día libre y bañó a sus hijos en el río. Ese día ningún habitante de las aldeas de Gobila se acercó a la factoría. Nadie vino tampoco al día siguiente, ni al otro, ni en toda una semana. Podía pensarse que el pueblo de Gobila estaba muerto y sepultado por las señales de vida que daba, pero solo lloraba a los perdidos debido a las brujerías de los blancos, que habían traído gente malvada al territorio. Los malvados se habían ido, pero perduraba el miedo. Siempre perdura. Puede que un hombre destruya cuanto lleva dentro, el amor y el odio y las creencias, e incluso la duda; pero mientras se aferre a la vida no podrá destruir el miedo: el miedo sutil, indestructible y tremendo que impregna su ser; que colora sus pensamientos; que anida en su corazón; que observa en sus labios el esfuerzo del último aliento. Presa del miedo, el viejo y amable Gobila ofreció sacrificios humanos adicionales a los Espíritus Malignos que se habían apoderado de sus amigos blancos. Estaba muy afligido. Algunos guerreros hablaron de quemar y matar, pero el cauteloso y viejo salvaje los disuadió. ¿Quién podía prever la desgracia que podían convocar aquellas criaturas misteriosas si se las irritaba? Había que dejarlos tranquilos. Con el tiempo tal vez desparecerían bajo tierra como lo había hecho el primero. Su gente debía apartarse y mantener viva la esperanza.

Kayerts y Carlier no desaparecieron, sino que siguieron sobre aquella tierra que, en cierto modo, les pareció que se había vuelto más grande y muy vacía. La soledad muda y absoluta de la factoría no los impresionaba tanto como la sensación inefable de que algo había desaparecido dentro de ellos, algo que antes los mantenía seguros y había impedido que la selva afectara sus corazones. Las imágenes de su patria, el recuerdo de gente como ellos, de hombres que pensaban y sentían como habían pensado y sentido ellos, se perdieron en una distancia desdibujada por el resplandor del sol sin nubes. Y desde el silencio enorme de la selva circundante, la desesperanza y la ferocidad parecían aproximarse a ellos, atraerlos con dulzura, mirarlos, envolverlos con una solicitud irresistible, familiar y repugnante.

Los días se convirtieron en semanas, luego en meses. La tribu de Gobila tocaba el tambor y gritaba con cada luna nueva, como antes, pero los hombres ya no se acercaban a la factoría. Una vez, Makola y Carlier intentaron abrir los canales de comunicación en canoa, pero fueron recibidos por una lluvia de flechas y tuvieron que volver a toda prisa para salvar la vida. El intento causó un alboroto río abajo y río arriba que se oyó nítidamente durante días. El vapor no llegaba. Al principio hablaron del retraso con optimismo, después con ansiedad, después con aflicción. El asunto se estaba volviendo serio. Las reservas se agotaban. Carlier tendió líneas de pesca en la orilla, pero el río estaba bajo, y los peces se mantenían lejos en medio de la corriente. Ninguno de los dos se atrevía a alejarse de la factoría para cazar. Peor aún, no había presas en la selva impenetrable. Una vez Carlier mató a un hipopótamo en el río. No tenían bote con que sujetarlo y el animal se hundió. Tras salir a flote se alejó a la deriva, y la tribu de Gobila atrapó el cadáver. Fue un día de festividad nacional, pero Carlier tuvo un ataque de ira y habló de la necesidad de exterminar a todos los negros para hacer habitable aquel país. Kayerts se pasaba el tiempo abstraído, en silencio; miraba durante horas el retrato de su hija Melie, en el que aparecía una niñita de largas trenzas decoloradas y una expresión un poco avinagrada. Kayerts tenía las piernas muy hinchadas y apenas podía caminar. Carlier, menoscabado por la fiebre, ya no se pavoneaba, pero seguía tambaleándose de un lado a otro, con el aire temerario de siempre, como correspondía a un hombre que recordaba su regimiento de primera. Se había vuelto ronco, sarcástico y propenso a decir cosas desagradables. A eso lo llamaba «ser franco». Tiempo atrás habían calculado los porcentajes que le correspondían a cada uno, incluido el último trato del «infame Makola». También habían resuelto no decir nada al respecto. Al principio Kayerts dudó, por miedo al director.

—Habrá visto peores cosas hechas a escondidas —sostenía Carlier con una risa ronca—. ¡Fiarte de él! No te va a agradecer que te chives. No es mejor que tú ni que yo. ¿Quién se lo va a decir si nos lo guardamos? Aquí no hay nadie.

Esa era la raíz del problema. Allí no había nadie; y, al quedarse solos con sus flaquezas, se volvieron cada día más parecidos a un dúo de cómplices que a un par de queridos amigos. Llevaban ocho meses sin tener noticias de su país. Todas las noches decían: «Mañana veremos el vapor». Pero uno de los vapores de la Compañía había zozobrado, y el director estaba muy atareado con el otro, atendiendo factorías muy lejanas e importantes a orillas del río principal. Pensaba que aquel almacén inútil y aquellos hombres inútiles podían esperar. Entretanto, Kayerts y Carlier vivían a base de arroz hervido sin sal y maldecían a la Compañía, a toda África y el día en que habían nacido. Hay que haber vivido a base de esa dieta para descubrir el horrendo problema en que puede convertirse tragar comida. Excepto arroz y café, no quedaba literalmente nada; el café lo tomaban sin azúcar. Kayerts había guardado solemnemente bajo llave los últimos quince terrones en una caja, junto con media botella de coñac, «para casos de enfermedad», explicó. Carlier estaba de acuerdo.

—Cuando uno enferma —dijo—, cualquier cosita adicional es de gran ayuda.

Siguieron esperando. Una hierba maloliente empezó a crecer en el patio. La campana ya nunca sonaba. Pasaron los días, lentos, silenciosos, exasperantes. Cuando los dos hablaban, gruñían; y sus silencios eran amargos, como manchados por la amargura de sus pensamientos.

Un día, después de un almuerzo de arroz hervido, Carlier dejó sin probar su taza de café y dijo:

—¡Al diablo con todo! Por una vez tomemos un café decente. ¡Trae el azúcar, Kayerts!

—Es por si enfermamos —murmuró Kayerts, sin alzar la vista.

—Por si enfermamos —se burló Carlier—. ¡Tonterías...! En fin, ¡estoy enfermo!

—No estás más enfermo que yo, y yo me aguanto —dijo Kayerts en tono pacífico.

—¡Venga! Saca el azúcar, negrero tacaño.

Kayerts alzó la vista al instante. Carlier sonreía con marcada insolencia. Y de pronto a Kayerts le pareció que nunca había visto a aquel hombre. ¿Quién era? No sabía nada de él. ¿De qué era capaz? En su interior apareció un sorpresivo destello de emoción violenta, como ante la presencia de algo inimaginable, peligroso y concluyente. Pero logró decir con calma:

—Esa broma es de muy mal gusto. No la repitas.

—¡Broma! —dijo Carlier, echándose adelante en su silla—. Tengo hambre... Estoy enfermo... ¡No bromeo! Odio a los hipócritas. Tú eres un hipócrita. Eres un tratante de esclavos. Yo soy un tratante de esclavos. En este condenado país no hay otra cosa que tratantes de esclavos. Y, de todas formas, hoy quiero ponerle azúcar al café.

—Te prohíbo que me hables de esa manera —dijo Kayerts con una muestra considerable de resolución.

—¿Qué? ¿Me lo prohíbes? —gritó Carlier, levantándose de un salto.

Kayerts también se puso de pie.

—Soy tu jefe —empezó a decir, procurando dominar el temblor de su voz.

—¿Qué? —gritó el otro—. ¿Quién es el jefe? Aquí no hay jefe. Aquí no hay nada: no hay nada más que tú y yo. Trae el azúcar, asno barrigudo.

—Cuidado con lo que dices. Sal de esta habitación —gritó Kayerts—. Retírate, sinvergüenza.

Carlier levantó un taburete. De inmediato cobró un aspecto peligrosamente serio.

—Eres un gordo inútil. ¡Toma!

Kayerts se escudó bajo la mesa, y el taburete golpeó la pared de paja de la habitación. Luego, mientras Carlier intentaba volcar la mesa, Kayerts, desesperado, embistió ciegamente con la cabeza gacha, como lo haría un cerdo arrinconado, derribó a su amigo, escapó por la galería y se encerró en su cuarto. Cerró la puerta con llave, cogió el revólver y se detuvo jadeando. En menos de un minuto Carlier se puso a patear furiosamente la puerta, mientras aullaba:

—Si no sacas el azúcar te voy a pegar un tiro en cuanto te vea, como a un perro. Ahora, uno... dos... tres. ¿Te niegas? Ya verás quién manda.

Kayerts juzgó que la puerta cedería y trepó por el agujero cuadrado que hacía las veces de ventana de la habitación. Quedaron separados por el ancho de la casa. Pero al parecer Carlier no era lo bastante fuerte para echar la puerta abajo, y Kayerts lo oyó correr en torno a la construcción. Entonces él también empezó a correr, laboriosamente, con sus piernas hinchadas. Corría tan rápido como podía, aferrando el revólver y sin comprender aún lo que ocurría. Vio sucesivamente la casa de Makola, el almacén, el río, el barranco y los matorrales bajos; y vio todo eso una vez más al dar una segunda vuelta a la casa. De nuevo el conjunto pasó a toda prisa delante de él. Esa misma mañana no habría podido andar una yarda sin gemir de dolor.

Y ahora corría. Corría lo bastante rápido para que el otro no lo alcanzara.

Cuando, débil y desesperado, pensaba: «Antes de completar la próxima vuelta moriré», oyó que el otro tropezaba y hacía un alto. También él se detuvo. Estaba detrás de la casa y Carlier se hallaba en la parte delantera, como antes. Lo oyó desplomarse en la silla con una maldición, y de pronto sus propias piernas cedieron y fue sentándose con la espalda apoyada contra la pared. Tenía la boca seca como ceniza y la cara bañada en sudor y lágrimas. ¿Qué era todo aquello? Pensó que debía de ser una terrible ilusión; pensó que estaba soñando; pensó que se estaba volviendo loco. Al cabo de un rato recobró la razón. ¿Por qué se peleaban? ¡Por el azúcar! ¡Qué absurdo! Se lo daría; él no lo quería. Y empezó a ponerse de pie con una súbita sensación de seguridad. Pero antes de erguirse por completo se le ocurrió una reflexión corriente que lo hizo desesperar una vez más. Pensó: «Si cedo ante ese soldado bruto, volverá a la carga mañana, y al día siguiente, todos los días, cada vez con más exigencias, hasta pasarme por encima, torturarme, convertirme en su esclavo, ¡y estaré perdido! ¡Perdido! Tal vez el vapor tarde días en llegar. O quizá no llegue nunca». Tanto temblaba que tuvo que volver a sentarse. Se estremecía en su desolación. Sentía que ya no podía ni quería moverse. De golpe había percibido la completa locura de que no había salida: de que, en un momento, la vida y la muerte se habían vuelto difíciles y terribles por igual.

De repente oyó al otro levantarse de su silla; y él se puso en pie con gran facilidad. Prestó oídos y lo embargó la confusión. ¡Correr de nuevo! ¿A derecha o izquierda? Oyó pasos. Corrió hacia la izquierda, empuñando su revólver, y en ese mismo momento, según le pareció, chocó violentamente con el otro. Los dos gritaron de sorpresa. Entre ellos se produjo un fuerte estallido; un fogonazo rojo, humo denso; Kayerts, cegado y ensordecido, retrocedió deprisa, pensando: «Me ha dado; es el fin». Esperaba que el otro se acercara para regodearse de su agonía. Se agarró de un poste del techo: «¡El fin!». En eso oyó al otro lado de la casa el estruendo de una caída, como si alguien se hubiese desplomado de bruces en una silla; luego un silencio. No ocurrió nada más. No murió. Tan solo le dolía el hombro como si se lo hubiesen zarandeado, y había perdido el revólver. Estaba inerme e indefenso. Esperó su destino. El otro no hacía ningún ruido. Era una estratagema. ¡Ahora lo acechaba! ¿De qué lado? Quizá le apuntaba en ese preciso instante.

Tras unos momentos de agonía horrenda y absurda, decidió salir al encuentro de su condena. Estaba listo para rendirse. Dobló la esquina de la casa, apoyándose con una mano en la pared, dio unos pocos pasos y casi se desvaneció. En el suelo, al borde de la otra esquina, había dos pies vueltos hacia arriba. Dos pies blancos con pantuflas rojas. Sintió ganas de vomitar y, durante un rato, se quedó de pie en medio de una profunda negrura. Entonces apareció Makola y le dijo en voz baja:

—Venga, señor Kayerts. Está muerto.

Se echó a llorar de gratitud, con un fuerte ataque de sollozos. Al cabo de un rato se encontró sentado en una silla mirando a Carlier, tendido de espaldas. Makola estaba arrodillado junto al cuerpo.

—¿Este es su revólver? —preguntó Makola, al levantarse.

—Sí —dijo Kayerts; luego agregó en voz muy baja—: Me perseguía para dispararme. ¡Lo has visto!

—Sí, lo he visto —dijo Makola—. Aquí hay solo un revólver. ¿Dónde está el de él?

—No lo sé —susurró Kayerts con una voz se había vuelto muy débil.

—Voy a buscarlo —dijo el otro amablemente.

Dio una vuelta a la galería mientras Kayerts seguía sentado, mirando el cadáver. Makola regresó con las manos vacías, se detuvo absorto, luego fue al dormitorio del muerto y poco después salió con el revólver, que le mostró a Kayerts. Kayerts cerró los ojos. Todo se movía. La vida le pareció más difícil y terrible que la muerte. Había disparado a un hombre desarmado.

Tras meditar un poco, Makola señaló el muerto, que yacía allí con el ojo derecho reventado, y le dijo a media voz:

—Murió de fiebre. —Kayerts lo miró con ojos de piedra—. Sí —repitió Makola, pensativo, pasando sobre el cadáver—. Creo que murió de fiebre. Entiérrelo mañana.

Y volvió lentamente adonde lo esperaba su mujer, dejando a los dos blancos solos en la galería.

Cayó la noche, y Kayerts seguía inmóvil en su silla. Guardaba silencio como si hubiese tomado una dosis de opio. Las violentas emociones por las que había pasado le producían una sensación de exhausta serenidad. En una breve tarde había penetrado en las profundidades del horror y la desesperación, y ahora hallaba reposo en la convicción de que para él la vida ya no ocultaba secretos: ¡tampoco la muerte! Se quedó pensando sentado junto al cadáver; pensaba muy activamente, pensaba pensamientos nuevos. Parecía haberse desprendido de su propia persona. Sus antiguos pensamientos, convicciones, gustos y disgustos, las cosas que respetaba y abominaba se revelaban por fin como realmente eran. Eran despreciables e infantiles, falsos y ridículos. Se deleitó con aquella nueva sabiduría mientras velaba al hombre al que había matado. Discutió consigo mismo sobre todas las cosas de la tierra con la lucidez obcecada que se observa en ciertos lunáticos. De pasada rumió que, de cualquier manera, el muerto era una bestia nociva; que los hombres mueren a diario a millares, quizá a cientos de millares —¿cómo saberlo?— y que, en ese número, nada cambiaba una sola muerte, que no tenía importancia, al menos para una criatura pensante. Él, Kayerts, era una criatura pensante. Hasta ese momento, llevaba toda una vida creyendo en un montón de tonterías, como el resto de los hombres, que eran unos idiotas; pero ¡ahora pensaba! ¡Sabía! Estaba en paz; tenía conocimiento de la más alta sabiduría. Trató de imaginarse muerto y de imaginar a Carlier sentado en esa silla mirándolo; y el intento fue un éxito tan inesperado que, en muy pocos minutos, no estuvo en absoluto seguro de quién era el muerto y quién el vivo. Sin embargo, ese logro extraordinario de su inventiva lo alteró, y solo por un esfuerzo inteligente y oportuno de su mente se salvó de convertirse en Carlier. Su corazón palpitaba con violencia, y se acaloró de solo pensar en aquel peligro. ¡Carlier! ¡Qué espanto! Para calmar sus nervios por entonces muy alterados —y con razón— intentó silbar un poco. Luego, de pronto, se durmió o creyó dormirse; pero en cualquier caso había niebla, y alguien silbaba en la niebla.

Se puso de pie. Era de día, y una densa neblina cubría la tierra: una neblina penetrante, envolvente y silenciosa; la neblina matinal del trópico; una neblina pegajosa y asesina; una neblina blanca y letal, inmaculada y venenosa. Se puso de pie, vio el cuerpo y, levantando los brazos, dio un grito como el de un hombre que, al despertar de un trance, se descubre encerrado para siempre en una tumba:

—¡Socorro...! ¡Dios mío!

Un aullido inhumano, vibrante y repentino penetró como un dardo afilado la mortaja blanca de aquella tierra de miserias. Le siguieron tres chillidos breves e impacientes, y después, durante un rato, las volutas de neblina siguieron su curso, intactas, en medio de un silencio formidable. Luego varios aullidos más desgarraron el aire, rápidos y penetrantes, como los gritos de un ser cruel y exasperado. El progreso llamaba a Kayerts desde el río. El progreso y la civilización y todas las virtudes. La sociedad llamaba a su hijo pródigo para cuidarlo, para instruirlo, para juzgarlo, para condenarlo; lo llamaba para que volviera al basurero del que se había alejado y que así se hiciera justicia.

Kayerts oyó y comprendió. Salió de la galería tambaleándose, dejando al otro hombre solo por primera vez desde que los dos habían coincidido allí. Avanzó a tientas por la neblina, implorando en su ignorancia que el cielo invisible deshiciera su acto. Makola apareció en la niebla, dando voces mientras corría:

—¡El vapor, el vapor! No ven nada. Nos llaman con el silbato. Voy a tocar la campana. Vaya al embarcadero, señor. Yo toco.

Desapareció. Kayerts no se movió. Miró hacia arriba; la neblina pasaba baja sobre su cabeza. Miró alrededor como un hombre que ha perdido el rumbo y vio un borrón oscuro, una mancha en forma de cruz en medio de la pureza móvil de la niebla. Cuando empezó a dirigirse hacia ella, la campana de la factoría respondió con un tañido tumultuoso al impaciente estruendo del vapor.

El director administrativo de la Gran Compañía Civilizadora (porque se sabe que la civilización sigue al comercio) bajó a tierra primero, y de inmediato perdió de vista el vapor. Junto al río la niebla era sumamente densa; más arriba, en el puesto, la campana sonaba sin cesar y con descaro.

El director gritó hacia el vapor:

—Nadie ha bajado a recibirnos; a lo mejor ha sucedido algo, aunque toquen la campana. ¡Lo mejor será que vengáis conmigo!

Y empezó a subir por la barranca. El capitán y el fogonero lo siguieron. Mientras trepaban, la niebla fue disipándose un poco, y vieron que el director les sacaba bastante ventaja. De pronto vieron que se apresuraba y les gritaba por encima del hombro:

—¡Corred! ¡Corred a la casa! He encontrado a uno. Corred a buscar al otro.

¡Había encontrado a uno! Incluso él, un hombre de experiencias variadas y sorprendentes, quedó algo perturbado por el hallazgo. De pie, hurgó en sus bolsillos (en busca de una navaja) mientras miraba a Kayerts, que colgaba de la cruz por una correa de cuero. Obviamente había trepado a la tumba, que era alta y estrecha, y, tras atar un cabo de la correa al travesaño, se había lanzado al vacío. Sus pies estaban a solo un par de pulgadas del suelo; sus brazos colgaban rígidos; parecía estar clavado en posición de firme, pero con una mejilla violácea traviesamente apoyada en un hombro. Y, con irreverencia, le sacaba la hinchada lengua al director administrativo.

Karain: un recuerdo

I

Lo conocimos en los días inciertos en que nos bastaba con ser dueños de nuestras vidas y de nuestras propiedades. Ninguno de nosotros, creo, tiene ahora propiedades, y he oído que muchos, por negligencia, perdieron la vida; pero estoy seguro de que los pocos sobrevivientes no han sido tan cortos de vista como para pasar por alto, en la confusa respetabilidad de los periódicos, la información sobre los diversos alzamientos de nativos que han tenido lugar en el archipiélago oriental. El sol brilla entre las líneas de esos breves párrafos: el sol y el resplandor del mar. Un nombre extraño despierta recuerdos; la letra de molde evoca con ligereza, en la atmósfera ahumada de presente, el aroma sutil y penetrante de las brisas costeras que soplaban en las estrelladas noches de antaño; la señal de una hoguera resplandece como un joya en lo alto de un acantilado sombrío; grandes árboles, los primeros centinelas de unos bosques inmensos, se yerguen atentos e inmóviles sobre las aguas dormidas; una línea de espuma blanca truena en una playa desierta; e islotes verdes, desperdigados en la paz del mediodía, asoman en la superficie del bruñido mar como un puñado de esmeraldas en un escudo de acero.

También hay caras: caras oscuras, truculentas y sonrientes; las caras francas y audaces de hombres descalzos, armados y silenciosos. Ocuparon las cubiertas estrechas de nuestra goleta con su humanidad adornada y bárbara, con los matices multicolores de sus *sarongs* a cuadros, turbantes rojos, chaquetas blancas, bordados; con el centelleo de espadas, de anillos de oro, de amuletos, de brazaletes, de puntas de lanza y de las empuñaduras enjoyadas de sus armas. Tenían un andar decidido, ojos resueltos, modales reservados; y aún nos parece oír sus voces quedas hablar de batallas, viajes y huidas; alardear con calma, bromear en voz baja; a veces ensalzar en murmullos corteses su propio valor, nuestra generosidad; o celebrar con leal entusiasmo las virtudes de su soberano. Recordamos las caras, los ojos, las voces; vemos una vez más el centelleo de la seda y del metal, la agitación susurrante de aquella multitud brillante, marcial y festiva; y nos parece sentir el tacto de manos amigas y morenas que, tras un breve apretón, vuelven a posarse en empuñaduras cinceladas. Aquel era el pueblo de Karain, su séquito devoto. Todo movimiento estaba pendiente de sus palabras; y en los ojos del líder los demás leían su propio pensar; les hablaba en murmullos despreocupados de la vida y la muerte, y ellos aceptaban sus palabras con humildad, como regalos del destino. Todos eran libres, pero cuando hablaban con él decían: «Tu esclavo». Al paso de Karain, las voces se extinguían como si caminara custodiado por el silencio; lo seguían susurros de temor. Le decían jefe guerrero. Era el soberano de tres aldeas situadas en una estrecha planicie; el señor de un asentamiento insignificante de tierra, una franja conquistada en forma de cuarto creciente, que descansaba ignota entre las colinas y el mar.

Desde la cubierta de nuestra goleta, que estaba anclada en el centro de la bahía, indicó con un gesto teatral la silueta dentada de las colinas donde estaban sus dominios; y el amplio movimiento del brazo pareció expandirlos, convirtiéndolos de pronto en algo tan vago e inmenso que por un momento parecieron confinados solo por el cielo. Y, por cierto, al mirar ese terreno, sin acceso al mar y aislado del continente por los desfiladeros de las montañas, era difícil creer que existiera algo más allá. Era estático, completo, desconocido y lleno de una vida que existía sigilosamente e inquietaba por su soledad; una vida que parecía inexplicablemente vacía de cualquier cosa que avivara el pensamiento, conmoviera el corazón, sugiriera la secuencia ominosa de los días. Nos parecía una tierra sin recuerdos, remordimientos ni esperanzas; una tierra donde nada podía sobrevivir a la llegada de la noche y donde todo amanecer, como un acto deslumbrante de creación especial, estaba desconectado de la víspera y del día siguiente.

Karain barrió aquello con la mano. «¡Todo mío!». Golpeó la cubierta con su largo cetro, cuyo pomo de oro brilló como una estrella fugaz; un anciano mudo, que estaba de pie detrás de él, vestido con una chaqueta negra llena de bordados, fue el único de todos los malayos que no siguió con la mirada el gesto señorial. Ni siquiera alzó los párpados. Inclinaba la cabeza detrás de su señor y, sin moverse, sostenía sobre su hombro derecho, con la empuñadura hacia arriba, un largo sable en una funda de plata. Estaba de servicio pero no mostraba curiosidad y parecía agobiado, no por la edad, sino por la posesión de un oneroso secreto de la existencia. Karain, corpulento y orgulloso, mantenía una pose altiva y respiraba con calma. Era nuestra primera visita, y mirábamos alrededor con curiosidad.

La bahía era como un pozo sin fondo de intensa luz. La lámina circular de agua reflejaba un cielo luminoso, y, a su alrededor, la costa formaba un anillo opaco de tierra que flotaba sobre un vacío azul transparente. Las colinas, moradas y áridas, se recortaban contra el cielo; sus cimas parecían diluirse en un temblor coloreado de vapor ascendente; sus laderas empinadas estaban veteadas del verde de los angostos barrancos; a sus pies había campos de arroz, plantaciones, playas amarillas. Un torrente serpenteaba entre ellas como un hilo caído. Grupos de árboles frutales marcaban las aldeas; palmeras delgadas arrimaban sus cabezas asintiendo sobre las casas bajas; techos de palmas secas brillaban a lo lejos, como techos de oro, tras oscuras galerías de troncos; las figuras pasaban nítidas y desaparecían; el humo de las hogueras se alzaba sobre masas de arbustos en flor; las cercas de bambú relucían, escapando en líneas quebradas entre los campos. A lo lejos en la costa se oyó un repentino grito plañidero que cesó abruptamente, como si lo sofocara la lluvia de sol. Una brisa provocó un fogonazo oscuro en el agua quieta, nos tocó la cara y fue olvidada. Nada se movía. El sol recalentaba un hueco sin sombra hecho de colores y de quietud.

En ese escenario se pavoneaba él, vestido con esplendor para interpretar su papel, incomparablemente noble, capaz de despertar la expectación absurda de que, bajo el tono vibrante de una luz magnífica, algo heroico —un arranque de acción o de música— estaba a punto de suceder. Iba adornado y resultaba perturbador, porque no lográbamos imaginar qué horrible vacío valía la pena ocultar tras un velo así de elaborado. No llevaba máscara —había en él demasiada vida, y una máscara es algo sin vida—; pero en esencia se presentaba como un actor, un ser humano agresivamente disfrazado. Hasta sus actos más ínfimos eran medidos e inesperados, sus discursos eran graves, sus sentencias eran ominosas como insinuaciones y complicadas como arabescos. Se lo trataba con el respeto solemne que se reserva en el desconsiderado Occidente a los monarcas de la escena, y él recibía el homenaje con una dignidad que solo se ve a la luz de las candilejas y en la falsedad concentrada de una situación burdamente trágica. Era casi imposible recordar quién era: un jefezuelo de un rincón oportunamente aislado de Mindanao, donde con relativa seguridad podíamos romper la ley que prohibía el tráfico de armas y municiones con los nativos. Una vez que recalábamos en la bahía, no nos preocupaba lo que podía pasar si de pronto uno de los moribundos buques cañoneros españoles cobraba vida: hasta ese punto la considerábamos inexpugnable a las intromisiones del mundo; y además, en aquellos días, teníamos bastante imaginación para buscar, con una suerte de alegre ecuanimidad, cualquier oportunidad de que nos ahorcaran en secreto en algún lugar adonde no llegaran las protestas diplomáticas. En cuanto a Karain, nada podía pasarle salvo lo que le pasa a todo el mundo: la adversidad y la muerte; pero su mayor virtud era mostrarse envuelto en la ilusión del triunfo inevitable. Parecía demasiado efectivo, demasiado necesario, una condición demasiado esencial de la existencia de su tierra y de su gente para que lo destruyera cualquier cosa salvo un terremoto. Resumía su raza, su país, la fuerza elemental de una vida apasionada, de la naturaleza tropical. Tenía el vigor exuberante y la fascinación de esta; y, como ella, llevaba en su interior la semilla del peligro.

En visitas sucesivas llegamos a conocer bien el escenario: el semicírculo morado de colinas, los árboles finos inclinados sobre las casas, las playas amarillas, las vetas verdes de los barrancos. Todo tenía el colorido fuerte y mezclado, la idoneidad casi excesiva, la sospechosa inmovilidad de una escena pintada; y representaba con tal perfección las asombrosas pretensiones de Karain que el resto del mundo parecía excluido para siempre de aquel espectáculo espléndido. Nada podía existir fuera. Era como si la Tierra hubiese seguido girando y hubiese dejado en el aire solo aquel fragmento de su superficie. Karain parecía completamente desconectado de todo excepto del sol, y hasta se diría que este brillaba solo para él. Una vez, cuando le preguntamos qué había al otro lado de las colinas, dijo, con una sonrisa elocuente: «Amigos y enemigos; muchos enemigos; si no, ¿para qué os compraría tantos rifles y tanta pólvora?». Siempre actuaba así, recitando sus réplicas a la perfección y adecuándose fielmente a los misterios y las certezas de su entorno. «Amigos y enemigos»: nada más. Algo vasto e impalpable. En efecto, la Tierra había escapado bajo sus pies, y él, con un puñado de gente, se hallaba rodeado de un silencioso tumulto de sombras rivales. Desde luego, ningún sonido llegaba del exterior. «¡Amigos y enemigos!». Habría podido agregar: «Y recuerdos», al menos en lo que le atañía a él; pero no se preocupó por aclararlo. Más tarde se aclaró solo; pero sucedió tras la representación diaria, detrás de bambalinas, por así decirlo, y con las luces apagadas. Entretanto ocupaba las tablas con dignidad barbárica. Unos diez años antes había liderado a su gente, una banda variopinta de *bugis* vagabundos, en la conquista de la bahía, y ahora, bajo su augusta protección, estos habían olvidado el pasado y habían perdido interés en el futuro. Él les daba sabiduría, consejos, recompensas, castigos, vida y muerte, con una actitud y una voz siempre serenas. Entendía de irrigación y del arte de la guerra; de las cualidades de las armas y del arte de construir botes. Sabía ocultar su corazón; era más resistente; nadaba más lejos y remaba en canoa mejor que cualquier de los suyos; disparaba más recto y negociaba de manera más tortuosa que todos los hombres de su raza que conocí. Era un aventurero del mar, un desterrado, un soberano; y un muy buen amigo mío. Le deseo una muerte de pie en una lucha rápida, una muerte al sol; porque conoció el remordimiento y el poder, y nadie puede pedir más de la vida. Día tras día aparecía ante nosotros, incomparablemente fiel a las ilusiones del escenario, y al ponerse el sol la noche lo cubría deprisa, como un telón que cae. Las colinas pespunteadas se convertían en sombras negras que se alzaban altas en el cielo claro; sobre ellas el luminoso desorden de las estrellas recordaba un alboroto delirante detenido por un gesto; los sonidos cesaban, los hombres dormían, desaparecían las formas y solo quedaba la realidad del universo, esa cosa magnífica hecha de oscuridad y centelleos.

II

Pero por la noche hablaba con franqueza, olvidando las exigencias del escenario. De día los asuntos se discutían con ceremonia. Al principio nos separaban su propio esplendor, mis injustas sospechas y aquel paisaje que se entrometía en la realidad de nuestras vidas con la fantasía inmóvil de su silueta y sus colores. Sus seguidores se apiñaban a su alrededor, formando sobre su cabeza un halo de puntas de hierro con las hojas anchas de las lanzas, y lo protegían del resto de la humanidad con el brillo de la seda, los destellos de las armas, el murmullo excitado y respetuoso de voces ansiosas. Antes del atardecer se retiraba con gran pompa e iba a sentarse bajo una sombrilla roja, escoltado por una veintena de botes. Todos los remos centelleaban y batían el agua al mismo tiempo con un poderoso chapoteo que resonaba en el anfiteatro monumental de las colinas. A su paso la flotilla dejaba una ancha estela de espuma reluciente. Las canoas parecían muy negras sobre el siseo blanco del agua; las cabezas con turbantes se mecían de un lado a otro; una multitud de brazos vestidos de carmesí y amarillo se alzaba y descendía en un mismo movimiento; los lanceros apostados en la proa de las canoas exhibían *sarongs* multicolores y hombros brillantes como de estatuas de bronce; las estrofas de la canción que farfullaban los remeros terminaban periódicamente en un grito plañidero. Las formas se perdían a lo lejos; la canción cesaba; la gente se arremolinaba en la playa bajo las largas sombras de las colinas del oeste. La luz del sol se entretenía en las crestas moradas, y a él lo veíamos dirigirse a su empalizada, una figura corpulenta con la cabeza descubierta, que caminaba mucho más adelante que un cortejo rezagado, bamboleando con regularidad un cetro de ébano más alto que su persona. La oscuridad se ahondaba deprisa; las antorchas brillaban intermitentes al pasar tras los arbustos; uno o dos saludos se alargaban en el silencio vespertino; y por fin la noche desplegaba su velo suave sobre la costa, las luces y las voces.

Entonces, cuando pensábamos en el descanso, los vigías de la goleta saludaban el chapotear de unos remos en la penumbra estrellada de la bahía; una voz respondía en tono cauteloso, y nuestro *serang*, tras asomarse por la claraboya abierta, nos informaba sin sorpresa: «Ese rajá, él viene. Aquí ahora». Karain aparecía sin hacer ruido en la puerta de nuestro pequeño camarote. Entonces era la simplicidad en persona; vestía todo de blanco, con la cabeza cubierta; por arma llevaba solo un kris de sencilla empuñadura de hueso de búfalo que ocultaba cortésmente en un pliegue del *sarong* antes de cruzar el umbral. Por encima de sus hombros se veía la cara del viejo espadero, demacrada y afligida y tan cubierta de arrugas que sus ojos parecían mirar desde detrás de una red oscura. Karain no iba a ninguna parte sin ese acompañante, que se quedaba de pie o acuclillado detrás de él. Le desagradaba el espacio abierto a sus espaldas. No solo le desagradaba; se trataba de algo parecido al miedo, una preocupación nerviosa por lo que ocurría donde él no veía. Era inexplicable en vista de la lealtad patente y feroz que lo rodeaba. Se encontraba entre hombres devotos; estaba a salvo de emboscadas vecinas, de ambiciones fraternales; y sin embargo más de uno de nuestros visitantes nos aseguró que su señor no soportaba estar solo. Decían: «Incluso cuando come y duerme siempre hay alguien fuerte y armado que monta guardia». En efecto, siempre había alguien cerca de él, aunque nuestros informantes no tenían idea de la fuerza y las armas del guardia, que eran oscuras y terribles. Lo supimos solo más tarde, después de haber oído la historia. Entretanto notamos que, incluso durante las entrevistas más importantes, a menudo Karain se sobresaltaba y, suspendiendo su discurso, extendía de pronto su brazo hacia atrás para asegurarse de que el viejo seguía ahí. El viejo, cansado e impenetrable, siempre estaba ahí. Compartía su comida, su descanso, sus pensamientos; conocía sus planes, protegía sus secretos e, impasible tras la agitación de su señor, sin moverse ni un poco, murmuraba sobre su cabeza, con voz tranquilizadora, palabras difíciles de comprender.

Solamente a bordo de la goleta, al encontrarse rodeado de caras blancas, de sonidos e imágenes poco familiares, parecía Karain olvidar la extraña obsesión que bordaba como un hilo negro la pompa de su vida pública. Por la noche lo tratábamos de un modo libre y natural que apenas nos impedía darle palmadas en la espalda, pues hay libertades que uno no debe tomarse con un malayo. Él mismo decía que en tales ocasiones era solo un caballero que venía a visitar a otros caballeros a los que suponía tan bien nacidos como él. Creo que hasta el final nos creyó emisarios del Gobierno, funcionarios oscuros que promovíamos con nuestro tráfico ilegal un plan secreto del Estado. De nada servían nuestras negaciones y protestas. Él solo sonreía con discreta cortesía y preguntaba por la reina. Cada visita empezaba por esa pregunta; era insaciable de pormenores; le fascinaba la poseedora de un cetro cuya sombra, proyectada desde el oeste sobre la tierra y los mares, iba mucho más allá de su propio arco de tierra conquistada. Multiplicaba las preguntas; nunca sabía lo suficiente sobre la monarca, de la que hablaba con asombro y respeto caballeresco: ¡con una especie de terror cariñoso! Más tarde, cuando supimos que era hijo de una mujer que había gobernado años atrás un pequeño Estado de *bugis*, sospechamos que el recuerdo de su madre (de quien hablaba con entusiasmo) se mezclaba en su mente con la imagen que se hacía de aquella reina lejana a la que llamaba Grande, Invencible, Piadosa y Afortunada. Terminamos por inventar detalles para satisfacer su curiosidad; y habréis de perdonar nuestra lealtad, porque procuramos que cuadraran con su ideal augusto y resplandeciente. Conversamos. La noche pasaba sobre nosotros, sobre la goleta inmóvil, la tierra dormida y el mar insomne que tronaba entre los arrecifes, a la entrada de la bahía. Sus remeros, dos hombres de fiar, dormían en la canoa al pie de nuestra escalerilla lateral. El viejo confidente, exonerado de sus deberes, se adormecía acuclillado, con la espalda apoyada contra la escalera que estaba junto a la puerta, y Karain se sentaba cómodamente en el sillón de madera, bajo el ligero balanceo del farol del camarote, con un puro entre los dedos y un vaso de limonada delante. Lo divertía la efervescencia del líquido, pero tras un trago o dos lo dejaba y pedía otra botella con un gesto cortés de la mano. Diezmaba nuestras magras existencias, pero no se lo negábamos, porque, cuando empezaba, sabía hablar. En su época debió de ser un dandi entre los *bugis*, pues incluso entonces (y

cuando lo conocimos ya no era joven) su esplendor era sumamente pulcro, y se teñía el pelo de castaño claro. La calmosa
dignidad de su actitud transformaba en auditorio el camarote mal iluminado de la goleta. Hablaba de la política interis-
leña con astucia irónica y melancólica. Había viajado mucho,
sufrido no poco, intrigado, luchado. Conocía las cortes locales, los asentamientos europeos, los bosques, el mar y, según
él mismo, había hablado con muchos grandes hombres. Le
gustaba conversar conmigo porque yo había conocido a algunos de esos hombres: al parecer pensaba que yo lo comprendía, y, con excelente confianza, daba por sentado que yo, al
menos, era capaz de apreciar cuánto más grande era él. Pero
prefería hablar de su tierra natal, un pequeño estado de *bugis* en la isla de Célebes. Yo había estado allí hacía poco, y él
me pedía noticias con avidez. Cuando aparecían nombres de
hombres durante la charla, él decía: «Nadamos uno contra
el otro de niños»; o: «Cazamos ciervos juntos; él manejaba el
lazo y la lanza tan bien como yo». Cada tanto sus grandes
ojos soñadores giraban nerviosamente, fruncía el ceño o sonreía o se quedaba pensativo y, con la mirada perdida, asentía
un rato ante alguna visión del pasado que le causaba remordimientos.

Su madre había sido la soberana de un pequeño estado
costero semiindependiente a la entrada del golfo de Boni. Hablaba de ella con orgullo. Había sido una mujer decidida en
asuntos de Estado y del corazón. Tras la muerte de su primer
marido, impávida ante la turbulenta oposición de los jefes, se
casó con un comerciante rico, un *korinchi* sin familia. Karain
era hijo de ese segundo matrimonio, pero al parecer su exilio
no tenía nada que ver con su desafortunada herencia. Nada
dijo de su causa, aunque una vez dejó escapar con un suspiro:
«¡Ah! Mi tierra ya no sentirá el peso de mi cuerpo». Pero con

mucho gusto relataba la historia de sus viajes y nos hablaba de la conquista de la bahía. Al referirse a los que vivían tras las colinas, murmuraba suavemente, con un gesto despreocupado de la mano: «Una vez cruzaron las colinas para luchar contra nosotros, pero los que lograron escapar nunca volvieron». Se quedó meditando un momento, con una sonrisa. «Muy pocos escaparon», agregó con orgullosa serenidad. Conservaba los recuerdos de sus triunfos; le hacían una ilusión exultante las nuevas empresas; cuando hablaba, su aspecto era guerrero, caballeresco e inspirador. No era extraño que su gente lo admirara. Una vez lo vimos caminar de día entre las casas del poblado. A la puerta de las chozas, grupos de mujeres se volvían a mirarlo, farfullando en voz baja y con los ojos brillantes; hombres armados se apartaban para dejarle paso, sumisos y erguidos; otros se le acercaban desde los lados, doblando la espalda para hablarle con humildad; una anciana extendió un magro brazo vendado: «¡Bendita sea tu cabeza!», gritó desde un portal oscuro; sobre la cerca baja de una plantación, un hombre de ojos ardientes asomó una cara sudada, un pecho con dos cicatrices y gritó en un jadeo a su paso: «¡Que Dios le conceda la victoria a nuestro amo!». Karain caminaba rápido, con pasos firmes y largos; respondía a los saludos a diestro y siniestro con miradas fugaces y penetrantes. Los niños salían de las casas, espiaban temerosos desde las esquinas; los más pequeños lo seguían, deslizándose por entre los arbustos, y sus ojos brillaban entre las hojas oscuras. El viejo espadero, con la funda de plata al hombro, arrastraba los pies deprisa tras él, con la cabeza gacha y los ojos fijos en el suelo. Y en medio de todo aquel jaleo, pasaban veloces y absortos, como dos hombres que se apresuran a atravesar una gran soledad.

En su sala de consejo estaba rodeado por los serios jefes armados, mientras dos largas filas de viejos caciques en ropas de algodón se acuclillaban con los brazos sobre las rodillas. El perfume de los setos en flor se colaba bajo el techo de paja sostenido por columnas lisas, cada una de las cuales le había costado la vida a una joven palmera de tronco recto. El sol se ponía. En los patios abiertos, los suplicantes entraban por los portones y, aunque aún estaban lejos, unían las manos sobre sus cabezas inclinadas y se doblaban en dos bajo el torrente brillante del sol. Las muchachas, con flores en el regazo, se sentaban bajo las ramas extendidas de un gran árbol. El humo azul de las fogatas difundía una fina bruma sobre los techos altos de las casas, que tenían relucientes paredes de juncos tejidos y, a su alrededor, ásperos pilares de madera bajo los aleros sesgados. Él administraba justicia a la sombra; desde su sillón alto impartía órdenes, consejos, reprimendas. Cada cierto tiempo el murmullo de aprobación aumentaba de volumen, y los lanceros ociosos, reclinados con apatía contra los postes mientras miraban a las muchachas, volvían lentamente la cabeza. A ningún hombre se le había dado el amparo de tanto respeto, confianza y temor. Y sin embargo, a veces él se inclinaba hacia delante y parecía prestar atención para oír una nota lejana de discordia, como si esperase oír una voz débil, un sonido de pisadas ligeras; o se enderezaba en su asiento, como si le hubiesen tocado el hombro con familiaridad. Aprensivo, volvía la mirada; su anciano seguidor le susurraba algo inaudible al oído; los jefes apartaban la mirada en silencio, porque el viejo mago, el hombre que controlaba los fantasmas y enviaba espíritus malos contra el enemigo, hablaba en voz baja con su soberano. En torno a la breve quietud del descampado, los árboles crepitaban débilmente, la risa suave de las muchachas que jugaban con las flores se alzaba en ráfagas claras de sonidos joviales. En el tope de las lanzas erguidas, las matas de largas crines teñidas se mecían al viento, rojas y delicadas; y más allá de la eclosión de los setos, el arroyo de agua límpida y rápida corría invisible y sonoro bajo la hierba lacia de la orilla, con un gran murmullo, ardiente y delicado.

Tras la puesta del sol, más allá de los campos y de la bahía, se veían un grupo de antorchas arder bajo los techos altos de la cabaña del consejo. Llamas humeantes y rojas oscilan en los postes altos, y la fogata parpadeaba sobre las caras, se aferraba a los troncos lisos de las palmeras, sacaba chispas brillantes del borde de los platos metálicos dispuestos sobre finas esterillas. Aquel aventurero desconocido se daba un festín digno de un rey. Pequeños grupos de hombres se agachaban en círculos apretados en torno a las fuentes de madera; manos morenas revoloteaban sobre las níveas pilas de arroz. En un diván precario, algo apartado de los demás, él se acodaba con la cabeza inclinada, y a sus pies un joven improvisaba con voz atiplada un cantar que celebraba su valor y su sabiduría. El cantor se mecía adelante y atrás con los ojos en blanco; las ancianas traían y llevaban platos con lentitud, y los hombres, en cuclillas, alzaban la cabeza para escuchar con seriedad sin dejar de comer. El cantar triunfal resonaba en la noche, y las estrofas se sucedían tristes y fogosas como los pensamientos de un ermitaño. Él las silenció con un signo: «¡Basta!». Una lechuza ululaba a lo lejos, regocijándose en la honda oscuridad del follaje espeso; sobre las cabezas de los hombres, corrían lagartijas por el techo de hojas de palmera con ruidos suaves; las hojas secas del techo crujían; el rumor de las voces mezcladas de pronto se hacía más fuerte. Tras una ojeada circular y sorprendida, como de un hombre que de pronto presiente un peligro, volvía a echarse hacia atrás y, con los ojos bien abiertos, retomaba el fino hilo de su ensoñación bajo la mirada del viejo hechicero. Vigilaban sus estados de ánimo; el rumor creciente de la conversación descendía como una ola en una playa empinada. El jefe está pensativo. Y sobre el susurro creciente de voces bajas, solo se oía un pequeño tintineo de armas, una palabra dicha en voz alta y clara, o el tañido grave de una enorme bandeja de latón.

III

Durante dos años lo visitamos a intervalos breves. Llegamos a tenerle aprecio, confianza, casi admiración. Planeaba y preparaba una guerra con paciencia, con previsión, con una fidelidad a su propósito y una constancia de las que lo habría creído incapaz por su raza. Parecía no temer el futuro y demostraba en sus planes una sagacidad restringida solo por su gran ignorancia del resto del mundo. Tratamos de instruirlo, pero nuestros intentos de aclararle la naturaleza inquebrantable de las fuerzas que él deseaba detener no lograron desalentar su avidez de romper una lanza por sus ideas primitivas. No nos entendía y nos respondía con argumentos que casi nos desesperaban por su perspicacia infantil. Era ridículo e inflexible. A veces vislumbrábamos una furia sombría y encendida en su interior: un vago y siniestro sentimiento de agravio y un ansia espesa de violencia que es peligrosa en un nativo. Desvariaba como un iluminado. En una ocasión, tras conversar con él hasta tarde en su *campong*, se levantó de un salto. Una fogata enorme y clara flameaba en la arboleda; luces y sombras bailaban entre los árboles; en la noche quieta los murciélagos aleteaban entre las ramas como copos de oscuridad más densa. Él le arrebató la espada al viejo, la sacó de la vaina y clavó la punta en el suelo. Sobre la hoja delgada y erguida, la empuñadura de plata, al soltarla, se meció ante él como algo vivo. Dio un paso atrás y, en voz ahogada, habló ferozmente al metal vibrante: «Si hay virtud en el fuego, en el hierro, en la mano que te forjó, en las palabras dichas sobre ti, en el deseo de mi corazón y en la sabiduría de tus hacedores, ¡triunfaremos juntos!». La volvió a empuñar, miró la hoja. «Tómala», le dijo por encima del hombro al espadero. El otro, inmóvil y en cuclillas, limpió la punta con la esquina de su *sarong* y, tras enfundarla en la vaina, se sentó con ella sobre sus rodillas sin alzar ni una vez la vista. Karain, de repente muy calmado, volvió a sentarse con dignidad. Después de eso dejamos de poner reparos y lo dejamos encaminarse a un desastre honorable. Todo lo que podíamos hacer por él era ocuparnos de que, por lo que nos pagaba, la pólvora fuese buena, y los rifles, aunque viejos, utilizables.

Pero al cabo el juego se volvió muy peligroso; y aunque nosotros menospreciábamos el peligro, pues nos habíamos enfrentado a él con frecuencia, cierta gente sumamente respetable, sentada en sus haciendas, decidió en nuestro lugar que los riesgos eran muy elevados y que solo podía hacerse un viaje más. Tras dar muchas pistas falsas sobre nuestro destino, como era costumbre, nos alejamos en silencio y recalamos en la bahía después de una rápida travesía. Llegamos temprano por la mañana, e incluso antes de que el ancla tocara el fondo la goleta se encontró rodeada de botes.

Lo primero que oímos fue que el misterioso espadero de Karain había muerto unos días atrás. No le dimos gran importancia. Desde luego, costaba imaginar a Karain sin su compañero inseparable; pero el hombre era viejo, nunca había hablado con ninguno de nosotros, apenas habíamos oído el sonido de su voz y habíamos llegado a considerarlo un objeto inanimado, un elemento del boato del soberano, al igual que la espada que portaba, o la sombrilla ribeteada de flecos exhibida en los desfiles oficiales. Karain no nos visitó por la tarde como de costumbre. Al atardecer recibimos un mensaje de bienvenida y un obsequio de frutas. Nuestro amigo nos pagaba como un banquero, pero nos trataba como un príncipe. Nos quedamos esperándolo hasta medianoche. Bajo el toldo de popa, el barbudo Jackson rasgueaba una vieja guitarra y, con un acento espantoso, cantaba antiguas canciones de amor españolas; mientras el joven Hollis y yo, recostados en cubierta, jugábamos al ajedrez a la luz del farol. Karain no apareció. Al día siguiente nos dedicamos a descargar, y oímos que el rajá no se encontraba bien. No nos invitó a visitarlo en tierra. Enviamos mensajes de amistad, pero, por miedo a entrometernos en algún concejo secreto, permanecimos a bordo. Temprano al tercer día, terminamos de descargar toda la pólvora y los rifles y también un cañón de seis libras con su soporte que habíamos sufragado entre todos como regalo para nuestro amigo. La tarde era agobiante. Bordes deshilachados de nubes negras asomaban sobre las colinas, y tormentas invisibles rondaban más allá, gruñendo como animales salvajes. Preparamos la goleta para salir al mar, con la intención de partir al alba del día siguiente. Durante todo el día el sol cayó a plomo en la bahía, feroz y pálido, como al blanco vivo. Nada se movía en tierra. La playa estaba vacía, las aldeas parecían desiertas; a lo lejos los árboles se erguían en grupos inmóviles, como pintados; el humo blanco de un invisible incendio en el monte se extendía sobre las costas de la bahía como una bruma. Hacia el final del día tres de los hombres principales de Karain, vestidos con sus mejores ropas y armados hasta los dientes, nos abordaron en una canoa, trayendo un cajón de dólares. Eran sombríos y lánguidos y nos dijeron que no habían visto a su rajá en cinco días. ¡Nadie lo había visto! Arreglamos las cuentas, y ellos, tras estrecharnos la mano por turno y en profundo silencio, descendieron al bote y los llevaron a la orilla, sentados bien juntos, vestidos de colores vivos, con las cabezas gachas: el bordado dorado de sus chaquetas resplandecía según se alejaban en el agua quieta, y ni uno de ellos volvió la vista atrás. Antes de la puesta del sol las nubes atronadoras cargaron contra las crestas de las colinas y rodaron cuesta abajo. Todo desapareció; unos negros remolinos de vapor llenaron la bahía, y en medio de ellos la goleta oscilaba hacia un lado y el otro con las ráfagas cambiantes de viento. Un trueno único detonó en la cuenca con una violencia que parecía capaz de hacer estallar en pedazos el anillo de tierras altas, y enseguida cayó un diluvio tibio. El viento amainó. Jadeábamos en el camarote cerrado; nuestras caras chorreaban; fuera, la bahía siseaba como si hirviera; el agua caía en columnas perpendiculares, pesada como el plomo; se escurría por la cubierta, bajaba a raudales por los palos, borboteaba, sollozaba, salpicaba, murmuraba en la noche ciega. Nuestra lámpara daba poca luz. Hollis, con el torso desnudo, se tumbó contra los casilleros, con los ojos cerrados e inmóvil como un cadáver; junto a su cabeza, Jackson rasgueaba la guitarra y entonaba en suspiros una cancioncita triste sobre un amor imposible y unos ojos como estrellas. En eso oímos voces sorprendidas en cubierta que gritaban bajo la lluvia, pasos apresurados encima de nosotros y, de repente, Karain apareció en la puerta del camarote. Su pecho desnudo y su cara relucían a la luz; su *sarong*, empapado, se le adhería a las piernas; tenía en la mano izquierda su kris enfundado, y unos mechones de pelo mojado que sobresalían de su pañuelo colorado, le tapaban los ojos y las mejillas. Entró con paso decidido y mirando por encima del hombro como un perseguido. Hollis se volvió deprisa y abrió los ojos. Jackson posó su manaza sobre las cuerdas y la vibración se extinguió de golpe. Yo me puse de pie.

—¡No hemos oído el saludo de tu barco! —exclamé.

—¡Barco! Este hombre ha venido nadando —dijo Hollis desde los casilleros—. Miradlo.

Eso hicimos en silencio. Respiraba con dificultad, y tenía los ojos desorbitados. Chorreaba agua, que formó un charco oscuro y corrió en zigzag por el suelo del camarote. Nos quedamos escuchando a Jackson, que salió para echar a los marineros malayos de la puerta, maldiciendo amenazadoramente bajo el aguacero, y se oyó una gran conmoción en cubierta. Los vigías, aterrorizados por la figura sombría que había pasado sobre la borda, como quien dice directamente desde la noche, habían alarmado a toda la tripulación.

Después Jackson volvió hecho una furia, con gotas de agua reluciente en el pelo y la barba, y Hollis, que aunque era el más joven asumía una indolente superioridad, dijo sin moverse:

—Dadle un *sarong* seco; dadle el mío; está colgado en el baño.

Karain dejó el kris sobre la mesa, con la empuñadura hacia dentro, y murmuró unas palabras en voz ahogada.

—¿Cómo? —preguntó Hollis, que no había oído.

—Se disculpa por entrar con un arma en la mano —dije, aturdido.

—Qué ceremonioso. Dile que perdonamos a un amigo... en una noche como esta —dijo Hollis lentamente—. ¿Qué pasa?

Karain se pasó el *sarong* seco sobre la cabeza, dejó caer el mojado a sus pies y dio un paso al costado. Le indiqué el sillón de madera: su sillón. Se sentó muy erguido y dijo: «¡Ja!», en voz alta; un breve estremecimiento sacudió su cuerpo ancho. Miró por encima del hombro con inquietud, se volvió como para hablarnos, pero curiosamente solo fijó la vista en el vacío y volvió a mirar hacia atrás. Jackson gritó hacia afuera:

—Vigilad bien la cubierta. —Oyó una débil respuesta desde arriba y, estirando la pierna, cerró de un portazo la entrada al camarote—. Todo en orden —dijo.

Los labios de Karain apenas se movieron. Ante un intenso relámpago, las dos portillas de popa ubicadas frente a él destellaron como un par de ojos crueles y fosforescentes. Por un instante la llama del farol pareció reducirse a polvo marrón, y el espejo que se hallaba sobre el aparador resaltó detrás de Karain como una lámina de luz blanca. El trueno nos arrolló enseguida; la goleta tembló, y la voz enorme, con su amenaza terrible, se propagó en la distancia. Durante un minuto, más o menos, un aguacero furioso golpeó las cubiertas. Karain miró pausadamente una cara tras otra, y luego el silencio se hizo tan hondo que todos oíamos con claridad los dos cronómetros que corrían a velocidad incansable en el camarote.

Y, extrañamente conmovidos, no podíamos quitarle los ojos de encima. La misteriosa razón que, a través de la noche y la tormenta, lo había llevado a buscar refugio en el camarote de la goleta lo había vuelto enigmático e inquietante. Ninguno de nosotros dudaba de que estábamos ante un fugitivo, por increíble que pareciese. Estaba ojeroso, como si no hubiese dormido desde hacía semanas; había adelgazado, como si no hubiese comido desde hacía días. Tenía las mejillas ahuecadas, los ojos hundidos; los músculos de su pecho y de sus brazos temblaban un poco como después de una prueba agotadora. Por supuesto, había nadado un largo trecho hasta la goleta; pero su cara mostraba otro tipo de fatiga, el cansancio atormentado, la ira y el miedo de una lucha contra una idea, contra algo que no puede dominarse, que nunca descansa; una sombra, una nada inconquistable e inmortal, que acosa la vida. Lo sabíamos como si nos lo hubiese dicho a gritos. El pecho se le expandía una y otra vez, como si no pudiera contener el latido de su corazón. Por un momento tuvo el poder de los poseídos; el poder de suscitar en los observadores asombro, dolor, pena y un temible presentimiento de cosas invisibles, cosas mudas y oscuras, que rodean la soledad de los hombres. Sus ojos vagaron sin rumbo por un momento y después se quedaron quietos. Dijo con esfuerzo:

—He venido aquí... Salté sobre la empalizada como tras una derrota. Escapé en la noche. El agua estaba negra. Lo dejé llamándome en el borde del agua... Lo dejé solo en la playa. Empecé a nadar... me llamaba... Seguí nadando...

Temblaba de pies a cabeza, sentado muy erguido y con la vista clavada al frente. ¿A quién había dejado? ¿Quién lo había llamado? No lo sabíamos. No entendíamos. Aventuré:

—Sé firme.

Al parecer el sonido de mi voz lo tranquilizó, infundiéndole una rigidez repentina, pero por lo demás no me hizo caso. Por un momento pareció escuchar, esperar algo; después prosiguió:

—Aquí no puede seguirme; por eso os he buscado. Vosotros, los hombres blancos que desprecian las voces invisibles. Él no soporta el escepticismo y la fuerza que tienen ustedes. —Guardó silencio un momento, después exclamó en voz baja—: Oh, ¡la fuerza de los que no creen!

—No hay nadie aquí más que tú y nosotros tres —dijo Hollis a media voz.

Se acodó para sostenerse la cabeza y no se movió.

—Lo sé —dijo Karain—. Él nunca me siguió aquí. ¿No estaba el sabio siempre a mi lado? Pero desde que murió el viejo, que conocía mis problemas, he oído su voz cada noche. Me encierro... durante días... en la oscuridad. Oigo los lamentos de las mujeres, el susurro del viento, las aguas que corren, el choque de las armas en manos de hombres leales, sus pisadas, y ¡su voz...! Cerca... ¡Así! ¡En mis oídos! Lo presiento cerca... Su aliento pasó sobre mi cuello. Di un salto, sin gritar. A mi alrededor todos los hombres dormían tranquilos. Corrí al mar. Él corría a mi lado sin pisar el suelo, susurrando, susurrando palabras antiguas; susurrando en mi oído con su voz vieja. Entré corriendo al mar; nadé hasta vosotros, con mi kris entre los dientes. Armado, hui de un aliento, hasta vosotros. Llevadme a vuestra tierra. El viejo sabio murió y con él desapareció el poder de sus palabras y amuletos. A nadie puedo contárselo. A nadie. Nadie es lo bastante fiel y lo bastante sabio para entenderlo. Solo cerca de vosotros, los no creyentes, mis problemas se desvanecen como una bruma al comienzo del día. —Se volvió a mirarme—. ¡Me voy contigo! —gritó en una voz contenida—. Contigo, que conoces a tantos de nosotros. Quiero abandonar esta tierra, a mi gente... y a él, ¡dejarlo allí!

Apuntó al azar con un dedo trémulo por encima del hombro. Para nosotros era difícil soportar la intensidad de aquella angustia nunca antes develada. Hollis lo miraba fijamente. Pregunté con delicadeza:

—¿Dónde está el peligro?

—En todas partes salvo aquí —contestó tristemente—. Dondequiera que me encuentre. Me espera en los caminos, bajo los árboles, allí donde duermo, en todas partes salvo aquí.

Miró el pequeño camarote, las vigas pintadas, el barniz sin lustre de los mamparos; miró alrededor como apelando a su deslucida rareza, al desorden de objetos ignotos que pertenecen a una vida inconcebible de tensión, poder, empresas, escepticismo: a la vida fuerte de los blancos, que sigue su curso, irresistible y tenaz, al borde de la oscuridad exterior. Estiró los brazos como para abrazarla y abrazarnos. Esperamos. El viento y la lluvia habían amainado, y la quietud de la noche en torno a la goleta era tan muda y absoluta como si un mundo muerto reposara en una tumba de nubes. Esperábamos que hablara. La necesidad interior le tiraba de los labios. Hay quienes dicen que un nativo nunca hablará con un hombre blanco. Error. Ningún hombre hablará a su amo; pero a un viajero y a un amigo, a aquel que no llega para impartir enseñanzas y dominar, a aquel que nada pide y acepta todo, se le dicen palabras delante de fogatas, en la soledad compartida del mar, en aldeas costeras, en lugares de descanso rodeados de árboles; se le dicen palabras que no tienen en cuenta la raza ni el color. Habla un corazón, otro escucha; y también la tierra, el mar, el cielo, el viento fugaz y la hoja trémula oyen el cuento fútil del peso de una vida.

Por fin habló. Es imposible transmitir el efecto de su historia. Es imperecedero, es solo un recuerdo, y es tan imposible transmitir su intensidad a otra mente como las emociones intensas de un sueño. Se tiene que haber visto su esplendor innato, haberlo conocido antes, haberlo contemplado entonces. La penumbra titilante del pequeño camarote; la quietud sin aire de fuera, en la que solo se oía el chapoteo del agua contra los flancos de la goleta; la cara pálida de Hollis, de firmes ojos negros; la cabeza enérgica de Jackson sostenida entre dos palmas grandes, con su larga barba amarillenta que caía sobre las cuerdas de la guitarra apoyada en la mesa; la posición erguida e inmóvil de Karain, su tono: todo eso causó una impresión que no puede olvidarse. Veíamos su rostro por encima de la mesa. Su cabeza oscura y su torso bronceado sobresalían de la deslustrada plancha de madera, relucientes y estáticos como si estuviesen hechos de metal. Solo sus labios se movían, y sus ojos brillaban, se apagaban, se encendían de nuevo o se fijaban con tristeza. Sus expresiones salían directamente de un corazón atormentado. Sus palabras sonaban graves, eran un murmullo como de agua que corre; a veces resonaban como el tañido de un gong de guerra, o se rezagaban lentamente como viajeros cansados, o se aceleraban con la velocidad del miedo.

IV

A continuación sigue, imperfectamente, lo que dijo.

—Sucedió antes del gran conflicto que rompió la alianza de los cuatro Estados de Wajo. Luchamos entre nosotros, y los holandeses nos observaban desde lejos hasta que nos agotamos. Entonces se vio el humo de sus barcos de fuego en la desembocadura de nuestros ríos, y sus grandes hombres llegaron en botes llenos de soldados a hablarnos de paz y protección. Respondimos con cautela y sabiduría, porque nuestras aldeas habían sido quemadas, nuestras empalizadas eran débiles, el pueblo estaba cansado y nuestras armas se hallaban embotadas. Llegaron y se fueron; se habló mucho, pero tras su partida las cosas siguieron como antes, con la diferencia de que sus barcos se veían desde nuestras costas, y muy pronto sus comerciantes llegaron hasta nosotros, amparados por una promesa de seguridad. Mi hermano era el Soberano, uno de los que habían dado su promesa. Por entonces yo era joven y había luchado en la guerra, y Pata Matara había combatido a mi lado. Habíamos compartido el hambre, el peligro, la fatiga y la victoria. Sus ojos veían rápidamente cuando yo estaba en peligro, y dos veces mi brazo preservó su vida. Aquello era su destino. Él era mi amigo. Y era grande entre nosotros, uno de los hombres de confianza de mi hermano, el Soberano. Hablaba en el consejo, su coraje era grande, era el jefe de varias aldeas situadas alrededor del lago que es el centro de nuestro país, así como el corazón es el centro de un cuerpo humano. Cuando se enviaba su espada a un *campong* anunciando su llegada, las doncellas se hacían preguntas en susurros bajo los árboles frutales, los ricos consultaban unos con otros a la sombra, y se preparaba un festín lleno de alegría y canciones. Gozaba del favor del Soberano y del afecto de los pobres. Amaba la guerra, la caza de ciervos y los encantos de las mujeres. Poseía joyas, armas de buena suerte y la devoción de los hombres. Era un hombre feroz; y era mi único amigo.

»Yo era el jefe de una empalizada ubicada en la desembocadura del río y en nombre de mi hermano cobraba un tributo a los barcos que pasaban. Un día vi a un comerciante holandés dirigirse río arriba. Iba con tres botes y no se le exigió tributo alguno, porque el humo de los barcos de guerra holandeses se veía en mar abierto, y éramos demasiado débiles para olvidar los tratados. Avanzó río arriba bajo la promesa de seguridad y mi hermano le brindó protección. Dijo que venía a comerciar. Oyó nuestras voces, pues somos hombres que hablamos abiertamente y sin miedo; contó el número de nuestras lanzas, examinó los árboles, los arroyos, la hierba de las orillas, las pendientes de las colinas. Llegó hasta el país de Matara y consiguió permiso para construir una casa. Comerció y plantó. Despreciaba nuestras alegrías, nuestras ideas y nuestras penas. Tenía la cara roja, el pelo como una llama y ojos pálidos como la bruma de un río; se movía pesadamente y hablaba con voz grave; se reía en voz alta como un idiota, y sus palabras ignoraban toda cortesía. Era un hombre corpulento y desdeñoso que miraba a las mujeres a la cara y apoyaba la mano en las espaldas de hombres libres como si fuese un jefe de cuna noble. Lo toleramos. Pasó el tiempo.

»Entonces la hermana de Pata Matara huyó de su *campong* y se fue a vivir a casa del holandés. Era una gran dama, y muy resuelta: yo la había visto llevada en andas por unos esclavos entre la gente, con el rostro descubierto, y al decir de todos los hombres su belleza era extrema, hasta el punto que silenciaba la razón y embelesaba el corazón de quienes la miraban. El pueblo quedó consternado; la cara de Matara se oscureció por la desgracia, pues ella sabía que la habían prometido a otro hombre. Matara fue a casa del holandés y dijo: "Entrégamela para que muera; es hija de jefes". El blanco se negó y se encerró en la casa mientras sus sirvientes montaban guardia día y noche con armas cargadas. Matara estaba furioso. Mi hermano convocó un concejo. Pero los barcos holandeses se hallaban cerca y vigilaban nuestra costa con atención. Dijo mi hermano: "Si él muere ahora, nuestra tierra pagará por su sangre. Dejadlo tranquilo hasta que nos fortalezcamos y los barcos se marchen". Matara era inteligente; esperó en estado de alerta. Pero el hombre blanco temía por la vida de la mujer y partió.

»¡Abandonó su casa, sus plantaciones y sus mercancías! Partió, armado y amenazador, y lo dejó todo ¡por ella! ¡Ella le había embelesado el corazón! Desde mi empalizada lo vi salir al mar en una gran barca. Matara y yo lo contemplamos desde la plataforma que está detrás de las estacas puntiagudas. Iba cruzado de piernas sobre el techo de popa de su prao, con el arma en las manos. El cañón de su rifle relucía en diagonal delante de su gran cara roja. El ancho río se extendía a sus pies: uniforme, liso, brillante, como una planicie de plata; y el prao, que desde la costa parecía muy corto y negro, se alejó a flote por la planicie de plata hasta el azul del mar.

»Tres veces Matara, de pie a mi lado, gritó el nombre de ella con pesar e imprecaciones. Me tocó el corazón. Tres veces mi corazón dio un salto, y tres veces vi con la mente, en el espacio confinado del prao, a una mujer de cabellera suelta alejarse de su tierra y de su gente. Sentí ira. Y pena. ¿Por qué? Entonces yo también grité insultos y amenazas. Dijo Matara: "Ahora que se han ido de nuestra tierra, sus vidas son mías. Los seguiré y caeré sobre ellos y pagaré yo solo el precio de sangre". Sobre el río vacío se levantaba un viento fuerte hacia el poniente. Grité: "¡Iré y me quedaré a tu lado!". Él agachó la cabeza en señal de asentimiento. Era su destino. El sol se puso y los árboles mecieron ruidosamente sus ramas sobre nuestras cabezas.

»A la tercera noche los dos partimos juntos de nuestra tierra en un prao mercante.

»Nos recibió el mar: ancho, sin rutas y sin voz. Un prao que navega no deja huellas. Fuimos al sur. Había luna llena y, tras alzar la vista, nos dijimos: "Cuando la próxima luna llena brille como esta, regresaremos y ellos estarán muertos". De eso hace quince años. Muchas lunas crecieron y menguaron y desde entonces no he vuelto a ver mi tierra. Navegamos rumbo al sur; pasamos muchos praos; estudiamos los arroyos y las bahías; vimos el confín de nuestra costa, de nuestra isla: una cueva empinada ante un estrecho agitado, donde vagan las sombras de los praos que zozobran y los ahogados vociferan por la noche. El ancho mar nos rodeaba por todas partes. Vimos una gran montaña en llamas en medio del agua; vimos miles de islotes esparcidos como perdigones disparados por un arma enorme; vimos una larga costa de montañas y hondonadas que se extendía hasta el horizonte de oeste a este. Era Java. Dijimos: "Están allí; les va a llegar su hora, y volveremos o moriremos purificados de la deshonra".

»Bajamos a tierra. ¿Hay algo bueno en ese país? Los caminos son rectos y duros y polvorientos. Hay *campongs* de piedra, llenos de caras blancas, rodeados de campos fértiles, pero cada hombre que uno se cruza es un esclavo. Los gobernantes viven bajo el filo de una espada extranjera. Escalamos montañas, cruzamos valles; entramos en las aldeas al atardecer. Preguntábamos a todos: "¿Has visto a un hombre blanco así y asá?". Algunos se quedaban mirándonos; otros se reían; a veces las mujeres nos daban comida con miedo y respeto, como si nos hubiese enloquecido la visita de Dios; pero algunos no entendían nuestro idioma, y otros nos maldecían o, bostezando, preguntaban con desdén el motivo de nuestra búsqueda. Una vez, cuando nos íbamos, un viejo nos gritó: "¡Abandonad!".

»Seguimos adelante. Ocultando las armas, nos apartábamos humildemente de los jinetes que iban por el camino; hacíamos hondas reverencias en patios de jefes que no eran mejores que esclavos. Nos perdimos en el campo, en la jungla; y una noche, en una selva espesa, nos topamos con un lugar donde los muros desconchados se habían desmoronado entre los árboles y donde extraños ídolos de piedra —imágenes esculpidas de demonios con muchos brazos y piernas, serpientes enroscadas en torno a sus cuerpos, con veinte cabezas y cien espadas en las manos— parecían cobrar vida y amenazarnos a la luz de nuestra fogata. Nada nos espantaba. Y cada vez que hacíamos un alto en el camino, delante del fuego, hablábamos de ella y de él. Les iba a llegar su hora. No hablábamos de otra cosa. ¡No! Ni del hambre, la sed, del cansancio y los corazones vacilantes. ¡No! ¡Hablábamos de ellos! ¡De ella! Y pensábamos en ellos, ¡en ella! Matara meditaba frente al fuego. Yo, sentado, pensaba y pensaba, hasta que veía de nuevo la imagen de la mujer, hermosa y joven y noble y orgullosa y tierna, escapando de su tierra y de su gente. Decía Matara: "Al encontrarlos, la mataremos primero a ella para así purificar la deshonra; después deberá morir el hombre". Yo decía: "Así será; es tu venganza". Él me miraba fija y largamente con sus grandes ojos hundidos.

»Regresamos a la costa. Nos sangraban los pies, estábamos flacos. Dormíamos harapientos a la sombra de cercos de piedra; sucios y demacrados, rondábamos los portales de los recintos de los hombres blancos. Sus perros peludos nos ladraban y los sirvientes nos gritaban desde lejos: "¡Fuera!". Los miserables que vigilan las calles de los *campongs* de piedra nos preguntaban quiénes éramos. Mentíamos, nos inclinábamos, sonreíamos con el corazón lleno de odio y continuábamos buscándolos por aquí y por allá; buscando al hombre blanco de pelo como la llama, y a ella, la mujer que había roto con la fe y que, por consiguiente, debía morir. Buscamos. Al cabo creí ver la cara de ella en la de cada mujer. Corríamos tras ella. ¡No! A veces Matara susurraba: "Ahí está el hombre", y lo esperábamos al acecho. Se acercaba. No era el hombre: todos los holandeses se parecen. Padecimos la angustia del engaño. En sueños yo veía la cara de ella y me sentía a la vez dichoso y apenado... ¿Por qué...? Me parecía oírla susurrar cerca. Me volvía deprisa. ¡No estaba allí! Y mientras caminábamos penosamente de ciudad de piedra en ciudad de piedra me parecía oír un paso ligero cerca. Llegó un punto en que siempre lo oía, y me alegré. Pensaba, al andar por las sendas duras del hombre blanco, aturdido y cansado al sol pensaba: "Allí está ella, ¡con nosotros!". Matara se ensombreció. Con frecuencia pasamos hambre.

»Vendimos las vainas labradas de nuestros krises: las vainas de marfil con férulas de oro. Vendimos las empuñaduras enjoyadas. Pero conservamos las hojas: para ellos. Las hojas que nunca tocan sin matar: conservamos las hojas para ella... ¿Por qué? Ella siempre estaba a nuestro lado... Pasábamos hambre. Mendigamos. Al final nos fuimos de Java.

»Fuimos hacia el oeste, hacia el este. Vimos muchas tierras, multitudes de caras extrañas, hombres que viven en los árboles y hombres que se comen a sus ancianos. Cortamos juncos en la selva por un puñado de arroz, y para ganarnos la vida limpiamos las cubiertas de grandes barcos mientras nos llovían maldiciones. Hicimos trabajos agotadores en las aldeas; vagamos por los mares con el pueblo *bajow*, que no tiene tierra. Combatimos por dinero; nos prestamos a trabajar para los *goram*, que nos engañaron; y bajo las órdenes de duras caras blancas buceamos en busca de perlas en bahías estériles, salpicadas de rocas negras, en una costa de arena y desolación. Y en todas partes mirábamos, escuchábamos, preguntábamos. Consultábamos con mercaderes, ladrones, hombres blancos. Soportamos burlas, bromas, amenazas; palabras de asombro y palabras de desprecio. Nunca descansamos; nunca pensamos en nuestra tierra, pues nuestra tarea seguía incumplida. Pasó un año, después otro. Dejé de contar el número de noches, lunas, años. Cuidaba de Matara. Le daba mi último puñado de arroz; si había agua solo para uno, él la bebía; lo tapaba cuando temblaba de frío; y muchas noches, cuando lo abrumaban los calores, yo velaba a su lado y le abanicaba el rostro. Era un hombre temible, y era mi amigo. De día hablaba de ella con furia; en la oscuridad, con pesar; la recordaba en la salud y en la enfermedad. Yo no decía nada; pero la veía todos los días, ¡siempre! Al principio solo veía su cabeza, como la de una mujer que camina entre la bruma, a la orilla de un río. Después se sentó frente a nuestro fuego. ¡La veía! ¡La miraba! Tenía unos ojos tiernos y un rostro encantador. De noche le hablaba en murmullos. A veces Matara decía adormilado: "¿Con quién hablas?". Yo respondía rápidamente: "Con nadie". ¡Era mentira! Ella nunca me había abandonado. Compartía la calidez de nuestra fogata, se sentaba en mi lecho de hojas, me seguía a nado por el mar... ¡La veía...! Os digo que vi su largo cabello negro sobre su espalda en el agua iluminada por la luna cuando nadaba con los brazos desnudos junto a un prao veloz. Era hermosa, era fiel y, en el silencio de los países extranjeros, me hablaba muy bajo en la lengua de mi gente. Nadie la veía; nadie la oía; ¡era solo mía! De día andaba meciéndose delante de mí por los agotadores caminos; su figura iba erguida y era flexible como el tronco de un árbol delgado; los talones de sus pies eran redondos y pulidos como cáscaras de huevo; con su brazo redondeado hacía señas. De noche me miraba a la cara. ¡Y yo la veía triste! Sus ojos eran tiernos y medrosos; su voz, suave y suplicante. Una vez le susurré: "¡No morirás!", y sonrió... ¡desde entonces sonrió...! Ella me daba coraje para soportar el cansancio y las privaciones. Fueron tiempos de dolor, y ella me calmaba. Vagamos pacientes durante nuestra búsqueda. Conocimos el engaño, las falsas esperanzas; conocimos el cautiverio, la enfermedad, la sed, la miseria, la desesperación... Pero ¡basta! ¡Los encontramos...!».

Gritó las últimas palabras e hizo una pausa. Su rostro estaba impasible, y él se había quedado quieto como un hombre en trance. Hollis se incorporó en su silla al instante y separó los codos sobre la mesa. Jackson hizo un movimiento brusco y rozó sin querer la guitarra. Un eco plañidero resonó con vibraciones confusas en el camarote y se extinguió poco a poco. Entonces Karain habló de nuevo. La ferocidad reprimida de su tono parecía crecer como una voz que viniese de fuera, como algo no dicho pero oído; llenaba el camarote y envolvía en su murmullo intenso y amortiguado la figura que estaba inmóvil en su silla.

—Íbamos camino a Aceh, donde había una guerra; pero el barco encalló en un banco de arena, y tuvimos que bajar a tierra en Delhi. Habíamos ganado algo de dinero y comprado un arma a unos mercaderes de Selangor; una sola, que se disparaba con la chispa de una piedra; la llevaba Matara. Bajamos a tierra. Muchos blancos vivían allí y plantaban tabaco en llanuras conquistadas, y Matara... Pero no importa. ¡Lo vio...! Al holandés... ¡Al fin...! Nos echamos al suelo y observamos. Dos días y una noche hicimos guardia. El hombre tenía una casa grande en el claro central de su campo; alrededor crecían flores y arbustos; había senderos angostos de tierra amarilla entre el césped, y setos espesos para mantener a la gente fuera. A la tercera noche llegamos armados y nos tumbamos detrás de un seto.

»Un rocío abundante parecía metérsenos en la carne y enfriarnos las entrañas. El césped, las ramitas y las hojas, cubiertas de gotas de agua, parecían grises a la luz de la luna. Matara, aovillado sobre la hierba, temblaba en sueños. Los dientes me castañeteaban tan fuerte que me dio miedo que el ruido despertara a toda la población. A lo lejos, los guardias de las casas de los blancos hacían sonar carracas de madera y ululaban en la oscuridad. Y, como todas las noches, la vi a mi lado. Ya no sonreía... El fuego de la angustia ardía en mi pecho, y ella me susurraba compasivamente, con pena, en voz baja, como saben hacerlo las mujeres; calmó el pesar de mi alma; inclinó el rostro sobre mí, el rostro de una mujer que embelesa los corazones y silencia la razón de los hombres. Era toda mía y nadie podía verla, ¡nadie de entre los vivos! Las estrellas brillaban a través de su pecho, de su cabello flotante. Me abrumaron el remordimiento, la ternura, la tristeza. Matara dormía... ¿Me había quedado dormido? Matara me sacudía el hombro, y el fuego del sol secaba el césped, los arbustos, las hojas. Era de día. Jirones de neblina blanca colgaban de las ramas de los árboles.

»¿Era de día o de noche? No vi nada hasta que oí la respiración acelerada de Matara apostado a mi lado y, después, la vi a ella fuera de la casa. Los vi a ambos. Habían salido. Ella se sentó en un banco que estaba junto a la pared, y unas ramitas cargadas de flores ascendían por encima de su cabeza y colgaban sobre su cabello. Tenía una caja en el regazo y estaba mirando dentro, contando el incremento de sus perlas. El holandés la miraba de pie; le sonrió; destellaron sus dientes blancos; el vello de su labio parecía dos llamas enroscadas. Él era alto y gordo y alegre, y no tenía miedo. Matara vertió pólvora fresca en el hueco de su mano, raspó la pierda con la uña del pulgar y me dio el arma. ¡A mí! La cogí... ¡Oh, destino!

»Tendido boca abajo, me susurró al oído: "Me acercaré a rastras y después correré hacia ella... deja que muera en mis manos. Tú apúntale al cerdo ese. Deja que me vea borrar mi vergüenza de la faz de la tierra, y después... Eres mi amigo, mátalo de un tiro certero". No dije nada; no había aire en mi pecho —no había aire en el mundo—. Matara se esfumó. La hierba asentía. Luego crepitó un arbusto. Ella alzó la cabeza.

»¡La vi! Consoladora de noches insomnes, de días cansados; compañera de atormentados años. ¡La vi! Miró directamente al lugar donde yo estaba oculto. En ese momento era tal como la había visto durante años: una viajera fiel a mi lado. Miraba con ojos tristes y sus labios sonreían; me miraba... ¡Sus labios sonreían! ¿No le había prometido yo que no moriría?

»Estaba lejos, pero la sentía cerca. Su tacto me acariciaba, y su voz murmuraba, susurraba sobre mí, a mi alrededor. "¿Quién será tu compañera, quién te consolará si muero?". Vi que un matorral florido se movía un poco a su derecha... Matara estaba listo... Grité: "¡Vuelve!".

»Ella se levantó de golpe; la caja cayó al suelo; las perlas rodaron a sus pies. Apoyé el arma en mi hombro. Yo estaba de rodillas y estaba firme: más firme que los árboles, las rocas, las montañas. Pero, frente al cañón largo y estable, los campos, la casa, la tierra, el cielo se mecían como sombras en un día de viento en el bosque. Matara salió del matorral; delante de él los pétalos de las flores rotas se arremolinaron como si los levantara una tormenta. La oí gritar; la vi ponerse de un salto, con los brazos abiertos, delante del hombre blanco. Era una mujer de mi tierra y de sangre noble. ¡Así son! La oí dar un alarido de angustia y de miedo. ¡Y todo se quedó quieto! El campo, la casa, la tierra, el cielo se quedaron quietos mientras Matara saltaba hacia ella con el brazo en alto. Apreté el gatillo, vi un fogonazo, no oí nada; el humo se me metió en la cara, y entonces vi a Matara caer de bruces a los pies de ella con los brazos extendidos. ¡Ja! ¡Un tiro certero! El sol que me daba en la espalda estaba más frío que el agua que corre. ¡Un tiro certero! Después de disparar, arrojé el arma. Las dos figuras miraron al muerto como hechizadas por un encantamiento. Le grité a ella: "¡Vive y recuerda!". Después, durante unos instantes, fui dando tumbos en una fría oscuridad.

»A mi espalda oí gritos, muchas pisadas que corrían; me rodearon hombres extraños, me gritaron palabras sin sentido a la cara, me empujaron, tiraron de mí, me sostuvieron... Me encontré frente al corpulento holandés: me miraba como desprovisto de razón. Quería saber, hablaba rápido, mencionó su gratitud, me ofreció comida, amparo, oro; hizo muchas preguntas. Me reí en su cara. Dije: "Soy un viajero korinchi de Perak, y no sé nada sobre ese hombre muerto. Pasaba por el sendero cuando oí un disparo, y su gente insensata salió corriendo y me trajo a rastras". Alzó los brazos, cavilaba, no podía creer, no entendía, gritó en su propia lengua. Ella le rodeaba el cuello con los brazos y me miraba con ojos enormes por encima del hombro. Sonreí y la miré; sonreí y esperé oír el sonido de su voz. El hombre blanco le preguntó de pronto. "¿Lo conoces?".

Escuché: mi vida estaba en mis oídos. Ella me miró detenidamente, me miró con ojos impávidos y dijo en voz alta: "No, jamás lo he visto...". ¿Cómo? ¿Jamás? ¿Ya lo había olvidado? ¿Era posible? Olvidado ya, después de tantos años, tantos años de vagar, de camaradería, de conflictos, ¡de palabras tiernas! ¡Olvidado ya...! Me desprendí de las manos que me sostenían y me alejé sin pronunciar palabra... Me dejaron ir.

»Estaba cansado. ¿Dormí? No lo sé. Recuerdo haber caminado por un sendero ancho bajo la luz clara de las estrellas; y aquel país extraño parecía tan enorme, las plantaciones de arroz tan vastas que, al mirar a mi alrededor, mi cabeza se mareaba por miedo al espacio. Entonces vi un bosque. La luz feliz de las estrellas caía a plomo sobre mí. Abandoné el sendero y me interné en el bosque, que era muy sombrío y muy triste».

V

El tono de Karain se había hecho cada vez más bajo, como si se estuviese alejando de nosotros, hasta que las últimas palabras se oyeron débiles pero claras, como gritadas en un día calmo desde gran distancia. No se movía. Miraba fijamente más allá de la cabeza inmóvil de Hollis, que lo miraba de frente y estaba tan quieto como él. Jackson se había puesto de lado y, con un codo apoyado en la mesa, se cubría los ojos con la palma de la mano. Y yo lo miraba, asombrado y conmovido; miraba a ese hombre, leal a su visión, traicionado por su sueño, movido por su ilusión y que nos pedía ayuda —contra una idea— a los no creyentes. El silencio era hondo, pero parecía lleno de fantasmas silenciosos, de cosas tristes, sombrías y mudas, ante cuya presencia invisible el tictac firme y vibrante de los dos cronómetros que marcaban la hora de Greenwich parecían ofrecer protección y alivio. Karain tenía una mirada glacial, y, contemplando su figura rígida, pensé en sus vagabundeos, en aquella odisea de venganza, en todos los hombres que yerran entre ilusiones fieles, infieles; en las ilusiones que dan alegría, que dan tristeza, que dan dolor, que dan paz; en las ilusiones invencibles que pueden dotar a la vida y a la muerte de una apariencia serena, inspiradora, martirizante o innoble.

Se oyó un murmullo; aquella voz que venía de fuera pareció entrar en la luz del camarote desde un mundo de ensueño. Karain estaba hablando.

—Me quedé a vivir en el bosque.

»Ella no volvió a visitarme. ¡Nunca! ¡Ni una vez! Vivía solo. Ella me había olvidado. No importaba. Yo no la quería; no quería a nadie. Encontré una casa abandonada en un antiguo claro. Nadie se acercaba allí. A veces oía a lo lejos voces de gente que pasaba por un sendero. Yo dormía; descansaba; había arroz silvestre, agua de un arroyo, y ¡paz! Cada noche me sentaba solo ante una fogata pequeña delante de la casa. Pasaron muchas noches sobre mi cabeza.

»Y entonces, una noche, sentado ante el fuego después de comer, miré el suelo y empecé a recordar mis vagabundeos. Levanté la cabeza. No había oído ningún ruido, ningún crujido, ninguna pisada; pero levanté la cabeza. Esperé. Se acercó sin anunciarse y se acuclilló a la luz del fuego. Después volvió la cara hacia mí. Era Matara. Me miraba ferozmente con sus grandes ojos hundidos. Aquella noche hacía frío; de pronto se extinguió el calor del fuego, y él se quedó mirándome. Me levanté y me alejé del lugar, dejándolo junto al fuego que no daba calor.

»Caminé toda la noche, todo el día siguiente y, por la tarde, construí una gran fogata y me senté a esperarlo. No se acercó a la luz. Lo oí entre los arbustos aquí y allá, susurrando, susurrando. Por fin entendí: había oído esas palabras antes: "Eres mi amigo: mata de un tiro certero".

»Soporté aquello cuanto pude; después me alejé de un salto, tal como esta misma noche he saltado mi empalizada y he venido hasta vosotros a nado. Corrí, corrí llorando como un niño abandonado lejos de las casas. Él corría a mi lado, sin pisar el suelo, susurrando, susurrando: invisible y sonoro. Busqué gente; ¡quería hombres a mi alrededor! ¡Hombres que no hubiesen muerto! Y de nuevo empezamos a errar juntos. Busqué el peligro, la violencia, la muerte. Combatí en la guerra de Aceh, y un pueblo valiente se asombró del coraje de un extranjero. Pero éramos dos; él paraba los golpes... ¿Por qué? Yo buscaba la paz, no la vida. Y a él nadie lo veía; nadie sabía. No me atrevía a contárselo a nadie. A veces se iba, pero no por mucho tiempo; regresaba y susurraba o me miraba fijamente. Mi corazón estaba desgarrado por un miedo extraño, pero no podía morir. Entonces conocí al viejo.

»Vosotros lo conocisteis. La gente de aquí lo llamaba mi hechicero, mi sirviente y espadero; pero para mí era padre, madre, amparo, refugio y paz. Cuando lo conocí, él volvía de peregrinar, y lo oí entonar la plegaria del atardecer. Había visitado el sitio sagrado con su hijo, con la esposa de su hijo y con un niño, y a su regreso, por voluntad del Más Alto, todos murieron: el hombre fuerte, la madre joven y el niño murieron, y el viejo llegó a su país solo. Era un peregrino sereno y piadoso, muy sabio y muy solitario. Se lo conté todo. Durante un tiempo vivimos juntos. Me cubrió de palabras de compasión, de sabiduría, de plegarias. Me protegió de la sombra del muerto. Le imploré que me diera un amuleto. Durante mucho tiempo se negó; pero al final, con un suspiro y una sonrisa, me dio uno. Él podía controlar espíritus más fuertes que el de mi amigo sin reposo, y yo volví a tener paz;

pero de nuevo me volví inquieto, y me convertí en un amante del conflicto y del peligro. El viejo nunca me abandonó. Viajamos juntos. Nos recibieron los grandes; su sabiduría y mi coraje son recordador allí donde vuestra fuerza, hombres blancos, se ha olvidado. Servimos al sultán de Sula. Combatimos contra los españoles. Hubo victorias, esperanzas, derrotas, tristezas, sangre, lágrimas de mujer... ¿Para qué...? Huimos. Reunimos viajeros de una raza guerrera y vinimos aquí para luchar de nuevo. Ya sabéis el resto. Soy el soberano de una tierra conquistada, un amante de la guerra y del peligro, un guerrero y un conspirador. Pero el viejo ha muerto y de nuevo soy el esclavo de los difuntos. Él ya no está para alejar la sombra recriminatoria, ¡para silenciar su voz sin vida! El poder de su amuleto murió con él. Y ahora tengo miedo, y temo el susurro: "¡Mata! ¡Mata! ¡Mata!...". ¿No he matado ya bastante?».

Por primera vez aquella noche una convulsión repentina de ira y locura pasó por su cara. Sus miradas vacilantes iban de aquí a allá como pájaros en una tormenta. Se levantó de un salto y gritó:

—Por los espíritus bebedores de sangre; por los espíritus que gritan en la noche; por todos los espíritus de la furia, la desdicha y la muerte, juro que un día derribaré todos los corazones que encuentre... Yo...

Tenía un aspecto tan peligroso que los tres nos pusimos de pie, y Hollis, con el dorso de la mano, arrojó el kris lejos de la mesa. Creo que gritamos juntos. Fue un susto breve, y un momento después Karain se sentó en su silla, calmado, con los tres blancos de pie a su alrededor en poses bastante tontas. Sentimos vergüenza. Jackson recogió el kris y, tras dirigirme una mirada de interrogación, se lo devolvió. Karain lo recibió con un majestuoso asentimiento de cabeza y lo metió en el pliegue de su *sarong*, cuidando puntillosamente de dejarlo en posición pacífica. Luego nos miró con una sonrisa austera. Estábamos abochornados y escarmentados. Hollis se sentó sobre la mesa y, apoyando el mentón en la mano, lo examinó en un silencio pensativo. Yo dije:

—Tienes que quedarte con tu gente. Te necesitan. Y en la vida existe el olvido. Con el tiempo hasta los muertos dejan de hablar.

—¿Acaso soy una mujer, que debo olvidar largos años antes de que un párpado se cierre dos veces? —exclamó con amargo resentimiento.

Me sorprendió. Era asombroso. Para él su vida —aquel cruel espejismo de amor y de paz— era tan real, tan innegable, como para un santo, un filósofo o cualquier tonto como nosotros lo eran las nuestras. Hollis farfulló:

—No lo vas a calmar con lugares comunes.

Karain me habló a mí.

—Tú nos conoces. Has vivido con nosotros. ¿Por qué? Imposible saberlo; pero entiendes nuestras penas y nuestros pensamientos. Has vivido con mi gente y entiendes nuestros deseos y temores. Me iré contigo. A tu tierra, con tu gente. Con tu gente, que vive sin creer; para las que el día es día y la noche, noche, nada más, porque vosotros entendéis lo visible y despreciáis todo lo demás. A vuestra tierra de escepticismo, donde los muertos no hablan, donde todos los hombres son sabios y están solos, y ¡en paz!

—Soberbia descripción —murmuró Hollis con un asomo de sonrisa.

Karain agachó la cabeza.

—Puedo trabajar duro, y luchar, y ser fiel —susurró en tono cansado—, pero no puedo volver junto a ese que me espera en tierra. ¡No! Llevadme con vosotros... O, al menos, dadme un poco de vuestra fuerza, de vuestro escepticismo... ¡Un amuleto!

Parecía completamente exhausto.

—Sí, llevarlo con nosotros —dijo Hollis en voz muy baja, como discutiendo consigo mismo—. Esa sería una solución. Los fantasmas de allí se presentan en sociedad y hablan afablemente con damas y caballeros, pero desdeñarían a un ser humano desnudo como nuestro principesco amigo... Desnudo... Debería decir: ¡despellejado! Me da pena. Es imposible, por supuesto. El modo en que acabará todo esto... —dijo, alzando la vista para mirarnos—, el modo en que acabará todo esto será que un día tendrá un acceso de locura entre sus fieles súbditos y enviará a un montón de ellos *ad patres* hasta que se decidan a cometer la deslealtad de darle un mazazo en la cabeza.

Asentí. Me parecía muy probable que Karain terminara de esa manera. Era evidente que sus ideas lo habían acosado hasta el límite de la resistencia humana, y faltaba poco para empujarlo hacia esa forma de locura privativa de su raza. El descanso del que había gozado en vida del viejo hacía intolerable el regreso del tormento. Estaba claro.

Alzó la cabeza; por un momento habíamos creído que dormía.

—¡Protéjanme, o denme fuerza! —gritó—. Un amuleto... ¡un arma!

De nuevo el mentón cayó sobre su pecho. Lo miramos y nos miramos entre nosotros con un terror suspicaz en los ojos, como hombres que se han topado sin quererlo con la escena de un misterioso desastre. Se había entregado a nosotros; había puesto en nuestras manos sus errores y sus tormentos, su vida y su paz; y nosotros no sabíamos qué hacer con ese problema surgido de la oscuridad exterior. Nosotros, tres hombres blancos, al mirar a aquel malayo, éramos incapaces de hallar una palabra apropiada, si es que existía una palabra que pudiese resolver el problema. Reflexionamos, y se nos cayó el alma a los pies. Sentíamos que nos habían convocado a los tres al mismísimo portal de las regiones infernales para juzgar y decidir el destino de un viajero que había llegado de pronto, proveniente de un mundo de sol e ilusiones.

—¡Por Júpiter, parece que se hace una idea muy alta de nuestro poder! —susurró Hollis, desesperado.

Y de nuevo se oyó el silencio, el chapoteo apagado del agua, el firme tictac de los cronómetros. Jackson, cruzado de brazos, apoyó la espalda en el mamparo del camarote. Agachaba la cabeza bajo la viga de cubierta; su barba rubia se desplegaba magníficamente sobre su pecho; su apariencia era colosal, inútil y mansa. Había algo lúgubre en el camarote; el aire parecía haberse cargado con el frío cruel de la impotencia, con la ira despiadada del egoísmo que se oponía a la forma incomprensible de un dolor intruso. No teníamos idea de qué hacer; empezó a amargarnos la necesidad imperiosa de librarnos de él.

Hollis meditaba y farfulló de pronto con una risita:

—Fuerza... Amparo... Amuleto.

Abandonó la mesa y salió del camarote sin mirarnos. Parecía una vil deserción. Jackson y yo cruzamos miradas indignadas. Lo oímos dar vueltas en su diminuto cuarto. ¿Se estaba acostando? ¡Era intolerable!

Después reapareció con una cajita de cuero en las manos. La puso con delicadeza en la mesa y nos miró con un extraño jadeo, como si por alguna razón, según nos pareció, se hubiese quedado mudo por un momento, o estuviese moralmente indeciso de sacar aquella caja a la luz. Pero al instante la sabiduría insolente e infalible de su juventud le dio el coraje necesario. Abrió la caja con una llavecita y dijo:

—Poned la cara más solemne que podáis, muchachos.

Supongo que solo pusimos tontas caras de sorpresa, porque miró por encima del hombro y dijo enfadado:

—Esto no es un juego; voy a hacer algo por él. Poneos serios. ¡Maldita sea...! ¿No podéis mentir un poco... por un amigo?

Al parecer, Karain no nos prestaba atención, pero, en cuanto Hollis levantó la tapa de la caja, sus ojos se clavaron en ella —y también los nuestros—. El satén carmesí del interior dio un violento toque de color a la atmósfera sombría; era algo digno de verse: era fascinante.

VI

Hollis miró con una sonrisa dentro de la caja. Recientemente había hecho un viaje relámpago a nuestro país pasando por el Canal. Se había ausentado seis meses y había vuelto a unirse a nosotros justo a tiempo para el último viaje. Nunca habíamos visto la caja. Sus manos revoloteaban por encima de ella y él nos hablaba con ironía, aunque su cara permanecía tan seria como si estuviera pronunciando un poderoso conjuro sobre su contenido.

—Cada uno de nosotros —dijo con pausas que de alguna manera eran más ofensivas que sus palabras—, cada uno de nosotros, admitiréis, ha estado acosado por la imagen de una mujer... Y... en cuanto a los amigos... que hemos dejado por el camino... ¡En fin...! Planteaos esa pregunta.

Hizo una pausa. Karain miraba. Arriba en cubierta se oyó un hondo retumbo. Jackson habló con seriedad:

—¡No seas tan cínico!

—¡Ah! Te falta astucia —dijo Hollis con tristeza—. Ya aprenderás... Entretanto, nuestro amigo malayo...

Repitió varias veces en voz pensativa: «Amigo... Malayo... Amigo, malayo», como sopesando las palabras, y a continuación más rápido:

—Un buen hombre, un caballero a su manera. No podemos, por así decirlo, darle la espalda a la confianza que nos tiene. Estos malayos se impresionan fácilmente: son un manojo de nervios, ya lo sabéis, así que...

Se volvió abruptamente a mirarme.

—Lo conoces mejor que nosotros —dijo con tono pragmático—. ¿Sabes si es un fanático? Quiero decir si es estricto en su fe.

Tartamudeé con hondo asombro que no me lo parecía.

—Es que es un retrato, una imagen grabada —murmuró Hollis de forma enigmática volviéndose hacia la caja.

Hundió los dedos en ella. Karain tenía los labios abiertos y le brillaban los ojos. Miramos dentro de la caja.

Había un par de carretes de hilo de algodón, un paquete de agujas, un trozo de cinta de seda azul oscuro y una fotografía de gabinete, a la que Hollis echó una ojeada antes de apoyarla boca abajo en la mesa. Era el retrato de una muchacha, según pude ver. También había, entre muchos y variados objetos pequeños, un ramillete de flores, un estrecho guante blanco con muchos botones, un paquete delgado de cartas cuidadosamente atadas. ¡Amuletos de hombre blanco! ¡Dijes y talismanes! Amuletos que les dan rectitud, que los hacen retorcerse, que tienen el poder de lograr que un joven suspire o que un viejo sonría. Cosas potentes que provocan sueños de alegría, remordimientos; que ablandan los corazones duros y pueden templar uno blando con la dureza del acero. Regalos del cielo: cosas de la tierra...

Hollis hurgó en la caja.

Y me pareció, durante la espera, que el camarote de la goleta se llenaba de una agitación invisible y viva, como de alientos sutiles. Todos los fantasmas del escéptico Occidente, desterrados por hombres que fingen ser sabios y estar solos y en paz; todos los fantasmas sin hogar de un mundo escéptico aparecieron de pronto en torno a la silueta de Hollis, que se inclinaba sobre la caja; todas las sombras exiliadas y encantadoras de las amadas; todos los fantasmas hermosos y tiernos de los ideales, recordados, olvidados, celebrados, execrados; todos los fantasmas abandonados y resentidos de amigos admirados, apoyados, denigrados, traicionados, dados por muertos en el camino, todos parecían venir de las regiones inhóspitas de la tierra para ocupar el camarote sombrío, como si este fuese un refugio y, en todo el escéptico mundo, el único lugar donde vengar la creencia... Aquello duró un segundo, y después todo desapareció. Hollis nos miraba a los dos con algo que brillaba entre sus dedos. Parecía una moneda.

—Ah, aquí está —dijo.

La sostuvo en el aire. Era una moneda de seis peniques. Seis peniques del jubileo. Era dorada; tenía un agujero cerca del borde. Hollis miró a Karain.

—Un amuleto para nuestro amigo —nos dijo—. Es algo en realidad muy poderoso... dinero, ¿entendéis...? y su imaginación quedará impresionada. Un vagabundo leal; con tal de que su puritanismo no se espante de un retrato...

No dijimos nada. No sabíamos si escandalizarnos, reírnos o sentirnos aliviados. Hollis avanzó hacia Karain, que se puso de pie como sobresaltado, y, sosteniendo la moneda, le habló en malayo:

—Esta es la imagen de la gran reina, y el objeto más poderoso que conocen los hombres blancos —dijo solemnemente.

Karain cubrió la empuñadura del kris en señal de respeto y se quedó mirando la cabeza coronada.

—La Invencible, la Piadosa —murmuró.

—Más poderosa que Solimán el Sabio, que comandaba a los genios, como sabes —dijo Hollis seriamente—. Te la entrego a ti.

Hollis sostuvo la moneda en la palma de la mano y, mirándola pensativo, nos habló en inglés:

—También ella controla un espíritu, el espíritu de una nación; un demonio dominante, concienzudo, inescrupuloso, inconquistable... que hace mucho bien... por cierto, que hace mucho bien... a veces, y que no toleraría ningún escándalo por parte del mejor fantasma que venga con una nimiedad como el disparo de nuestro amigo. No pongáis esas caras de sorpresa, compañeros. Ayudadme a convencerlo: todo depende de eso.

—Su gente quedará atónita —murmuré.

Hollis miró fijo a Karain, que era la excitación inmóvil en persona. Estaba rígido, con la cabeza echada hacia atrás; sus ojos giraban enloquecidos; sus dilatados orificios nasales temblaban.

—¡Qué diablos! —dijo Hollis por fin—. Es un buen hombre. Le daré algo que de verdad voy a echar de menos.

Sacó la cinta de la caja, le sonrió con desdén y, con un par de tijeras, cortó un pedazo de la palma del guante.

—Le haré una de esas cosas que llevan puestas los campesinos italianos, ya sabéis.

Cosió la moneda al fino cuero, cosió el cuero a la cinta y ató los cabos. Lo hizo deprisa. Karain miraba todo el tiempo sus dedos.

—Muy bien —dijo, y dio un paso hacia Karain.

Se miraron de cerca a los ojos. Los de Karain tenían la mirada perdida, pero los de Hollis daban la impresión de volverse más oscuros y de cobrar un aspecto dominante e irresistible. El contraste entre ambos hombres era marcado: uno inmóvil y del color del bronce; el otro blanco deslumbrante y con los brazos levantados, con poderosos músculos que ondulaban un poco bajo su piel reluciente como el satén. Jackson se acercó como quien se aproxima a un amigo en un lugar estrecho. Dije solemnemente, señalando a Hollis:

—Es joven, pero es sabio. ¡Créele!

Karain agachó la cabeza: Hollis le pasó con delicadeza la cinta azul en torno a ella y dio un paso atrás.

—¡Olvida, y que la paz sea contigo! —exclamé.

Karain pareció despertar de un sueño. Dijo: «¡Ja!», y se sacudió como quien se saca un peso de encima. Miró a su alrededor con seguridad. En cubierta alguien movió la tapa de la claraboya, y un torrente de luz cayó en el camarote. Ya era de día.

—Hora de subir a cubierta —dijo Jackson.

Hollis se puso un abrigo, y subimos, Karain el primero.

El sol se había levantado al otro lado de las colinas, y las largas sombras se estiraban por la bahía en la luz perlada. El aire estaba limpio y fresco. Señalé la curva de las playas amarillas.

—No está allí —le dije enfáticamente a Karain—. Ya no te espera. Se ha ido para siempre.

Un rayo de brillante luz cálida se coló por entre las cimas de dos colinas y alcanzó la bahía, y como por arte de magia el agua prorrumpió en un centelleo deslumbrante.

—¡No! No está esperándome —dijo Karain tras una larga ojeada a la playa—. No lo oigo —prosiguió despacio—. ¡No! —Se volvió hacia nosotros y exclamó—: Se ha ido de nuevo, ¡para siempre!

Asentimos vigorosa y repetidamente, sin escrúpulos. Había que causarle una poderosa impresión; sugerirle seguridad absoluta, el fin del pesar. Dimos lo mejor de nosotros, y espero que afirmásemos con suficiente eficiencia nuestra fe en el poder del amuleto de Hollis para que no quedara la menor duda. Nuestras voces resonaban jovialmente en el aire calmo que lo rodeaba, mientras por encima de su cabeza el cielo azul diáfano, puro, sin mácula, se enarcaba suavemente de costa a costa y sobre la bahía, como si fuese a envolver el agua, la tierra y al hombre con la caricia de su luz.

El ancla estaba levada y las velas quietas, y vimos una media docena de botes que recorrían la bahía para remolcarnos al exterior. Los remeros del primero que llegó a nuestro lado alzaron la cabeza y vieron a su soberano de pie entre nosotros. Se oyó un murmullo de sorpresa, después un grito de saludo.

Karain nos dejó y al instante pareció subir al esplendor glorioso de su escenario, envolverse en la ilusión del triunfo inevitable. Por un momento se detuvo erguido, con un pie en la pasarela, una mano en la empuñadura de su kris, en actitud marcial, y, aliviado del miedo a la oscuridad exterior, sostuvo en alto la cabeza, recorrió de una ojeada serena su porción de tierra conquistada. Los botes lejanos reprodujeron el grito de saludo; un clamor enorme se levantó en el agua; las colinas le hicieron eco y parecieron devolverle a él las palabras que invocaban larga vida y victorias.

Abordó una canoa, y tan pronto como esta se alejó le dimos tres vítores. Sonaron débiles y ordenados tras el tumulto enorme de sus leales súbditos, pero fue lo mejor que pudimos hacer. Se puso de pie en el bote, alzó los dos brazos y señaló el amuleto infalible. Lo vitoreamos de nuevo; y los malayos se nos quedaron mirando desde sus botes, muy perplejos e impresionados. Me pregunto qué pensarían; qué pensaría él... ¿Y qué pensará el lector?

Nos remolcaron lentamente. A él lo vimos tocar tierra y mirarnos desde la playa. Una figura se le acercó humilde pero abiertamente: en absoluto como lo haría un fantasma agraviado. Vimos a otros hombres llegar corriendo a su lado. ¿Tal vez habían notado su ausencia? En cualquier caso, hubo una gran conmoción. Rápidamente se formó un grupo cerca, y él, seguido por un cortejo cada vez más numeroso, empezó a caminar por la arena y se mantuvo a la par de la goleta. Con nuestros prismáticos vimos la cinta azul en torno a su cuello y la mancha blanca contra su pecho moreno. La bahía despertaba. El humo de las fogatas matinales se levantaba en espirales borrosas más allá de las cabezas de las palmeras; la gente se movía entre las casas; una torpe manada de búfalos cruzó al galope una cuesta verde; las figuras esbeltas de muchachos con bastones se recortaron negras y saltarinas entre los pastizales; una línea colorida de mujeres, que llevaban bambúes en la cabeza, oscilaba entre una arboleda de frutales. Karain de detuvo en medio de sus hombres y saludó con la mano; después, tras apartarse de aquel espléndido grupo, caminó hasta la orilla del agua y volvió a saludar. La goleta se hizo al mar entre las puntas escarpadas que cierran la bahía, y en ese mismo instante Karain desapareció para siempre de nuestras vidas.

Pero el recuerdo perdura. Unos años más tarde me crucé con Jackson en el Strand. Estaba espléndido, como siempre. Su cabeza sobresalía de la multitud. Tenía la barba dorada, la cara roja, los ojos azules; llevaba un sombrero gris de ala ancha pero ni corbata ni chaleco; era inspirador; acababa de regresar: había desembarcado ese mismo día. Nuestro encuentro causó un remolino en la corriente humana. Los apresurados se topaban con nosotros, daban un rodeo y se volvían a mirar al gigante. Intentamos resumir siete años de vida en siete exclamaciones; luego, apaciguados de pronto, caminamos tranquilos, dándonos las noticias del pasado. Jackson miró alrededor, como un hombre que busca señales, y se detuvo ante el escaparate de Bland's. Era un apasionado de las armas de fuego, así que frenó en seco y contempló las filas de armas, perfectas y severas, alineadas tras los cristales con marcos negros. Yo me quedé a su lado. De repente dijo:

—¿Te acuerdas de Karain?

Asentí.

—Ver todo esto me hace pensar en él —continuó con la cara contra el vidrio... y vi a un segundo hombre poderoso y barbudo que lo miraba entre aquellos cilindros oscuros y bruñidos que pueden curar tantas ilusiones—. Sí, me ha hecho pensar en él —continuó con lentitud—. Esta mañana leí el periódico; de nuevo hay combates en esa zona. Seguro que él está metido en el medio. Se lo va a poner difícil a esos *caballeros*. Bueno, le deseo suerte al pobre diablo. Era un hombre imponente.

Seguimos caminando.

—¿Habrá funcionado el amuleto? Te acuerdas del amuleto de Hollis, ¿no? Si funcionó... ¡Nunca se ha desperdiciado una moneda de seis peniques por una razón mejor! ¡Pobre diablo! ¿Se habrá librado de aquel amigo suyo? Espero que sí... Sabes, a veces pienso que...

Me quedé quieto y lo miré.

—Sí... Quiero decir que... no sé si aquello ocurrió así, ya sabes... si realmente le sucedió... ¿Qué opinas?

—Querido amigo —exclamé—, has pasado mucho tiempo lejos de tu tierra. ¡Qué pregunta! Mira a tu alrededor.

Un destello acuoso de sol despuntó en el oeste y se apagó entre dos largas líneas de muros, y acto seguido la confusión quebrada de techos, las chimeneas, las letras doradas inscritas en los frentes de las casas, el lustre sombrío de las ventanas adoptaron un aspecto hosco y resignado bajo la oscuridad que descendía. Toda la larga calle, honda como un pozo y estrecha como un pasillo, estaba llena de una agitación sombría e incesante. Nuestros oídos se llenaron de un bullicio precipitado y del ritmo de paso rápidos y de un rumor subyacente: un rumor vasto, débil, palpitante, como de jadeos, de corazones que laten, de voces que toman aire. Innumerables ojos miraban al frente, los pies se movían deprisa, las caras fluían impávidas, los brazos se balanceaban. Por encima de todo, una banda estrecha y deshilachada de cielo humoso serpenteaba entre los techos altos, extensa e inmóvil, como un gallardete sucio flameando sobre la retirada de una turba.

—Sí... —dijo Jackson, meditabundo.

Las grandes ruedas de los cabriolés giraban lentamente al borde de las aceras; un joven de cara pálida paseaba, abrumado por el cansancio, acompañado de su bastón y con las colas de su abrigo ondeando junto a sus tobillos; unos caballos pisaban con cuidado el pavimento grasiento, sacudiendo las cabezas; pasaron dos muchachas hablando vivamente con ojos brillantes; un anciano de fina estampa se pavoneaba, con la cara colorada, atusándose el blanco bigote; y una fila de tablas amarillas con letras azules se nos acercó lentamente, sacudiéndose una tras otra, como los extraños restos de un naufragio a la deriva en un río de sombreros.

—Sí... —repitió Jackson.

Sus ojos azul claro miraron alrededor, desdeñosos, divertidos y duros, como los ojos de un niño. Una torpe fila de ómnibus pasó bamboleándose, colorida y monstruosa; dos niños andrajosos cruzaron la calle a la carrera; una pandilla de hombres sucios, con pañuelos rojos al cuello, se precipitó por la calle echando pestes; un anciano harapiento, con cara de desesperación, gritó horrendamente el nombre de un periódico en medio del fango; y a lo lejos, entre los cabeceos de los caballos, entre el destello apagado de arneses y el embrollo de paneles lustrosos y techos de carruajes, vimos a un policía, oscuro y con casco, estirar un brazo rígido en la encrucijada de dos calles.

—Sí; lo veo —dijo Jackson con lentitud—. Está aquí; jadea, corre, rueda; es fuerte y está vivo; destrozaría a quien no tuviese cuidado; pero que me maten si me resulta todavía tan real como... como lo otro... como la historia de Karain.

Creo que, sin ninguna duda, llevaba demasiado tiempo lejos de su tierra.

Juventud

Un relato

A mi esposa

Esta historia solo pudo ocurrir en Inglaterra, donde los hombres y el mar, por decirlo así, se compenetran: el mar entra en la vida de la mayoría de los hombres y los hombres lo saben todo sobre el mar, o al menos un poco, en relación con el recreo, los viajes o la forma de ganarse el sustento.

Estábamos sentados en torno a una mesa de caoba en la que se reflejaban la botella, las copas de vino y nuestras caras cuando recargábamos el peso sobre los codos. Éramos un director de empresa, un contable, un abogado, Marlow y yo. El director había sido grumete a bordo del Conway, el contable había trabajado cuatro años en el mar y el abogado —un conservador curtido, anglocatólico, el mejor de los hombres mayores, el honor en persona— había sido oficial mayor en la compañía P&O en los viejos tiempos, cuando los buques del correo llevaban vela cuadra en al menos dos mástiles y volvían del mar de China, impulsados por un buen monzón, con las alas desplegadas por arriba y por abajo. Todos empezamos a vivir en la marina mercante. A los cinco nos unía el fuerte vínculo del mar y, además, la hermandad del oficio, algo que no se compara con la afición al velerismo, los cruceros y esas cosas, porque esto último constituye la diversión de la vida y aquello es la vida misma.

Marlow (al menos creo que así escribía su apellido) empezó a narrar el relato, o más bien la crónica, de un viaje:

—Sí, he visto un poco los mares de oriente, pero lo que mejor recuerdo es mi primer viaje hacia allí. Como sabrán, hay viajes que parecen destinados a ilustrar la vida, que podrían pasar por un símbolo de la existencia. Uno lucha, se empeña, suda, por poco no se mata tratando de alcanzar algo y no lo consigue. Y no es que sea su culpa. Es que no puede hacer nada, pero nada, ni poco ni mucho, ni siquiera casarse con una solterona ni lograr que un condenado cargamento de seiscientas toneladas de carbón llegue a destino.

»Fue una travesía memorable en todo sentido. Era mi primer viaje a Oriente y mi primer viaje como segundo oficial; también era la primera vez que mi capitán iba al mando de una embarcación. Me dirán que ya era hora. Este tenía sesenta años cumplidos; era un hombre pequeño, de espalda ancha aunque no muy recta, caído de hombros, con una pierna más curvada que la otra, lo que le daba ese extraño aspecto retorcido que a menudo se ve en los campesinos. Tenía una cara como un cascanueces —la barbilla y la nariz buscaban unirse sobre una boca hundida—, enmarcada en una pelusa entrecana que parecía una cinta de algodón espolvoreada de carbón. Y en esa cara vieja había unos ojos azules que recordaban asombrosamente los de un niño, con esa expresión de franqueza que algunos hombres comunes mantienen hasta el final de sus días, pues poseen el don interior de un corazón simple y un alma recta, algo poco frecuente. Ignoro por qué me contrató. Yo había trabajado en un clíper australiano de primera como tercer oficial, y al parecer él albergaba prejuicios contra los clíperes de primera, que le parecían aristocráticos y pretenciosos. Me dijo: "Sepa usted que en este barco tendrá que trabajar". Le contesté que había tenido que trabajar en todos los barcos que había abordado. "Ah, pero este es distinto, y los caballeros como usted que vienen de los grandes barcos... ¡En fin! Supongo que lo hará bien. Preséntese mañana".

»Me presenté al día siguiente. De eso hace veintidós años, cuando acababa de cumplir los veinte. ¡Cómo pasa el tiempo! Fue uno de los días más felices de mi vida. ¡Imaginen! Por primera vez segundo oficial, un puesto de verdadera responsabilidad. Ni por una fortuna lo habría rechazado. El primer oficial me miró de arriba abajo. También era un hombre mayor, aunque de otra estampa. Tenía una nariz romana, la barba larga y blanca como la nieve, y se llamaba Mahon, aun cuando insistía en que se pronunciara Mann. Si bien era un hombre con muchos contactos, la suerte no estaba de su parte, y no había prosperado.

»En cuanto al capitán, había pasado años en barcos de cabotaje, luego en el Mediterráneo y al final en las rutas comerciales de las Antillas. Nunca había franqueado los grandes cabos. Conocía solo los rudimentos de la escritura y no le interesaba en lo más mínimo la letra impresa. Los dos eran marinos hechos y derechos, por supuesto, y entre esos ancianos me sentía como un niño entre dos abuelos.

»También el barco era viejo. Se llamaba Judea. Un nombre raro, ¿no? Era propiedad de un tal Wilmer, Wilcox o algo por el estilo, que luego quebró y que murió hace más de veinte años, así que el nombre da igual. El Judea llevaba un tiempo en la dársena de Shadwell. Imagínense cómo estaba. Era puro óxido, polvo y mugre: hollín en los palos, tierra en la cubierta. Para mí fue como salir de un palacio y meterme en una choza en ruinas. El barco pesaba unas cuatrocientas toneladas, tenía un torno primitivo, pestillos de madera en las puertas, ni pizca de bronce y una enorme popa cuadrada. En esta, bajo el nombre escrito en grandes letras, había unas cuantas volutas de madera, con las doraduras desconchadas y una especie de escudo de armas con el lema "Moverse o morir" debajo. Recuerdo que me causó una gran impresión. Había un toque de poesía en ello, algo que me hacía adorar aquel vejestorio, ¡algo que llamaba a mi juventud!

»Zarpamos de Londres con lastre (lastre de arena) a fin de cargar carbón en un puerto del norte y dirigirnos luego a Bangkok. ¡Bangkok! Yo estaba encantado. Llevaba seis años de marino y solo había visto Melbourne y Sídney, sitios interesantes, seductores a su manera, pero ¡Bangkok!

»Salimos del Támesis a vela, con un práctico del mar del Norte a bordo. Se llamaba Jermyn y se pasaba el día yendo a la cocina para poner a secar su pañuelo delante de la estufa. Al parecer no dormía nunca. Era un tipo taciturno, al que la punta de la nariz le goteaba sin parar, y que había pasado apuros, o los estaba pasando, o esperaba pasarlos; no se quedaba contento si algo no salía mal. Desconfiaba de mi juventud, de mi sentido común y de mis conocimientos náuticos, y se empeñaba en hacérmelo notar de mil maneras. Supongo que tenía razón. No cabe duda de que entonces yo sabía muy poco, y no mucho más sé ahora; pero sigo odiando a aquel Jermyn hasta el día de hoy.

»Navegamos en dirección norte una semana hasta llegar al fondeadero de Yarmouth, y entonces nos sorprendió un temporal, el famoso temporal de octubre de hace veintidós años. Viento, rayos, cellisca, nieve y un mar de miedo. Navegábamos ligero, y figúrense lo mal que estaba la cosa que se nos despedazaron las bordas y se inundó la cubierta. La segunda noche el lastre de la proa se desplazó hacia sotavento, y para entonces el viento nos había dejado en el bajío de Dogger. No podía hacerse nada salvo bajar con palas y tratar de enderezar el barco, así que nos metimos en la enorme bodega, oscura como una caverna, con bujías que parpadeaban pegadas en las vigas, mientras el temporal rugía fuera y el barco se escoraba de lo lindo; fuimos todos, Jermyn, el capitán, todo el mundo, y a duras penas nos teníamos en pie al echar a barlovento grandes paladas de arena húmeda, como sepultureros. Con cada cabeceo del barco se divisaban en la penumbra hombres que se caían haciendo molinetes con las palas. Uno de los grumetes (había dos), conmocionado por esa macabra escena, se echó a llorar como si se le hubiese roto el corazón. Se le oía gimotear entre las sombras.

»Al tercer día el temporal amainó, y luego nos recogió un remolcador del norte. ¡En total tardamos dieciséis días en ir desde Londres hasta el río Tyne! Cuando llegamos a la dársena, se nos había pasado el turno de carga, y nos llevaron a un muelle donde tocó esperar un mes. La señora Beard (el capitán se llamaba Beard) vino a visitar al viejo desde Colchester y se instaló a bordo. Los marineros se marcharon, y solo quedamos los oficiales, un grumete y el cocinero, un mulato que respondía al nombre de Abraham. La señora Beard era mayor y tenía la cara toda arrugada y colorada como una manzana de invierno, aunque su figura era la de una muchacha. Una vez me vio cosiendo un botón y se empeñó en que le diera mis camisas para remendarlas. Era muy diferente de las esposas de los capitanes que yo había conocido a bordo de los clíperes de primera. Cuando le llevé las camisas, me dijo: "¿Y los calcetines? Seguro que le hace falta zurcirlos, y la ropa de John (el capitán Beard) ya está arreglada. Me vendrá bien ocuparme en algo". ¡Qué anciana tan maravillosa! Le dio un buen repaso a mi ropa, y entretanto leí por primera vez *Sartor Resartus*, y también *Viaje a Khiva*, de Burnaby. No entendí gran cosa del primero, pero recuerdo que ya entonces me gustó más el soldado que el filósofo, una preferencia que la vida no ha hecho más que confirmar. Uno era un hombre, y el otro lo era en exceso, o no llegaba a serlo. En cualquier caso, ambos han muerto, y la señora Beard ha muerto, y la juventud, la fuerza, el talento, las ideas, los logros, las almas nobles, todo muere... Da igual.

»Por fin cargamos. Conseguimos una tripulación: dos marineros cabales y dos grumetes. Una tarde avanzamos hasta las boyas de las compuertas de la dársena, listos para salir, y había buenas posibilidades de zarpar al día siguiente. La señora Beard iba a volver a casa en un tren nocturno. Cuando el barco quedó amarrado, bajamos a cenar. Pasamos la comida casi en silencio: Mahon, el viejo matrimonio y yo. Acabé el primero y subí a fumar a mi camarote, que daba a la cubierta, en la popa. Había pleamar y soplaba un viento fresco cargado de llovizna; las compuertas de la dársena estaban abiertas y los vapores carboneros salían y entraban a oscuras con las luces encendidas, en medio de un gran rumor de hélices, traqueteo de molinetes y mucha algarabía en los extremos de los muelles. Me quedé mirando la procesión de los faros que se deslizaban altos contra el telón de la noche y de las luces verdes que se deslizaban bajas, y en eso un fulgor rojo destelló ante mis ojos, desapareció, volvió a verse y se quedó quieto. Se acercaba la proa de un vapor. Grité hacia la cámara: "¡Vengan, rápido!"; y luego oí una voz sorprendida que voceaba a lo lejos en la oscuridad: "Pare el barco, señor". Sonó una campana. Otra voz gritó una advertencia: "Vamos derecho hacia una nave, señor". La brusca respuesta fue: "De acuerdo", y luego se produjo un buen choque cuando el vapor nos dio de refilón con la proa a la altura del aparejo delantero. Siguió un momento de confusión, griterío y carreras de un lado para otro. Había un rugido de vapor. Después se oyó decir a alguien: "Todo en orden, señor". "¿Están ustedes bien?", preguntó la voz brusca de antes. Yo había acudido corriendo a examinar los daños y contesté en voz alta: "Creo que sí". "Con cuidado a popa", dijo la voz brusca. Sonó una campana. "¿Qué vapor es ese?", dijo Mahon. Para entonces solo se veía a lo lejos una masa en sombras. Nos gritaron un nombre de mujer, Miranda o Melissa o algo así. "Con esto tenemos para otro mes en este agujero infecto", me dijo Mahon mientras explorábamos a la luz de los faroles las bordas astilladas y las brazas rotas. "Pero ¿dónde está el capitán?".

»No lo habíamos visto ni oído durante todo el incidente. Fuimos a buscarlo a popa. Una voz lastimera llamaba desde alguna parte, en mitad de la dársena: "¡Eh, Judea!". ¿Cómo diablos había llegado hasta allí? "¡Hola!", gritamos. "Estoy a la deriva en un bote sin remos", gritó el capitán. Un barquero nocturno ofreció sus servicios, y Mahon lo convenció para que, por media corona, remolcara a nuestro capitán hasta la borda del barco; pero quien primero subió la escalerilla fue la señora Beard. Los dos llevaban casi una hora flotando en la dársena bajo la llovizna fría. En mi vida me había llevado tal sorpresa.

»Al parecer, cuando me oyó gritar: "Vengan", el capitán entendió de inmediato lo que ocurría, cogió a su mujer, subió a cubierta, cruzó con ella a la carrera y la instaló en el bote, que estaba sujeto a la escalerilla. Nada mal para un hombre de sesenta años. Hay que imaginarse al viejo salvando heroicamente en sus brazos a la anciana, la mujer de su vida. La ayudó a sentarse en una bancada y se preparaba a volver cuando, no se sabe bien cómo, la amarra se soltó y se alejaron los dos. Desde luego, en medio de la confusión no oímos sus gritos. Parecía abochornado. Ella dijo en tono alegre: "Supongo que ya no importa que haya perdido el tren, ¿no?". "No, Jenny; ve a la cámara a calentarte", gruñó él. Y a nosotros nos dijo: "Un marino no debería quedarse con su mujer, caray. Y ahí me vi yo, lejos del barco. En fin, esta vez no ha pasado nada. Vamos a ver qué nos ha roto ese condenado vapor".

»No era mucho, pero nos retrasó tres semanas. Al cabo de ese periodo, mientras el capitán estaba ocupado con los agentes comerciales, acompañé a la señora Beard a la estación del ferrocarril cargando su maleta, y la dejé sentada en un vagón de tercera clase. Bajó la ventanilla para decirme: "Es usted un buen muchacho. Si de noche ve a John... al capitán Beard... sin su bufanda, recuérdele de mi parte que se abrigue bien el cuello". "Claro, señora Beard", dije. "Es usted un buen muchacho; he notado lo atento que es con John... con el capitán...". El tren arrancó de pronto, y me quité la gorra para saludar a la anciana: nunca más volví a verla. Pásenme la botella.

»Zarpamos al día siguiente. Al poner rumbo a Bangkok, llevábamos tres meses fuera de Londres. Habíamos calculado que tardaríamos quince días como mucho.

»Estábamos en enero, y hacía un tiempo magnífico: el magnífico tiempo soleado de invierno que tiene más encanto que el de verano, porque es inesperado y fresco, y se sabe que no puede durar. Es como un don del cielo, un inesperado golpe de suerte.

»Duró mientras bajamos por el mar del Norte, cruzamos el Canal y hasta que nos hallamos a unas trescientas millas al oeste de Lizard: entonces el viento cambió al sudoeste y cobró fuerza. A los dos días se había convertido en un temporal. El Judea, sacudido, se bamboleaba en el Atlántico como una vieja caja de madera. El viento soplaba día tras día: con malicia, sin pausa, sin piedad, sin descanso. El mundo era un frente de olas enormes y espumosas que se nos venían encima bajo un cielo lo bastante bajo para tocarse con las manos y tan sucio como un techo cubierto de hollín. A nuestro alrededor flotaba tanta espuma como aire. Día tras día y noche tras noche solo se oía el aullido del viento, el alboroto del mar, el ruido del agua que bañaba la cubierta. El barco no tenía descanso, y nosotros tampoco. Se sacudía, daba cabezadas, hundía la proa, hundía la popa, se balanceaba, crujía, y teníamos que buscar asidero en cubierta y aferrarnos a las literas al bajar, empleando a fondo el cuerpo y lidiando con las preocupaciones de la mente.

»Una noche, Mahon se asomó para hablarme por el ojo de buey que daba a mi camarote, justo sobre mi cama. Yo estaba tumbado, despierto, con las botas puestas, con la sensación de llevar años sin dormir y de no poder hacerlo por mucho que lo intentara. Me dijo con vehemencia:

»"¿Tiene ahí la sonda, Marlow? No consigo que funcionen las bombas. ¡Dios mío! No es nada fácil".

»Le pasé la sonda, volví a acostarme y traté de pensar en otra cosa; pero solo pude centrarme en las bombas. Cuando subí a cubierta seguían accionándolas, y era mi turno. A la luz de la linterna que habían subido a cubierta para examinar la sonda, entreví las caras cansadas y serias de mis compañeros. Bombeamos las cuatro horas de nuestro turno. Bombeamos toda la noche, todo el día, toda la semana, turno tras turno. El barco se estaba aflojando y hacía agua por todos lados, no tanto como para que nos ahogáramos de inmediato, pero sí para matarnos por el esfuerzo con las bombas. Y entretanto se desintegraba: las bordas desaparecieron, los puntales volaron, los ventiladores se hicieron trizas, la puerta de la cámara se salió de quicio. No quedaba un lugar seco en todo el barco, que se caía a pedazos. Como por arte de magia, la lancha se transformó en astillas sin moverse de su soporte. Yo mismo la había sujetado y estaba muy satisfecho del resultado, que hasta entonces había resistido a la maldad del mar. Seguimos bombeando. Y el clima no daba respiro. El mar estaba blanco como un manto de espuma, como un cazo de leche hirviendo; no había un resquicio en las nubes, ni siquiera del tamaño de una mano, ni siquiera durante diez segundos. Para nosotros no había cielo, ni estrellas, ni sol, ni universo, nada salvo las nubes furiosas y el mar embravecido. Seguimos bombeando por turnos para salvar la vida; y aquello parecía durar meses, años, una eternidad, como si hubiésemos muerto y estuviésemos en un infierno destinado a los marineros. Olvidamos el día de la semana, el nombre del mes, qué año era y hasta si alguna vez habíamos pisado tierra. Las velas se volaron, el barco flotaba de lado bajo un toldo de lona, el océano lo bañaba, y no nos importaba. Les dábamos a las manivelas con cara de idiotas. En cuanto subíamos a cubierta, ataba a los hombres con una soga a las bombas y al palo mayor, y girábamos y girábamos la manivela, con el agua hasta la cintura, hasta el cuello, por encima de la cabeza. Daba igual. Habíamos olvidado lo que era estar secos.

»Y en un rincón de mi mente pensaba: "¡Por Júpiter! Esto es una gran aventura, algo novelesco, y es mi primer viaje como segundo oficial, y solo tengo veinte años, y aquí estoy aguantando tanto como cualquiera de los demás y liderando a mis hombres". Estaba contento. Por nada del mundo me habría perdido aquella experiencia. Tuve momentos de exaltación. Me parecía que aquella nave vieja y destartalada, cada vez que se iba hacia delante y levantaba la cámara en alto, lanzaba al aire, como un llamamiento, como un desafío, como un grito a las nubes inclementes, las palabras escritas en su proa: "Judea, Londres. Moverse o morir".

»¡Ah, la juventud! Menuda fuerza, menuda fe, menuda imaginación. A mis ojos la nave no era un armatoste que trajinaba un cargamento de carbón por el mundo; era el afán, la prueba, la demostración de la vida. La recuerdo con placer, con cariño, con nostalgia, como recordaríamos a un ser querido que ha muerto. Nunca la olvidaré... Pásenme la botella.

»Una noche, estando todos amarrados al mástil como queda dicho, seguíamos bombeando, ensordecidos por el viento y sin siquiera fuerzas para desear la muerte, cuando una ola enorme rompió sobre el barco y nos pasó por encima. Nada más recuperar el aliento grité, como era mi deber: "Ánimo, muchachos", y de repente sentí que me golpeaba la pantorrilla un objeto duro que flotaba en cubierta. Traté de agarrarlo y no lo conseguí. Estaba tan oscuro que no nos veíamos las caras a dos palmos de distancia, que conste.

»Tras el estruendo, el barco quedó un momento en silencio, y el objeto, fuera lo que fuese, volvió a golpearme la pierna. Esta vez lo atrapé y resultó ser una sartén. Al principio, atontado por la fatiga y sin pensar más que en las bombas, no me di cuenta de lo que tenía en la mano. De repente comprendí y grité: "Muchachos, la caseta de cubierta ha desparecido. Tenemos que ir a buscar al cocinero".

»La caseta de cubierta contenía la cocina, el camarote del cocinero y las dependencias de la tripulación. Como llevábamos días suponiendo que se la llevaría el mar, se había dispuesto que los marinos durmieran en la cámara, el único lugar seguro del barco. Sin embargo, el cocinero, Abraham, se había empeñado en quedarse en su camarote, estúpidamente, como una mula; creo que de puro terror, como un animal que se niega a salir de un establo destrozado en medio de un terremoto. Así que fuimos a buscarlo. Era coquetear con la muerte, porque una vez sueltos quedábamos tan expuestos como en una balsa. Pero allá fuimos. La caseta estaba hecha añicos, como si dentro hubiese estallado un obús. En su mayor parte había caído por la borda: la cocina, los camarotes de los hombres y sus cosas... todo había desaparecido; pero de milagro seguían en pie dos postes que sostenían el mamparo al que estaba sujeto el catre de Abraham. Avanzamos a tientas entre los destrozos y allí lo encontramos, sentado en su litera, rodeado de espuma y de fragmentos del barco, parloteando solo alegremente. Había perdido la cabeza; estaba completa e irreversiblemente loco, pues aquello lo había sorprendido cuando ya no aguantaba más. Lo levantamos, lo llevamos a popa y lo echamos de cabeza en la cámara. Comprenderán que no había tiempo de bajarlo con infinitas precauciones y preguntarle cómo se encontraba. Ya lo cogerían al pie de la escalera los de abajo. Nos corría prisa volver a las bombas. Eso no podía esperar. Un barco que hace agua es algo inhumano.

»Se diría que el único objetivo de aquel maldito temporal había sido enloquecer al pobre mulato. Amainó antes del amanecer, al día siguiente el cielo se despejó y, conforme el mar se fue calmando, el barco hizo menos agua. Cuando llegó el momento de colocar nuevas velas, la tripulación exigió volver a puerto, y la verdad es que poco más podía hacerse. Nos habíamos quedado sin botes; la cubierta estaba arrasada; los camarotes, hechos polvo; los hombres, sin más ropa que la puesta; las provisiones, estropeadas; el barco, baldado. Pusimos rumbo a tierra y, aunque parezca increíble, el viento empezó a soplar en nuestra contra desde el este. Soplaba fresco, sin cesar. Tuvimos que ganarnos cada palmo, pero, como el mar estaba bastante tranquilo, el barco ya no hacía tanta agua. No es una broma tener que bombear dos horas de cada cuatro, pero logramos mantenernos a flote hasta Falmouth.

»La buena gente de la zona vive de los desastres marinos y sin duda se alegró de vernos. Una multitud expectante de carpinteros empezó a afilar sus cinceles ante aquel barco destartalado. Y, por Júpiter, hicieron su agosto. Creo que el dueño del barco ya estaba en apuros económicos. Hubo demoras. Luego se decidió bajar parte del cargamento y calafatear la zona superior del casco. Hecho eso y concluidas las reparaciones, se subió de nuevo la carga, llegó una nueva tripulación y zarpamos hacia Bangkok. Al cabo de una semana estábamos de vuelta. La tripulación dijo que no pensaba ir a Bangkok —una travesía de ciento cincuenta días— en una tinaja en la que había que pasarse ocho horas de cada veinticuatro achicando con las bombas, y los periódicos náuticos volvieron a publicar el suelto: "Judea. Bergantín. De Tyne a Bangkok; carbón; volvió a Falmouth haciendo agua y la tripulación se negó a seguir".

»Hubo más demoras, más reparaciones. El dueño vino a ver el barco un día y dijo que estaba en perfecto estado. El pobre capitán Beard parecía el fantasma de un capitán del norte por las preocupaciones y la vergüenza. Recuerden que tenía sesenta años y era la primera vez que iba al mando de una embarcación. Mahon decía que se trataba de una insensatez y que todo acabaría mal. Yo sentía por el barco más cariño que nunca y ardía en deseos de llegar a Bangkok. ¡A Bangkok! Nombre mágico, maravilloso. Mesopotamia no le llegaba ni a los talones. Recuerden que yo tenía veinte años, y que aquel era mi primer puesto como segundo oficial, y que Oriente me estaba esperando.

»Salimos del puerto y anclamos en la rada con una nueva tripulación, la tercera. El barco hacía más agua que nunca. Se hubiera dicho que aquellos condenados carpinteros lo habían agujereado. Esta vez ni siquiera llegamos a mar abierto. La tripulación se negó en redondo a mover el molinete del ancla.

»Nos remolcaron de vuelta al puerto, donde nos convertimos en parte del decorado, en una característica, en una institución local. Nos describían ante los visitantes como "el bergantín que se dirige a Bangkok, que lleva aquí seis meses y que ha vuelto tres veces a puerto". Los días festivos los niños que remaban entre los barcos nos llamaban: "¡Eh, Judea!", y si alguien se asomaba por la borda nos gritaban en tono de burla: "¿Adónde van, a Bangkok?". A bordo solo quedábamos tres personas. El pobre y viejo capitán se pasaba el tiempo en el camarote mirando las musarañas. Mahon empezó a encargarse de la comida y desarrolló un inesperado talento de francés para preparar buenos platos. Yo me ocupaba sin ganas del aparejo. Nos convertimos en ciudadanos de Falmouth. Todos los tenderos nos conocían. En la barbería o en el estanco nos preguntaban en confianza: "¿Creen que alguna vez llegarán a Bangkok?". Y entretanto el dueño, los aseguradores y los fletadores discutían en Londres y seguíamos cobrando... Pásenme la botella.

»Era un horror. Para la moral, era peor que achicar con las bombas a vida o muerte. Parecía que el mundo nos había olvidado, que no pertenecíamos a nadie, que no podíamos llegar a ninguna parte; parecía que estuviéramos embrujados y tuviéramos que seguir viviendo para siempre en aquel puerto, como un objeto de burla y un emblema para varias generaciones de marineros vagos y de barqueros deshonrados. Cuando me dieron la paga de tres meses y cinco días de permiso, salí corriendo a Londres. Tardé un día en llegar y cosa de otro en volver, pero aun así la paga de los tres meses se esfumó. No sé bien en qué me la gasté. Creo que fui a un teatro de variedades, comí y cené en un local lujoso de Regent Street, y volví a tiempo, sin más rastro del trabajo de tres meses que las obras completas de Byron y una manta de viaje nueva. El barquero que me llevó hasta el barco me dijo: "¡Hola! Creí que habían ustedes abandonado este vejestorio. Este barco nunca llegará a Bangkok". "Eso es lo que usted cree", le respondí con desdén, aunque la profecía no me gustó nada.

»Entonces apareció de la nada un hombre con plenos poderes, un agente de alguien. Tenía una cara de bebedor llena de capilares rotos, hacía gala de una energía indoblegable y era la alegría en persona. Volvimos a la vida. Se nos arrimó una gabarra, nos retiró la carga y fuimos a un dique seco para que nos quitaran el cobre. No era de extrañar que el barco hiciera agua. El pobre, forzado al límite por el temporal, había escupido toda la estopa de calafatear de sus capas inferiores, como disgustado. Volvieron a calafatearlo, lo recubrieron de cobre y lo dejaron tan impermeable como una botella. Regresamos junto a la gabarra y subimos de nuevo la carga.

»Y entonces, una agradable noche de luna, todas las ratas abandonaron el barco.

»Habían sido una plaga. Nos habían destrozado las velas, habían consumido más víveres que la tripulación, habían compartido cordialmente con nosotros el lecho y los peligros y, al final, cuando el barco estaba en condiciones de navegar, decidían largarse. Llamé a Mahon para que disfrutara del espectáculo. Una rata tras otra subía la barandilla, miraba por encima del hombro por última vez y saltaba a la gabarra vacía, donde aterrizaba con un golpe seco. Intentamos contarlas, pero fue imposible. Mahon dijo: "¡Pero bueno! No me vengan con la inteligencia de las ratas. Tendrían que haberse ido antes, cuando estuvimos a punto de hundirnos. Ahí está la prueba de que es una tontería andarse con supersticiones sobre esos bichos. Abandonan un barco bueno por una vieja gabarra podrida, donde además no hay nada que comer. ¡Si serán idiotas! No creo que sepan lo que es seguro ni bueno para ellas, no más que usted y yo".

»Después de charlar un poco más coincidimos en que se había exagerado tremendamente la sabiduría de las ratas, que en realidad no era superior a la de los hombres.

»A esas alturas, la historia del barco era conocida en todo el Canal, desde Land's End hasta Foreland, y resultaba imposible conseguir una tripulación en la costa sur. Nos mandaron una desde Liverpool, y una vez más zarpamos hacia Bangkok.

»Nos tocaron buenos vientos y aguas tranquilas hasta los trópicos, y el viejo Judea avanzaba lentamente bajo el sol. Cuando alcanzaba los ocho nudos, crujía toda la arboladura, y nos sujetábamos bien las gorras a la cabeza; pero en general viajábamos a tres millas por hora. ¿Qué se le iba a hacer? El viejo barco estaba cansado. Su juventud se hallaba donde ha quedado la mía, donde ha quedado la de ustedes, que escuchan esta historia. ¿Y qué clase de amigo les echaría en cara a ustedes los años y la fatiga? No nos quejábamos del barco. Para los que íbamos en la popa, al menos, era como si hubiésemos nacido a bordo, crecido a bordo, como si hubiésemos vivido siglos a bordo, como si no hubiésemos conocido ningún otro barco. Antes se me habría ocurrido insultar a la vieja iglesia de mi pueblo por no ser una catedral.

»Y en mi caso la juventud me daba paciencia. Tenía por delante Oriente y la vida, y creía que había sido puesto a prueba a bordo y que había salido bastante bien parado. Pensé en los hombres de antaño que, siglos atrás, habían navegado por las mismas rutas en barcos que no eran mejores, hacia tierras de palmeras y especias y arenas amarillas, y en las naciones de piel oscura regidas por soberanos más crueles que el romano Nerón y más espléndidos que el judío Salomón. La vieja nave avanzaba lentamente, con el peso de su edad y de su carga, mientras que yo vivía mi juventud con inocencia y esperanza. Ella avanzaba lentamente por una serie interminable de días, y era como si sus flamantes doraduras, al destellar bajo el sol del poniente, gritasen sobre el mar cada vez más oscuro las palabras pintadas en la proa: "Judea, Londres. Moverse o morir".

»Luego entramos en el océano Índico y pusimos rumbo norte hacia Java. Soplaban vientos suaves. Pasaron semanas. El barco avanzaba a rastras, moverse o morir, y en origen se empezó a pensar en dar parte de que nos retrasábamos.

»Un sábado, al caer la tarde, cuando estaba fuera de servicio, los hombres me pidieron uno o dos cubos de agua para lavar la ropa. Como no quería instalar la bomba a esas horas, fui silbando hasta el pique de proa con una llave en la mano para abrir la escotilla y sacar agua de un tanque de reserva que teníamos allí.

»El olor que salió del fondo fue tan inesperado como aterrador. Se habría dicho que cientos de faroles de parafina llevaban días ardiendo y echando humo en aquel agujero. Fue un alivio alejarse. El marinero que estaba conmigo tosió y dijo: "Un olor raro, señor". Le contesté sin preocuparme: "Dicen que es bueno para la salud", y volví a popa.

»Lo primero que hice fue meter la cabeza por el ventilador cuadrado situado en mitad del barco. Al levantar la tapa, un aliento visible, una niebla fina, el soplo de una bruma ligera, emergió por la abertura. El aire ascendente estaba caliente y soltaba un olor denso, como de hollín y parafina. Aspiré una vez y bajé la tapa suavemente. De nada servía ahogarse. El cargamento estaba ardiendo.

»Al día siguiente empezó a soltar humo con ganas. No me extrañó, porque, si bien el carbón era de un tipo seguro, el cargamento se había manipulado y se había despedazado tanto que a esas alturas parecía carbón de fragua más que otra cosa. Además, se había mojado más de una vez. Había llovido todo el tiempo que tardamos en recuperarlo de la gabarra, y durante la larga travesía se había calentado, y no era el primer caso de combustión espontánea.

»El capitán nos llamó a la cámara. Tenía un mapa desplegado sobre la mesa y parecía abatido. Dijo: "La costa de Australia occidental está cerca, pero me propongo seguir hasta destino. Además, es el mes de los huracanes; así que continuaremos rumbo a Bangkok y lucharemos con el fuego. Aunque nos asemos todos, ya basta de volver a puerto. Tratemos de sofocar esta maldita combustión quitándole el aire".

»Lo intentamos. Atrancamos las escotillas, y el barco siguió echando humo. El humo no dejaba de salir por intersticios mínimos; se colaba por mamparos y cuarteles; asomaba aquí, allá y en todas partes en hilos delgados, en una película invisible, de un modo incomprensible. Llegó hasta la cámara, hasta el castillo de proa; envenenó los rincones techados de cubierta; podía olerse hasta en lo alto del palo mayor. Estaba claro que, si el humo salía, el aire entraba. Era deprimente. La combustión se resistía a ser sofocada.

»Decidimos probar con agua y abrimos las escotillas. Grandes cantidades de humo —blancuzco, amarillento, denso, grasiento, brumoso, asfixiante— subieron hasta la galleta del mástil. Toda la tripulación se retiró hacia la popa. Luego la nube tóxica se disipó, y volvimos a trabajar en medio de un humo no más denso que el de la chimenea de una fábrica.

»Montamos la bomba de fuerza, enganchamos la manga y al poco tiempo esta estalló. En fin, era tan vieja como el barco, una manga prehistórica, y ya no podía repararse. Luego bombeamos con una bomba aspirante, vertíamos el agua en cubos y así pudimos echar una buena cantidad del océano Índico por la escotilla principal. El brillante vapor destellaba bajo la luz del sol, se redujo a una capa de humo blanco pululante y desapareció sobre la negra superficie del carbón. El vapor ascendía mezclado con el humo. Echábamos agua salada como en un barril sin fondo. En aquel barco parecíamos destinados a bombear agua, hacia fuera y hacia dentro; y después de echar el agua fuera para salvarnos de morir ahogados, la vertíamos dentro frenéticamente para no quemarnos vivos.

»Y seguía avanzando, moverse o morir, con tiempo sereno. El cielo era un milagro de pureza, un milagro de azul. El mar estaba bruñido, celeste, cristalino, reluciente como una piedra preciosa, estirado por los cuatro costados hasta el horizonte, como si el globo terrestre entero fuese una joya, un zafiro colosal, una sola gema en forma de planeta. Y el Judea se deslizaba imperceptiblemente sobre el lustre de las anchas aguas calmas, envuelto en vahos lánguidos y sucios, en una nube perezosa que se esfumaba hacia sotavento, lenta y ligera: una nube apestada que corrompía el esplendor del mar y del cielo.

»Durante todo ese tiempo, por supuesto, no vimos fuego. La carga ardía sin llama en alguna parte del fondo. Una vez, mientras trabajábamos lado a lado, Mahon me dijo con una sonrisa rara: "Bueno, si el barco hiciera un poco de agua, como aquella vez que salíamos del Canal, le pondría fin al fuego, ¿no?". Comenté, sin relación con lo anterior: "¿Se acuerda de las ratas?".

»Combatíamos el fuego y navegábamos con tanta dedicación como si no ocurriera nada. El cocinero preparaba la comida y nos servía. De los otros doce marineros, ocho trabajaban mientras cuatro descansaban. Todo el mundo hacía sus turnos, incluido el capitán. Se respiraba igualdad y, aunque no exactamente fraternidad, al menos sí cordialidad. A veces, al arrojar un cubo de agua por la escotilla, un marinero gritaba: "¡Hurra por Bangkok!", y los demás reían. Pero en general estábamos serios y taciturnos, además de sedientos. ¡Qué sed teníamos! Había que tener mucho cuidado con el agua. Cuotas estrictas. El barco echaba humo, el sol ardía... Pásenme la botella.

»Probamos con todo. Incluso intentamos cavar para encontrar el fuego. Fue inútil, claro. Nadie aguantaba más de un minuto en la bodega. Mahon, que bajó el primero, se desvaneció allí mismo, y el que fue a buscarlo otro tanto. Los subimos a cubierta a rastras. Entonces bajé de un salto a fin de demostrar lo fácil que era. A esas alturas los demás ya estaban prevenidos, y se limitaron a pescarme con un garfio atado a un palo de escoba, creo. No me ofrecí a bajar para recoger la pala que había dejado en la bodega.

»Las cosas empezaron a ponerse feas. Bajamos la lancha al agua. El segundo bote estaba listo para ser utilizado. Un tercero, de catorce pies de eslora, estaba dispuesto sobre un pescante en la popa, donde se encontraba bastante seguro.

»Y de pronto, miren por dónde, el humo empezó a disminuir. Redoblamos esfuerzos para anegar el fondo del barco. A los dos días no quedaba nada de humo. Todos sonreían de oreja a oreja. Era viernes. El sábado no se trabajó, aunque por supuesto seguimos atendiendo a las tareas de la navegación. La tripulación lavó su ropa y se lavó la cara por primera vez en dos semanas, y se le sirvió una cena especial. Hablaban de la combustión espontánea con desdén y daban a entender que ellos sabían apagar combustiones. En cierto modo, nos sentíamos como si cada uno de nosotros hubiese heredado una gran fortuna. Sin embargo, un horrendo olor a quemado persistía en el barco. El capitán Beard estaba ojeroso y tenía las mejillas hundidas. Hasta entonces yo no había notado lo retorcido y encorvado que estaba. Mahon y él merodeaban ceñudos entre las escotillas y los ventiladores, olisqueando el aire. De pronto me di cuenta de que Mahon era un hombre muy, pero que muy mayor. Por mi parte, me sentía satisfecho y orgulloso como si hubiese ayudado a ganar una importante batalla naval. ¡Ah, la juventud!

»Fue una noche hermosa. Por la mañana, cruzó a lo lejos un barco que volvía a Inglaterra, el primero que veíamos en meses; pero por fin nos acercábamos a tierra. La isla de Java se encontraba a unas ciento noventa millas, casi completamente al norte.

»Al día siguiente me tocaba hacer guardia en cubierta de ocho a doce. En el desayuno el capitán observó: "Ese maldito olor no se va de la cámara, es increíble". Sobre las diez, cuando el primer oficial estaba en la popa, bajé un momento a la cubierta principal. El banco del carpintero estaba detrás del palo mayor; me apoyé contra él mientras chupaba mi pipa, y el carpintero, un muchacho joven, se acercó a hablarme. Comentó: "Parece que nos hemos apañado, ¿no?", y entonces noté, molesto, que el muy tonto estaba intentando inclinar el banco. Dije secamente: "No hagas eso, Chips", y al momento siguiente tuve una sensación extraña, la absurda ilusión de encontrarme suspendido en el aire. A mi alrededor oí como una espiración hasta entonces contenida, como si cientos de gigantes dijeran simultáneamente "fu", y de pronto sentí un golpe seco que me hizo daño en las costillas. No había dudas: estaba en el aire, y mi cuerpo describía una breve parábola. Pero, por breve que fuese, me dio tiempo de pensar en varias cosas, según recuerdo, en el siguiente orden: "Esto no puede ser obra del carpintero... ¿Qué pasa...? Un accidente... ¿Un volcán submarino...? ¡Carbón, gas...! ¡Por Júpiter, hemos volado...! Todo el mundo ha muerto... Caigo por la escotilla de popa... Fuego dentro".

»El polvo de carbón suspendido en el aire de la bodega tenía un brillo rojo apagado en el momento de la explosión. En un abrir y cerrar de ojos, en una infinitesimal fracción de segundo desde la primera inclinación del banco, me hallé tendido cuan largo era sobre la carga. Me levanté y salí a toda prisa. Fue todo tan rápido como si hubiera rebotado. La cubierta era una selva de maderas destrozadas, cruzadas en el suelo como los árboles de un bosque después de un huracán; un inmenso telón de trapos sucios flameaba suavemente delante de mí: era la vela mayor despedazada por el estallido. Pensé: "Los mástiles van a caerse de un momento a otro"; y para quitarme de en medio me alejé a cuatro patas hacia la escalerilla de popa. La primera persona a la que vi fue a Mahon; tenía los ojos como platos, la boca abierta y el largo pelo canoso erizado alrededor de la cabeza como un halo plateado. Aquel hombre había estado a punto de bajar cuando el espectáculo de la cubierta que temblaba, se hinchaba y se hacía trizas lo dejó petrificado en el escalón superior. Me lo quedé mirando incrédulo, y él me devolvió la mirada con una especie de estupor lleno de curiosidad. Yo ignoraba que me había quedado sin pelo, sin cejas y sin pestañas, que mi joven bigote se había incinerado, que mi cara estaba negra, que tenía una mejilla abierta, un corte en la nariz y el mentón sangrando. Había perdido la gorra y una de mis zapatillas, y mi camisa estaba hecha jirones. De nada de eso era consciente. Me maravillé de que el barco siguiera a flote, de que la cubierta de popa estuviera entera y, más aún, de ver que había alguien vivo. Además, la paz del cielo y la serenidad del mar eran claramente sorprendentes. Supongo que esperaba verlos convulsionados por el horror... Pasen la botella.

»Una voz llamaba a la tripulación desde alguna parte: desde el aire, desde el cielo, imposible saberlo. Enseguida vi al capitán, que estaba como loco. Me preguntó ansioso: "¿Dónde está la mesa de la cámara?". Semejante pregunta me cayó como un balde de agua fría. Yo acababa de volar por los aires, no sé si me entienden, y temblaba en consecuencia. No estaba seguro de seguir vivo. Mahon empezó a dar pisotones con los dos pies y le gritó: "¡Cielo santo! ¿No se da cuenta de que ha volado la cubierta?". Recuperé la voz y balbuceé como si fuera consciente de una grave falta en el cumplimiento del deber: "No sé dónde está la mesa de la cámara". Era como un sueño absurdo.

»¿Y saben qué quería después el capitán? Pues que orientáramos las vergas. Muy tranquilo, como ensimismado, insistió en que pusiéramos en cruz el trinquete. "No sé si quedará alguien vivo", dijo Mahon, casi llorando. "Seguro que habrá suficientes marineros para cruzar las velas del trinquete".

»El viejo, al parecer, estaba en su camarote, dándole cuerda a los cronómetros, cuando el estallido lo dejó mareado. Enseguida se le ocurrió, según contó más tarde, que el barco había chocado con algo, y fue corriendo a la cámara. Allí vio que la mesa se había esfumado. Al volar la cubierta, por supuesto, se había caído dentro del pañol. Allí donde habíamos desayunado esa mañana había solo un enorme agujero en el suelo. Le pareció algo tan espantosamente misterioso y le causó una impresión tan grande que lo que vio y oyó al subir a cubierta, en comparación, le resultó una bagatela. Y, fíjense ustedes, se percató al instante de que nadie llevaba el timón y de que el barco iba a la deriva, y en lo único en que pensó fue en hacer que aquel cascarón patético, arrasado, sin cubierta y humeante pusiera de nuevo proa hacia destino. ¡Bangkok! Eso pretendía. Así como lo oyen, aquel hombrecito tranquilo, encorvado, patizambo y casi deforme se volvió inmenso en la singularidad de su determinación y en la serenidad con que pasó por alto nuestra inquietud. Nos llamó a proa con un gesto imperioso y fue a ocuparse del timón él mismo.

»Sí, fue lo primero que hicimos: orientar las vergas de aquel despojo. Nadie había muerto ni había quedado lisiado, pero todo el mundo estaba más o menos herido. ¡No se los imaginan! Algunos llevaban harapos, tenían la cara negra como carboneros o deshollinadores, y sus cabezas parecían rapadas, aunque en realidad estaban chamuscadas hasta el cuero cabelludo. Otros, los que no hacían guardia, habían despertado al salir expulsados de las literas que se venían abajo, y tiritaban sin parar y no dejaban de gemir mientras trabajábamos. Sin embargo, todos trabajaban. Aquella recia tripulación de Liverpool tenía lo que hay que tener. De acuerdo con mi experiencia, siempre es el caso. Es algo que proporciona el mar: la inmensidad, la soledad en torno a las almas oscuras e impasibles de los marineros. En cualquier caso, seguimos tropezando, arrastrándonos, cayéndonos, golpeándonos las espinillas contra los destrozos, tirando. Los mástiles aguantaban en pie, aunque ignorábamos lo carbonizados que podían estar debajo de cubierta. El mar se encontraba en calma, pero una larga ola nos alcanzó desde el oeste e hizo que el barco se balanceara. Los palos podían venirse abajo en cualquier momento. Los mirábamos con aprensión. No se podía predecir hacia dónde caerían.

»Luego fuimos a echar un vistazo a popa. La cubierta era un amasijo de tablones de canto, listones en punta, astillas, madera arruinada. Los mástiles surgían de ese caos como grandes árboles sobre matorrales densísimos. Los intersticios de esos restos estaban llenos de algo blancuzco, viscoso, revuelto; algo parecido a una niebla pringosa. El humo del fuego invisible volvía a subir y se demoraba como lo haría una bruma venenosa en el fondo de un valle ahogado por leña muerta. Unas volutas perezosas empezaban ya a subir entre el desorden de astillas. Aquí y allá un pedazo de madera, que sobresalía en punta, recordaba un poste. La mitad del propao había salido despedida y había atravesado la vela mayor, y el cielo dejaba una mancha de glorioso azul en la tela ignominiosamente manchada. Varias tablas unidas habían caído sobre la borda, y una de ellas la rebasaba como una pasarela hacia la nada, hacia el mar profundo, hacia la muerte; como si nos invitara a caminar por la tabla y acabar con nuestros ridículos problemas. Y entretanto el aire, el cielo, un fantasma, algo invisible llamaba al barco.

»Alguien tuvo la buena idea de mirar por la borda, y allí estaba el timonel, que había saltado impulsivamente al agua y que ansiaba regresar a bordo. Gritaba y nadaba con el vigor de un tritón, al par del barco. Le echamos una soga, y en poco tiempo estuvo de pie entre nosotros, chorreando agua y muy desanimado. El capitán había abandonado el timón y, apartado del resto, contemplaba pensativo el mar, con los codos en la barandilla y el mentón apoyado en las manos. Nos decíamos: ¿y ahora qué? Y pensé: en fin, esto es increíble. Es maravilloso. Me preguntaba qué ocurriría. Ah, ¡la juventud!

»De pronto Mahon avistó un vapor a popa en la lejanía. El capitán Beard dijo: "A lo mejor todavía podemos hacer algo por el barco". Izamos dos banderas que, en el lenguaje internacional del mar, decían: "Fuego a bordo. Se necesita asistencia inmediata". El vapor se hizo más grande con rapidez y enseguida nos contestó con dos banderas sobre el trinquete. "Acudimos en su auxilio".

»En media hora estuvo a nuestro lado, a barlovento, al alcance de la voz y meciéndose lentamente, con los motores parados. Perdimos la calma y gritamos todos juntos, muy agitados. "Ha habido una explosión". Un hombre con un casco blanco, en el puente de mando, gritó a su vez: "Ya, de acuerdo, de acuerdo", y asintió con la cabeza, sonrió e hizo gestos tranquilizadores con la mano, como si fuésemos un montón de niños asustados. Bajaron al agua uno de los botes, que se acercó a nosotros dando zancadas sobre el mar con sus largos remos. Cuatro kalash remaban con fuerza. Era la primera vez que veía a marineros malayos. Después he podido conocerlos, pero entonces me sorprendió su indiferencia: cuando se acercaron ni siquiera el proel, que iba de pie y enganchó las cadenas de nuestro barco con el bichero, se dignó levantar la cabeza. Pensé que merecíamos más atención tras haber volado por los aires.

»Un hombrecillo seco como una astilla y ágil como un mono subió a bordo. Era el primer oficial del vapor. Echó un vistazo y exclamó: "Ay, muchachos, lo mejor sería dejarlo".

»Guardamos silencio. Durante un tiempo el hombre habló con el capitán, como si estuvieran discutiendo. Luego se retiraron juntos al vapor.

»Cuando volvió nuestro capitán, nos contó que el vapor era el Sommerville, que estaba al mando del capitán Nash, llevaba el correo desde Australia occidental hasta Singapur con escala en Batavia, y que habían llegado a un acuerdo para que nos remolcara hasta Anjer o, de ser posible, Batavia, donde podríamos apagar el fuego barrenando el barco para luego seguir viaje ¡a Bangkok! El viejo parecía entusiasmado. "Lo conseguiremos", le dijo a Mahon con efusividad. Agitó el puño hacia el cielo. Nadie dijo una palabra.

»A mediodía, el vapor empezó a remolcarnos. Avanzaba delante, alto y estrecho, y lo que quedaba del Judea lo seguía al final de un cable de remolque de setenta brazas; lo seguía rápidamente como una nube de humo con mástiles sobresaliendo encima. Trepamos a estos para recoger las velas. Tosíamos encima de las vergas y teníamos cuidado con el centro de los pliegues. ¿Pueden imaginarnos a todos ahí arriba, esmerándonos por aferrar las velas de ese barco condenado a no llegar a ninguna parte? Todos y cada uno de nosotros pensábamos que los mástiles se vendrían abajo en cualquier momento. Desde arriba nadie veía el barco por el humo, pero trabajábamos con cuidado, pasando las juntas con vueltas iguales. "¡Recoged las velas ahí arriba!", gritaba Mahon desde abajo.

»¿Entienden lo que digo? Creo que ninguno de los hombres esperaba bajar de manera normal. Cuando lo hicimos, los oí decir entre ellos: "No te miento, creía que solo íbamos a poder bajar cayendo por la borda, con palos y todo". "Eso pensaba yo también", contestaba otro espantapájaros cansado, golpeado y vendado. Y, por cierto, eran hombres a los que no se les había inculcado el hábito de la obediencia. Cualquiera los consideraría una banda de granujas irreverentes sin nada a su favor. ¿Qué los llevó a hacerme caso, qué los hizo obedecerme cuando, creyendo estar en lo correcto, les indiqué que recogieran dos veces seguidas la misma vela para plegarla mejor? ¿Qué? No tenían una reputación profesional que defender: nada de ejemplos ni de elogios. No era el sentido del deber; sabían gandulear, vaguear y zafarse cuando se les antojaba, y en general se les antojaba. ¿Era por las dos libras con diez peniques que les prometían? La paga no les parecía lo bastante buena. No, se trataba de algo en su interior, algo innato, sutil y eterno. No digo sin más que una tripulación de marineros mercantes franceses o alemanes no habría hecho lo mismo, pero sí dudo de que lo hubieran hecho de igual manera. Había en sus actos una entereza, algo sólido como un principio e imperioso como un instinto, que revelaba algo secreto, oculto, una porción de la bondad o la maldad que hace a las diferencias raciales, que da forma al destino de las naciones.

»Esa misma noche, a las diez, vimos por primera vez el fuego con el que veníamos luchando. La velocidad del remolque había avivado las llamas de aquel estropicio humeante. Un resplandor azul apareció en la proa, debajo de los destrozos de cubierta. Temblaba, parecía moverse y reaparecer como la luz de una luciérnaga. Fui el primer en verlo y se lo dije a Mahon. "Pues hasta aquí hemos llegado", contestó. "Más vale que paremos el remolque, o el barco va a explotar por la proa y por la popa antes de que podamos escapar". Empezamos a dar voces; hicimos sonar la campana para llamar la atención; siguieron remolcando. Al final, Mahon y yo tuvimos que ir a proa y cortar el cabo con un hacha. No hubo tiempo de soltar los amarres. Al regresar a popa pudimos ver las lenguas de fuego que lamían la selva de astillas bajo nuestros pies.

»Por supuesto, los del vapor no tardaron en notar el cabo suelto. Lanzaron un pitido fuerte, las luces dieron la vuelta en un círculo abierto y el barco se acercó hasta ponerse a nuestro lado y detenerse. Nos quedamos todos amontonados en la popa mirándolo. Cada uno de nosotros había recuperado un hatillo o una bolsa. De repente una llamarada cónica de punta retorcida surgió en la proa y arrojó sobre el mar negro un halo de luz, cuyo centro eran los dos barcos que se mecían suavemente lado a lado. El capitán Beard llevaba horas sentado en la lumbrera sin moverse ni hablar, pero entonces se levantó lentamente y avanzó ante nosotros hasta la jarcia del palo de mesana. El capitán Nash le gritó: "¡Venga! Dense prisa. Tengo el correo a bordo. Los llevaré a ustedes y a sus botes hasta Singapur".

»"¡No, gracias!", gritó nuestro capitán. "Tenemos que ver el final del barco".

»"No puedo seguir esperando", gritó el otro. "Por las cartas, ¿entiende?".

»"¡Sí, sí! Estamos bien".

»"¡De acuerdo! Informaré sobre ustedes en Singapur... ¡Adiós!".

»Se despidió agitando la mano. Nuestros hombres dejaron caer los bultos en silencio. El vapor se puso en marcha y, tras abandonar el círculo de luz, desapareció al instante de nuestra vista deslumbrada por el fuego, que ardía con furia. Entonces me di cuenta de que vería por primera vez Oriente como comandante de un pequeño bote. Me pareció bien, y la fidelidad al viejo barco me pareció bien. Nos quedaríamos a contemplar su final. ¡Ah, el encanto de la juventud! ¡Ah, su fuego, más deslumbrante que las llamas del barco ardiente, capaz de arrojar una luz mágica sobre la tierra entera y de saltar audazmente al cielo, antes de que lo apague el tiempo, más cruel, despiadado, más amargo que el mar y, como las llamas del barco, envuelto en una noche impenetrable!

—El viejo nos advirtió, a su manera amable e inflexible, que era parte de nuestro deber salvar para los aseguradores todo cuanto se pudiera del equipo del barco. Así pues, pusimos manos a la obra en la popa, mientras el barco ardía en la proa dándonos luz de sobra. Arrastramos una pila de bártulos. ¿Qué no salvamos? Un viejo barómetro sujeto con una absurda cantidad de tornillos casi me costó la vida: de pronto me sorprendió una humareda y escapé justo a tiempo. Había provisiones, rollos de lona, sogas; la popa parecía un bazar marino, y los botes acabaron cargados hasta la borda. Parecía que el viejo quería llevarse todo cuando fuese posible del primer barco que había tenido a su cargo. Estaba muy callado, pero claramente perdido. Y no me creerán, pero quería cargar en la chalupa un viejo trozo de cabo y un anclote. Dijimos respetuosamente: "Sí, sí, señor", y con disimulo lo echamos todo por la borda. Le siguieron el pesado botiquín, dos bolsas de café verde, unas latas de pintura —imaginen, ¡latas de pintura!— y un montón de otras cosas. Después recibí la orden de bajar a los botes con dos marineros para estibar y prepararlos de cara al momento en que hubiese que abandonar el barco.

»Lo ordenamos todo, colocamos el mástil de la chalupa para nuestro patrón, que estaría al mando de ella, y me permití sentarme un momento. Me ardía la cara, me dolían los brazos y las piernas como si los tuviera rotos, era consciente de todas mis costillas y habría jurado que se me había torcido la columna vertebral. Los botes, amarrados a popa, estaban sumidos en sombras, y a su alrededor se veía el círculo del mar alumbrado por el fuego. En la proa se levantó una llamarada gigante, recta y nítida. Centelleó en su sitio, haciendo un ruido como un aleteo, con el estruendo de un trueno. Se oyeron crujidos, detonaciones, y el cono de la llama empezó a echar chispas, pues el hombre nace para tener problemas, para afrontar barcos que hacen agua y barcos que arden.

»Lo que me preocupaba era que, como el casco estaba perpendicular a las olas y al poco viento que soplaba, un mero suspiro, los botes no se mantenían junto a la popa, donde se encontraban seguros, sino que insistían, con esa terquedad suya, en meterse bajo la bovedilla y en irse al costado. Se movían sin cesar y se acercaban peligrosamente a las llamas mientras el barco se mecía a su lado, y por supuesto seguía existiendo el riesgo de que los mástiles cayeran de un momento a otro. Los dos marineros y yo alejábamos los botes todo lo que podíamos con remos y con bicheros, pero hacerlo sin parar era desesperante, pues no había razón para que los demás no abandonaran el barco de una vez por todas. No veíamos a los de a bordo ni entendíamos por qué se demoraban. Los marineros maldecían en voz baja, y yo no solo tenía que cumplir mi tarea, sino esforzarme en hacérsela cumplir a dos hombres que querían bajar los brazos y desentenderse de todo.

»A final grité: "¡Eh, los de cubierta!", y alguien se asomó por la borda. "Ya estamos listos", dije. La cabeza desapareció y enseguida volvió a asomarse: "El capitán dice que de acuerdo, señor, y que los botes se mantengan bien lejos del barco".

»Pasó media hora. De repente se oyó un ruido tremendo... traqueteos, golpes de cadenas, agua que se evaporaba... y millones de chispas saltaron hacia la columna temblorosa de humo que se elevaba sobre el barco, un poco inclinada. Las serviolás se habían incinerado, y las dos anclas incandescentes se habían ido a pique, arrastrando doscientas brazas de cadenas al rojo vivo. El barco tembló, la masa de llamas se meció como si fuese a derrumbarse y el mastelero de proa se vino abajo. Cayó como una flecha de fuego, se hundió y reapareció al instante a un remo de distancia de los botes, donde quedó flotando en silencio, muy negro sobre el mar brillante. Llamé de nuevo a cubierta. Al cabo de un momento, un hombre me informó, en un tono inesperadamente alegre pero sofocado, como si tratase de hablar con la boca cerrada: "Ya vamos, señor", y desapareció. Durante un rato no oí más que el zumbido y el rugir del fuego. También se oían silbidos. Los botes daban saltos, tiraban de las amarras, se acercaban traviesamente, chocaban de costado o, por más que nos esforzáramos, se apiñaban contra el lado del barco. No aguanté más y, trepando por un cabo, subí a bordo por la popa.

»Parecía de día. Al subir como lo hice, me topé con la visión aterradora de una masa de fuego, y al primer contacto el calor me pareció casi intolerable. Sobre el cojín de un sofá sacado de la cámara, el capitán Beard dormía bajo la luz inquieta, con las piernas plegadas y un brazo bajo la cabeza. ¿Y saben qué hacían los demás? Estaban sentados en la cubierta de popa, alrededor de un cajón abierto, comiendo pan con queso y bebiendo cerveza embotellada.

»Recortados contra las llamas, que se retorcían en lenguas furiosas sobre sus cabezas, parecían tan a gusto como salamandras y recordaban a una banda de piratas desesperados. El fuego destellaba en el blanco de sus ojos, relucía en las zonas de piel pálida que asomaban entre las camisas harapientas. Todos mostraban señas de la batalla —cabezas vendadas, brazos en cabestrillo, rodillas envueltas en trapos sucios— y cada uno tenía una botella entre las piernas y un trozo de queso en la mano. Mahon se puso en pie. Con su cabeza apuesta y desaliñada, su perfil ganchudo y su larga barba blanca, y con una botella descorchada en la mano, parecía uno de esos temerarios ladrones marinos de antes que se divertían entre la violencia y el desastre. "La última cena a bordo", explicó con solemnidad. "No hemos probado bocado en todo el día, y no tenía sentido dejar todo esto". Alzó la botella y señaló al capitán dormido. "Dijo que era incapaz de tragar nada, así que le recomendé que se tumbara", prosiguió. "No sé si usted es consciente, joven, de que el pobre lleva días sin apenas dormir, y que poco podrá hacerlo en los botes". "Pronto no habrá botes si tardan más", dije, indignado. Me acerqué hasta el capitán y lo sacudí por el hombro. Cuando por fin abrió los ojos, no se movió. "Hora de abandonar el barco, señor", dije en voz baja.

»Se puso en pie con dificultad, miró las llamas, miró el mar que relucía en torno al barco y que más allá era negro, negro como la tinta; miró las estrellas que brillaban veladas por una fina capa de humo en un cielo negro, negro como el Érebo.

»"Primero los jóvenes", dijo.

»Y un marinero común, tras limpiarse la boca con el dorso de la mano, se levantó, saltó por encima de la borda y desapareció. Le siguieron otros. Uno de ellos, justo antes de marcharse, se paró a vaciar de un trago su botella y la lanzó al fuego con toda la fuerza de su brazo. "Toma eso", gritó.

»El capitán se demoró, desconsolado, y lo dejamos que siguiera un momento en contacto con su primera embarcación. Luego me acerqué de nuevo a él y por fin me lo llevé. Era hora. El hierro de la popa estaba caliente al tacto.

»A continuación cortamos la amarra de la lancha, y los tres botes, atados entre sí, se alejaron del barco. Mahon se hizo cargo del segundo bote, y a mí me tocó el más pequeño, el de catorce pies. En la lancha habríamos cabido todos, pero el capitán nos había exhortado a salvar todos los bienes posibles —para los aseguradores— y así fue como capiteneé mi primera embarcación. Conmigo iban dos hombres, una bolsa de galletas, unas cuantas latas de carne y un tonelito de agua. Los otros me ordenaron que me mantuviera cerca de la lancha, porque en caso de que hubiese mal tiempo nos podían subir a ella.

»¿Y saben qué pensé? Pensé que en cuanto pudiera me separaría del resto. Quería tener aquella responsabilidad para mí solo. Me negaba a navegar en escuadra si existía la oportunidad de hacerlo en solitario. Llegaría a tierra por mi cuenta. Les ganaría a los otros botes. ¡La juventud! ¡Todo culpa de la juventud! La tonta, fascinante y hermosa juventud.

»Pero no nos marchamos de inmediato. Teníamos que ver el final del barco. Así pues, los botes se quedaron flotando toda la noche, subiendo y bajando con las olas. Los hombres dormitaban, despertaban, suspiraban, gruñían. Yo miraba el barco en llamas.

»Entre la oscuridad de la tierra y el cielo, ardía furiosamente sobre un disco de mar púrpura atravesado por destellos rojo sangre un disco de agua reluciente y siniestro. Una llama alta, nítida, una llama inmensa y solitaria, se erguía en el océano, y desde su cresta un humo negro escapaba sin parar hacia el cielo. El barco ardía frenéticamente, luctuoso e imponente como una pira funeraria encendida en la noche, rodeada por el mar, vigilada por las estrellas. A aquel casco viejo le sobrevenía una muerte magnífica como una bendición, como un don, como una recompensa otorgada al final de sus laboriosos días. La entrega de su alma al cuidado de las estrellas y del mar era un espectáculo tan conmovedor como el de una gloriosa victoria.

Los mástiles se desplomaron justo antes del amanecer, y por un momento un estallido y un torbellino de chispas pareció llenar de fuego etéreo la noche serena y vigilante, la vasta noche que se cernía en silencio sobre el mar. Al amanecer quedaba solo un cascarón quemado que seguía flotando bajo una nube de humo con una masa de carbón incandescente en su interior.

»Por fin sacamos los remos, y los botes dieron una vuelta en fila a su alrededor como en una procesión, con la lancha al frente. Cuando cruzábamos delante de la popa, un delgado dardo de fuego salió hacia nosotros con saña, y de repente el barco se hundió, de cabeza, en medio de un borbotón de vapor. La popa, que no había ardido, fue lo último en sumergirse, pero la pintura se le había ido, se había agrietado, descascarado, y no quedaban letras, no había palabras, ningún lema tenaz que fuese como su alma, capaz de enseñarle al sol naciente su credo y su nombre.

»Pusimos rumbo norte. Se levantó una brisa, y hacia el mediodía todos los botes se reunieron por última vez. El mío no tenía mástil ni vela, pero le construí un mástil con un remo de sobra y coloqué un toldo a manera de vela, con un bichero como verga. La verdad es que era demasiada arboladura, pero me dio gusto comprobar que con viento en popa podía dejar atrás a los otros dos botes. Tuve que esperarlos. Luego examinamos los mapas del capitán y, tras una comida en sociedad de pan duro y agua, recibimos las últimas indicaciones. Eran simples: mantener el rumbo norte y seguir juntos todo lo posible. "Tenga cuidado con ese aparejo de fortuna, Marlow", dijo el capitán, y Mahon, cuando adelanté altivamente a su bote, arrugó la nariz ganchuda y gritó: "Si no se anda con cuidado, joven, va a acabar gobernando esa embarcación bajo el agua". Era un viejo malicioso, y espero que el hondo mar donde descansa lo meza suave y amablemente hasta el final de los tiempos.

»Antes de que se pusiera el sol, cayó un fuerte chubasco sobre los dos botes, que estaban muy lejos detrás de nosotros, y esa fue la última vez que los vi por un tiempo. Pasé el día siguiente sentado en mi cascarón —la primera embarcación que capitaneaba—, rodeado solamente de agua y cielo. Es cierto que por la tarde avisté a lo lejos las velas superiores de un barco, pero no dije nada, y mis hombres no las vieron. Temía que aquel barco se dirigiese a Inglaterra, y no quería dar la vuelta ante las puertas de Oriente. Navegaba rumbo a Java: otro nombre magnífico, como Bangkok. Y así seguí varios días.

»No necesito decirles lo que es ir de un lado a otro en un bote abierto. Recuerdo días y noches de calma chicha en que remábamos, remábamos, y el bote parecía clavado en su sitio, como hechizado dentro del círculo del horizonte marino. Recuerdo el calor, los chubascos diluvianos que nos obligaban a achicar a vida o muerte, pero rellenaban nuestro barril de agua dulce, y recuerdo dieciséis horas seguidas con la boca seca como ceniza y un remo colocado en la popa a manera de timón para mantener el rumbo en un mar agitado. Hasta entonces no supe qué tipo de hombre era. Recuerdo las caras ojerosas, las siluetas abatidas de mis dos marineros, y recuerdo mi juventud y una sensación que ya nunca volverá, la sensación de que yo perduraría para siempre, más que el mar, que la tierra y que todos los hombres; la sensación engañosa que nos anima a buscar alegrías, peligros, amores, vanos esfuerzos, la muerte; una confianza gozosa en la fuerza, en el calor de la vida presente en un puñado de polvo, el fulgor en el corazón que cada año se debilita, se enfría, empequeñece y expira, y lo hace muy pronto, antes que la vida misma.

»Y así es como veo Oriente. He conocido sus lugares secretos y he mirado en su alma; pero ahora lo veo siempre desde un pequeño bote, un alto perfil de montañas, azul y lejano a primera hora; una bruma ligera a mediodía; un muro dentado al ponerse el sol. Guardo el tacto del remo en la mano, la imagen de un abrasador mar azul en los ojos. Y veo una bahía, ancha, lisa como el vidrio y bruñida como el hielo, que reluce en la oscuridad. Una luz roja brilla a lo lejos contra la tierra oscura, y la noche es suave y cálida. Tiramos de los remos con los brazos adoloridos, y de pronto un soplo de viento, un soplo ligero y tibio y cargado de olores exóticos de flores, de madera aromática, emerge de la noche quieta: el primer suspiro de Oriente en mi rostro. No lo olvidaré nunca. Fue impalpable y cautivador, como un hechizo, como un susurro que promete misteriosas delicias.

»Habíamos tardado once horas en recorrer aquel último tramo. Dos remaban, y el que descansaba se sentaba al timón. Habíamos avistado la luz roja de la bahía y nos dirigíamos a ella, suponiendo que marcaba un pequeño puerto costero. Pasamos dos barcos enormes y de popa alta, que dormían anclados, y al acercarnos a la luz, ya muy débil, la proa del bote chocó con el extremo de una escollera. Estábamos ciegos de cansancio. Mis hombres soltaron los remos y se desplomaron en las bancadas como muertos. Remé enseguida hacia un pilote. Una corriente se ensortijaba suavemente a su alrededor. La oscuridad perfumada de la costa se apiñaba en masas enormes, sin duda racimos de vegetación densa y colosal: formas mudas y fantásticas. Y al pie de estas el semicírculo de la playa resplandecía débilmente, como una ilusión. No había ni luz, ni movimientos, ni sonidos. Tenía el misterioso oriente delante, perfumado como una flor, silencioso como la muerte, oscuro como una tumba.

»Y me quedé ahí sentado, cansado hasta lo indecible, exultante como un conquistador, insomne y fascinado como si me hallase ante un enigma profundo y fatal.

»Al cabo me sobresaltó el ruido de unos remos, un chapoteo rítmico que reverberaba sobre el agua, amplificado por el silencio de la costa hasta parecer palmadas. Se acercaba un bote, un bote europeo. Invoqué el nombre de los muertos; grité: "¡Aquí el Judea!". Me contestó un grito agudo.

»Era el capitán. Yo me había adelantado tres horas a la lancha, y me alegró oír la voz del anciano, tembloroso y cansado. "¿Es usted, Marlow?". "Cuidado con la punta de la escollera, señor", grité.

»Se acercó con cautela, y llevaba consigo el cable de sondeo que habíamos salvado para los aseguradores. Aflojé la amarra y me puse a su lado. El capitán estaba sentado en la popa, una figura deshecha, húmeda de rocío, con las manos unidas en el regazo. Sus hombres ya se habían dormido. "Nos las hemos visto negras", murmuró. "Mahon viene detrás, no muy lejos". Conversamos en susurros, en voz muy baja, como si temiéramos despertar a la tierra. En aquel momento los hombres no se habrían despertado ni con disparos, truenos o terremotos.

»Al mirar alrededor mientras hablábamos, vi en el mar una luz brillante que se movía en la noche. "Un vapor pasa por la bahía", dije. Pero no pasaba, sino que estaba entrando, e incluso se acercó y soltó el ancla. "Me gustaría que averiguara si es un barco inglés", dijo el anciano. "A lo mejor pueden darnos pasaje hasta algún lugar". Parecía nervioso y angustiado. Así que desperté a uno de mis hombres a fuerza de golpes y patadas hasta dejarlo casi sonámbulo, y, tras darle un remo, aferré el otro y fuimos hacia las luces del vapor.

»A bordo se oían rumores de voces, ruidos metálicos en la sala de máquinas, pasos en cubierta. Las portillas brillaban, redondas como ojos dilatados. Algunas siluetas se movían y entre las sombras de lo alto del puente había un hombre. Oyó mis remos.

»Entonces, sin dejarme siquiera abrir la boca, Oriente me habló, pero en una voz occidental. Un torrente de palabras cayó en el silencio enigmático, fatídico; palabras disparatadas, furiosas, mezcladas con palabras y aun oraciones enteras en buen inglés, lo que era menos extraño aunque incluso más sorprendente. La voz juraba y maldecía violentamente; llenó con una retahíla de imprecaciones la solemne paz de la bahía. Empezó por llamarme cerdo, y fue subiendo de tono hasta pronunciar adjetivos irrepetibles, en inglés. El hombre allí encaramado bramaba en dos idiomas y con una furia tan sincera que casi me convenció de que, en cierto modo, yo había atentado contra la armonía del universo. Apenas lo veía, pero empecé a pensar que del enfado le iba a dar un ataque.

»De pronto paró y lo oí soplar y resoplar como una marsopa. Pregunté:

»"¿Podría informarme de qué vapor es este?".

»"¿Cómo? ¿Qué dice? ¿Y quién es usted?".

»"Somos náufragos de un barco que se incendió en alta mar. Hemos llegado esta noche. Soy el segundo oficial. El capitán está en la lancha y le gustaría saber si nos pueden dar pasaje hasta alguna parte".

»"¡Ay, dios mío! Caramba... Este es el Celestial de Singapur en su viaje de vuelta. Lo arreglaré con su capitán por la mañana... y... en fin... ¿me ha oído hace un momento?".

»"Creo que lo ha oído toda la bahía".

»"Pensé que era un bote del muelle. En fin, mire, el vago infernal del vigilante se ha vuelto a dormir, maldito sea. La luz está apagada, y por poco no me he estrellado contra la punta de la condenada escollera. Es la tercera vez que me juega la misma pasada. Dígame, ¿le parece que se pueda aguantar algo así? Es para volver loco a cualquiera. Lo voy a denunciar... Haré que el residente ayudante le eche... Mire, no hay luz. Está apagada, ¿no? Lo tomo a usted de testigo de que la luz está apagada. Tendría que haber una luz. Una luz roja en…".

»"Había una luz", dije tímidamente.

»¡Pero, hombre, está apagada! ¿De qué sirve decir eso? Ya ve que está apagada, ¿no? Si usted tuviera que pilotar un vapor valioso en esta costa olvidada de Dios, también querría una luz. Le voy a dar patadas desde una punta hasta la otra del muelle. Ya lo verá. Claro que sí…".

»"¿Puedo decir a mi capitán que nos llevará?", lo interrumpí.

»"Sí. Los llevaré. Buenas noches", dijo bruscamente.

»Me alejé remando, me apresuré a llegar a la escollera y por fin pude dormir. Me había enfrentado al silencio de Oriente. Había oído algunos de sus idiomas. Pero cuando abrí de nuevo los ojos el silencio era tan absoluto como si nunca se hubiese roto. Estaba tumbado en un lago de luz, y el cielo nunca me había parecido tan lejano, tan alto. Abrí los ojos y me quedé tendido sin moverme.

»Y vi a los hombres de Oriente, que me miraban. Toda la escollera estaba llena de gente. Vi caras morenas, bronceadas, amarillas; vi los ojos negros, el lustre, el color de la multitud oriental. Y todos aquellos seres me miraban sin un murmullo, sin un suspiro, sin un movimiento. Miraban fijamente los botes, a los hombres dormidos que habían llegado por la noche desde el mar. Nada se movía. Las copas de las palmeras se recortaban altas contra el cielo. Ni una rama se agitaba en la costa, y los tejados marrones de las casas ocultas se asomaban a través del follaje verde, entre las grandes hojas que colgaban quietas y brillantes como forjadas con un metal pesado. Aquel era el Oriente de los navegantes de antaño, antiguo, misterioso, resplandeciente, sombrío, vivo e inalterado, lleno de peligros y promesas. Y aquellos eran los hombres. Me incorporé de pronto. Una onda de movimiento atravesó la muchedumbre de punta a punta, pasó por las cabezas, meció los cuerpos y corrió por el muelle como una ola en el agua, como un soplo de viento en un campo, y todo volvió a quedar quieto. Aún puedo verlo todo, la amplitud de la bahía, las arenas resplandecientes, la riqueza de un verde infinito y variado, el mar azul como el mar de un sueño, la multitud de caras atentas, el resplandor de colores vívidos, el agua que todo lo reflejaba, la curva de la costa, la escollera, los enormes barcos de altas popas que flotaban quietos y los tres botes con occidentales exhaustos dormidos, ignorantes de la tierra y de la gente y de la violencia del sol. Dormían atravesados en las bancadas, acurrucados en los tablones del fondo, con la actitud despreocupada de la muerte. La cabeza del viejo capitán, que estaba apoyado en la popa de la chalupa, caía sobre su pecho, y parecía que nunca iba a despertar. Más allá, la vieja cara de Mahon miraba el cielo, con la larga barba blanca extendida sobre su pecho, como si le hubiesen disparado mientras iba al timón; y un hombre, ovillado en la proa del bote, dormía con los dos brazos en torno a la roda y la mejilla apoyada en la borda. Oriente los miraba sin hacer el menor ruido.

»Desde entonces me he dejado fascinar por él; he visto sus costas misteriosas, el agua estancada, las tierras de naciones morenas donde una furtiva Némesis acecha, persigue, alcanza a muchos hombres de la raza conquistadora que se jactan de su sabiduría, de sus conocimientos, de su fuerza. Pero para mí todo el Oriente cabe en aquella imagen de mi juventud. Está todo en aquel momento en que abrí mis ojos jóvenes ante él. Lo encontré tras una lucha con el mar, y era joven, y lo vi mirándome. ¡Y esto es todo lo que queda! Solo un momento; un momento de fuerza, de poesía, de encanto, ¡de juventud! El azote del sol en una costa extraña, el tiempo de recordar, el tiempo de un suspiro y... ¡adiós...! Buenas noches... ¡Adiós!

Bebió.

—¡Ah! Qué tiempos aquellos, pero qué tiempos aquellos. La juventud y el mar. ¡El encanto y el mar! El mar fuerte, bueno, el mar salado, amargo, capaz de susurrar y rugir y quitarte el aliento.

Volvió a beber.

—De todo lo maravilloso, es el mar, pienso, el mar mismo, ¿o es solo la juventud? ¿Cómo saberlo? Pero ustedes, los que están aquí, todos han conseguido algo en la vida: dinero, amor... cosas que se consiguen en tierra..., y díganme: ¿no fueron aquellos los mejores tiempos, los tiempos en que fuimos jóvenes en el mar, jóvenes sin nada en el mar que no da nada, excepto golpes, y a veces la posibilidad de sentir la propia fuerza, solo eso, y no lo echan de menos?

Y todos asentimos con la cabeza: el financiero, el contable, el abogado, todos asentimos sobre la mesa lustrosa que, como un manto quieto de agua marrón, reflejaba nuestras caras marchitas, arrugadas; nuestras caras marcadas por el trabajo, el engaño, el éxito, el amor; nuestros ojos cansados que seguían buscando, buscando siempre, buscando con ansias algo en la vida, que se nos va mientras la esperamos, que pasa sin ser vista, en un suspiro, en un relámpago... con la juventud, con la fuerza, con la poesía de las ilusiones.

Amy Foster

Kennedy es un médico rural y vive en Colebrook, en la costa de Eastbay. El terreno, que asciende abruptamente detrás de los tejados del pueblo, empuja la pintoresca calle principal contra el malecón que la protege del mar. Pasando esta muralla, la árida playa de guijarros se extiende varias millas en un arco vasto y regular, y al otro lado de las aguas se recorta, oscuro, el pueblo de Brenzett, con un campanario entre una arboleda; más allá, la columna perpendicular de un faro, que de lejos parece del tamaño de un lápiz, marca el punto de fuga del terreno. Detrás de Brenzett la campiña es baja y llana, pero la bahía se encuentra bastante bien protegida de las mareas, y de vez en cuando un buque de gran calado, detenido por los vientos o las inclemencias del tiempo, usa el fondeadero que se halla a una milla y media hacia el norte desde la puerta trasera de la posada del Barco, en Brenzett. Los capitanes de pequeñas embarcaciones están familiarizados con un molino en ruinas que levanta sus aspas deshechas desde un montículo no más alto que una pila de basura, y con una torre Martello instalada a orillas del mar, a media milla al sur de las casitas de la Guardia Costera. Esos son los hitos oficiales que, en las cartas del Almirantazgo, marcan el fondo fiable con un óvalo irregular de puntos que contiene varios seises, una anclita grabada en medio de ellos y, arriba, la leyenda «Lodo y caracolas».

La cima de las colinas se eleva sobre la torre cuadrada de la iglesia de Colebrook. La ladera es verde y un camino blanco serpentea hacia arriba. Al subir se descubre un valle ancho y poco profundo, una hondonada de prados y cercos que, tierra adentro, se funde al fondo con un paisaje de tintes violáceos y líneas fluidas.

En ese valle, que lleva monte abajo a Brenzett y Colebrook y, monte arriba, a Darnford —un pueblo situado a catorce millas—, está el consultorio de mi amigo Kennedy. Empezó a ejercer la medicina en la Marina y, tiempo después, cuando aún quedaban continentes por explorar, acompañó a un viajero famoso. Sus monografías sobre flora y fauna le valieron renombre en sociedades científicas. Y luego instaló un consultorio rural por decisión propia. Se me ocurre que el agudo poder de su mente, como un fluido corrosivo, acabó con su ambición. Tiene una inteligencia de orden científico, indagadora y con esa curiosidad incansable que postula en todo misterio la pizca de una verdad general.

Hace ya muchos años, a mi regreso del extranjero, me invitó a pasar una temporada con él. Accedí con mucho gusto y, como él no podía descuidar a sus pacientes para quedarse conmigo, yo lo acompañaba a las visitas médicas que hacía: a veces recorríamos cerca de treinta millas en una sola tarde. Lo esperaba en el camino; los caballos estiraban el cuello para alcanzar las hojas de las ramas, y yo, desde el coche de dos ruedas, me quedaba oyendo la risa de Kennedy a través de la puerta entornada de alguna cabaña. Tenía una risa sonora y efusiva —que hubiese sido adecuada para un hombre del doble de su tamaño—, gestos enérgicos, la cara tostada y ojos grises y hondamente atentos. Tenía la capacidad de hacer que la gente le hablara con confianza, y una paciencia inagotable para escuchar sus historias.

Un día, mientras salíamos al trote de una aldea y nos internábamos en el recodo sombreado de un camino, noté a la izquierda una casita baja y negra, con ventanas romboides, hiedra en la pared trasera, techo de tejas y rosales que trepaban por la desvencijada espaldera de la diminuta galería. Kennedy se detuvo delante de la entrada. Una mujer colgaba al sol una manta empapada sobre una soga tendida entre dos manzanos viejos. Y mientras el caballo castaño de cola corta y cuello largo, estirando la cabeza, movía la pata izquierda, que estaba cubierta por un grueso guante de piel de perro, el doctor levantó la voz para que lo oyeran al otro lado del seto:

—¿Cómo está el niño, Amy?

Alcancé a ver la cara insípida de la muchacha, que se había puesto colorada, no por una ola de rubor, sino como si le hubieran dado vigorosas bofetadas en sus hundidas mejillas, y noté su figura achaparrada y su escaso cabello castaño recogido en un moño. Parecía muy joven. Su voz, con respiración entrecortada, sonaba grave y tímida.

—Bien, gracias.

Reanudamos el trote.

—Una joven paciente suya —dije, y el doctor, azuzando al castaño distraídamente, farfulló:

—Su marido fue paciente mío.

—Parece una muchacha de pocas luces —comenté con indiferencia.

—Pues sí —dijo el doctor Kennedy—. Es muy apática. Basta mirar esas manos rojas que cuelgan al final de sus brazos cortos, esos ojos pardos, lentos y saltones, para ver la inercia de su mente, una inercia que, cabe suponer, la mantendrá para siempre a salvo de las sorpresas de la imaginación. Y, sin embargo, ¿quién de nosotros lo está? En fin, ahí donde la ve, tuvo suficiente imaginación para enamorarse. Es la hija de un tal Isaac Foster, que se vio reducido de pequeño granjero a pastor, y cuyas desdichas empezaron cuando huyó de su hogar para casarse con la cocinera de su padre viudo, un ganadero próspero e irritable, que borró el nombre del hijo furibundamente de su testamento y al que se oyó amenazarlo de muerte. Pero aquel asunto, que fue lo bastante escandaloso como para inspirar una tragedia griega, ocurrió porque ambos se parecían. Existen otras tragedias, menos escandalosas y de un patetismo más sutil, que surgen de diferencias irreconciliables y del miedo a lo incomprensible que se cierne sobre todos nosotros, sobre todos nosotros...

El castaño, que estaba cansado, aminoró el paso, y el borde del sol, rojo en el cielo diáfano, acarició con familiaridad una suave elevación arada a un lado del camino, como yo lo había visto acariciar, innumerables veces, el horizonte lejano del mar. Un tinte rosado resplandecía sobre el pardo uniforme del campo desterronado, como si las glebas polvorientas destilaran en forma de diminutas perlas de sangre el esfuerzo de incontables labradores. Sobre la loma, una carreta tirada por dos caballos salió despacio de un bosquecillo. Se recortaba contra el sol rojo en el horizonte por encima de nuestras cabezas, triunfalmente grande, enorme, como una carroza de gigantes tirada por dos corceles de paso lento y proporciones legendarias. Y la figura torpe del hombre que caminaba con fatiga delante del caballo guía se proyectaba sobre el fondo del Infinito con una rusticidad heroica. La punta del látigo del carretero vibraba en el azul. Kennedy peroraba.

—Es la hija mayor de una familia numerosa. A los quince años la pusieron a trabajar en la granja de New Barns. Yo atendía a la señora Smith, la mujer del arrendatario, y allí conocí a la muchacha. La señora Smith, una persona elegante, de nariz afilada, le hacía ponerse un vestido negro por las tardes. No sé por qué me fijé en ella. Hay caras que llaman la atención por la curiosa indefinición de su aspecto, como cuando al caminar en la niebla uno clava la vista en una forma vaga que, al cabo, no es nada más curioso o extraño que un poste indicador. La única peculiaridad de la chica era una ligera vacilación al hablar, una especie de tartamudeo inicial que se disipaba con las primeras palabras. Cuando se le hablaba con brusquedad, perdía la cabeza al instante; pero tenía muy buen corazón. Nunca se le oyó expresar antipatía por ningún ser humano, y la enternecían todos los seres vivos. Sentía devoción por la señora Smith, por el señor Smith, por sus perros, gatos, canarios; y el loro gris de la señora Smith le resultaba directamente fascinante. Sin embargo, cuando aquel pájaro estrafalario, un día que lo atacó un gato, pidió socorro con palabras humanas, ella escapó al jardín tapándose los oídos sin evitar el crimen. El hecho le pareció a la señora Smith una prueba más de su estupidez; por otro lado, en vista de la conocida liviandad del señor Smith, su falta de encanto era una ventaja. Sus ojos miopes se llenaban de piedad por un pobre ratón atrapado en una trampa, y unos niños la vieron de rodillas en la hierba húmeda ayudando a un sapo en apuros. Si es cierto, como ha dicho no sé qué alemán, que no puede existir el pensamiento sin fósforo, más cierto aún es que no existe la bondad del alma sin un poco de imaginación. Ella tenía suficiente. Tenía incluso más de la necesaria para comprender el sufrimiento y conmoverse de piedad. Se enamoró en circunstancias que no dejan lugar a dudas en este punto; pues hace falta imaginación para formarse una idea de la belleza y, más aún, para descubrir un ideal en una figura desconocida.

»Cómo surgió esa aptitud, de qué se alimentó, es un misterio insondable. Ella nació en el pueblo y nunca fue más allá de Colebrook o quizá Darnford. Vivió durante cuatro años con los Smith. New Barns es una granja aislada, situada a una milla del camino, y ella se conformaba con mirar día a día los mismos sembradíos, hondonadas, lomas; los árboles y los setos; las caras de los cuatro hombres de la granja, siempre los mismos; día a día, mes a mes, año a año. Nunca mostró deseos de conversar y, según me dio la impresión, no sabía sonreír. Los sábados por la tarde, si hacía buen tiempo, se ponía su mejor vestido, un par de botines fuertes, un amplio sombrero gris con una pluma negra (la vi así engalanada), empuñaba una sombrilla ridículamente delicada, pasaba dos cercos y cruzaba tres sembradíos y doscientas yardas de camino; nunca iba más allá. Ahí quedaba la casita de Foster. Ayudaba a su madre a servirles el té a los más pequeños, lavaba la vajilla, besaba a los niños y regresaba a la granja. Nada más. A eso se reducían el descanso, el cambio, la distracción. Nunca pareció querer otra cosa. Y entonces se enamoró. Se enamoró en silencio, a capricho, quizá sin poder evitarlo. El amor llegó lentamente, pero al cabo surtió el efecto de un potente filtro; fue amor como lo entendían los antiguos: un impulso irresistible y fatídico, ¡un caso de posesión! Sí, ella tenía la capacidad de que un rostro, una presencia la acosaran y se adueñaran de ella de manera fatal, como si fuera la adoradora pagana de una efigie bajo un cielo dichoso, y de que la despertara de aquel misterioso olvido de sí misma, de aquel encantamiento, de aquel arrobo, un miedo similar al terror inexplicable de una bestia...

Con el sol rasante en el oeste, la superficie de la pradera, enmarcada por la escarpa del terreno en declive, cobró un aspecto espléndido y sombrío. Una impresión de honda tristeza, como la que inspira un fragmento de música grave, se desprendía de los campos en silencio. Los hombres con los que nos cruzamos pasaban lentos, sin sonreír, con la vista baja, como si la melancolía de la tierra abrumada les pesara en los pies, les hiciera inclinar los hombros, los obligara a mirar el suelo.

—Sí —contestó el doctor a mi comentario—, uno creería que la tierra está maldita al ver que, de todos sus hijos, los que se aferran a ella con más fuerza llevan la torpeza en el cuerpo y tienen un andar tan pesado como si sus corazones cargaran cadenas. Pero en este mismo camino, en medio de estos hombres agobiados, pudo verse a un ser ágil, flexible y de miembros largos, recto como un pino, con algo en su apariencia que tendía hacia lo alto, como si su corazón flotase en su interior. Puede que la impresión fuese en gran parte un producto del contraste, pero, cuando se cruzaba con alguno de los aldeanos, me parecía que las plantas de sus pies no tocaban el polvo del camino. Saltaba los cercos, bajaba por estas pendientes caminando con un paso largo y elástico que lo volvía visible a gran distancia, y tenía ojos negros y relucientes. Era tan distinto de los hombres de la comarca que —por la libertad de sus movimientos, su mirada suave y un poco asombrada, su piel olivácea y su porte agraciado— me hacía pensar en una criatura fantástica de los bosques. Vino de allí.

El doctor señaló con la fusta, y, desde lo alto de la cuesta, tras las copas de los árboles que se agitaban junto al camino, vimos el mar plano, muy por debajo de nosotros, como el suelo de un inmenso edificio taraceado de ondas oscuras, con inmóviles estrías brillantes, que terminaba en un cinturón de agua vidriosa al pie del cielo. Una mancha de humo clara, de un invisible buque de vapor, se desvanecía en el horizonte vasto y diáfano, como una nube de aliento en un espejo, y, en la costa, las velas blancas de un barco de cabotaje, que parecían desenredarse lentamente de las ramas, flotaban sobre el follaje de los árboles.

—¿Naufragó en la bahía? —pregunté.

—Sí; era un náufrago. Un emigrante pobre de Europa central que iba a América y al que una tormenta arrastró a la costa. Para él, que no conocía nada del mundo, Inglaterra era un país ignoto. Tardó un tiempo en enterarse de su nombre; por cuanto sé, quizá supuso que aquí iba a encontrar fieras o salvajes cuando, al arrastrarse en la oscuridad sobre el malecón, cayó rodando por el otro lado en un canal, donde no se ahogó de milagro. Pero luchó instintivamente, como un animal en una red, y esa lucha a ciegas lo llevó a tierra. Sin duda estaba hecho de una madera más resistente de lo que parecía para soportar sin expirar esos golpes, la violencia del esfuerzo y semejante miedo. Más tarde, en su inglés chapurreado, que se parecía curiosamente al habla de un niño, me contó que se encomendó a Dios, creyendo que ya no estaba en este mundo. Y por cierto —agregaba—, ¿cómo podía saberlo? Se debatió con la lluvia y el temporal a cuatro patas y, al final, se metió a rastras entre unas ovejas que se habían guarecido al abrigo de una cornisa. Salieron espantadas en todas direcciones, balando en la oscuridad, y él recibió con alegría el primer sonido familiar de estas costas. Serían las dos de la mañana. Y eso es todo lo que sabemos de su llegada, aunque no vino en absoluto solo. Pero su horripilante compañía no apareció en la costa hasta mucho más tarde aquel día...

El doctor tomó las riendas, chasqueó la lengua y trotamos colina abajo. Luego, tras doblar abruptamente en la calle principal, avanzamos traqueteando por los adoquines y llegamos a su casa.

Por la noche el doctor Kennedy, al cabo de un rato de mal humor, retomó la historia. Iba de un lado a otro del largo salón fumando su pipa. La luz de la lámpara de lectura se concentraba en los papeles de su escritorio, y yo, sentado junto a la ventana tras el día agobiante y sin viento, veía el esplendor glacial de un mar brumoso y quieto bajo la luna. Ni un susurro, ni un chapoteo, ni un guijarro desplazado, ni un suspiro se oía en la tierra allí abajo; ni una señal de vida salvo el perfume del jazmín; y la voz de Kennedy, que hablaba detrás de mí, atravesaba el ancho marco de la ventana y se perdía fuera en la fría y suntuosa inmovilidad.

—Los relatos de naufragios del pasado nos hablan de grandes sufrimientos. A menudo los sobrevivientes que no se ahogaban morían de hambre en circunstancias horribles en una costa desierta; otros sufrían muertes violentas o los vendían como esclavos, y pasaban años de existencia precaria con gente entre la que, por ser extranjeros, despertaban sospechas, desagrado o temor. Leemos sobre estas cosas y dan mucha pena. Para un hombre es muy duro saberse perdido, impotente, incomprensible, un extranjero de origen misterioso, en un oscuro rincón de la tierra. Y, sin embargo, de los aventureros que han naufragado en todas las zonas salvajes del mundo, no hay uno, me atrevo a decir, que haya padecido un destino más trágico que el hombre del que hablo, el más inocente de los aventureros que el mar empujó a tierra en la bahía, casi a la vista de esta ventana.

»No sabía el nombre de su barco. De hecho, con el tiempo descubrimos que no sabía siquiera que los barcos llevan nombres "como los cristianos", y un día, cuando, desde la cima de la colina de Talfourd, contempló el mar que se extendía ante sus ojos, dejó vagar la vista absorto con aire de gran sorpresa, como si nunca hubiese visto nada semejante. Y es probable que así fuera. Según supe, lo habían subido a bordo de un barco de emigrantes en la desembocadura del Elba con muchos otros, y había estado demasiado azorado para reparar en su entorno, demasiado fatigado para cualquier cosa, demasiado ansioso para que le importara. Los llevaron bajo cubierta y trabaron las escotillas de inmediato. Era una baja morada de madera, contó él, con vigas en el techo como las casas de su tierra, pero se entraba en ella por una escalerilla de mano. El lugar era muy grande, muy frío, húmedo y lóbrego, con sitios como cajas de madera en donde las personas tenían que dormir unas encima de otras, y se movía para todos lados al mismo tiempo. Él trepó a una de esas cajas y se acostó sobre ella vestido con la misma ropa con que había abandonado su hogar unos días antes, con su hatillo y su bastón al lado. La gente gemía, los niños lloraban, había goteras, las luces se apagaban, las paredes crujían y todo se sacudía de tal forma que, allí sobre su caja, él no se atrevía siquiera a levantar la cabeza. Había perdido contacto con su compañero de viaje (un joven del mismo valle que él, según dijo), y en todo momento el viento hacía un ruido tremendo y se oían golpetazos: ¡pum! ¡pum! Lo agobió un horrendo malestar, hasta el punto de que olvidó decir sus plegarias. Además, no sabía si era de mañana o de tarde. En aquel lugar parecía ser siempre de noche.

»Antes había viajado muchísimo tiempo por un camino de hierro. Miraba por la ventana, que tenía un cristal magníficamente claro, y los árboles, las casas, los campos y las largas carreteras parecían volar a su alrededor hasta que la cabeza le daba vueltas. Me dio a entender que en ese viaje vio incontables multitudes, naciones enteras, todas vestidas con ropas de ricos. Una vez lo hicieron bajarse del vagón, y pasó la noche durmiendo en el banco de una casa de ladrillo con su hatillo bajo la cabeza; en otra ocasión tuvo que quedarse sentado varias horas en un suelo de piedras planas, adormecido, con las rodillas plegadas y el hatillo entre las piernas. El techo parecía de vidrio y era tan alto que habría podido albergar al más alto de los pinos de montaña. Máquinas de vapor entraban por una punta y salían por la otra. Había mucha más gente que en torno a la santa imagen del patio del convento de las Carmelitas los días de fiesta, allá en las llanuras adonde, antes de abandonar su hogar, había llevado en carreta a su madre: una anciana piadosa que quería decir unas plegarias y hacer una promesa por su seguridad. Decía no poder darme una idea de lo grande y elevado que era aquel lugar y de lo lleno de ruido y humo y oscuridad y ruidos metálicos que estaba, pero alguien le había dicho que se llamaba Berlín. En un momento sonó una campana, y entró otra máquina de vapor, y de nuevo lo llevaron por una región que le cansó los ojos por su monotonía sin una sola colina a la vista. Pasó otra noche encerrado en un edificio parecido a un establo, con una capa de paja en el suelo, cuidando su hatillo en medio de muchos hombres, ninguno de los cuales entendía ni una palabra de las que él pronunciaba. Por la mañana los condujeron a las márgenes pedregosas de un río enlodado y anchísimo que corría no entre colinas sino entre casas inmensas. Había una máquina de vapor que viajaba por el agua, y todos subieron a bordo, pero entonces se les sumaron diversas mujeres y niños que hacían mucho ruido. Caía una lluvia fría, el viento le castigaba la cara, estaba empapado y le castañeteaban los dientes. Él y el joven de su valle se tomaron de la mano.

»Creyeron que los llevaban directamente a América, pero de pronto la máquina de vapor chocó contra el lado de lo que parecía ser una casa en el agua. Tenía las paredes lisas y negras, y sobre ella, como si crecieran sobre el techo, se levantaban árboles desnudos, sumamente altos, en forma de cruz. Eso le parecieron entonces, porque nunca había visto un barco. Era el barco que había de navegar hasta América. Voces gritaban, todo se mecía; una escala rozaba la superficie del agua. Subió agarrándose con las manos y apoyando las rodillas, muerto de miedo de caer al agua, que salpicaba por doquier. Se separó entonces de su compañero y, cuando descendió al fondo del barco, sintió que se le encogía el corazón.

»Fue también entonces, me contó, cuando perdió contacto definitivo con uno de los tres hombres que habían viajado el verano anterior por los pueblos al pie de las colinas de su comarca. Llegaban en los días de mercado conduciendo una carreta e instalaban una oficina en alguna posada o en la casa de algún judío. Eran tres, uno de los cuales parecía venerable por su larga barba, y llevaban cuellos de paño rojo y galones dorados en las mangas, como los funcionarios del Gobierno. Se apostaban de manera imponente tras una mesa larga; en la sala de al lado, donde la gente común no podía oírla, tenían una ingeniosa máquina de telégrafos, por la que se comunicaban con el Emperador de América. Los padres permanecían cerca de la puerta, pero los jóvenes montañeses se agolpaban ante la mesa y hacían muchas preguntas, pues en América se conseguía trabajo todo el año a tres dólares por día y no había que hacer el servicio militar.

»Pero el káiser americano no podía llevárselos a todos. ¡Oh, no! A él mismo le fue muy difícil que lo aceptaran, y el venerable hombre de uniforme tuvo que salir de la sala varias veces para utilizar el telégrafo en su nombre. Al final el káiser americano lo contrató por tres dólares, pues era joven y fuerte. Sin embargo, muchos jóvenes hábiles se echaron atrás, por miedo a las grandes distancias; además, solo se llevaban a quienes tuviesen algo de dinero. Algunos habían vendido sus cabañas y tierras porque era muy caro llegar a América; pero, una vez allí, uno contaba con tres dólares por día y, si era inteligente, podía descubrir lugares en los que era posible recoger del suelo oro de verdad. La casa de su padre empezaba a desbordar. Dos de sus hermanos estaban casados y tenían hijos. Prometió enviar dinero desde América por correo dos veces al año. Su padre, a fin de pagar a la gente del barco que llevaba hombres a América para que se hicieran ricos en poco tiempo, vendió a un posadero judío una vaca vieja, una pareja de caballitos pintos montañeses que él mismo había criado y un buen terreno de pastoreo desmalezado sobre una pendiente en la que daba el sol junto a un paso cubierto de pinos.

»En el fondo, ha de haber sido un aventurero de verdad, porque ¿cuántas de las grandes empresas de conquista comenzaron solo con el trueque de una vaca paterna por el espejismo de oro de verdad a lo lejos? Te he contado en mis palabras cosas de las que me enteré por fragmentos a lo largo de dos o tres años, en los que rara vez perdí oportunidad de conversar con él. Me contó esta parte de sus aventuras mostrando mucho los dientes blancos y moviendo con viveza los ojos negros, primero en una suerte de media lengua nerviosa, luego, conforme aprendía el idioma, con gran fluidez, aunque siempre con aquel tono cantarín, suave y al mismo tiempo vibrante, que confería un poder extrañamente penetrante a las palabras inglesas más comunes, como si fuesen palabras de un lenguaje sobrenatural. Y siempre se detenía, sacudiendo enfáticamente la cabeza, al llegar a la horrible sensación de que se le encogía el corazón tan pronto como se embarcaba. Al parecer, después hubo un periodo de plena ignorancia, en todo caso en cuanto a los hechos. No cabe duda de que aquel aventurero tierno y apasionado se mareó de lo lindo y lo pasó muy mal en alta mar, lejos de cuanto conocía, y sintió una amarga soledad en su litera de emigrante, porque era de carácter muy sensible. Lo siguiente que sabemos con certeza es que se escondió en la pocilga de Hammond, junto al camino que va a Norton, a seis millas del mar en línea recta. Era reacio a hablar de esas experiencias: al parecer se le habían grabado en el alma con una especie de triste asombro e indignación. Por los rumores de la región, que duraron muchos días tras su llegada, sabemos que los pescadores de West Colebrook habían quedado inquietos y perturbados por unos fuertes golpes contra las paredes de las cabañas de madera y por una voz que gritaba palabras extrañas y desgarradoras en la noche. Varios salieron a investigar, pero, sin duda, él había huido, alarmado por la furia áspera de sus voces, que se llamaban unas a otras en la oscuridad. Una especie de frenesí debió de ayudarlo a subir la empinada colina de Norton. Era él, sin duda, el hombre al que una mañana temprano descubrió, tumbado (desvanecido, diría yo) a un lado del camino, el transportista de Brenzett, que se apeó para mirarlo de cerca pero se echó atrás, intimidado por la perfecta inmovilidad de aquel vagabundo dormido bajo la lluvia y por algo extraño en su aspecto. Más tarde aquel mismo día, unos niños entraron corriendo en la escuela de Norton tan asustados que la maestra salió y habló indignada a un hombre «de aspecto horrendo» que estaba en el camino. Este se alejó unos pasos lentamente, con la cabeza gacha, y de pronto echó a correr a gran velocidad. El conductor del carro lechero del señor Bradley no ocultó que usó su látigo contra una especie de gitano peludo que le salió de pronto al paso en el cruce donde el camino dobla cerca de Vents y que trató de aferrar las riendas del caballo. Y le dio un buen latigazo, de lleno en la cara, que lo dejó tendido en el barro mucho más rápido de lo que había saltado a su encuentro, pero aún tardó media milla en tranquilizar al caballo. En vista de sus desesperados esfuerzos por conseguir ayuda, y de su necesidad de hablar con alguien, es posible que el pobre diablo intentara detener el carro. También tres niños confesaron más tarde haberle arrojado piedras a un extraño vagabundo que andaba todo mojado y embarrado y, según parecía, muy borracho por el sendero hondo y estrecho que pasa junto a los hornos de cal. De todo eso se habló en tres pueblos durante días; pero tenemos el testimonio intachable de la señora Finn (la esposa del carretero de Smith), que lo vio saltar el muro de la pocilga de Hammond y venir directamente hacia ella, balbuceando algo a gritos y con una voz para morirse de miedo. Como llevaba a su bebé en el cochecito, la señora Finn le gritó que se fuera y, al ver que él insistía en acercarse, lo golpeó valientemente con su paraguas en la cabeza y, sin mirar una sola vez atrás, corrió como el viento empujando el cochecito hasta alcanzar la primera casa del pueblo. Entonces se detuvo, sin aliento, y se lo contó al viejo Lewis, que martillaba una pila de piedras; y el anciano, quitándose sus inmensas gafas negras de alambre, se incorporó sobre sus flojas piernas para mirar hacia donde ella señalaba. Los dos siguieron con la vista la figura de un hombre que corría por el campo; lo vieron caerse, ponerse en pie y seguir corriendo, tambaleándose y agitando los brazos sobre su cabeza, en dirección a la granja de New Barns. A partir de ese momento, cae en las redes de su destino oscuro y conmovedor. No hay duda sobre qué le ocurrió a continuación. Todo es bien sabido: el intenso terror de la señora Smith; la terca convicción de Amy Foster, ante el ataque de nervios de la señora, de que el hombre «no quería hacer daño»; la exasperación de Smith (cuando regresó del mercado de Darnford) al encontrar al perro ladrando como un loco, la puerta trasera trabada, a su mujer con un ataque de histeria, y todo por un vagabundo desdichado y sucio que supuestamente estaba escondido en su granero. ¿Era cierto? Ya le enseñaría a no asustar a las mujeres.

»Smith es famoso por su mal genio, pero al ver a un ser anodino y cubierto de barro, sentado con las piernas cruzadas entre la paja suelta, meciéndose hacia delante y hacia atrás como un oso en una jaula, se detuvo. Entonces el pordiosero, que era una masa de barro y roña de pies a cabeza, se levantó en silencio. Smith, solo entre sus balas de heno con aquel aparecido, en el atardecer de tormenta que resonaba con los ladridos del perro, sintió el terror inexplicable de lo extraño. Pero cuando aquel sujeto, tras separarse como se separan dos cortinas los rizos largos y apelmazados que le caían sobre la frente con sus manos negras, lo miró con ojos brillantes, desorbitados, de color blanco y negro, lo insólito del encuentro mudo lo hizo tambalearse. Más tarde admitió (porque la historia ha sido un legítimo tema de conversación en la región durante años) que dio más de un paso atrás. A continuación, un repentino estallido de palabras sin sentido lo convenció de que estaba tratando con un lunático prófugo. De hecho, esa impresión nunca se disipó del todo. En el fondo, hasta el día de hoy Smith no ha abandonado la secreta convicción de que, en esencia, aquel hombre estaba loco.

»Cuando aquel ser se le acercó, farfullando de la manera más desconcertante, Smith (sin saber que el otro decía «amable señor», y pedía por el amor de Dios albergue y comida) le habló con firmeza pero con suavidad mientras retrocedía hacia el patio cercano. Al final, a la primera oportunidad, lo metió de un súbito empujón en la leñera y pasó al instante el cerrojo. Aunque hacía frío, se enjugó la frente. Había cumplido con su deber ante la comunidad al encerrar a un maníaco suelto que probablemente era peligroso. Smith no es en absoluto cruel, pero en su cabeza solo cabía la idea de la locura. Le faltaba imaginación para preguntarse si el hombre no estaría muerto de frío y de hambre. Mientras tanto, el maníaco hizo al principio mucho ruido en la leñera. La señora Smith gritaba en el primer piso, donde se había encerrado con llave en su habitación, pero Amy Foster sollozaba lastimeramente en la puerta de la cocina, retorciéndose las manos y murmurando: «¡No! ¡No!». Supongo que, entre unos ruidos y otros, Smith se las vio negras aquella tarde, y aquella voz demente e inquietante que se obstinaba en gritarle por la puerta no hacía sino aumentar su irritación. Era incapaz de conectar a aquel molesto lunático con el hundimiento del barco en Eastbay, de lo que se rumoreaba algo en el mercado de Darnford. Y yo diría que el hombre encerrado estuvo muy cerca de la locura aquella noche. Antes de que su excitación se extinguiera y él quedara inconsciente, se puso a sacudirse violentamente en la oscuridad, rodó sobre unas bolsas sucias y se mordió los puños de rabia, frío, hambre, desconcierto y desesperación.

»Era un montañés de la cadena oriental de los Cárpatos, y la nave hundida la noche anterior en Eastbay era el barco Herzogin-Sophia-Dorotea, que transportaba emigrantes de Hamburgo y que dejó un recuerdo atroz.

»Algunos meses más tarde pudimos leer en los periódicos los informes acerca de las falsas agencias de emigración que operaban entre el campesinado esclavonio de las provincias más remotas de Austria. El propósito de esos sinvergüenzas era apropiarse de las granjas de la gente pobre e ignorante, y estaban confabulados con los usureros locales. Exportaban a sus víctimas principalmente a través de Hamburgo. En cuanto al barco, yo mismo lo vi desde esta ventana aproximarse a la bahía ceñido al viento, a media vela, una tarde oscura y amenazadora. Ancló, como correspondía, frente al puesto de la Guardia Costera de Brenzett. Recuerdo que, antes de caer la noche, miré de nuevo el contorno de sus palos y aparejos, que se recortaban oscuros contra un fondo de nubes deshilachadas de color pizarra, con la aguja más delgada del campanario de la iglesia de Brenzett hacia la izquierda. Al final de la tarde se levantó viento. A medianoche oí desde mi cama unas ráfagas tremendas y los sonidos de un continuo diluvio.

»Cerca de esa hora los hombres de la guardia costera creyeron ver las luces de un vapor en el fondeadero. Desaparecieron en un instante, pero más tarde quedó claro que algún otro buque intentó refugiarse en la bahía aquella noche horrible y ciega, embistió el barco alemán en el centro (dejando una abertura, como me dijo después uno de los buzos, «por la que podría pasar una barcaza de las del Támesis») y prosiguió intacto o dañado, imposible saberlo; pero se alejó, ignoto, invisible y fatal, para morir de manera misteriosa mar adentro. Nada más se supo de esa embarcación, pero las protestas que resonaron en todo el mundo la habrían descubierto si hubiese seguido existiendo en la superficie de las aguas.

»Una perfección que no dejó una sola pista y un silencio furtivo como cuando se comete limpiamente un crimen caracterizan aquel desastre mortal que, como recordarás, fue espantosamente célebre. El viento debe de haber impedido que los gritos más fuertes llegaran a la costa; es obvio que no hubo tiempo de emitir una llamada de socorro. La muerte llegó sin hacer el menor alboroto. Anegado de un golpe, el barco de Hamburgo volcó al hundirse, y cuando se hizo de día no quedaba fuera del agua ni la punta de un mástil. Se notó su ausencia, por supuesto, y al principio los oficiales de la Guardia Costera sospecharon que había levado el ancla o cortado amarras durante la noche, y que el viento lo había llevado mar adentro. Pero, cuando bajó la marea, el casco hundido debió de moverse un poco y soltó algunos cuerpos, porque una niña —una niña pequeña rubia y con un vestido rojo— apareció en la costa delante de la torre Martello. Por la tarde ya podían verse, a lo largo de tres millas de playa, figuras humanas con las piernas desnudas que se mecían en medio de las olas, y a hombres de aspecto rudo, mujeres de rostros duros y niños en su mayoría rubios que, rígidos y empapados, eran transportados en camilla, en esterillas, en escaleras de mano, formando una larga procesión que pasaba delante de la posada del Barco y eran tendidos en fila contra el muro norte de la iglesia de Brenzett.

»Oficialmente, el cuerpo de la niña del vestido rojo fue lo primero que llegó a la costa desde aquel barco. Pero tengo pacientes entre la población marinera de West Colebrook que, extraoficialmente, me han contado que a primera hora de aquella mañana dos hermanos, al ir buscar su barca, que estaba varada, encontraron en la playa, a buena distancia de Brenzett, un típico gallinero de barco con once patos ahogados dentro. Los familiares de los hermanos se comieron las aves e hicieron leña del gallinero con un hacha. Un hombre habría podido (suponiendo que estuviese en cubierta en el momento del accidente) llegar flotando a la costa sobre ese gallinero. Es posible. Admito que es poco probable, pero el hombre existía, y durante días, qué digo, durante semanas, no se nos ocurrió que teníamos entre nosotros al único superviviente del desastre. Ese mismo hombre, incluso cuando aprendió a hablar de manera inteligible, poco pudo contarnos. Recordaba haberse sentido mejor (después de que el barco anclara, supongo), y también que la oscuridad, el viento y la lluvia le quitaron el aliento. Eso indicaría que esa noche pasó un rato en cubierta. Pero no olvidemos que nada le era familiar, que llevaba cuatro días mareado dentro de la bodega, que no poseía una noción general de qué es un barco o qué es el mar y, por lo tanto, no podía tener una idea definida de qué le estaba pasando. Conocía la lluvia, el viento, la oscuridad; comprendía el balar de las ovejas y recordaba el dolor de su desgracia y de su pena, su desconsolado asombro de que nadie lo entendiera, su consternación al toparse solo con hombres furiosos y mujeres temibles. Se les había acercado como un mendigo, era cierto, dijo, pero la gente de su país, aunque no les diera nada, hablaba cortésmente con los mendigos. A los niños de su tierra no les enseñaban a tirar piedras a quien pedía compasión. La estrategia de Smith lo llenó de angustia. La leñera tenía el aspecto horrible de un calabozo. ¿Qué más le harían a continuación? No me extraña que Amy Foster se le apareciese con la aureola de un ángel. La muchacha no había podido dormir de tanto pensar en el pobre hombre y, por la mañana, antes de que se levantaran el señor y la señora Smith, salió y cruzó el jardín trasero. Tras entornar la puerta de la leñera, miró dentro y le pasó al hombre media hogaza de pan blanco, «como el pan que comen los ricos en mi tierra», solía decir él.

»Al verla, se levantó con lentitud de entre un montón de basura, aterido, hambriento, temblando, desconsolado y titubeante. "¿Puedes comer esto?", le preguntó ella con su voz tímida y suave. Él debió de tomarla por una "gentil dama". Devoró ferozmente el pan mientras sus lágrimas caían sobre la corteza. De repente soltó el pan, la tomó por la muñeca y le estampó un beso en la mano. Ella no tuvo miedo. Se había fijado en que, pese a su abandono, era guapo. Cerró la puerta y volvió lentamente a la cocina. Mucho más tarde, le contó lo sucedido a la señora Smith, a la que le daban escalofríos de solo pensar en tocar a aquel ser.

»Aquel acto de piedad espontánea lo devolvió al ámbito de las relaciones humanas en un nuevo entorno. Nunca lo olvidó; nunca.

»Esa misma mañana, el anciano señor Swaffer (el vecino más cercano de Smith) se acercó a brindar sus consejos y acabó llevándoselo. Él se puso de pie con las piernas temblorosas, manso y cubierto de barro casi seco, mientras los dos hombres hablaban junto a él en una lengua incomprensible. La señora

Smith se había negado a bajar hasta que el loco no se hubiera ido de la casa; Amy Foster, desde el fondo de la oscura cocina, miraba por la puerta trasera abierta, y él obedecía las señas que le hacían como mejor podía. Pero Smith desconfiaba. "¡Ten cuidado con él! Puede ser todo un engaño", gritó varias veces en tono de advertencia. Cuando el señor Swaffer azuzó a la yegua, aquel ser deplorable, que estaba humildemente sentado a su lado, por poco se cae hacia atrás desde el alto carro de dos ruedas a causa de su debilidad. Swaffer lo llevó directamente a su casa. Y en este punto es donde entro yo en escena.

»El anciano me convocó mediante el sencillo procedimiento de hacerme señas con el índice por encima de la verja de su casa cuando yo pasaba en mi carreta. Me apeé, naturalmente.

»"Mire lo que tengo aquí", farfulló, y me guio a un cobertizo un poco alejado de las otras dependencias de la finca.

»Allí fue donde lo vi por primera vez, en una habitación baja y larga que ocupaba aquella especie de cochera. Estaba vacía y encalada, y tenía una pequeña abertura cuadrada al fondo con un cristal rajado y lleno de polvo. Él yacía de espaldas en un jergón de paja; le habían dado un par de mantas para caballos y parecía haber usado las fuerzas que le quedaban en lavarse. Estaba mudo; su respiración agitada baja las mantas subidas hasta el mentón y sus negros ojos brillantes e intranquilos me hicieron pensar en un pájaro capturado en una trampa. Mientras lo examinaba, el viejo Swaffer se quedó en silencio junto a la puerta, pasándose las yemas de los dedos por el labio superior afeitado. Di algunas instrucciones, prometí enviarle un frasco de medicina y, desde luego, hice algunas averiguaciones.

»"Smith lo atrapó en el granero de New Barns", dijo el viejo con sus modales pausados e indiferentes, como si el otro fuera un animal salvaje. "Así es como me topé con él. Es una cosa bastante curiosa, ¿no? Ahora, dígame, doctor, usted ha viajado por todo el mundo, ¿no cree que lo que tenemos aquí es algún tipo de hindú?".

»Me sorprendí mucho. Su largo pelo negro, esparcido sobre el cabezal de paja, contrastaba con la palidez olivácea de su rostro. Se me ocurrió que podría ser vasco. No por eso habría de entender el español, pero probé con las pocas palabras que conocía, y también con algo de francés. Los sonidos susurrantes que alcancé a oír al acercar la oreja a sus labios me desconcertaron por completo. Esa tarde las jóvenes damas de la casa del párroco (una de ellas leía a Goethe con ayuda de un diccionario y la otra llevaba años esforzándose por entender a Dante) llegaron a visitar a la señorita Swaffer y trataron de comunicarse con el joven en lo que cada cual sabía de alemán e italiano. Después se echaron atrás, un poco asustadas por el torrente de palabras exaltadas que aquel les soltó inmediatamente tras darse la vuelta sobre su jergón. Admitían que el sonido era agradable, suave y musical, pero, sumado quizá a su aspecto, era también chocante, muy nervioso, distinto de todo cuanto habían oído. Los niños del pueblo trepaban para espiarlo por la pequeña abertura cuadrada. Todo el mundo se preguntaba qué haría el señor Swaffer con él.

»Sencillamente, se lo quedó.

»Se podría llamar excéntrico a Swaffer si no fuera tan respetado. Dicen que se queda levantado hasta las diez de la noche leyendo libros, y que es capaz de escribir un cheque de doscientas libras sin pensarlo dos veces. Él mismo afirma que la familia Swaffer ha poseído tierras entre este pueblo y Darnford desde hace trescientos años. Debe de rondar los ochenta y cinco años, pero no parece haber envejecido ni un día desde que vine aquí. Es un gran ganadero de ovejas y hace muchos negocios con reses. Va a todos los mercados a millas a la redonda, haga el clima que haga, y conduce muy encorvado sobre las riendas, con su pelo lacio y gris sobre el cuello de su grueso abrigo y las piernas envueltas en una manta escocesa verde. La calma de la edad avanzada otorga solemnidad a su actitud. Se afeita todo el rostro; tiene labios finos y sensibles; en el conjunto de sus rasgos hay algo rígido y digno de un monarca que dota de algo elevado a su rostro. Se sabe que ha conducido varias millas bajo la lluvia para ir a ver un nuevo tipo de rosa en algún jardín, o una col gigantesca plantada por un aldeano. Le encanta que le cuenten o le muestren cosas de las que él llama "estrafalarias". Tal vez fue precisamente lo estrafalario del hombre lo que hizo mella en el viejo Swaffer. Tal vez fue solo un capricho inexplicable. Lo único que sé es que, al cabo de tres semanas, vi al loco que había encontrado Smith cavando en el jardín contiguo a la cocina de Swaffer. Habían descubierto que sabía usar una pala. Cavaba descalzo.

»El pelo negro le caía sobre los hombros. Supongo que la vieja camisa de algodón a rayas que llevaba se la había dado Swaffer, pero aún tenía puestos los pantalones marrones de paño de su país (con los que había llegado a tierra), casi tan ceñidos como pantalones de montar, que se sujetaba mediante un ancho cinturón de cuero con tachuelas planas de bronce. Aún no se había atrevido a ir al pueblo. La tierra que veía le parecía bien cuidada, como los parques que rodean la casa de un terrateniente; se asombraba del tamaño de los caballos que tiraban de los carros; los caminos se parecían a senderos de jardines, y el aspecto de la gente, sobre todo los domingos, hablaba de opulencia. Se preguntaba por qué tenían el corazón tan endurecido y niños tan osados. Le entregaban la comida en la puerta trasera, luego él la llevaba con cuidado en ambas manos a su cobertizo y, sentado solo en su jergón, se persignaba antes de empezar a comer. Junto al mismo jergón, recitaba el padrenuestro antes de dormir, de rodillas en una oscuridad que llegaba temprano en los breves días. Cuando veía a Swaffer hacía una reverencia doblándose desde la cintura y se quedaba quieto ante él mientras el anciano, tocándose el labio superior, lo observaba en silencio. También se inclinaba ante la señorita Swaffer, que llevaba el hogar con frugalidad: una mujer de cuarenta y cinco años con hombros anchos y huesos grandes, los bolsillos del vestido llenos de llaves y la mirada gris y firme. Era anglicana (mientras que su padre era uno de los síndicos de la capilla baptista) y llevaba una pequeña cruz de acero en la cintura. Se vestía de severo negro en recuerdo de uno de los innumerables Bradley de la comarca al que había estado prometida hacía unos veinticinco años, un granjero joven que se rompió el cuello en una cacería el día antes de la boda. Ella tenía el semblante impasible de los sordos, casi nunca hablaba y sus labios, delgados como los de su padre, a veces lo pasmaban a uno con una misteriosa mueca de sarcasmo.

»Esa era la gente a la que el joven debía lealtad. Una abrumadora soledad pareció descender del plomizo cielo aquel invierno sin sol. Todas las caras estaban tristes. Él no podía hablar con nadie y no tenía esperanza de entender a nadie nunca. Era como si aquellas fueran las caras de gente del otro mundo, de muertos, según me dijo años más tarde. Juro que no sé cómo no se volvió loco. No sabía dónde estaba. En algún lugar muy lejos de sus montañas. Se preguntaba si aquello era América.

»De no haber sido por la cruz de acero de la señorita Swaffer, ni siquiera habría sabido, me confesó, si estaba en un país cristiano. Solía mirarla de reojo y se sentía reconfortado. ¡Aquí nada era como en su país! La tierra y el agua eran distintas; no había imágenes del redentor al borde del camino. Hasta la hierba era distinta, y los árboles. Ningún árbol le recordaba a su país, salvo los tres pinos noruegos que crecían entre la hierba delante de la casa de Swaffer. Una vez lo vieron al anochecer con la frente apoyada en uno de los troncos, sollozando y hablando solo. Los árboles eran como sus hermanos en aquellos días, me dijo. Todo lo demás era extraño. Imaginemos una existencia eclipsada y oprimida por las apariencias materiales como si estas fueran visiones de una pesadilla. De noche, cuando no podía dormir, pensaba en la muchacha que le había dado su primer pedazo de pan en aquella tierra extranjera. No lo había tratado con violencia o con furia, ni con miedo. Recordaba su rostro como el único rostro comprensible de entre todos aquellos rostros tan cerrados, tan misteriosos y mudos como los rostros de los muertos, que poseen un saber incomprensible para los vivos. Me pregunto si la memoria de la compasión de Amy le impidió cortarse la garganta. En fin. Supongo que soy un viejo sentimental y olvido el amor instintivo a la vida, al que solo consigue derrotar la fuerza de una desesperación poco común.

»Hacía el trabajo que le encargaban con una inteligencia que sorprendió al viejo Swaffer. Con el tiempo se descubrió que podía ayudar con el arado, ordeñar vacas, dar de comer a los bueyes en el corral y ser de cierta utilidad con las ovejas. También, rápidamente, empezó a pescar palabras; y de repente, una mañana de primavera, rescató de una muerte prematura a uno de los nietos del viejo Swaffer.

»La hija menor de Swaffer está casada con Willcox, que es abogado y secretario en el ayuntamiento de Colebrook. Dos veces al año pasan puntualmente unos días con el anciano. La única hija de ambos, que entonces no había cumplido tres años, escapó corriendo de la casa con su delantal blanco y, tras cruzar a pasitos el césped del jardín escalonado, se cayó de cabeza en el abrevadero para caballos que estaba más abajo.

»Nuestro hombre estaba con el carretero y el arado en el campo contiguo a la casa y, mientras hacía que los caballos dieran la vuelta para iniciar un nuevo surco, vio a través de la verja lo que cualquier otro habría interpretado como un aleteo de algo blanco. Pero él tenía ojos certeros, rápidos y avizores, que solo se amedrentaban y perdían su asombroso poder ante la inmensidad del mar. Estaba descalzo, y su aspecto era todo lo estrafalario que Swaffer habría podido desear. Dejó los caballos en plena curva, para inexpresable disgusto del carretero, atravesó el terreno arado a grandes zancadas y, de repente, apareció delante de la madre, le puso a la niña en los brazos y se alejó caminando.

»El estanque no era muy profundo, pero, si él no hubiera tenido tan buena vista, la niña habría muerto, ahogada miserablemente en los treinta centímetros de lodo pegajoso del fondo. El viejo Swaffer salió caminando lentamente al campo, esperó a que el arado llegara a donde estaba, miró con detenimiento al joven y, sin decir una palabra, regresó a la casa. A partir de entonces le sirvieron las comidas en la mesa de la cocina; y, al principio, la señorita Swaffer, toda de negro y con expresión inescrutable, se paraba en el umbral de la sala para verlo persignarse antes de comer. También desde ese día, creo, Swaffer empezó a pagarle.

»No puedo seguir paso a paso su evolución. Se cortó el pelo, se lo vio en el pueblo y andaba de un lado a otro por el camino como cualquiera otro. Los niños dejaron de gritarle. Tomó conciencia de las diferencias sociales, pero durante mucho tiempo siguió sorprendiéndose de la pobreza despojada de las iglesias en medio de tanta riqueza. Tampoco entendía por qué permanecían cerradas los días de semana. No contenían nada que robar. ¿Era para evitar que la gente rezara con excesiva frecuencia? Por entonces la casa del párroco se interesó mucho en él, y creo que las dos jovencitas intentaron sembrar el camino para su conversión. No pudieron, con todo, sacarle el hábito de persignarse, aunque se quitó del cuello un cordel con medallas de latón, una crucecita de metal y una especie de escapulario cuadrado. Lo colgó de la pared junto a su cama, y por la tarde aún se lo oía recitar el padrenuestro con palabras incomprensibles y en un tono lento y ferviente, como había oído a su padre hacerlo frente a todos los miembros de la familia arrodillados, tanto los grandes como los pequeños, todas las tardes de su vida. Y, aunque llevaba pantalones de pana en el trabajo y, los domingos, un traje de color sal y pimienta, los desconocidos se volvían a mirarlo en el camino. Su extranjería tenía un sello peculiar e indeleble. Al cabo la gente se acostumbró a verlo, pero no a él. Su paso rápido y liviano; su tez oscura; su sombrero inclinado a la izquierda; su hábito, las tardes de calor, de llevar la chaqueta sobre el hombro, como la capa de un húsar; su manera de saltar sobre los cercos, no para hacer alarde de agilidad, sino en el curso natural de una caminata: todas estas idiosincrasias ofendían a los aldeanos y despertaban su desdén. *Ellos* no se acostaban en la hierba para mirar el cielo a la hora del almuerzo. Tampoco iban por el campo berreando tonadas horribles. Muchas veces oí su voz atiplada detrás del terraplén de un sendero inclinado, una voz ligera y elevada, como la de una alondra, pero con una melancólica nota humana que se extendía sobre los campos en los que solo se oye el canto de los pájaros. Y hasta yo me asombraba. ¡Ah! Él era distinto: un corazón simple, lleno de buena voluntad, cosa que nadie quería; un náufrago que, como un hombre trasplantado a otro planeta, estaba separado de su pasado por un inmenso espacio y de su futuro por una inmensa ignorancia. Su pronunciación rápida y ferviente escandalizaba a todo el mundo. "Manojo de nervios", lo llamaban. Una tarde, en el bar del pub The Coach and Horses, tras beberse unos vasos de whisky, ofendió a todos al entonar una canción de amor de su tierra. Lo callaron a abucheos, y a él le dolió, pero Preble, el ruedero cojo, Vincent, el herrero gordo, y los demás notables querían beber cerveza en paz. En otra ocasión quiso enseñarles a bailar. Levantó nubes de polvo en el suelo pulido, saltó entre las mesas, dio taconazos, se acuclilló sobre un talón con la otra pierna extendida ante el viejo Preble, dio gritos brutales y exaltados, se puso en pie de un salto y dio vueltas sobre sí mismo sobre una pierna mientras chasqueaba los dedos sobre la cabeza. Un carretero desconocido que tomaba un trago empezó a maldecir y se alejó con su media pinta hacia la barra. Pero, cuando él se subió a una mesa y siguió bailando entre los vasos, el dueño intervino. No quería "acrobacias en el bar". Lo agarraron entre varios. El extranjero, como se había bebido una copa o dos, intentó protestar; lo echaron por la fuerza; acabó con un ojo morado.

»Creo que sentía la hostilidad de su entorno humano. Pero era duro: duro de espíritu, no solo de cuerpo. Solo le daba miedo el recuerdo del mar, el tipo de terror vago que deja un mal sueño. Su hogar estaba lejos, y él ya no quería irse a América. Con frecuencia le expliqué que no existe ningún lugar en la tierra donde el oro se encuentre en el suelo esperando a quien se moleste en recogerlo. Y, entonces, se preguntaba cómo podría jamás regresar a casa con las manos vacías cuando habían vendido una vaca, dos caballos y un pedazo de tierra para pagar su viaje. Se le llenaban los ojos de lágrimas y, desviando la mirada del resplandor inmenso del mar, se arrojaba boca abajo en la hierba. Pero, a veces, inclinando el sombrero con aires de conquistador, desafiaba mi sabiduría. Había encontrado su pedazo de oro. Se trataba del corazón de Amy Foster, que era "un corazón de oro, y blando ante la tristeza de la gente", decía con el énfasis de una imperiosa convicción.

»Se llamaba Yanko. Explicó que el nombre quería decir "pequeño John", y como repetía a menudo que era montañés, lo que, en el dialecto de su país, sonaba parecido a "Goorall", se le dio esta palabra por apellido. Y esa es la única huella que las épocas venideras hallarán de él en las actas matrimoniales de la parroquia. En ellas se lee "Yanko Goorall" en la caligrafía del párroco. La cruz torcida trazada por el náufrago, una cruz que sin duda le pareció la parte más solemne de la ceremonia, es ahora todo lo que queda para perpetuar la memoria de su nombre.

»El noviazgo duró un tiempo desde que logró establecerse precariamente en la comunidad. Empezó cuando le compró a Amy una cinta de satén verde en Darnford. Era lo que se hacía en su tierra. Un buen día, uno iba y compraba una cinta en el puesto del judío. No creo que la muchacha supiese qué hacer con la cinta, pero él parecía estar convencido de que sus honorables intenciones eran obvias.

»Solo cuando declaró sus intenciones de casarse llegué a entender hasta qué punto... por cientos de razones triviales e inapreciables... hasta qué punto resultaba... ¿diré odioso...? en toda la comarca. Las ancianas de la aldea pusieron el grito en el cielo. Smith, al cruzárselo cerca de la granja, le amenazó con romperle el cuello si lo veía de nuevo por allí. Pero él se arregló el bigotito negro con aire belicoso y fulminó a Smith con una mirada tan negra y feroz que la amenaza quedó en nada. Smith, de todas maneras, le dijo a la muchacha que debía de estar loca para comprometerse con un hombre que sin duda estaba mal de la cabeza. Aun así, cuando Amy, al atardecer, lo oía detrás del huerto silbando unos compases de una canción lúgubre y extraña, soltaba lo que tuviese en la mano, dejando a la señora

Smith con la palabra en la boca, y acudía corriendo a su llamada. La señora Smith la llamaba fresca y desvergonzada. Ella no respondía. No decía una palabra a nadie y seguía su camino como si estuviese sorda. Imagino que, en toda esta región, solo ella y yo comprendíamos su verdadera belleza. Era muy guapo y su porte era muy agraciado, y había algo salvaje en su aspecto, como de criatura de los bosques. La madre de la muchacha se deshacía en quejas cuando iba a visitarla en su día libre. El padre se mostraba hosco y fingía no saber nada; y una vez la señora Finn le dijo sin rodeos: "Ese hombre, querida, te hará daño algún día". Así estaban las cosas. Los veían por los caminos, ella avanzando imperturbable con sus mejores galas —vestido gris, pluma negra, botines reforzados, llamativos guantes blancos de algodón que se veían a cien metros—, y él, con el abrigo colgado pintorescamente sobre el hombro, paseando a su lado con postura galante y mirando con ternura a la muchacha del corazón de oro. Me pregunto si se daba cuenta de lo poco atractiva que era. Quizá, rodeado de tipos físicos tan distintos a los que conocía, era incapaz de juzgar, o quizá se hallaba seducido por el divino atributo de su piedad.

»Entretanto, Yanko se hallaba en apuros. En su tierra, tiene que haber un anciano que haga de embajador en cuestiones de matrimonio. No sabía cómo proceder. Sin embargo, un día en que ya trabajaba para Swaffer como ayudante del pastor Foster, el padre de Amy, se quitó el sombrero entre las ovejas del prado y se declaró humildemente. "Supongo que es lo bastante tonta para casarse contigo", fue todo lo que dijo Foster. "Y después", solía contar Yanko, "se pone el sombrero, me mira como si quisiera degollarme, le silba al perro y se va, dejándome solo con el trabajo". A los Foster, por supuesto, no les agradaba perder el sueldo de la chica: Amy le daba todo su dinero a su madre. Pero Foster sentía verdadera aversión por aquel matrimonio. Concedía que aquel sujeto sabía mucho de ovejas, pero no era adecuado para que ninguna chica se casara con él. Para empezar, caminaba junto a los setos hablando solo como un idiota; y, además, esos extranjeros a veces se portan de forma rara con las mujeres. Y quizá quisiera llevársela a alguna parte, o escaparse él. No inspiraba seguridad. Sermoneaba a su hija diciéndole que aquel sujeto tal vez la maltrataría. Ella no contestaba. En la aldea se decía que era como si el hombre le hubiese hecho algo. Se hablaba del tema. Era excitante, y la pareja siguió "con lo suyo" a pesar de la oposición. Entonces pasó algo inesperado.

»Desconozco si el viejo Swaffer llegó a entender hasta qué punto su súbdito extranjero lo veía como a un padre. Sea como fuere, la relación era curiosamente feudal. Así que cuando Yanko le pidió hablar con él formalmente, "y con la señorita también" (así llamaba a la severa y sorda señorita Swaffer), fue para pedirle permiso para casarse. Swaffer lo escuchó sin inmutarse, lo despachó con un asentimiento de cabeza y transmitió el mensaje a la oreja buena de la señorita Swaffer. Ella no se sorprendió y, adusta, solo comentó en una voz velada y sin expresión: "Desde luego, no conseguirá ninguna otra muchacha con quien casarse".

»Aunque es a la señorita Swaffer a quien corresponde por completo el mérito de aquella generosidad, a los pocos días se dijo que el señor Swaffer le había regalado a Yanko una cabaña (la que has visto esta mañana) y más o menos un acre de tierra, cedido a Yanko en propiedad. Willcox dio curso a la escritura y, lo recuerdo bien, me dijo que sintió gran placer al dejarla lista. Se leía en ella: "En agradecimiento por haber salvado la vida de mi adorada nieta, Bertha Willcox".

»Por supuesto, después de eso no había poder terrenal que les impidiera casarse.

»El enamoramiento de la chica perduró. La veían salir para encontrarse con él por la tarde. Miraba con ojos fijos, fascinados, el camino por el que aparecería él, tranquilo, con un balanceo de la cadera y tarareando una canción de amor de su tierra. Cuando nació el niño, él se aturdió de nuevo en el Coach and Horses, acometió de nuevo una canción y un baile, y de nuevo lo echaron a la calle. La gente se conmiseraba de la mujer que se había casado con aquel saltimbanqui. A él no le importaba. Ahora había un varón (me dijo con fanfarronería) al que podía cantarle y hablarle en el idioma de su tierra y, llegado el momento, enseñarle a bailar.

»Pero no sé. Tuve la impresión de que su paso se había vuelto menos liviano; su cuerpo, más denso, sus ojos, menos penetrantes. Imaginaciones mías, sin duda, pero ahora me parece que las redes del destino ya estaban apretándose cada vez más a su alrededor.

»Una vez me crucé con él en el sendero de Talfourd Hill. Me dijo que las mujeres eran "raras". Yo ya había oído hablar de diferencias domésticas. Se decía que Amy Foster empezaba a descubrir con qué tipo de hombre se había casado. Él miraba el mar con ojos indiferentes, sin ver. Su esposa le había arrebatado al niño de los brazos un día en que él estaba sentado en la puerta cantándole una canción que las mujeres les cantan a los bebés en las montañas. Al parecer ella creía que le hacía daño. Las mujeres son raras. Y ella se había opuesto a que él rezara por las noches. ¿Por qué? Él quería que, cuando llegase el momento, el niño repitiera la plegaria en voz alta con él, como solía hacerlo él con su padre de niño. Descubrí que él deseaba que el niño creciera para así tener un hombre con quien hablar en aquel idioma que, a nuestros oídos, sonaba tan inquietante, tan apasionado y tan extraño. No entendía por qué a su esposa le desagradaba la idea. Pero ya se le pasaría, decía él. Y, torciendo la cabeza con complicidad, se golpeaba el esternón para indicar que ella tenía un buen corazón: ni duro, ni feroz, sino abierto a la compasión, ¡comprensivo con los pobres!

»Me alejé cavilando; me pregunté si su diferencia, su extrañeza no estarían llenando de repulsión a aquel carácter anodino que al principio las había hallado irresistibles. Me pregunté...

El doctor fue hasta la ventana y miró el esplendor frígido del mar, inmenso en la niebla, como si encerrara la tierra con todos los corazones perdidos en las pasiones del amor y del miedo.

—Fisiológicamente, claro —dijo, dándose la vuelta de pronto—, era posible. Era posible. —Guardó silencio. Luego prosiguió—: En cualquier caso, cuando volví a verlo estaba enfermo, tenía problemas pulmonares. Él era duro, pero creo que no se había aclimatado tan bien como yo había supuesto. Fue un invierno difícil y, por supuesto, a los montañeses les dan ataques de nostalgia por su tierra, y la depresión debió de volverlo vulnerable. Estaba recostado a medio vestir en un sofá de la planta baja.

»Una mesa con mantel de hule ocupaba el centro de la pequeña habitación. Había una cuna de mimbre en el suelo, una tetera que echaba vapor en la cocina, y prendas de bebé secándose sobre el guardafuego. La habitación estaba templada, pero la puerta da directamente al jardín, como quizás hayas visto.

»Tenía mucha fiebre y no paraba de murmurar. Ella estaba sentada en una silla y desde el otro lado de la mesa lo miraba fijamente con sus ojos pardos y turbios. "¿Por qué no lo llevas arriba?", pregunté. Se sobresaltó y, con un balbuceo confuso, dijo: "¡Ah, no! No puedo quedarme con él arriba, señor".

»Le di instrucciones precisas y, al salir, repetí que el paciente debería estar arriba, en la cama. Ella se retorció las manos. "No puedo. No puedo. Dice cosas todo el tiempo: vaya una a saber qué". Miré de cerca a la muchacha, pensando en todas las habladurías en contra de él que habían llegado a sus oídos. Miré sus ojos miopes, esos ojos estúpidos que una vez habían visto una forma atractiva pero que ahora, al mirarme, no parecían ver nada en absoluto. Me di cuenta de que estaba incómoda.

»"¿Qué es lo que le pasa?", me preguntó con una especie de agitación vacía. "No parece que esté muy enfermo. Nunca he visto a nadie así...".

»"¿No creerás que está fingiendo?", pregunté con indignación.

»"No puedo evitarlo, señor", dijo con terquedad. Y de pronto juntó las manos y miró a un lado y a otro. "Y luego está el bebé. Tengo tanto miedo... Hace un momento me pidió que se lo diera. No entiendo qué le dice".

»"¿No puedes pedirle a una vecina que venga esta noche?", pregunté.

»"Por favor, señor, nadie parece querer venir", murmuró, de pronto resignada y sin entusiasmo.

»Insistí sobre la necesidad de tomar todos los cuidados y luego tuve que irme. Aquel invierno circulaban muchas enfermedades . "Ah, ¡espero que no se ponga a hablar!", exclamó en voz baja mientras yo me iba.

»No sé cómo no me di cuenta. Y sin embargo, al volverme en el asiento del carruaje, la vi en la puerta, muy quieta, como si estuviera pensando en escaparse por el embarrado camino.

»Por la noche le subió la fiebre.

»Él se sacudía, gemía y, cada tanto, murmuraba una queja. Y ella se quedaba sentada detrás de la mesa que la separaba del sofá, prestando atención a cada movimiento y sonido mientras se iba llenando de terror, un terror irracional ante aquel hombre al que no entendía. Había acercado la cuna de mimbre a sus pies. Ya no quedaba nada dentro de ella salvo el instinto materno y aquel miedo inexplicable.

»De pronto, él volvió en sí y pidió un vaso de agua. Ella no se movió. No lo había entendido, aunque quizá él creyó que hablaba en inglés. Esperó, mirándola, ardiendo de fiebre, atónito ante su silencio y su inmovilidad, y gritó de forma impaciente: "¡Agua! ¡Dame agua!".

»Ella se levantó de golpe, cogió al bebé y se quedó quieta. Él le habló, y sus fervientes protestas solo alimentaron el miedo que ella le tenía a aquel extraño. Creo que él habló un buen rato, supongo que con súplicas, preguntas, ruegos, órdenes. Ella dice que lo soportó todo lo que pudo. Y entonces una ola de rabia se apoderó de él.

»Se incorporó y, con aire terrible, dijo una sola palabra: cualquier palabra. Después se levantó como si no hubiera estado enfermo en absoluto, dice ella. Y mientras intentaba rodear la mesa, lleno de consternación afiebrada, de indignación y de asombro, ella abrió la puerta y salió corriendo con el bebé en brazos. Oyó que la llamaba dos veces por el camino con una voz terrible, y escapó... ¡Ah! Deberías haber visto, avivándose tras la mirada perdida y turbia de sus ojos, el fantasma del miedo que la había perseguido aquella noche durante tres millas y media hasta la puerta de la casa de Foster. Yo lo vi al día siguiente.

»Y fui yo quien lo encontró tirado boca abajo, con el cuerpo en medio de un charco, justo frente a la pequeña cancela de su casa.

»Esa noche me llamaron por un caso urgente a la aldea, y en el camino de regreso, al amanecer, pasé por allí. La puerta estaba abierta. Mi criado me ayudó a llevarlo adentro. Lo recostamos en el sofá. La lámpara humeaba, el fuego se había apagado, el frío de la noche de tormenta se condensaba en el triste empapelado amarillo. "¡Amy!", llamé en voz alta, y mi voz pareció perderse en el vacío de aquella casa minúscula, como si hubiese gritado en el desierto. Él abrió los ojos. "¡Se ha ido!", dijo claramente. "Solo le pedí agua, solo un poco de agua…".

»Estaba cubierto de barro. Lo tapé y esperé en silencio; cada tanto entendía una palabra entre dolorosos ahogos. Ya no hablaba en su idioma. La fiebre había pasado, llevándose consigo el calor de la vida. Y con su pecho jadeante y sus ojos relucientes me recordó una vez más una criatura salvaje bajo una red; un pájaro en una trampa. Ella lo había abandonado. Lo había abandonado: enfermo, indefenso, sediento. La lanza del cazador había penetrado en el alma de Yanko. "¿Por qué?", gritó con la voz penetrante e indignada de un hombre que llama a un Creador responsable de aquello. La respuesta fue una ráfaga de viento y el repiqueteo de la lluvia.

»Y al darme la vuelta para cerrar la puerta, exclamó: "¡Misericordia!", y expiró.

»Llegado el momento, certifiqué como causa de muerte un paro cardíaco. Y sin duda el corazón debe de haberle fallado, pues de otra forma quizá hubiera resistido incluso la noche de tormenta que pasó a la intemperie. Cerré sus ojos y me alejé en mi coche. No muy lejos de la cabaña me crucé con Foster, que caminaba enérgicamente entre los setos empapados con su *collie* pisándole los talones.

»"¿Sabe dónde está su hija?", pregunté.

»"¡Como para no saberlo!", gritó. "Voy a decirle a su marido un par de verdades. ¡Asustar así a una pobre mujer!".

»"Ya no va a asustarla", dije. "Ha muerto".

»Él golpeó el lodo con su bastón.

»"Y encima está el niño", dijo. Y después, tras pensarlo un momento: "Quizá esto es para bien".

»Eso fue lo que dijo. Y ella ahora no dice nada. Ni una palabra sobre él. Nunca. ¿Ha desaparecido su imagen de su mente como han desaparecido de los campos su figura ágil y andariega, su voz cantarina? Ella ya no lo tiene delante excitando su imaginación con amor o con miedo, y su memoria parece haberse esfumado de su cerebro lento como una sombra que pasa por una pantalla blanca. Vive en la cabaña y trabaja para la señorita Swaffer. Todos la llaman Amy Foster, y el niño es "el hijo de Amy Foster". Ella lo llama Johnny, que significa pequeño John.

»Es imposible saber si el nombre le trae algo a la memoria. ¿Alguna vez piensa en el pasado? La he visto inclinada sobre la cuna del niño con el fervor de la ternura materna. El chiquillo estaba tendido de espaldas, un poco asustado de mí, pero muy quieto, con sus grandes ojos negros y el aspecto agitado de un pájaro en una trampa. Y al mirarlo me pareció ver al otro, al padre, expulsado misteriosamente por el mar para morir en el supremo desastre de la soledad y la desesperanza.

Mañana

Lo que se sabía del capitán Hagberd en el pequeño puerto marino de Colebrook no jugaba exactamente a su favor. No era de la región. Se había instalado allí en circunstancias poco misteriosas —por entonces se prestaba a hablar de ellas— pero en exceso malsanas e irrazonables. Obviamente, poseía algo de dinero, porque compró un terreno y, sin gastar mucho, mandó construir dos feas casitas de ladrillo amarillo. Él vivía en una de ellas y la otra se la alquilaba a Josiah Carvil, el ciego Carvil, fabricante de botes jubilado, un hombre que tenía la mala reputación de ser un tirano doméstico.

Esas casitas tenían un muro medianero y compartían la hilera de barrotes de hierro que dividía los jardines delanteros; una cerca de madera separaba los de atrás. A la señorita Bessie Carvil se le permitía, como si fuera su derecho, colgar en él tapetes, trapos azules o cualquier delantal que precisara secarse.

—Así estropeas la madera, querida Bessie —señalaba el capitán amablemente desde su lado del cerco cada vez que la veía ejercer su privilegio.

Era una muchacha alta y podía acodarse en la cerca, que no tenía mucha altura. Sus manos solían estar rojas de lavar la ropa, pero sus antebrazos eran blancos y estaban bien formados, y ella miraba al propietario en silencio: en un silencio consabido, con un aire de entendimiento, expectación y deseos.

—Así estropeas la madera —repetía el capitán Hagberd—. Es la única costumbre derrochadora y descuidada que te conozco. ¿Por qué no cuelgas una cuerda de tender en el patio?

La señorita Carvil no respondía; se limitaba a negar con la cabeza. El pequeño jardín de su lado tenía unos pocos arriates de tierra, en los que las flores sencillas que ella cultivaba parecían excesivamente crecidas, como si pertenecieran a un clima exótico, y la figura recta y vigorosa del capitán Hagberd, vestido de pies a cabeza con la mejor lona, emergía entre la hierba alta de su lado de la cerca. Aparecía, con el color y la burda rigidez del estrambótico material con que elegía vestirse —«de momento», farfullaba cuando se le hacía una observación al respecto—, como un hombre esculpido en granito en su descuidado jardín, lo bastante grande para acomodar una mesa de billar de buen tamaño. Era la figura pesada de un hombre de piedra, con un atractivo rostro enrojecido, inquietos ojos azules y una enorme barba blanca que le llegaba a la cintura y que nunca se cortaba, según se decía en Colebrook.

Siete años antes, había contestado seriamente: «El mes que viene, creo», ante el intento burlón por tenerlo de cliente por parte del distinguido bromista local, el barbero de Colebrook, quien, daba la casualidad, estaba sentado insolentemente en el bar de la Posada Nueva, cerca del puerto, adonde el capitán había entrado a comprar una onza de tabaco. El capitán Hagberd salió tras pagar su compra con tres peniques sacados de un pañuelo que llevaba en el puño de la manga. Tan pronto se cerró la puerta, el barbero se echó a reír:

—Ahora, viejos y jóvenes vendrán cogidos del brazo para que los afeite en mi local. Habrá trabajo para el sastre y el barbero y el fabricante de velas; qué duda cabe, se avecinan buenos tiempos en Colebrook. Antes era «la semana que viene», ahora estamos en «el mes que viene», y pronto será la primavera que viene, por lo que veo.

Al notar que un desconocido lo escuchaba con una sonrisa ausente, le explicó con cinismo, estirando las piernas, que aquel viejo extraño, Hagberd, patrón de cabotaje jubilado, esperaba el regreso de su hijo. No era de sorprender que el muchacho se hubiera embarcado; se había escapado y nada se había vuelto a saber de él. Con toda probabilidad llevaba un buen tiempo alimentando peces. El viejo había llegado de pronto a Colebrook hacía tres años, vestido de velarte negro (poco tiempo antes había perdido a su esposa), bajando de un vagón para fumadores de tercera clase como si el diablo le pisara los talones, y lo único que lo había llevado hasta allí era una carta: un engaño, probablemente. Algún bromista le había escrito hablándole de un marinero con su apellido que, al parecer, hacía la corte a cierta muchacha de Colebrook o de los alrededores. «Curioso, ¿no?». El viejo había puesto anuncios en los periódicos de Londres sobre Harry Hagberd en los que ofrecía recompensas por cualquier información fiable. Y el barbero se puso a describir, con entusiasmo sarcástico, cómo habían visto al enlutado desconocido explorar la región en carreta o a pie, confiándose a todo el mundo, visitando todas las posadas y las cervecerías en millas a la redonda, interceptando con preguntas a la gente por los caminos, buscando hasta en las zanjas; primero con entusiasmo y, después, con una especie de perseverancia abrumada que se hizo cada vez más lenta; y ni siquiera podía decir en dos palabras qué aspecto tenía su hijo. Se suponía que este había desembarcado, junto con otro marino, de un barco maderero y que andaba detrás de una muchacha, pero el viejo describía a un chico de unos catorce años, «vivaz y de aspecto inteligente». Y cuando la gente sonreía al oírlo, él solo se frotaba la cabeza como si estuviera confuso y después se alejaba, con cara de ofendido. No encontró a nadie, por supuesto; ni rastro de nadie. En todo caso, nunca oyó nada digno de crédito, pero, por alguna razón, era incapaz de irse de Colebrook.

—Quizá fue el impacto de la desilusión al poco tiempo de perder a su esposa lo que hizo que entonces se volviera loco —sugirió el barbero dándose aires de gran penetración psicológica.

Al cabo de un tiempo el viejo abandonó la búsqueda activa. Era obvio que su hijo ya no estaba allí, pero él se instaló en el lugar, decidido a esperarlo. Su hijo había estado al menos una vez en Colebrook y no en Colchester. Tenía que haber un motivo, parecía razonar él, un incentivo muy poderoso que lo llevaría a Colebrook de nuevo.

—¡Ja, ja, ja! Pues claro. Colebrook. ¿Dónde si no? ¡El único pueblo del Reino Unido adonde van a parar los hijos perdidos! De modo que vendió su antigua casa de Colchester y se vino aquí. Sí, es un locura como cualquier otra. Yo no me volvería loco si alguno de mis hijos se embarcase. En casa tengo ocho.

El barbero hizo alarde de su presencia de ánimo con unas carcajadas que sacudieron el bar.

Aun así, era extraño aquel asunto, confesaba el barbero con la franqueza de una inteligencia superior: parecía contagioso. Por ejemplo, su local quedaba cerca del puerto y, cada vez que entraba un marinero a cortarse el pelo o a afeitarse, él mismo, en cuanto se encontraba frente a esa cara desconocida, no podía evitar decirse: «¿Y si fuera el hijo de Hagberd?». Se reía de solo pensarlo. Era una locura seria. Recordaba la época en que todo el pueblo estaba afectado. Pero aún tenía esperanzas en el viejo. Lo curaría a fuerza de bromas calculadas. Seguía de cerca el progreso del tratamiento. La semana que viene, el mes que viene, ¡el año que viene! Cuando el viejo patrón pospusiera la fecha del regreso todo un año, ya le faltaría poco para dejar de hablar del asunto. En otras cuestiones era muy razonable, así que eso también acabaría por ocurrir. Esa era la firme opinión del barbero.

Nadie lo contradijo nunca. Su pelo había encanecido desde entonces, y la barba del capitán Hagberd se había puesto muy blanca y caía majestuosa sobre el traje de lona, que él se había cosido en secreto con hilo alquitranado y había empezado a usar de pronto una mañana al salir con aquello puesto, aunque la noche anterior se lo había visto regresar a casa con su traje de velarte negro. Causó sensación en la calle principal —los tenderos se acercaban a la puerta, la gente que estaba en casa cogía el sombrero para salir a ver—, un revuelo que, extrañamente, al principio pareció sorprenderlo y luego asustarlo; aunque su única respuesta a las preguntas era la frase sorprendida y evasiva: «De momento».

La sensación se había olvidado hacía tiempo, y, aunque no se había olvidado al propio capitán Hagberd, ya nadie le prestaba atención —el castigo de la cotidianeidad—, como no se presta atención al sol a menos que caiga a plomo. Los movimientos del capitán Hagberd no indicaban que estuviese senil: rígido en su traje de lona, caminaba como una figura peculiar y notable; tal vez solo sus ojos vagaban más furtivamente que antes. Por fuera, su actitud había perdido su vigilancia nerviosa; se había vuelvo perpleja e insegura, como si sospechara que había en él algo ligeramente comprometedor, una manía vergonzosa pero no pudiera descubrir qué era lo que estaba fuera de lugar.

Ya no se prestaba a conversar con la gente del pueblo. Se labró fama de gran tacaño, de avaro en cuestiones de subsistencia. En las tiendas farfullaba quejosamente, compraba trozos de carne de mala calidad tras largos titubeos e ignoraba toda alusión a su vestimenta. Era tal como había predicho el barbero. Según podía intuirse, se había recuperado de la enfermedad de la esperanza, pero solo la señorita Bessie Carvil sabía que no decía nada sobre el regreso de su hijo porque ya no era cuestión de «la semana que viene», «el mes que viene» o ni siquiera «el año que viene». Era «mañana».

En la intimidad del jardín de atrás y del jardín delantero, él le hablaba de manera paternal, dogmática y razonable, con un dejo de arbitrariedad. Compartían una confianza sin reservas que cada tanto quedaba autentificada por un guiño pícaro. La señorita Carvil esperaba con ilusión esos guiños. Al principio la habían incomodado: el pobre estaba loco. Más tarde había aprendido a reírse de ellos: no tenía malas intenciones. Ahora era consciente de una emoción tácita, placentera, incrédula, que en ella se expresaba por un ligero rubor. El guiño no conllevaba la menor vulgaridad; la delgada cara roja del capitán Hagberd, con su nariz curva y bien proporcionada, tenía una especie de distinción, más aún porque su mirada se volvía firme e inteligente al hablar con ella. Un apuesto hombre de barba blanca, fuerte, recto y capaz. No se le notaba la edad. Su hijo, según afirmaba él, se le parecía muchísimo desde que era un bebé.

Harry cumpliría treinta y un años en julio, declaraba. La edad adecuada para casarse con una chica buena y sensata que supiera apreciar un buen hogar. Era un muchacho muy vivaz. Los maridos vivaces eran los más fáciles de manejar. Los hombres mezquinos, apocados, que se hacían la mosquita muerta convertían las vidas de sus mujeres en un calvario. Y no había nada como un hogar, una chimenea, un techo sólido: no salir de la cama tibia con mal tiempo.

—¿Verdad, querida?

El capitán Hagberd había sido uno de esos marineros que ejercen su profesión cerca de tierra firme. Era uno de los muchos hijos de un granjero en bancarrota, y había empezado joven como aprendiz de un patrón de cabotaje y había permanecido en la costa toda su vida de servicio. Sin duda, al principio le resultó muy duro: nunca se acostumbró al mar; tenía más afecto por la tierra, con sus casas innumerables, sus vidas tranquilas reunidas en torno a las chimeneas. Muchos marineros sienten y profesan una aversión racional por el mar, pero en su caso se trataba de una animosidad profunda y visceral: como si la herencia de muchas generaciones determinara su amor por el elemento más estable.

—La gente no sabe en qué metían a sus hijos cuando los dejaban que se embarcasen —le explicaba a Bessie—. Es lo mismo que convertirlos de inmediato en presidiarios.

Creía que uno no se acostumbraba. El cansancio de vivir de esa manera empeora con la edad. ¿Qué oficio era aquel en que la mitad del año uno no pone el pie en casa? En cuanto se salía al mar no había forma de saber qué ocurría en casa. Se hubiera dicho que estaba cansado de viajes de larga distancia; pero el más largo que había hecho duró una semana, de la cual el barco había pasado la mayor parte anclado, guareciéndose del mal tiempo. Tan pronto como su esposa heredó dinero suficiente para vivir (de un tío soltero que había hecho algo de fortuna con el comercio de carbón), él abandonó el mando de un barco carbonero de la costa este y se sintió como si hubiese escapado de la esclavitud de una galera. Después de tantos años, podía contar con los dedos de la mano los días que había pasado sin ver Inglaterra. Ignoraba lo que era ir mar adentro. Uno de sus alardes era: «Nunca me he alejado más de ochenta brazas de la costa».

Bessie Carvil oía esas cosas. Delante de su casita había un fresno pequeño, y las tardes de verano sacaba una silla al jardín y se sentaba a coser. El capitán Hagberd, en traje de lona, se apoyaba sobre una pala. Cavaba a diario en su jardín delantero. Removía la tierra varias veces al año, pero «de momento» no tenía intención de plantar nada.

A Bessie Carvil se lo afirmaba más explícitamente:

—No hasta que Harry regrese mañana.

Y ella había oído la fórmula con tanta frecuencia que solo se le despertaba una vaguísima piedad por aquel viejo esperanzado.

De esa forma todo se postergaba y todo se planeaba para mañana. Había una caja de semillas de flores listas para el jardín delantero.

—Sin duda él te dejará elegir las que quieras, querida —le confesaba el capitán Hagberd por encima de la cerca.

La señorita Bessie no levantaba la cabeza de su labor. Había oído lo mismo muchas veces. Pero cada tanto se ponía de pie, dejaba su costura y se acercaba lentamente a la cerca. Aquellos tiernos desvaríos tenían su encanto. Él estaba decidido a que su hijo no se marchara de nuevo por falta de un hogar preparado para recibirlo. Había llenado la casita con muebles de todo tipo. Bessie se los imaginaba nuevos, con barniz fresco, apilados como en un almacén. Habría mesas envueltas en tela de arpillera; alfombras enrolladas, anchas y altas como columnas; destellos de alféizares de mármol blanco en la penumbra de las persianas cerradas. El capitán Hagberd siempre le describía con esmero sus adquisiciones, como a una persona que tuviera un legítimo interés en ellas. El jardín descuidado de su casita podía cubrirse de cemento... después de mañana.

—De paso podríamos quitar la cerca. Podrías poner la cuerda de tender bien apartada de las flores.

Él le guiñaba un ojo, y ella se sonrojaba un poco.

Aquella locura, que la muchacha aceptaba por los buenos impulsos de su corazón, tenía detalles razonables. ¿Qué pasaría si un buen día el hijo regresaba? Pero ella ni siquiera estaba segura de que él tuviera un hijo; y si existía en alguna parte llevaba demasiado tiempo ausente. Cuando el capitán Hagberd se excitaba al hablar, ella lo calmaba haciendo como que le creía, riendo un poco para tranquilizar su conciencia.

Una sola vez, con pena, había intentado poner en duda aquella esperanza abocada a la desilusión, pero el resultado le había dado mucho miedo. De inmediato la cara del anciano se había llenado de horror e incredulidad, como si hubiera visto abrirse una grieta en el cielo.

—No... no... ¡no creerás que se ha ahogado!

Por un momento a ella le pareció que el viejo se encontraba al borde de la locura, pues en su estado habitual lo consideraba más cuerdo de lo que la gente creía. Esa vez, a la violencia de la emoción siguieron unas palabras de consuelo muy paternales y satisfechas.

—No te preocupes, querida —dijo él astutamente—: el mar no puede quedárselo por mucho tiempo. No es su lugar. No es el lugar de ninguno de los Hagberd. Mírame; yo no me ahogué. Además, él no es un marinero en absoluto; y si no es un marinero, sin duda volverá. No hay nada que le impida volver... —Sus ojos empezaron a mirar alrededor—. Mañana.

Bessie no volvió a intentaro, por miedo a que el hombre perdiera la cabeza en el acto. Él dependía de ella, que parecía ser la única persona sensata del pueblo, y en su presencia se felicitaba sinceramente por haberle conseguido a su hijo una esposa tan centrada. El resto del pueblo, le confesó una vez, en un arranque de furia, era de lo más raro. ¡Cómo lo miraban, cómo le hablaban! Nunca se había llevado bien con los lugareños. Aquella gente no le gustaba. No se habría ido de su región si no fuera porque a su hijo le gustaba Colebrook.

Ella lo complacía en silencio, oyéndolo pacientemente junto al cerco, cosiendo con los ojos bajos. Su cutis sumamente pálido se sonrojaba con dificultad bajo la opulencia de cabello color caoba recogido con descuido. El de su padre era directamente color zanahoria.

La muchacha tenía la figura rellena; el rostro cansado y avejentado. Cuando el capitán Hagberd alababa la necesidad y la propiedad de un hogar y las delicias de una chimenea propia, ella sonreía un poco, solo con los labios. Las delicias de su propio hogar se habían limitado, durante los diez mejores años de su vida, a cuidar a su padre.

Un rugido bestial, proveniente de la ventana del primer piso, solía interrumpir sus charlas. De inmediato ella recogía su tejido o plegaba su costura, aunque sin dar la menor muestra de tener prisa. Entretanto, continuaban los aullidos y los rugidos que pronunciaban su nombre, haciendo que los pescadores que pasaban junto al malecón, al otro lado de la calle, volvieran la cabeza hacia las casitas. Bessie entraba lentamente por la puerta principal, y un momento después se hacía un profundo silencio. Pronto reaparecía llevando de la mano a un hombre gordo, inmanejable como un hipopótamo, de expresión hosca y malhumorada.

Era un constructor de barcos viudo que años antes se había quedado ciego en pleno auge de su negocio. Trataba a su hija como si fuera responsable de su incurable mal. Se lo había oído gritar a viva voz, como para desafiar al cielo, que no le importaba: había ganado suficiente dinero para desayunar huevos con jamón todas las mañanas. De eso daba gracias a Dios en tono demoníaco, como si estuviese maldiciendo.

El inquilino había causado una impresión tan desfavorable en el capitán Hagberd que una vez este le dijo a Bessie:

—Es un hombre muy derrochador, querida.

Ese día Bessie estaba terminando unos calcetines para su padre, que esperaba que ella se encargara obedientemente de proveérselos. La muchacha odiaba tejer y, como en ese momento se ocupaba en la parte del talón, tenía que mantener la vista fija en las agujas.

—Claro que no es como si tuviera un hijo al que mantener —continuó el capitán Hagberd un poco distraídamente—. Las chicas, claro, no necesitan tanto... mmm... No se escapan de casa, querida.

—No —dijo la señorita Bessie en voz baja.

De pie entre los montículos de tierra removida, el capitán Hagberd sofocó una risa. Con su atavío marítimo, su cara curtida, su barba de Neptuno, se parecía a una deidad marina derrocada que hubiese cambiado el tridente por una pala.

—Y sin duda da por sentado que, en cierto modo, tú estás ya asegurada. Es lo bueno de las muchachas. Los maridos...

Guiñó un ojo. La señorita Bessie, absorta en su tejido, se sonrojó ligeramente.

—¡Bessie! ¡Mi sombrero! —gritó de pronto el viejo Carvil.

Estaba sentado bajo el árbol, mudo e inmóvil como el ídolo de alguna superstición monstruosa. No abría la boca más que para gritar a su hija, y no moderaba sus insultos. Ella nunca le respondía, y él seguía gritando hasta que lo atendía, hasta que le sacudía el brazo o le metía la boquilla de su pipa entre los dientes. Era uno de los raros ciegos que fuman. Al sentir que le ponían el sombrero en la cabeza, se calló de inmediato. Luego se levantó, y los dos atravesaron juntos la cancela.

Él se colgaba del brazo de su hija. Durante sus caminatas lentas y laboriosas, la muchacha parecía arrastrar la penitencia de aquella masa enferma. Por lo general cruzaban el camino en cuanto salían (las casitas estaban sobre el prado cercano al puerto, a doscientas yardas del final de la calle) y durante un buen rato se los veía subir los escalones de madera que llevaban a lo alto del malecón. Este iba de este a oeste, ocultando el canal de la Mancha como un terraplén de vías abandonadas sobre el que no hubiese pasado tren alguno desde tiempos inmemoriales. Grupos de pescadores corpulentos emergían recortados contra el cielo, caminaban un poco sobre el malecón y desaparecían sin prisa. Sus pardas redes, como gigantescas telas de arañas, reposaban en la hierba deslucida de la ladera y, al mirar desde el final de la calle, la gente del pueblo reconocía a los dos Carvil por la lentitud de su paso. El capitán Hagberd, mientras hacía trabajos sin sentido en las casitas, alzaba la cabeza para verlos pasear.

Seguía poniendo anuncios en los periódicos del domingo en busca de Harry Hagberd. Esas publicaciones se leían en todo el mundo, según informaba a Bessie. Al mismo tiempo parecía creer que su hijo estaba en Inglaterra, tan cerca de Colebrook que sin duda aparecería «mañana». Bessie, sin dar mucha importancia a lo que decía, argumentaba que en ese caso el gasto de los anuncios era innecesario; más le valdría al capitán Hagberd gastar esa media corona semanal en sus cosas. Ella declaraba que no sabía de qué vivía el capitán. Por un momento sus argumentos lo dejaban perplejo y alicaído.

—Todo el mundo lo hace —señalaba.

Había una columna entera dedicada a la búsqueda de parientes perdidos. Ya le mostraría el periódico. Su esposa y él habían puesto anuncios durante años; pero su esposa era impaciente. Las noticias de Colebrook habían llegado al día siguiente de su funeral; si ella no hubiese sido tan impaciente, tal vez estaría allí y solo les faltaría esperar un día más.

—Pero tú no eres impaciente, querida.

—A veces usted me hace perder la paciencia —decía ella.

Aunque seguía poniendo anuncios, ya no ofrecía recompensas por la información, porque, con la lucidez confusa del trastorno mental, se había convencido claramente de que por esa vía había conseguido cuanto cabía esperarse. ¿Qué más podía querer? Colebrook era el lugar indicado, y no había necesidad de pedir nada más. La señorita Carvil elogiaba su buen juicio, y a él lo tranquilizaba el papel que desempeñaba ella en el drama de su esperanza, convertido para entonces en su delirio, en la idea que cegaba su mente a la verdad y la probabilidad, del mismo modo que otra enfermedad había cegado al viejo de la casita vecina a la luz y a la belleza del mundo.

Pero cualquier cosa que él pudiera interpretar como una duda —frialdad al asentir, o incluso una falta de atención al progreso de su proyecto de tener un hijo casado de regreso en el hogar— lo irritaba hasta el punto de que se sacudía y se agitaba y lanzaba mirada furibundas. Hundía la pala en el suelo y se ponía a caminar de un lado a otro. La señorita Bessie llamaba aquello sus rabietas. Lo regañaba moviendo el dedo índice. Más tarde, cuando ella volvía a salir, después de que a él se le pasaba el enfado, la miraba de reojo para identificar la menor señal de que ya podía acercarse a las rejas de hierro y retomar el trato paternal y condescendiente que tenía con ella.

Pese a su intimidad, que ya duraba años, nunca habían conversado sin una cerca o una reja de por medio. Él le describía todos los esplendores acumulados para arreglar la vivienda, pero nunca la había invitado a examinarlos. Ningún ojo humano debía contemplarlos sin que Harry los viera primero. De hecho, nadie había entrado nunca en su casita; hacía la limpieza él mismo y protegía el privilegio de su hijo tan celosamente que introducía en casa los pequeños objetos de uso doméstico adquiridos a veces en el pueblo a escondidas y por el jardín, ocultos bajo su chaqueta de lona. Después, al salir, se disculpaba:

—Era solo un teterita, querida.

Y, si sus tareas no la habían dejado exhausta, o su padre no la había preocupado más de lo tolerable, ella se reía ruborizándose y decía:

—No se preocupe, capitán Hagberd; no soy impaciente.

—Bueno, querida, ya falta poco —contestaba él con repentina timidez y con expresión incómoda, como si sospechara que algo andaba mal.

Todos los lunes ella le pagaba la renta por encima de la reja. Él cogía ávidamente los chelines. En lo que respectaba a su persona, ahorraba cada penique que podía, y cuando se iba a hacer sus compras su aspecto cambiaba tan pronto como ponía un pie en la calle. Alejado de la compasiva aprobación de la muchacha, se sentía expuesto e indefenso. Rozaba la pared con el hombro. Desconfiaba de la rareza de la gente, pero, a esas alturas, hasta los niños del pueblo habían dejado de perseguirlo, y los comerciantes lo servían sin decir una palabra. La menor alusión a su ropa podía desconcertarlo y asustarlo, como si fuese algo completamente incomprensible e injustificado.

En otoño, la lluvia repiqueteaba en su traje de lona, tan endurecido por la cera que, cuando el agua le corría por encima, parecía acero laminado. Cuando el tiempo se ponía muy malo, se quedaba en el pequeño porche y, de pie junto a la puerta, miraba la pala clavada en mitad del jardín. La tierra estaba tan removida por todas partes que se iba empantanando a medida que avanzaba la estación. Cuando se congelaba, el capitán se quedaba desconsolado. ¿Qué diría Harry? Y como en esa época del año no tenía mucha oportunidad de ver a Bessie, los rugidos del viejo Carvil al llamarla adentro, amortiguados por las ventanas cerradas, lo exasperaban enormemente.

—¿Por qué ese tipo extravagante no se consigue una criada? —preguntó impaciente una tarde cálida.

Ella se había puesto algo sobre la cabeza para salir un momento.

—No lo sé —dijo Bessie, pálida y cansada, apartando sus ojos pesados, grises y sin expectativas.

Siempre tenía ojeras y no parecía capaz de imaginar un cambio o un propósito en su vida.

—Ya verás cuando estés casada, querida —dijo su único amigo, acercándose a la cerca—. Harry te contratará una.

La esperanzada manía del viejo parecía ridiculizar de manera tan oportuna y amarga la desesperanza de la muchacha que, de los nervios, habría podido gritarle allí mismo. Pero solo dijo burlándose de sí misma y hablándole como si estuviera cuerdo:

—Pero, capitán Hagberd, tal vez su hijo no quiera ni mirarme.

Él echó hacia atrás la cabeza y soltó una carcajada ronca que fingía enfado.

—¡Cómo! ¿Ese muchacho? ¿No iba a querer mirar a la única chica sensata que hay en millas a la redonda? ¿Para qué crees que estoy aquí, querida... querida...? ¿Qué? Ya verás. Mañana verás. En cuanto...

—¡Bessie! ¡Bessie! —aulló el viejo Carvil dentro—. ¡Bessie! ¡Mi pipa!

Aquel ciego gordo se había entregado a la verdadera lujuria de la molicie. No era capaz de levantar la mano para coger las cosas que ella le dejaba junto al codo. No movía una pierna; no se levantaba de su silla, no ponía un pie delante del otro (en esa sala en la que se orientaba como si viera) sin llamarla para recargar su peso atroz en su hombro. No probaba bocado si ella no lo atendía. Se había vuelto un inválido con independencia de su condición, como para esclavizarla mejor. Ella siguió quieta un momento, apretando los dientes en el ocaso, y después se volvió y entró lentamente.

El capitán Hagberd se ocupó de nuevo de su pala. Cesaron los gritos en la casita de Carvil, y después de un rato se encendió la ventana de la sala en la planta baja. Un hombre que venía desde el fondo de la calle pasó con tranquilidad, pero al parecer se fijó en el capitán Hagberd, porque volvió sobre sus pasos. En el oeste se rezagaba una fría luz blanca. El hombre se apoyó en la cancela con interés.

—Usted debe de ser el capitán Hagberd —dijo con naturalidad.

El viejo se volvió, sacando la pala de la tierra, sobresaltado por esa voz extraña.

—Sí, soy yo —contestó, nervioso.

El otro, mirándolo con una sonrisa, dijo muy claramente:

—Ha puesto anuncios sobre su hijo, si no me equivoco.

—Mi hijo Harry —farfulló el capitán Hagberd, sorprendido por una vez con la guardia baja—. Vuelve a casa mañana.

—¡Sí, sí, mañana! —dijo el desconocido, asombrándose mucho, y continuó con un ligero cambio de tono—: Se ha dejado crecer usted una barba como la del mismísimo san Nicolás.

El capitán Hagberd se acercó un poco y se inclinó sobre su pala.

—Siga su camino —dijo con resentimiento y timidez al mismo tiempo, porque seguía dándole miedo que se rieran de él.

Todo estado mental, incluso la locura, tiene un equilibrio basado en la autoestima. La perturbación de ese equilibrio causa infelicidad, y el capitán Hagberd vivía de acuerdo con nociones inmutables que le afligía ver perturbadas por las sonrisas de la gente. Sí, las sonrisas de la gente eran horrendas. Indicaban que algo andaba mal; pero ¿qué? No lo sabía, y era obvio que ese desconocido estaba sonriendo, se había acercado con la intención de sonreír. Era bastante desagradable cuando ocurría en la calle, pero nunca lo habían ultrajado así a las puertas de su casa.

El desconocido, sin saber lo cerca que estaba de que le abrieran la cabeza de un palazo, dijo seriamente:

—No estoy en su propiedad, ¿no? Creo que su información no es del todo correcta. ¿Qué le parece si me deja pasar?

—¡Pasar! —murmuró el viejo Hagberd con inexpresable horror.

—Puedo darle información verdadera sobre su hijo. Las últimas noticias, si le interesa oírlas.

—No —gritó Hagberd. Empezó a ir agitadamente de un lado a otro, se llevó la pala al hombro, gesticuló con la otra mano—. Viene un tipo, un tipo sonriente, y dice que algo anda mal... Tengo más información de la que usted sospecha. Tengo toda la información que quiero. La tengo desde hace años, años, años, la suficiente información para que me dure hasta mañana. ¡Dejarlo pasar, sí, claro! ¿Qué diría Harry?

La figura de Bessie Carvil se recortó negra en la ventana de la sala; luego, con el sonido de una puerta al abrirse, salió apresuradamente al portal de la casita vecina, toda de negro pero con algo blanco en la cabeza. Esas dos voces que de pronto trababan conversación (las había oído desde dentro) la habían conmovido tanto que no podía emitir sonido.

El capitán Hagberd parecía querer escapar de una jaula. Sus pies se hundían ruidosamente en los charcos dejados por sus tareas. Tropezaba en los agujeros del jardín arruinado. Chocaba a ciegas contra la valla.

—Vamos, ¡cálmese un poco! —dijo el hombre que estaba a la puerta, estirando un brazo gravemente y tomándolo de la manga—. Alguien le ha estado tomando el pelo. Caramba, ¿qué es esto que lleva puesto? ¡Lona encerada, por san Jorge! —Se rio con ganas—. Usted sí que es un personaje.

El capitán Hagberd se soltó de un tirón y empezó a retroceder, encogiéndose.

—De momento —farfulló con tono abatido.

—¿Qué le ocurre? —dijo el extraño dirigiéndose a Bessie con la mayor familiaridad, en un tono pausado y expositivo—. No quería que el viejo se sobresaltara. —Bajó la voz como si la conociera desde hacía años—. En el camino pasé por la barbería para que me afeitaran y el dueño me dijo que era un personaje. Ha sido un personaje toda su vida.

El capitán Hagberd, intimidado por la alusión a su ropa, se retiró adentro llevándose consigo la pala; y los otros dos, de pie junto a la cancela, sorprendidos por un portazo inesperado, oyeron los cerrojos cerrándose, la llave que giraba y el eco de una carcajada ronca y afectada.

—No quería alterarlo —dijo el hombre después de un breve silencio—. ¿Qué significa todo esto? No estará loco...

—Lleva mucho tiempo preocupado por el hijo que ha perdido —dijo Bessie en voz baja y de disculpa.

—Pues bien, yo soy su hijo.

—¡Harry! —exclamó ella, y se hundió en un silencio.

—¿Sabe mi nombre? Es amiga del viejo, ¿eh?

—Es el propietario —balbuceó Bessie agarrándose de las rejas de hierro.

—Así que es dueño de estas dos conejeras, ¿eh? —comentó el joven Hagberd con desdén—. Lo típico de lo que él se

222

sentiría orgulloso. ¿Me puede decir quién es ese tipo que viene mañana? Algo sabrá usted. Pero déjeme decirle una cosa: están estafando al viejo, ni más ni menos.

Ella no respondió, impotente ante una dificultad insuperable, consternada ante la necesidad, la imposibilidad y el temor de dar una explicación en la que ella y la locura aparecían entrelazadas.

—Oh... cómo lo lamento —murmuró.

—¿Qué pasa? —dijo él con calma—. No tema darme un disgusto. Es el otro el que va a llevárselo cuando menos se lo espere. Me importa un bledo, pero lindo lío se va a armar cuando se asome por aquí mañana. No me interesan tanto las propiedades del viejo, pero lo justo es justo. Verá cómo desenmascaro a ese farsante, ¡sea quien sea!

Se había acercado y parecía mucho más alto al otro lado de la reja. Miró las manos de la muchacha. Le pareció que temblaba y se le ocurrió que desempeñaría un papel en el jueguecito que iban a hacerle al viejo al día siguiente. Había llegado justo a tiempo para aguarles la fiesta. Le gustó la idea; despreciaba aquel plan frustrado. Pero toda su vida había sido indulgente con las triquiñuelas de las mujeres. Ella estaba de verdad temblando violentamente; el chal se le había caído de la cabeza. «Pobre infeliz —pensó él—. Ese tipo es lo de menos. Seguro que cambia de opinión antes de mañana. Pero ¿y yo qué? No voy a quedarme en la puerta hasta que amanezca».

Ella soltó de golpe:

—Es *usted*, usted mismo a quien él espera. Es *usted* el que viene mañana.

Él murmuró sin emoción:

—¡Ah! ¡Soy yo! —Y ambos parecieron quedarse sin aliento juntos. Al parecer, él rumiaba lo que acababa de oír; luego, sin muestras de irritación, pero obviamente perplejo, dijo—:

No lo entiendo. Yo no había escrito nada. Un amigo vio el periódico y me lo dijo esta misma mañana... ¿Cómo dice?

Acercó el oído; ella susurró deprisa, y él, mientras la escuchaba, murmuró varias veces «sí» y «ya veo». Al final preguntó:

—Pero ¿por qué no puede ser hoy?

—¡No me ha entendido! —exclamó ella con impaciencia.

En el oeste la franja clara de luz se extinguió bajo las nubes. De nuevo él se inclinó ligeramente para oírla mejor, y la noche profunda anegó por completo a la mujer que susurraba y al hombre que le prestaba atención excepto por la cercanía familiar de sus caras, con su aire de secretos y caricias.

Él enderezó los hombros; la sombra ancha de un sombrero se recortaba despreocupadamente sobre su cabeza.

—Un poco embarazoso, ¿no? —dijo apelando a ella—. ¿Mañana? ¡Bueno, bueno! Nunca había oído nada semejante. Por lo que veo, siempre es mañana, sin ninguna especie de hoy. —Ella seguía quieta y callada—. Y usted alienta esta idea tan curiosa.

—Nunca le he llevado la contraria.

—¿Por qué?

—¿Por qué habría de hacerlo? —se defendió ella—. Solo lo habría puesto muy triste. Se habría vuelto loco.

—¡Loco! —farfulló él, y oyó que ella soltaba una risita nerviosa.

—¿Qué hay de malo? Yo no iba a llevarle la contraria al pobre viejo. Era más fácil creérmelo a medias yo misma.

—Claro, claro —meditó él con aire inteligente—. Supongo que el viejo la convenció con sus ñoñerías. Usted tiene buen corazón.

Ella alzó nerviosamente las manos en la oscuridad y dijo:

—Y tal vez era cierto. Era cierto. Ha ocurrido. Ahora mismo. Hoy es el mañana que estábamos esperando.

Lanzó un hondo suspiro, y él dijo amistosamente:

—Claro, con la puerta cerrada. No me importaría si... ¿Y usted cree que podría convencerlo de que me reconozca...? ¿Eh? ¿Cómo...? ¿Cree que sí? ¿Dice que en una semana? Mmm... supongo que podría, pero ¿me cree capaz de aguantar una semana en este pueblo muerto? ¡Ah, no! Yo necesito trabajo duro, a todo vapor y más espacio del que hay en toda Inglaterra. De todas formas, una vez estuve en este lugar, más de una semana. En esa época el viejo ponía anuncios para buscarme, y a un amigo y a mí se nos ocurrió sacarle un par de libras escribiéndole una carta diciéndole un montón de tonterías. En fin, la jugarreta salió mal. Tuvimos que largarnos, y deprisa. Pero ahora me espera un amigo en Londres y además...

Bessie Carvil respiraba agitadamente.

—¿Y si pruebo a llamar a la puerta? —sugirió él.

—Pruebe —dijo ella.

La cancela del capitán Hagberd rechinó, y la sombra del hijo avanzó, se detuvo soltando una risa honda y ronca, como el padre, solo que suave y tierna, emocionante para el corazón de la mujer y que despertó sus oídos.

—No se pone violento, ¿no? Me da miedo tener que agarrarlo. Los chicos siempre me dicen que no soy consciente de mi propia fuerza.

—Es la criatura más inofensiva del mundo —lo interrumpió ella.

—No diría eso si lo hubiese visto persiguiéndome escaleras arriba con un cinturón de cuero —dijo él—. No lo he olvidado en dieciséis años.

Ella sintió un calor de los pies a la cabeza al oír de nuevo su risa suave y contenida. Con el ta-ta-ta de la aldaba le dio un vuelco el corazón.

—¡Eh, papá! Déjame pasar. Soy Harry. ¡De verdad! He vuelto a casa un día antes.

Se abrió una de las ventanas del primer piso.

—Un tipo sonriente que pide información —dijo la voz del viejo Hagberd, arriba en la oscuridad—. No le prestes atención. Lo va a estropear todo.

Ella oyó que Harry Hagberd decía:

—Hola, papá.

Después se oyó un estrépito metálico. La ventana se cerró, y él volvió a donde estaba ella.

—Es como en los viejos tiempos. Me dio una paliza que casi me mata para que no me fuera, y ahora que vuelvo me tira una condenada pala a la cabeza para que me marche. Me ha pasado rozando el hombro.

Ella se estremeció.

—No es que me importe… —empezó a decir él—. Es que me gasté los últimos chelines que me quedaban en el billete de tren y los últimos peniques en la peluquería, por respeto al viejo.

—¿Usted es realmente Harry Hagberd? —preguntó ella—. ¿Puede demostrarlo?

—¿Que si puedo demostrarlo? ¿Quién más podría demostrarlo? —dijo él jovialmente—. ¿Demostrarlo con qué? ¿Qué tengo que demostrar? No hay rincón en el mundo, excepto quizás en Inglaterra, donde no pueda encontrarse a un hombre, o más probablemente a una mujer, que me conozca como Harry Hagberd. Me parezco más a Harry Hagberd que nadie vivo, y puedo demostrárselo si me deja pasar de su lado de la reja.

—Pase —dijo ella.

Entró en el jardín delantero de los Carvil. Su sombra alta avanzó contoneándose; ella dio la espalda a la ventana y esperó, mirando la silueta, cuyas pisadas parecían su rasgo más sólido. La luz cayó sobre el sombrero inclinado; sobre un hombro fuerte que se diría hendía la oscuridad; sobre una pierna que daba un paso. Él se volvió y se quedó quieto, mirando la ventana iluminada del salón que estaba detrás de ella, volviendo la cabeza de un lado a otro y riéndose por lo bajo.

—Imagine, por un minuto, la barba del viejo pegada a mi mentón. ¿Y? ¿Qué dice? Desde niño somos como dos gotas de agua.

—Es cierto —murmuró ella.

—Y ahí acaba el parecido. Él siempre fue un hombre casero. Sin ir más lejos, me acuerdo de la cara de enfermo que ponía tres días antes de salir en uno de sus viajes a South Shields en busca de carbón. Tenía un contrato con la compañía de gas. Cualquiera habría dicho que se iba en un buque ballenero por tres años y pico. ¡Ja, ja! Nada de eso. Diez días como mucho. El Rayador de los Mares era un buen barco. Lindo nombre, ¿no? El dueño era un tío de mi madre...

Se interrumpió y preguntó en voz más baja:

—¿Alguna vez le ha contado de qué murió mi madre?

—Sí —dijo la señorita Bessie con amargura—, de impaciencia.

Por un momento él no emitió sonido alguno; luego dijo bruscamente:

—Tenían tanto miedo de que yo les saliera torcido que acabaron ahuyentándome. Mi madre me fastidiaba con que era un vago, y el viejo decía que me arrancaría el alma antes de permitir que me embarcara. Bueno, parecía que iba arrancármela de todas formas, así que me marché. A veces me da la impresión de que nací por error en esta familia, en otra conejera.

—¿Y dónde debería haber nacido por derecho? —lo interrumpió Bessie Carvil, desafiante.

—A cielo abierto, en una playa, una noche de viento —dijo él, rápido como el rayo. Luego meditó lentamente—: Los dos eran unos personajes, por san Jorge; y el viejo sigue siéndolo, ¿no? Una casucha condenada en el... ¡Oiga! ¿Qué ese jaleo? «Bessie, Bessie». Es en su casa.

—Me llaman —dijo ella con indiferencia.

Él se apartó de la franja de luz.

—¿Su marido? —preguntó con el tono de un hombre acostumbrado a los escarceos ilícitos—. Buena voz para dar órdenes en cubierta en plena tormenta.

—No, mi padre. No estoy casada.

—Pareces una buena chica, mi querida señorita Bessie —dijo él al instante.

Ella apartó la vista.

—Pero bueno, ¿qué es lo que le pasa a ese? ¿Es que lo están asesinando?

—Quiere la cena.

Ella lo miró, quieta y alta, con la cabeza vuelta hacia la casa, las manos unidas ante ella.

—¿No será mejor que entres? —sugirió él tras mirarle un momento la nuca, una franja de deslumbrante piel blanca y de suave sombra sobre la línea oscura de los hombros. El chal se le había deslizado hasta los codos—. Va a venir todo el pueblo a ver qué ocurre. Yo espero un rato.

El chal cayó al suelo, y él se agachó a recogerlo; la muchacha había desaparecido. Se lo colgó del brazo y, al acercarse de frente a la ventana, vio la forma monstruosa de un gordo en un sillón, una lámpara sin pantalla, el bostezo de una boca enorme en una cara grande y plana rodeada de un halo desgreñado de pelo; luego la cabeza y el busto de la señorita Bessie. Los gritos cesaron; el ciego se calmó. Harry se quedó pensando en lo raro que era todo aquello. Un padre loco; no poder entrar en la casa. Sin dinero para regresar; un compañero hambriento en Londres que pensaría que lo había dejado plantado. «Maldita sea», farfulló. Podía tirar la puerta abajo, claro; pero era posible que lo metieran en un calabozo sin hacerle preguntas... no era tan grave, excepto porque tenía un miedo irracional a que lo encerraran, incluso por error. Se le helaba la sangre de pensarlo. Pateó con el pie la hierba mojada.

—¿A qué se dedica usted? ¿Es marinero? —dijo una voz agitada.

Ella había salido, ella misma una sombra, atraída por la sombra temeraria que esperaba junto al muro de su casa.

—Soy lo que haga falta. Un marinero lo bastante bueno para hacerme valer ante un mástil. De ese modo he vuelto a Inglaterra.

—¿De dónde viene ahora? —preguntó ella.

—Directamente de una buena parranda —dijo él—, en el tren de Londres. ¡Uf! Detesto estar encerrado en un tren. En una casa no me molesta tanto.

—Ah —dijo ella—. Eso está bien.

—Porque en una casa se puede abrir la puerta en cualquier momento y salir caminando.

—¿Y nunca regresar?

—Por lo menos, no en dieciséis años —dijo él riendo—. A una conejera, para que te tiren una condenada pala...

—Uno barco no es muy grande —lo provocó ella.

—No, pero el mar sí.

Ella agachó la cabeza y, como si sus oídos se hubieran abierto a las voces del mundo, oyó romper las olas de la tormenta del día anterior en la playa, al otro lado del malecón, con vibraciones solemnes y monótonas, como si la tierra fuera una campana.

—Y además, en fin, un barco es un barco. Uno lo ama y lo deja; una travesía no es un matrimonio —dijo, citando un dicho de marineros.

—No es un matrimonio —susurró ella.

—Nunca he usado un nombre falso y nunca he mentido a una mujer. ¿Qué mentira? Bueno, *la* mentira. O me tomas o me dejas, digo yo, y, si me tomas, entonces...

Tarareó una tonada en voz baja, recostado contra la pared.

> *Y al cabo siempre me marcho*
> *buscando la libertad,*
> *y ya nos veremos, bonita,*
> *cuando lo diga la mar.*

—Una canción marinera —explicó él.

Los dientes de ella castañeteaban.

—Tienes frío —dijo él—. Toma esto, que se te ha caído. Ella sintió que sus manos la envolvían al ponerle el chal.

—Sostén las puntas por delante —ordenó él.

—¿A qué ha venido? —preguntó ella, conteniendo un escalofrío.

—A conseguir cinco libras —contestó él enseguida—. La juerga se nos fue un poco de las manos y ahora estamos sin blanca.

—¿Ha estado bebiendo? —dijo ella.

—Tres días como una cuba; a propósito. No tengo la costumbre, no te creas. No hay nada ni nadie que me obligue a hacer algo que no quiero. Soy un hueso duro de roer. Mi compañero ve el periódico esta mañana y me dice: «Ve, Harry; un padre que te busca. Sacas cinco libras seguro». Así que vaciamos los bolsillos para el pasaje. ¡Menuda farra!

—Usted tiene un corazón de piedra, me temo —suspiró ella.

—¿Por qué? ¿Por fugarme? ¡Vamos! Mi padre quería convertirme en escribano, solo para su satisfacción. El amo de su casa; y mi pobre madre lo incitaba, por mi propio bien, supongo. Bueno, pues hasta la vista; y me fui. No, déjame decirte: el día en que me largué, estaba lleno de moratones por el enorme afecto que me tenía él. Ah, siempre fue un personaje. Mire ahora esa pala. ¿Mal de la cabeza? No creo. Es típico de él. Me quiere aquí para poder darle órdenes a alguien. Pero, en fin, nosotros estamos sin blanca; y ¿qué son cinco libras para él... una vez cada dieciséis largos años?

—Oh, siento lástima por lo que le ha pasado a usted. ¿Y nunca quiso volver a casa?

—¿Para ser un escribano y pudrirme en un lugar como este? —exclamó él con desprecio—. ¡Ja! Si el viejo me pusiera una casa hoy mismo, la derribaría a patadas, o me moriría a los tres días.

—¿Y dónde espera usted morir?

—En algún lugar de la selva; en el mar; en la maldita cima de una montaña, si me da la gana. ¿En mi casa? ¡Sí, claro! ¡Pero si el mundo es mi casa! Aunque supongo que me moriré algún día en un hospital. ¿Y qué? Cualquier lugar está bien, siempre y cuando haya vivido; y yo he hecho de todo excepto ser sastre o soldado. He sido guardián de ganado a caballo en Australia; he esquilado ovejas; he sido vagabundo; he arponeado una ballena. He sido aparejador de barcos, y buscador de oro, y desollador de toros muertos... y he dejado pasar más dinero del que el viejo podría haber ahorrado en toda su vida. ¡Ja, ja!

La estaba abrumando. Ella se recompuso y logró pronunciar:

—Es hora de descansar.

Él se enderezó, se apartó de la pared y dijo con voz severa:

—Hora de irse.

Pero no se movió. Volvió a apoyarse en la pared y tarareó uno o dos compases de una canción extranjera.

Ella sintió que estaba a punto de llorar.

—Otra de sus canciones crueles —dijo.

—La aprendí en México, en Sonora —dijo tranquilamente—. Es la canción de los gambusinos. ¿No la conoce? La canción de los hombres inquietos. Nada logra atarlos a un lugar; ni siquiera una mujer. En otra época la gente se cruzaba con uno de ellos de vez en cuando, al borde de las provincias donde se busca oro, bien al norte, más allá del río Gila. He visto la región. Un ingeniero de prospección de Mazatlán me llevó para que me ocupara de las carretas. Siempre es útil contar con un marinero. Es un completo desierto: grietas en el suelo por las que no se ve el fondo; y montañas, rocas empinadas que se levantan como paredes y campanarios, solo que cien veces más grandes. Los valles están llenos de rocas enormes y piedras negras. No hay una hoja de hierba a la vista, y el sol se pone más rojo que en cualquier otra parte: rojo sangre y furioso. Es magnífico.

—¿No quiere regresar allí? —balbuceó ella.

Él soltó una risita.

—No. Es la condenada provincia del oro. A veces me daba escalofríos de verla, y, no se crea, éramos un montón de hombres; pero los gambusinos vagaban solos. Conocían el terreno antes de que nadie hubiese oído hablar de él. Tenían una especie de don para buscar oro, y también tenían la fiebre, aunque el oro en sí no parecía preocuparles mucho. Encontraban un buen lugar y después pasaban de largo; recogían un poco... lo suficiente para una juerga... y se iban en busca de más. Nunca se quedaban mucho tiempo donde había casas; no tenían mujer, ni novia, ni casa, ni jamás un amigo. No se podía ser amigo de un gambusino; eran demasiado inquietos, hoy aquí y mañana Dios sabe dónde. No hablaban con nadie de lo que encontraban, y nunca ha habido un gambusino rico. El oro no les importaba; lo que se les metía dentro y no los dejaba en paz eran las ganas de andar buscándolo, a la deriva por esa provincia pedregosa; así que ninguna mujer ha conseguido nunca retener a un gambusino más de una semana. Eso dice la canción. Habla de una muchacha bonita que intentó retener a su amante gambusino para que le trajera mucho oro. ¡Sí, claro! Él se largó, y ella nunca volvió a verlo.

—¿Y qué le ocurrió a la muchacha? —susurró la señorita Bessie.

—La canción no lo dice. Lloró un poco, supongo. Así eran ellos: besar y largarse. Pero lo importante es buscar algo, un no sé qué... A veces creo que yo soy una especie de gambusino.

—Ninguna mujer puede retenerlo, entonces —dijo ella con una voz descarada que de pronto tembló al final de la frase.

—No más de una semana —bromeó él, pulsando las cuerdas del corazón de ella con las notas alegres y tiernas de su risa—. Y sin embargo me encariño con todas. Haría cualquier cosa por una mujer de las buenas. ¡Los líos en los que me he metido por ellas, y los líos de los que ellas me han sacado! Me enamoro a primera vista. Ya me estoy enamorado de ti, señorita... Bessie, ¿no?

Ella retrocedió un poco y dijo con una risa temblorosa:

—Ni siquiera me ha visto la cara.

Él se inclinó galantemente.

—Un poco pálida: hay a quien le queda bien. Pero tienes una figura espléndida, señorita Bessie.

Se puso muy nerviosa. Nunca le habían dicho nada semejante.

El tono de él cambió.

—Me está entrando un poco de hambre. Hoy no he desayunado. ¿No podrías traerme un poco de pan de la cena de ese, o...?

Ella salió disparada. Él había estado a punto de pedirle que lo dejara pasar. No importaba. Daba lo mismo dónde fuera. ¡Menudo embrollo! ¿Qué pensaría su compañero?

—No te lo he pedido como un mendigo —dijo él, cogiendo un trozo de pan con manteca del plato que ella le ofrecía—. Te lo he pedido como amigo. Mi padre es rico, como bien sabes.

—Él pasa hambre a causa de usted.

—Y yo he pasado hambre a causa de sus caprichos —dijo él, cogiendo un segundo trozo.

—Todo lo que tiene él en el mundo es para usted —imploró ella.

—Sí, a condición de que venga a sentarme aquí como un sapo en un pozo. No, gracias. ¿Y qué me dices de la pala?, ¿eh? Siempre ha tenido una manera rara de demostrar su amor.

—Yo podría convencerlo en una semana —sugirió ella tímidamente.

Él tenía demasiada hambre para responderle, y ella, mientras le sostenía sumisamente el plato, empezó a susurrarle algo con voz rápida y jadeante. Él prestó atención, asombrado, comiendo cada vez más despacio, hasta que sus mandíbulas se detuvieron del todo.

—¿Conque ese es el juego de mi padre? —dijo con un tono de desprecio feroz.

Un movimiento ingobernable de su brazo golpeó el plato y lo envió volando por los aires. Soltó una violenta maldición.

Ella se encogió y apoyó la mano en la pared.

—¡No! —dijo con furia—. ¡Que espera él de mí! Me quiere a *mí*... ¡a cambio de su maldito dinero! ¿Quién quiere su

casa? ¡De loco no tiene nada! No le vayas a creer. Quiere salirse con la suya. Quería convertirme en un miserable escribano
y ahora quiere convertirme en un conejo amaestrado encerrado en una jaula. ¡A mí! ¡A mí!

Su furiosa risa contenida la asustó.

—El mundo entero no es lo bastante ancho para que yo
extienda los codos, escucha bien lo que te digo, como te lla-
mes... Bessie... y menos un saloncito en una conejera. ¡Casar-
me yo! ¡Quiere que me case y siente la cabeza! Y lo más probable es que ya haya elegido a la muchacha, ¡que me parta un
rayo! ¿Y tú conoces a esa chica, si se puede saber?

Ella empezó a sacudirse con sollozos secos y callados; pero
él estaba demasiado irritado e inquieto para darse cuenta de su
angustia. Se mordió el pulgar con furia de solo pensar en aquello. Se abrió una ventana.

—Un tipo sonriente que pide información —pronunció el
viejo Hagberd dogmáticamente, en tono mesurado. Y a Bessie
le pareció que el sonido de su voz hacía enloquecer a la noche
misma, vertía insensatez y desastre en el mundo—. Ahora sé lo
que le pasa a la gente de por aquí, querida. ¡Pues claro! Con
este loco suelto. No escuches lo que te dice, Bessie. ¡Te lo digo
yo, Bessie!

Se quedaron mudos. El viejo se agitaba y farfullaba solo en
la ventana. De pronto gritó agudamente:

—Bessie, te estoy viendo. Se lo contaré a Harry.

Ella hizo ademán de salir corriendo, pero se detuvo y se llevó las manos a las sienes. El joven Hagberd, alto y sombrío, se
había quedado quieto como si estuviera hecho de bronce. Por
encima de sus cabezas la noche se quejaba y refunfuñaba con
la voz del viejo.

—Dile que se vaya, querida. No es más que un vagabundo. Lo que necesitas es un hogar propio. Ese tipo no tiene ho-

gar, no es como Harry. No puede ser Harry. Harry viene mañana. ¿Me oyes? Un día más —balbuceó, excitado—. No tengas miedo. Harry se casará contigo.

Su voz aguda y demente se alzaba sobre el hondo susurro de las olas que se arremolinaban pesadamente al golpear la cara exterior del malecón.

—Tendrá que hacerlo. Lo obligaré, o, si no —soltó una enorme maldición—, lo dejaré sin un chelín mañana mismo y te lo dejaré todo a ti. Eso es. A ti. Que él se muera de hambre.

La ventana se cerró.

Harry inspiró hondo y dio un paso hacia Bessie.

—Así que eres tú, la muchacha —dijo en voz baja. Ella no se había movido y aún tenía el rostro ladeado y se agarraba la cabeza con las manos—. Madre mía —continuó él con una media sonrisa en los labios—. Me dan ganas de quedarme...

Los codos de ella temblaban con violencia.

—Una semana —concluyó sin detenerse.

Ella se tapó la cara con las manos.

Él se acercó a ella y le tomó las muñecas con suavidad. La muchacha sintió su aliento en el oído.

—Estoy metido en un lío, y tú tienes que ayudarme a salir de él. —Trataba de destaparle la cara. Ella se resistía. Él la soltó y, dando un paso atrás, preguntó—: ¿Tienes algo de dinero? Es hora de que me vaya.

Ella asintió rápidamente, y Harry esperó apartando la mirada mientras ella, temblando de pies a cabeza e inclinando el cuello, rebuscaba en los bolsillos de su vestido.

—¡Aquí tiene! —susurró—. Ahora váyase. ¡Váyase, por Dios! Si tuviera más... más... se lo daría para olvidar... para que usted olvide.

Él extendió la mano.

—¡No te preocupes! No os he olvidado a ninguna. Algunas me dieron más que dinero, pero ahora soy un mendigo, y las mujeres siempre me sacáis de los apuros.

Se acercó confiado a la ventana de la sala y, en la luz mortecina que se filtraba por la cortina, miró la moneda que tenía en la palma. Era medio soberano. Se la metió en el bolsillo. Ella se quedó un momento apartada, con la cabeza gacha, como herida; los brazos le colgaban pasivamente a los lados, como muertos.

—El dinero no alcanza ni para que yo me quede —dijo él— ni para que tú te marches.

Se acomodó el sombrero con un golpecito y, al momento siguiente, ella se sintió alzada por sus fuertes brazos. Sus pies se separaron del suelo; su cabeza se echó hacia atrás; él le cubrió de besos el rostro con un ardor silencioso y dominante, como si quisiera llegar a su mismísima alma. Besó sus mejillas pálidas, su dura frente, sus pesados párpados, sus descoloridos labios, y los acompasados embates y susurros de la marea alta acompañaron el poder envolvente de sus brazos, la fuerza abrumadora de sus caricias. Era como si el mar, tras derribar el malecón que protegía todas las casas del pueblo, la hubiera cubierto entera con una ola. Pasada la ola, ella retrocedió tambaleándose hasta apoyar los hombros en la pared, exhausta, como si llegara a la costa tras una tormenta y un naufragio.

Finalmente abrió los ojos y, al oír los pasos firmes y pausados alejarse con su conquista, empezó a arreglarse las faldas sin dejar de mirar al frente. De pronto se precipitó por la cancela abierta a la calle oscura y desierta.

—¡Espera! —gritó—. ¡No te vayas!

Y prestando oídos con la cabeza en posición atenta, no pudo decir si era el ritmo de las olas o los fatídicos pasos de él lo que caían cruelmente sobre su corazón. De pronto todos los sonidos se debilitaron, como si ella se estuviese volviendo de piedra. La sobrecogió el miedo a ese silencio horrendo... era peor que el miedo a la muerte. Hizo acopio de fuerzas para llamarlo por última vez:

—¡Harry!

Ni siquiera el eco final de un paso. Nada. Hasta el tronar de la marea, la voz del incansable mar, parecía haberse detenido. No había ningún sonido, ni un susurro de vida, como si estuviese sola y perdida en aquella provincia rocosa de la que él le había hablado, donde los hombres van en busca de oro y deprecian lo que encuentran.

El capitán Hagberd, en su casa a oscuras, se había mantenido alerta. Se levantó una ventana, y en el silencio de la comarca rocosa una voz habló por encima de la cabeza de la muchacha, muy alta en el aire negro: la voz de la locura, de las mentiras y la desesperación; la voz de la esperanza inextinguible.

—¿Ya se ha ido el tipo ese que buscaba información? ¿Lo oyes por ahí, querida?

Ella rompió a llorar.

—¡No! ¡No! ¡No! Ya no lo oigo —sollozó ella.

Él empezó a reírse de manera triunfal asomado a la ventana.

—Lo has asustado. Bien hecho. Ahora estaremos bien. No seas impaciente, querida. Un día más.

En la otra casa, el viejo Carvil, retozando como un rey en su sillón junto a la lámpara encendida, le gritó con voz diabólica:

—¡Bessie! ¡Bessie! ¡Eh, Bessie!

Por fin ella lo oyó y, como abrumada por el destino, regresó tambaleándose hacia el diminuto infierno sofocante de la casa. No tenía un portal elevado, ni una inscripción aterradora sobre las esperanzas abandonadas; ella no entendía qué pecado había cometido.

Poco a poco, el capitán Hagberd había alcanzado en el primer piso un estado de ruidosa alegría.

—¡Métase en casa! ¡Cállese! —le dijo ella, volviéndose a mirarlo, llorosa, desde el umbral de abajo.

El viejo se rebelaba contra su autoridad, contento de librarse al fin de lo que «andaba mal». Era como si toda la locura esperanzada del mundo se desatara para aterrorizar el corazón de la muchacha con la voz de aquel que declaraba a gritos su confianza en un perpetuo mañana.

La bestia

Un cuento indignado

Al entrar en el pub de los Tres Cuervos desde la calle barrida
por la lluvia, crucé una sonrisa y una mirada con la señorita
Blank, que estaba de pie al otro lado de la barra. El intercambio ocurrió con total decoro. Asombra pensar que, si sigue
viva, la señorita Blank tendrá más de sesenta años. ¡Cómo pasa
el tiempo!

Cuando miré con curiosidad el tabique de vidrio y madera barnizada, la señorita Blank tuvo la gentileza de decir, ani-
mándome:

—En el salón están el señor Jermyn y el señor Stonor, con
otro caballero al que no conozco.

Fui hacia la puerta del salón. La voz que peroraba al otro
lado (era un tabique de maderas machihembradas) hablaba
tan alto que se oyó con total claridad el espanto de las palabras finales.

—El bueno de Wilmot le rompió la cabeza y ¡y bien que se
lo merecía ella!

Aquel sentimiento inhumano, como no tenía nada de
blasfemo ni de inapropiado, ni siquiera consiguió detener el
pequeño bostezo que la señorita Blank estaba cubriéndose con

la mano. Y después esta se quedó mirando fijamente las ventanas por las que corría la lluvia.

Cuando abrí la puerta del salón, la misma voz prosiguió con el mismo tono de crueldad:

—Me alegré de que por fin alguien se encargara de ella. También me dio pena el pobre Wilmot. Ese hombre y yo éramos amigos. Claro que aquello fue su ruina. Un caso evidente como pocos. No había manera de salvarse. Absolutamente ninguna.

La voz pertenecía al caballero que la señorita Blank nunca había visto. Estaba de pie con sus largas piernas separadas sobre la alfombrilla de la chimenea. Jermyn, inclinado hacia delante, sostenía su pañuelo frente al guardafuego. Me miró sombríamente por encima del hombro, y yo lo saludé con la cabeza mientras me sentaba ante una de las mesitas de madera. Al otro lado del hogar, el señor Stonor, calmo y de una corpulencia imponente, estaba incrustado en un vasto sillón Windsor. Nada en él era pequeño salvo sus patillas cortas y canas. Metros y metros de finísima tela azul (cosida en forma de abrigo) reposaban a su lado sobre una silla. Y él daba la impresión de haber traído un transatlántico desde mar abierto, porque una segunda silla crujía bajo su impermeable negro, amplio como un paño mortuorio y hecho de triple tela encerada, con doble costura en toda su extensión. A sus pies había un maletín de tamaño normal que parecía de juguete.

A él no lo saludé con la cabeza. Era demasiado voluminoso para saludarlo así en aquel salón. Trabajaba como práctico mayor en el puerto de Trinity y solo durante los meses de verano se dignaba ocupar su puesto en el cúter. Muchas veces había comandado los veleros de la corona que entraban y salían de Puerto Victoria. En cualquier caso, de nada sirve saludar con la cabeza un monumento. Y él parecía uno. No hablaba, no se movía. Solo seguía sentado, con su vieja y bien formada cabeza en alto, inamovible, enorme como la vida misma. Por mí no había ningún problema. La presencia del señor Stonor convertía al pobre de Jermyn en un hombrecito insignificante y daba un aire casi absurdamente juvenil al desconocido narrador vestido con un traje de tweed. Este tendría poco más de treinta años y, desde luego, no era de los que se avergüenzan de su propia voz, pues tras recibirme, por así decirlo, con una mirada amigable, siguió hablando sin reservas:

—Me alegré —repitió con entusiasmo—. Quizás os sorprenda, pero vosotros no padecisteis las experiencias que yo tuve con ella. Dejadme que os diga: fue memorable. Obviamente salí ileso, como veis. Pero ella hizo todo lo posible por destruirme. Casi envía al manicomio a uno de los hombres más admirables del mundo. ¿Qué me decís, eh?

Ni un párpado se crispó en la enorme cara del señor Stonor. ¡Monumental! El que hablaba me miró directo a los ojos.

—Se me revolvía el estómago de solo pensar que ella andaba por el mundo asesinando gente.

Jermyn acercó el pañuelo un poco más a la chimenea y gruñó. Se trataba simplemente de uno de sus hábitos.

—La vi una vez —declaró con triste indiferencia—. Tenía una casa...

Sorprendido, el desconocido del traje de tweed se dio la vuelta para mirarlo.

—Tenía tres casas —corrigió con autoridad.

Pero Jermyn no estaba para contradicciones.

—Le digo que tenía una —repitió con tremenda obstinación—. Una construcción enorme, fea, blanca. Se veía desde muy lejos, llamaba la atención.

—Es cierto —admitió enseguida el otro—. Fue idea del viejo Colchester, aunque siempre amenazaba con abandonarla. Decía que ya no soportaba sus líos; que lo tenía harto; que se lavaría las manos, o directamente que se conseguiría otra y cosas por el estilo. Creo que la habría dejado, pero... quizá les sorprenda oírlo... su mujer se oponía. Curioso, ¿no? En fin, nunca se sabe cómo van a tomarse las cosas las mujeres, y la señora Colchester, con sus bigotes y sus cejas tupidas, era tan resuelta como la que más. Se paseaba de un lado a otro con un vestido de seda marrón, con una gran cadena de oro colgado del cuello. Tendrían que haberla oído gritar: «¡Y una porra!», o «¡Disparates y tonterías!». Supongo que era consciente de sus muchos beneficios. No tenían hijos y nunca se habían asentado en ninguna parte. Cuando estaban en Inglaterra, se las arreglaban en cualquier hotel barato o en una pensión. Supongo que después le gustaba retomar las comodidades a las que estaba acostumbrada. Sabía muy bien que el cambio no la favorecería. Es más, Colchester, aunque era un hombre de primera, ya no estaba en la flor de la edad, y quizás ella pensaba que no le resultaría tan fácil conseguirse a otra, como decía él. Sea como fuere, por alguna razón la buena señora le decía a todo: «¡Y una porra!» o «¡Disparates y tonterías!». Una vez oí que el señor Apse le susurraba en tono confidencial: «Le aseguro, señora Colchester, que empieza a preocuparme la reputación que ella se está granjeando». «Ah», le dice la señora, con una risa ronca y grave, «si una prestara atención a todas las bobadas que dicen...», y le muestra a Apse su horrenda dentadura postiza. «Más les hará falta para que yo pierda confianza en ella, se lo aseguro», dijo.

En este punto, sin que se alterara su expresión facial, el señor Stonor emitió una risita sarcástica. Todo aquello era muy impresionante, pero yo no le veía la gracia. Miré a uno y otro. De pie sobre la alfombrilla, el desconocido esbozaba una sonrisa de disgusto.

—Y el señor Apse estrechó las manos de la señora Colchester; estaba encantado de oírla defender a su favorita. Todos los Apse, viejos y jóvenes por igual, se habían prendado de aquella abominable, peligrosa...

—Disculpe —lo interrumpí, porque parecía que se dirigía exclusivamente a mí—. Pero ¿de qué diablos está hablando?

—De una bestia: Del Familia Apse —respondió cortésmente.

Casi se me escapó una maldición. Pero en ese momento se asomó la respetable señorita Blank y dijo que el carruaje del señor Stonor estaba en la puerta, si es que deseaba tomar el tren de las once y tres.

La mole del práctico mayor se levantó de inmediato y empezó a luchar de manera impresionante con su abrigo. El desconocido y yo, sin pensarlo, nos precipitamos a ayudarlo y, en cuanto pusimos las manos sobre él, respondió con total pasividad. Tuvimos que estirar mucho los brazos y hacer esfuerzos considerables. Era como engualdrapar a un elefante domado. Tras decir: «Gracias, caballeros», se marchó muy aprisa; apenas cabía por la puerta.

Nos sonreímos cordialmente los unos a los otros.

—Me pregunto cómo se las arregla para subir por la escalerilla del barco —dijo el del traje de tweed.

A lo que el pobre de Jermyn, que no era más que un simple práctico del mar del Norte sin reconocimiento oficial, al que solo llamaban práctico por cortesía, respondió con un gruñido:

—Gana ochocientas libras al año.

—¿Usted es marino? —le pregunté al desconocido, que había retomado su posición sobre la alfombrilla.

—Lo era hasta hace unos dos años, cuando me casé —respondió aquel comunicativo individuo—. Incluso empecé mi carrera en la embarcación de la que hablábamos cuando usted llegó.

—¿Qué embarcación —pregunté, consternado—. No le he oído mencionar ninguna embarcación.

—Acabo de decirle su nombre, estimado señor —contestó—. Familia Apse. Seguro que ha oído hablar de la gran firma de navieros Apse e Hijos. Tenían una flota numerosa. Estaban el Lucy Apse y el Harold Apse, el Anne, John, Malcolm, Clara, Juliet y así sucesivamente: Apses sin fin. Les pusieron a los barcos el nombre de cada hermano, hermana, tía, prima, esposa y, por lo que sé, hasta de cada abuela vinculada con la firma. Y eran naves buenas, sólidas, como las de antes, construidas para transportar cargas y durar. No había a bordo ninguno de esos aparatos que se usan hoy día para ahorrar tiempo, sino muchos hombres y mucha carne en salazón y cabos resistentes... y a la mar se ha dicho, a pelear de ida y vuelta.

El triste Jermyn hizo un sonido de aprobación que sonó a gemido de dolor. Esos eran los barcos que a él le gustaban. Comentó con tono apenado que a los aparatos diseñados para ahorrar tiempo no se les podía decir: «Ánimo, muchachos». Ningún aparato treparía por el palo mayor una noche de tormenta con los bajíos cerca y a sotavento.

—No —concordó el desconocido, guiñándome un ojo—. Parece ser que los Apse tampoco creían en esas cosas. Trataban bien a sus hombres, como ya no los tratan hoy en día, y estaban muy orgullosos de sus barcos, a los que jamás les pasaba nada. El último, el Familia Apse, iba a ser como los demás, solo que más fuerte, más seguro, más cómodo y más amplio. Creo que querían que durara para siempre. Mandaron construirlo de hierro, teca y laurel; la escuadra ya era fabulosa. Rara vez la orden de armar un barco se ha dado con tanto orgullo. Todo era de lo mejor. El capitán en jefe de la empresa iba a tomar el mando, y le diseñaron unas habitaciones como las de una casa en tierra, bajo una popa alta y grande que llegaba casi hasta el palo mayor. De ahí que la señora Colchester no permitiera al viejo dejar el barco. Es comprensible: era el mejor hogar que había tenido en toda su vida de casada. Tenía valor aquella mujer.

»¡Cómo se preocuparon para construir aquel barco! Que si hacer esto un poco más resistente, que si aquello más pesado, que si mejor cambiar lo de más allá por algo un poco más grueso. Los armadores entraron en el juego, y el barco empezó a convertirse, a la vista de todos, en el más torpe y pesado de su tamaño, de algún modo sin que nadie se diera cuenta. Se calculaba que tendría dos mil toneladas de registro o un poco más; de ninguna manera menos. Pero fíjese lo que pasó. Cuando lo midieron resultó tener 1.999 toneladas y un pelín. ¡Consternación general! Dicen que el viejo Apse se apenó tanto al enterarse que se metió en la cama y murió. Aquel caballero se había retirado de la firma veinticinco años atrás y había cumplido los noventa y seis, de manera que su muerte no fue quizá una gran sorpresa. No obstante, el señor Lucien Apse estaba convencido de que su padre habría podido vivir hasta los cien. Así que podemos ponerlo a la cabeza de la lista. A continuación viene el pobre carpintero al que la bestia embistió y aplastó al salir de la rada. Se habló de la botadura del barco, pero según me contaron, por los gritos y los alaridos y las carreras para quitarse de en medio, pareció más bien la suelta de un demonio en el río. La nave rompió los cabos de contención como si fueran hilos de coser y, hecha una furia, se echó encima de los remolcadores que la esperaban. Antes de que nadie entendiera cómo había ocurrido, mandó uno al fondo y condenó al otro a tres meses de reparaciones. Una de sus amarras se rompió y, de pronto —vaya usted a saber por qué—, se dejó arrastrar por la otra, dócil como un cordero.

»Así era ella. Nunca se sabía con qué iba a salir. Hay embarcaciones difíciles de manejar, pero por lo general uno confía en que se comporten racionalmente. Con ella, se hiciera lo que se hiciera, nunca se sabía cómo terminarían las cosas. Era una bestia maligna. O quizá solo estaba loca.

Hizo esa suposición en un tono tan serio que se me escapó una sonrisa. Se mordió el labio inferior y me apostrofó:

—¡Pues sí! ¿Por qué no? ¿Por qué no habría algo en su constitución, en su estructura que se correspondiese con...? Porque ¿qué es la locura? Ni más ni menos que algo que anda mal en el cerebro. ¿Por qué no podría existir un barco demente, es decir, demente al modo de los barcos, de manera que en ninguna circunstancia se tenga la certeza de que hará lo que cualquier otro barco haría naturalmente? Hay barcos difíciles de gobernar y barcos en los que no se puede confiar en que mantendrán el curso; a otros hay que vigilarlos con cuidado durante una tormenta; y también puede que haya un barco que se las vea negras con cada pequeño contratiempo. Pero en esos casos uno se lo espera. Uno se lo toma como parte del carácter del barco en cuestión, del mismo modo que al tratar con un hombre se tienen en cuenta las manías de su genio. Pero con aquella bestia no había forma. Era impredecible. Si no estaba loca, era la cosa más maligna, traicionera y salvaje que jamás se ha puesto a flote. La vi atravesar con calma un temporal durante dos días y, al tercero, zozobrar dos veces en una misma tarde. La primera vez arrojó al timonel por encima del gobernalle, pero como no consiguió matarlo lo intentó de nuevo tres horas más tarde. Se le inundaron la proa y la popa, se le rompieron todas las velas desplegadas, aterró a los marineros y le dio un buen susto hasta a la señora Colchester, que se encontraba en el hermoso camarote de popa del que tanto se enorgullecía. Cuando reunimos a la tripulación faltaba un hombre. Había caído por la borda, el desgraciado, sin que nadie lo viese o lo oyese. Me sorprende que no murieran más.

»Siempre pasaba algo así. Siempre. Oí a un viejo oficial decirle al capitán Colchester que, a esas alturas, tenía miedo de abrir la boca para dar una orden. La nave era una amenaza tanto en puerto como en mar abierto. Nunca se sabía con certeza qué la retendría. A la menor provocación empezaba a romper amarras, cables, cabos, como si fueran lápices. Era pesada, torpe, ingobernable, pero eso no explica la capacidad que tenía de causar estragos. Mire, cuando pienso en ella, por alguna razón me acuerdo de esos lunáticos incurables que de vez en cuando nos cuentan que se han fugado.

Me miró con curiosidad. Pero, por supuesto, yo no iba a admitir que un barco pudiera estar loco.

—En los puertos donde la conocían —prosiguió— se aterraban al verla aparecer. No tenía ningún problema en destrozar veinte pies de roca sólida al frente de un muelle o en barrer el extremo de un embarcadero de madera. Debe de haber perdido millas de cadenas y cientos de anclas. Cuando se le echaba encima a un pobre barco inocente, costaba un trabajo de mil demonios arrastrarla hacia otra parte. Y la nave misma nunca se hacía daño: unos pocos rasguños como mucho. Habían querido que fuese fuerte. Y lo era. Lo bastante para romper el hielo polar. Y así como empezó, siguió. Desde el día de la botadura no dejó pasar un año sin matar a alguien. Creo que los propietarios empezaron a preocuparse en serio. Pero eran una estirpe altanera, aquellos Apse; no podían admitir que hubiera algo malo con el Familia Apse. Ni siquiera querían cambiarle el nombre. «Disparates y tonterías», como decía la señora Colchester. Tendrían que haber encerrado el barco de por vida en una dársena seca, río arriba, y nunca más permitirle oler agua salada. Le aseguro, señor, que mataba infalible-mente a alguien en cada travesía. Era bien sabido. Eso le granjeó cierta fama a lo largo y ancho del mundo.

Expresé mi sorpresa de que un barco con semejante reputación consiguiera tripulantes.

—Es que usted no conoce a los marinos, estimado señor. Permítame darle un ejemplo. Un día que yo estaba en cubierta en el puerto, noté que se acercaban dos respetables lobos de mar, el primero un hombre competente, templado, de mediana edad; el otro, un muchacho joven y despierto. Leyeron el nombre en la proa y se detuvieron a mirar la nave. Dice el más viejo: «Familia Apse. Es esa perra sanguinaria», así lo dijo, «que mata a un hombre en cada viaje, Jack. Yo no firmaría contrato en ella, por Júpiter que no». Y el otro dice: «Si fuera mía, la remolcaría hasta un banco de lodo y le prendería fuego, ¡vergüenza me daría no hacerlo!». Después el primero acota: «¡Qué les importa! Los hombres no cuestan nada, Dios lo sabe», y el más joven escupió en el agua. «Ni aunque me pagaran doble subiría a bordo».

»Deambularon un tiempo y después se alejaron por la dársena. Media hora después los vi a los dos en cubierta buscando al primer oficial; parecían ansiosos por que los contrataran. Y los contrataron.

—¿Y cómo se explica eso? —pregunté.

—¿A usted qué le parece? —respondió—. ¡Temeridad! La vanidad de poder alardear por la noche delante de sus compinches. «Acabamos de embarcarnos en el Familia Apse. Que reviente. A nosotros no nos asusta». ¡Absoluta perversión marinera! Algo de curiosidad. Bueno, un poco de todo eso junto, sin duda. Les hice la pregunta durante la travesía. La respuesta que me dio el más viejo fue:

»"Solo se muere una vez". El más joven me aseguró en tono de burla que quería ver "qué pasa esta vez". Pero le digo algo: la bestia despertaba una especie de fascinación.

Jermyn, que al parecer había visto todos los barcos del mundo, intercedió enfurruñado:

—La vi en una ocasión desde esta ventana mientras la remolcaban río arriba, una masa negra horrenda, avanzando como un carro fúnebre.

—Su aspecto tenía algo de siniestro, ¿no? —dijo el hombre del traje de tweed, mirando amablemente a Jermyn—. A mí siempre me dio algo de terror. Me pegó un susto tremendo a la tierna edad de catorce años, al primer día, qué digo, a la primera hora de embarcarme. Mi padre subió a bordo para despedirme, aunque viajaría con nosotros hasta Gravesend. Yo era el segundo de sus hijos que se unía a la marina mercante. Mi hermano mayor ya era oficial. Subimos a bordo a las once de la mañana y descubrimos que el barco estaba listo para salir de la bahía, de popa. No había avanzado ni tres veces su longitud cuando, tras un pequeño tirón del remolcador a las puertas de la dársena, la nave contrarrestó con uno de sus encabritamientos, haciendo tanta presión en la amarra, un cabo nuevo de seis pulgadas, que no dio tiempo de que la soltaran en proa y se rompió. Vi cómo el pedazo salía volando y, un momento después, el costado de popa de la bestia dio un bandazo contra la punta del embarcadero con tal fuerza que todos se tambalearon en cubierta. Ella no se hizo daño. ¡Claro que no! Pero uno de los grumetes, al que el oficial había encargado una tarea en lo alto del palo mayor, cayó sobre la cubierta de popa, ¡pum!, delante de mis ojos. Tendría mi edad o un poco más. Nos habíamos saludado con una sonrisa hacía apenas unos minutos. Debió de descuidarse y no se esperaba semejante sacudida. Oí el grito agudo y sorprendido, «¡oh!», que dio al resbalarse y alcé la vista justo a tiempo para ver cómo su cuerpo quedaba inerte tras la caída. Mi pobre padre seguía pálido cuando me estrechó la mano en Gravesend. «¿Te encuentras bien?», me dice, mirándome fijamente. «Sí, padre». «¿Seguro?». «Sí, padre». «Bueno, pues entonces adiós, hijo mío». Más tarde me dijo que media palabra mía habría bastado para que me llevara a casa en ese instante. Soy el más pequeño de la familia, que conste.

El hombre del traje de tweed añadió esto último con una sonrisa ingenua mientras se atusaba el bigote. Acusé recibo de aquella interesante información con un murmullo comprensivo. Él movió la mano sin preocuparse.

—El incidente le habría quitado a cualquiera el coraje necesario para subirse a un mástil. Ya sabe... por completo. Cayó a dos pies de mí y se rompió la cabeza contra una bita. Ni se movió. Muerto al instante. Era un muchachito apuesto. Yo había pensado que nos haríamos muy amigos. De todas maneras, aquello no era lo peor de lo que era capaz aquella bestia de barco. Pasé tres años a bordo, y después me transfirieron al Lucy Apse por un año más. El que hacía las velas del Familia Apse también terminó en ese barco, y recuerdo que una noche, cuando llevábamos una semana en mar abierto, me dijo: «¿No te parece que es un barquito muy manso?». No se extrañe de que viéramos al Lucy Apse como un barco manso y entrañable después de librarnos de la bestia desbocada. Era el paraíso. Sus oficiales me parecían el grupo de hombres más descansados de la tierra. Para mí, que no había conocido otro barco que el Familia Apse, el Lucy era una embarcación mágica que hacía lo que uno quería sin siquiera tener que pedírselo. Una noche nos sorprendió un fuerte viento de frente. Unos diez minutos más tarde navegábamos de nuevo con las velas desplegadas, las escotas a popa, las amuras bajas, las cubiertas despejadas y el oficial de guardia apoyado tranquilamente en la borda de barlovento. Simplemente me pareció maravilloso. La otra nave se habría plantado media hora como aferrada con grilletes, dando bandazos con la cubierta llena de agua, haciendo tropezar a la gente de un lado a otro mientras crujían los palos, se rompían las brazas, las vergas se zarandeaban y un condenado pánico se extendía en la popa debido a su bestial timón, que se agitaba de un lado a otro hasta ponerle a uno los pelos de punta. Tardé días en salir de mi asombro.

»En fin, terminé mi último año de aprendiz en aquel alegre barquito, no muy ágil que digamos pero que, al lado del otro demonio pesado, parecía tan gobernable como un juguete. Cumplí el tiempo estipulado y pasé el examen; y entonces, justo cuando pensaba pasar en la costa tres semanas dándome la buena vida, recibí con el desayuno una carta en la que se me solicitaba presentarme en el Familia Apse lo antes posible como tercer oficial. De un empujón envié mi plato al centro de la mesa; mi padre alzó la vista del periódico; mi madre levantó las manos asombrada, y yo salí sin sombrero a nuestro pequeño jardín y estuve una hora caminando de una punta a la otra.

»Cuando volví a entrar, mi madre se había ido del comedor y mi padre se había pasado al sillón. La carta estaba sobre la chimenea.

»"Es muy loable que hayas conseguido una oferta así, y muy amable de parte de ellos", dijo. "Y veo que además han nombrado a Charles primer oficial del barco para la travesía".

»Eso decía en el dorso, en una posdata de puño y letra del señor Apse que yo no había visto. Charley era mi hermano mayor.

»"No me gusta mucho tener dos hijos en el mismo barco", continuó mi padre en tono solemne y pausado. "Y te diré que no me molestaría decírselo al señor Apse en una carta".

»¡Papá querido! Era un padre maravilloso. ¿Qué habría hecho usted? La sola idea de regresar, y en calidad de oficial, para andar preocupado y molesto, y estar en vilo día y noche por culpa de aquella bestia, me ponía enfermo. Pero no era un barco del que uno pudiera darse el lujo de apartarse. Además, no se podía dar una excusa a Apse e Hijos, por genuina que fuese, sin ofenderlos mortalmente. La firma y, según creo, la familia entera, hasta las tías solteronas de Lancashire, se habían vuelto muy susceptibles en cuanto al carácter de aquel barco maldito. Se esperaba que uno respondiera: "Estoy listo" incluso en su lecho de muerte si uno quería morir sin ofenderlos. Y eso fue exactamente lo que respondí... por telegrama, para sacarme de inmediato el peso de encima.

»La idea de compartir el barco con mi hermano me alegraba bastante, aunque también me causaba cierta ansiedad. Desde que yo tenía uso de razón, Charley me había tratado muy bien, y lo consideraba uno de los hombres más admirables del mundo. Y lo era. No ha existido mejor oficial sobre la cubierta de un navío mercante. Es un hecho. Era un joven delgado, fuerte, recto, bronceado, con el cabello castaño algo rizado y ojos de halcón. Un tipo espléndido. Llevábamos algunos años sin vernos, e incluso entonces, aunque él había llegado a Inglaterra tres semanas atrás, no se había presentado en casa, sino que había pasado su permiso en alguna parte de Surrey, procurando ganarse los favores de Maggie Colchester, la sobrina del viejo capitán Colchester. El padre de la chica, un viejo amigo del mío, era un comerciante de azúcar, y Charley consideraba su casa su segundo hogar. Me pregunté qué pensaría mi hermano mayor de mí. El rostro de Charley tenía una suerte de rigidez que nunca lo abandonaba, ni siquiera cuando bromeaba a su manera un poco brusca.

»Me recibió con una risotada. Al parecer, el hecho de que me hubiesen contratado como oficial le parecía el chiste más gracioso del mundo. Me llevaba diez años, y supongo que me recordaba sobre todo en pantalones cortos. Yo era un niño de cuatro años cuando él se embarcó. Me sorprendió ver lo alborotador que podía ser.

»"Ahora veremos de qué pasta estás hecho", gritó. Y me tomó de los hombros, me dio unos puñetazos en las costillas y me arrastró a su camarote. "Siéntate, Ned. Estoy contento de que estés aquí conmigo. Te daré los toques finales, joven oficial, siempre y cuando valgas la pena. Y, antes que nada, quiero que te hagas a la idea de que no vamos a dejar que esta bestia mate a nadie en este viaje. Vamos a terminar con ese asunto".

»Me di cuenta de que lo decía con total seriedad. Habló con gravedad del barco; debíamos tener cuidado y no permitir que aquella bestia horrible nos tomara desprevenidos con uno de sus malditos ardides.

»Me dio una conferencia sobre náutica especial para que la pusiera en práctica en el Familia Apse; después, cambiando de tono, empezó a hablar de esto y de lo otro, divagando de la manera más desenfrenada y divertida, hasta que me dolía el estómago de tanto reírme. Lo noté muy pero que muy animado. La razón no podía ser mi llegada. No hasta tal punto. Pero, por supuesto, no se me habría cruzado por la cabeza preguntarle qué pasaba. Tenía el más alto respeto por mi hermano mayor, se lo aseguro. Todo se aclaró uno o dos días después, cuando oí que la señorita Maggie Colchester nos acompañaría en ese viaje. Su tío le ofrecía un viaje en alta mar por el bien de su salud.

»No sé qué podía andar mal con su salud. Tenía una cara rozagante y una abundante cabellera rubia. No le importaba lo más mínimo el viento, la lluvia, las salpicaduras, el sol, las olas que barrían la cubierta, nada. Era una alegre muchacha de ojos azules, de lo mejor que hay, pero la manera en que provocaba a mi hermano me daba miedo. Yo siempre tenía la impresión de que todo acabaría en una pelea horrenda. Sin embargo, no sucedió nada importante hasta que llevábamos una semana en Sídney. Un día, durante la hora del almuerzo de la tripulación, Charley asomó la cabeza por la puerta de mi camarote. Yo estaba recostado en el sofá, fumando en paz.

»"Baja a tierra conmigo, Ned", me dice en su tono seco.

»De un salto me levanté, claro, y lo seguí por la pasarela primero y después por George Street. Él daba pasos largos como un gigante, mientras yo jadeaba a su lado. Hacía un calor espantoso. "¿Adónde me llevas tan deprisa, Charley", me atreví a preguntarle.

»"Aquí mismo", dice.

»"Aquí mismo" era una joyería. No me imaginaba qué se le había perdido allí. Parecía que le había dado un ataque de locura. En eso me pone delante de la cara tres anillos, que parecían muy pequeños en la palma grande y morena de su mano, y me dice con un gruñido:

»"¡Para Maggie! ¿Cuál?".

»Me asusté un poco. Incapaz de articular palabra, le señalé uno que soltaba destellos blancos y azules. Se lo guardó en el bolsillo del chaleco, pagó un montón de soberanos y salió de golpe. Cuando subimos de nuevo a bordo me faltaba el aliento. "Choca esos cinco, muchacho", le dije jadeando. Me dio un palmetazo en la espalda. "Cuando vuelvan los hombres, le das al contramaestre las órdenes que mejor te parezca", me dice. "Esta tarde la tengo libre".

»Luego desapareció un rato de cubierta, pero finalmente salió del camarote con Maggie y los dos bajaron por la pasarela, a la vista de toda la tripulación, para ir a dar un paseo aquel día horrendo, calurosísimo, con nubes de polvo volando por todas partes. Regresaron unas horas más tarde con caras muy formales, aunque no parecían tener la menor idea de dónde habían estado. En fin, eso le respondieron a la señora Colchester durante el té.

»Y entonces ella se vuelve hacia Charley, con su voz de cochero nocturno, y le dice: "Y una porra. ¡Cómo que no sabes dónde habéis estado! La has matado de cansancio caminando. Que no se repita".

»Es sorprendente lo dócil que se volvía Charley frente a esa vieja. Una sola vez me susurró: "No sabes cuánto me alegra que no sea la tía de Maggie, o que sea solo la tía política. No es una pariente verdadera". Pero creo que tenía demasiada paciencia con Maggie. La chica iba dando saltitos por todo el barco con una boina escocesa roja, como un pájaro de plumaje brillante sobre un árbol negro y muerto. Los viejos marinos se sonreían cuando aparecía y se ofrecían a enseñarle a hacer nudos y ayustes. Supongo que a ella le caían bien, por Charley, claro.

»Como se imaginará, las propensiones demoníacas del barco nunca se mencionaban a bordo. O al menos no en los camarotes. En una sola ocasión, durante la travesía de vuelta, tuvo Charley la imprudencia de aludir al hecho de que, por una vez, regresaban con toda la marinería. De inmediato el capitán Colchester se puso incómodo, y aquella mujer boba y cínica la tomó con Charley como si hubiese pronunciado una indecencia. Me quedé atónito; Maggie no se movió de su silla, pero abrió mucho los ojos, totalmente perpleja. Huelga decir que no pasó un solo día antes de que Maggie lograra sonsacarme información. Era muy difícil mentirle.

»"Qué horror", dijo, con solemnidad. "Pobre gente. Me alegra que el viaje casi haya terminado. De ahora en más no tendré un momento de calma pensando en Charley".

»Le aseguré que nada le pasaría a Charley. Hacía falta más de lo que sabía ese barco para sobreponerse a un marino como él. Y ella estaba de acuerdo conmigo.

»Al día siguiente nos encontramos con el remolcador cerca de Dungeness, y cuando engancharon el cable de remolque Charley se frotó las manos y me dijo en voz baja:

»"La hemos derrotado, Ned".

»"Eso parece", dije, sonriéndole. Hacía un día precioso y el mar estaba quieto como la alberca de un molino. Avanzamos río arriba sin el menor problema excepto en una ocasión, cuando, delante de Hole Haven, la bestia se desvió de pronto y casi barre una barca anclada en el canalizo. Pero yo estaba en la popa, vigilando el timón, y no me tomó desprevenido. Charley subió a popa con cara de preocupación.

»"Le hemos pasado raspando", dice.

»"No te preocupes, Charley", le respondí alegremente. "La has domado".

»Iban a remolcarnos hasta la dársena. El práctico nos abordó antes de Gravesend, y las primeras palabras que le oí decir fueron: "Lo mejor sería izar de inmediato el ancla de babor".

»Esto ya se había hecho cuando me dirigí a la parte delantera. Vi a Maggie en el castillo de proa entretenida con la actividad y le supliqué que fuera a popa, pero, por supuesto, no me hizo caso. A continuación, Charley, que estaba muy ocupado con los aparejos, la vio y le gritó a voz en cuello: "Sal del castillo de proa, Maggie. Estás estorbando". Por toda respuesta ella le hizo una mueca, y vi que el pobre de Charley apartaba la vista y disimulaba una sonrisa. Ella tenía la piel enrojecida por la excitación del regreso, y sus ojos azules parecían soltar chispas de electricidad al contemplar el río. Un barco carbonero había virado delante de nosotros, y nuestro remolcador tuvo que parar las máquinas a toda prisa para no estrellarse contra él.

»Un momento después, como suele ocurrir en casos así, todas las embarcaciones de nuestro alrededor se enredaron unas con otras. Una goleta y un queche sufrieron una pequeña colisión justo en mitad del río. Era muy emocionante verlo, y, mientras tanto, nuestro remolcador seguía detenido. A cualquier otra nave se la hubiera podido convencer de quedarse quieta un par de minutos; ¡pero no a la bestia! De inmediato ladeó la proa y empezó a irse a la deriva río abajo, arrastrando tras ella el remolcador. Vi un grupo de barcos costeros a un cuarto de milla de donde estábamos, y me pareció prudente advertir al práctico. "Si la deja acercarse a ellos", le dije en voz baja, "hará pedazos a alguno antes de que podamos controlarla".

»"¡Como si no lo supiera!", me grita, dando un pisotón de pura furia. Y se va con el silbato a indicarle al fastidiado remolcador que enderece la proa del barco lo antes posible. Pitaba como un loco, agitando los brazos hacia babor, y enseguida nos dimos cuenta de que los motores del remolcador estaban encendidos. Las paletas sacudían el agua, pero era como si tirara de una roca: no lograba mover nuestro barco ni una pulgada. De nuevo el práctico hizo sonar el silbato e hizo señas hacia babor. Veíamos las paletas del remolcador girar cada vez más rápido hacia un lado de la proa.

»Por un momento el remolcador y el barco quedaron inmóviles entre una multitud de navíos en movimiento, y luego la tremenda presión que aquella bestia maligna y sin corazón ejercía siempre sobre las cosas arrancó de cuajo el pasacabos de remolque. El cable dio un coletazo y rompió uno tras otro los puntales de hierro de la barandilla de proa como si fueran barras de cera. Justo entonces me di cuenta de que Maggie, para ver mejor sobre nuestras cabezas, se había subido al ancla de babor que se hallaba acostada en la cubierta del castillo.

»La habían apoyado como es debido en los soportes de madera dura, pero no habían tenido tiempo de asegurarla. Y aunque estaba lo bastante sujeta como para llegar a puerto, pude ver que, de un momento a otro, el cable de remolque iba a pasar por debajo de la uña del ancla. El corazón me dio un vuelco y me dejó mudo, pero antes pude gritar: "¡Bájate del ancla!".

»Pero no tuve tiempo de gritar su nombre. Creo que ni me oyó. El primer golpe del cabo contra la uña la tiró al suelo. Ella se puso en pie con la velocidad del rayo, pero estaba en el lado equivocado. Oí un chirrido horrendo y entonces el ancla, dándose la vuelta, se levantó como si estuviera viva; el enorme y recio brazo de hierro tomó a Maggie por la cintura, como aferrándola en un abrazo espantoso, y se arrojó con ella al agua haciendo un terrorífico ruido metálico, al que siguió un fuerte golpeteo que sacudió el barco de punta a punta, ¡porque la argolla del arganeo aguantó!

—¡Qué horror! —exclamé yo.

—Durante años soñé con anclas que atrapaban muchachas —dijo el hombre del traje de tweed, un poco alterado, y se estremeció—. Al instante, Charley, con un grito desgarrador, se arrojó por la borda tras ella. Pero, ay, Señor mío, no vio en el agua ni un reflejo de su boina roja. ¡Nada! ¡Nada en absoluto! Un momento después había media docena de botes a nuestro alrededor, y a él lo subieron a uno. El contramaestre, el carpintero y yo nos apresuramos a soltar la otra ancla y logramos detener el barco. El práctico parecía haberse vuelto loco. Iba de un lado a otro del castillo de proa retorciéndose las manos y farfullando solo: "¡Ahora mata mujeres! ¡Ahora mata mujeres!". No se le oyó decir nada más.

»Cayó la tarde y después la noche, negra como tinta; y al mirar el río oí un saludo grave y afligido: "¡Ah del barco!". Se acercaron dos barqueros de Gravesend. En su chalupa tenían una linterna y miraban hacia arriba, agarrados a la escalerilla sin decir una palabra. En el círculo de luz de abajo vi una abundante cabellera rubia.

Se estremeció de nuevo.

—Cuando subió la marea, el cuerpo de la pobre Maggie había salido a flote, cerca de una de esas grandes boyas de amarre —explicó—. Fui a proa sintiéndome medio muerto, y conseguí disparar una bengala para comunicar aquello a los que seguían buscándola en el río. Y después me escabullí a proa como un perro y pasé toda la noche sentado en el arranque del bauprés, para estar lo más lejos posible de Charley.

—¡Pobre hombre! —murmuré.

—Sí, pobre hombre —repitió pensativamente—. Aquella bestia no le permitió robarle su presa, ni siquiera a él. Pero él la amarró en el puerto a la mañana siguiente. Lo hizo. No habíamos cruzado una palabra, ni siquiera una mirada. Yo no quería mirarlo. Cuando aseguraron el último cabo se llevó las manos a la cabeza y se quedó mirándose los pies como si hubiese olvidado algo. Los hombres aguardaban en la cubierta principal las palabras que ponen fin a un viaje. Acaso era eso lo que trataba de recordar. Hablé yo por él. "Eso es todo, marineros".

—Nunca vi una tripulación que descendiera de un barco en semejante silencio. Fueron pasando sobre la borda uno a uno, cuidando de no hacer ruido con los baúles de sus pertenencias. Miraban hacia donde estábamos nosotros, pero ninguno tuvo el coraje de acercarse a estrechar la mano del primer oficial como es costumbre.

»Lo seguí por todo el barco vacío, de un lado a otro, aquí y allá; no quedaba un alma salvo nosotros dos, porque el viejo guardián del barco se había encerrado en su cocina con dos puertas de por medio. De pronto el pobre Charley murmuró con una voz enloquecida: "Está todo listo", y, conmigo pegado a sus talones, se alejó a zancadas por la pasarela, remontó el muelle, cruzó las puertas y subió hacia Tower Hill. Solía hospedarse en la posada de una decente anciana en America Square, para estar cerca del trabajo.

»De repente se para en seco, gira y viene directo hacia mí. "Ned", dice, "me voy a casa". Tuve la suerte de avistar un coche y lo hice subir justo a tiempo. Las piernas empezaban a flaquearle. En el vestíbulo de casa se desplomó en una silla, y nunca olvidaré las caras de asombro, completamente quietas de mi padre y de mi madre, de pie a su lado. No lograban entender qué le había pasado hasta que farfullé: "Maggie se ahogó ayer en el río".

»Mi madre soltó un grito. Mi padre nos mira a mí y a él, a él y a mí, como si comparase nuestras caras; porque, lo juro por mi alma, Charley era otra persona. Nadie se movía; y el pobre se llevó con lentitud las grandes manos morenas al cuello y de un solo tirón se destrozó la ropa —cuello, camisa, chaleco— como un hombre perfectamente deshecho. De algún modo mi madre y yo conseguimos llevarlo arriba a su cuarto, y mi madre se desvivió cuidándolo durante un episodio de fiebre cerebral.

El hombre de traje de tweed me lanzó una mirada elocuente.

—¡Ah! No había nada que pudiera domar a aquella bestia. Tenía el diablo en el cuerpo.

—¿Qué ha sido de su hermano? —pregunté, esperando oír que había muerto.

Pero me dijo que estaba al mando de un distinguido vapor en la costa de China y ya nunca venía a Inglaterra.

Jermyn dio un gran suspiro y, como el pañuelo estaba por fin lo bastante seco, se lo llevó con delicadeza a su roja y lamentable nariz.

—Era una bestia salvaje —empezó de nuevo el hombre de traje de tweed—. El viejo Colchester se plantó y presentó la renuncia. Y no se lo va a creer, pero Apse e Hijos le escribió para preguntarle si no había forma de hacerlo reconsiderar. Cualquier cosa con tal de preservar el nombre del Familia Apse.

Colchester dijo que tomaría el mando una vez más pero solo para llevar la embarcación hasta el mar del Norte y dejarla ahí varada. Estaba medio loco. Antes su pelo era de color gris plomizo oscuro, pero se le puso blanco en dos semanas. Y el señor Lucien Apse (se conocían desde la juventud) hizo como si no se diera cuenta. ¿Qué me dicen a eso? A eso se lo llama encaprichamiento. A eso se lo llama orgullo.

»Contrataron al primero que se ofreció a hacerse cargo de la nave, por miedo al escándalo de que el Familia Apse se quedara sin capitán. Era un alma alegre, tengo entendido, pero se aferró al barco como si la vida le fuera en ello. Wilmot era su segundo oficial. Un tipo atolondrado que fingía despreciar a las mujeres. En realidad, era muy tímido. Pero, en cuanto una mujer lo alentaba aunque fuera con un movimiento del meñique, nada lo detenía. Una vez, de aprendiz en el extranjero, se escapó tras una faldas y se habría arruinado ahí mismo si su capitán no se hubiese tomado la molestia de ir a buscarlo y llevarlo de vuelta al barco cogido de las orejas.

»Se cuenta que se oyó a uno los dueños de la firma expresar el deseo de que aquella monstruosidad se hundiera cuanto antes. Me cuesta dar crédito a la historia, salvo que haya sido el señor Alfred Apse, por quien la familia no tenía mucho aprecio. Trabajaba con ellos en la oficina, pero lo consideraban un sinvergüenza: siempre se escapaba para ir a las carreras y regresaba a casa borracho. Era de esperar que una embarcación tan llena de ardides mortales encallara un día de puro terca. ¡Pero ella no! Iba a durar por siempre. Tenía buen olfato para evitar el fondo.

Jermyn emitió un gruñido de aprobación.

—Un barco como hecho a medida para un práctico, ¿eh? —bromeó el hombre del traje de tweed—. Pues bien, Wilmot lo consiguió. Era el hombre indicado, pero tal vez ni siquiera él lo hubiese logrado sin esa institutriz de ojos verdes, o niñera, o lo que fuese de los niños del matrimonio Pamphilius.

»Eran pasajeros que viajaban de Port Adelaida a El Cabo. Bueno, el barco salió y fondeó frente al puerto para el resto del día. El capitán, un alma hospitalaria, invitó a mucha gente de la ciudad a un almuerzo de despedida, una costumbre suya. Cuando se alejó el último bote, ya eran las cinco de la tarde, y el tiempo se había puesto feo y oscuro en el golfo. No había razón para iniciar el viaje. No obstante, como había dicho a todo el mundo que partía ese día, pensó que correspondía hacerlo, aunque no tenía intención de enfrentarse a los estrechos en la oscuridad y con poco viento. Tras las festividades, dio orden de navegar bien ceñidos al viento, solo con la gavia y el trinquete, en paralelo a la costa hasta el amanecer. Luego se fue a acostar. El oficial estaba en cubierta, donde los fuertes chubascos le lavaban bien la cara. Wilmot lo relevó a medianoche.

»El Familia Apse tenía, como ya les he dicho, una casa en la popa...

—Una construcción grande, fea y blanca, que resaltaba —murmuró Jermyn con tristeza, ante el fuego.

—Así es: una escalera hacia los camarotes combinada con un cuarto de mapas. La lluvia caía en ráfagas sobre el adormilado Wilmot. En ese momento el barco avanzaba hacia el sur, ceñido al viento, con la costa a unas tres millas a barlovento. En esa parte del golfo nada exige que uno permanezca alerta, y Wilmot fue a guarecerse de la lluvia al cuarto de mapas, cuya puerta estaba abierta de su lado. La noche era una boca de lobo. Y en eso oyó una voz de mujer que le murmuraba algo.

»Aquella diabla de ojos verdes que acompañaba los Pamphilius había acostado a los niños hacía rato, claro, pero al parecer no podía dormir. Había oído la campana dar las ocho y al primer oficial bajar a su camarote. Después esperó un poco, se puso una bata, atravesó a hurtadillas el salón vacío y subió la escalera que llevaba al cuarto de mapas. Se sentó en el sofá que estaba junto a la puerta abierta, supongo que para tomar el fresco.

»Imagino que cuando susurró a Wilmot fue como si encendieran una cerilla en el cerebro de aquel individuo. Desconozco por qué eran tan amigos. Se me ocurre que se conocían de tierra y que se habían visto alguna vez. No logré entenderlo, porque, cuando Wilmot me contó la historia, al llegar a ese punto se interrumpía cada dos palabras para soltar una horrenda maldición. Me lo encontré en el muelle de Sídney, llevaba un delantal de arpillera que le llegaba hasta el mentón y un gran látigo en la mano. Era carretero. Estaba contento de trabajar de cualquier cosa con tal de no morirse de hambre. A ese punto había llegado.

»Sea como fuere, ahí estaba, con la cabeza de puertas adentro, seguramente sobre el hombro de la muchacha, ¡el oficial de guardia! El timonel, cuando compareció más tarde, dijo que varias veces había gritado que la lámpara de bitácora se había extinguido. No le dio importancia, porque sus órdenes eran "navegar ceñido al viento". "Me pareció raro", dijo, "que el casco siguiera ladeándose con las ráfagas, pero yo orzaba tanto como era posible. Estaba tan oscuro que no me veía la mano enfrente de la cara, y la lluvia me caía a baldazos sobre la cabeza".

»Lo cierto es que cada ráfaga de viento desviaba un poco la proa, hasta que poco a poco el barco quedó dirigido hacia la costa sin que una sola alma se diera cuenta. Wilmot confesó no haberse acercado a la brújula durante más de una hora. ¡Ya que estaba confesó! Lo primero que oyó fue que el guardia de proa empezaba a gritar como un demonio.

»Liberó el cuello, según cuenta, y le gritó al guardia: "¿Qué dices?".

»"¡Creo que oigo olas delante, señor!", respondió el otro a voz en grito, y se fue corriendo a proa con el resto de los guardias, bajo el "diluvio más espantoso que jamás cayó del cielo", dice Wilmot. Por un segundo se sintió tan asustado y desconcertado que no recordaba de qué lado del golfo estaba el barco. No era un buen oficial, pero a fin de cuentas era marinero. En un segundo se recompuso y, sin pensarlo, dio las órdenes correctas: enderezar bien el timón para orzar y que temblasen la gavia y la sobremesana con el viento.

»Pero lo que ocurrió fue que esas velas se deshincharon. Él no las veía, pero las oía aletear y traquetear por encima de su cabeza. "Inútil. Frenaba con demasiada lentitud", continuó, mientras su sucia cara se crispaba y el látigo de carretero le temblaba en la mano. "Seguía recto". Y entonces cesó el aleteo por encima de su cabeza. En ese momento crítico, una ráfaga de viento empujó de nuevo la popa, llenado las velas y arrojando el barco contra las rocas de sotavento. En su última jugarreta, la nave había llegado al límite de sus posibilidades. Había llegado su hora: el momento, el hombre, la negra noche, las traicioneras ráfagas de viento, la mujer indicada para acabar con ella. La bestia no merecía nada mejor. Extraños son los instrumentos de la Providencia. Hay cierta justicia poética...

El hombre de traje de tweed me miró fijamente.

—El primer arrecife contra la que chocó le destrozó la zapata. ¡Crac! El capitán, tras abandonar a toda prisa su litera, se encontró a una mujer enloquecida, vestida con una bata de pana roja, que corría de un lado a otro de la cocina chillando como una cacatúa.

»El siguiente golpe la arrojó bajo la mesa de la cámara. También desencajó el codaste y se llevó el timón, y entonces la bestia se subió a una costa rocosa, desfondándose, hasta que frenó por completo, y el trinquete cayó sobre la proa como si fuese una pasarela.

—¿Hubo víctimas? —pregunté.

—Nadie, salvo por aquel Wilmot —contestó el caballero al que la señorita Blank desconocía mientras se daba la vuelta en busca de su gorra—. Y lo suyo fue peor que morir ahogado. Todos alcanzaron la costa. La tormenta no llegó sino al día siguiente, desde el oeste, y destrozó a esa bestia en un espacio de tiempo sorprendentemente breve. Era como si se le hubiera estado pudriendo el corazón... —Cambió de tono y dijo—: ¿Ha dejado de llover? Tengo que ir a buscar mi bicicleta y darme prisa en regresar a casa para la cena. Vivo en Herne Bay, he salido a dar una vuelta esta mañana.

Me saludó amigablemente con la cabeza y salió con paso decidido.

—¿Sabe quién era, Jermyn? —pregunté.

El práctico del mar del Norte negó sombríamente con la cabeza.

—¡Imagínese perder un barco de una manera tan tonta! ¡Caramba! ¡Caramba! —gruñó en tono lúgubre mientras volvía a extender el pañuelo húmedo sobre el guardafuegos como una cortina.

Al salir crucé una mirada y una sonrisa (estrictamente decorosa) con la respetable señorita Blank, la camarera del pub de los Tres Cuervos.

Un anarquista

Un cuento desesperado

Aquel año pasé los dos mejores meses de la estación seca en una de las fincas —de hecho, la principal finca de ganado— de una famosa compañía que fabricaba extracto de carne.

B. O. S. Bos. Habrán visto las tres letras mágicas en las páginas de anuncios de revistas y periódicos, en los escaparates de las tiendas de comida y en los almanaques del año próximo que llegan por correo en noviembre. También distribuyen folletos, redactados en varios idiomas y en un estilo de un entusiasmo forzado, con estadísticas sobre mataderos y derramamientos de sangre que harían desvanecer a un turco. El «arte» que ilustra esos «escritos» representa en colores vivos y brillantes un gran toro negro embravecido que pisa una serpiente amarilla retorcida sobre un césped verde esmeralda, contra un fondo de cielo azul cobalto. Es espantoso y es una alegoría. La serpiente simboliza la enfermedad, la debilidad, quizá solo el hambre, que es la enfermedad crónica de la mayor parte de la humanidad. Por supuesto, todo el mundo conoce B. O. S., S. A., y sus incomparables productos: Vinobos, Jellybos y la más reciente perfección sin igual, Tribos, que ofrece nutrición no solo muy concentrada sino además a medio digerir. Así es el

269

amor que esa Sociedad Anónima siente por el prójimo: el amor de un padre o madre pingüino por sus polluelos hambrientos.

Desde luego, el capital de un país debe emplearse de manera productiva. No tengo nada en contra de esta compañía. Pero, como yo también siento afecto por el prójimo, me deprime el moderno sistema de publicidad. Por muchas pruebas que ofrezca de iniciativa, ingenio, descaro e inventiva en ciertos individuos, a mi entender demuestra el amplio predominio de esa forma de degradación mental llamada credulidad.

En varias partes del mundo civilizado e incivilizado he tenido que tragar B. O. S., con más o menos beneficios para mi persona, aunque sin gran placer. El extracto, preparado con agua caliente y mucha pimienta para realzar el sabor, no es desagradable. Pero nunca me he tragado sus avisos. Tal vez no vayan lo bastante lejos. Según recuerdo, no prometen juventud eterna a los consumidores de B. O. S., ni afirman que sus inestimables productos tienen la capacidad de resucitar a los muertos. ¿A qué viene esa austera discreción?, me pregunto. Pero creo que no me habrían engañado ni siquiera en esos términos. Sea cual fuere la degradación mental que padezco (soy humano), no es de la variedad popular. No soy crédulo.

Me esfuerzo por sacar a la luz esta descripción de mi persona en vista de la historia que sigue. He revisado los hechos todo lo posible. He desempolvado los archivos de periódicos franceses, y he conversado con el oficial que estaba al mando de la guardia militar de la Isla Real cuando llegué a Cayena en el curso de mis viajes. Creo que en lo esencial la historia es cierta. Es el tipo de historia que nadie, a mi juicio, inventaría sobre sí mismo, porque no es ni grandiosa ni halagadora, ni tampoco lo bastante entretenida para complacer una vanidad perversa.

Versa sobre el mecánico de la lancha de vapor que pertenece a la finca ganadera Marañón, de B. O. S., S. A. Esa finca también es una isla, una isla grande como una pequeña provincia, situada en el estuario de un gran río sudamericano. Es agreste y poco atractiva, pero al parecer la hierba de sus llanuras posee excepcionales cualidades nutritivas y saborizantes. En la isla resuenan los mugidos de innumerables manadas a cielo abierto, un sonido grave y angustiante, que se eleva como la protesta monstruosa de prisioneros condenados a muerte. En el continente, atravesando veinte millas de agua barrosa y descolorida, se alza una ciudad cuyo nombre, digamos, es Horta.

Pero la característica más interesante de la isla (que parece una especie de colonia penitenciaria para reses condenadas) consiste en ser el único hábitat conocido de una mariposa hermosa y extremadamente rara. La especie es incluso más rara que hermosa, lo que no es poco decir. Ya he aludido a mis viajes. Por aquel entonces estaba de viaje, pero solo por interés propio y con una sobriedad desconocida hoy día, cuando cualquiera da con facilidad la vuelta al mundo. Viajaba con un objetivo. De hecho, yo soy... «¡ja, ja, ja...! un pobre matamariposas. ¡Ja, ja, ja!».

Este fue el tono en que el señor Harry Gee, administrador de la explotación ganadera, aludió a mis intereses. Al parecer, me consideraba la cosa más absurda del mundo. Por contrapartida, B. O. S., S. A. le parecía la cima de los logros del siglo XIX. Creo que dormía con las polainas y las espuelas puestas. Pasaba los días volando a caballo por las praderas, seguido por una tropilla de jinetes medio salvajes que lo llamaban don Enrique y que no se hacían una idea muy clara de qué era B. O. S., S. A., la entidad que les pagaba el sueldo. Era un administrador excelente, pero no veo por qué, cuando nos encontrábamos durante las comidas, tenía que darme palmadas en la espalda y hacerme preguntas burlonas en voz alta («¿Cómo anda hoy el deporte mortífero? ¿Viento en popa, las mariposas? Ja, ja, ja»), teniendo en cuenta que me cobraba dos dólares diarios por la hospitalidad de B. O. S., S. A. (capital: un millón quinientas mil libras, exentas de deudas), en cuyo balance anual sin duda se incluían esas sumas.

—No creo que pueda cobrarle menos si he de ser justo con la compañía —había observado él con suma seriedad, mientras negociábamos los términos de mi estancia en la isla.

Su tomadura de pelo habría sido bastante inocua si la intimidad del trato en ausencia de todo sentimiento de camaradería no fuese de por sí detestable. Es más, su jocosidad no era muy graciosa. Consistía en la fatigosa repetición de frases descriptivas aplicadas a la gente con una carcajada. «Pobre matamariposas. Ja, ja, ja» era un ejemplo del peculiar ingenio que tanta gracia le causaba. En la misma veta de humor exquisito, un buen día me señaló al mecánico de la lancha de vapor mientras paseábamos por el camino que bordea el arroyo.

La cabeza y la espalda del hombre sobresalían en cubierta, donde había esparcidas varias herramientas y unas cuantas piezas de maquinaria. Estaba reparando los motores. Al oír nuestros pasos alzó ansiosamente una cara mugrienta, con el mentón en punta y un bigotito rubio. Sus delicados rasgos, hasta donde podían verse bajo las manchas negras, me parecieron consumidos y pálidos, a la sombra de un árbol enorme que desplegaba su follaje sobre la lancha amarrada a la orilla.

Para mi gran sorpresa, Harry Gee lo llamó «Cocodrilo», en ese tono medio burlón, medio intimidante que indica la autosatisfacción que siente la encantadora gente de su calaña:

—¿Cómo va el trabajo, Cocodrilo?

Antes de continuar, debo decir que aquel afable Harry había aprendido una especie de francés en alguna parte —una colonia u otra— y lo pronunciaba con una desagradable precisión forzada, como si se propusiera dejar en ridículo el idioma. El hombre de la lancha contestó enseguida con voz amable. Sus ojos tenían una dulzura líquida, y sus labios finos y curvados hacia abajo revelaban dientes de una blancura radiante. El administrador se volvió hacia mí y me explicó muy alegremente y en voz alta:

—Le llamo Cocodrilo porque viven mitad dentro y mitad fuera del arroyo. Anfibio, ¿entiende? Los cocodrilos son los únicos animales anfibios de la isla; así que él ha de pertenecer a esa especie, ¿eh? Pero en realidad no es más que un *citoyen anarchiste de Barcelone*.

—¿Un anarquista de Barcelona? —repetí como un tonto, mirando al hombre.

Había vuelto a ocuparse en el motor de la lancha y nos daba la espalda encorvada. En esa actitud lo oí protestar, bien audiblemente:

—Ni siquiera hablo español.

—¡Eh! ¿Cómo? ¿Se atreve a negar que viene de allí? —le espetó truculentamente el experto administrador.

Al oírlo, el hombre se enderezó, soltó la llave que estaba usando y se volvió hacia nosotros, pero temblaba de pies a cabeza.

—¡No niego nada, nada, nada! —dijo con excitación.

Recogió la llave y continuó trabajando sin prestarnos atención. Después de mirarlo un minuto más o menos, nos alejamos.

—¿De verdad es un anarquista? —pregunté cuando ya no podía oírnos.

—Me importa un bledo lo que sea —contestó el cómico funcionario de B.O.S., S.A.—. Le di ese nombre porque me conviene etiquetarlo así. Es bueno para la compañía.

—¡Bueno para la compañía!

—¡Ajá! —dijo, triunfal, inclinando su cara imberbe de bulldog y separando sus piernas largas y delgadas—. Veo que le sorprende. Mi deber es hacer lo mejor para la compañía.

Hay gastos enormes. ¡Nuestro agente en Horta me dice que se gastan en todo el mundo cincuenta mil libras al año en publicidad! Todo recorte de gastos nos vale. Y escúcheme lo que le digo. Cuando me dieron el puesto, la finca no tenía lancha de vapor. Pedí una y seguí pidiéndola por correo hasta conseguirla; pero el hombre que enviaron con ella abandonó el empleo a los dos meses y dejó la lancha amarrada en el pontón de Horta. Consiguió un trabajo mejor en el aserradero río arriba, ¡maldito sea! Y desde entonces, siempre igual. Aquí cualquier vagabundo escocés o yanqui que se las dé de mecánico gana dieciocho libras al mes, y cuando uno se quiere dar cuenta, ya se ha ido, normalmente después de romper algo. Le juro que algunos de los tipos que he tenido como maquinistas no sabían la diferencia entre la caldera y la chimenea. Pero este hombre conoce bien su oficio, y no quiero que se vaya. ¿Entiende?

Y me dio un golpecito en el pecho para enfatizar lo dicho. Haciendo caso omiso de sus peculiares modales, quise averiguar qué tenía que ver eso con que el hombre fuese anarquista.

—¡Vamos! —se burló el administrador—. Si de pronto usted encuentra a un tipo descalzo y desaliñado entre los arbustos del lado de la isla que mira al mar, y al mismo tiempo divisa, a menos de una milla de la playa, una goleta llena de negros que se aleja a toda prisa, no pensará que el hombre ha caído del cielo, ¿no? Y este no podía venir de ningún otro lugar que de allí o de Cayena. Yo no tengo un pelo de tonto. En cuanto vi a aquella extraña presa, me dije: «Convicto prófugo». De eso estaba tan seguro como de estar viéndolo ahora mismo a usted. Así que fui directamente hacia él espoleando a mi caballo. Se quedó en su sitio encima de una duna, gritando: «*Monsieur! Monsieur! Arretez!*» y, en el último momento, echó a correr como si le fuera la vida en ello. Y yo me dije: «Te domaré antes de acabar contigo». Así que, sin decir una palabra, seguí adelante haciéndolo desviarse hacia un lado y hacia el otro. Lo fui llevando hacia la costa, y al final lo acorralé en un banco de arena: él tenía los pies en el agua y, detrás, nada más que mar y cielo, y mi caballo piafaba sobre la arena y sacudía la cabeza a una yarda de donde estaba él.

»Cruzó los brazos y alzó la cabeza como medida desesperada; pero yo no me iba dejar impresionar por las poses de aquel pordiosero.

»Le digo: "Eres un presidiario fugitivo".

»Al oír hablar francés, bajó el mentón y le cambió la cara.

»"No niego nada", dice, aún jadeando, porque yo lo había hecho saltar bastante delante de mi caballo. Le pregunté qué hacía allí. Ya había recuperado el aliento, y explicó que quería ir a una finca que, según le habían dicho (supongo que los de la goleta), se encontraba por esta zona. Al oír eso me eché a reír y él se puso inquieto. ¿Lo habían engañado? ¿No había ninguna finca a la que se pudiese llegar andando?

»Me reí cada vez más fuerte. Él iba a pie, y, por supuesto, la primera manada de ganado que se cruzara lo haría pedazos a pisotones. Un hombre que no vaya montado en medio de las llanuras de pastoreo no tiene la menor posibilidad de sobrevivir.

»"Ten por cierto que al encontrarte te he salvado la vida", dije. Observó que tal vez así fuese, pero que a él le había parecido que yo intentaba matarlo con los cascos de mi caballo. Le aseguré que nada habría sido más fácil si esa hubiese sido mi intención. Y entonces llegamos a una especie de punto muerto. Por mi vida, no sabía qué hacer con aquel fugitivo, salvo echarlo al mar. Se me ocurrió preguntarle por qué lo habían deportado. Agachó la cabeza.

»"¿Qué fue?", le digo. "¿Robo, asesinato, violación, o qué?".

Quería oír su defensa, aunque esperaba que mintiera de alguna forma. Pero todo lo que dijo fue:

»"Lo que usted prefiera. No niego nada. De nada sirve negar".

»Lo miré de arriba abajo y se me ocurrió una idea.

»"También allí hay anarquistas", dije. "Quizá tú eres uno de ellos".

»"No niego nada de nada, monsieur", repitió.

»Esa respuesta me hizo pensar que quizá no fuese un anarquista. Entiendo que esos malditos lunáticos están muy orgullosos de serlo. Si hubiera sido uno, probablemente lo habría confesado de inmediato.

»"¿Qué eras antes de ser presidiario?".

»"*Ouvrier*", dice. "Y un buen trabajador".

»Entonces empecé a pensar que, después de todo, quizá fuese un anarquista. Provienen sobre todo de esa clase, ¿no? Odio a esos animales cobardes y tirabombas. Estaba casi decido a dar la vuelta con mi caballo y dejar que se muriera de hambre o se ahogara allí mismo, a su elección. Si cruzaba la isla para venir a molestarme, el ganado se encargaría de cortarle el paso. No sé qué me llevó a preguntarle:

»"¿Qué tipo de trabajador?".

»Me daba igual si me contestaba o no. Pero cuando dijo al instante: "Mecánico, monsieur", casi salto de la silla del entusiasmo. La lancha llevaba tres semanas varada en el río. Mi deber ante la compañía estaba claro. Él también se percató de mi sorpresa, y nos quedamos alrededor de un minuto mirándonos fijamente, como hechizados.

»"Súbete al caballo detrás de mí", le dije. "Te vas a ocupar de arreglar mi lancha de vapor"».

Con esas palabras relató el probo administrador de la estancia Marañón la llegada del presunto anarquista. Su intención era retener al hombre —por su sentido del deber ante la compañía—, y el sobrenombre que le dio impedía a este conseguir empleo en cualquier otro lugar de Horta. Los vaqueros de la finca, al salir de paseo, lo difundían por toda la ciudad. No sabían qué era un anarquista, ni qué quería decir Barcelona. Lo llamaban Anarquisto de Barcelona, como si fuera su nombre y apellido. Pero la gente de la ciudad había leído en los periódicos sobre los anarquistas de Europa y quedó muy impresionada. El añadido jocoso «de Barcelona» hacía reír con inmensa satisfacción al señor Harry Gee.

—Esa especie es particularmente asesina, ¿no? Y así a los del aserradero les da incluso más miedo tratarlo, ¿entiende? —admitió con franco regocijo—. Con ese sobrenombre lo retengo mejor que si le encadenara la pierna a la cubierta de la lancha. Y fíjese —añadió tras una pausa— que él no lo niega. No soy injusto en absoluto. De todas formas, es un presidiario.

—Pero supongo que le pagará un sueldo, ¿no? —pregunté.

—¡Sueldo! ¿Y para qué querría el dinero? Le doy comida de mi cocina y ropa de la tienda. Por supuesto, algo le daré a fin de año, pero ¿no pensará que voy a darle trabajo a un presidiario por el mismo dinero que a un hombre honrado? Lo principal es cuidar los intereses de la compañía.

Coincidí en que, en una compañía que gastaba cincuenta mil libras al año en publicidad, obviamente era necesaria la economía más estricta. El administrador de la estancia Marañón soltó un gruñido de aprobación.

—Y le diré más —continuó—, si estuviera seguro de que es un anarquista y él tuviese la cara dura de pedirme dinero, le daría una patada. De todas formas, que se quede el beneficio de la duda. ¿Sabe una cosa? Yo estoy más que dispuesto a aceptar que ese individuo no hizo nada más grave que clavarle el cuchillo a alguien en circunstancias atenuantes, como dicen los franceses. Pero la estupidez sanguinaria y subversiva de eliminar del mundo la ley y el orden me hace hervir la sangre. Eso es fastidiarle los planes a toda persona decente, respetable y trabajadora, ni más ni menos. De alguna manera hay que proteger la conciencia de la gente de bien, como usted y yo; si no, el primer sinvergüenza que se nos cruce valdría lo mismo que uno. ¿O no? ¡Y eso es absurdo!

Me miró de manera furibunda. Asentí levemente y murmuré que, sin duda, esa opinión era una verdad muy sutil.

La principal verdad que revelaban las opiniones de Paul el maquinista era que una nimiedad puede causar la ruina de un hombre.

—*Il ne faut pas beaucoup pour perdre un homme* —me dijo pensativamente una noche.

Transcribo esa reflexión en francés porque aquel hombre era de París, no de Barcelona. En la finca Marañón vivía apartado de la estación, en un pequeño cobertizo con techo de metal y paredes de paja que llamaba *mon atelier*. Dentro tenía un banco de trabajo. Le habían dado varias mantas de caballos y una silla de montar, no porque tuviera oportunidad de ir a caballo, sino porque la otra ropa de cama la usaban los trabajadores, que eran todos vaqueros. Y sobre aquel equipamiento de jinete, como un hijo de las llanuras, dormía entre sus herramientas, en un desorden total de piezas de hierro, con una forja portátil junto a su cabeza, bajo el banco de trabajo que sostenía su roñoso mosquitero.

Cada cierto tiempo yo le llevaba algunas velas casi consumidas que rescataba de las escasas reservas de la casa del administrador. Me lo agradecía mucho. Me confesó que no le gustaba quedarse despierto en la oscuridad. Se quejaba de que el sueño le rehuía. «*Le sommeil me fuit*», declaraba con su aire habitual de sumiso estoicismo, un rasgo que lo hacía simpático y conmovedor. Le dejé claro que yo no daba demasiada importancia a que hubiera sido un presidiario.

Y así, una noche se puso a hablar de sí mismo. Cuando uno de los pedazos de vela en el borde del banco se consumía, se apuraba a encender otro.

Había hecho el servicio militar en una guarnición de provincia y había regresado a París para ejercer su oficio. Le pagaban bien. Me contó con cierto orgullo que en poco tiempo empezó a ganar no menos de diez francos al día. A su debido momento planeaba poner un taller propio y casarse.

Al decirlo suspiró profundamente e hizo una pausa. Luego, de nuevo con una nota de estoicismo, agregó:

—Parece que yo mismo no me conocía lo bastante bien.

El día de su vigésimo quinto cumpleaños, dos amigos del taller de reparaciones donde trabajaba lo invitaron a cenar. Aquella muestra de amabilidad lo conmovió inmensamente.

—Yo era un hombre muy responsable —observó—, pero igual de sociable que cualquier otro.

La velada empezó en un pequeño café del bulevar de la Chapelle. Con la cena bebieron un buen vino. Era un vino excelente. Todo era excelente; y el mundo —en sus palabras— parecía un muy buen lugar donde vivir. Tenía un buen porvenir, algo de dinero ahorrado y el afecto de dos grandes amigos. Ofreció pagar por los tragos que consumieran después de la cena, lo que le pareció correcto de su parte.

Bebieron más vino; bebieron licores, coñac, cerveza, después más licores y más coñac. Dos desconocidos los miraban desde la mesa vecina con tal camaradería, dijo, que los invitó a unírseles.

Nunca en su vida había bebido tanto. Su euforia era extrema y tan placentera que, apenas decaía, se apresuraba a pedir más bebidas.

—Me parecía —dijo en voz baja, mirando el suelo en el lóbrego cobertizo en sombras— que estaba a punto de alcanzar una felicidad inmensa y maravillosa. Una copa más, me daba la impresión, lograría el efecto. Los demás bebían a la par que yo, vaso por vaso.

Pero ocurrió algo extraordinario. A raíz de algo que dijeron los desconocidos, la euforia se extinguió. Ideas sombrías —*des idées noires*— se agolparon en su cabeza. El mundo que se hallaba fuera del café le pareció un lugar deprimente y siniestro, donde una multitud de pobres desgraciados tenían que trabajar y sacrificarse solo con el fin de que unos pocos individuos pasearan en carruajes y se diesen la gran vida en palacios. Se avergonzó de su felicidad. El destino cruel y penoso de la humanidad le oprimió el corazón. Con la voz sofocada por la tristeza, intentó expresar esos sentimientos. Cree que lloró y maldijo por turnos.

Sus nuevos conocidos enseguida aplaudieron su indignación humanitaria. Sí. El tamaño de la injusticia del mundo era en efecto escandaloso. Había una sola forma de enfrentarse a la corrupción de la sociedad. Demoler la *sacrée boutique*. Hacer estallar aquel inicuo espectáculo.

Las cabezas flotaban sobre la mesa. Le susurraban cosas con elocuencia; no creo que previeran lo que pasó. Estaba muy borracho; borracho perdido. Con un aullido furioso, se subió a la mesa de un salto. Mientras pateaba las botellas y los vasos, gritó: «*Vive l'anarchie!* ¡Muerte a los capitalistas!». Lo gritó una y otra vez. A su alrededor caían vidrios rotos, volaban sillas por el aire, había personas pegándose entre ellas. Llegó la policía. Él golpeó, mordió, arañó y se debatió, hasta que le asestaron con algo en la cabeza...

Volvió en sí en una celda de policía, acusado de agresión, gritos sediciosos y propaganda anarquista.

Me miró fijamente con sus ojos líquidos y brillantes, que parecían muy grandes en la penumbra.

—Era un problema. Pero, aun así, de alguna forma, quizá, me habría salvado —dijo lentamente.

Tengo mis dudas. Pero, cualesquiera que fuesen sus posibilidades, el joven abogado socialista que se ofreció a ocuparse de su caso acabó con ellas. En vano él le aseguró que no era un anarquista, sino un mecánico tranquilo y respetable que solo quería trabajar diez horas al día en su oficio. Durante el proceso se lo presentó como víctima de la sociedad y sus gritos de borracho como la expresión de infinitos pesares. El joven abogado quería hacer carrera, y aquel caso era justo lo que necesitaba al comienzo. El alegato de la defensa se consideró magnífico.

El pobre hombre se detuvo, tragó saliva y declaró:

—Me dieron la pena máxima para una primera ofensa.

Murmuré algo adecuado. Agachó la cabeza y se cruzó de brazos.

—Apenas me soltaron —retomó con calma— me dirigí, naturalmente, a mi viejo taller. Antes mi patrón me tenía mucho aprecio; pero al verme se puso pálido de miedo y me señaló la puerta con una mano temblorosa.

Cuando se encontró en la calle, incómodo y desconcertado, se le acercó un hombre de mediana edad que se presentó como mecánico.

—Sé quién eres —le dijo—. Estuve en el juicio. Eres un buen camarada y tienes ideas sólidas. Pero la desgracia es que ahora no conseguirás trabajo en ninguna parte. Estos burgueses se confabularán para matarte de hambre. Ellos son así. No esperes clemencia de los ricos.

El hecho de que le hablara con tanta amabilidad en medio de la calle lo reconfortó muchísimo. Al parecer, su naturaleza era de las que necesitan apoyo y compasión. La idea de no encontrar empleo lo había abatido por completo. Si su patrón, que sabía que era un trabajador tranquilo, ordenado y competente, ya no quería saber nada de él, sin duda nadie más querría. Estaba claro. La policía, que lo mantenía vigilado, se apresuraría a poner sobre aviso a cualquier empleador dispuesto a ofrecerle una oportunidad. De pronto se sintió desamparado, intimidado y ocioso; y, así, siguió al hombre de mediana edad al *estaminet* de la esquina, donde conoció a otros buenos compañeros. Le aseguraron que, con trabajo o sin trabajo, no dejarían que se muriera de hambre. Bebieron juntos por la ruina de todos los patrones y por la destrucción de la sociedad.

Se quedó sentado mordiéndose el labio.

—Y así fue, monsieur, cómo me convertí en un *compagnon* —dijo. Se pasó por la frente una mano temblorosa—. En todo caso, algo anda mal en un mundo en que una copa de más puede arruinar a un hombre.

Nunca alzó la vista, aunque vi que se animaba por debajo de su abatimiento. Golpeó el banco con la mano abierta.

—¡No! —gritó—. ¡Era una existencia imposible! Vigilado por la policía, vigilado por los camaradas, ¡ya no era dueño de mi vida! Imagine, ¡ni siquiera podía ir a retirar unos pocos francos de mi cuenta de ahorros sin que un camarada me siguiera para asegurarse de que no escapaba! Y en su mayoría, los camaradas no eran ni más ni menos que ladrones. Los más inteligentes, quiero decir. Robaban a los ricos; solo cobraban lo que les pertenecía, afirmaban. Con unos tragos encima yo les creía. También estaban los tontos y los locos. *Des exaltés, quoi!* Borracho, yo los adoraba. Cuando me emborrachaba, me enfurecía contra el mundo. Era el mejor momento. Me refugiaba de la tristeza en la rabia. Pero uno no puede vivir borracho, *n'est-ce pas, Monsieur?* Y cuando estaba sobrio me daba miedo escapar. Me habrían acuchillado como a un cerdo.

De nuevo se cruzó de brazos y alzó el mentón puntiagudo con una sonrisa amarga.

—A su debido tiempo me encargaron un trabajo. El trabajo era robar un banco. Al terminar el robo, arrojaríamos una bomba para destrozar el local. Como principiante, mi papel consistía en montar guardia en el callejón trasero y cuidar una bolsa negra con una bomba dentro hasta que llegara el momento. Después de la reunión en que se decidió el asunto, un camarada leal se pegó a mí. Yo no me había atrevido a protestar; tenía miedo de que me liquidaran en silencio en aquella misma habitación; pero cuando caminábamos juntos me pregunté si lo mejor no sería arrojarme de golpe al Sena. Pero mientras le daba vueltas a la idea cruzamos el puente, y más tarde ya no tuve oportunidad.

A la luz de la vela, con sus rasgos afilados, su bigotito como de pelusa y su cara ovalada, parecía por momentos delicada y alegremente joven, pero cuando apretaba los brazos cruzados contra el pecho se lo veía viejo, decrépito, abrumado por la tristeza.

Como guardó silencio me sentí obligado a preguntar:

—¡Vaya! ¿Y cómo terminó todo?

—Me deportaron a Cayena —respondió.

En su opinión, los habían delatado. Mientras hacía guardia en el callejón con el bolso en la mano, le cayó encima la policía. «Esos imbéciles» lo tiraron al suelo sin notar qué tenía en la mano. Le extrañaba que la bomba no estallase con la caída. Pero no estalló.

—Intenté contar mi versión de los hechos en el tribunal —continuó—. Al presidente le resultó divertido. Algunos idiotas de la audiencia se rieron.

Expresé la esperanza de que hubiesen atrapado a algunos de sus compañeros. Se estremeció un poco antes de decirme que cayeron dos: Simon, también conocido como Bizcocho, el mecánico de mediana edad que lo había abordado en la calle, y otro individuo llamado Mafile, uno de los simpáticos desconocidos que habían aplaudido sus sentimientos y consolado sus penas humanitarias cuando se emborrachó en el café.

—Sí —continuó con esfuerzo—. Tuve la ventaja de gozar de su compañía en la Isla San José, entre otros ochenta o noventa presidiarios. A todos nos catalogaron de peligrosos.

La Isla San José es la más bonita de las islas de la Salvación. Es rocosa y verde, con barrancos bajos, arbustos, matorrales, bosquecitos de mangos y muchas palmeras plumosas. Seis guardias armados con revólveres y carabinas se ocupan de los presidiarios del lugar.

Una galera de ocho remos mantiene de día el contacto con la Isla Real, donde hay un puesto militar a un cuarto de milla cruzando el canal. Hace el primer viaje a las seis de la mañana. A la cuatro de la tarde se acaba el servicio, y la amarran a un muellecito de la Isla Real, donde queda bajo la vigilancia de un centinela junto a otras embarcaciones más pequeñas. Desde esa hora hasta la mañana siguiente la Isla San José queda incomunicada del resto del mundo, vigilada por los guardias que, por turnos, patrullan el sendero trazado entre la central de guardia y las barracas de los presidiarios, y rodeada de los muchos tiburones que patrullan las aguas.

En esas circunstancias, los presidiarios planearon un motín. Nada semejante se había intentado nunca en la historia de la penitenciaría. Pero no era imposible que el plan tuviese éxito. Durante la noche tomarían por asalto a los guardias y los asesinarían. Sus armas permitirían a los presidiarios disparar a la tripulación de la galera cuando esta se acercara por la mañana. Una vez en posesión de la galera, capturarían otros botes y remarían hacia la costa.

Al atardecer, los dos guardias reunieron a los presidiarios como de costumbre. Procedieron a inspeccionar las barracas para cerciorarse de que todo estaba en orden. En la segunda, los atacó un gran número de presos, avasallándolos por completo. El crepúsculo se apagó rápido. Había luna nueva y, sobre la costa, una densa borrasca negra acentuaba la profundidad de la noche. Los presidiarios se congregaron a cielo abierto para deliberar sobre el siguiente paso y discutieron en voz baja.

—¿Usted participó en todo eso? —le pregunté.

—No. Obviamente, sabía qué iban a hacer. Pero ¿por qué matar a los guardias? No tenía nada en contra de ellos. Lo que sí tenía era miedo de los demás. Pasara lo que pasase, no podría escapar de ellos. Me senté en un tocón con la cabeza en las manos, asqueado ante la idea de una libertad que para mí era solo una farsa. De pronto me sobresalté al percibir la figura de un hombre en un sendero cercano. Se quedó paralizado, y luego su silueta desapareció en la noche. Debe de haber sido el jefe de guardias, que venía a ver qué pasaba con sus dos hombres. Nadie lo vio. Los presidiarios seguían discutiendo sobre sus planes. Los líderes no lograban que se les obedeciera. Los feroces susurros de esa masa oscura de hombres eran horribles.

»Al final se dividieron en dos grupos y se alejaron. Cuando pasaron delante de mí me levanté, agotado y perdido. El sendero que iba a la casa de los guardias estaba oscuro y en silencio, pero a ambos lados los arbustos crujían un poco. Pronto vi un débil hilo de luz adelante. El jefe de guardias, seguido por tres hombres, se acercaba con cautela. Pero no había tapado por completo su farol. También los presidiarios avistaron aquel resplandor mortecino. Hubo un espantoso grito salvaje, una refriega en medio del sendero, disparos, golpes, gemidos, y, con el crujido de arbustos que se rompían, gritos de perseguidores y aullidos de perseguidos, la caza de hombres, la caza de guardias, pasó delante de mí hacia el interior de la isla. Me quedé solo. Y le aseguro, monsieur, que todo me daba igual. Tras pasar un rato inmóvil, me puse a caminar por el sendero, hasta que choqué con algo duro. Me agaché y recogí el revólver de uno de los guardias. Noté con los dedos que estaba cargado en cinco de las recámaras. Entre las ráfagas de viento oí que a lo lejos los presidiarios se llamaban unos a otros, y después los truenos cubrieron los susurros y crujidos de los árboles. De pronto una luz grande cruzó el sendero más adelante, muy cerca del suelo. Y alumbró las faldas de una mujer y el dobladillo de un delantal.

»Intuí que la persona que llevaba la luz sería la esposa del jefe de guardias. Al parecer, se habían olvidado de ella por completo. Se oyó un disparo en el interior de la isla, y ella dio un grito mientras corría. Se alejó. La seguí y al poco tiempo volví a verla. Con una mano estaba tirando de la cuerda de la gran campana que hay en el extremo del embarcadero, y con la otra balanceaba el pesado farol a un lado y otro. Esa es la señal pactada con la Isla Real en caso de que se necesite ayuda durante la noche. El viento alejaba el ruido de la isla, y unos árboles que crecían cerca de la casa de los guardias ocultaban por el lado de la costa la luz que mecía la mujer.

»Me acerqué a ella por detrás. Continuó sin detenerse, sin volver la vista, como si estuviese sola en la isla. Una mujer valiente, monsieur. Me puse el revólver dentro del pecho de mi casaca azul y esperé. Un relámpago y un trueno destruyeron el sonido y la luz de la señal por un instante, pero ella no se detuvo, siguió tirando de la cuerda y balanceando el farol con la regularidad de una máquina. Era una mujer guapa de unos treinta años, no más. Pensé: "Eso no es bueno en una noche como esta". Y resolví que si un grupo de prisioneros se acercaba al embarcadero —lo que sin duda ocurriría en poco tiempo— la mataría de un tiro en la cabeza antes de matarme. Conocía bien a mis "camaradas". Aquella idea avivó mi interés por la vida, monsieur, y de inmediato, en vez de quedarme tontamente expuesto en el embarcadero, me retiré unos metros y me oculté tras un arbusto. No quería que me tomaran desprevenido y me impidieran ser de suma utilidad al menos a una criatura humana antes de morir yo mismo.

»Pero hemos de creer que vieron la señal, porque la galera de la Isla Real llegó en un tiempo asombrosamente breve. La mujer siguió sin parar hasta que el farol iluminó al oficial que estaba al mando y las bayonetas de los soldados del bote. Entonces ella se sentó y rompió a llorar.

»Ya no me necesitaba. No me moví. Algunos soldados iban en mangas de camisa, otros no llevaban botas; estaban tal como la llamada del deber los había encontrado. Pasaron por delante de mi arbusto. La galera regresó en busca de más hombres, y la mujer, sentada a solas en el extremo del embarcadero, lloraba con el farol apoyado en el suelo.

»A la luz del embarcadero de pronto vi los pantalones rojos de dos hombres más. Me quedé atónito. También ellos salieron corriendo. No llevaban sombrero, y sus blusas flameaban desabotonadas. Uno de ellos le dijo al otro jadeando: "¡Sigue recto, sigue recto!".

»¿De dónde demonios salían?, me pregunté. Avancé lentamente por el muelle. Vi la forma de la mujer sacudida por sus sollozos y la oí gemir cada vez con mayor claridad. "Ay, ¡mi marido! ¡Mi pobre marido! ¡Mi pobre marido!". Proseguí en silencio. Ella no veía ni oía nada. Se había tapado la cabeza con el delantal y se mecía de pena hacia delante y atrás. Pero noté una barquita amarrada al extremo del embarcadero.

»Los dos hombres —parecían suboficiales— debían de haber llegado en ella, un poco retrasados, supongo, para alcanzar la galera. Era increíble que, guiados por el sentido del deber, hubiesen roto las reglas de esa manera. Y fue un acto muy estúpido. No daba crédito a mis ojos en el preciso momento en que ponía pie en el bote.

»Avancé lentamente en paralelo a la costa. Una nube negra cubría las islas de la Salvación. Oí disparos, gritos. Había empezado una segunda cacería: la caza de presidiarios. Los remos eran demasiado largos para sostenerlos cómodamente. Me costaba manejarlos, aunque en sí el bote era liviano. Pero cuando llegué al otro lado de la isla la borrasca se convirtió en lluvia y viento. Fui incapaz de seguir adelante en esas condiciones. Dejé que el bote flotara solo hacia la costa y lo amarré.

»Conocía el lugar. Cerca del agua había una vieja casucha decrépita. Me oculté en ella y, en medio de los ruidos del viento y del aguacero, oí que alguien se acercaba entre los arbustos. Salieron a la playa. Quizá soldados. Un relámpago puso violentamente de relieve todo lo que estaba en las inmediaciones. ¡Dos presidiarios!

»Y al momento siguiente una voz asombrada exclamó: "¡Es un milagro!". Era la voz de Simon, alias Bizcocho.

»Y la otra voz gruñó: "¿Qué es un milagro?".

»"¡Ahí hay un bote!".

»"¡Estás loco, Simon! Pero sí, hay... un bote".

»Al parecer la sorpresa los dejó en completo silencio. El otro hombre era Mafile. Habló de nuevo, con cautela:

»"Está amarrado. Por aquí hay alguien".

»Les hablé desde la casucha: "Estoy aquí".

»Entonces entraron, y enseguida me dieron a entender que el bote les pertenecía a ellos, no a mí. "Somos dos", dijo Mafile, "y tú estás solo".

»Salí a cielo abierto para guardar distancia, por miedo a que me dieran un golpe a traición en la cabeza. Habría podido matarlos a ambos ahí mismo. Pero no dije nada. Contuve la risa que me subía por la garganta. Con suma humildad les rogué que me llevaran con ellos. Consultaron en voz baja, mientras yo, con la mano en el revólver dentro de mi casaca, tenía sus vidas en mi poder. Los dejé vivir. Quería que remasen. Les comuniqué con abyecta humildad que sabía pilotar un barco y que, al ser tres para remar, podríamos descansar por turnos. Eso los convenció. Justo a tiempo. Un poco más y habría empezado a reírme a carcajadas de lo ridículo que era el asunto.

En este punto del relato, se desató la excitación de Paul. De un salto subió al banco y empezó a gesticular. Las amplias sombras de sus brazos, revoloteando por el techo y las paredes, hacían que el cobertizo pareciera demasiado pequeño para contener su agitación.

—No niego nada —profirió—. Yo estaba eufórico, monsieur. Aquello era el sabor de la felicidad. Pero guardé silencio. Cumplí con mis turnos al remo durante toda la noche. Pusimos rumbo a mar abierto, confiando en que algún barco nos viera al pasar. Era un acto de arrojo. Los convencí de que valía la pena. Cuando salió el sol, la inmensidad de agua estaba en calma, y las islas de la Salvación apenas eran manchas oscuras vistas desde las cimas de las olas. Yo iba entonces al timón. Mafile, que remaba a proa, soltó un juramento y dijo: "Hay que descansar".

»Por fin había llegado el momento de reírse. Y me reí de lo lindo, se lo puedo asegurar. Me agarraba la tripa y me sacudía allí sentado; no se imagina las caras de asombro que pusieron.

»"¿Qué le pasa a ese animal?", dice Mafile.

»Y Simon, que estaba más cerca de mí, le responde por encima del hombro: "¡Que me lleve el diablo si no se ha vuelto loco!".

»Entonces saqué el revólver. ¡Ajá! De un momento a otro, se les endureció la mirada de verdad. ¡Ja, ja! Estaban asustados. Pero remaron. Ah, sí, remaron todo el día, a veces con furia y a veces a punto de desfallecer. Yo no podía apartar los ojos, porque entonces... ¡zas!, se me habrían echado encima al instante. Apoyaba la mano que sostenía el revólver en mi rodilla y con la otra llevaba el timón. Empezaron a salirles ampollas en la cara. El cielo y el mar hervían a nuestro alrededor y el mar se evaporaba al sol. El agua chisporroteaba al paso del bote. Mafile unas veces echaba espuma por la boca y otras veces gemía. Pero seguía remando. No se atrevía a parar. Tenía los ojos inyectados en sangre, y se hizo jirones el labio inferior de tanto mordérselo. Simon estaba más ronco que un cuervo.

»"Camarada", empieza a decir.

»"Aquí no hay camaradas. Soy tu patrón".

»"Patrón, entonces", dice. "En el nombre de la humanidad, déjanos descansar".

»Dejé que descansaran. En el fondo del bote se había acumulado un poco de agua de lluvia. Les permití recogerla con el hueco de las manos. Pero cuando les ordené: "*En route*", los sorprendí cruzando miradas cómplices. ¡Pensaban que en algún momento tendría que dormir! ¡Claro! Pero yo no tenía sueño. Estaba más despierto que nunca. Fueron ellos los que se quedaron dormidos mientras remaban, y cayeron de espaldas sobre sus bancadas, uno después de otro. Los dejé descansar. Habían salido las estrellas. Era un mundo silencioso. Salió el sol. Otro día. *Allez! En route!*

»Remaban mal. Los ojos se les ponían en blanco y tenían la lengua fuera. A media tarde Mafile dice con voz ronca: "Vamos a tirarnos encima de él, Simon. Más vale morir de un tiro que de sed, de hambre y de cansancio con el remo en las manos".

»Pero mientras hablaba seguía remando, y Simon también. Me hizo sonreír. ¡Ah! Amaban la vida aquellos dos, por maligno que fuese el mundo en que vivían, tanto como yo la había amado antes de que me la arruinaran con sus frases. Los dejé seguir hasta el límite del agotamiento, y solo entonces les señalé las velas de un barco en el horizonte.

»¡Ja! ¡Debería usted haberlos visto revivir y redoblar sus esfuerzos! Porque los obligué a seguir para salirle al paso a aquel barco. Eran hombres nuevos. Dejé de sentir la pena que me habían inspirado. Con cada minuto que pasaba se parecían más a sí mismos. Me echaban miradas que yo conocía muy bien. Estaban contentos. Sonreían.

»"Bueno", dice Simon, "la energía de este joven nos ha salvado la vida. Si no nos hubiera obligado, nunca habríamos remado tan lejos, hasta la ruta de los barcos. Camarada, te perdono. Te admiro".

»Y Mafille gruñe desde proa: "Estamos en deuda contigo, camarada. Tienes madera de líder".

»¡Camarada, monsieur! ¡Qué buena palabra! Y los dos, los hombres como ellos, la habían desvirtuado. Recordé sus mentiras, sus promesas, sus amenazas y mis días de tristeza. ¿Por qué no me habían dejado en paz cuando salí de prisión? Los miré y pensé que mientras vivieran yo nunca sería libre. Nunca. Ni yo ni quienes, como yo, tuvieran el corazón ardiente y la cabeza débil. Porque sé que no tengo una cabeza fuerte, monsieur. Una furia negra se apoderó de mí, la furia de la ebriedad extrema, pero no contra la injusticia de la sociedad. ¡Oh, no!

»"¡Quiero ser libre!", grité, furioso.

»"*Vive la liberté!*", grita el rufián de Mafile. "*Mort aux bourgeois* que nos mandaron a Cayena! ¡Pronto sabrán que somos libres!".

»El cielo, el mar, el horizonte entero parecieron enrojecerse, un rojo sangre despuntó alrededor del bote. Tan fuerte me latían las sienes que me sorprendió que ellos no lo oyeran. ¿Cómo es posible que no lo oyeran? ¿Cómo es posible que no comprendieran nada?

»Oí que Simon preguntaba: "¿No estamos ya bastante cerca?".

»"Sí, bastante cerca", dije. Me dio pena; yo odiaba al otro. Tiró de su remo con un suspiro audible, y cuando levantó la mano para limpiarse la frente con la expresión de un hombre que ha cumplido su trabajo apreté el gatillo y le disparé ahí mismo en el corazón.

»Cayó hacia un lado, con la cabeza colgando sobre la borda. No volví a mirarlo. El otro soltó un grito penetrante. Un solo alarido de terror. Luego todo quedó en silencio.

»Poco a poco cayó de rodillas desde la bancada y alzó las manos entrelazadas delante de la cara en actitud de súplica. "Piedad", susurró débilmente. "Ten piedad de mí, camarada".

»"Ah, camarada", dije en voz baja. "Sí, camarada, claro. Bueno, entonces, grita 'Vive l'anarchie'".

»Alzó los brazos, con la cara mirando el cielo y la boca abierta en un grito de desesperación. "Vive l'anarchie! Vive...".

»Cayó encima del otro, con una bala en la cabeza.

»Los arrojé a los dos por la borda. También me deshice del revólver. Después permanecí sentado en silencio. ¡Libre al fin! Al fin. Ni siquiera miré en dirección al barco; no me importaba; en efecto, creo que debo de haberme dormido, porque de pronto oí gritos y descubrí que el barco estaba casi encima del bote. Me subieron a bordo y amarraron el bote a popa. Todos eran negros, excepto el capitán, mulato. Solo él hablaba algunas palabras de francés. No pude averiguar quiénes eran ni adónde iban. Me dieron algo de comer todos los días; pero no me gustaba la manera en que hablaban de mí en su idioma.

Quizá deliberaban sobre la posibilidad de tirarme por la borda para hacerse con el bote. ¿Cómo saberlo? Cuando pasamos por esta isla pregunté si estaba habitada. De lo que me dijo el mulato entendí que había una casa. Imaginé que querría decir una granja. Así que les pedí que me llevaran a tierra firme y se quedaran con el bote por sus molestias. Supongo que eso era lo que querían. Usted ya sabe el resto».

Al terminar de decir estas palabras perdió el control de sí mismo. Caminaba de un lado a otro deprisa y al final echó a correr; sus brazos rotaban como un molino de viento y sus exclamaciones se parecían al delirio. El tema principal era que él no «negaba nada, nada». Lo único que pude hacer fue dejarlo en paz y quitarme de en medio, mientras repetía: «*Calmez-vous, calmez-vous*», a intervalos, hasta que su agitación se apagó.

Debo confesar, también, que me quedé un largo rato después de que se metiera bajo su mosquitero. Me había rogado que no lo abandonara, así que permanecí sentado a su lado en nombre de la humanidad, como con un niño nervioso, hasta que se durmió.

En general, creo que era mucho más anarquista de lo que me confesó o se confesaba a sí mismo, y que, aparte de las particularidades de su caso, era muy parecido a muchos otros anarquistas. Corazón fogoso y cabeza débil: ahí está la clave del acertijo; y es un hecho que las contradicciones más amargas y los conflictos más letales del mundo residen en los pechos de individuos capaces de emocionarse y apasionarse.

Por lo que averigüé personalmente, doy fe de que el motín de los presidiarios ocurrió en detalle como él lo contó.

Cuando volví de Cayena a Horta y lo vi de nuevo, el «anarquista» no tenía buen aspecto. Estaba más flaco, más debilitado aún y muy pálido bajo las manchas roñosas propias de su oficio. Obviamente, la carne de ganado de la compañía (en su forma no concentrada) no le sentaba nada bien.

Nos vimos en el pontón de Horta; traté de convencerlo de que dejase la lancha amarrada donde estaba y se viniera conmigo a Europa. Habría sido muy grato imaginar la sorpresa y la indignación del excelente administrador al enterarse de que aquel hombre había escapado. Pero se negó con inquebrantable obstinación.

—¡No me dirá que pretende vivir aquí para siempre! —exclamé.

Dijo que no con la cabeza.

—Moriré aquí —dijo. Luego agregó, malhumorado—: Lejos de ellos.

A veces pienso en él, tendido con los ojos abiertos sobre sus cosas de vaquero en aquel cobertizo lleno de herramientas y de pedazos de metal: el esclavo anarquista de la estancia Marañón, esperando con resignación ese sueño que, para usar sus palabras, «huyó» de él de manera tan inexplicable.

El informante

Un cuento irónico

El señor X vino a visitarme, precedido por una carta de presentación que le escribió un buen amigo mío de París, expresamente para ver mi colección de bronces y porcelana chinos.

Mi amigo de París también es coleccionista. No colecciona porcelana, ni bronces, ni cuadros, ni medallas, ni nada que reporte beneficios al caer el martillo de un rematador. Rechazaría con auténtica sorpresa el calificativo de coleccionista. No obstante, lo es por temperamento. Colecciona conocidos. Es una tarea delicada. Invierte en ello la paciencia, la pasión, la determinación de un verdadero coleccionista de curiosidades. Su colección no incluye a ningún miembro de la realeza. Creo que no los considera lo bastante raros e interesantes; pero, con esa excepción, se ha codeado y ha conversado con cuanta persona valga la pena conocer en todas las esferas concebibles. Las observa, las escucha, las interpreta, las mide y las conserva en las galerías de su memoria. Ha intrigado, conspirado y viajado por toda Europa para añadir piezas a su colección de destacados conocidos.

Como tiene dinero y conexiones pero ningún prejuicio, su colección es completísima e incluye objetos (¿o debería decir sujetos?) que el vulgo no valora y que, a menudo, la fama popular desconoce. Naturalmente, mi amigo se jacta sobre todo de esos especímenes.

Me escribió sobre X: «Es el rebelde (*révolté*) más grande de la era moderna. Se lo conoce como un escritor revolucionario cuya ironía feroz ha puesto al descubierto la corrupción de las más respetables instituciones. Ha dejado sin cabeza a los títeres más venerables y ha ensartado en la pica de su sarcasmo toda opinión recibida y todo principio reconocido de conducta y de política. ¿Quién no recuerda sus incendiarios panfletos revolucionarios? Sus súbitos enjambres de argumentos abrumaban a la policía del continente como una plaga de tábanos rojos. Pero este escritor radical ha sido además el activo inspirador de sociedades secretas, el misterioso y desconocido Número Uno de conspiraciones desesperadas, tanto de aquellas que despertaron sospechas como de las que no, de las que maduraron como de las que se frustraron. ¡Y el mundo ni se ha enterado de ello! Lo cual explica que siga entre nosotros hasta hoy en día, veterano de muchas campañas clandestinas, apartado de todo y tranquilo con su reputación de ser solo el publicista más destructivo de todos los tiempos».

Eso escribió mi amigo, y después agregaba que el señor X era un gran conocedor de bronces y porcelana y me pedía que le enseñara mi colección.

X apareció a su debido tiempo. Mis tesoros están expuestos en tres amplias estancias sin alfombras ni cortinas. No hay otros muebles que *étagères* y vitrinas, cuyos contenidos valdrán una fortuna para mis herederos. Por miedo a los accidentes, no permito que se encienda la chimenea, y una puerta a prueba de incendios separa esas salas del resto de la casa.

Era un día de mucho frío. Nos dejamos puestos los abrigos y los sombreros. X, enjuto, de talla mediana, con ojos atentos y un largo rostro de nariz griega, iba de un lado a otro dando breves pasos con sus pulcros piececitos y miraba mi colección con inteligencia. Espero haberlo mirado con inteligencia yo también. El bigote y las patillas blancos como la nieve hacían que su tez morena pareciera más oscura de lo que era. Con su abrigo de piel y su chistera reluciente, aquel hombre terrible iba vestido muy a la moda. Creo que pertenecía a una familia noble y, de haberlo querido, habría podido llamarse vizconde X de la Z. No hablamos más que de bronces y de porcelana. Se mostró sumamente agradecido. Nos despedimos en términos cordiales.

Ignoro dónde se hospedaba. Lo imagino solitario. Los anarquistas, supongo, no tienen familia; o, en todo caso, no la tienen como nosotros entendemos esa entidad social. Puede que la organización familiar responda a una necesidad humana, pero a fin de cuentas se basa en la ley y, por lo tanto, ha de ser algo odioso e imposible para un anarquista. Aunque, la verdad, no entiendo a los anarquistas. ¿Acaso un hombre de esas... esas inclinaciones sigue siendo anarquista cuando está solo, totalmente solo y va a acostarse, por ejemplo? ¿Apoya la cabeza en la almohada, se tapa y se duerme pensando siempre en la necesidad del *chambardement général*, como se dice en argot francés, del descalabro general? Y, si es así, ¿cómo lo logra? Estoy seguro de que si esa fe (o ese fanatismo) se apodera alguna vez de mis pensamientos, no sería capaz de calmarme lo suficiente para dormir o comer o llevar a cabo los actos habituales de la vida diaria. No querría tener esposa o hijos; me parece que no podría tener amigos; y ni hablar, supongo, de coleccionar bronces o porcelana. Pero quién sabe. Lo único que sé es que el señor X comía en un restaurante muy bueno que yo también frecuentaba.

Con la cabeza al descubierto, el copete plateado que formaban sus cabellos cardados completaba el carácter de su fisionomía, toda hecha de protuberancias huesudas y rasgos hundidos, dispuestos en una expresión impasible. Sus manos pequeñas y morenas, que sobresalían de unos grandes puños de camisa blancos, iban y venían rompiendo pan, sirviendo vino y así sucesivamente, con precisión tranquila y mecánica. Su cuerpo y su cabeza permanecían rígidos por encima del mantel. Aquel rebelde, aquel gran agitador, mostraba la menor calidez y animación posibles. Su voz era ronca, fría, grave y monótona. Nadie lo consideraría hablador; pero con su aire calmo y distante parecía estar tan dispuesto a dar charla como a interrumpirse de un momento a otro.

Y sus temas de conversación no eran ordinarios. A mí, confieso, me causaba cierta excitación hablar tranquilamente, cena de por medio, con un hombre cuyos plumazos habían debilitado la vitalidad de por lo menos una monarquía. Aquello era de conocimiento público. Pero yo sabía más. Yo sabía, gracias a mi amigo, cosas que los guardianes del orden social de Europa como mucho sospechaban o apenas adivinaban.

Aquel hombre había llevado una vida que llamaré clandestina. Y, dado que me sentaba noche tras noche a cenar ante él, mi mente se llenó naturalmente de curiosidad al respecto. Soy un producto tranquilo y pacífico de la civilización y desconozco otra pasión que la de coleccionar objetos que son, y han de seguir siendo, exquisitos aun cuando se aproximan a lo monstruoso. Algunos bronces chinos son monstruosamente preciosos, y he aquí que yo me encontraba ante un raro tipo de monstruo. Es cierto que era refinado y en un sentido exquisito. Su aire elegante e imperturbable lo era. Pero no estaba hecho de bronce. Ni siquiera era chino, lo que me habría permitido observarlo con calma desde el otro lado del abismo de la diferencia racial. Estaba vivo y era europeo; tenía los modales de la buena sociedad, llevaba un sombrero y un abrigo como los míos, y tenía un gusto muy similar sobre comida. Daba pavor pensar en eso.

Una noche comentó de pasada, mientras conversábamos:

—La humanidad no se corregirá sino con terror y violencia.

Se imaginarán el efecto que tuvo semejante frase, dicha por semejante hombre, en una persona como yo, cuyo esquema de valores se basa en la apreciación fina y delicada de los parámetros artísticos y sociales. ¡Imagínense! ¡En mí, para quien toda forma de violencia era tan irreal como los gigantes, ogros e hidras de siete cabezas cuyos actos afectan, fantásticamente, el curso de las leyendas y los cuentos de hadas!

Fue como si de pronto oyera, sobre el alegre bullicio del restaurante, el murmullo de una turbamulta hambrienta y sediciosa.

Supongo que soy impresionable e imagino cosas con facilidad. Tuve una perturbadora visión de tinieblas, llenas de mandíbulas y ojos salvajes, pese a las cien lamparillas eléctricas del local. Pero de alguna manera la visión también me enfureció. Me exasperaba ver que aquel hombre arrancaba pedazos de pan tan tranquilo. Y tuve la audacia de preguntarle por qué el hambriento proletariado de Europa, ante el que él predicaba la revuelta y la violencia, no se indignaba por su vida abiertamente lujosa.

—Por todo esto —dije, sin rodeos, echando una ojeada a la sala y a la botella de champán que solíamos compartir durante la cena.

No se inmutó.

—¿Acaso me alimento de su trabajo y de la sangre de sus corazones? ¿Es que soy un especulador o un capitalista? ¿He robado mi fortuna a un pueblo famélico? ¡No! Lo saben muy bien. Y nada me envidian. La masa es generosa con sus líderes. Lo que poseo proviene de mis escritos; no de los millones de panfletos repartidos gratis entre los hambrientos y los oprimidos, sino de los cientos de miles de ejemplares que se vendieron a la bien alimentada burguesía. Usted sabe que en una época mis escritos hicieron furor; estaban de moda, se los leía con asombro y horror para reprobar mi patetismo... o, si no, para extasiarse de risa por mi ingenio.

—Sí —admití—. Lo recuerdo, claro; y, francamente, le confieso que nunca entendí esa manía.

—¿No ha aprendido aún —dijo— que a la clase ociosa y egoísta le encanta la provocación, incluso a sus propias expensas? Como la vida de esa clase es mera pose, no se da cuenta del poder y del peligro que comportan el verdadero movimiento y las palabras que no son falsas. Las toma por pura diversión y sentimentalismo. Basta con señalar cómo se comportaba la antigua aristocracia francesa con los filósofos cuyas palabras prepararon la Gran Revolución. Incluso en Inglaterra, donde hay algo de sentido común, a un revolucionario le basta con gritar con la suficiente fuerza y perseverancia para que lo respalde la mismísima clase a la que le grita. A usted también le gusta la provocación. Un líder revolucionario atrae a los aficionados a la emoción. Aficionarse a esto, a lo otro y a lo de más allá es una forma muy grata de matar el tiempo y de alimentar la propia vanidad: la vanidad inane que provoca estar al corriente de las ideas de pasado mañana. Es como esas personas buenas y a todas luces inofensivas que le hablan a usted de su colección extasiadas, sin tener la más remota idea de por qué es maravillosa.

Agaché la cabeza. Era una ilustración apabullante de la triste verdad que promovía. El mundo está lleno de gente así. Y el ejemplo de la aristocracia francesa antes de la Revolución también era muy convincente. No podía refutar su afirmación, aunque su cinismo —siempre un rasgo desagradable— le quitaba mucho valor, en mi opinión. Sin embargo, admito que me impresionó. Sentí la necesidad de decir algo que no expresara conformidad pero tampoco fomentase el debate.

—¿No querrá decir —observé a la ligera— que las manías de esa gente han ayudado a los revolucionarios radicales?

—No me refería exactamente a eso con lo que acabo de decir. Era una generalización. Pero, ya que me lo pregunta, le diré que las actividades revolucionarias han recibido ese tipo de ayuda, con mayor o menor conciencia, en varios países. Incluso en este.

—¡Imposible! —protesté con firmeza—. No jugamos con fuego hasta ese punto.

—Y sin embargo, quizá pueden permitírselo más que otros. Y déjeme señalarle que a todas las mujeres, aunque no estén dispuestas a jugar con fuego, les gusta jugar con una chispa o dos.

—¿Es una broma? —pregunté, sonriendo.

—No, que yo sepa —dijo en un tono rígido—. Pensaba en un ejemplo. En fin, uno bastante suave...

Mi expectación aumentó al oír eso. Muchas veces había intentado sonsacarle información sobre su parte clandestina, por así decirlo. Habíamos pronunciado incluso la palabra. Pero él siempre me había salido al paso con una calma impenetrable.

—... pero que, al mismo tiempo —continuó el señor X—, le dará una idea de las dificultades que pueden surgir en lo que a usted le gusta llamar tareas clandestinas. A veces es difícil lidiar con ellas. Por supuesto, no existe la jerarquía entre los afiliados. Nada de sistemas rígidos.

Me sorprendí mucho, pero solo por un momento. Era obvio que no podía haber una jerarquía entre anarquistas radicales; nada similar a una ley de precedencia. Y la idea de que entre los anarquistas reinaba la anarquía era reconfortante. Era imposible que de esa forma fueran eficientes.

El señor X me asombró al preguntarme abruptamente:

—¿Conoce la calle Hermione?

Asentí con algo de duda. Durante los últimos tres años, habían reacondicionado la calle Hermione hasta dejarla irreconocible. El nombre aún existe, pero ya no queda un solo ladrillo ni adoquín de la vieja calle Hermione. Se refería a la antigua calle, porque dijo:

—Recordará que había a la izquierda una hilera de casas de ladrillos de dos pisos que daban la espalda a un gran edificio público. ¿Le sorprendería si le dijera que, durante un tiempo, una de esas casas fue un centro de propaganda anarquista y de lo que usted llamaría acción clandestina?

—En absoluto —declaré.

La calle Hermione nunca había sido muy respetable, según la recordaba.

—La casa era propiedad de un distinguido funcionario del Gobierno —agregó, bebiendo un sorbo de champán.

—¡No me diga! —repliqué, esta vez sin creerle una palabra.

—Claro que él no vivía allí —continuó el señor X—. Pero este hombre pasaba sus días sentado de las diez a las cuatro casi en la casa de al lado, en una habitación bien amueblada del edificio público que he mencionado. Para ser exactos, debo explicarle que la casa de la calle Hermione no le pertenecía realmente a él, sino a sus dos hijos adultos: una hija y un hijo. La muchacha, de buena figura, no era para nada de una belleza vulgar. A su encanto personal, mayor del que le otorgaba la mera juventud, ella sumaba la apariencia seductora del entusiasmo, de la independencia y del pensamiento valeroso. Supongo que se arrogaba esas apariencias de la misma manera que elegía vestidos pintorescos, y por la misma razón: para hacer valer su individualidad. Ya sabe, las mujeres hacen casi cualquier cosa con esos fines. Ella hizo unas cuantas. Adoptó todos los gestos distintivos de las convicciones revolucionarias: los gestos de piedad, de furia, de indignación ante los vicios antihumanitarios de la clase social a la que ella misma pertenecía. Todo eso encajaba tan bien con su llamativa personalidad como los vestidos un poco originales que llevaba. Ligeramente originales; lo justo para señalar la protesta contra el filisteísmo de los ahítos opresores de los pobres. Lo justo, ni un pelo más. De nada habría servido extralimitarse, usted me entiende. Pero ella era mayor de edad, y nada le impedía poner su vivienda a disposición de los trabajadores revolucionarios.

—¡¿Lo dice en serio?! —exclamé.

—Le aseguro —afirmó— que tuvo esa gentileza. ¿De qué otra manera habrían conseguido el lugar? La causa no es rica. Y, más aún, habría habido dificultades con cualquier agente inmobiliario, que habría pedido referencias y demás. El grupo con el que ella entró en contacto al explorar los barrios pobres de la ciudad (usted conoce el gesto de caridad y asistencia que estaba tan de moda hace unos años) aceptó la casa con gratitud. La primera ventaja era que la calle Hermione se encuentra, como bien sabe, muy lejos de la zona sospechosa de la ciudad, que la policía vigila especialmente.

»En la planta baja había un pequeño restaurante italiano, de esos que están llenos de moscas. No fue difícil convencer al propietario de que vendiera. Una mujer y un hombre de la célula se hicieron cargo del local. El hombre había sido cocinero. Los camaradas iban a comer ahí y pasaban desapercibidos entre los demás clientes. Esa era otra ventaja. El primer piso estaba ocupado por una agencia de artistas de variedades: actores de vodevil venidos a menos. Un sujeto llamado Bomm, recuerdo. No molestaban. Era conveniente que pasara por ahí un montón de gente de aspecto extranjero, malabaristas, acróbatas, cantantes de ambos sexos y así sucesivamente, que entraban y salían todo el día. La policía no prestaba atención a las caras nuevas, ¿entiende? Dio la casualidad de que el piso superior estaba vacío.

X se interrumpió para atacar, con movimientos mesurados, una *bombe glacée* que el camarero acababa de dejar en la mesa. Tragó cuidadosamente unas cuantas cucharadas del postre helado y me preguntó:

—¿Ha oído hablar de la Sopa Seca Stone?

—¿Que si he oído hablar de qué?

—Se trataba —continuó X— de un artículo comestible que solía anunciarse muy a la vista en los periódicos, pero que, por alguna razón, nunca conquistó el favor del público. La empresa se hundió. Subastaban los paquetes de sus existencias a menos de un penique por libra de peso. La célula compró una parte y abrió una agencia de ventas de Sopa Seca Stone en el segundo piso. Un negocio de lo más respetable. El producto, un polvo amarillo de un aspecto muy poco apetitoso, se envasaba en latas que entraban de a seis por caja. Si alguien venía a hacer un pedido, se vendía, por supuesto. Pero la mayor ventaja del polvillo era la facilidad con que podían ocultarse cosas en él. De vez en cuando se subía un cajón especial a un carro y se lo mandaba a exportar bajo las narices del policía que estaba de guardia en la esquina. ¿Comprende?

—Creo que sí —dije, asintiendo la cabeza expresivamente hacia los restos de la *bombe* que se derretía poco a poco en el plato.

—Exactamente. Pero, además, los cajones tenían otra utilidad. En el sótano, o mejor dicho en la bodega del fondo, se instalaron dos imprentas. Una gran cantidad de literatura revolucionaria del tipo más incendiario salía de la casa en cajones de Sopa Seca Stone. El hermano de la muchachita anarquista encontró de qué ocuparse allí abajo. Escribía artículos, ayudaba a componer las planchas de impresión, sacaba los pliegos de papel y, en general, secundaba al que estaba a cargo, un joven muy capaz llamado Sevrin.

»El cerebro que guiaba aquella célula era un fanático de la revolución social. Ya murió. Era un grabador genial. Seguro que usted ha visto su trabajo. Actualmente es muy codiciado por ciertos aficionados. Al principio revolucionó su arte, y terminó volviéndose un revolucionario después de que su mujer y su hijo murieran en la miseria y en la necesidad. Decía que la burguesía, ese grupo de engreídos ahítos de comida, los había matado. De verdad lo creía. Seguía trabajando en su oficio y llevaba una doble vida. Era alto, flaco y de piel oscura, tenía una larga barba castaña y los ojos hundidos. Seguro que usted lo ha visto. Se llamaba Horne.

Al oírlo me sobresalté. Por supuesto, hacía unos años me cruzaba a menudo con Horne. Tenía el aspecto de un gitano curtido y poderoso, e iba vestido con una vieja chistera, una bufanda roja y un abrigo largo y raído que llevaba abotonado hasta arriba. Hablaba exaltadamente de su arte y tenía un aspecto tan tenso que se lo hubiera creído al borde de la locura. Un pequeño grupo de conocedores apreciaba su obra. Quién hubiera dicho que aquel hombre... ¡Vaya sorpresa! Aunque, a fin de cuentas, no era tan difícil de creer.

—Como ve —prosiguió X—, la célula podía dedicarse a la propaganda, y también a otras actividades, en condiciones muy ventajosas. Eran hombres de mucho temple, decididos y con experiencia. Y sin embargo, con el correr del tiempo a nosotros empezó a asombrarnos que, casi invariablemente, los planes urdidos en la calle Hermione fracasaran.

—¿Quiénes son «nosotros»? —pregunté directamente.

—Algunos de los que estábamos en Bruselas, en el centro —se apresuró a decir—. Cualquier iniciativa importante que se originara en la calle Hermione parecía destinada al fracaso. Siempre ocurría algo que desbarataba las acciones mejor planeadas en cada rincón de Europa. Era una época de mucha actividad. No crea que todos nuestros fracasos son estrepitosos, con arrestos y enjuiciamientos. No es así. A menudo la policía opera en silencio, casi en secreto, y frustra nuestros esfuerzos por medio de sus propias intrigas. Nada de arrestos, de ruido, ni de alarmar la conciencia colectiva o inflamar las pasiones. Es un proceder sensato. Pero, en aquella época, el éxito de la policía era demasiado uniforme, desde el Mediterráneo hasta el Báltico. Era molesto y empezaba a resultar peligroso. Al final llegamos a la conclusión de que había elementos poco confiables en las células de Londres. Y yo vine discretamente a ver qué podía hacerse.

»Mi primer paso fue visitar a nuestra señorita aficionada al anarquismo en su casa. Me recibió amablemente. Juzgué que no sabía nada de las operaciones químicas y demás que se llevaban a cabo en el segundo piso de la casa de la calle Hermione. La impresión de textos anarquistas era la única «actividad» de la que parecía tener conciencia. Daba muestras muy impresionantes de entusiasmo y ya había escrito varios artículos sentimentales en los que sacaba conclusiones virulentas. Me di cuenta de que la chica lo estaba pasando en grande haciendo todos los gestos y las muecas propios de una suma seriedad. Le sentaban bien a su rostro de ojos grandes y frente ancha y al garbo de su cabeza de nobles proporciones, coronada por una magnífica cabellera castaña recogida en un peinado inusual y bonito. En la habitación también estaba su hermano, un muchacho serio de cejas arqueadas y con una corbata roja, que se me antojó completamente ignorante del contenido del mundo, incluido él mismo. Enseguida entró un joven alto. Estaba bien afeitado y su fuerte mandíbula azulada le daba un aire de actor taciturno o de sacerdote fanático: esos de tupidas cejas negras. Pero tenía muy buena presencia. Nos estrechó vigorosamente la mano a ambos. La jovencita se me acercó y murmuró con dulzura: "El camarada Sevrin".

»Yo nunca lo había visto. Tenía poco que decirnos, pero se sentó al lado de la muchacha, y de inmediato entablaron una seria conversación. Ella se echó adelante en su sillón y apoyó su delicado mentón torneado en su hermosa mano. Él la miraba atentamente a los ojos. Era una actitud amorosa, grave, intensa, como al borde de una tumba. Supongo que a ella le parecía necesario redondear y completar su adopción de ideas avanzadas, de ilegalidad revolucionaria, simulando que estaba enamorada de un anarquista. Y este, reitero, tenía muy buena presencia, pese al aspecto de fanático que le daban sus cejas. Tras mirarlos de reojo un par de veces, no me quedó duda alguna de que los actos de él iban en serio. Los gestos de la dama eran irreprochables, mejores que la realidad misma en su sugerente mezcla de dignidad, dulzura, condescendencia, fascinación, entrega y reserva. Interpretaba con suma habilidad su concepción de lo que debía ser aquel tipo preciso de relación amorosa. Y también sus actos, sin duda, iban en serio. Eran tan solo gestos... ¡pero perfectos!

»Cuando me dejaron solo con nuestra señorita aficionada le informé con cautela del objeto de mi visita. Aludí a nuestras sospechas. Quería oír lo que ella tuviera que decir y esperaba alguna revelación inconsciente. Todo lo que dijo fue: "Eso es serio", con cara larga, de deliciosa preocupación. Pero había una chispa en sus ojos que decía: "¡Qué apasionante!". A fin de cuentas, no sabía mucho de nada, excepto de palabras. Aun así, se comprometió a ponerme en contacto con Horne, con quien no era fácil encontrarse salvo en la calle Hermione, donde yo no deseaba dejarme ver en aquel momento.

»Me reuní con Horne. Era una clase muy distinta de fanático. Le transmití las conclusiones a las que habíamos llegado en Bruselas y le señalé la serie significativa de fracasos. Me respondió con exaltación irrelevante:

»"Me traigo algo entre manos que sembrará el terror en los corazones de estos animales ahítos de comida".

»Y entonces me enteré de que, excavando en una de las bodegas de la casa, él y unos compañeros habían llegado a los sótanos del gran edificio público que mencioné antes. La explosión de toda un ala era una certeza en cuanto tuvieran listos los materiales.

»La estupidez de aquel plan no me horrorizó tanto como habría podido hacerlo si para entonces la utilidad del organismo de la calle Hermione no se hubiese vuelto problemática. De hecho, a esas alturas era en mi opinión poco más que una trampa de la policía.

»Lo que había que descubrir en ese momento era qué o, mejor dicho, quién nos la estaba jugando, y finalmente logré meterle la idea en la cabeza a Horne. Me miró furioso, perplejo, mientras sus fosas nasales se movían como si olisqueara la traición en el aire.

»Y ahora le voy a hablar de un plan que sin duda le parecerá una especie de recurso teatral. Sin embargo, ¿qué otra cosa habría podido hacerse? El problema consistía en descubrir al miembro poco fiable del grupo. Pero no se podía sospechar más de uno que de otro. Vigilarlos a todos era inviable. Además, ese proceder falla con frecuencia. Y en cualquier caso lleva tiempo, y el peligro era apremiante. Yo estaba seguro de que en algún momento se produciría una redada en las instalaciones de la calle Hermione, aunque era evidente que la policía tenía tanta confianza en el informante que, por el momento, ni siquiera vigilaban la casa. De eso Horne estaba convencido. En esas circunstancias, era un síntoma poco favorable. Había que actuar deprisa.

»Decidí organizar una redada yo mismo. ¿Entiende? Una redada hecha por camaradas de fiar que se hicieran pasar por policías. Una conjura dentro de la conjura. Imaginará el propósito, por supuesto. Esperaba que cuando estuvieran a punto de arrestarlo el informante se revelara de alguna manera; bien por un descuido o bien, pongamos, por su falta de preocupación. Claro que existía, por una parte, el peligro de fracasar completamente y, por otra, el peligro, no menor, de que ocurriera un accidente fatal en caso de que alguien se resistiera o intentase escapar. Porque, como se dará cuenta, había que tomar al grupo de la calle Hermione totalmente por sorpresa, del mismo modo que, estaba seguro, lo haría la verdadera policía en breve. El informante estaba entre ellos, y solo Horne podía conocer mi plan secreto.

»No entraré en los detalles de las preparaciones. No fue fácil de organizar, pero se llevó a cabo muy bien y tuvo un efecto muy convincente. La policía falsa invadió el restaurante, y de inmediato se abrieron todas las persianas. La sorpresa fue perfecta. Encontraron a la mayoría de los miembros de la calle Hermione en la segunda bodega, ampliando el túnel que comunicaba con los sótanos del eminente edificio público. Al oír la primera alarma, varios camaradas escaparon impulsivamente hacia esos sótanos, donde, por supuesto, los habrían atrapado sin esperanza de haberse tratado de una verdadera redada. De momento no nos preocupamos por ellos. Eran bastante inofensivos. El piso superior nos causaba una considerable ansiedad a Horne y a mí. Allí, rodeado de latas de Sopa Seca Stone, un camarada apodado el Profesor (exestudiante de ciencias) se ocupaba de perfeccionar unos nuevos detonadores. Era un hombrecito abstraído, cetrino, confiado y armado con grandes anteojos redondos, y temíamos que, haciéndose una idea equivocada de la situación, se volara en mil pedazos y derribara el edificio con nosotros dentro. Corrí escaleras arriba y lo encontré en la puerta, alerta, escuchando, según dijo, los "ruidos sospechosos de abajo". No había yo terminado de explicarle qué ocurría, cuando se encogió de hombros con desprecio y volvió a sus balanzas y tubos de ensayo. Los explosivos eran su fe, su esperanza, sus armas y su escudo. Murió un par de años más tarde en un laboratorio secreto cuando explotó prematuramente uno de sus detonadores optimizados.

»Al regresar abajo, hallé en la oscuridad de la amplia bodega una escena impresionante. El hombre que se hacía pasar por inspector (no desconocía el papel) hablaba con dureza y daba a sus falsos subordinados falsas órdenes para que se llevaran a los prisioneros. Era obvio que aún no había pasado nada iluminador. Horne, moreno y saturnino, aguardaba de brazos cruzados, y su espera paciente y ceñuda tenía un aire de estoicismo acorde con la situación. Descubrí que, en las sombras, uno de los miembros de la célula se estaba tragando a escondidas un pedacito de papel. Supuse que sería un escrito comprometedor; quizá una nota con nombres y direcciones. Era un verdadero y leal "compañero". Pero la reserva de malicia que se oculta en el fondo de nuestras simpatías hizo que me pareciera graciosa aquella representación perfectamente innecesaria.

»En todo lo demás, aquel arriesgado experimento, aquel *coup de théâtre*, si prefiere llamarlo así, parecía haber fracasado. El engaño no podía perpetuarse mucho tiempo; la explicación traería consigo circunstancias muy vergonzosas y hasta graves. El hombre que se había tragado el papel se pondría furioso. También los que habían huido.

»Para mi mayor disgusto, se abrió la puerta que daba al otro sótano, donde estaban las imprentas, y por ella apareció nuestra joven revolucionaria, una silueta negra con un vestido ceñido y un sombrero amplio, recortada contra las lámparas de gas que ardían en la habitación. Detrás percibí las cejas arqueadas y la corbata roja de su hermano.

»¡Las personas a quienes menos quería ver en el mundo! Esa noche habían asistido a un concierto de aficionados para los pobres, en fin; pero ella había insistido en retirarse temprano, a fin de pasar por la calle Hermione de camino a casa, con la excusa de que tenía trabajo que hacer. Su ocupación habitual era corregir las pruebas de las ediciones francesa e italiana de *La Campana de Alarma* y *El Instigador*...».

—¡Santo cielo! —murmuré yo.

En una ocasión me habían enseñado unos ejemplares de esas publicaciones. Nada, a mi juicio, podría ser menos apropiado para los ojos de una jovencita. Eran las revistas más adelantadas de su clase; adelantadas, quiero decir, hasta allegar más allá de los límites de la razón y la decencia. Una de ellas predicaba la disolución de todos los lazos sociales y domésticos; la otra abogaba por el asesinato sistemático. Imaginar a una muchacha rastreando con calma errores de imprenta en las frases abominables que yo recordaba atentaba contra mi concepción de la mujer. El señor X, tras mirarme apenas, continuó con firmeza:

—Creo, de cualquier manera, que iba allí para embelesar a Sevrin y recibir, a su manera regia y condescendiente, el homenaje que él le rendía. Ella era consciente de ambas cosas, de su propio poder y de la corte del otro, y disfrutaba de ellas, supongo, con total inocencia. En ese sentido, no tenemos nada que reprocharle en cuanto al oportunismo o la moral. El encanto de una mujer y la inteligencia excepcional de un hombre siguen sus propias reglas. ¿No es así?

Dada mi curiosidad, me abstuve de expresar el horror que me producía esa doctrina licenciosa.

—Pero ¿qué pasó entonces? —me apresuré a preguntar.

X siguió deshaciendo lentamente un pedazo de pan con su negligente mano izquierda.

—Lo que pasó, de hecho —confesó—, es que ella salvó la situación.

—¿Le dio a usted la oportunidad de terminar con aquella farsa más bien siniestra? —sugerí.

—Sí —dijo sin perder su aire impasible—. La farsa tenía que terminar pronto. Terminó en pocos minutos. Y terminó bien. Si ella no hubiera entrado, quizá habría terminado mal. Su hermano, por supuesto, no contaba. Hacía un rato habían entrado en la casa sin ser vistos. El sótano de las imprentas tenía una puerta propia. Al no encontrar a nadie allí, ella se había sentado a leer sus galeradas y a esperar a que Sevrin volviera de un momento a otro. Pero este no volvía. Ella se impacientó, oyó a través de la puerta ruidos en el sótano contiguo y, naturalmente, salió a ver qué pasaba.

»Sevrin estaba con nosotros. Al principio me pareció el más estupefacto de todos los detenidos. Por un momento dio la impresión de hallarse paralizado de asombro. Estaba clavado en su lugar. No movía un dedo. Cerca de su cabeza titilaba una solitaria llama de gas; todas las demás se habían apagado a la primera señal de alarma. Y enseguida, desde mi rincón oscuro, observé una expresión confusa y molesta de expectación en su afeitada cara de actor. Fruncía aquel ceño tupido suyo. Las comisuras de la boca caían con desdén. Estaba furioso. Probablemente había descubierto la trampa; me apenó no haber confiado en él desde un principio.

»Pero, cuando apareció la muchacha, obviamente se alarmó. Era evidente. Vi crecer la emoción. El cambio de su expresión fue rápido y sorprendente. Y yo no sabía por qué. No se me ocurrió la razón. La extremada modificación de su rostro solo me dejó atónito. Desde luego, él no estaba al tanto de la presencia de ella en el sótano de al lado; pero eso no explicaba el sobresalto que le produjo su llegada. Por un momento pareció reducido a la imbecilidad. Abrió la boca como para gritar, o quizá solo para tomar aire. De cualquier modo, fue otro el que gritó: el heroico camarada al que había detectado tragándose un pedazo de papel. Con encomiable presencia de ánimo les dio un grito de alerta:

»"¡Es la policía! ¡Atrás! ¡Atrás! ¡Volved a entrar y cerrad la puerta!".

»Era una indicación excelente, pero, en vez de emprender la retirada, la muchacha siguió avanzando, seguida por la cara larga de su hermano vestido con un traje de pantalones bombachos con el que había entonado canciones cómicas para entretener al triste proletariado. Ella avanzó no como si no hubiese entendido (la palabra "policía" tiene un sonido inconfundible), sino como si no pudiera evitarlo. No avanzó con el andar suelto y la franca presencia de una distinguida anarquista aficionada en medio de obreros pobres y en apuros, sino con los hombros un poco levantados y los codos apretados contra el talle, como tratando de encogerse. Clavó los ojos en Sevrin. Sevrin el hombre, quiero creer; no Sevrin el anarquista. Pero avanzaba. Y era natural. Las muchachas de su clase, pese a creerse independientes, están acostumbradas a gozar de una protección especial, la cual, por cierto, existe. Esa convicción explica nueve décimas partes de sus actos de valentía. Había perdido por completo el color del rostro. ¡Imagínese enterarse de una manera tan brutal que una era el tipo de persona que debía huir de la policía! Creo que, más que nada, estaba pálida de indignación, aunque también le preocupara, desde luego, la integridad de su persona, el vago terror de algún tipo de brusquedad. Y, naturalmente, se volvió hacia un hombre, el hombre al que la unía la fascinación y la corte; el hombre que era inconcebible pensar que pudiera fallarle jamás.

—Pero —exclamé, sorprendido por su análisis—, de haber sido una situación seria, quiero decir, real, como ella pensaba que lo era, ¿qué esperaba que hiciese él?

X no movió un músculo de la cara.

—Sabe Dios. Imagino que aquella criatura encantadora, generosa e independiente no había tenido una sola idea genuina en su vida; es decir, una sola idea apartada de la vanidad humana, o cuya fuente no fuese una percepción convencional. Lo único que sé es que tras dar unos pasos le extendió la mano a Sevrin, que seguía inmóvil. Y no fue un gesto vano. Era un movimiento natural. En cuanto a lo que esperaba que hiciera él, ¿quién sabe? Lo imposible. Pero, fuera lo que fuese, sin duda no podía ser lo que él ya había decidido hacer incluso antes de que esa mano suplicante lo interpelara de manera tan directa. El gesto había sido innecesario. Desde el momento en que la vio entrar en el sótano, decidió sacrificar su utilidad futura, deshacerse de la máscara impenetrable, ajustada con tanta firmeza, que había llevado con orgullo...

—¿Qué quiere decir? —lo interrumpí, perplejo—. ¿Entonces era Sevrin el...?

—Así es. El más pertinaz, el más peligroso, el más artero, el más sistemático de los informantes. Un genio entre los traidores. Por fortuna para nosotros, era el único. El sujeto era un fanático, como le dije. Por fortuna, una vez más, para nosotros, se había enamorado de los gestos refinados e inocentes de aquella muchacha. Siendo él mismo un actor tremendamente serio, debe de haber creído en el valor absoluto de los signos convencionales. En cuanto a haber caído en una trampa tan grosera, la explicación ha de ser que dos sentimientos de una magnitud tan absoluta no pueden coexistir en un solo pecho. Al ver en peligro a aquella actriz también espontánea, perdió la agudeza, la perspicacia, el juicio. Al principio, en efecto, perdió el control. Pero lo recuperó por la necesidad (que se le antojó imperiosa) de actuar de inmediato. ¿De actuar cómo? Sacándola de la casa lo antes posible. Ardía en ansias de hacerlo. Ya le dicho que estaba aterrado. La razón no podía ser su persona. Se había mostrado sorprendido y molesto a causa de aquella operación imprevista y prematura. Quizá puede decirse que estaba furioso. Por regla general, preparaba la última escena de sus traiciones con un arte profundo y sutil que dejaba intacta su reputación de revolucionario. Pero estoy seguro de que, en aquel caso, había decidido sacarle máximo provecho a la situación, dejarse la máscara puesta. Fue solo al descubrir que ella se hallaba en la casa cuando todo (la calma autoimpuesta, la moderación de su fanatismo, la máscara) cayó en medio del pánico. ¿Por qué pánico, me preguntará? La respuesta es muy simple. Recordó, o tal vez nunca había olvidado, que el Profesor estaba en el piso de arriba, ocupado en sus investigaciones, rodeado de latas y más latas de Sopa Seca Stone. Algunas contenían lo necesario para enterrarnos a todos bajo una pila de ladrillos. Sevrin, por supuesto, era consciente del hecho. Y debemos creer, además, que conocía al dedillo el carácter de aquel hombre. ¡Había juzgado a tantos caracteres parecidos! O quizá solo reconocía en el Profesor el mérito de lo que él mismo era capaz de hacer. En cualquier caso, se produjo el efecto. Y de pronto Sevrin levantó la voz con autoridad:

»"Llévense de inmediato a la dama".

»Resultó ser que estaba más ronco que un cuervo; consecuencia, sin duda, de la intensa emoción. Se le pasó enseguida. Pero aquellas palabras aciagas salieron de su garganta cerrada en un graznido discordante y ridículo. No buscaban respuesta. Lo hecho, hecho estaba. Sin embargo, el hombre que se hacía pasar por inspector juzgó oportuno decir con dureza:

»"Se irá en un momento, junto con el resto de vosotros".

»Fueron las últimas palabras correspondientes a la parte grotesca de aquel asunto.

»Sevrin, indiferente a todo y a todos, se acercó a él a grandes pasos y lo tomó por las solapas del abrigo. Se notaba que, bajo las mejillas azuladas, estaba apretando con furia la mandíbula.

»"Tiene usted hombres apostados fuera. Dígales que lleven a la señorita a su casa de inmediato. ¿Me oye? Ya mismo. Antes de intentar atrapar al hombre que está arriba".

»"¿Así que hay alguien arriba?", dijo burlonamente el otro. "Bueno, le diremos que baje para que vea cómo termina todo esto".

»Pero Sevrin, fuera de sí, no entendió el tono.

»"¿Quién es el imbécil que ha enviado a un inútil como usted? ¿No ha entendido sus órdenes? ¿No está al tanto de nada? Es increíble. Mire...".

»Soltó las solapas del abrigo y, escarbando en su pecho, buscó febrilmente algo bajo la camisa. Finalmente hizo aparecer una pequeña bolsa de cuero blando que debía de llevar colgada al cuello como un escapulario mediante la cinta cuyos cabos rotos colgaban de su mano.

»"Mire dentro", espetó, tirándosela a la cara. Y al instante se dio la vuelta hacia la muchacha. Ella estaba de pie detrás de él, totalmente inmóvil y en silencio. Su cara blanca y fija daba una ilusión de placidez. Solo sus ojos parecían desorbitados y más oscuros.

»Él habló deprisa, con nervioso aplomo. Oí cómo le prometía que pronto todo quedaría aclarado. Pero el resto no lo capté. Sevrin estaba cerca, aunque no intentó tocarla ni siquiera con la punta de los dedos, y ella lo miraba con expresión idiotizada. Por un momento, sin embargo, sus párpados cayeron lenta y patéticamente; luego, con sus largas pestañas negras sobre las blancas mejillas, pareció a punto de desvanecerse. Pero no se movió del sitio. Él la instó en voz alta a que lo siguiera de inmediato y, sin siquiera mirar atrás, se dirigió a la puerta que estaba al pie de las escaleras del sótano. Y, de hecho, ella dio un paso o dos hacia él. Pero, por supuesto, a él no se le permitió llegar a la puerta. Hubo exclamaciones de furia, un manoteo breve y feroz. Lo empujaron violentamente, y él salió despedido hacia a ella de espaldas, tambaleándose, y cayó al suelo. Ella alzó los brazos en un gesto de consternación y se apartó mientras la cabeza de Sevrin golpeaba el suelo junto a su zapato.

»Él se quedó gimiendo por la conmoción. Cuando se levantó, lentamente, aturdido, se había dado cuenta de lo que pasaba. El hombre al que le había dado el saquito de cuero sacó de él una fina tira de papel azulado. La sostuvo sobre su cabeza y, como tras la refriega reinaba una calma incómoda y expectante, lo arrojó al suelo con desprecio, pronunciando las siguientes palabras: "Creo, camaradas, que esta prueba no es necesaria en absoluto".

»Rápidamente, la muchacha se agachó a recoger el revoloteante papel. Lo desplegó con las dos manos y lo miró; después, sin alzar la vista, abrió los dedos y lo dejó caer.

»Examiné ese curioso documento más tarde. Estaba firmado por una personalidad encumbrada y llevaba el sello y la contrafirma de altos mandatarios de varios países de Europa. En su oficio (¿o debo decir en su misión?) un talismán así sin duda era necesario. Incluso para la policía, excepto para los puestos más altos, era conocido solo como Sevrin, el famoso anarquista.

»Sevrin tenía la cabeza gacha y se mordía el labio inferior. Le había sobrevenido un cambio, una especie de calma pensativa y abstraída. No obstante, jadeaba. Los costados de su cuerpo se agitaban, y las ventanas de su nariz se expandían y retraían en extraño contraste con el aspecto sombrío que ofrecía, como de monje fanático en actitud meditativa, pero con algo de actor concentrado en las tremendas exigencias de su papel. Horne, demacrado y barbudo, tras plantarse delante de él, se puso a declamar como un acusador profeta inspirado venido del desierto. Dos fanáticos. Estaban hechos para entenderse el uno al otro. ¿Le sorprende? Supongo que cree que la gente así echa espuma por la boca y solo se gruñe».

Protesté rápidamente que no estaba sorprendido en absoluto; que no pensaba nada parecido; que, a decir verdad, los anarquistas me resultaban mental, moral, lógica, sentimental y hasta físicamente inconcebibles. X oyó mi declaración con su rigidez habitual y prosiguió:

—Horne estallaba de elocuencia. Mientras descargaba invectivas de desprecio, se le saltaban lágrimas, que rodaban por su barba negra sin que se las limpiara. Sevrin resollaba cada vez más fuerte. Cuando abrió la boca para hablar, todos escucharon con atención sus palabras.

»"No seas idiota, Horne", empezó. "Sabes muy bien que no he hecho esto por ninguna de las razones que me imputas". Y ante la furiosa mirada del otro, se puso tan firme como una roca. "Ha sido por convicción que he frustrado vuestros planes y que os he engañado y traicionado".

»Le dio la espalda a Horne y, dirigiéndose a la muchacha, repitió: "Por convicción".

»Es extraordinario lo frío que era el aspecto de ella. Supongo que no se le ocurría un gesto apropiado. Debe de haber habido muy pocos precedentes para semejante situación.

»"Está clarísimo", agregó él. "¿Entiendes lo que eso significa? Por convicción".

»Ella seguía sin moverse. No sabía qué hacer. Pero aquel desgraciado iba a darle la oportunidad de hacer un gesto hermoso y perfecto.

»"He sentido que podía invitarte a compartir esta convicción", protestó él ardientemente.

»Se dejó llevar por la situación; dio un paso hacia ella, quizá tropezó. Me dio la impresión de que se inclinaba como para tocarle el dobladillo del vestido. Y entonces llegó el gesto apropiado por parte de ella. Apartó de un tirón la falda para que no se contaminara por su contacto, volvió la cara y echó la cabeza hacia atrás. Aquel gesto de honor convencionalmente intachable, realizado por una aficionada noble e íntegra, fue magnífico.

»Nada podía ser más efectivo. Y a él debió de parecérselo, porque una vez más se dio la vuelta. Pero ahora no miraba a nadie. De nuevo jadeaba horrendamente mientras rebuscaba con prisas en el bolsillo de su chaleco, y entonces se llevó la mano a la boca. Hubo algo furtivo en el movimiento, pero de inmediato su postura se modificó. La respiración alterada lo hacía parecerse a un hombre que acabara de correr una carrera desesperada; pero un curioso aire de desinterés, de repentina y profunda indiferencia, reemplazó la tensión del esfuerzo. La carrera había terminado. No quise ver lo que ocurriría a continuación. Lo sabía de sobra. Tomé el brazo de la muchacha sin decir una palabra, y nos dirigimos a las escaleras.

»Su hermano venía detrás de nosotros. A medio camino, ella pareció incapaz de levantar lo bastante el pie para seguir, y tuvimos que empujarla y tirar de ella para llegar arriba. Por el corredor caminaba arrastrando los pies, colgada de mi brazo, desvalida y encorvada como una anciana. Salimos a la calle vacía por una puerta entreabierta, dando traspiés como juerguistas atontados. En la esquina paramos un coche, y desde el pescante, el cochero observó con malhumor y desprecio los esfuerzos que hicimos para que ella entrara. Dos veces en el trayecto la sentí desmoronarse casi desvanecida contra mi hombro. Sentado frente a nosotros, el joven de pantalones bombachos permaneció mudo como un muerto y, hasta que bajó de un salto con la llave de su casa en la mano, más quieto de lo que yo habría creído posible.

»En la puerta del salón, la joven me soltó el brazo y entró agarrándose de las sillas y mesas. Se quitó los alfileres que le sujetaban el sombrero al cabello y, después, exhausta por el esfuerzo, con la capa todavía sobre los hombros, se desplomó en un sillón de costado y enterró la cara en un cojín. Su atento hermano apareció en silencio a su lado con un vaso de agua. Ella le hizo señas para que se lo llevara. Se lo bebió él mismo y después fue a sentarse en un rincón alejado, detrás del piano de cola. Todo estaba en silencio en aquella habitación en la que yo había visto por primera vez a Sevrin, el antianarquista, cautivado y embelesado por las muecas perfectas y hereditarias que, en ciertas esferas de la vida, pasan por verdaderos sentimientos con excelentes resultados. Supongo que ella recordaba la misma escena. Sus hombros temblaron con violencia. Un puro ataque de nervios. Cuando se le pasó, fingió entereza. "¿Qué se hace con un hombre así? ¿Qué le harán?".

»"Nada. No pueden hacerle nada", le aseguré; decía la pura verdad.

»Estaba seguro de que había muerto menos de veinte minutos después de llevarse la mano a la boca. Porque, si su fanático antianarquismo llegaba al punto de llevar veneno en el bolsillo para frustrar la legítima venganza de sus enemigos, se procuraría algo que, llegado el momento, no fallaría.

»Ella tomó aire con furia. Tenía manchas rojas en las mejillas y un brillo febril en la mirada.

»"¿Hay alguien que haya estado expuesto a una experiencia tan terrible? ¡Pensar que me tomó la mano! ¡Ese hombre!". La cara se le descompuso, contuvo un sollozo lleno de patetismo. "Si de algo estaba segura, era de los nobles motivos de Sevrin".

»Después se echó a llorar en silencio, lo cual le sentó bien. Y entre las lágrimas, con un poco de resentimiento, dijo: "¿Qué fue lo que me dijo? 'Por convicción'. Parece una burla atroz. ¿Qué querría decir?".

»"Eso, mi querida señorita", dije suavemente, "es más de lo que yo o cualquier otro puede explicarle".

El señor X se quitó una miga de la pechera de la chaqueta.

—Y, en sentido estricto, era verdad con respecto a ella. Pero Horne, por ejemplo, lo entendió muy bien; y yo también, sobre todo después de visitar la pensión de Sevrin, situada en un deprimente callejón de un barrio muy respetable. A Horne lo conocían allí como a un amigo, y no tuvimos dificultad para que nos dejaran pasar; la desaliñada camarera solo comentó, al abrirnos la puerta, que el señor Sevrin no había dormido allí esa noche. Forzamos un par de cajones en cumplimiento del deber y hallamos alguna información útil. Lo más interesante era su diario; porque aquel hombre, ocupado en un trabajo mortal, tenía la debilidad de llevar un registro de lo más incriminatorio. Ante nosotros se revelaban sus actos y también sus pensamientos. Pero a los muertos eso no les importa. Nada les importa.

»"Por convicción". Sí. En su primera juventud, un humanitarismo vago pero ardiente lo llevó a adherirse al más amargo extremismo de la negación y la rebeldía. Más tarde su optimismo empezó a flaquear. Tuvo dudas y se sintió perdido. Usted habrá oído hablar de ateos conversos: a menudo se vuelven fanáticos peligrosos, pero su alma sigue siendo la misma. Después de conocer a la muchacha, en su diario aparecen rapsodias político-amorosas muy extrañas. Se tomó las soberbias muecas con total seriedad. Soñaba con convertirla. Pero no creo que a usted le interese eso. Por lo demás, no sé si recuerda, hace ya muchos años, la noticia sensacionalista del "Misterio de la calle Hermione"; el hallazgo del cuerpo de un hombre en el sótano de una casa vacía; la investigación; unas pocas detenciones; las sorpresas y el silencio, que es el desenlace habitual de tantos mártires y confesores. Lo cierto es que Sevrin no era lo bastante optimista. Hay que ser un optimista a prueba de todo, salvaje, tiránico, despiadado, como Horne, por ejemplo, para ser un buen rebelde en el bando de los extremistas.

X se levantó de la mesa. Un camarero se acercó apresuradamente con su abrigo; otro le alcanzó el sombrero.

—¿Y qué pasó con la señorita? —pregunté.

—¿De verdad quiere saberlo? —dijo, mientras se abotonaba con cuidado el abrigo de piel—. Confieso que tuve la maldad de enviarle el diario de Sevrin. Se apartó de la causa; después viajó a Florencia; más tarde hizo un retiro en un convento. No sé decir qué hará a continuación. ¿Qué más da? ¡Gestos! ¡Gestos! Meros gestos de los de su clase.

Se puso la lustrosa chistera con extrema precisión y, mirando rápidamente en torno al salón lleno de gente bien vestida, que cenaba con naturalidad, murmuró entre dientes:

—¡Y nada más! Por eso los suyos están destinados a perecer.

Tras aquella velada no volví a ver al señor X. Empecé a cenar en mi club. En mi siguiente visita a París encontré a mi amigo impaciente por oír el efecto que había producido en mí aquel raro ejemplar de su colección. Le conté la historia de cabo a rabo, y me sonrió con el orgullo de quien posee un espécimen distinguido.

—¿No vale la pena conocer a X? —me dijo, encantado—. Es único, increíble, totalmente genial.

Su entusiasmo hirió mis sentimientos. Le dije secamente que el cinismo de ese hombre me resultaba abominable.

—Oh, sí, ¡abominable! ¡Abominable! —asintió mi amigo con efusividad—. Y además, verás, a veces le gusta salirse con uno de sus chistes —agregó en tono confidencial.

No entendí a qué venía el comentario. Yo era totalmente incapaz de entender dónde estaba el chiste en esa historia.

*Il Conte**

Un cuento patético

Vedi Napoli e poi muori

Entablamos conversación por primera vez en el Museo Nacional de Nápoles, en una de las salas de la planta baja que contienen la famosa colección de bronces de Herculano y de Pompeya: el magnífico legado de arte antiguo cuya delicada perfección nos preservó la furia catastrófica de un volcán.

Él me habló el primero, con una observación sobre el célebre Hermes Recostado que contemplábamos uno al lado del otro. Dijo cosas acertadas sobre esa admirable pieza. Nada profundo. Tenía un gusto más instintivo que erudito. Obviamente había visto muchas cosas hermosas a lo largo de su vida y las apreciaba, pero no empleaba la jerga del diletante o del cono-

---

* En las ediciones de habla inglesa, el título y el nombre del personaje suelen aparecer como «Il Conde», un error ortográfico ya reconocido por el propio Conrad en el prólogo de la colección que recogió el cuento, *A Set of Six*. En la traducción corregimos la ortografía italiana; también enmendamos la última palabra de la sentencia que sirve de epígrafe, transcrita en el texto original como *mori. *(N. del T.)*

cedor. Tribu odiosa si las hay. Hablaba como un hombre de mundo bastante inteligente, como un caballero libre de cualquier afectación.

Nos conocíamos de vista desde hacía unos días. Como nos hospedábamos en el mismo hotel —de buena categoría, aunque no de lo más moderno—, lo había visto entrar y salir del vestíbulo. Supuse que sería un cliente antiguo y estimado. Las inclinaciones que le hacía el hotelero eran de una cordial deferencia, y él le respondía con cortesía familiar. Para la servidumbre era Il Conte. Cierta vez pasó algo con una sombrilla —de esas de seda amarilla con forro blanco— que los camareros encontraron olvidada en la puerta del comedor. El portero, vestido con un traje de ribetes dorados, reconoció el objeto, y yo lo oí dar instrucciones a uno de los ascensoristas para que se lo llevase a Il Conte. Tal vez era el único conde que se hospedaba en el hotel, o quizá gozaba de la distinción de ser el conde por antonomasia, un título conferido por su probada fidelidad al establecimiento.

Al haber conversado en el museo (donde, dicho sea de paso, expresó su aversión hacia los bustos y las estatuas de emperadores romanos expuestos en la galería de los mármoles: sus rostros le parecían demasiado vigorosos, demasiado marcados), al haber ocurrido eso por la mañana, no me pareció un atrevimiento proponerle esa noche, cuando hallé el comedor harto concurrido, que compartiéramos su pequeña mesa. A juzgar por la sosegada urbanidad con que consintió, a él tampoco. Tenía una sonrisa muy agradable.

Para cenar se vestía con un chaleco de noche y un «esmoquin» (según lo llamaba) con pajarita negra. Todo estaba muy bien cortado, aunque no era nuevo: era exactamente como deben ser esas cosas. De mañana o de noche, Il Conte vestía de manera muy correcta. No me cabe duda de que siempre había llevado una existencia correcta, ordenada y convencional, libre de sorpresas. Su pelo cano, cepillado hacia atrás desde su ancha frente, le daba un aire idealista, de hombre de mucha imaginación. Su también cano bigote, espeso pero bien recortado y peinado, tenía en el centro un tinte amarillo dorado nada desagradable. Por encima de la mesa me llegó la vaga fragancia de un buen perfume y de buenos cigarros (este último es un aroma con el que uno se cruza muy poco en Italia). La edad se le notaba sobre todo en los ojos. Parecían un poco cansados, y tenían los párpados llenos de arrugas. Andaría por los sesenta años o quizá un par más. Y era muy comunicativo. No me atrevería a llamarlo parlanchín... pero sí claramente comunicativo.

Había probado diversos climas, el de Abbazia, el de la Riviera, el de otros sitios, pero el único que le sentaba bien era el del golfo de Nápoles. Los antiguos romanos, que eran expertos, según me señaló, en el arte de vivir, sabían muy bien lo que hacían al construir sus villas en aquellas costas, en Bayas, en Vico, en Capri. Acudían a la costa en busca de salud, llevando consigo séquitos de mimos y flautistas para que los entretuviesen en su tiempo libre. Creía muy probable que los romanos de las clases altas estuviesen especialmente predispuestos a las dolencias reumáticas.

Esa fue la única opinión personal que lo oí pronunciar. No se basaba en ninguna veta de erudición particular. No sabía más sobre los romanos de lo que se supone que tiene que saber un hombre de mundo bien informado. Argumentaba por propia experiencia. Él mismo había padecido una dolencia reumática aguda y peligrosa hasta que encontró alivio en aquel lugar concreto de Europa del sur.

De eso hacía tres años, y desde entonces pasaba temporadas en la costa del golfo, bien en uno de los hoteles de Sorrento, bien en una pequeña villa que alquilaba en Capri. Tenía un piano, algunos libros: entablaba amistades pasajeras de un día, de una semana, de un mes, con las oleadas de viajeros de toda Europa. Es fácil imaginarlo paseando por calles y callejones, al cabo conocido por mendigos, tenderos, niños, campesinos; hablando amablemente con los *contadini* por encima de una tapia; y regresando a su habitación o a su villa, para sentarse al piano, con el pelo cano cepillado hacia atrás y el denso bigote pulcro, y entretenerme «con algo de música». Por supuesto, si de romper la rutina se trataba, Nápoles estaba cerca: vida, movimiento, animación, ópera. Un poco de diversión, según dijo, es necesaria para la salud. Mimos y flautistas, en efecto. Pero, a diferencia de los magnates de la Roma antigua, no tenía negocios en la ciudad que lo obligaran a alejarse de esos pequeños placeres. No tenía negocios en absoluto. Es probable que nunca en su vida se hubiese ocupado de nada. La suya era una existencia agradable, de alegrías y pesares regulados por el curso de la Naturaleza —matrimonios, nacimientos, muertes—, gobernados por las costumbres de la buena sociedad y protegidos por el Estado.

Era viudo, y en julio y agosto cruzaba los Alpes para visitar durante seis semanas a su hija casada. Me dijo el apellido de ella. Pertenecía a una familia muy aristocrática. Era dueña de un castillo, creo que en Bohemia. Eso fue lo más cerca que estuve de determinar su nacionalidad. Su propio nombre, por extraño que parezca, nunca lo mencionó. Tal vez pensó que yo lo había leído en la lista pública del hotel. Lo cierto es que no me fijé. En cualquier caso, era un europeo hecho y derecho —sé con certeza que hablaba al menos cuatro idiomas— y un hombre de fortuna. No de gran fortuna, obvia y apropiadamente. Me imagino que ser muy rico le habría parecido indecoroso, *outré*, una muestra de descaro. Y es obvio, también, que la fortuna no la había amasado él mismo. Una fortuna no se obtiene sin cierta dureza. Es cuestión de carácter. El suyo era demasiado amable para la lucha. Durante nuestra conversación se refirió a su casa de pasada, en relación con su aguda y peligrosa dolencia reumática. Un año, tras cometer la imprudencia al quedarse del otro lado de los Alpes hasta fines de septiembre, tuvo que guardar cama tres meses en su solitaria casa de campo, sin nadie que lo atendiera salvo su valet y el matrimonio de caseros. Porque, según expresó, no «mantenía allí una residencia». Solo había ido de visita un par de días para hablar con su agente inmobiliario. Se prometió no volver a cometer esa imprudencia en el futuro. El comienzo de septiembre lo encontraría siempre en la costa de su adorado golfo.

A veces, al viajar, uno conoce hombres así de solitarios, que solo se ocupan de esperar lo inevitable. Las muertes y los matrimonios cavan una soledad a su alrededor y no se los puede culpar por el empeño que ponen en hacer la espera tan grata como sea posible. Como me dijo él:

—A mi edad, es muy importante evitar el dolor físico.

No hay que imaginarlo como un fatigoso hipocondríaco. Era demasiado cortés para convertirse en un pelmazo. Tenía buen ojo para las pequeñas debilidades de la humanidad. Pero era un ojo lleno de buenas intenciones. Era un compañero tranquilo, entretenido y agradable entre la hora de la cena y el momento de ir a acostarse. Compartimos tres veladas, y entonces tuve que abandonar Nápoles inesperadamente para ir a cuidar a un amigo que había enfermado de gravedad en Taormina. Como no tenía nada que hacer, Il Conte vino a despedirme a la estación. Yo estaba un poco angustiado, y su inactividad siempre lo predisponía a comportarse de una forma amable. No era un hombre indolente en absoluto.

Recorrió el tren mirando por las ventanillas en busca de un asiento que me conviniera y luego me habló animadamente desde el andén. Afirmó que me echaría de menos esa noche y anunció su intención de ir después de cenar a escuchar la banda que tocaba en el jardín público de la Villa Nazionale. Sería entretenido oír música excelente y mirar a la más alta sociedad. Habría mucha gente, como de costumbre.

Aún me parece verlo: su cara levantada con una sonrisa simpática bajo el bigote poblado y sus ojos amables y fatigados. Cuando el tren arrancó, se dirigió a mí en dos idiomas: primero en francés, diciendo *«Bon voyage»*; después, al notar mi preocupación, me dio ánimos en un inglés muy bueno y algo enfático:

—¡Todo-irá-bien-ya-verá!

Como la enfermedad de mi amigo evolucionó de manera decididamente favorable, regresé a Nápoles a los diez días. No diré que había pensado mucho en Il Conte durante mi ausencia, pero al entrar en el comedor lo busqué con la vista en su sitio de siempre. Había supuesto que tal vez hubiese vuelto a Sorrento a disfrutar de su piano, sus libros y su pesca. Era muy amigo de los barqueros y a menudo pescaba con líneas desde una barca. Pero divisé su cabeza blanca entre la multitud de cabezas, e incluso desde lejos noté algo inusual en su talante. En vez de estar recto en su silla, mirando alrededor con atenta urbanidad, se encontraba encorvado sobre su plato. Me quedé de pie junto a él un momento antes de que alzara la vista, algo abruptamente, si puede usarse una palabra tan fuerte en relación con su correcta apariencia.

—Ah, ¡mi querido señor! ¿Es usted? —me saludó—. Espero que todo esté bien.

Fue muy atento con respecto a mi amigo. De hecho, siempre era atento, con la atención de los corazones genuinamente humanos. Pero en esa oportunidad le costó esfuerzo. Sus intentos de entablar una conversación quedaron en frases apagadas. Pensé que tal vez se sentía mal. Pero antes de que pudiese preguntárselo murmuró:

—Me encuentra hoy muy triste.

—Lamento oírlo —dije—. Espero que no haya recibido malas noticias.

Era muy amable de mi parte interesarme por él. No. Nada de eso. Ninguna mala noticia, gracias a Dios. Y se quedó muy quieto, como conteniendo el aliento. Después, inclinándose un poco hacia delante y en tono de temor y vergüenza, se sinceró conmigo:

—La verdad es que me ha sucedido una... una... cómo decirlo... una abominable aventura.

La energía del epíteto fue más que sorprendente en un hombre de sentimientos moderados y vocabulario eufemístico. Yo habría pensado que la palabra «desagradable» bastaría para describir la peor experiencia que pudiese ocurrirle a un hombre de su estampa. Y, para colmo, una aventura. ¡Increíble! Pero es humano pensar lo peor, y confieso que lo miré furtivamente y me pregunté en qué se habría metido. Un momento después, sin embargo, mis indignas sospechas se desvanecieron. Había en aquel hombre un refinamiento fundamental de carácter que me hizo descartar la idea de que estuviese en un apuro más o menos sórdido.

—Es muy serio. Muy serio —continuó, nervioso—. Le hablaré de ello después de la cena, si me lo permite.

Expresé mi acuerdo con una pequeña inclinación, nada más. Quería darle a entender que, si más tarde decidía retractarse, no lo forzaría a cumplir la promesa. Hablamos de diversas cosas, pero con una sensación de dificultad muy distinta a nuestro trato anterior, relajado y lleno de anécdotas. Al llevarse un pedazo de pan a la boca, noté que le temblaba un poco el pulso. Aquel síntoma, según mi lectura de aquel hombre, era casi alarmante.

En el salón de fumadores no se contuvo en absoluto. Apenas nos sentamos en el lugar acostumbrado, se inclinó sobre el brazo del sillón y me miró directamente a los ojos, con seriedad.

—¿Recuerda —dijo— el día que se fue? Le dije que por la noche iba a ir a la Villa Nazionale a escuchar música.

Lo recordaba. Su viejo y apuesto rostro, tan fresco para su edad, sin marcas de experiencias difíciles, cobró por un instante un aspecto demacrado. Fue como el paso de una sombra. Sostuve su mirada con firmeza y tomé un sorbo de café. Contó su historia de manera minuciosa y sistemática, quizá para que la excitación no lo abrumara.

Tras alejarse de la estación de tren, se tomó un helado y leyó el periódico en un café. Luego regresó al hotel, se vistió para cenar y cenó con buen apetito. Después de la cena pasó un rato en el vestíbulo (había allí mesas y sillones) fumándose un cigarro; charló con la hija pequeña del Primo Tenore del teatro de San Carlo y cruzó unas palabras con la esposa del Primo Tenore, esa «amable dama». Esa noche no había función, y aquellas personas iban también a la Villa. Los vio salir del hotel. Muy bien.

Él, al seguir su ejemplo —eran ya las nueve y media—, recordó que llevaba una suma bastante elevada de dinero en la cartera. Entró por consiguiente a la oficina y confió la mayor parte al contable del hotel. Acto seguido subió a una *carrozzella* y se dirigió hacia el mar. Bajó del coche y entro en la Villa a pie por el lado del Largo di Vittoria.

Me miró muy fijamente. En ese momento comprendí lo verdaderamente impresionante que era. Todos los pequeños hechos y acontecimientos de aquella noche destacaban en su memoria como si estuviesen dotados de una importancia mística. Si no me mencionó el color del caballo que tiraba de la *carrozzella* y el aspecto del hombre que la conducía, fue solo por un descuido debido a su agitación, que reprimía con valentía.

Había entrado en la Villa Nazionale por el lado del Largo di Vittoria. La Villa Nazionale es un jardín público en el que hay zonas de césped, arbustos y arriates de flores entre las casas de la Riviera di Chiaia y las aguas de la bahía. Avenidas arboladas, que corren más o menos en paralelo, se extienden a lo largo de toda su longitud, que es considerable. Del lado de la Riviera di Chiaia, los tranvías pasan cerca de las rejas. Entre el jardín y el mar está el paseo más elegante, una ancha avenida bordeada por un malecón bajo, tras el cual, cuando hace buen tiempo, rompe el Mediterráneo con suaves murmullos.

Como en Nápoles la vida nocturna se extiende hasta tarde, la ancha avenida era un rutilante enjambre de lámparas de coches meciéndose por parejas: algunos se deslizaban lentamente, otros corrían con rapidez bajo la delgada línea inmóvil de faroles eléctricos que marca la costa. Y un brillante enjambre de estrellas colgaba sobre la tierra hirviente de voces, donde se apilaban las casas y las luces, y sobre las sombras silenciosas del mar.

Los jardines mismos no están bien iluminados. Nuestro amigo avanzó en la cálida penumbra, con los ojos fijos en una lejana zona luminosa que se extendía casi todo a lo ancho de la Villa, como si allí el aire resplandeciera con su propia luz fría, azulada y deslumbrante. Aquel lugar mágico, detrás de los troncos negros y las masas de follaje oscuro, dejaba escapar dulces sonidos entremezclados con rugidos de vientos, clamores repentinos de metales y golpes sordos, graves y vibrantes.

Conforme avanzaba, los sonidos se fueron combinando en una música elaborada cuyas frases armónicas se abrían paso entre el murmullo desordenado que creaban las voces y los pasos sobre la grava en el espacio abierto. Una enorme multitud, sumergida en la luz eléctrica, como bañada en el fluido tenue y radiante que descargaban los globos luminosos dispuestos sobre sus cabezas, giraba por centenares en torno a la banda. Otros centenares de personas estaban sentadas en círculos más o menos concéntricos, recibiendo sin pestañear las grandes olas de sonido que se perdían en la oscuridad. El conde penetró en la muchedumbre y se dejó llevar por ella con un tranquilo placer, escuchando y mirando las caras. Todo era gente de buena sociedad: madres con sus hijas; padres y niños; muchachos y muchachas conversando, riendo, saludándose con gestos. Muchas caras bonitas, y muchos bonitos vestidos. Por supuesto, había gran variedad de tipos sociales: ancianos ostentosos de bigotes blancos, hombre gordos, delgados, oficiales de uniforme; pero el que predominaba, me dijo, era el tipo de joven italiano de tez clara y descolorida, labios rojos, bigote azabache y unos ojos negros muy efectivos para echar miradas láscivas y fruncir el ceño.

Apartado de la muchedumbre, el conde compartió una mesita al frente del café con un joven de este tipo. Nuestro hombre se bebió una limonada. El joven estaba sentado con aire de fastidio delante de un vaso vacío. Alzaba los ojos, los bajaba de nuevo. También inclinaba su sombrero. Así...

El conde hizo el gesto de un hombre que tira del ala de su sombrero sobre la frente y continuó:

—Entonces me dije: está triste; le pasa algo; los jóvenes tienen sus cosas. No le hice caso, claro. Pagué mi limonada y me fui.

Al dar un paseo cerca de la banda, el conde cree haber visto dos veces a ese joven vagando solo entre la multitud. En un momento dado, cruzaron sus miradas. Debía de ser el mismo joven, pero había tantos como él que no estaba seguro. Es más, el hecho no le preocupaba demasiado, excepto porque lo había impresionado el descontento agudo e irritado de aquel rostro.

Poco después, cansado de la sensación de confinamiento que se experimenta en una multitud, el conde se alejó de la banda. Un sendero del parque, bastante sombrío en comparación, lo invitó con la promesa de soledad y fresco. Se internó en él caminando con parsimonia hasta que el sonido de la orquesta fue amortiguándose. Luego volvió sobre sus pasos y de nuevo dio media vuelta. Lo hizo varias veces antes de percatarse de que había alguien sentado en uno de los bancos.

Como el lugar estaba entre dos farolas, la luz era escasa.

El hombre estaba reclinado en el extremo del banco, con las piernas estiradas, los brazos cruzados y la cabeza caída sobre el pecho. No se movía, como si se hubiese quedado dormido, pero cuando el conde volvió a pasar notó que había cambiado de posición. Estaba sentado e inclinado hacia delante. Tenía los codos apoyados en las rodillas y sus manos liaban un cigarrillo. En ningún momento despegó la vista de lo que estaba haciendo.

El conde continuó paseando y alejándose de la banda. Después volvió lentamente, dijo. Puedo imaginarlo disfrutando a pleno, pero con su tranquilidad habitual, la calidez de la noche meridional y los sonidos de la música, encantadoramente amortiguados por la distancia.

Enseguida se acercó por tercera vez al hombre sentado en el banco del jardín, que seguía encorvado con los codos en las rodillas. Era una pose de desánimo. En la penumbra del sendero, el cuello alto y los puños de su camisa formaban pequeñas manchas de intensa blancura. El conde me dijo que lo vio levantarse bruscamente como para irse, pero que casi antes de que se diera cuenta se detuvo frente a él y le preguntó en voz baja y suave si el *signore* sería tan amable de ofrecerle fuego.

El conde respondió a la petición con un cortés «por supuesto» y bajó las manos para buscar cerillas en los dos bolsillos de sus pantalones.

—Bajé las manos —dijo—, pero nunca llegué a meterlas en los bolsillos. Sentí una presión aquí...

Se apoyó el dedo en un punto cercano al esternón, el punto exacto del cuerpo humano donde un caballero japonés empezaría el procedimiento del harakiri, que es una forma de suicido ocasionado por la deshonra, por el intolerable ultraje a la delicadeza de los propios sentimientos.

—Bajé los ojos —continuó el conde con voz pasmada—, y ¿qué veo? ¡Un cuchillo! Un largo cuchillo...

—¡No estará diciendo —exclamé, atónito— que lo asaltaron en la Villa a las diez y media de la noche, a un tiro de piedra de mil personas!

Asintió varias veces, clavándome la mirada.

—El clarinete —declaró solemnemente— estaba terminando un solo, y le aseguro que oí cada una de las notas. Después la banda acometió un fortísimo, y aquel animal levantó los ojos, rechinó los dientes y me increpó con la mayor ferocidad: «Callado. Nada de ruido o si no...».

Yo no salía de mi asombro.

—¿Qué tipo de cuchillo era? —pregunté como un idiota.

—De hoja larga. Un estilete, quizá un cuchillo de cocina. Una hoja larga y delgada. Brillaba. Y sus ojos brillaban. También sus dientes blancos. Los veía perfectamente. Era un tipo muy fiero. Pensé: «Si lo golpeo, me matará». ¿Cómo iba a enfrentarme a él? Tenía el cuchillo, y yo, nada. Tengo cerca de setenta años, ¿sabe?, y él era joven. Me pareció reconocerlo. El muchacho malhumorado del café. El muchacho que vi en la multitud. Pero no podía estar seguro. En este país hay tantos como él...

La angustia de aquel momento se reflejaba en su cara. Imagino que la sorpresa debe de haberlo paralizado físicamente. Sus pensamientos, sin embargo, seguían sumamente activos. Contemplaban las eventualidades más alarmantes. También se le cruzó por la mente la idea de pedir ayuda a gritos. Pero no hizo nada de eso, y sus razones para no hacerlo me dieron una buena opinión de su autocontrol. En un instante se dio cuenta de que nada le impediría al otro gritar también.

—Aquel muchacho habría podido soltar el cuchillo en un instante y fingir que yo era el atacante. ¿Por qué no? Habría podido decir que yo lo había agredido. ¡Era una historia increíble contra otra! Habría podido decir cualquier cosa, acusarme de manera infamante, vaya uno a saber. A juzgar por su ropa, no era un ladronzuelo común. Parecía pertenecer a las mejores clases. ¿Qué podía decir yo? Él era italiano; yo, extranjero. Por supuesto, tengo mi pasaporte, y está nuestro cónsul, pero que me arrestaran, ¡que me llevaran a la comisaría como a un criminal!

Se estremeció. Era parte de su carácter rehuir el escándalo mucho más que la simple muerte. Y por cierto, mucha gente recordaría aquella historia —en vista de ciertas peculiaridades de las costumbres napolitanas— como algo endiabladamente raro. El conde no era ningún tonto. Ahora que su creencia en la calma respetable de la vida se había sacudido hasta ese punto, pensaba que podía pasar cualquier cosa. Pero también se le ocurrió que el joven tal vez fuese un lunático rabioso.

Ese fue el primer indicio de cómo había vivido su aventura. Dada su exacerbado refinamiento, sentía que su autoestima no debía acusar recibo de lo que decidiera hacerle un loco. Era obvio, sin embargo, que se le había negado este consuelo. Se extendió acerca de la manera abominable y salvaje en que aquel joven ponía en blanco los ojos vidriosos y hacía rechinar los dientes. La banda tocaba entonces un movimiento lento en el que todos los trombones sonaban con solemnidad mientras el tambor mayor retumbaba una y otra vez, con lentitud.

—Pero ¿qué hizo? —pregunté, muy perturbado.

—Nada —contestó el conde—. Dejé las manos muy quietas. Le dije con calma que no tenía intenciones de hacer ruido. Gruñó como un perro y luego dijo con su voz habitual:

» *"Vostro portafoglio"*.

»Así que, naturalmente...», prosiguió el conde. Y de ahí en adelante representó el episodio en forma de pantomima. Mirándome con fijeza, recreó cada uno de los actos de meterse la mano en el bolsillo de la chaqueta, extraer la cartera y dársela al otro. Pero el joven, mientras seguía apoyándole el cuchillo, se negó a tocarla.

Le indicó al conde que sacara el dinero él mismo, lo recibió en la mano izquierda y le hizo señas de que se guardara la cartera en el bolsillo: todo eso durante los dulces trinos de las flautas y los clarinetes secundados por el bordoneo emotivo de los oboes. Y entonces el «joven», como lo llamaba el conde, dijo: «Esto es muy poco».

—Tenía, en efecto, solo unas trescientas cincuenta liras —continuó el conde—. Había dejado mi dinero en el hotel, como ya sabe. Le dije que era todo lo que llevaba encima. Sacudió la cabeza con impaciencia y dijo: *«Vostro orologio»*.

El conde interpretó la escena muda de sacar el reloj y desprenderlo. Pero daba la casualidad de que había llevado su valioso reloj-cronómetro de oro al relojero para que lo limpiase. Esa noche llevaba (atado a una cinta de cuero) el Waterbury de cincuenta francos que usaba cuando salía de pesca. Al percibir la naturaleza del botín, el bien ataviado ladrón hizo un ruido de desdén con la lengua parecido a «¡pff-á!» y lo rechazó con impaciencia. Luego, mientras el conde devolvía el objeto despreciado al bolsillo, lo amenazó haciendo mayor presión con el cuchillo en su esternón, para que no se olvidara de la gravedad de la situación, y le exigió: «*Vostri anelli*».

—Uno de los anillos —dijo el conde— me lo regaló mi esposa hace muchos años; el otro es el sello de mi padre. Le dije: «No. ¡Eso no se lo doy!».

En ese punto el conde reprodujo el gesto correspondiente a la declaración, juntando las palmas y apretándolas contra su pecho. Era de una resignación conmovedora. «Eso no se lo doy», repitió con firmeza, y cerró los ojos, esperando... no sé si hago bien al consignar que una palabra tan desagradable salió de sus labios... esperando sentir cómo... de verdad, dudo en decirlo... cómo lo destripaba la hoja larga y aguda del cuchillo apoyado criminalmente contra la boca de su estómago, el foco exacto, en todos los seres humanos, de las sensaciones angustiantes.

Grandes olas de armonía seguían emanando de la banda.

De pronto el conde sintió que la presión pesadillesca cedía. Abrió los ojos. Se encontraba solo. No había oído nada. Era probable que el «joven» se hubiese marchado con pasos ligeros hacía rato, pero la sensación de aquella horrenda presión había persistido incluso después de que desapareciera el cuchillo. Lo abrumó la debilidad. Apenas tuvo tiempo de acercarse tambaleándose al banco. Se sentía como si hubiese aguantado la respiración durante un rato largo. Se desplomó en el asiento, jadeando de la conmoción.

La banda ejecutaba, con inmenso brío, el complicado *finale*. Todo terminó en un estruendo fabuloso. Le pareció irreal y remoto, como si le hubieran tapado los oídos, y a continuación llegó el fuerte aplauso de más o menos mil pares de manos, como una tormenta de granizo pasajera. El silencio profundo que siguió lo hizo volver en sí.

A sesenta yardas de donde lo habían asaltado pasó velozmente un tranvía que parecía una larga caja de vidrio en la que la gente se sentase con la cabeza bien iluminada. Poco después se oyeron los susurros de otro, y luego pasó uno más en la dirección opuesta. La audiencia que antes rodeaba la banda se había dispersado y pequeños grupos de conversadores pasaban por el sendero. El conde se irguió en su asiento y procuró pensar con calma en lo que acababa de pasarle. La vileza del asunto le quitó de nuevo el aliento. Por lo que entendí, estaba disgustado consigo mismo. No es que le disgustase su comportamiento. De hecho, a juzgar por cómo lo representó ante mis ojos, sus actos fueron impecables. No, no se trataba de eso. No sentía vergüenza. La conmoción provenía de haber sido víctima no tanto de un robo como de un ultraje. Habían profanado gratuitamente su tranquilidad. Habían trastornado la actitud de amabilidad benévola que él había preservado durante toda una vida.

No obstante, en este punto, antes de que el hierro tuviese tiempo de hundirse mucho, se forzó a adoptar una relativa ecuanimidad. Cuando su agitación se calmó un poco, se dio cuenta de que tenía un hambre atroz. Sí, hambre. La emoción extrema lo había puesto hambriento. Abandonó el banco y, tras caminar un rato, se encontró fuera del jardín y delante de un tranvía, sin saber muy bien cómo había llegado allí. Se subió como en un sueño, por una especie de instinto. Por fortuna halló en su bolsillo una moneda que darle al cobrador. Luego el vagón se detuvo, y como todo el mundo bajaba, él también lo hizo. Reconoció la Piazza San Ferdinando, pero al parecer no se le ocurrió tomar un coche y regresar al hotel. Se quedó angustiado en la plaza como un perro perdido, pensando vagamente en la mejor manera de comer algo de inmediato.

De pronto recordó su moneda de veinte francos. Me explicó que desde hacía unos tres años tenía esa moneda de oro francés. La llevaba consigo como reserva por cualquier eventualidad. A cualquiera pueden sustraerle la cartera del bolsillo, algo muy distinto de un robo descarado e insultante.

El arco monumental de la Galleria Umberto lo miraba desde la cima de una noble escalera. La subió sin perder tiempo y dirigió sus pasos al Caffè Umberto. Todas las mesas de la terraza estaban ocupadas por gente bebiendo. Pero, como quería algo de comer, entró en el café, que está dividido en pasillos por pilares cuadrados con largos espejos en todas sus caras. El conde se sentó en un banco de felpa roja contra uno de esos pilares a esperar su *risotto*. Y su mente repasó su abominable aventura.

Pensó en el joven malhumorado y bien vestido, con el que había cruzado miradas en la multitud cerca del quiosco de música y que, estaba seguro, era el ladrón. ¿Lo reconocería? Sin duda. Pero no deseaba volver a verlo nunca. Lo mejor sería olvidar aquel infame episodio.

El conde echó una ojeada en torno a ver si llegaba el *risotto*, y he aquí que a la izquierda, sentado contra la pared, estaba el joven. Estaba solo en una mesa, con una botella de vino o licor y una jarra de agua con hielo delante de él. Las pálidas mejillas afeitadas, los labios rojos, el bigotito azabache retorcido galantemente hacia arriba, los bellos ojos negros con párpados un poco pesados y sombreados por largas pestañas, la expresión peculiar de cruel descontento que solo se ve en los bustos de los emperadores romanos: era él, no cabía ninguna duda. Pero era un personaje típico. El conde se apresuró a mirar a otra parte. El joven oficial que leía el periódico también era así. El mismo tipo. Dos jóvenes que jugaban a las damas más allá también se parecían...

El conde agachó la cabeza con pánico de que la imagen de aquel joven lo acosara para siempre. Empezó a comer su *risotto*. Poco después oyó al joven de la izquierda llamar al camarero de mala manera.

No solo su camarero, sino dos camareros libres que atendían otra fila de mesas, acudieron con obsequiosa rapidez, lo que no es la característica general de los camareros del Caffè Umberto. El joven murmuró algo y uno de ellos, tras alejarse deprisa en dirección a la puerta más cercana, gritó hacia la Galleria:

—¡Pasquale! ¡Eh! ¡Pasquale!

Todo el mundo conoce a Pasquale, el viejo desaliñado que, arrastrando los pies entre las mesas, vende cigarros, cigarrillos, postales y cerillas a los clientes del café. En varios sentidos, es un simpático sinvergüenza. El conde vio al rufián canoso y sin afeitar entrar en el café con la caja de cristal colgada al cuello y, tras una palabra del camarero, dirigirse con gran esfuerzo hasta la mesa del joven. Este necesitaba un cigarro, que Pasquale le ofreció servilmente. El viejo vendedor ambulante se dirigía a la salida cuando el conde, con un impulso repentino, le hizo señas.

Pasquale se le acercó; su sonrisa de sumiso reconocimiento encajaba mal con la expresión cínica y penetrante de sus ojos. Tras apoyar la caja sobre la mesa, levantó la tapa sin pronunciar palabra. El conde tomó un paquete de cigarrillos y, movido por una curiosidad temerosa, preguntó tan naturalmente como le fue posible:

—Dígame, Pasquale, ¿quién es el joven *signore* sentado allá?

El otro se inclinó sobre su caja confidencialmente.

—Aquel, *signor conte* —dijo, mientras ordenaba sus artículos sin alzar la vista—, es un joven *cavaliere* de una muy buena familia de Bari. Estudia en la universidad de aquí y es el jefe, *il capo*, de una asociación de jóvenes... de jóvenes muy amables.

Hizo una pausa; luego, con una mezcla de discreción y orgullo de su saber, murmuró la palabra explicativa «camorra» y cerró la tapa.

—Una camorra muy poderosa —susurró—. Hasta los profesores le tienen gran respeto... *una lira e cinquanta centesimi, signor conte.*

Nuestro amigo pagó con la moneda de oro. Mientras Pasquale contaba el cambio, notó que el joven, de quien había oído tanto en tan pocas palabras, supervisaba la transacción con disimulo. Después de que el viejo vagabundo se retirase haciendo una reverencia, el conde pagó al camarero y se quedó quieto en su asiento. Según me dijo, estaba como atontado.

El joven también pagó, se levantó y cruzó la sala, al parecer para mirarse en el espejo más cercano al asiento del conde. Iba todo vestido de negro, con una corbata verde oscuro. El conde volvió la cabeza y se sobresaltó al ver que el otro le lanzaba una feroz mirada de reojo. El joven *cavaliere* de Bari (según Pasquale, aunque Pasquale es, por supuesto, un consumado mentiroso) continuó arreglándose la corbata, acomodándose el sombrero frente al espejo y, mientras tanto, habló apenas lo bastante alto para que el conde lo oyera. Habló entre dientes espetando el veneno más insultante del desprecio y mirando derecho al espejo.

—¡Ah! ¡Así que llevabas un poco de oro encima, viejo mentiroso, viejo *birba, furfante!* Pero aún no te vas a librar de mí.

Su maligna expresión desapareció como un rayo, y salió a grandes pasos del café con cara impasible y fastidiada.

El pobre conde, después de contarme este último episodio, se reclinó sobre su silla temblando. Le sudaba la frente. La insolencia gratuita de aquel ultraje me horrorizó incluso a mí. Lo que representaba para la delicadeza del conde no intentaré adivinarlo. Estoy convencido de que si no hubiese sido demasiado refinado para cometer algo tan descaradamente vulgar como morir de una apoplejía en un café, habría tenido un derrame cerebral allí mismo. Ironías aparte, me resultó difícil evitar que notara el tamaño de mi conmiseración. Él huía de toda emoción excesiva, y mi conmiseración casi no tenía límites. No me sorprendió oírle decir que había pasado una semana en cama. Tenía que prepararse para dejar el sur de Italia para siempre.

¡Y el hombre estaba convencido de que no sobreviviría un año entero en ningún otro clima!

Ninguno de mis argumentos surtió el menor efecto. No era cobardía, aunque en un momento me dijo:

—Usted no sabe lo que es la camorra, mi querido señor. Soy un hombre marcado.

No tenía miedo de lo que pudieran hacerle. Pero aquella experiencia humillante deshonraba la delicada concepción que tenía de su dignidad. No lo soportaba. Ningún caballero japonés, ofendido en su exagerado sentido del honor, habría preparado con mayor resolución su harakiri. Para el pobre conde, volver a su tierra venía a ser lo mismo que suicidarse.

Existe un dicho patriótico napolitano, supongo que dirigido a los extranjeros: «Ve Nápoles y luego muere». *Vedi Napoli e poi muori*. Es un dicho de excesiva vanidad, y la afable moderación del conde aborrecía lo excesivo. Y sin embargo, al despedirlo en la estación de trenes, pensé que se comportaba con particular fidelidad al engreimiento de esas palabras. *Vedi Napoli...!* ¡Lo había visto! Lo había visto con alarmante minuciosidad y se dirigía a su tumba. Se dirigía a ella en un tren de lujo de la Compañía Internacional de Coches Cama, vía Trieste y Viena. Cuando los cuatro vagones largos y sombríos arrancaron, me levanté el sombrero con la solemne sensación de estar dándole el último adiós a un cortejo fúnebre. El perfil de Il Conte, ya muy entrado en años, inmóvil como una piedra, se alejó de mí al otro lado del cristal iluminado. *Vedi Napoli e poi muori!*

El cómplice secreto

Un episodio de la costa

I

A mi derecha había filas de postes de pesca similares a un sistema misterioso de cercas de bambú semisumergidas, que dividían el reino de los peces tropicales de manera incomprensible, y, por su aspecto delirante, parecían haber sido abandonados para siempre por alguna tribu de pescadores nómadas que hubiese partido hacia la otra punta del océano; lo cierto es que no se veían señales de vida humana por ninguna parte. A la izquierda, unos cuantos islotes áridos, que hacían pensar en ruinas de paredes rocosas, en torres y fortines, hundían sus cimientos en un mar que también parecía sólido, tan quieto y calmo se extendía a mis pies; incluso el rastro de luz que dejaba el sol en el oeste brillaba con suavidad, sin el resplandor animado que delata un oleaje imperceptible. Al girar la cabeza por última vez para despedir con la mirada el remolcador que acababa de dejarnos anclados frente al banco de arena, vi la línea recta de la llana costa unida al mar estático, borde contra borde, con una cercanía perfecta y sin juntura, en un lecho plano mitad marrón, mitad azul, bajo la inmensa bóveda del cielo.

Tan insignificantes como los islotes del mar, dos grupitos de árboles, uno a cada lado de la única irregularidad de aquella juntura perfecta, marcaban la desembocadura del río Meinam, que acabábamos de dejar atrás en la primera etapa de nuestro viaje de regreso; y, mucho más atrás, una masa más grande y elevada, el bosque que rodeaba la gran pagoda de Paknam, era lo único en lo que el ojo podía descansar de la vana tarea de explorar el arco monótono del horizonte. Aquí y allá, destellos como monedas de plata desperdigadas señalaban los meandros del gran río, y en el más cercano, en la parte interior del banco de arena, se perdió de vista el remolcador, que regresaba tierra adentro, con su casco, su chimenea y sus mástiles, como si la impasible tierra se lo hubiera tragado, sin esfuerzo, sin un temblor. Seguí con la mirada la ligera nube que formaba su humo claro sobre la llanura, aquí un momento, allí al siguiente, a lo largo de las sinuosas curvas del río, cada vez más tenue y alejada, hasta que desapareció detrás de la colina en forma de mitra de la gran pagoda. Y entonces me quedé solo con mi barco, anclado en la cabecera del golfo de Siam.

La nave flotaba al comienzo de un largo viaje, muy quieta en la inmensa quietud, mientras el sol bajo hacía que sus palos proyectaran largas sombras hacia el este. En ese momento me encontraba solo en cubierta. No se oía el menor ruido a bordo; y nada se movía a nuestro alrededor, nada daba signos de vida, ni una canoa en el agua, ni un pájaro en el aire, ni una nube en el cielo. Suspendidos en esa pausa profunda que precede a una larga travesía, parecíamos estar midiendo nuestra aptitud para una empresa larga y ardua, la tarea asignada a nuestras dos existencias, lejos de la mirada humana, con el cielo y el mar como únicos espectadores y jueces.

El resplandor del aire debió de interponerse con mi línea de visión, porque justo antes de que se ocultara el sol, mis ojos vagabundos divisaron, tras las cimas del islote principal, algo que anuló la solemnidad de la soledad perfecta. La marea de tinieblas subía rápidamente y, con prisa tropical, un enjambre de estrellas se levantó sobre la tierra oscura mientras yo seguía quieto, con la mano apenas apoyada en la borda del barco como en el hombro de un buen amigo. Dada la multitud de cuerpos celestes que empezaron a mirarme, desapareció la paz de la comunión silenciosa con la nave. Y para entonces también se oían ruidos molestos: voces, pasos en la proa; el sobrecargo que, ocupado en sus tareas, revoloteaba por la cubierta principal; una campana de mano que sonaba con urgencia en la cubierta de popa.

En la chupeta iluminada, mis dos oficiales me esperaban para cenar. Nos sentamos de inmediato y, mientras servía al primer oficial, comenté:

—¿Se ha dado cuenta de que hay un barco anclado entre las islas? Vi los mástiles sobre la colina cuando se ponía el sol.

De pronto levantó su cara simple, sobrecargada con unas tremendas patillas, y exclamó como de costumbre:

—¡Por mi alma, señor! ¡No me diga!

Mi segundo oficial era un joven mofletudo, callado y, a mi juicio, muy serio para su edad, pero cuando cruzamos la mirada creí adivinar un temblor en sus labios. De inmediato bajé la vista. No me correspondía alentar las burlas a bordo. Debo decir, por otra parte, que conocía muy poco a mis oficiales. El mando del barco se me había asignado hacía solo quince días, a raíz de ciertos hechos que, excepto para mí mismo, carecen de importancia. Tampoco conocía muy bien a la tripulación. Los hombres llevaban unos dieciocho meses juntos, y yo era el único extraño a bordo. Menciono esto porque tiene que ver con lo que voy a contar. Pero la sensación más intensa era la de ser un extraño para el barco; y debo decir, en aras de la verdad, que también me sentía como un extraño para mí mismo. Era el más joven a bordo (salvo por el segundo oficial) y, al no haber asumido nunca una posición de total responsabilidad, estaba dispuesto a dar por sentada la aptitud de los demás. Solo les pedía que estuvieran a la altura de sus tareas; me preguntaba, sin embargo, hasta dónde debía ser fiel al ideal que todo hombre se forja en secreto de su carácter.

Entretanto, el primer oficial, con la colaboración casi visible de sus ojos redondos y sus temibles patillas, intentó bosquejar una teoría sobre el barco anclado. El rasgo más destacado de este oficial era considerar cualquier cosa con suma seriedad. Poseía una mente meticulosa. Como él mismo decía, le gustaba «darse una explicación» prácticamente de todo lo que se cruzaba, incluso del mísero escorpión que había hallado en su camarote la semana anterior. El porqué de aquel escorpión —cómo había llegado a bordo y elegido su camarote en vez de la despensa (que era un lugar oscuro y sin duda preferible para un escorpión), y cómo diablos había podido ahogarse en el tintero de su escritorio— lo preocupó infinitamente. Era mucho más sencillo dar cuenta del barco anclado entre las islas, y, cuando estábamos a punto de levantarnos de la mesa, dio su veredicto. Se trataba, no lo dudaba, de un barco recién llegado de nuestro país. Era probable que su tonelaje no le permitiera cruzar el banco de arena excepto durante la pleamar de primavera. Por consiguiente, había entrado en aquel puerto natural a esperar unos días en vez de quedarse en una rada abierta.

—Así es —confirmó de pronto el segundo oficial con su voz un poco ronca—. Tiene un calado de más de veinte pies. Es el Sephora, de Liverpool, y lleva un cargamento de carbón. Ciento veintitrés días desde Cardiff.

Lo miramos sorprendidos.

—El capitán del remolcador me lo contó cuando subió a bordo a llevarse la correspondencia, señor —explicó el joven—. Espera poder llevarlo río arriba dentro de dos días.

Tras abrumarnos con esta información, salió de la cámara. El oficial comentó con pesar que no podía «explicarse las peculiaridades de aquel jovencito». Quiso saber qué le habría costado contarnos todo desde un principio.

Lo retuve cuando empezó a dar órdenes. Los últimos dos días los marineros habían tenido mucho trabajo y la noche anterior habían dormido muy poco. Tuve la desagradable impresión de que yo —un extraño— estaba haciendo algo inusual al indicarle que mandara a todos a descansar sin estipular turnos de guardia. Propuse quedarme en cubierta yo mismo hasta más o menos la una de la mañana. Le pediría al segundo oficial que me relevara a esa hora.

—Él despertará al cocinero y al camarero a las cuatro —concluí— y después lo llamarán a usted. Por supuesto, al menor indicio de viento, toda la tripulación arriba y a partir de inmediato.

Ocultó su asombro.

—Muy bien, señor.

Al salir de la cámara, se asomó a la puerta del segundo oficial para informarle acerca de aquella inusitada ocurrencia mía de hacer guardia solo durante cinco horas. Oí que el otro levantaba la voz sin dar crédito.

—¿Cómo? ¿El capitán en persona?

A continuación, más murmullos, una puerta que se cerraba, luego otra. Unos momentos después salí a cubierta.

Mi condición de extraño, que no me dejaba dormir, me había inspirado también aquella decisión poco convencional, como para poder intimar, en la soledad de la noche, con un barco que desconocía por completo y estaba tripulado por hombres a los que no conocía mucho mejor. Apenas lo había visto hasta ese momento, anclado en un extremo del muelle, abarrotado con un montón de cosas dispares como todo barco que se halla en puerto, invadido por gente de tierra que nada tenían que hacer allí. Ahora que estaba listo para hacerse a la mar, la extensa cubierta principal me parecía muy hermosa y grata a la luz de las estrellas. Muy hermosa, muy amplia dado el tamaño de la nave y muy acogedora. Bajé de la popa y di unos pasos por el combés, imaginando la travesía que nos esperaba por el archipiélago malayo, el océano Índico y finalmente el Atlántico. Estaba lo bastante familiarizado con todas las etapas, con todas las características, con todas las vicisitudes a las que podríamos enfrentarnos en altamar, ¡con todo! A excepción, claro está, de la responsabilidad del mando. Pero me tranquilizó la idea, sin duda razonable, de que el barco era como otros barcos, los hombres como otros hombres, y muy baja la probabilidad de que el mar arrojara sorpresas con el expreso objeto de desconcertarme.

Cuando llegué a esa reconfortante conclusión, me apeteció fumar un cigarro y fui a buscarlo. Bajo cubierta todo estaba en calma. A popa dormían profundamente. Salí al alcázar descalzo, en traje de dormir, sintiéndome muy a gusto en aquella noche cálida, con el cigarro en la boca. Al dirigirme a proa, comprobé que ese extremo del barco también se hallaba en completo silencio. Solo al pasar delante del castillo de proa oí dentro el suspiro hondo, suave y confiado de alguien que dormía. Y, de pronto, me alegré de la seguridad que ofrece el mar frente a la inquietud de la tierra, de haber elegido esa vida sin tentaciones ni preocupaciones, a la que la absoluta franqueza de su atractivo y la resolución de sus propósitos envisten de una simple belleza moral.

La luz de fondeo de la jarcia de proa brillaba con una llama nítida, tranquila y como simbólica, segura y radiante entre las misteriosas sombras de la noche. Al dirigirme a popa por el otro lado del barco, observé que habían olvidado recoger la escala de cuerda desplegada por el costado del barco, sin duda, para que subiera el capitán del remolcador a buscar la correspondencia. El hecho me molestó, porque el cuidado de los detalles es el alma de la disciplina. Después pensé que yo mismo había dispensado a mis oficiales de sus tareas, y que así había impedido que la guardia se organizara formalmente y que las cosas recibieran la debida atención. Me pregunté si era sabio interferir con la rutina establecida de las obligaciones, incluso con las mejores intenciones. Era posible que mis actos me hicieran quedar como un excéntrico. Solo Dios sabía cómo lograría el oficial de las ridículas patillas «explicarse» mi conducta y lo que pensaría todo el barco de la informalidad del nuevo capitán. Me irrité conmigo mismo.

Procedí a recoger la escala menos por cargo de conciencia que, como quien dice, de manera mecánica. Una escala de ese tipo es liviana y se recoge con facilidad, pero al darle un vigoroso tirón, que habría debido subirla volando hasta cubierta, se resistió contra mi cuerpo de una manera totalmente inesperada. ¡Qué diablos! Me asombró tanto no poder mover la escala que me quedé inmóvil, tratando de explicármelo como aquel imbécil oficial mío. Al final, por supuesto, me asomé por la borda.

El casco del barco proyectaba un cinturón de sombras opacas sobre el rielar vidrioso del mar. Pero de inmediato vi una forma alargada y pálida flotando muy cerca de la escala. Sin darme tiempo de adivinar qué era, un débil destello de luz fosforescente, que parecía emanar del cuerpo desnudo de un hombre, parpadeó en silencio sobre el agua dormida con el juego elusivo y silencioso de los relámpagos de verano en el cielo nocturno. Me quedé casi sin aliento al ver dos pies, unas largas piernas, una espalda ancha y pálida sumergida hasta el cuello en un resplandor verdoso y cadavérico. Una mano, empapada, se aferraba al peldaño inferior de la escala. Al cuerpo le faltaba solo la cabeza. ¡Un cadáver decapitado! El cigarro se me cayó de la boca y, al contacto con el agua, hizo plop y soltó un siseo breve que se oyó con claridad en la absoluta quietud sublunar. Supongo que por eso el hombre alzó el rostro, un óvalo muy pálido a la sombra del barco. Aun entonces, apenas distinguía con claridad la forma de su cabeza de pelo negro. Con todo, fue suficiente para que se me pasara la horrenda y gélida sensación que me había oprimido el pecho. También había pasado el momento de las exclamaciones vanas. Solo me asomé por la borda hasta donde era posible para ver más de cerca aquel misterio flotante.

Dado que estaba agarrado a la escala como un nadador exhausto, el resplandor del mar jugueteaba en sus miembros cada vez que se movía y le daba una apariencia espantosa, plateada, como la de un pez. También estaba callado como un pez. No hacía el menor intento por salir del agua. Era inconcebible que no tratara de subir a bordo, y extrañamente perturbador sospechar que quizá no quisiera hacerlo. Esa inquietante incertidumbre me dictó las primeras palabras que pronuncié.

—¿Qué ocurre? —pregunté en mi tono habitual, hablando a la cara levantada que estaba justo debajo de la mía.

—Un calambre —contestó en una voz no más fuerte. Después, con algo de ansiedad—: Oiga, no hace falta llamar a nadie.

—No tenía pensado hacerlo —dije.

—¿Está solo en cubierta?

—Sí.

Por alguna razón, tuve la impresión de que el hombre estaba a punto de soltar la escalera y alejarse a nado de manera incomprensible, tan misteriosamente como había llegado. Pero, por el momento, esa criatura que había aparecido como si proviniera del fondo del mar (que era, por cierto, la tierra más cercana al barco) solo quería saber la hora. Se la dije. Y él, siempre ahí abajo, con vacilación:

—Supongo que su capitán duerme...

—Estoy seguro de que no —dije.

Pareció luchar consigo mismo, pues oí algo así como el murmullo grave y amargo de la duda.

—Ah, qué más da —dijo, y luego pronunció palabras esforzadas y vacilantes—: Oiga, amigo. ¿Podría llamarlo sin hacer ruido?

Juzgué que había llegado el momento de darme a conocer.

—Yo soy el capitán.

Oí un «por Júpiter» pronunciado a ras del agua. La fosforescencia parpadeó en el fluir que rodeaba sus miembros, y su otra mano se aferró a la escala.

—Me llamo Leggatt.

El sonido de su voz era calmo y resuelto. Una buena voz. De alguna manera la serenidad de aquel hombre me infundió un estado similar. Observé en voz muy baja:

—Debe de ser usted un buen nadador.

—Sí. Estoy en el agua casi desde las nueve. La pregunta es si debo soltar la escala y nadar hasta hundirme de cansancio, o subir a bordo.

Me pareció que no era la fórmula de un discurso desesperado, sino una alternativa verdadera a los ojos de un alma fuerte. Debería haber supuesto que se trataba de un joven; en efecto, solo los jóvenes se enfrentan a disyuntivas tan claras. Pero en aquel momento todo eran puras especulaciones. Entre los dos se había establecido una misteriosa comunicación ante aquel mar tropical, silencioso y oscuro. Yo también era joven;

lo bastante para no hacer comentarios. El hombre empezó de pronto a subir por la escala, y yo me apresuré a buscar ropa seca.

Me detuve antes de entrar en el camarote y presté atención en el vestíbulo, al pie de la escalera. Tras la puerta cerrada se oía un débil ronquido en el camarote del primer oficial. La puerta del segundo oficial estaba abierta, pero el interior oscuro se hallaba en completo silencio. También joven, el segundo oficial dormía como un tronco. Quedaba el sobrecargo, pero era improbable que se despertase antes de que se lo llamara. Saqué un traje de dormir de mi camarote y, al volver a cubierta, vi al hombre desnudo, sentado sobre la escotilla principal, pálido en la oscuridad, con los codos apoyados en las rodillas y la cabeza en las manos. En apenas un momento se cubrió el cuerpo húmedo con un traje de dormir gris a rayas igual al mío y empezó a seguirme como un doble por la popa. Descalzos, en silencio, nos dirigimos a proa.

—¿Qué le ha ocurrido? —pregunté en voz baja, tomando la lámpara encendida de la bitácora y acercándola a su cara.

—Un asunto desagradable.

Tenía rasgos bastante regulares; boca bien delineada; ojos claros bajo cejas oscuras y más bien espesas; frente ancha; mejillas imberbes; bigotito castaño y mentón redondo y bien formado. A la luz de la lámpara que alcé delante de su cara, su expresión era concentrada y pensativa, como la que adoptaría un hombre al reflexionar en soledad. Mi traje de dormir le quedaba perfecto. Era un tipo robusto de unos veinticinco años como mucho. Se mordió el labio inferior con el borde de sus dientes blancos y regulares.

—Sí —dije, colocando de nuevo la lámpara en la bitácora.

La noche tropical, cálida y pesada, envolvió una vez más su cabeza.

—Por allá hay un barco —murmuró.

—Lo sé. El Sephora. ¿Sabíais que estábamos aquí?

—Yo no tenía la menor idea. Soy el primer oficial... —Hizo una pausa y se corrigió—: O debería decir: lo era.

—Ya veo. ¿Ha sucedido algo malo?

—Sí, muy malo. He matado a un hombre.

—¿Qué quiere decir? ¿Ahora mismo?

—No, durante la travesía. Hace semanas. Latitud 39 sur. Cuando digo un hombre...

—Un ataque de ira —sugerí, confiado.

Aquella cabeza oscura de cabello negro, semejante a la mía, pareció asentir imperceptiblemente sobre el gris fantasmal de mi traje de dormir. Fue como si, en medio de la noche, me enfrentara a mi propio reflejo en las profundidades de un espejo sombrío e inmenso.

—Menuda cosa que confesar para un muchacho de Conway —murmuró claramente mi doble.

—¿Es usted de Conway?

—Así es —dijo, como sorprendido. Luego lentamente—: No me diga que usted...

De allí era yo, pero, como le llevaba un par de años, me había marchado antes de que él se embarcara. Tras un rápido intercambio de fechas guardamos silencio, y de pronto pensé en mi absurdo oficial, con sus tremendas patillas y aquel intelecto suyo dado a exclamar: «Por mi alma, no me diga». Mi doble me dejó entrever sus pensamientos al decir:

—Mi padre es pastor de iglesia en Norfolk. ¿Me imagina ante un jurado y un juez acusado de algo así? Yo no veo la necesidad. Hay sujetos a los que ni un ángel del cielo... Y yo no soy un ángel. Era uno de esos tipos que siempre están hirviendo con una estúpida maldad. Demonios miserables que no merecen vivir. No cumplía con sus obligaciones y no dejaba que nadie cumpliera con las suyas. Pero de qué sirve hablar. Usted sabe a qué tipo de perro sarnoso...

Apelaba a mí como si nuestras experiencias fuesen tan idénticas como nuestra vestimenta. Y yo conocía muy bien el horrendo peligro de convivir con un personaje semejante cuando no existen medios de represión legal. Y sabía muy bien que mi doble no era un burdo asesino. No se me ocurrió pedirle detalles, y me contó a grandes rasgos la historia con frases bruscas e inconexas. No necesité nada más. Imaginé lo ocurrido como si yo mismo estuviera dentro del traje de dormir del otro.

—Sucedió mientras asegurábamos una vela de trinquete arrizada, al atardecer. ¡Una vela de trinquete arrizada! Se imaginará el clima. Era la única vela que nos quedaba para mover el barco, así que puede hacerse una idea de cómo íbamos. Es una tarea que causa mucha ansiedad. Empezó a soltarme esa maldita insolencia suya. Déjeme decirle que yo estaba agotado por aquel tiempo horrendo que parecía no terminar nunca. Horrendo, le digo, y en un barco de gran calado. Creo que el sujeto estaba medio loco de miedo. No era el momento de hacerle una reprimenda caballeresca, así que me di la vuelta y lo derribé de un golpe. Se levantó y se me vino encima. Nos enzarzamos en el momento en que una ola espantosa se acercaba al barco. Toda la tripulación la vio y se aferró a las jarcias, pero yo lo tenía agarrado por el cuello y seguí sacudiéndolo como a una rata, mientras los hombres gritaban: «Cuidado, cuidado». Luego vino un estrépito como si el cielo se me hubiese caído encima. Cuentan que durante diez minutos casi no se vio nada en todo barco: solo los tres palos y la parte superior del castillo de proa y algo de la popa inundada por un manto asfixiante de espuma. Nos encontraron de milagro, entrelazados contra las bitas del trinquete. Está claro que lo mío iba en serio, porque cuando nos levantaron aún lo tenía agarrado por el cuello. Él tenía la cara azul. No aguantó. Parece que nos llevaron rápido a popa, trabados como estábamos, mientras gritaban «¡asesino!» como lunáticos, y entraron de golpe en la cámara. Y entretanto la nave corría por su vida, que sí que no todo el tiempo, cada minuto era el último en un mar que a uno le dejaba el pelo blanco con solo mirarlo. Entiendo que hasta el capitán se puso a dar alaridos como los demás. El pobre llevaba sin dormir bien una semana, y tener que lidiar con un asunto así en medio de un furioso temporal casi le hace perder la cordura. Me sorprende que no me arrojaran por la borda tras arrancarme de las manos el cadáver de su preciado oficial. Según me han dicho, les costó separarnos. Una historia lo bastante violenta como para que un juez viejo y un jurado respetable se pongan derechos en sus asientos. Lo primero que oí cuando volví en mí fue el aullido enloquecedor de aquella tormenta interminable y, por encima, la voz del viejo. Se aferraba a mi litera y me miraba fijamente a la cara desde debajo de su sombrero impermeable: "Señor Leggatt, ha matado a un hombre. Ya no puede actuar como primer oficial de este barco"».

El cuidado con que moderaba su voz la hacía sonar monótona. Tenía una mano apoyada en un extremo de la lumbrera para mantener el equilibrio y, hasta donde alcancé a ver, en todo ese tiempo no había movido un músculo.

—Menuda historia para contar mientras se toma tranquilamente el té —concluyó en el mismo tono.

Yo también tenía una mano apoyada en la lumbrera y, por lo que recuerdo, tampoco moví un músculo. Se me ocurrió que, si el pesado de «por mi alma, no me diga» se hubiese asomado y nos hubiese sorprendido así, habría pensado que veía doble, o se hubiese creído en presencia de algún embrujo: el extraño capitán conferenciaba tranquilamente junto al timón con su propio fantasma gris. Empecé a preocuparme por que sucediera algo así. Oí el murmullo tranquilizador del otro.

—Mi padre es pastor en Norfolk —decía.

Obviamente, había olvidado que me ya había contado aquel dato crucial. Una historia muy bonita, la verdad.

—Más vale que baje usted a mi camarote ya mismo —dije, avanzando sigilosamente.

Mi doble me siguió; nuestros pies descalzos no hacían ruido; lo hice pasar, cerré la puerta con cuidado y, tras llamar al segundo oficial, volví a cubierta a esperar a mi relevo.

—Parece que aún no hay viento —comenté cuando se acercó este.

—No, señor. No mucho —asintió él con su voz ronca, soñoliento, con el respeto justo y no más, apenas conteniendo un bostezo.

—Bueno, eso es todo. Ya conoce sus instrucciones.

—Sí, señor.

Di una o dos vueltas por la popa y lo vi apostarse con la mirada al frente y el codo apoyado en el flechaste de los aparejos de mesana. Luego bajé. El primer oficial seguía roncando débil y apaciblemente. La lámpara de la chupeta había quedado encendida sobre la mesa, junto a un jarrón lleno de flores —un detalle por parte del proveedor del barco—, que serían las últimas que veríamos durante, por lo menos, tres meses. De las vigas colgaban simétricamente dos racimos de plátanos, uno a cada lado del timón. En el barco todo estaba igual que antes, salvo que dos de los trajes de dormir del capitán se estaban usando al mismo tiempo, uno inmóvil en la cámara, el otro muy quieto en el camarote del capitán.

Debo explicar que mi camarote tenía la forma de una L mayúscula, y la puerta, ubicada en el ángulo, se abría en la parte corta de la letra. Había un sofá a la izquierda, la cama estaba a la derecha; mi escritorio y la mesa de los cronómetros miraban a la puerta. Pero quien la abriese, a menos que entrara por completo, no podía ver lo que llamo la parte larga (o vertical) de la letra. Esta contenía unas cajoneras con estantes para libros encima y algo de ropa, un abrigo o dos, gorras, un impermeable y cosas así colgadas de unos ganchos. Al fondo de esa parte había una puerta que daba a mi sala de baño, a la que también podía entrarse directamente desde el salón. Pero esa entrada nunca se usaba.

El misterioso recién llegado había descubierto las ventajas de aquella forma particular. Cuando entré en mi habitación, bien iluminada por una gran lámpara sostenida por cardanes sobre el escritorio, no lo vi por ninguna parte hasta que salió en silencio de entre los abrigos colgados en el hueco del fondo.

—Oí que alguien andaba por ahí y de inmediato me metí ahí detrás —susurró.

Yo también hablé en voz baja:

—Es poco probable que alguien entre sin golpear o sin que se le dé permiso.

Asintió con la cabeza. Su cara era delgada y había perdido el tostado del sol, como si hubiese estado enfermo. Y no era para menos. Enseguida me contó que había pasado casi siete semanas bajo arresto en su camarote. Pero sus ojos y su expresión no tenían nada de enfermizo. No se me parecía en lo más mínimo a mí y, sin embargo, si alguien hubiera osado entrar a hurtadillas con nosotros allí de pie, encorvados ante el mueble de la litera, murmurando codo con codo, con las cabezas arrimadas y de espaldas a la puerta, se habría encontrado con el extraordinario espectáculo de un doble capitán que conversaba en susurros con su otro yo.

—Pero todo eso no me aclara cómo llegó a colgarse de nuestra escala —pregunté con el murmullo apenas audible que empleábamos, después de que él me contara algo más sobre lo que había ocurrido a bordo del Sephora cuando pasó el mal tiempo.

—Al avistar el promontorio de Java, yo había pensado en todas esas cuestiones varias veces. Pasé seis semanas sin hacer otra cosa, y solo me dejaban salir a cubierta cerca de una hora, por la noche, para dar un paseo por el alcázar.

Seguía susurrando, con los brazos cruzados sobre la cabecera de mi cama y la vista clavada en la portilla abierta. Yo podía imaginarme perfectamente el modo en que lo había pensado: una actividad pertinaz aunque no permanente, algo de lo que yo habría sido totalmente incapaz.

—Calculé que sería de noche antes de que tocáramos tierra —prosiguió, en voz tan baja que tuve que aguzar el oído aunque estuviésemos muy cerca, casi hombro con hombro—. Así que pedí hablar con el viejo. Parecía muy abatido cada vez que venía a verme, como si no pudiera mirarme a la cara. Sabe, aquella vela de trinquete salvó el barco. Iba demasiado cargado para navegar mucho tiempo con los mástiles desnudos. Y yo fui quien la aseguró. En fin, vino el viejo. Cuando estuvo dentro de mi camarote (me miraba desde la puerta como si ya me hubieran pasado la soga por el cuello), le pedí sin rodeos que esa noche, cuando el barco pasara por el estrecho de Sonda, dejara la puerta sin llave. La costa de Java estaría a una o dos millas, cerca de la punta de Anyer. Era lo único que le pedía. En mi segundo año en Conway, me dieron un premio de natación.

—No lo dudo —susurré.

—Sabe Dios por qué me encerraban bajo llave todas las noches. Por las caras de algunos se habría dicho que tenían miedo de que fuera a salir a estrangular gente. ¿Soy un bruto asesino? ¿Lo parezco? ¡Por Júpiter! Si lo hubiera sido, él no se habría atrevido a estar en mi habitación. Me dirá usted que habría podido apartarlo de un empujón y escapar en ese instante: ya estaba oscuro. Bueno, pues no. Y por la misma razón, no pensaba destrozar la puerta. Al oír el ruido se habrían precipitado a detenerme, y yo no tenía la intención de causar una condenada pelea. Alguien más podía resultar muerto, porque yo no habría huido para que me encerraran de nuevo y no quería saber nada más de aquello. El viejo se negó, con peor cara que nunca. Le tenía miedo a la tripulación y también al segundo oficial, un farsante de pelo gris que llevaba años con él; y el sobrecargo también llevaba no sé cuántos años con él (diecisiete o más) y era un vago autoritario que me odiaba como al veneno, solo porque yo era el primer oficial. Ningún primer oficial hizo más de un viaje en el Sephora, ¿sabe? Esos dos viejos controlaban el barco. Solo el diablo sabe de qué no tenía miedo el capitán (todo su valor se hizo pedazos durante aquel periodo infernal de mal tiempo que nos tocó); miedo a lo que le haría la ley, quizá a su esposa. ¡Ah, sí! Ella está a bordo. Aunque no creo que se hubiese negado. Se habría puesto de lo más contenta de deshacerse de mí de un modo u otro. En plan «la marca de Caín», ¿entiende? Muy bien. Yo estaba dispuesto a irme a vagar por la faz de la tierra, con lo que habría pagado un precio suficiente por un Abel de aquella calaña. Sea como fuere, el viejo no atendía a razones. "Esto debe seguir su curso. Yo represento la ley". Temblaba como una hoja. "¿O sea que no lo hará?". "¡No!". «Entonces espero que pueda dormir con su conciencia», dije, y le di la espalda. "Me pregunto cómo lo logra usted", gritó, y trabó la puerta.

»Bueno, después de esa conversación, no lo lograba. No del todo. Fue hace tres semanas. La travesía por el mar de Java fue lenta; fuimos a la deriva cerca de Carimata durante diez días. Cuando anclamos aquí pensaron, sin duda, que estaban seguros. La tierra más cercana (que queda a cinco millas) es el destino del barco; el cónsul se ocuparía enseguida de atraparme; y no habría tenido sentido ir a los islotes de allá. No creo que haya en ellos ni una gota de agua. No sé por qué, pero esta noche el sobrecargo me llevó la cena y dejó la puerta sin llave al retirarse para que comiera. Y comí, comí todo lo que había. Al terminar salí a estirar las piernas por el alcázar. Creo que lo único que quería era respirar un poco de aire fresco. Y de pronto sentí la tentación. Me descalcé y me encontré en el agua sin haber siquiera tomado una decisión clara. Alguien oyó el chapoteo y armó un alboroto tremendo. "¡Ha saltado! ¡bajad los botes! ¡Se ha suicidado! No, está nadando". Claro que nadaba. No es fácil para un nadador como yo morir ahogado. Llegué al islote más cercano antes de que el bote se apartara del barco. Los oí remar en la oscuridad, llamarme y dar vueltas, pero al cabo de un rato se dieron por vencidos. Todo se calmó y el fondeadero quedó sumido en un silencio de muerte. Me senté en una piedra y me puse a pensar. Estaba seguro de que saldrían a buscarme en cuanto se hiciese de día. No había dónde ocultarse entre aquellas rocas; e incluso aunque hallase un escondite, ¿de qué me habría servido? Pero estando ya lejos del barco no pensaba regresar. Así que, al cabo de un rato, me quité la ropa, la anudé, le puse una piedra dentro y la arrojé al agua del lado del islote que da al mar abierto. Con ese remedo de suicidio me bastaba. Que ellos pensaran lo que quisieran, pero yo no tenía la intención de ahogarme. Tenía la intención de nadar hasta hundirme, lo que no es lo mismo. Apunté hacia otro de aquellos islotes y desde allí divisé la luz de este barco. Algo hacia donde nadar. Seguí con facilidad y en el camino me topé con una roca plana que sobresalía un pie o dos por encima del agua. De día, me atrevería a decir, usted la vería desde la popa con el catalejo. Trepé y descansé un poco. Después eché a nadar de nuevo. El último tramo debe de haber sido de más de una milla».

El hilo de su voz era cada vez más débil, y él miraba todo el tiempo por la portilla, en la que no se veía siquiera una estrella. No lo interrumpí. Había algo en su relato, o quizá en él mismo —una especie de sensación, una cualidad que no sé cómo llamar—, que volvía imposible cualquier comentario. Y cuando concluyó, solo atiné a decir en un susurro banal:

—¿Así que nadó hacia nuestra luz?

—Sí, directo hacia ella. Era un objetivo hacia donde nadar. No podía ver estrellas en el horizonte porque la costa se interponía y tampoco podía ver la tierra. El agua parecía vidrio. Era como nadar en una condenada cisterna de mil pies de profundidad de la que no se podía salir por ninguna parte; pero lo que me disgustaba era la idea de nadar en círculos como un toro enloquecido hasta no aguantar más; y no tenía intención de regresar... No. ¿Me imagina capturado, desnudo, en uno de esos islotes, dando pelea como un animal salvaje mientras intentan llevarme del cuello? Habría muerto alguien, por cierto, y yo no quería que ocurriera nada de eso. Así que seguí. Después, la escala de su barco...

—¿Por qué no llamó a nadie?

Me tocó el hombro con suavidad. Unos pasos lentos se acercaron sobre nuestras cabezas y se detuvieron. El segundo oficial había cruzado desde el otro lado de la popa y quizá se había acodado en la borda.

—No nos oirá hablar, ¿no? —me susurró ansiosamente al oído mi doble.

Su ansiedad fue una respuesta más que suficiente a la pregunta que yo le había hecho. Una respuesta que resumía toda la dificultad de la situación. Cerré la portilla con cuidado, por si acaso. Una palabra dicha en voz alta habría podido oírse.

—¿Quién es? —susurró él a continuación.

—Mi segundo oficial. Pero no lo conozco mucho mejor que usted.

Y le hablé un poco de mí. Me habían nombrado comandante cuando menos me lo esperaba, hacía apenas dos semanas. No conocía el barco ni a la gente. No había tenido tiempo de echar un vistazo al puerto ni de formarme un juicio sobre nadie. En cuanto a la tripulación, lo único que ellos sabían era que se me había designado para llevar el barco a casa. Por lo demás, yo era tan extraño a bordo como él, dije. Y en ese momento lo sentí vivamente. Presentía que bastaría muy poco para convertirme en un sospechoso a los ojos de la compañía naviera.

Entretanto él se había dado la vuelta, y ahora los dos extraños a bordo del barco nos enfrentábamos en poses idénticas.

—Su escala... —murmuró tras un silencio—. ¿Quién habría pensado que encontraría una escala colgando de la borda de un barco anclado aquí de noche? En ese momento me sentí desfallecer. Con la vida que había llevado en las últimas nueve semanas, cualquiera habría perdido la forma. Ya no podía ni rodear del barco hasta las cadenas del timón. Y, oh, sorpresa, he aquí una escala. Tras aferrarme a ella me dije: «¿Para qué?». Cuando vi que asomaba la cabeza de un hombre pensé en alejarme a nado y dejarlo que me gritara en el idioma que fuera. No me molestaba que me viera. En realidad... la idea me gustaba. Pero el hecho de que usted me haya hablado en voz tan baja... como si me hubiese estado esperando... me hizo sostenerme un rato más. Había pasado por un horrible periodo de soledad; no me refiero al momento de nadar. Me alegró hablar un poco con alguien que no perteneciera al Sephora. Lo de preguntar por el capitán fue un mero impulso. Puede que no hubiera servido de nada, si todo el barco se enteraba de mi presencia y los otros aparecían aquí por la mañana. No lo sé, quería que me vieran, hablar con alguien, antes de seguir. No sé qué habría dicho... «Qué noche tan bonita, ¿no?», o algo por el estilo.

—¿Cree que vendrán aquí dentro de poco? —pregunté con cierta incredulidad.

—Es muy probable —dijo débilmente.

De pronto cobró un aspecto muy demacrado. La cabeza se le tambaleaba sobre los hombros.

—Bah. Ya veremos. Mientras tanto métase en esa cama —susurré—. ¿Necesita ayuda? Ya está.

Era una cama bastante alta con una cajonera debajo. Aquel magnífico nadador de verdad necesitó el empujón que le di agarrándolo de la pierna. Rodó sobre la cama, se dio la vuelta y se tapó los ojos con un brazo. Y en ese momento, con la cara casi oculta, su apariencia debía de ser igual a la mía cuando estoy acostado. Contemplé un rato a mi otro yo; después corrí las cortinas de paño verde que colgaban de una barra de latón. Por un momento pensé en unirlas con alfileres para mayor seguridad, pero me senté en el sofá y ya no tuve ganas de levantarme y buscar uno. Ya lo haría. De una manera peculiarmente íntima, me sentía cansadísimo por las exigencias del sigilo, el esfuerzo de susurrar y el secretismo general de aquella aventura. Para entonces eran las tres de la mañana, y llevaba en pie desde las nueve, pero no tenía sueño; no podía dormirme. Me quedé sentado, rendido, mirando las cortinas, tratando de apartar de mí la confusa sensación de estar en dos lugares al mismo tiempo, y muy molesto por el golpeteo exasperante que resonaba en mi cabeza. Fue un alivio descubrir que no estaba en absoluto dentro de mi cabeza, sino al otro lado de la puerta. Antes de que pudiera contenerme, la palabra «Pase» salió de mi boca, y el sobrecargo entró con una bandeja a traerme el café.

Me había dormido, después de todo, y me asusté tanto que grité, como si aquel se encontrara muy lejos:

—¡Por aquí! Aquí estoy, sobrecargo.

Dejó la bandeja en la mesa junto al sofá y solo entonces dijo, en voz muy baja:

—Ya veo que está ahí, señor.

Sentí que me miraba con insistencia, pero en ese momento no me atreví a cruzar la mirada con él. Sin duda se preguntó por qué había corrido las cortinas de la cama y después había dormido en el sofá. Salió dejando la puerta abierta como de costumbre.

Oí que la tripulación lavaba las cubiertas. Sabía que me habrían informado de inmediato si hubiera el menor viento. Todo en calma, pensé, aunque me puse doblemente impaciente. De hecho, me sentía más doble que nunca. El sobrecargo reapareció de pronto en el hueco de la puerta. Me levanté de un salto tan rápido que se sobresaltó.

—¿Qué quiere?

—Cierre la portilla, señor, están lavando las cubiertas.

—Está cerrada —dije, enrojeciendo.

—Muy bien, señor —dijo.

Pero no se movió de la puerta y se quedó mirándome un rato de una manera extraordinaria y equívoca. Después sus ojos vacilaron, su expresión cambió por completo y, con voz inusualmente amable, casi aduladora, dijo:

—¿Puedo retirar la taza vacía, señor?

—¡Por supuesto!

Le di la espalda mientras entraba y salía. Luego cerré la puerta y hasta le eché el cerrojo. Así no se podía seguir por mucho tiempo. El camarote, además, era un horno. Fui a espiar a mi doble y descubrí que no se había movido; aún tenía el brazo sobre los ojos; pero su pecho respiraba; su pelo estaba húmedo; su mentón brillaba por el sudor. Estiré la mano sobre su cuerpo y abrí la portilla.

«Debería dejarme ver en cubierta», reflexioné.

En teoría, por supuesto, era libre de hacer lo que quisiera, y nadie podía contradecirme en el círculo del horizonte; pero no me atreví a cerrar la puerta y a guardarme la llave. No bien asomé la cabeza por la escalera que lleva a los camarotes, vi a mis dos oficiales, el segundo descalzo, el primero con botas de goma, cerca del castillo de popa; el sobrecargo, que descendía por la escalera de popa, les hablaba animadamente. Al verme, este último desapareció, el segundo corrió hacia la cubierta principal dando órdenes y el primero se acercó a saludarme tocándose la gorra.

Sus ojos traslucían una especie de curiosidad que no me gustó nada. No sé si el sobrecargo les había dicho que yo parecía «raro» o directamente borracho, pero me di cuenta de que se proponía observarme con atención. Lo vi acercarse con una sonrisa que, al acortarse la distancia, se fijó y paralizó sus patillas. No le di tiempo de abrir la boca.

—Que la tripulación disponga las vergas perpendiculares a la recta de la quilla antes de desayunar.

Era la primera orden concreta que daba a bordo de aquel barco, y me quedé en cubierta para ver cómo se ejecutaba. Había sentido la necesidad de imponerme sin demora. Esto bastó para bajarle los humos al jovencito socarrón, y aproveché también para mirar a la cara a todos los marineros de trinquete cuando pasaban en dirección a las brazas de popa. Presidí el desayuno, sin comer nada, con tal gélida dignidad que los oficiales huyeron de la cámara tan pronto como lo permitió la decencia, y mientras tanto el doble discurrir de mi mente me perturbaba casi hasta la demencia. Me vigilaba sin cesar a mí mismo, a mi yo secreto que, tan dependiente de mis actos como mi propia persona, dormía en aquella cama, tras aquella puerta, frente a la cabecera de la mesa donde me sentaba. Mi estado se parecía mucho a la locura, solo que peor, pues era consciente de ello.

Tuve que sacudir a aquel hombre durante un minuto, pero cuando por fin abrió los ojos estaba en posesión de todas sus facultades y su mirada era inquisitiva.

—Hasta ahora todo va bien —susurré—. Pero tiene que esconderse en el baño.

Lo hizo, silencioso como un fantasma. Luego llamé al sobrecargo y, mirándolo fijamente, le di instrucciones de que arreglara, «y deprisa», mi camarote mientras yo me daba un baño. Como mi tono no admitía excusas, dijo: «Sí, señor», y salió corriendo en busca de su recogedor y sus escobillones. Me bañé chapoteando y me vestí silbando por lo bajo para edificación del sobrecargo, mientras el cómplice secreto de mi vida permanecía de pie en aquel espacio reducido, con las mejillas muy hundidas a la luz del día y los párpados casi cerrados bajo la línea negra y severa de su ceño algo fruncido.

Cuando lo dejé allí para volver a la habitación, el sobrecargo estaba terminando de limpiar el polvo. Mandé llamar al primer oficial y conversé con él sobre algo insignificante. Era, de alguna manera, jugar con el tremendo personaje de sus patillas; pero mi propósito era que pudiera echarle una buena mirada al camarote. Después, con la conciencia tranquila, cerré por fin la puerta y le indiqué a mi doble que se metiera en el hueco del fondo. No había otra forma. Tendría que quedarse sentado en un taburete plegable, medio asfixiado entre los abrigos colgados. Oímos al sobrecargo entrar desde el salón al baño, llenar dentro unas botellas de agua, fregar la bañera, ordenar las cosas, mover, golpear, traquetear, para salir de nuevo al salón y darle la vuelta a la llave: clic. Ese era mi plan para mantener la invisibilidad de mi otro yo. No se podía idear nada

mejor en aquellas circunstancias. Y allí nos quedamos sentados; yo ante mi escritorio como para dar la impresión de estar
ocupado con unos papeles, él a mis espaldas y oculto a los ojos
de los demás por la puerta. Habría sido imprudente conversar
durante el día; y la rara sensación de que hablaba en susurros
conmigo mismo me habría provocado una inquietud insoportable. Cada tanto miraba por encima del hombro y lo veía al
fondo, sentado rígido en el taburete, con los brazos cruzados,
los pies descalzos juntos y la cabeza gacha: quieto como una estatua. Cualquier lo habría confundido conmigo.

Yo mismo estaba fascinado. A cada momento tenía que
mirar por encima del hombro. Lo estaba observando cuando
una voz dijo al otro lado de la puerta:

—Disculpe, señor.

—¡Sí!

Seguí con los ojos puestos en él, así que vi que se sobresaltaba cuando la voz que estaba fuera anunció:

—Se acerca un barco, señor.

El otro hizo el primer movimiento que le vi en horas. Pero
no levantó la cabeza.

—De acuerdo. Baje la escala.

Vacilé. ¿Debía susurrarle algo? Pero ¿qué? Su inmovilidad
no parecía haber sido perturbada. ¿Qué podía decirle que ya no
supiera? Al final subí a cubierta.

II

El capitán del Sephora tenía una delgada barba roja alrededor
de la cara y el típico cutis que acompaña al pelo de ese color,
así como los ojos del característico matiz azul algo borroso. No
era precisamente apuesto: era de hombros altos, estatura me-

diana, y una de sus piernas estaba ligeramente más curvada que la otra. Me estrechó la mano mirando vagamente de un lado a otro. Juzgué que su principal atributo era una obstinación apocada. Me comporté con una cortesía que pareció desconcertarlo. Tal vez era tímido. Farfullaba como si se avergonzara de lo que me decía; me dio su nombre (algo así como Archbold, aunque a tantos años de distancia no estoy seguro), el nombre de su barco y otros pocos pormenores de ese género, a la manera de un criminal que se confiesa con tristeza y a regañadientes. El clima había sido terrible en la travesía de ida, terrible, terrible; y encima con su mujer a bordo.

Para entonces estábamos sentados en el camarote, y el camarero trajo una bandeja con una botella y unos vasos.

—Gracias, pero no.

Nunca bebía licor. Aceptaría un poco de agua. Se bebió dos vasos. El trabajo daba una sed terrible. Desde el amanecer estaba explorando las islas que se hallaban en torno a su barco.

—¿Por... diversión? —pregunté, fingiendo interesarme.

—¡No! —suspiró—. El puro deber.

Como seguía farfullando y yo quería que mi doble oyese cada palabra, se me ocurrió decirle que por desgracia yo era medio sordo.

—¡Y a tan corta edad! —asintió con la cabeza, clavándome sus ojos azul borroso y poco inteligentes—. ¿Cuál fue la causa? ¿Alguna enfermedad? —preguntó, sin la menor compasión y como si pensara que, de ser el caso, me lo tenía bien merecido.

—Sí, enfermedad —admití en un tono alegre que pareció sorprenderlo.

Pero había ganado el punto, porque tuvo que levantar la voz para contarme su relato. No vale la pena consignar su versión. Todo había ocurrido dos meses atrás, y él había pensado tanto en ello que parecía confundido y por completo desorientado: no salía de su estupor.

—¿Qué pensaría usted si algo así sucediera a bordo de su propio barco? Llevo quince años en el Sephora. Soy un comandante conocido.

Estaba de lo más afligido, y quizá le habría mostrado compasión si hubiera sido capaz de desviar mi atención del hombre que compartía mi camarote, insospechado, como mi segundo yo. Ahí estaba al otro lado del mamparo, a no más de cuatro o cinco pies de nosotros, que seguíamos sentados en el salón. Miré cortésmente al capitán Archbold (pongamos que ese era su nombre), pero imaginaba al otro, en su traje de dormir gris, sentado en el taburete, con los pies descalzos juntos, los brazos cruzados y los oídos de la cabeza gacha atentos a cada palabra que decíamos.

—Llevo en el mar treinta y siete años, de niño y de adulto, y nunca he oído que ocurriera algo así en un barco inglés. Y tenía que tocarle a mi barco. Con mi mujer a bordo, para colmo.

Yo apenas lo escuchaba.

—¿No es posible —dije— que la ola que, según me dijo, cayó en cubierta en ese momento matase a ese hombre? He visto cómo el peso tremendo del mar mataba a un hombre sin problemas, simplemente rompiéndole el cuello.

—¡Por Dios! —exclamó, estupefacto, fijando sus borrosos ojos azules en mí—. ¡El mar! Nadie que hubiera muerto por el mar tendría aquel aspecto.

Parecía escandalizado por mi sugerencia. Y cuando me lo quedé mirando, sin prever que haría nada original, arrimó su cabeza a la mía y sacó la lengua tan rápido que no pude evitar echarme atrás.

Tras perturbar mi calma con ese gesto gráfico, asintió sabiamente con la cabeza. Si lo hubiera visto, me aseguró, no lo olvidaría nunca. El clima no permitió darle al cadáver el debido entierro en alta mar. Así que, al amanecer del día siguiente, lo llevaron a la popa con la cara cubierta con unas banderas; él leyó una breve oración y después, tal como estaba el cuerpo, en impermeable y botas largas, fue arrojado al mar, cuyas olas como montañas parecían listas para tragarse de un momento a otro el barco mismo y las vidas aterrorizadas de todos sus tripulantes.

—Lo salvó la vela de trinquete —comenté.

—Por Dios que sí —exclamó con fervor—. Creo firmemente que fue por un acto especial de clemencia que soportó algunas de aquellas ráfagas huracanadas.

—Fue esa vela adrizada lo que... —sugerí.

—La mano de Dios —me interrumpió—. Nada más habría podido hacerlo. No me importa decirle que apenas tuve el valor de dar la orden. Parecía imposible tocar nada sin perderlo, y en ese caso habríamos perdido nuestra última esperanza.

Aún lo acosaba el terror de la tempestad. Lo dejé continuar por un momento y después dije, al paso, como retomando un tema menor:

—Supongo que usted estaba ansioso por entregar a su oficial a la autoridad del puerto, ¿no es así?

Así era. A la ley. Su oscura obstinación en lo relativo a ello tenía algo de espantoso e incomprensible; algo, como quien dice, místico, muy distinto de la inquietud de que sospecharan de él que «consentía ese tipo de cosas». Treinta y siete virtuosos años en el mar, veinte de los cuales como impecable capitán, quince de ellos a bordo del Sephora, le habían infundido un implacable sentido del deber.

—Y tiene que saber que yo no contraté a ese joven —prosiguió, hurgando con vergüenza en sus sentimientos—. Su familia tenía acciones en la empresa de mi barco. En cierto modo me vi obligado a emplearlo. Se lo veía muy elegante, muy caballeresco y todo lo demás. Pero ¿sabe una cosa?, por alguna razón nunca me cayó bien. Soy un hombre sencillo. No era exactamente el tipo de primer oficial que hace falta en un barco como el Sephora, ¿comprende?

Me había compenetrado tanto con las ideas e impresiones de quien compartía en secreto mi camarote que me pareció que me estaba dando a entender a mí que yo tampoco era el tipo de primer oficial que hacía falta en un barco como el Sephora. De lo cual no tenía dudas.

—En absoluto el género de hombre. Ya me entiende —insistió sin necesidad y mirándome con fijeza.

Le sonreí cortésmente. Por un momento pareció perder el hilo.

—Supongo que deberé reportar un suicidio.

—¿Cómo dice?

—¡Suicidio! Es de lo que tendré que informar a mis superiores en cuanto regrese.

—A menos que lo encuentre antes de mañana —asentí con imparcialidad—. Quiero decir vivo.

Farfulló algo que de verdad no logré oír, y yo incliné el oído hacia él como en señal de perplejidad. Me dijo a gritos:

—Hay siete millas, digo, desde donde anclamos hasta tierra firme.

—Algo así.

Mi falta de emoción, de curiosidad, de sorpresa, de cualquier marca de interés, empezaba a resultarle sospechosa. Pero salvo por la feliz ocurrencia de fingirme sordo yo no fingía nada. Me había sentido completamente incapaz de fingir ignorancia como era debido y, por lo tanto, me había dado miedo intentarlo. También es cierto que él tenía sospechas preparadas de antemano, y que mi cortesía le pareció un fenómeno extraño y poco natural. Y sin embargo, ¿de qué otra manera habría podido recibirlo? ¿Calurosamente? ¡No! Era imposible, por razones psicológicas que no hace falta aclarar. Lo único que me proponía era apartarme de sus pesquisas. ¿Hoscamente? Sí, pero la hosquedad podría provocar una pregunta a bocajarro. Tanto por la novedad que constituía para él como por su propia naturaleza, tratarlo con una cortesía puntillosa era la mejor manera de inhibir a aquel hombre. Pero existía el riesgo de que atacara mis defensas frontalmente. Creo que no habría podido responderle con una burda mentira, por razones también psicológicas (no morales). ¡Si él hubiera sabido cuánto temía que pusieran a prueba mi sensación de identidad con el otro! Pero, por extraño que parezca (lo pensé más tarde), creo que él estaba desconcertado por el envés de la extraña situación, por algo en mí que le recordaba al hombre que buscaba: que le sugería una misteriosa similitud con aquel joven que no le caía bien y del que había desconfiado desde el principio.

Fuera como fuese, el silencio no duró mucho. El capitán hizo otro movimiento en diagonal.

—Habremos recorrido unas dos millas hasta este barco. Pero no más.

—Alcanza y sobra, con este calor —dije.

Sobrevino otra pausa llena de desconfianza. La necesidad, dicen, es la madre de la inventiva, pero el miedo, por su parte, no es estéril en sugerencias. Y yo temía que me pidiera directamente noticias de mi otro yo.

—Bonito salón, ¿verdad? —comenté, como si notara por primera vez el modo en que sus ojos iban de una puerta cerrada a la otra—. Y muy bien equipado. Aquí, por ejemplo —proseguí, extendiendo la mano y abriendo la puerta despreocupadamente—, tengo el baño.

Se movió con impaciencia, pero apenas miró dentro. Me puse de pie, cerré la puerta del baño y lo invité a echar un vistazo alrededor, como si estuviera muy orgulloso de mi habitación. Tuvo que levantarse y seguirme, pero cumplió con las formalidades sin demostrar ningún placer.

—Y ahora veamos el lugar donde duermo —declaré con voz tan clara como me atreví a hacerlo, atravesando el camarote hacia estribor con pasos voluntariamente pesados.

Me siguió adentro y miró alrededor. Mi inteligente doble se había desvanecido. Cumplí con mi papel.

—Muy conveniente, ¿no?

—Muy bonito. Muy cóm...

Antes de terminar la frase salió bruscamente como si quisiera escapar de mis perversos ardides. Pero yo no iba a permitírselo. Había pasado demasiado miedo como para no buscar venganza; sentí que lo había espantado y me proponía seguir espantándolo. Mi cortés insistencia debió de tener algo de amenazador, porque de pronto se rindió. Y no le perdoné un solo espacio: el cuarto de oficiales, la despensa, las bodegas y hasta el pañol de velas de popa: tuvo que inspeccionarlo todo. Cuando al final salimos al alcázar, dio un suspiro largo y apocado y farfulló en tono sombrío que ya era hora de volver a su barco. Le transmití a mi oficial, el cual se nos había unido, que avisara al bote del capitán.

El patilludo sopló con fuerza el silbato que llevaba siempre al cuello y gritó:

—¡Parten los del Sephora!

Abajo en mi camarote, mi doble debió de oírlo, y seguro que sintió tanto alivio como yo. Cuatro sujetos vinieron corriendo desde la proa y fueron hacia la borda, mientras mis hombres, que habían aparecido en cubierta, formaron fila ante la barandilla. Acompañé con ceremonia a mi visitante hasta la pasarela y casi me pasé de la raya. Aquel hombre era un bruto tenaz. Se detuvo en la escala y, con esa manera única de ir al grano que se emplea cuando se tienen remordimientos de conciencia, dijo:

—En fin... usted... usted no cree que...

Tapé su voz hablando más fuerte:

—Claro que no... Ha sido un placer. Adiós.

Creí adivinar lo que iba a decir y me salvé justo a tiempo gracias al privilegio de la sordera. El hombre estaba demasiado alterado como para insistir, pero mi primer oficial, que había sido testigo directo de la despedida, pareció confundido y su cara adoptó una expresión pensativa. Como yo no quería dar a entender que me negaba a entablar cualquier comunicación con mis oficiales, tuvo la oportunidad de hablarme:

—Parece un buen hombre —dijo—. La tripulación de su bote les contó a nuestros muchachos una historia extraordinaria, según me ha dicho el sobrecargo. Supongo que usted la habrá oído de boca del capitán, señor.

—Sí. El capitán me ha contado una historia.

—Un asunto de lo más terrible, ¿no, señor?

—Así es.

—Es mejor que todas las historias que se cuentan de asesinatos a bordo de los barcos yanquis.

—No creo que sea mejor. No crea que se les parezca en absoluto.

—¡Por mi alma, no me diga! Pero, claro, yo no estoy nada familiarizado con los barcos norteamericanos, así que no podría contradecir su conocimiento. Bastante horrible me resulta... Pero lo más extraño es que esos hombres parecían sospechar que el sujeto estaba oculto en nuestro barco. De verdad lo pensaban. ¿Dónde se ha visto algo así?

—Ridículo, ¿verdad?

Caminábamos de un lado al otro por el alcázar. En proa no se veía a ningún miembro de la tripulación (era domingo), y el oficial continuó:

—Hasta se ha armado una pequeña disputa. Nuestros muchachos se ofendieron. «Como si fuéramos a esconder a alguien así», dijeron. «¿Quieres buscarlo en la carbonera?». Un buen rifirrafe. Pero al final hicieron las paces. En fin, supongo que se habrá ahogado. ¿Usted no, señor?

—Yo no supongo nada.

—¿No tiene ninguna duda al respecto, señor?

—Ni la más mínima.

Me fui de pronto. Sabía que eso causaba una mala impresión, pero con mi doble abajo era muy difícil seguir en cubierta. Y permanecer abajo era casi igual de difícil. Una situación que crispaba los nervios. Pero en general me sentía menos dividido cuando estaba con él. En todo el barco no había una sola persona en quien confiar. Dado que la tripulación se había enterado de la historia, sería imposible hacerlo pasar por otra persona, por lo que ahora más que nunca era temible que lo descubrieran por accidente.

Cuando bajé, solo pudimos comunicarnos con la vista, pues el sobrecargo estaba poniendo la mesa para comer. Por la tarde susurramos con cautela. La calma del domingo a bordo jugaba en nuestra contra; la quietud del aire y del agua que rodeaban el barco jugaba en nuestra contra; los elementos, los hombres jugaban en nuestra contra; todo jugaba en nuestra contra, incluso el tiempo, porque la situación no podía durar para siempre. La confianza misma en la Providencia, supongo, le estaba vedada a su culpa. ¿Debo confesar que esta idea me desmoralizó sobremanera? Y en cuanto al capítulo sobre accidentes que tanta importancia tiene en el libro del éxito, yo solo esperaba que estuviese cerrado. Porque ¿qué accidente favorable podía esperarse?

—¿Lo ha oído todo? —fueron mis primeras palabras en cuanto estuvimos codo con codo en la cama.

Lo había oído. Y la prueba fue su ferviente susurro:

—Ese hombre le dijo que casi no se atrevió a dar la orden.

Entendí la referencia a la vela de trinquete salvadora.

—Sí, tenía miedo de que se perdiera al arrizarla.

—Le aseguro que nunca dio la orden. Quizá cree que lo hizo, pero nunca la dio. Se quedó de pie conmigo junto al castillo de popa cuando se voló la gavia y gimoteó algo sobre nuestra última esperanza: de verdad gimoteaba, y no hacía nada más. ¡Y la noche se nos venía encima! Oír al capitán de uno comportarse de esa manera basta para que cualquiera pierda la cabeza. Me desesperé. Decidí tomar las riendas y me alejé, enfurecido, y... Pero ¿para qué se lo cuento? ¡*Usted* lo sabe bien! ¿Cree que si no les hubiese hablado duro los hombres habrían hecho algo? ¡Claro que no! ¿Quizá el contramaestre? ¡Quizá! Aquello no era un mar picado, ¡era un mar enloquecido! Imagino que el fin del mundo será algo así, y quizá un hombre tenga el valor de verlo venir y hacer algo al respecto, pero verse obligado a enfrentarse con eso día tras días... No culpo a nadie. No actué mucho mejor que los demás. Pero, a fin de cuentas, yo era un oficial a bordo de ese carguero decrépito...

—Entiendo perfectamente —le aseguré al oído con sinceridad.

Se había quedado sin aliento de tanto susurrar; lo oí jadear un poco. Todo era muy simple. La misma fuerza nerviosa que había dado a veinticuatro hombres la posibilidad de al menos sobrevivir había aplastado una existencia innoble y rebelde por un efecto de retroceso.

Pero no tuve tiempo de sopesar los pormenores del asunto: pasos en el salón, un fuerte golpe en la puerta.

—Hay suficiente viento para partir, señor.

Se trataba de otra llamada que requería la atención de mi mente y, más aún, de mis sentimientos.

—Todos los hombres a cubierta —grité a través de la puerta—. Ahora mismo subo.

Iba a salir para conocer por fin a mi barco. Antes de abandonar el camarote, nuestros ojos se cruzaron: los ojos de los dos únicos extraños a bordo. Señalé el hueco del fondo, donde le esperaba el taburete de campaña, y me llevé un dedo a los labios. Hizo un gesto vago y un poco misterioso, acompañado por una sonrisa apagada, como de tristeza.

No es este el lugar para explayarme sobre las sensaciones que experimenta por primera vez un hombre con un barco que responde a sus órdenes. En mi caso, eran mixtas. No me encontraba al mando solo, porque aquel extraño estaba en mi camarote. O, mejor dicho, no estaba compenetrado por completo con el barco. Una parte de mí seguía ausente. La sensación mental de hallarme en dos lugares al mismo tiempo me afectaba físicamente como si un ánimo conspiratorio hubiese penetrado mi alma. A menos de una hora de que el barco empezara a moverse, al pedirle al primer oficial (que estaba de pie a mi lado) que midiera el rumbo desde la pagoda, me sorprendí inclinándome hacia su oído y susurrándoselo. Digo me sorprendí, pero antes lo sorprendí a él. La única manera de describirlo es decir que se espantó. A partir de entonces lo acompañó un aire serio, preocupado, como si se encontrara en posesión de un saber complicado. Poco después, me alejé de la borda para ir a mirar la brújula con un paso tan furtivo que el timonel se dio cuenta, y no pude evitar notar la apertura inusual de sus ojos. Son ejemplos sin importancia, aunque a ningún comandante le conviene que sospechen excentricidades ridículas de él. Pero mi caso era más grave. Hay palabras, gestos, que en ciertas condiciones deben salirle a un marino de forma tan natural e instintiva como el cierre de un ojo en peligro. Tal o cual orden debe brotar de sus labios sin pensar; cierta señal debe darse sola, por así decirlo, sin reflexión previa. Pero toda vigilancia espontánea me había abandonado. Tenía que hacer un esfuerzo consciente por abstraerme del camarote y centrarme en las condiciones del presente. Temía parecer un comandante indeciso ante quienes me observaban con ojos más o menos críticos.

Y, además, hubo sobresaltos. El segundo día de viaje, por ejemplo, al abandonar la cubierta por la tarde (llevaba en los pies zapatillas de esparto), hice un alto en la puerta abierta de la despensa y le hablé al sobrecargo. Él estaba haciendo algo allí dentro de espaldas a mí. Al oír mi voz, pegó un salto, como suele decirse, y rompió una taza por accidente.

—¿Se puede saber qué le pasa? —pregunté, atónito.

Parecía muy confuso.

—Disculpe, señor. Creí que estaba en su camarote.

—Ya ve que no.

—No, señor. Habría jurado que lo oí dando vueltas ahí adentro hace un momento. Es muy extraño... Lo siento mucho, señor.

Seguí adelante con un escalofrío. Estaba tan identificado con mi doble secreto que ni siquiera mencioné el hecho en nuestros intercambios de susurros parcos y medrosos. Supongo que habría hecho algún ruido mínimo. Habría sido un milagro que nunca hiciera ruido. Y sin embargo, por desmejorado que fuera su aspecto, siempre se lo veía dueño de sí mismo, no solo en calma, sino casi invulnerable. Acatando mis sugerencias, pasaba casi todo el tiempo en el baño, que a fin de cuentas era el lugar más seguro. No existía la menor excusa para que alguien entrara en él después de que el camarero terminaba de limpiarlo. Era un lugar diminuto. Él a veces se recostaba en el suelo con las piernas dobladas y la cabeza apoyada en el codo. Otras veces lo encontraba en el taburete, sentado en su traje de dormir gris, con el pelo oscuro cortado al ras, como un convicto paciente e inmóvil. Por la noche lo escondía en la cama, y susurrábamos mientras los pasos regulares del oficial de guardia iban a un lado y a otro sobre nuestras cabezas. Fue un periodo muy deprimente. Por fortuna había unas latas de alimentos en conserva en un armario de mi camarote; me era fácil conseguir pan duro; y así él vivía a base de guiso de pollo, paté de foie gras, espárragos, ostras cocidas, sardinas, en fin, todo tipo de horrendas falsas delicias enlatadas. Siempre se bebía mi café matutino; y eso era todo lo que me atrevía a hacer por él en ese sentido.

Todos los días había que pasar por las mismas horribles maniobras para que mi habitación y el baño se limpiaran como siempre. Llegué a odiar la aparición del sobrecargo, a aborrecer la voz de aquel hombre inofensivo. Me parecía que iba a provocar el desastre del descubrimiento. La posibilidad nos amenazaba como una espada de Damocles.

Al cuarto día de viaje, creo, cuando bajábamos por el lado este del golfo de Siam, navegando de bolina, con poco viento y en aguas tranquilas, al cuarto día, digo, de hacer deprimentes malabares con lo inevitable, cuando nos sentamos para cenar, aquel hombre, cuyos ínfimos movimientos yo odiaba, salió a toda prisa a cubierta después de poner los platos. No había peligro en eso. Enseguida regresó abajo, y entonces comprendí que había recordado una chaqueta mía que yo había puesto a secar sobre la borda después de empaparme en un chubasco que barrió el barco por la tarde. Sentado, imperturbable, a la cabecera de la mesa, sentí terror al ver la prenda sobre su brazo. Naturalmente se dirigió a la puerta. No había tiempo que perder.

—Sobrecargo —troné.

Tenía los nervios tan alterados que no pude controlar mi voz ni ocultar mi agitación. Actitudes así hacían que el oficial de las terribles patillas se diera golpecitos en la frente con el dedo mayor. Yo había detectado que usaba ese gesto al hablar con el carpintero en cubierta, adoptando un aire confidencial. Desde lejos no alcanzaba a oír una palabra, pero estaba seguro de que aquella mímica solo podía referirse al nuevo y extraño capitán.

—Sí, señor —dijo el pálido sobrecargo, dándose la vuelta con resignación hacia a mí.

La creciente desdicha de su expresión se explicaba por el hecho, capaz de enloquecer a cualquiera, de que le gritara, lo detuviera sin razón, lo echara arbitrariamente de mi camarote, lo llamara de pronto de vuelta, lo expulsara de la despensa con encargos incomprensibles.

—¿Adónde va con esa chaqueta?

—A su cuarto, señor.

—¿Se acerca otro chaparrón?

—La verdad es que no lo sé, señor. ¿Quiere que vaya a fijarme, señor?

—¡No! No importa.

Había logrado mi propósito, y, por supuesto, mi otro yo sin duda había oído lo que pasaba. Durante aquel interludio mis dos oficiales no habían alzado la vista de sus respectivos platos, pero el labio de aquel condenado muchachito, el segundo oficial, temblaba visiblemente.

Supuse que el camarero colgaría la chaqueta y saldría de inmediato. Se tomó su tiempo, pero dominé mis nervios para no gritarle. De pronto me di cuenta (se oía con suficiente claridad) de que, por alguna razón, aquel sujeto abría la puerta del baño. Era el fin. Allí dentro no había suficiente espacio para, literalmente, esconder un gato. Se me atascó la voz en la garganta y me quedé tieso. Esperaba oír un grito de sorpresa y terror, e hice un movimiento, aunque no tuve la fuerza de ponerme de pie. Todo siguió en silencio. ¿Había mi otro yo agarrado al pobre infeliz por la garganta? No sé qué habría hecho si el sobrecargo no hubiera salido de mi habitación y se hubiera quedado de pie, callado, junto al aparador.

Salvado, pensé. Pero ¡no! ¡Había huido! ¡Se había ido!

Dejé el cuchillo y tenedor y me eché atrás en la silla. Estaba mareado. Al rato, ya lo bastante repuesto para hablar con voz firme, di instrucciones a mi oficial de que a las ocho hiciera virar el barco.

—No subiré a cubierta —proseguí—. Creo que voy a acostarme un rato y, a menos que cambie el viento, quisiera que no se me moleste antes de las doce. No me encuentro muy bien.

—Hace un momento, desde luego, tenía mala cara —comentó el primer oficial sin dar señales de preocupación.

Salieron los dos y me quedé mirando al sobrecargo levantar la mesa. La cara de aquel pobre desgraciado era inescrutable. Pero ¿por qué evitaba mirarme?, pensé. Entonces tuve ganas de oír el sonido de su voz.

—¡Sobrecargo!

—¡Señor! —respondió, sobresaltado como de costumbre.

—¿Dónde ha colgado el abrigo?

—En el baño, señor —dijo con el tono ansioso de costumbre—. Aún no está del todo seco, señor.

Me quedé sentado en la cámara un rato más. ¿Se había desvanecido mi doble tal como había llegado? Pero su llegada podía explicarse, mientras que su desaparición sería inexplicable... Entré despacio en mi oscuro cuarto, cerré la puerta, encendí la lámpara y durante un rato no me atreví a voltearme.

Al hacerlo por fin, lo vi de pie en su estrecho escondite. Mentiría si dijera que me sobresalté, pero por mi mente se cruzó una duda irreprimible sobre su existencia corporal. ¿Puede ser —me pregunté— que no sea visible a otros ojos que los míos? Era como estar acosado por un fantasma. Inmóvil, con rostro serio, levantó las manos en un gesto que claramente significaba: «¡Dios mío, qué cerca ha estado!». Muy cerca. Creo que me había estado acercando en silencio a la demencia tanto como es posible sin cruzar al otro lado. Aquel gesto me retuvo, por así decirlo.

El oficial de las terribles patillas hacía virar el barco hacia la otra bordada. Tras el intenso silencio que sobreviene cuando los miembros de la tripulación toman sus puestos, lo oí dar voces en la popa:

—¡A sotavento!

Y el grito lejano de su orden resonó en la cubierta principal. Las velas, en aquella brisa leve, sonaban como un leve aleteo. Se hizo el silencio. El barco viraba lentamente: contuve la respiración en la calma renovada de la espera; se habría dicho que no había un alma en cubierta. Un grito repentino: «¡Arriad la vela mayor!» rompió el hechizo y, entre los gritos ruidosos y el alboroto de los hombres que corrían para tirar de la braza mayor, nosotros dos, en mi camarote, retomamos la posición habitual junto a la cama.

Él no esperó mi pregunta.

—Lo oí hurgando por este lado y pude acuclillarme justo a tiempo en la bañera —me susurró—. El tipo solo abrió la puerta y metió la mano para colgar el abrigo. Aun así...

—No se me había ocurrido —susurré yo, horrorizado por lo cerca que habíamos estado del desastre y maravillado por la inflexibilidad del carácter de aquel hombre, que lo mantenía tan efectivamente con vida.

El susurro de su voz no se agitaba. Si había alguien que se estaba volviendo loco, no era él. Estaba cuerdo. Y dio más pruebas de cordura al susurrar lo siguiente:

—No me serviría de nada volver a la vida.

Era algo que habría podido decir un fantasma. Pero él se refería a la teoría del suicidio que su antiguo capitán no se avenía a aceptar. La utilizaría en su provecho, por cuanto pude entender la idea que parecía guiar el propósito inalterable de sus actos.

—Tiene que abandonarme en una isla desierta en cuanto pasemos por entre las que están frente a la costa de Camboya —continuó.

—¡Abandonarlo en una isla! No estamos en un relato de aventuras para niños —protesté.

Su susurro de desprecio retomó el hilo de su idea.

—¡Claro que no! No hay nada de relato de aventuras en todo esto. Pero no veo otra solución. Hasta aquí he llegado. No crea que tengo miedo de lo que puedan hacerme. La cárcel o la horca o lo que quieran. Pero trate de imaginarme explicando todo esto a un anciano con peluca blanca y a doce respetables comerciantes. ¿Qué pueden saber ellos si soy culpable o no, o incluso de *qué* soy culpable? Es asunto mío. ¿Qué dice la Biblia? «Expulsado de este suelo». Muy bien, ya estoy lejos de ese suelo. Me iré como llegué la otra noche.

—¡Imposible! —murmuré—. No puede.

—¿No puedo...? No desnudo como un alma en el día del juicio final. Este traje de dormir no lo suelto, gracias. El último día no ha llegado aún y... usted entiende a lo que voy, ¿no?

De pronto sentí vergüenza de mí mismo. Puedo decir con franqueza que había entendido. Y mis dudas de que aquel hombre pudiera alejarse a nado de mi barco eran puro sentimentalismo, una especie de cobardía.

—No puede hacerse hasta mañana por la noche —murmuré—. El barco está en la bordada que se aleja de la costa y hay poco viento.

—Siempre y cuando usted me entienda —susurró—. Pero claro que me entiende. Es una gran satisfacción tener a alguien que entienda. Usted parece haber estado allí a propósito.

—Y en el mismo murmullo, como si cada vez que habláramos tuviésemos que decirnos cosas que el mundo no debía escuchar, agregó—: Es maravilloso.

Permanecimos codo con codo hablando en secreto, a veces callados o sin intercambiar más que una palabra susurrada o dos durante largos ratos. Y él miraba como de costumbre por la portilla. El viento nos daba cada tanto en la cara. Era como si el barco estuviera amarrado en puerto, tan suave y recto se deslizaba por el agua que ni siquiera murmuraba a nuestro paso, sombría y silenciosa como un mar fantasmal.

A medianoche subí a cubierta y, para gran sorpresa de mi primer oficial, ordené que el barco cambiara de bordada. Sus terribles patillas revolotearon a mi alrededor en una muda crítica. Desde luego, yo no debía hacer eso si la idea era salir de aquel golfo calmoso lo antes posible. Creo que le dijo al segundo oficial, cuando este lo relevó, que era una gran falta de juicio. El otro se limitó a bostezar. Aquel insoportable jovencito arrastraba los pies de manera tan soñolienta y se apoyaba contra la borda con tal abandono e impropiedad que lo reprendí bruscamente.

—¿Aún no está del todo despierto?

—¡Sí, señor! Estoy despierto.

—Entonces haga el favor de caminar derecho. Y manténgase alerta. Si hay corriente, pasaremos cerca de unas islas antes de que amanezca.

El lado este del golfo está ribeteado de islas, algunas solitarias, otras en grupos. Contra el telón azul de la costa, parecen flotar en manchas plateadas de agua calma, áridas y grises, o verde claro y redondas como matas de arbustos perennes. Las más grandes, de una milla o dos de largo, presentan un perfil de crestas, con nervaduras de roca gris bajo el manto oscuro de la maleza enmarañada. La vida que albergan, ajena al comercio, a los viajeros, casi a la geografía, es un secreto sin desvelar. Debe de haber aldeas —asentamientos de pescadores, por lo menos— en las más grandes, y probablemente el comercio de esas zonas establece algún tipo de comunicación con el mundo. Pero aquella mañana, mientras nos acercábamos a ellas, llevados por una brisa muy suave, no vi ni una señal de hombres ni canoas con el telescopio que apunté una y otra vez a un conjunto desperdigado.

A mediodía no di órdenes de cambiar el curso, y las patillas del oficial se preocuparon muchísimo y parecían ofrecerse excesivamente a mi vista. Al final dije:

—Voy a mantener el curso. Siempre derecho, hasta donde le sea posible llegar al barco.

La mirada de extrema sorpresa prestó un aire de ferocidad a sus ojos, y por un momento aquel hombre pareció realmente terrible.

—No nos va muy bien en el medio del golfo —continué con aire despreocupado—. Esta noche saldré a buscar las brisas costeras.

—¡Por mi alma! ¿Quiere decir, señor, navegar en la oscuridad por entre todas esas islas y arrecifes y bancos de arena?

—Bueno, si hay alguna brisa tierra dentro tendremos que buscarla lo más cerca posible de la costa, ¿no le parece?

—¡Por mi alma! —farfulló de nuevo.

Durante toda la tarde adoptó una expresión soñadora y contemplativa, que en él denotaba perplejidad. Después de cenar me dirigí a mi camarote como si quisiera descansar. Allí los dos observamos una carta de navegación desenrollada a medias sobre mi cama.

—Aquí —dije—. Tiene que ser Koh-ring. La he estado mirando desde el amanecer. Hay dos colinas y una parte baja. Tiene que estar habitada. Y en la costa de enfrente parece encontrarse la desembocadura de un río bastante grande, con algunos pueblos, sin duda, río arriba. Es la mejor oportunidad de salvarse que le puedo ofrecer.

—Cualquier cosa. Que sea Koh-ring.

Miró la carta con aire pensativo, como si estudiara las posibilidades y las distancias desde gran altura y siguiera con la vista su propia figura, vagando por la tierra en blanco de la Cochinchina y saliéndose de aquel pedazo de papel hacia regiones que no figuraban en los mapas. Y era como si el barco tuviera dos capitanes que decidían su curso. Aquel día yo había estado tan preocupado e inquieto yendo de un lado a otro que no había tenido paciencia para vestirme. Me había quedado en traje de dormir, con las zapatillas de esparto y un sombrero blando. El calor era muy opresivo en el golfo, y la tripulación estaba acostumbrada a verme en aquel atuendo liviano.

—Pasaremos por el punto sur en esta dirección —bisbiseé en su oído—. Sabe Dios cuándo, aunque es seguro que será de noche. Acercaré la nave hasta media milla de la costa, tanto como sea posible calcular en la oscuridad.

—Tenga cuidado —murmuró.

Y me di cuenta de que mi futuro, el único futuro para el que estaba preparado, se haría pedazos irrevocablemente si ocurría algún accidente en mi primer viaje como capitán.

No podía seguir un momento más en la habitación. Le hice señas para que se escondiera y me dirigí a la popa. Aquel jovencito desagradable tenía el turno de guardia. Caminé de un lado a otro unos momentos y después lo llamé por gestos.

—Mande un par de marineros a que abran las dos portillas del alcázar —dije amablemente.

Tuvo la insolencia, o quizá no pudo reprimir el asombro que le causó una orden tan incomprensible, de repetir:

—¿Abrir las portillas del alcázar? ¿Para qué, señor?

—La única razón que tiene que importarle es que yo se lo digo. Que las abran bien y las traben como se debe.

Enrojeció y se alejó, pero creo que le hizo al carpintero un comentario burlón sobre las ventajas de ventilar el alcázar de un barco. Sé que pasó por el camarote del primer oficial para informarle de ello, porque las patillas salieron a cubierta, como quien dice por casualidad, y alzaron la vista, supongo que en busca de señales de demencia o ebriedad.

Poco antes de la cena, sintiéndome más inquieto que de costumbre, me reuní por un momento con mi otro yo. Y fue una sorpresa encontrármelo sentado en silencio, como a un ente antinatural, inhumano.

Expuse mi plan aprisa en susurros.

—Me acercaré tanto como sea posible y después daré la vuelta. En breve me las arreglaré para introducirlo en el pañol de las velas, que comunica con el vestíbulo. Tiene una abertura, una especie de cuadrado por donde se suben las velas, que da directo al alcázar y que nunca se cierra cuando hace buen tiempo, para mantener aireadas las velas. Cuando el barco casi se haya detenido y todos los marineros estén en la popa ocupados con las brazas mayores, tendrá el camino libre para escapar y salir a la borda por la portilla del alcázar. He ordenado que las dejen abiertas. Use una cuerda al descender al agua para evitar el ruido. Si lo oyesen, habría horrendas complicaciones.

Guardó silencio un momento y al final susurró:

—Comprendo.

—No estaré allí para verlo partir —empecé a decir con esfuerzo—. El resto... Espero haberlo entendido.

—Me ha entendido. De principio a fin —dijo, y por primera vez el susurro pareció entrecortarse, tensarse.

Me tomó del brazo, pero el tañido de la campana de la cena me sobresaltó. No a él, que solo aflojó la mano.

Después de la cena no volví a bajar hasta pasadas las ocho. La brisa débil y constante estaba cargada de rocío, y las velas húmedas y oscurecidas capturaban todo su empuje. La noche, diáfana y estrellada, centelleaba oscuramente, y las manchas opacas y sin luz que se movían con lentitud contra las estrellas bajas eran las islas que pasaban. A babor había una enorme, más alejada que el resto, que eclipsaba una gran porción de cielo y tenía un aspecto sombrío e imponente.

Al abrir la puerta vi a mi propio yo de espaldas, examinando una carta marítima. Había salido de su escondite y estaba de pie junto a la mesa.

—Está lo bastante oscuro —susurré.

Dio un paso atrás y se apoyó contra mi cama mirando la carta fija y calladamente. Me senté en el sofá. No teníamos nada que decirnos. Por encima de nuestras cabezas el oficial de guardia iba de un lado a otro. Después lo oí apresurarse. Yo sabía por qué. Se dirigía a la escalera de los camarotes; enseguida sonó su voz al otro lado de mi puerta.

—Nos aproximamos muy rápido, señor. Y está muy cerca.

—Muy bien —respondí—. Ahora mismo subo a cubierta.

Esperé a que abandonara el camarote y me levanté. Mi doble también se movió. Había llegado el momento de intercambiar los últimos susurros, porque ninguno de los dos oiría nunca la voz normal del otro.

—¡Escuche! —Abrí un cajón y saqué tres soberanos—. Lléveselos. Tengo seis. Se los daría todos si no fuera que me hace falta algo de dinero para comprar fruta y verdura para la tripulación cuando pasemos por el estrecho de Sonda.

Negó con la cabeza.

—Acéptelo —insistí en un susurro desesperado—. Vaya uno a saber lo que puede p...

Sonrió y se dio una palmada en el único bolsillo de la chaqueta de su traje de dormir. No era un lugar seguro, era verdad. Pero busqué un gran pañuelo de seda y, tras atar las tres monedas de oro en una esquina, se lo di. Supongo que el gesto lo conmovió, porque terminó por aceptar la oferta y se ató el pañuelo rápidamente bajo la chaqueta, sobre la piel desnuda.

Nuestros ojos se encontraron; pasaron varios segundos, hasta que, con las miradas entrelazadas, extendí la mano y apagué la lámpara. Luego atravesé el camarote, dejando la puerta de mi habitación abierta de par en par.

—¡Sobrecargo!

Seguía ocupado en la despensa con el mayor celo, refregando una vinagrera plateada, su última tarea antes de acostarse. Con cuidado de no despertar al oficial, cuya habitación estaba enfrente, hablé en voz baja.

Se dio la vuelta y me miró con ansiedad.

—¡Señor!

—¿Podría traerme un poco de agua caliente de la cocina?

—Me temo, señor, que han apagado el fuego de la cocina hace un buen rato.

—Vaya a fijarse.

Corrió escaleras arriba.

—Ahora —susurré fuerte en dirección al salón, quizá demasiado fuerte, por miedo a que no me saliera la voz. De inmediato, el doble capitán pasó delante de las escaleras, siguió por un minúsculo pasillo oscuro... una puerta corrediza. Estábamos en el pañol de las velas, trepando de rodillas sobre la lona. De repente tuve una idea. Me imaginé vagando descalzo, sin sombrero, con el sol por encima de mi cabeza oscura. Me quité rápidamente el sombrero blando y se lo di a mi otro yo. Esquivó mi mano y lo rechazó en silencio. Me pregunto qué pensó que me ocurría hasta que entendió y de pronto desistió. Nuestras manos se encontraron a tientas, se unieron por un segundo en un apretón firme e inmóvil... Ninguno pronunció una palabra cuando aquellas se separaron.

Yo estaba de pie en silencio junto a la puerta de la despensa cuando volvió el sobrecargo.

—Lo lamento, señor. La tetera estaba apenas tibia. ¿Le enciendo la lámpara de alcohol?

—No se moleste.

Salí a cubierta lentamente. Llegados a ese punto, era una cuestión de conciencia pasar junto a la costa tan cerca como fuera posible, porque él debía arrojarse por la borda cuando el barco se dispusiera a virar. ¡Debía hacerlo! Para él no había vuelta atrás. Al cabo de un momento di unos pasos a sotavento y al ver lo cerca que estaba la tierra de la proa el corazón me dio un salto. En cualquier otra circunstancia no habría proseguido ni un minuto más. El segundo oficial me seguía ansioso.

Miré al frente hasta que pude dominar mi voz.

—La nave puede hacerlo —dije en tono quedo.

—¿Va a intentarlo, señor? —tartamudeó, incrédulo.

No le presté atención y levanté el tono apenas lo suficiente para que me oyera el timonel.

—Mantenga el rumbo.

—Sí, señor.

El viento me abanicaba las mejillas, las velas dormían, el mundo estaba en silencio. La tensión de comprobar que la franja de tierra se hacía cada vez más grande y densa me resultó insoportable. Cerré los ojos, porque el barco debía acercarse más. ¡Debía hacerlo! La quietud era intolerable. ¿Acaso no nos movíamos?

Cuando abrí los ojos un nuevo panorama hizo que mi corazón diera un vuelco. La negra colina sur de Koh-ring parecía elevarse sobre el barco como una torre de noche eterna. En esa enorme masa de negrura no se veía ni un destello, no se oía un solo ruido. Flotaba hacia nosotros y, aun así, parecía estar al alcance de la mano. Vi las vagas figuras de los guardias reunidos en el combés, contemplándola en un silencio aterrado.

—¿Va a continuar, señor?

No contesté. Tenía que seguir.

—Siempre adelante. No reduzca la velocidad. De nada serviría en este momento —dije en tono de advertencia.

—No veo muy bien las velas —me contestó el timonel con voz extraña y temblorosa.

¿Estaba el barco lo bastante cerca? Ya se encontraba, no diré en la sombra de la tierra, pero sí en medio de su negrura, como tragado por ella, demasiado cerca para echarse atrás, con independencia de mí.

—Llame al oficial —le dije al joven que estaba a mi lado tan quieto como la muerte—. Y todos los hombres a cubierta.

Mi tono aprovechaba el volumen que reverberaba desde la altura de la tierra. Varias voces gritaron al unísono:

—Estamos todos en cubierta, señor.

De nuevo la calma, con la inmensa sombra que se acercaba y se hacía cada vez más alta, sin una luz, sin un ruido. En la nave reinaba tal silencio que podría haber sido una de las barcas de los muertos que pasaba lentamente bajo la puerta del Érebo.

—¡Dios mío! ¿Dónde estamos?

La queja provenía del oficial, que se encontraba de pie a mi lado. Estaba estupefacto y, por así decirlo, privado del apoyo moral de sus patillas. Dio una palmada y gritó sin poder contenerse:

—¡Estamos perdidos!

—Silencio —dije con seriedad.

Bajó el tono, pero vi su sombrío gesto de desesperación.

—¿Qué estamos haciendo aquí?

—Estamos buscando el viento costero.

Hizo ademán de arrancarse el cabello y me habló temerariamente:

—La nave no saldrá nunca. Lo ha conseguido, señor. Sabía que terminaríamos así. Nunca conseguirá virar, y ahora se encuentra demasiado cerca para seguir rumbo. La nave va a tocar tierra antes de poder dar la vuelta. ¡Oh, Dios mío!

Lo tomé del brazo que tenía levantando para golpearse aquella pobre y devota cabeza suya, y lo zarandeé con violencia.

—¡Ya estamos encallados! —se lamentó él, tratando de zafarse.

—¿Ah, sí? ¡Mantenga el rumbo!

—Rumbo fijo, señor —gritó el timonel con una voz aguda, temerosa y aniñada.

Yo no había soltado el brazo del oficial y seguí sacudiéndolo.

—Prepárese para virar, ¿me oye? Vaya a proa —(sacudida)— y quédese allí —sacudida— y deje de hacer ruido —(sacudida)— y asegúrese de que izan las jarcias como es debido —(sacudida, sacudida, sacudida).

Mientras tanto, no me atreví a mirar a tierra para que el corazón no me traicionara. Solté al oficial, que escapó a proa como si corriera por su vida.

Me pregunté qué pensaría de tamaña conmoción mi doble, oculto en el pañol de velas. Él lo oía todo y quizá entendía por qué, por mi conciencia, teníamos que pasar tan cerca, y no menos. Mi primera orden: «¡A sotavento!» reverberó ominosamente bajo la alta sombra de Koh-ring, como si la hubiese dado con la garganta de una montaña. A continuación miré la tierra atentamente. En el agua quieta y el viento ligero era imposible sentir que el barco viraba. ¡No! No lo sentía. Y mi otro yo se estaba preparando para salir con sigilo y descender por la borda. ¿Quizá ya se había ido?

La gran masa que se elevaba sobre nuestros mástiles empezó a rotar y a alejarse en silencio del costado del barco. Y en ese momento olvidé al extraño secreto que se aprestaba a partir y solo recordé que yo era un completo extraño en aquel barco. No lo conocía. ¿Lo lograría? ¿Cuál era la mejor manera de manejarlo?

Hice que giraran la verga mayor y esperé sin poder hacer nada más. Quizá el barco se había detenido y su destino pendía de un hilo: la masa negra de Koh-ring se erguía como la puerta de la noche eterna sobre la borda de popa. ¿Qué haría el barco ahora? ¿Llevaba impulso suficiente para seguir? Me acerqué rápidamente a la borda, y en el agua oscura no vi nada salvo una vaga fosforescencia que revelaba la lisura vidriosa de la superficie dormida. Era imposible darse cuenta: y yo aún desconocía a mi barco. ¿Se movía? Lo que necesitaba era algo que se viera fácilmente, un pedazo de papel que pudiera arrojar por la borda y observar. No llevaba nada. Y no me atrevía a ir a buscarlo. No había tiempo. De pronto mi mirada esforzada y ansiosa avistó un objeto blanco flotando a una yarda del barco. Blanco en el agua negra. Un destello fosforescente pasó debajo de él. ¿Qué era? Reconocí mi sombrero blando. Debía de habérsele caído de la cabeza... y no se preocupó. Allí tenía lo que precisaba: una señal salvadora. Pero casi no pensé en mi otro yo, que había abandonado el barco con el fin de ocultarse para siempre de todas las caras amigas, para ser un fugitivo y un vagabundo por la faz de la tierra, sin que quedara marcada en su frente cuerda la señal de una mano asesina... demasiado orgulloso como para dar explicaciones.

Y observé el sombrero: la expresión de la compasión repentina que sentí por su mera carne. Se suponía que el sombrero debía proteger su cabeza sin hogar de los peligros del sol. Y resultó ser que salvaba el barco, sirviendo de indicación para contrarrestar la ignorancia en la que me encontraba como extraño que era. ¡Ja! Se desplazaba hacia delante, avisándome justo a tiempo de que el barco se volvía de popa.

—Gire el timón —le dije al marino que estaba junto a mí como una estatua.

Los ojos del hombre brillaban desorbitados a la luz de la bitácora cuando de un salto cambió de lado y giró el timón.

Fui al alcázar de popa. En la oscura cubierta, toda la tripulación estaba junto a las brazas del trinquete a la espera de mis órdenes. Delante, las estrellas parecían moverse de izquierda a derecha. Y todo estaba tan calmo que oí cuando un marino le hizo a otro el siguiente comentario en voz baja con un tono de intenso alivio:

—Ha virado.

—Soltad y arriad.

Las vergas del trinquete giraron con estruendo entre gritos de alegría. Y entonces las temibles patillas se hicieron oír, repartiendo órdenes. La nave avanzaba. Y yo estaba a solas con ella. ¡Nada! Nadie en el mundo se interponía entre nosotros, ni le hacía sombra al saber silencioso y al afecto mudo, la perfecta comunión entre un marino y su primer encargo.

Al acercarme a la borda llegué a vislumbrar, en el filo de la oscuridad proyectada por una masa imponente y negra como la mismísima puerta del Érebo, el destello evanescente de mi sombrero blanco, que marcaba el sitio donde el cómplice secreto que había ocupado mi camarote y mis pensamientos, como si fuese mi segundo yo, había entrado en el agua para aceptar su castigo: un hombre libre, un soberbio nadador en busca de un nuevo destino.

La posada de las dos brujas

Un hallazgo

Este cuento, episodio, experiencia —como quieran llamarlo— fue relatado en los años cincuenta del siglo pasado por un hombre que, según reconoció él mismo, tenía por entonces sesenta años. Sesenta no es una mala edad, salvo en perspectiva, cuando sin duda la mayoría de nosotros la contempla con ambivalencia. Es una edad tranquila; la partida casi ha terminado; y, al tomar distancia, recordamos con intensidad lo magníficos que fuimos. He notado que, por un amable favor de la Providencia, a los sesenta mucha gente empieza a hacerse una idea poética de sí misma. Hasta sus fracasos exhalan una magia especial. Y es cierto que las esperanzas del futuro son excelente compañía, formas exquisitas, incluso fascinantes, pero están —por así decirlo— desnudas, aún sin ropa. Por fortuna, los trajes más llamativos pertenecen al invariable pasado, que sin ellos se quedaría acurrucado, temblando, entre las sombras que se aproximan.

Supongo que fue el romanticismo de la edad avanzada lo que llevó a nuestro hombre a relatar su experiencia, para su satisfacción personal o para la admiración de la posteridad. No puede haber sido en pos de la gloria, porque la experiencia era

401

sencillamente la de un miedo abominable: terror, lo llama. Habrán adivinado que la relación a la que se alude en las primeras líneas se hizo por escrito.

Este escrito constituye el hallazgo que se anuncia en el subtítulo. El título es un invento mío (no puedo decir creación) y tiene el mérito de ser veraz. En estas páginas nos ocuparemos de una posada. Lo de las brujas es una mera expresión convencional, y debemos tomarle la palabra a nuestro hombre de que en este caso es pertinente.

El hallazgo apareció en una caja de libros comprada en Londres, en una calle que ya no existe, a un vendedor de libros de segunda mano que se encontraba en la última fase de la decrepitud. En cuanto a los libros, eran por lo menos de vigésima mano y, una vez examinados, demostraron no valer siquiera la pequeña suma que yo había desembolsado. Puede que fuese una premonición de ese hecho lo que me llevó a decir: «Pero quiero también la caja». El librero decrépito asintió con el gesto indiferente y trágico de un hombre ya condenado a la extinción.

Un montón de páginas sueltas en la base de la caja despertó mi curiosidad, aunque solo ligeramente. A primera vista, la caligrafía apretada, limpia, regular no era atractiva. Pero me llamó la atención, en un pasaje, la afirmación de que el escritor tenía veintidós años en 1813. Veintidós es una edad en la que uno es imprudente y se asusta con facilidad, porque la capacidad de reflexión es escasa, y la imaginación, vivaz.

En otra parte, la frase: «Por la noche bordeamos la costa» despertó mi lánguida curiosidad, porque era una frase de marineros. «Veamos de qué se trata», pensé sin mucho entusiasmo.

Ah, era un manuscrito de apariencia aburrida: todas las líneas se parecían en su orden apretado y regular. Eran como el zumbido de una voz monótona. Habría podido dársele un aspecto más interesante a un tratado sobre la refinación del azúcar (por nombrar el tema más pesado que se me ocurre). «En 1813, yo tenía veintidós años», empieza con seriedad, y enseguida da pruebas de una tranquila y tremenda aplicación. No imaginen, sin embargo, que mi hallazgo tiene algo de arcaico. El ingenio diabólico de la invención, pese a ser viejo como el mundo, no es un arte olvidado. Piensen en los teléfonos que destrozan la poca calma mental que hay en el mundo, o en las ametralladoras que despachan las vidas de nuestros cuerpos. Hoy en día cualquier vieja bruja de ojos turbios, con solo ser capaz de darle vuelta a una pequeña manivela insignificante, puede derribar a cien jóvenes de veinte años en un abrir y cerrar de ojos.

¡Si eso no es progreso! ¡Un progreso enorme! Hemos avanzado, así que en este relato cabe esperar cierta ingenuidad de composición y simplicidad de miras propias de una época remota. Y, por supuesto, ningún turista motorizado de hoy hallaría en lugar alguno una posada como la del título. Estaba en España. Lo descubrí solo por evidencia interna, pues faltan unos cuantos pasajes de la relación, cosa que, a fin de cuentas, quizá no sea una gran pérdida. El escritor parece haber consignado detalles muy precisos sobre el porqué de su presencia en una costa, que, suponemos, es la costa norte de España. Pero su relato nada tiene que ver con el mar. Por cuanto he podido deducir, él era oficial en una corbeta. Nada de extraño hay en eso. En todas las etapas de nuestra campaña peninsular, nuestros pequeños buques de guerra patrullaron la costa norte de España, el lugar más peligroso y desagradable que pueda imaginarse.

Al parecer se le había encargado una misión especial a su barco. De nuestro hombre se esperaría una esmerada explicación de las circunstancias, pero, como queda dicho, faltaban algunas páginas (que por cierto eran de un papel resistente): la insolente posteridad las habrá usado para recubrir botes de mermelada o rellenar escopetas de caza. En cualquier caso, es evidente que parte de la misión consistía en comunicarse con la orilla e incluso enviar mensajeros tierra adentro, bien para obtener informes, bien para transmitir órdenes o consejos a los patriotas españoles, los guerrilleros y las juntas secretas de aquella provincia. Algo por el estilo. Eso al menos se infiere de los fragmentos de aplicada escritura que se preservaron.

Luego llegamos al panegírico de un excelente marinero, miembro de la tripulación del barco, que tenía el grado de timonel del capitán. A bordo se lo conocía como Tom de Cuba, aunque no era cubano; de hecho era el arquetipo del navegante británico de entonces y llevaba años tripulando buques de guerra. Había recibido el sobrenombre por las magníficas aventuras vividas de joven en aquella isla, aventuras que eran el tema predilecto de las historias que les contaba a sus compañeros al anochecer, en la cubierta de proa. Era inteligente, muy fuerte y de probado valor. De paso se nos dice —tan exacto es nuestro narrador— que Tom tenía la coleta más hermosa, por su espesor y longitud, de todos los hombres de la marina. Este apéndice, muy cuidado y bien enfundado en piel de marsopa, le caía hasta la mitad de su ancha espalda, para gran admiración de los observadores y gran envidia de algunos.

Nuestro joven oficial se explaya sobre las cualidades masculinas de Tom de Cuba con algo parecido al afecto. Por entonces ese tipo de relación entre un oficial y un marinero no era poco común. Cuando un joven se alistaba en el servicio se lo ponía bajo la tutela de un marinero de confianza, que le tendía por primera vez la hamaca y más tarde se convertía a menudo en el humilde amigo del joven oficial. Al embarcar en la corbeta, el narrador había reencontrado a bordo a ese hombre tras años sin verlo. Hay algo conmovedor en la calidez con que recuerda y consigna el encuentro con el mentor de su juventud.

Descubrimos entonces que, al no haber ningún español disponible, ese encomiable marinero de coleta sin igual y un carácter muy noble por su coraje y templanza fue seleccionado para hacer de mensajero en una de esas misiones tierra adentro que se han mencionado. Los preparativos no fueron difíciles. Una mañana gris de otoño, la corbeta se acercó a una ensenada poco profunda desde la que se podía bajar a tierra en la costa rocosa. Hicieron bajar un bote y remaron hasta la orilla con Tom Corbin (Tom de Cuba) apostado en la proa y nuestro joven (su nombre terrenal era Edgar Byrne, aunque la tierra ya no lo conoce) sentado en la sentina de popa.

Unos cuantos habitantes de una aldea cuyas casas de piedra gris se veían a unas cien yardas barranca arriba habían bajado a la costa y miraban el bote aproximarse. Los dos ingleses desembarcaron de un salto. Por falta de interés o por asombro, los campesinos guardaron silencio, sin saludar.

Byrne quería ver a Tom Corbin bien encaminado. Miró las caras de honda sorpresa que había a su alrededor.

—A estos no les sacaremos mucho —dijo—. Vamos a la aldea. Seguro habrá una taberna donde podamos hablar con alguien más prometedor y obtener información.

—Sí, señor —dijo Tom, un paso detrás del oficial—. No vendría mal informarse un poco sobre los caminos y las distancias; crucé la parte más ancha de Cuba gracias a la lengua, aunque sabía mucho menos español que ahora. Según decían ellos, conmigo eran «cuatro palabras y nada más», aquella vez que me dejó olvidado la fragata Blanche.

Le restó importancia al recorrido que le esperaba: un día de viaje entre las montañas. Era cierto que había un día de marcha antes de llegar al sendero de montaña, pero aquello no era nada para un hombre que había cruzado la isla de Cuba a pie y para colmo sin saber más que cuatro palabras del idioma.

Pronto el oficial y el marinero estaban caminando sobre un lecho húmedo de hojas muertas que los campesinos de la zona acumulan en las calles de sus aldeas para que se pudran en invierno y así usarlas como abono. Al volver la cabeza, Byrne notó que toda la población masculina de la aldea los seguía por aquella silenciosa alfombra mullida. Las mujeres los miraban desde los umbrales de las casas y al parecer los niños se habían escondido. La aldea conocía el barco de vista, desde lejos, pero ningún extranjero había desembarcado en esa zona desde hacía cien años o más. El sombrero inclinado de Byrne, las patillas pobladas y la enorme coleta del marinero los dejaban mudos de asombro. Avanzaban tras los dos ingleses mirándolos fijamente como los isleños que descubrió el capitán Cook en los mares del sur.

Fue entonces cuando Byrne se fijó por primera vez en el hombre de la capa y el sombrero amarillo. Por muy desvaída y sucia que estuviera, aquella vestimenta lo diferenciaba de los demás.

La entrada de la taberna era un agujero rústico hecho en la pared de piedra. El dueño era la única persona que no estaba en la calle: emergió de la oscuridad del recinto, donde se distinguían vagamente las formas hinchadas de odres de vino colgados de clavos. Era un asturiano alto y tuerto de mejillas hundidas y barbudas; la expresión vaga de su rostro contrastaba con la mirada inquieta de su único ojo. Al enterarse de que el marinero inglés deseaba que le señalaran el camino para encontrar la casa de un tal Gonzales, situada en medio de las montañas, cerró el ojo bueno un momento, como si meditara. Luego volvió a abrirlo, de nuevo muy animado.

—Es posible, es posible. Puede hacerse.

Al oírse el nombre de Gonzales, que era el líder local de la lucha contra los franceses, hubo un murmullo de simpatía en la puerta del local. Tras preguntar por la seguridad del camino, Byrne se alegró de enterarse de que hacía meses que no se veían tropas francesas por allí. Ni el más pequeño destacamento de aquellos impíos *polizones*.* Mientras daba esa información, el dueño de la taberna sirvió en una jarra de arcilla un poco de vino, lo puso delante de los heréticos ingleses y se guardó con aire abstraído la moneda que el oficial arrojó sobre la mesa en reconocimiento de la ley tácita de que nadie puede entrar en una taberna sin comprar algo de beber. El ojo del tabernero estaba en constante movimiento, como si quisiera hacer el trabajo de dos ojos, pero, cuando Byrne le preguntó por la posibilidad de alquilar una mula, quedó inmóvil, fijo en dirección a la puerta asediada por los curiosos. En primera fila, sobre el umbral, se encontraba el hombrecillo de la capa amplia y el sombrero amarillo. Era una persona diminuta, un mero homúnculo, según lo describe Byrne, y se presentaba en una actitud ridículamente misteriosa pero confiada, con un extremo de la capa echado de manera caballeresca sobre el hombro, cubriéndole el mentón y la boca, mientras su sombrero amarillo de ala ancha reposaba a un costado de su cabecita cuadrada. Ahí permaneció, aspirando rapé una y otra vez.

—Una mula —repitió el tabernero, con el ojo clavado en aquella figura peculiar...—. No, *señor* oficial. La verdad, no hay manera de conseguir una mula por estos humildes pagos.

* En castellano en el original, como las demás palabras que se señalan en cursiva a lo largo del relato. (*N. del T.*)

El timonel, que se mantenía apartado con ese aire de calma que adopta un verdadero marinero en lugares desconocidos, interpuso en voz baja:

—Si usted me permite, mis piernas son lo mejor para realizar este encargo. Y además tendría que dejar el animal en alguna parte, porque el capitán me ha dicho que la mitad del camino son senderos de cabras.

El hombrecillo dio un paso adelante y, por entre los pliegues de la capa, la cual parecía atenuar su tono de sarcasmo, dijo:

—*Sí, señor*. En este pueblo la gente es demasiado honrada para tener una sola mula que pueda prestar servicio a su señoría. De eso doy fe. En los tiempos que corren, solo los bribones y los tipos muy listos tienen mulas o cualquier otra bestia de carga y el dinero que hace falta para mantenerlas. Pero lo que este valiente marinero necesita es un guía; y para eso, señor, está mi cuñado, Bernardino, tabernero y alcalde de este muy cristiano y hospitalario pueblo, que le encontrará uno.

No podía hacerse otra cosa, dice el señor Byrne en su relato. Tras unas cuantas palabras se eligió a un jovencito vestido con un abrigo raído y pantalones de piel de cabra. El oficial inglés invitó a un trago a toda la aldea y, mientras los campesinos bebían, Tom de Cuba y él partieron en compañía del guía. El hombrecito de la capa había desaparecido.

Byrne salió de la aldea con el timonel. Quería verlo bien encaminado, y lo habría acompañado un buen trecho más si el marinero no le hubiera sugerido respetuosamente que volviese, como para que el barco no permaneciera un momento más del necesario cerca de la costa en aquella mañana de aspecto tan poco prometedor. Un cielo sombrío y tormentoso se cernía sobre sus cabezas cuando se despidieron, y las inmediaciones de exuberantes arbustos y campos pedregosos eran desoladoras.

—Dentro de cuatro días —dijo Byrne— el barco entrará en la ensenada y enviará un bote a la orilla si el clima lo permite. Si no, tendrá usted que continuar por la costa cuanto pueda hasta que vengamos a buscarlo.

—Entendido, señor —contestó Tom, y siguió adelante.

Byrne lo vio enfilar por un sendero estrecho. Con su chaquetón grueso, dos pistolas sujetas al cinturón, un sable a un lado y un garrote en la mano, era una figura robusta que, se notaba, podía cuidarse muy bien. Se volvió un momento para agitar la mano, mostrándole una vez más a Byrne su honesta cara bronceada de patillas tupidas. El chico de los pantalones de piel de cabra, que parecía, dice Byrne, un fauno o un pequeño sátiro saltarín, se detuvo a esperarlo y luego se puso en marcha de un brinco. Los dos desaparecieron.

Byrne dio media vuelta. La aldea quedaba escondida en un pliegue del terreno, y el rincón en que se hallaba él parecía el lugar más solitario del mundo, maldito en su desolada y desierta esterilidad. No había avanzado unas yardas cuando, de pronto, el diminuto español embozado salió de detrás de un arbusto. Naturalmente Byrne se paró en seco.

El otro hizo un gesto misterioso con la pequeña mano que asomaba de su capa. Llevaba el sombrero muy ladeado.

—*Señor* —dijo sin preliminares—. ¡Tenga cuidado! Todo el mundo sabe que el tuerto Bernardino, mi cuñado, tiene un mulo guardado en su establo en este momento. ¿Y cómo es que él, que no es muy listo, tiene un mulo? Pues porque es un bribón, un hombre sin conciencia. Tuve que entregarle el *macho* para conseguir un techo sobre mi cabeza y un bocado de *olla* con que alimentar el alma de este cuerpo insignificante. Pero aquí dentro, señor, late un corazón mucho más grande que el que hay en el pecho de ese bruto pariente mío, qué vergüenza me da, aunque me opuse a la boda con toda mi alma. En fin, la pobre mujer sufrió bastante. Pasó por el purgatorio aquí en la tierra, Dios la tenga en su gloria.

Cuenta Byrne que tanto le asombraron la aparición de aquella criatura similar a un duende y la amargura sarcástica de sus palabras que fue incapaz de aislar el hecho importante de lo que le pareció un fragmento de historia familiar contada sin la menor razón. Al menos en un primer momento. Quedó confuso y al mismo tiempo impresionado por aquella forma de hablar rápida y rotunda, muy distinta de la locuacidad excitada de un italiano. Así que siguió mirando al homúnculo mientras este dejaba caer su capa y aspiraba una inmensa cantidad de rapé de la palma de su mano.

—Un mulo —exclamó Byrne, entendiendo por fin el elemento central de sus palabras—. ¿Dice usted que tiene un mulo? ¡Qué extraño! ¿Por qué se negó a alquilármelo?

El diminuto español se embozó de nuevo con gran dignidad.

—*Quién sabe* —dijo fríamente, encogiendo sus bien abrigados hombros—. Es un gran *político* en todo lo que hace. Pero de algo puede estar seguro su señoría: que sus intenciones son siempre las de un bribón. Ese hombre, marido de mi *difunta* hermana, debería haberse casado hace tiempo con la viuda de las piernas de madera.*

—Ya veo. Pero recuerde que, por el motivo que fuera, vuestra merced lo apoyó en la mentira.

A ambos lados de su nariz de ave rapaz, los ojos tristes y vivaces del hombrecillo se clavaron en Byrne mientras respondía

* La horca, que, según se decía, enviudaba del último criminal ejecutado y esperaba al siguiente. (*N. del A.*)

con la irritabilidad que a menudo se oculta en el fondo de la dignidad española:

—No cabe duda de que el *señor* oficial no perdería una onza de sangre si me apuñalaran bajo la quinta costilla. Pero ¿qué hay de este pobre pecador? —Luego cambió de tono—. *Señor*, por las necesidades de los tiempos que corren vivo aquí en el exilio, entre estos brutos asturianos, siendo castellano y cristiano viejo, y dependiendo del peor de todos, que tiene menos conciencia y escrúpulos que un lobo. Y, como soy un hombre con seso, gobierno mis actos según mi inteligencia. Aunque apenas puedo contener mi desprecio. Usted me ha oído hablar. Un *caballero* de talento como su señoría habrá adivinado que aquí hay gato encerrado.

—¿Qué gato? —dijo Byrne con inquietud—. Ah, ya veo. Algo sospechoso. No, señor. No he adivinado nada. La gente de mi país no es buena para esas cosas, y por eso le pido que me diga sin rodeos si el tabernero dijo la verdad con respecto a lo demás.

—Tenga por seguro que no hay franceses por estas tierras —dijo el hombrecillo de nuevo con su actitud indiferente.

—¿Y bandidos, *ladrones*?

—¡*Ladrones en grande*! No. Desde luego que no —respondió en un frío tono filosófico—. ¿Qué podrían robar después de los franceses? Y en estos tiempos ya nadie viaja. Pero ¡quién puede decirlo! La ocasión hace al ladrón. Aun así, ese marinero amigo suyo tiene un aspecto muy fiero, y el hijo de la rata ratones mata. Pero también hay otro refrán: haceos de miel y os comerán las moscas.

Aquel discurso de oráculo irritó a Byrne.

—En nombre de Dios —protestó—, dígame con claridad si cree que mi hombre irá razonablemente seguro por el camino.

El homúnculo, con uno de sus rápidos cambios de actitud, aferró el brazo del oficial. La fuerza de su pequeña mano era asombrosa.

—¡*Señor!* Bernardino lo ha visto. ¿Qué más quiere? Y oiga: por este camino, en cierto trecho de este camino, han desaparecido hombres allá por la época en que Bernardino tenía su *mesón* y yo, siendo cuñado suyo, alquilaba coches y mulas. Ya no hay viajeros ni coches. Los franceses me han dejado en la ruina. Bernardino tiene sus motivos para haberse retirado aquí tras la muerte de su mujer. Eran tres los que atormentaban a mi hermana: él, Erminia y Lucila, dos tías suyas, todos adoradores del diablo. Y ahora me ha robado el último mulo que me quedaba. Usted va armado. Exíjale que le dé el *macho* a punta de pistola, señor —no es suyo, se lo aseguro— y vaya montado en busca de su amigo. Y entonces los dos estarán seguros, porque nunca se ha visto a un par de viajeros que desaparecieran juntos. En cuanto al animal, yo, su dueño, se lo confío a su señoría.

Se miraron con dureza el uno al otro, y Byrne casi se echó a reír del ingenio y la obviedad del plan con que el hombrecillo quería recuperar su mulo. Pero no tuvo dificultad para mantenerse serio, porque en sus adentros sentía una extraña propensión a hacer lo extraordinario. No se rio, pero su labio tembló, y al verlo, el diminuto español, tras apartar los ojillos negros y brillantes de la cara de Byrne, le dio la espalda bruscamente con un gesto y un pase de la capa que de alguna manera significaba desprecio, amargura y desaliento al mismo tiempo. Se volvió y se quedó quieto, con el sombrero ladeado, embozado hasta las orejas. Pero no se ofendió hasta el punto de rechazar el *duro* de plata que le ofreció Byrne con una réplica evasiva, como si nada fuera de lo común hubiera pasado entre ellos.

—Tengo que volver pronto a bordo —dijo Byrne.

—*Vaya usted con Dios* —murmuró el gnomo.

Y el encuentro terminó con una inclinación sarcástica del sombrero, que quedó en el mismo ángulo precario que antes.

En cuanto izaron el bote, las velas del barco se llenaron de viento costero y Byrne le contó la historia al capitán, que le llevaba solo unos pocos años. Hubo algo de alegre indignación, pero al reírse se miraron serios el uno al otro. Que un enano español tratara de engañar a un oficial de la armada de su majestad para que robara una mula era demasiado gracioso, demasiado ridículo, demasiado increíble. Esas fueron las exclamaciones del capitán. No salía de su asombro ante lo grotesco de la situación.

—Increíble. Eso es lo que es —murmuró al final Byrne en tono significativo.

Intercambiaron una larga mirada.

—Está tan claro como la luz del día —afirmó el capitán con impaciencia, porque en el fondo no estaba seguro.

Y Tom, el mejor marino a bordo para uno de ellos y el amable amigo de juventud para el otro, iba volviéndose cada vez más fascinante, como un símbolo de lealtad, que apelaba a sus sentimientos y a su conciencia, de manera que solo pensaban en su seguridad. Varias veces salieron a cubierta para otear la costa, como si esta fuera a decirles algo de su destino. Se extendía alargándose a la distancia, callada, desnuda y salvaje, velada aquí y allá por frías astillas de lluvia oblicua. Las olas del oeste formaban al romper interminables y furiosas líneas de espuma, y nubarrones oscuros pasaban sobre el barco en una siniestra procesión.

—Ojalá hubiera hecho usted lo que su pequeño amigo del sombrero amarillo le pedía —dijo al final de la tarde el comandante de la corbeta, con visible exasperación.

—¿En serio, señor? —respondió Byrne, amargado por la angustia—. Me pregunto qué habría dicho usted en mi lugar. ¡Vaya, hombre! Habrían podido echarme de la marina por robar una mula de una nación aliada de su majestad. O habrían podido molerme a palos con látigos y tridentes mientras intentaba robar la mula: vaya historia sobre uno de los oficiales de usted. O me habrían perseguido ignominiosamente hasta el bote, porque no habría querido usted que disparara a gente inocente por una mula sarnosa... Y sin embargo —agregó en voz baja—, casi querría haberlo hecho.

Antes de que anocheciera, los dos jóvenes habían llegado a un complejo estado psicológico de escepticismo desdeñoso y alarmada credulidad. Estaban sumamente atormentados, y la idea de que aquello duraría por lo menos seis días y, posiblemente, se prolongara por tiempo indefinido, les resultaba insoportable. En consecuencia se dieron órdenes para poner el barco en la bordada de tierra. En medio de la oscuridad ventosa, se aproximaron a la costa para ir en busca de un hombre de aquel barco, un instante ladeándose con las ráfagas pesadas, y al siguiente flotando sobre las olas, casi estático, como si el navío, por voluntad propia, oscilara con perplejidad entre la fría razón y el impulso en caliente.

Al alba bajaron un bote que, sacudido por el mar, fue hasta una ensenada poco profunda desde donde, con considerable dificultad, desembarcó en una playa pedregosa un oficial vestido con un abrigo grueso y un sombrero redondo.

«Fue mi deseo —escribe el señor Byrne—, un deseo que aprobó mi capitán, desembarcar en secreto dentro de lo posible. No quería que me viera mi ofendido amigo del sombrero amarillo, cuyos motivos no me quedaban del todo claros, ni el tabernero tuerto, que podía o no ser un adorador del diablo, ni de hecho ningún otro habitante de aquella aldea primitiva. Pero por desgracia la ensenada era el único lugar en millas a la redonda donde era posible desembarcar y, dado el declive del barranco, me era imposible dar un rodeo para evitar las casas.

»Por fortuna —continúa— el pueblo aún dormía. Apenas era de día cuando me encontré caminando por la densa capa de hojas descompuestas que ocupaba la única calle. Ni un alma se movía fuera de las casas, ni un perro ladró. El silencio era profundo y, asombrado, estaba a punto de concluir que en aquella aldea no tenían perros cuando oí un gruñido y, de un callejón maloliente que separaba dos casuchas, salió un chucho miserable con el rabo entre las patas. Apareció en silencio, me enseñó los dientes y desapareció con tal rapidez que habría podido tratarse de la sucia encarnación del Maligno. Hubo, además, algo tan extraño en la manera en que apareció y se marchó que mi ánimo, de por sí no muy bueno, se deprimió más aún ante aquella criatura repugnante como si fuera un mal presagio».

Por cuanto pudo saber, Byrne se alejó de la costa sin que lo vieran; luego luchó contra el viento y la lluvia con hombría en dirección al oeste, por una meseta estéril y bajo un cielo de cenizas. A lo lejos, las montañas duras y desoladas, de cumbres escarpadas y desnudas, parecían esperarlo amenazadoramente. La noche lo encontró bastante cerca de ellas pero, en lenguaje marinero, inseguro de su posición, hambriento, mojado y agotado por un día de marcha constante por un suelo pedregoso, en el curso del cual había visto a muy poca gente y no había obtenido información alguna del paso de Tom Corbin. «Debo seguir, debo seguir», se había dicho durante las horas de esfuerzo solitario, movido más por la falta de certezas que por algún miedo o esperanza en particular.

La luz del día se extinguió deprisa y lo dejó frente a un puente roto. Bajó por el barranco, vadeó un arroyo estrecho cuyos rápidos soltaron un último destello y, al trepar por el otro lado, se encontró con la noche, que le cubrió los ojos como una venda. El viento que barría la ladera a oscuras zumbaba en sus oídos con un rugido continuo, como un mar embravecido. Sospechó que se había desviado del sendero. Entre tantos surcos, lodazales y salientes de piedra, incluso de día era difícil distinguirlo entre la monótona desolación de aquel páramo lleno de rocas y matas de arbustos pelados. Pero, según sus palabras, «fijó el curso por la dirección del viento», con el sombrero encajado hasta las orejas, la cabeza inclinada, deteniéndose cada cierto tiempo por el cansancio mental más que el físico, como si su resolución, más que su fuerza, se viera sobrecargada por la inquietud de sus sentimientos y la presión de un esfuerzo que sospechaba vano.

En una de esas pausas oyó el sonido de un golpe, traído como desde lejos por el viento, un solo golpe sobre madera. Notó que el viento había amainado considerablemente.

Su corazón empezó a palpitar de manera tumultuosa, porque cargaba con la impresión de las soledades desiertas que había cruzado en las últimas seis horas: la sensación opresiva de un mundo inhabitado. Cuando levantó la cabeza, un rayo de luz, ilusorio como a menudo sucede en la densa oscuridad, flotaba delante de sus ojos. Mientras apretaba la vista, el golpeteo se repitió, y, de pronto, Byrne presintió un enorme obstáculo en su camino. ¿Qué era? ¿El espolón de una colina? ¿O una casa? Sí. Era una casa, y estaba cerca, como si hubiese salido del suelo o hubiese llegado planeando a su encuentro, muda y pálida, desde algún rincón oscuro de la noche. Se alzaba con altivez. Él había estado acercándose al socaire de ella; tres pasos más y habría podido tocar la pared con la mano. Sin duda se trataba de una *posada*, y algún otro viajero estaba tratando de entrar. De nuevo oyó el sonido de unos golpes cautelosos.

Un momento después, una ancha franja de luz se derramó en la noche por la puerta abierta. Byrne se acercó ansioso, ante lo cual la persona que estaba fuera escapó de un salto hacia la oscuridad con un grito ahogado. Dentro también se oyó una exclamación de sorpresa. Byrne se precipitó contra la puerta a medio cerrar y entró por la fuerza, venciendo una resistencia considerable.

Una luz miserable, una mera vela de junco, ardía en el extremo de una mesa larga. Y a esa luz Byrne, aún tambaleándose, vio a la muchacha a la que había apartado al empujar la puerta. Llevaba una falda negra y corta y un chal anaranjado; tenía la tez oscura, y los cabellos sueltos que se le escapaban de una masa sombría y densa como un bosque, recogida por una peineta, formaban una niebla negra en torno a su frente baja. Un chillido lamentable de «¡*misericordia!*» se hizo oír a dos voces en el fondo de la habitación alargada, donde el resplandor de un hogar encendido temblaba entre las sombras densas. Recuperándose, la muchacha inspiró fuerte entre los dientes apretados.

Es innecesario anotar el largo proceso de preguntas y respuestas mediante el que calmó los temores de las dos viejas sentadas junto al fuego, sobre el que había una cazuela grande de barro. Byrne pensó de inmediato en dos brujas que preparaban una poción letal. Pero, cuando una de ellas inclinó hacia delante su cuerpo maltrecho y levantó la tapa de la cazuela, escapó un vapor de olor apetitoso. La otra no se movió, sino que se quedó acurrucada, con la cabeza temblando todo el tiempo.

Eran horribles. Su decrepitud tenía algo de grotesco. Sus bocas sin dientes, sus narices ganchudas, la delgadez de la más activa y las mejillas amarillas y colgantes de la otra (la que estaba quieta, cuya cabeza temblaba) habrían sido irrisorias si los ojos no se espantaran ante su horrenda degradación física, si el corazón, asombrado y conmovido, no se constriñera ante las inenarrables penurias de la vejez, la espantosa persistencia de la vida que, al final, se convierte en un objeto repugnante y terrible.

Para sobreponerse, Byrne empezó a hablar, explicó que era inglés y que buscaba a un compatriota que debía de haber pasado por allí. En cuanto abrió la boca vio en su mente la despedida de Tom con asombrosa nitidez: los pueblerinos callados; el gnomo furioso; Bernardino, el tabernero tuerto. Pero ¡claro! Aquellos inenarrables esperpentos debían de ser las tías de aquel hombre: las adoradoras del diablo.

Fueran lo que fuesen, era imposible imaginar de qué le serviría al diablo tener unas criaturas tan enclenques en el mundo de los vivos. ¿Cuál era Lucila y cuál era Erminia? Las dos eran cosas sin nombre. Un momento de animación suspendida se produjo debido a las palabras de Byrne. La hechicera que sostenía la cuchara dejó de revolver el guiso; por un instante se detuvo incluso el temblor de la cabeza de la otra. En esa fracción de segundo Byrne tuvo la sensación de que iba por el buen camino, de que había llegado a un punto clave del sendero, desde el que casi podía llamar a Tom.

«Lo han visto», pensó, convencido. Por fin encontraba a alguien que lo había visto. Supuso que negarían conocer al inglés; pero, por el contrario, parecieron impacientes por contarle que el hombre había comido y dormido en esa casa la noche anterior. Las dos empezaron a hablar a la vez, describiendo su aspecto y su comportamiento. Las sobrecogió una animación feroz, pese a su debilidad. La hechicera encorvada blandió el cucharón de madera, el monstruo hinchado se levantó de su banqueta y chilló, poniendo delante un pie y después el otro, mientras el temblor de su cabeza se convertía en una verdadera vibración. Byrne estaba muy desconcertado por la excitación de ambas... ¡Sí! El *inglés* corpulento y feroz se había ido por la mañana, tras comer un pedazo de pan y beber vino. Y si el caballero quería seguir el mismo camino nada sería más fácil... por la mañana.

—¿Habrá alguien que me indique el camino? —dijo Byrne.

—*Sí, señor*. Un buen joven. El hombre que *el caballero* vio salir.

—Pero creí que estaba llamando a la puerta —protestó Byrne—. Echó a correr al verme. Estaba entrando.

—¡No! ¡No! —gritaron juntas las dos brujas horrendas—. ¡Se iba! ¡Se iba!

Tal vez era cierto. Byrne reflexionó que el sonido de los golpes había sido débil y elusivo. Tal vez solo un producto de su imaginación. Preguntó:

—Y ¿quién es ese hombre?

—Su *novio* —gritaron, señalando a la muchacha—. Se ha vuelto a su casa, que está muy lejos, en otro pueblo. Pero regresará por la mañana. ¡Su *novio*! Y ella es huérfana, hija de unos pobres cristianos. Vive con nosotras por el amor de Dios, por el amor de Dios.

Agazapada en el rincón del hogar, la huérfana miraba a Byrne. A él le pareció más bien una hija de Satán criada por aquellas dos brujas por el amor del diablo. Sus ojos eran un poco oblicuos; sus labios eran más bien gruesos, aunque admirablemente formados; su oscuro rostro tenía una belleza salvaje, voluptuosa e indómita. En cuanto a la mirada que clavó en él con una atención sensualmente salvaje: «para saber cómo era —escribe Byrne—, basta con observar un gato hambriento que mira a un pájaro enjaulado o a un ratón dentro de una trampa».

Fue ella quien le sirvió la comida más tarde, lo cual le alegró, aunque la muchacha lo ponía incómodo al estudiarlo de cerca con sus grandes ojos negros sesgados, como si tuviese él algo escrito en la frente. Pero cualquier cosa era preferible a la cercanía de aquellas brujas espeluznantes de ojos turbios. Las aprensiones de Byrne se calmaron, quizá por la sensación del calor después de la severa intemperie y por la comodidad del descanso después de luchar con el vendaval durante todo el camino. No ponía en duda que Tom estaba a salvo. Estaría durmiendo en el campamento de montaña tras haberse encontrado con los hombres de Gonzales.

Byrne se levantó, se sirvió vino en una copa de hojalata de un odre que colgaba de la pared y volvió a sentarse. La bruja de cara de momia empezó a hablarle, rememorando los viejos tiempos; se ufanaba del renombre que había tenido la posada en días mejores. Grandes personalidades, que llegaban en sus propios coches, se hospedaban en ella. Una vez, hacía muchísimo tiempo, había dormido en aquella *casa* un arzobispo.

La bruja de cara hinchada parecía escuchar desde su taburete, inmóvil excepto por el temblor de su cabeza. La muchacha (Byrne estaba convencido de que era una gitana cualquiera a la que habían dado albergue quién sabía por qué) estaba sentada en la piedra del hogar, ante el resplandor de los rescoldos. Tarareaba una canción, haciendo chasquear unas castañuelas de vez en cuando. Al oír la referencia al arzobispo, se rio impíamente y se volvió a mirar a Byrne, de manera que el resplandor rojo del fuego destelló en sus ojos negros y en sus dientes blancos, en contraste con la enorme repisa oscura de la chimenea. Y él le sonrió.

Se sentía seguro. Como nadie esperaba su llegada, no podía existir ninguna confabulación en su contra. El sopor se adueñó de sus sentidos. Le gustaba esa sensación, siempre y cuando su mente se mantuviera alerta; pero debió de haberse abandonado más de la cuenta, porque de pronto lo sobresaltó un alboroto diabólico. Nunca en su vida había oído una estridencia más despiadada. Las brujas peleaban por quién sabe qué. Cualquiera que fuese la causa, se insultaban violentamente, sin argumentos; sus alaridos seniles expresaban solo una furia maligna y una consternación feroz. Los ojos negros de la gitana iban de una a la otra. Jamás Byrne se había sentido tan distinto de sus congéneres humanos. Antes de que pudiera entender el motivo de la pelea, la muchacha se puso en pie de un salto haciendo sonar con fuerza las castañuelas. Se hizo un silencio. Ella se acercó a la mesa y, mirándolo a los ojos, inclinada, le dijo con decisión:

—*Señor*, usted dormirá en la habitación del arzobispo.

Ninguna de las brujas puso objeciones. La encorvada de piel reseca se sostenía en un bastón. La de la cara hinchada tenía ahora una muleta.

Byrne se levantó, fue hasta la puerta y, tras girar la llave de la enorme cerradura, se la metió tranquilamente en el bolsillo. Aquella era sin duda la única entrada, y no tenía intención de que ninguno de los peligros que acechaban afuera lo tomara por sorpresa.

Al dar media vuelta vio que las dos brujas «adoradoras del diablo» y la muchacha satánica lo estaban mirando. Se preguntó si Tom Corbin había tomado la misma precaución la noche anterior. Y al pensar en él, de nuevo experimentó la extraña sensación de tenerlo cerca. El mundo estaba en silencio. Y en esa quietud oyó cómo la sangre le latía en los oídos con un ruido febril, en el que parecía distinguirse un murmullo que decía: «Byrne, tenga cuidado». La voz de Tom. Se estremeció, porque las alucinaciones auditivas son las más vívidas y las más contundentes por naturaleza.

Le pareció imposible que Tom no estuviese ahí. De nuevo un frío ligero, como de una corriente furtiva, penetró en sus ropas y rozó todo su cuerpo. Le costó sacarse de encima aquella impresión.

La muchacha subió la escalera delante de él, llevando una lámpara de hierro cuya llama desnuda desprendía un delgado hilo de humo. Sus medias blancas estaban sucias y llenas de agujeros.

Con la misma serena decisión con que había cerrado con llave la puerta de abajo, Byrne fue abriendo las puertas del pasillo una tras otra. Todas las habitaciones estaban vacías salvo una o dos que contenían trastos viejos. Y la muchacha, que entendía sus intenciones, levantaba con paciencia la luz humosa ante cada puerta. Mientras tanto, lo observaba con detenimiento. Ella misma abrió la última puerta.

—Aquí dormirá usted, *señor* —murmuró con una voz suave como el aliento de un niño, y le ofreció la lámpara.

—*Buenas noches, señorita* —dijo él cortésmente, tomando la lámpara.

Ella no le devolvió el mismo deseo en voz alta, aunque sus labios se movieron sin que su mirada, negra como una noche sin estrellas, se alterase ni un momento. Byrne entró y, al volverse para cerrar la puerta, la vio allí de pie, inmóvil y perturbadora, con sus labios voluptuosos y sus ojos sesgados, con la cara de ferocidad sensual y expectante de un gato desconcertado. Vaciló un instante y, en la muda casa, volvió a oír la sangre latir con insistencia en sus oídos y una vez tuvo la ilusión de que Tom le hablaba con gravedad desde algún lugar cercano, lo que le resultó especialmente aterrador porque aquella vez no pudo distinguir las palabras.

Cerró la puerta en la cara de la muchacha, dejándola en la oscuridad, y volvió a abrirla casi al instante. Nadie. Había desaparecido sin hacer ruido. Cerró la puerta de inmediato y echó los dos cerrojos.

De repente lo sobrecogió una profunda desconfianza. ¿Por qué se peleaban las brujas en cuanto a dejarlo dormir ahí? ¿Y qué significaba la mirada fija de la muchacha, que parecía querer recordar sus rasgos para siempre? Sus propios nervios lo inquietaban. Se sentía muy alejado de la humanidad.

Estudió la habitación. El techo no era muy alto, aunque sí lo bastante para que entrara la cama, ubicada bajo un enorme dosel en forma de baldaquín, del que colgaban cortinas al pie y en la cabecera; una cama, desde luego, digna de un arzobispo. Había una mesa maciza con los bordes labrados, unos sillones pesados que parecían el botín de guerra expoliado de algún palacio y, contra la pared, un armario alto y poco profundo de doble puerta. Intentó abrirlo. Cerrado con llave. Tuvo sospechas y tomó la lámpara para mirar el armario de cerca. No, no era una entrada disimulada. El mueble alto y macizo estaba separado al menos una pulgada de la pared. Echó una ojeada a los cerrojos de la puerta de la habitación. No, nadie podía echársele encima a traición mientras dormía. Pero ¿sería capaz de dormir?, se preguntó con ansiedad. Deseó tener a Tom a su lado: aquel confiable marino que había combatido a su diestra en uno o dos asuntos de espadas y que siempre recalcaba la necesidad de cuidar de uno mismo. «Porque no es muy difícil —decía— hacer que lo maten a uno en una refriega. Eso está al alcance de cualquiera. La cosa es pelear con los gabachos y sobrevivir para volver a hacerlo al día siguiente».

A Byrne le costaba no escuchar con atención el silencio. De alguna manera, estaba convencido de que nada rompería ese silencio a menos que volviera a oír la inquietante voz de Tom. Dos veces la había oído. ¡Qué extraño! Y sin embargo, razonó consigo mismo, no era de extrañar, pues llevaba treinta horas seguidas pensando en aquel hombre y, para colmo, sin llegar a nada. La ansiedad que le causaba Tom no cobraba una forma definida. «Desaparecer» era la única palabra vinculada con el peligro en que podía encontrarse Tom. Era algo muy vago y horrendo. «Desaparecer». ¿Qué quería decir?

Byrne se estremeció y pensó que tal vez tenía fiebre. Pero Tom no había desaparecido. Byrne acababa de recibir noticias de él. Y de nuevo el joven sintió la sangre palpitar en sus oídos. Permaneció sentado sin moverse, a la espera de que la voz de Tom se colara entre las pulsaciones. Esperó afinando el oído, pero nada se manifestó. De pronto se le ocurrió un pensamiento: «No ha desaparecido, pero no consigue que lo oigan».

De un salto se levantó del sillón. ¡Qué absurdo! Tras dejar su pistola y la funda en la mesa, se quitó las botas y, sintiéndose de pronto demasiado cansado para seguir de pie, se echó en la cama, que halló mucho más blanda y cómoda de lo que esperaba.

Estaba muy despabilado, pero al cabo debió de adormecerse porque, sin saber cómo, de pronto se incorporó en la cama e intentó recordar qué había dicho la voz de Tom. ¡Ah! Ya recordaba. Había dicho: «¡Byrne, tenga cuidado!». Una advertencia. Pero ¿contra qué?

De un salto, aterrizó en mitad de la habitación, tomó aire y miró a su alrededor. La ventana tenía los postigos cerrados y atrancados con una barra de hierro. Una vez más recorrió con los ojos las paredes desnudas e incluso el techo, que era bastante alto. Acto seguido fue hasta la puerta para examinar los cerrojos. Eran dos enormes pestillos de hierro que se deslizaban dentro de la pared, y como el pasillo era demasiado estrecho para permitir el uso de un ariete o siquiera un hacha, nada podía tirar la puerta abajo salvo la pólvora. Pero, mientras se cercioraba de que el cerrojo de abajo estuviera bien corrido, tuvo la impresión de que había alguien en la habitación. La impresión fue tan fuerte que se volvió como un rayo. No había nadie. ¿Quién iba a estar allí? Y, no obstante...

Entonces perdió el decoro y el autodominio que un hombre debe mantener por su propio bien. Con la lámpara en el suelo, se puso a cuatro patas y miró debajo de la cama, como una muchacha tonta. Vio solo un montón de polvo. Se levantó con las mejillas ardiendo y empezó a caminar de un lado a otro, avergonzado de su comportamiento e irracionalmente furioso con Tom porque no lo dejaba en paz. Las palabras: «Byrne, tenga cuidado» se repetían en su cabeza en tono de advertencia.

«¿No sería mejor que me acostara e intentara dormir?», pensó. Pero sus ojos se posaron en el armario alto, y se acercó al mueble irritado consigo mismo pero incapaz de desistir. No tenía la menor idea de cómo les explicaría a las dos brujas al día siguiente la fechoría que estaba a punto de cometer. No obstante, insertó la punta de su daga entre las dos puertas e intentó forzarlas. Se resistieron. Maldijo mientras se empeñaba ahora con ahínco en abrirlas. Murmuró: «Espero que esté satisfecho, maldito sea». Le hablaba al ausente Tom. En ese momento las puertas cedieron y se abrieron de golpe.

Tom estaba dentro.

Era él: el leal, sagaz y valiente Tom estaba dentro, rígido, detenido en la sombra, en un silencio prudente que sus ojos bien abiertos, con su brillo inmóvil, parecían exigir a Byrne que respetara. Pero Byrne estaba demasiado sorprendido para hacer ruido alguno. Atónito, dio un paso atrás, y en ese momento el marino se lanzó hacia delante como si quisiera estrangular al oficial. Por instinto Byrne extendió sus brazos temblorosos; sintió la horrible rigidez del cuerpo y luego el frío de la muerte cuando sus cabezas chocaron y sus caras entraron en contacto. Se tambalearon; Byrne estrechó a Tom contra su pecho para que no hiciera ruido al caer. Apenas tuvo fuerzas suficientes para depositar con cuidado aquella espantosa carga en el suelo; luego se sintió mareado, sus piernas flaquearon y cayó de rodillas, se inclinó sobre el cadáver y apoyó las manos en el pecho de aquel hombre que antes rebosaba vida y ahora era tan insensible como una roca.

«¡Muerto! Mi pobre Tom, muerto», repitió mentalmente. La luz de la lámpara en el borde de la mesa caía sobre la mirada pétrea y vacía de aquellos ojos que antes tenían una expresión vivaz y alegre.

Byrne apartó la mirada. Tom no llevaba su pañuelo de seda negra al cuello. Había desaparecido. Los asesinos también se habían llevado sus zapatos y sus medias. Al notar aquel expolio, al ver la garganta expuesta y los pies descalzos que apuntaban hacia arriba, Byrne sintió que se le llenaban los ojos de lágrimas. Por lo demás, el marinero estaba complemente vestido; sus ropas no estaban desordenadas, como lo estarían tras una lucha violenta. En un solo lugar habían levantado su camisa a cuadros para ver si llevaba un cinto con dinero ceñido al cuerpo. Byrne se echó a llorar con la cara en su pañuelo.

El desahogo nervioso pasó rápido. Aún de rodillas, contempló con tristeza el atlético cuerpo de uno de los mejores marineros que jamás había empuñado un sable, disparado un arma o atravesado un temporal: rígido y frío, desprovisto de su alma alegre y temeraria, que quizá en aquel momento, en el momento exacto de su partida, se volvía hacia él, su joven amigo, o hacia su barco, que flotaba sobre las olas grises frente a una costa rocosa.

Notó que habían cortado los seis botones de latón de la chaqueta de Tom. Se estremeció al pensar en las dos brujas miserables y repulsivas ocupándose macabramente del cuerpo indefenso de su amigo. Cortados. Quizá con el mismo cuchillo que... La cabeza de una de ellas temblaba; la otra estaba encorvada, y ambas tenían los ojos turbios y enrojecidos, e infames garras temblorosas... El acto debía de haberse cometido en esa misma habitación, porque no era posible asesinarlo a cielo abierto y llevarlo allí más tarde. De eso Byrne estaba seguro. Pero aquellas harpías diabólicas no podían haberlo matado ni siquiera tomándolo por sorpresa, y por supuesto Tom estaba siempre en guardia. Tom era un hombre muy despierto y alerta cuando se ocupaba de algún encargo... Y, en efecto, ¿cómo lo habían asesinado? ¿Quién? ¿De qué manera?

Byrne se levantó, agarró la lámpara de la mesa y se inclinó rápidamente sobre el cuerpo. La luz reveló que no había el menor rastro de sangre en la ropa, nada de sangre por ninguna parte. Las manos de Byrne empezaron a temblar de tal manera que tuvo que apoyar la lámpara en el suelo y volver la cabeza para recuperarse de la agitación.

Luego empezó a explorar aquel cuerpo quieto, rígido y frío en busca de una puñalada, una herida de bala, la huella de un golpe mortal. Palpó nerviosamente todo el cráneo. Estaba intacto. Deslizó la mano bajo su cuello. No se lo habían roto. Con ojos de terror escudriñó la garganta bajo el mentón y no vio marca alguna de estrangulación.

No había señas en ninguna parte. Estaba simplemente muerto.

Llevado por un impulso, Byrne se alejó del cadáver, como si el misterio de aquella muerte incomprensible transformara su piedad en sospecha y espanto. La lámpara que se hallaba junto a la cara rígida del marinero lo mostraba mirando el techo como con desesperación. En el círculo de luz, Byrne infirió, por el polvo acumulado en el suelo, que no había habido lucha alguna en esa habitación. «Murió fuera», pensó. Sí, la misteriosa muerte le había llegado al pobre Tom en aquel pasillo estrecho donde apenas había lugar para darse la vuelta. De pronto, el impulso de empuñar sus pistolas y salir corriendo de la habitación abandonó a Byrne. Porque también Tom iba armado, con armas tan poderosas como las suyas: ¡pistolas, un sable! Y, aun así, había sufrido una muerte sin nombre, por medios incomprensibles.

A Byrne lo asaltó otro pensamiento. El desconocido que llamaba a la puerta y había escapado al verlo venía a llevarse el cuerpo. ¡Claro! Ese era el guía que, según le había prometido aquella bruja marchita, le mostraría el camino más corto para alcanzar a su amigo. Una promesa, se dio cuenta, de horrendo significado. El que llamaba a la puerta tendría que ocuparse de dos cuerpos. El marinero y el oficial saldrían de la casa juntos. Porque Byrne estaba seguro de que iba a morir antes de que amaneciera, y de forma tan misteriosa como su amigo, dejando un cuerpo sin marcas.

Ver un cráneo roto, una garganta cortada, una boqueante herida de bala habría supuesto un alivio inexpresable. Habría calmado sus temores. Por dentro, suplicó a gritos a aquel muerto, que nunca había flaqueado ante el peligro: «¿Por qué no me dices qué tengo que buscar, Tom? ¿Por qué no?». Pero, rígido e inmóvil, tendido de espaldas, Tom guardaba un silencio austero, como si, a causa de su espantoso saber, se negara a hablar con los vivos.

De pronto Byrne cayó de rodillas junto al cuerpo y, enfurecido y con los ojos secos, le abrió la camisa, como para arrancar el secreto a aquel corazón helado que tan fiel le había sido en vida. ¡Nada, nada! Alzó la lámpara, y la única señal que le concedió aquel rostro, que otrora tenía una expresión tan amable, fue un pequeño moratón en la frente: una cosa sin importancia, una mera marca. La piel no estaba rota. Se la quedó mirando un buen rato como absorto en un sueño terrible. Después notó que Tom tenía las manos cerradas como si hubiese caído al enfrentarse con alguien a puñetazos. Sus nudillos, al mirarlos de cerca, parecían un poco raspados. En ambas manos.

El descubrimiento de aquellas señales ínfimas le resultó a Byrne más atroz que la ausencia absoluta de cualquier marca. Así que Tom había muerto peleando con algo que recibía golpes y que, sin embargo, era capaz de matar sin dejar heridas... con el aliento.

El terror, un terror ardiente, empezó a rondar el corazón de Byrne como una llama que toca algo y se retira antes de convertirlo en cenizas. Se alejó del cuerpo todo lo que pudo y volvió a acercarse sigilosamente, con miradas medrosas, para echar otra ojeada a la frente magullada. Tal vez habría un moratón igual de tenue en su propia frente antes del amanecer.

—No aguanto más —se dijo en susurros.

Tom era para él ahora una fuente de horror, una imagen cautivante y de espanto. No soportaba mirar el cuerpo.

Al final, la desesperación superó el creciente horror. Byrne se alejó un paso de la pared contra la que estaba apoyado, tomó el cuerpo por las axilas y empezó a arrastrarlo hacia la cama. Los talones descalzos del marinero rozaban el suelo en silencio. Tenía el peso muerto de los objetos inanimados. Con un esfuerzo final Byrne lo descargó boca abajo en el borde de la cama, le dio la vuelta y arrancó de debajo de aquella cosa rígida y pasiva una sábana con la que cubrirla. Luego corrió las cortinas del dosel de tal manera que, al unirse, ocultaban por completo la cama.

Tambaleándose, fue hasta una silla y se desplomó en ella. Por un momento el sudor corrió por su cara y después sintió que sus venas transportaban un hilo delgado de sangre gélida. El terror se había apoderado de él, un terror sin nombre que convertía su corazón en cenizas.

Permaneció erguido en la silla de respaldo recto, con la lámpara ardiendo a sus pies, sus pistolas y su daga en la mesa a su izquierda, los ojos girando sin parar en sus órbitas, observando el techo, el suelo, las paredes, a la espera de una visión misteriosa y atroz. Aquello capaz de matar con su solo aliento estaba al otro lado de la puerta cerrada. Pero Byrne ya no creía en puertas ni en cerrojos. Como un terror irracional se adueñaba de todo, su admiración infantil por el atlético Tom, el indomable Tom (que le había parecido invencible), contribuía a paralizar sus facultades, aumentaba su desesperación.

Ya no era Edgar Byrne. Era un alma atenazada que padecía más dolor del que padeció el cuerpo de cualquier pecador en el potro o en el cepo. La dimensión de su tormento puede medirse si digo que aquel joven, no menos valiente que los demás de su género, consideró empuñar una pistola y volarse la tapa de los sesos. Pero una languidez letal y helada se había apoderado de sus miembros. Era como si su carne fuese yeso húmedo que iba endureciéndose en torno a sus costillas. En breve, pensó, entrarían las dos brujas, con el bastón y la muleta, horribles, grotescas, monstruosas, adoradoras del diablo, para practicarle una marca en la frente, el pequeño moratón de la muerte. Y él no podría hacer nada. Tom había intentado pelear con algo, pero él no era como Tom. Sus extremidades ya estaban muertas. Estaba quieto, sentía que se moría una y otra vez, y la única parte de su cuerpo que se movía eran sus ojos, que giraban sin cesar en sus órbitas, observando el techo, el suelo, las paredes, una y otra vez, hasta que, de pronto, se quedaron quietos y petrificados, mirando fijamente en dirección a la cama.

Había visto las pesadas cortinas agitarse y temblar, como si el cadáver que ocultaban se hubiera dado la vuelta para incorporarse. Byrne, que creía que el mundo no podía depararle más horrores, sintió que el cabello se le erizaba desde las raíces. Aferró los brazos de la silla, desencajó la mandíbula y sintió el sudor correr por su frente mientras la lengua seca se le pegaba al paladar. Las cortinas volvieron a agitarse, pero no se abrieron. «¡No, Tom!», intentó gritar, pero todo lo que oyó fue un ligero gemido, como el de un durmiente inquieto. Y entonces creyó que iba a perder la razón, porque, en ese momento, tuvo la impresión de que el techo que estaba sobre la cama se había movido, inclinándose y enderezándose de nuevo, y una vez más las cortinas cerradas se mecieron ligeramente como si fueran a abrirse.

Byrne cerró los ojos para no ver el terrible cadáver levantarse animado por un espíritu maligno. En el hondo silencio de la habitación, aguantó un momento la espantosa agonía y volvió a abrir los ojos. De inmediato vio que las cortinas seguían cerradas, pero que el techo que se hallaba sobre la cama se había elevado unas pulgadas. Con la poca razón que le quedaba, comprendió que el enorme dosel estaba descendiendo y que por eso las cortinas oscilaban al hundirse poco a poco. Cerró la mandíbula desencajada y, levantado a medias de la silla, se quedó mirando el descenso silencioso del monstruoso dosel, que resbaló con breves sacudidas hasta la mitad del recorrido y, por último, cayó de golpe y se asentó rápidamente, como un caparazón de tortuga gigante, con el grueso marco encajando exactamente en el bastidor de la cama. La madera crujió un par de veces, y de nuevo reinó un imperioso silencio.

Byrne se levantó, tomó aire y soltó un grito de furia y consternación, el primer sonido que salió de sus labios aquella noche de terror. ¡Esa era, pues, la muerte a la que había escapado! Ese era el demoníaco artilugio asesino del que el alma del pobre Tom quizás había intentado prevenirle desde el otro lado. Porque así había muerto. Byrne estaba seguro de haber oído la voz del marinero decir con claridad, en tono familiar: «¡Byrne, tenga cuidado!», y después pronunciar palabras indescifrables. ¡Pero la distancia que separa a los vivos de los muertos es enorme! El pobre Tom había hecho todo lo posible. Byrne se precipitó sobre la cama e intentó levantar la horrible tapa que aplastaba el cuerpo. Era pesada como el plomo e inamovible como una lápida, y resistió sus esfuerzos. La furia de la venganza lo hizo desistir; la cabeza le zumbaba, llena de pensamientos caóticos de exterminio; dio vueltas por la habitación como si no pudiera encontrar sus armas ni la salida; y mientras tanto balbuceaba amenazas espantosas...

Recobró la razón al oír violentos golpes en la puerta de la posada. Se precipitó hacia la ventana, abrió los postigos y miró fuera. A la débil luz del alba, vio una turba de hombres. ¡Ja! Iría de inmediato a enfrentarse con esos asesinos que sin duda venían a acabar con él. Tras su lucha con terrores sin nombre, ansiaba batirse con enemigos armados. Pero aún debe de haberle fallado la razón, porque olvidó sus armas, corrió escaleras abajo dando un grito salvaje, desatrancó la puerta mientras fuera seguían llamando y, tras abrirla de golpe, le saltó al cuello al primer hombre que vio. Rodaron juntos por el suelo. La vaga intención de Byrne era soltarse, huir por el sendero de montaña y regresar con los hombres de Gonzales para vengarse de manera ejemplar. Peleó furiosamente hasta que pareció que un árbol, una casa o una montaña le caía sobre la cabeza; y no supo nada más.

Aquí el señor Byrne describe en detalle la habilidad con que, según descubrió luego, le vendaron la cabeza rota, nos informa de que perdió mucha sangre y atribuye a esa circunstancia el haber conservado la cordura. También anota en extenso las profusas disculpas de Gonzales. Porque fue Gonzales quien, cansado de esperar noticias de los ingleses, había bajado hasta la posada con la mitad de su banda de camino al mar.

—Su excelencia —explicó— salió corriendo con un ímpetu tremendo y como no nos dimos cuenta de que era amigo... etc., etc.

Cuando Byrne le preguntó qué había sido de las brujas, señaló con el dedo el suelo e hizo una tranquila reflexión moral:

—En los muy viejos la pasión por el oro es despiadada —dijo—. Sin duda, en días pasados pusieron a muchos viajeros solitarios a dormir en la cama del arzobispo.

—Había también una gitana —dijo Byrne débilmente desde la camilla improvisada en la que un escuadrón de guerrilleros lo transportaba a la costa.

—Era ella quien levantaba esa máquina infernal, y también fue ella quien la bajó esa noche —le respondió Gonzales.

—Pero ¿por qué? ¿Por qué? —exclamó Byrne—. ¿Por qué me deseaba la muerte?

—Sin duda por los botones del abrigo de su excelencia —dijo cortésmente el saturnino Gonzales—. Encontramos los del marinero muerto ocultos entre sus ropas. Pero su excelencia puede estar seguro de que en esta ocasión se ha hecho todo lo necesario.

Byrne no hizo más preguntas. Hubo una muerte más que Gonzales consideró «necesaria en esa ocasión». El tuerto Bernardino, arrinconado contra la pared, recibió en el pecho la descarga de seis escopetas. Cuando resonaron los disparos, el ataúd rústico que contenía el cuerpo de Tom pasaba por la calle cargado por una banda de patriotas españoles, y después descendió por el barranco hasta la costa, donde dos botes esperaban los restos mortales del mejor marinero de aquel barco.

Muy pálido y débil, el señor Byrne subió al bote que llevaba el cuerpo de su buen amigo. Se decidió que Tom Corbin reposara mar adentro en el golfo de Vizcaya. El oficial tomó el timón y, al volver la cabeza para mirar por última vez la costa, notó que algo se movía en la colina gris y distinguió al hombrecillo de sombrero amarillo montado en un mulo: el mulo sin el cual el destino de Tom Corbin habría sido para siempre un misterio.

El alma de guerrero

El viejo oficial de largos bigotes canosos dio rienda suelta a su indignación:

—¡Cómo es posible que ustedes los jóvenes tengan tan poco sentido común! Algunos deberían madurar antes de juzgar a los pocos que quedan de una generación que en su época hizo mucho y sufrió mucho.

Cuando sus oyentes expresaron arrepentimiento, el anciano guerrero se calmó. Pero no se quedó callado.

—Yo soy uno de ellos... uno de los que quedan, quiero decir —continuó con paciencia—. ¿Y qué es lo que hicimos? ¿Cuáles fueron nuestros logros? El gran Napoleón, para emular a Alejandro de Macedonia, se enfrentó a nosotros con el respaldo de un pelotón de naciones. Opusimos espacios vacíos a la impetuosidad francesa y luego les presentamos una batalla interminable, de manera que su ejército acabó por dormirse en sus posiciones, acostado sobre las pilas de sus propios muertos. Más tarde llegó al muro de fuego en Moscú, que acabó cayendo sobre ellos.

»Entonces empezó la retirada del Gran Ejército. Lo vi avanzar en masa, como la escuadrilla maldita de pecadores demacrados y espectrales que atraviesa el noveno círculo del infierno de Dante, que se ensancha sin fin antes sus ojos desesperados.

»Los que escaparon deben de haber tenido el alma bien clavada al cuerpo para salir de Rusia en medio de aquella helada que rajaba las piedras. Pero decir que fue culpa nuestra que escapara uno solo es pura ignorancia. ¡Eso es! Nuestros hombres sufrieron casi hasta quedarse sin fuerzas. ¡Sin su fuerza rusa! Claro que nuestro espíritu no se doblegó; y nuestra causa era buena: sagrada. Pero eso no entibiaba el viento para los hombres y los caballos.

»La carne es débil. Con buenos o con malos propósitos, la humanidad tiene que pagar por lo que hace. ¡Eso es! En la batalla por la aldea de la que les hablaba luchábamos tanto por poder resguardarnos en aquellas viejas casas como por la victoria. Y los franceses lo mismo.

»No era por la gloria, o por razones estratégicas. Los franceses sabían que tenían que batirse en retirada antes del amanecer y nosotros sabíamos muy bien que se irían. Y, en cuanto a la guerra, no había nada por lo que luchar. Pero nuestra infantería y la de ellos lucharon entre las casas —una tarea muy acalorada— como gatos salvajes, o, si prefieren, como héroes, mientras los refuerzos se congelaban en medio de un tempestuoso viento del norte que barría la nieve del suelo y las grandes masas de nubes a una velocidad espantosa. Hasta el aire estaba inexpresablemente oscuro en comparación con la tierra blanca. La creación nunca me pareció más siniestra que ese día.

»Nosotros, la caballería (éramos solo un puñado), no teníamos gran cosa que hacer salvo dar la espalda al viento y recibir alguna que otra bala perdida de los franceses. Debo decir que fueron las últimas que dispararon, y fue la última vez que posicionaron la artillería. Los cañones tampoco se irían de allí. A la mañana siguiente los encontramos abandonados. Pero esa tarde descargaron un fuego infernal contra nuestra columna de ataque; el viento enfurecido se llevaba el humo e incluso el ruido, pero veíamos los constantes destellos de lenguas de fuego en el frente del ejército francés. Luego una ráfaga de nieve lo ocultaba todo en medio de un torbellino blanco menos los fogonazos rojo oscuro.

»Durante los intervalos en que el fuego cesaba, divisábamos en la estepa a lo lejos, a nuestra derecha, una columna sombría que se desplazaba sin cesar: la enorme retirada del Gran Ejército, avanzando lenta y constantemente mientras a nuestra izquierda la contienda proseguía con gran estruendo y furia. La cruel tormenta de nieve pasaba sobre aquel escenario de muerte y desolación. Y poco después el viento amainó tan de pronto como se había levantado por la mañana.

»Enseguida nos dieron órdenes de cargar contra la columna que se batía en retirada; no sé con qué objeto, a no ser que quisieran impedir, al darnos algo que hacer, que nos congeláramos en las sillas de montar. Giramos hacia la derecha y nos pusimos en marcha al paso para atacar por el flanco aquella lejana línea oscura. Serían las dos y media de la tarde.

»Déjenme decirles que, hasta ese momento de la campaña, mi regimiento nunca había estado en el principal frente de avance de Napoleón. En los meses que pasaron desde la invasión a esa parte, el ejército al que pertenecíamos había luchado contra Oudinot, en el norte. Acabábamos de descender al sur, empujándolo hacia Beresina.

»Aquella fue, pues, la primera ocasión en que mis camaradas y yo vimos de cerca el Gran Ejército de Napoleón. Era un espectáculo asombroso y terrible. Había oído hablar de él; había visto rezagados: pequeñas bandas de vagabundos, grupos de prisioneros que huían a lo lejos. ¡Pero allí estaba la mismísima columna! Una turba hambrienta y medio delirante que avanzaba arrastrando los pies y dando tumbos. Salía de un bosque a una milla de distancia, y la vanguardia se perdía en la penumbra de los campos. Nos acercamos al trote, que fue lo máximo que conseguimos de nuestros caballos, y arremetimos contra esa masa humana como si se tratara de un lodazal movedizo. No opusieron resistencia. Oí unos pocos disparos, quizá media docena. Hasta sus sentidos parecían helados. Como yo cabalgaba al frente de mi escuadrón, tuve oportunidad de echar un buen vistazo. En fin, les aseguro que algunos de los hombres que marchaban en el borde permanecían ajenos a todo salvo a su desdicha, hasta el punto de que ni siquiera volvían la cabeza para mirar nuestra arremetida. ¡Soldados!

»Mi caballo tumbó con el pecho a uno de ellos. El pobre desgraciado llevaba colgado de los hombros un abrigo azul de dragón, completamente harapiento y chamuscado, y ni siquiera estiró la mano para aferrarse a mis riendas y salvarse. Tan solo cayó al suelo. Nuestros soldados ensartaban y cortaban; en fin, por supuesto que al principio yo también... ¡Qué quieren! El enemigo es el enemigo. Y sin embargo mi alma se llenó de una especie de espanto. No se armó alboroto alguno: entre ellos se oía solo un murmullo grave mezclado de gritos y gemidos más fuertes, mientras la turba continuaba avanzando al frente de nosotros, ciega e insensibilizada. Flotaba en el aire un olor a trapos chamuscados y a heridas infectadas. Mi caballo tropezaba entre los remolinos de hombres tambaleantes. Pero era como cortar cadáveres galvanizados a los que nada les importaba. ¡Invasores! Sí... Dios ya se estaba ocupando de ellos.

»Espoleé mi caballo para alejarme de allí. Se oyó una desbandada repentina y una especie de gemido furioso cuando nuestro segundo escuadrón cargó contra ellos a nuestra izquierda. Mi caballo dio un salto y alguien me agarró la pierna. Como no tenía intención de que me derribasen de la silla de montar, di un sablazo hacia atrás sin volver la vista. Oí un grito y me soltaron la pierna al instante.

»En ese momento vi al subalterno de mi escuadrón a poca distancia. Se llamaba Tomassov. Aquella multitud de resucitados de ojos vidriosos se agitaba alrededor de su caballo como si estuviera ciega, gruñendo enloquecida. Él permanecía erguido en su silla, sin mirarlos y con el sable deliberadamente dentro de la vaina.

»Aquel Tomassov, en fin, llevaba barba. Claro que todos llevábamos barba en aquella época. Las circunstancias, la falta de tiempo, también la falta de navajas. No, en serio, teníamos un aspecto salvaje en esos días inolvidables a los que tantos de nosotros no sobrevivieron. Sabrán que nuestras bajas también fueron espantosas. Sí, parecíamos salvajes. *Des russes sauvages*, ¡qué quieren!

»Así que tenía barba el bueno de Tomassov, quiero decir; pero su aspecto no era *sauvage*. Era el más joven de nosotros. Y eso quiere decir muy joven. De lejos pasaba por un hombre adulto, con la mugre y el sello particular que aquella campaña había dejado en nuestras caras. Pero apenas uno se acercaba lo bastante para mirarlo a los ojos se le notaba la falta de años, aunque no fuese precisamente un niño.

»Aquellos ojos eran azules, del azul de los cielos de otoño, soñadores y hasta alegres: ojos ingenuos, crédulos. Un copete de pelo rubio decoraba su frente como lo haría una diadema de oro en una de las épocas que suelen llamarse normales.

»Tal vez crean que hablo de él como si fuese el héroe de una novela. Bueno, eso no es nada comparado con lo que se le ocurrió al ayudante. Se le ocurrió que Tomassov tenía "labios de amante", sea eso lo que sea. Si el ayudante se refería a que tenía la boca bonita, bueno, la verdad es que era bastante bonita, pero por supuesto lo decía en tono de burla. Aquel ayudante nuestro no era un individuo muy delicado. "Mirad esos labios de amante", exclamaba en voz alta mientras Tomassov hablaba.

»A Tomassov no le gustaba ese tipo de comentarios. Pero, hasta cierto punto, se había expuesto a las bromas por lo duradero de sus impresiones amorosas, que quizá no fuesen tan únicas como él creía. Lo que hacía que sus camaradas toleraran sus rapsodias era el hecho de que estaban vinculadas con Francia, ¡con París!

»Ustedes, los de la generación actual, no pueden concebir el prestigio que tenían esas palabras en aquel entonces. París era el centro de las maravillas para cualquier ser humano dotado de imaginación. Allí estábamos nosotros, la mayoría jóvenes y de buena sociedad, pero apenas salidos de nuestros hereditarios nidos de provincia; simples sirvientes de Dios; meros rústicos, si me permiten. De manera que nos sentíamos más que dispuestos a escuchar los cuentos sobre Francia de nuestro camarada Tomassov. El año anterior a la guerra había sido agregado de nuestra embajada en París. Patrones en altas esferas, o tal vez pura suerte.

»Dadas su edad y su completa inexperiencia, no creo que fuese un miembro muy útil de la misión diplomática. Y al parecer dispuso de mucho tiempo en París. El uso que le dio fue enamorarse, permanecer en ese estado, cultivarlo, existir solo para ello, por así decirlo.

»De manera que había regresado de Francia con algo más que un simple recuerdo. El recuerdo es algo fugaz. Puede falsificarse, borrarse, incluso ponerse en duda. ¡Claro! A veces yo mismo dudo de haber estado en París. Y el largo camino que nos llevó allí, luchando en batallas en cada etapa, me parecería aun más increíble si no fuera por cierta bala de mosquete que porto en mi persona desde que ocurrió un pequeño asunto de caballería en Silesia, al principio de la campaña de Leipzig.

»Los viajes de amor, sin embargo, dejan más huella que los viajes de peligro. Uno no se enfrenta al amor, digamos, en batallones. Esos viajes son menos frecuentes, más personales y más íntimos. Y recuerden que para Tomassov el recuerdo estaba muy fresco. No hacía ni tres meses que había vuelto de Francia cuando se declaró la guerra.

»Su corazón, su mente rebosaban de aquella experiencia. De verdad lo había conmovido, y él era lo bastante ingenuo como para mostrarlo al hablar. Se consideraba una especie de privilegiado, no porque una mujer lo hubiese mirado de manera favorable, sino simplemente porque... cómo decirlo, él había recibido la maravillosa iluminación de adorarla, como si el cielo mismo se la hubiese otorgado.

»Ah, sí, era muy ingenuo. Un joven amable, aunque nada tonto; de todas formas, sin ninguna experiencia, suspicacia ni introspección. En provincias se encuentra gente así por todas partes. También poseía cierta poesía. Sin duda era algo natural, muy propio de él y no adquirido. Sospecho que nuestro padre Adán debía de poseer una poesía natural del mismo tipo. Por lo demás, era *un russe sauvage*, como nos llaman siempre los franceses, pero no de esos que, según dicen, comen velas de sebo como si fuera un manjar. En cuanto a aquella mujer, la mujer francesa, en fin, aunque yo también estuve en Francia con cien mil soldados rusos, nunca la vi. Lo más probable es que en aquel momento no se encontrara en París. Y en todo caso sus puertas, como comprenderán, no eran de las que se abren de par en par para tipos como yo. Nunca pasé por salones dorados. No puedo contarles qué aspecto tenía ella, lo cual es extraño si pensamos que fui, si cabe decirlo, el confidente personal de Tomassov.

»Muy pronto dejó de hablar delante de los demás. Supongo que los comentarios habituales que le hacían en torno al fuego hirieron su delicada sensibilidad. Pero le quedaba yo, y la verdad es que tuve que someterme. No puede esperarse que un jovencito en el estado de Tomassov se muerda la lengua todo el tiempo; y yo —aunque les cueste creerme— soy por naturaleza una persona bastante callada.

»Es muy probable que mi silencio le haya parecido una señal de complicidad. Durante todo el mes de septiembre nuestro regimiento gozó de una temporada de calma, acuartelado en un pueblo. Fue entonces cuando me contó la mayor parte del asunto: no se lo puede llamar historia. La historia que llevo en mi mente no reside ahí. Llamémoslo efusiones.

»Yo callaba con mucho gusto, quizá durante una hora, mientras Tomassov hablaba exaltado. Y cuando terminaba, yo seguía callado. Luego sobrevenía un silencio solemne que en cierto modo, me imagino, Tomassov encontraba agradable.

»Por supuesto, la mujer no estaba en su primera juventud. Quizás era viuda. En cualquier caso nunca oí a Tomassov mencionar a un marido. Ella presidía un salón, algo muy distinguido; un centro social en el que la dama se pavoneaba con gran esplendor.

»Por alguna razón, imagino que su corte se componía principalmente de hombres. Pero debo decir que Tomassov sabía muy bien cómo dejar fuera este tipo de detalles. Les juro que no sé si el cabello de la dama era claro u oscuro, si sus ojos eran marrones o azules, cómo eran sus rasgos o su tez, qué estatura tenía. El amor de Tomassov se elevaba por encima de las meras impresiones físicas. Nunca me la describió con frases hechas; pero era capaz de jurar que en su presencia los pensamientos y sentimientos de todo el mundo giraban indefectiblemente alrededor de ella. Era ese género de mujer. En su salón se oían las conversaciones más espléndidas sobre todo tipo de temas; pero entre ellas discurría, inaudita como una melodía misteriosa, la afirmación, el poder, la tiranía de la pura belleza. Es decir que, al parecer, la mujer era hermosa. Apartaba a todos los conversadores de sus intereses vitales, e incluso de sus actos de vanidad. Ella era un encanto secreto y un secreto conflicto. Al mirarla todos los hombres se ponían melancólicos como si cayeran en la cuenta de haber desperdiciado sus vidas. Ella era el júbilo y estremecimiento de la felicidad y la fuente de tristeza y tormento para el corazón de los hombres.

»En resumen, debe de haber sido una mujer extraordinaria, o bien Tomassov era un joven extraordinario para sentirse así y hablar de ella de esa manera. Ya les he dicho que el muchacho tenía mucha poesía, y me di cuenta de que cuanto contaba era cierto. Más o menos así sería el hechizo que ejercería una mujer descomunal. De alguna manera los poetas se acercan a la verdad; no se puede negar.

»No hay poesía en mi relato, soy consciente, pero tengo algo de astucia, y no me cabe ninguna duda de que la mujer fue amable con el joven una vez que este logró entrar en el salón. Lo asombroso es que entrase. Pero entró, el pobre ingenuo, y se encontró en compañía de personas distinguidas, de hombres de considerable posición. Y sabrán lo que eso implica: cinturas anchas, cabezas calvas, dientes que no están, como dice un escritor satírico. Imaginen entre ellos a un joven amble, cándido y fresco como una manzana recién caída de un árbol; un modesto joven de un país bárbaro, apuesto, impresionable y adorador. ¡Bueno! ¡Qué diferencia! ¡Qué alivio para el hastío! Y, por si fuera poco, dueño de la poesía que exime a los simplones del ridículo.

»Se convirtió en un esclavo devoto de forma ingenua e incondicional. Ella se lo recompensó con sonrisas y, a su debido tiempo, dejándolo entrar en la intimidad de la casa. Es posible que aquel joven bárbaro y sencillo divirtiera a la dama exquisita. Tal vez —dado que no se alimentaba de velas de sebo— satisfacía cierta necesidad de ternura que había en la mujer. Ya saben, las mujeres altamente civilizadas son capaces de sentir muchos tipos de ternura. Las mujeres con cerebro e imaginación, quiero decir, pero sin carácter digno de mención, ustedes me entienden. Pero ¿quién se atreve a sondear sus necesidades o sus caprichos? La mayor parte del tiempo ni ellas mismas saben gran cosa sobre sus estados de ánimo más profundos, y pasan de uno a otro a saltos, a veces con resultados catastróficos. Y entonces ¿quién se sorprende más que ellas? Sin embargo, el caso de Tomassov era idílico por naturaleza. Divertía a la alta sociedad. Su devoción le valió una especie de éxito social. Pero a él no le importaba. A sus ojos solo existía una divinidad, y el altar en donde se le permitía entrar y salir sin respeto por los horarios oficiales de visita.

»Aprovechó ese privilegio con total libertad. Bueno, no tenía deberes oficiales, como ya saben. Se suponía que la misión militar era más que nada un adorno, puesto que iba presidida por un amigo personal de nuestro emperador Alejandro; y también él, al parecer, se dedicaba a perseguir triunfos en la vida elegante. Al parecer.

»Una tarde, Tomassov visitó a la dueña de sus pensamientos más temprano que de costumbre. No se encontraba sola. Había un hombre con ella, no uno de los personajes de cintura ancha y cabeza calva, pero de todos modos alguien importante, un oficial francés de más de treinta años, que hasta cierto punto también pertenecía al círculo privilegiado de los íntimos. Tomassov no sintió celos. Semejante sentimiento le habría parecido atrevido al simple muchacho.

»Por el contrario, admiraba al oficial. No imaginan el prestigio que tenían los militares franceses por aquel entonces, incluso entre los soldados rusos, que nos habíamos enfrentado a ellos quizá mejor que nadie. Llevaban la victoria marcada en la frente; parecía que para siempre. Habrían sido sobrehumanos de no haber sido conscientes de ello; pero eran buenos camaradas y tenían una especie de sentimiento fraternal por todos los que portaban armas, incluso en su contra.

»Y aquel era un ejemplo de primera línea, un oficial del alto mando al servicio de un general de división y, además, un hombre de la alta sociedad. Era de contextura musculosa y muy masculina, aunque iba tan bien acicalado como una mujer. Poseía la serena cortesía de un hombre mundano. Su frente, blanca como el marfil, contrastaba de manera muy impresionante con el color rozagante de su cara.

»Ignoro si sentía celos de Tomassov, aunque sospecho que este le molestaba como una prueba viviente del absurdo de los sentimientos. Pero los hombres de mundo son insondables, y por fuera él condescendía a reconocer la existencia de Tomassov más de lo estrictamente necesario. Una o dos veces le había ofrecido consejos mundanos útiles con tacto y delicadeza impecables. Esas pruebas de amabilidad, bajo el frío barniz de la sociedad elegante, conquistaron por completo a Tomassov.

»Cuando lo hicieron pasar al *petit salon*, Tomassov encontró a esas dos personas exquisitas sentadas en el sofá y tuvo la impresión de haber interrumpido una conversación privada. Lo miraron extrañamente, pensó, pero no le dieron a entender que estaba de más. Al cabo de un rato la dama le dijo al oficial —se llamaba De Castel—: "Le pido que se tome la molestia de establecer la verdad exacta de ese rumor".

»"Es mucho más que un rumor", observó el oficial. Pero se levantó sumisamente y salió. La dama se volvió hacia Tomassov y dijo: "Usted puede quedarse conmigo".

»Aquella orden expresa lo hizo sumamente feliz, aunque lo cierto es que no tenían intenciones de irse.

»Ella lo contemplaba con miradas amables, que provocaban que algo brillara y se expandiese en su pecho. Era una sensación deliciosa, por más que cada tanto lo dejaba sin aliento. Bebía extático el sonido de su conversación tranquila y seductora, llena de alegría inocente y de quietud espiritual. A Tomassov le pareció que su propia pasión se encendía y la rodeaba con llamas azules de los pies a la cabeza, mientras el alma de su dueña reposaba en el centro como una gran rosa blanca...

»Mmm..., eso está bien. Me contó muchas otras cosas como aquella. Pero es la única que recuerdo. Tomassov lo recordaba todo, porque aquellos eran los últimos recuerdo que tenía de la dama. Aunque no lo supiera, aquella fue la última vez que la vio.

»Monsieur de Castel volvió, rompiendo la atmósfera de encanto en la que flotaba Tomassov, completamente olvidado del mundo. Tomassov no pudo evitar que lo impresionara la distinción de sus movimientos, la seguridad de su actitud, su superioridad respecto a los demás hombres que conocía, y sufrió por ello. Se le ocurrió que esas dos criaturas brillantes sentadas en el sofá estaban hechas la una para la otra.

»De Castel, tras sentarse al lado de la dama, le murmuró con discreción: "No cabe la menor duda de que es cierto", y los dos giraron la cabeza hacia Tomassov. Despertado por completo de su encantamiento, se sintió cohibido; lo abrumó la timidez. Les sonrió débilmente.

»La dama, sin levantar la vista del sonrojado Tomassov, dijo con una seriedad distraída, bastante inusual en ella:

»"Me gustaría saber si su generosidad puede ser suprema: impecable. El amor en su expresión más alta debe ser el origen de todo tipo de perfección".

»Tomassov puso los ojos como platos por la admiración que le causaron esas palabras, como si los labios de ellas soltaran verdaderas perlas. Aquella opinión, sin embargo, no estaba dirigida al primitivo ruso, sino al exquisito hombre de mundo, De Castel.

»Tomassov no pudo ver el efecto que produjo porque el oficial francés agachó la cabeza y se quedó contemplando sus botas admirablemente lustradas. La dama susurró con voz comprensiva:

»"¿Siente escrúpulos?".

»De Castel, sin alzar la vista, murmuró: "Podría convertirse en una delicada cuestión de honor".

»Ella dijo vivazmente: "Eso sería artificial. Estoy a favor de los sentimientos naturales. No creo en otra cosa. Pero quizá su conciencia...".

»El otro la interrumpió: "En absoluto. Mi conciencia no es pueril. El destino de esta gente no es para nosotros de importancia militar. ¿Qué más da? La fortuna de Francia es invencible".

»"En ese caso...", pronunció ella de manera significativa, y se levantó del sofá. El oficial francés también se puso de pie. Tomassov se apresuró a seguir su ejemplo. Lo afligía su estado de absoluta oscuridad mental. Mientras se llevaba a los labios la mano blanca de la dama, oyó que el oficial francés decía con marcado énfasis:

»"Si ese hombre tiene alma de guerrero —en aquel entonces, ¿saben?, la gente hablaba de verdad así—, "si tiene alma de guerrero, debería arrojarse a sus pies de gratitud".

»Tomassov sintió que se hundía en una oscuridad aun más densa que antes. Salió del salón y de la casa tras el oficial francés, porque creyó entender que eso se esperaba de él.

»Oscurecía, hacía muy mal tiempo y la calle estaba desierta. El francés tardaba en marcharse. Y Tomassov también, sin impaciencia. Nunca se apresuraba a irse de la casa en don-de ella vivía. Además, le había ocurrido algo maravilloso. La mano que él había levantado reverencialmente por la punta de los dedos se había apretado contra sus labios. ¡Le había otorgado un favor secreto! Casi sentía miedo. El mundo se había tambaleado y aún no terminaba de enderezarse. De Castel frenó en seco en la esquina de aquella calle poco tran-sitada.

»"No quisiera que me viesen con usted en los bulevares ilu-minados, monsieur Tomassov", dijo en tono serio.

»"¿Por qué?", preguntó el joven, demasiado sorprendido para ofenderse.

»"Por prudencia", contestó el otro secamente. "De modo que tendremos que separarnos aquí; pero antes le revelaré algo cuya importancia verá de inmediato".

»Nótese que lo anterior ocurrió una noche de fines de mar-zo de 1812. Desde hacía mucho tiempo se hablaba de la cre-ciente frialdad entre Rusia y Francia. La palabra «guerra» se su-surraba cada vez más alto en los salones y finalmente se oyó en círculos oficiales. Por entonces, la policía de París había descu-bierto que el enviado militar ruso había sobornado a unos fun-cionarios del Ministerio de la Guerra y obtenido de ellos im-portantes documentos confidenciales. Los desgraciados (eran dos) habían confesado su crimen e iban a ser fusilados aquella misma noche. Al día siguiente el episodio estaría en boca de toda la ciudad. Pero lo peor era que el emperador Napoleón es-taba furioso por el descubrimiento y había decidido arrestar al enviado ruso.

» Esa fue la revelación que hizo De Castel; y, aunque había hablado en voz baja, Tomassov quedó atontado como por un gran estruendo.

»"Arrestarlo", murmuró, desolado.

»"Sí, y detenerlo como prisionero de Estado, con todos los que están a su cargo...".

»El oficial francés tomó a Tomassov del brazo por encima del codo y se lo apretó con fuerza.

»"Y encarcelarlo en Francia", repitió al oído de Tomassov y, tras soltarlo, dio un paso atrás y guardó silencio.

»"¡Y es usted, usted quien me dice esto!", exclamó Tomassov, en un extremo de gratitud apenas mayor que la admiración que sentía por la generosidad de su futuro enemigo. ¿Acaso un hermano habría hecho más por él? Quiso darle la mano, pero el otro permaneció bien envuelto en su capa. Tal vez no notara el gesto en la oscuridad. Se movió hacia atrás un poco y, con su voz serena de hombre mundano, como si hablase sentado a una mesa de cartas o algo por el estilo, comentó que, si quería aprovechar el aviso, cada momento era precioso.

»"En efecto, lo es", respondió Tomassov. "Adiós, entonces. No tengo palabras de agradecimiento dignas de su generosidad; pero, si alguna vez se presenta la ocasión, le juro que puede disponer de mi vida...".

»Pero el francés ya había desaparecido en la calle oscura y desierta. Tomassov se encontró solo y, desde ese momento, no desperdició uno solo de los preciosos minutos de aquella noche.

»¿Se dan cuenta de cómo las habladurías y los chismes pasan a la historia? En todos los libros de memorias de la época verán afirmado que nuestro enviado recibió la advertencia de una dama de la alta sociedad de la que estaba enamorado. Por supuesto, se sabe que tenía éxito con las mujeres y, por si fuera poco, en las esferas más altas, pero lo cierto es que la persona que le avisó no fue otro que nuestro ingenuo Tomassov: una clase de amante muy distinta a él.

»Tal es el secreto de cómo el representante de nuestro emperador escapó al arresto. Él y los suyos salieron en efecto de Francia, como queda asentado en la historia.

»Y, entre los suyos, estaba por supuesto Tomassov. Tenía, en palabras del oficial francés, alma de guerrero. Y qué perspectiva más desolada para un hombre con semejante alma ser arrestado en vísperas de la guerra; quedar aislado de su país en peligro, de su familia militar, de su deber, del honor y, en fin, también de la gloria.

»Tomassov solía estremecerse de solo pensar en la tortura moral a la que había escapado, y guardaba en su corazón una gratitud ilimitada por las dos personas que lo habían salvado de esa terrible experiencia. ¡Eran magníficos! Para él, el amor y la amistad eran dos aspectos de la misma exaltada perfección. Había encontrado dos ejemplos de ello y les profesaba una especie de culto. El hecho afectó su actitud hacia los franceses en general, por muy patriota que fuera. Desde luego, se indignó cuando invadieron su país, pero esa indignación no conllevaba animosidad personal alguna. En esencia, su naturaleza era excelente. Lo afligía la espantosa cantidad de sufrimiento humano que veía a su alrededor. Sí, de un modo masculino, sentía compasión por todas las formas de la desdicha humana.

»Las naturalezas no tan buenas como la suya no lo entendían del todo. En el regimiento lo apodaron Tomassov el Humanitario.

»Él no se ofendió por ello. No hay ninguna incompatibilidad entre tener humanidad y tener alma de guerrero. Los que no tienen compasión son los civiles, los funcionarios, los comerciantes y afines. En cuanto a las palabras feroces que se le oye a la gente decente en tiempos de guerra... bueno, la lengua es un órgano revoltoso en el mejor de los casos, y cuando cunde la excitación no hay manera de refrenar su furiosa actividad.

»Así que podría decirse que no me sorprendió ver a Tomassov dejar deliberadamente su espada guardada en su funda en plena carga. Cuando nos alejamos lo noté muy callado. Por regla general, no era hablador, pero era obvio que aquella imagen directa del Gran Ejército lo había afectado profundamente, como si hubiera visto algo que no era de este mundo. Yo siempre había sido un tipo bastante duro y, en fin, incluso yo... ¡Y ahí estaba aquel hombre con una naturaleza llena de poesía! Imaginen cómo se lo tomó. Cabalgamos lado a lado sin abrir la boca. Simplemente, no había palabras para expresar lo visto.

»Levantamos campamento en el lindero del bosque para proteger un poco nuestros caballos. Sin embargo, el bullicioso viento del norte amainó tan pronto como se había levantado, y la inmensa quietud invernal descendió sobre la tierra desde el Báltico hasta el mar Negro. Casi se podía sentir su enormidad fría y sin vida estirarse hacia las estrellas.

»Nuestros soldados encendieron varias fogatas para sus oficiales y limpiaron la nieve a su alrededor. Usamos grandes troncos a modo de asientos; en conjunto, era un campamento bastante aceptable, incluso sin la exaltación de la victoria. Más tarde íbamos a sentirla, pero de momento nos oprimía nuestra seria y ardua tarea.

»Éramos tres alrededor de mi fogata. El tercero era el ayudante. Tal vez era un muchacho bien intencionado, pero no era tan amable como lo habría sido de haber tenido modales menos toscos y facultades menos rudimentarias. Especulaba en cuanto a la conducta de la gente como si un hombre fuese una figura tan simple como, digamos, dos ramitas superpuestas; pero un hombre se parece más al mar, cuyos movimientos son demasiado complicados para que puedan explicarse y cuyas profundidades pueden arrojar a la superficie Dios sabe qué en cualquier momento.

»Hablamos un poco de la carga. No mucho. Esas cosas no se prestan a la conversación. Tomassov farfulló unas palabras acerca de una pura carnicería. Yo no tenía nada que decir. Como les he dicho antes, no tardé en dejar mi espada colgando inactiva de mi mano. Aquella turba hambrienta ni siquiera había *intentado* defenderse. Unos pocos tiros nada más. Habían herido a dos de los nuestros. ¡Dos! Y habíamos cargado contra la columna principal del Gran Ejército de Napoleón.

»Tomassov murmuró con hastío: "¿De qué ha servido hacer algo así?". Yo no quería discutir, así que mascullé: "Ah... ¡en fin!". Pero el ayudante terció de manera poco agradable:

»"Bueno, ha conseguido que los hombres entrasen un poco en calor. A mí me hizo entrar en calor. Esa es una razón lo bastante buena. ¡Pero Tomassov es tan humanitario! Y además estuvo enamorado de una francesa, y es uña y carne con un montón de franceses, así que le dan pena. No te preocupes, muchacho, vamos rumbo a París, y pronto volverás a verla". Ese era uno de sus razonamientos habituales y, a nuestro juicio, estúpidos. Todos nosotros creeríamos que llegar a París sería una tarea de años. Años. ¡Y fíjense! Dieciocho meses más tarde me desplumaron en una casa de juego del Palais Royal.

»La verdad, que es lo más insensato del mundo, a veces es revelada a los tontos. No creo que aquel ayudante creyera en sus propias palabras. Solo provocaba a Tomassov por costumbre. Nada más que por costumbre. Desde luego, no dijimos nada, así que Tomassov apoyó la cabeza en las manos y terminó por adormecerse allí sentado en un tronco frente al fuego.

»Nuestra caballería estaba en el ala derecha extrema del ejército, y debo confesar que la vigilábamos muy mal. Ya habíamos perdido todo sentido de la inseguridad; pero aun así de algún modo fingíamos hacerlo. Poco después se acercó un soldado a caballo con otro a la zaga, y Tomassov, todo entume-

cido, montó y fue a hacer una ronda por los puestos de avanzada. Por los totalmente inútiles puestos de avanzada.

»La noche era silenciosa, salvo por el crepitar de las fogatas.
El viento embravecido se había elevado muy por encima de la
tierra y no se oía el soplo más ligero. Solo la luna llena despuntó deprisa en el cielo y de repente quedó inmóvil en lo alto. Recuerdo haber alzado mi cara barbuda hacia ella por un momento. A continuación, creo, yo también me dormí, inclinado
sobre mi tronco y con la cabeza hacia las llamas.

»Saben lo precario que es ese tipo de sueño. Un momento
cae uno en un abismo que habría creído demasiado profundo
para que lo perturbara ningún sonido salvo la trompeta del
Juicio Final, y al siguiente se encuentra de regreso en el mundo. Y después se vuelve a hundir. La propia alma parece caer en
un pozo negro sin fondo. Y después vuelve a la superficie con un
sobresalto de la conciencia. Uno es el juguete del sueño. Atormentado por los dos extremos.

»Sin embargo, cuando mi ordenanza apareció ante mí re-
pitiendo: "¿Quiere comer, señor? ¿No le apetece comer al señor?", logré aferrarme a ella, es decir a mi amplia conciencia.
Me ofreció un cacharro requemado lleno de un algún cereal
hervido con una pizca de sal. Había una cuchara de madera
metida dentro.

»Por entonces, esas eran las únicas raciones que nos daban
con regularidad. Comida para aves, ¡maldita sea! Pero el soldado ruso es maravilloso. En fin, mi camarada esperó a que terminara mi banquete y después se fue con el cacharro.

»Ya no tenía sueño. De hecho, estaba despabilado, plena-
mente consciente de la existencia que se extendía más allá de
mis inmediaciones. Los momentos así, me alegra decir, son excepcionales en la vida de los hombres. Sentí en mis adentros
la tierra cubierta de nieve en toda su inmensidad, sin nada a la

vista más que los árboles de troncos rectos como cañas y frondas funéreas; y en aquella apariencia general de duelo me pareció oír los suspiros de los hombres que caían muertos en medio de una naturaleza sin vida. Eran franceses. No los odiábamos; no nos odiaban; habíamos existido a mucha distancia; y de pronto habían llegado marchando con armas en la mano, sin temor de Dios, arrastrando otras naciones, y todos habían perecido en una estela larguísima de cadáveres helados. Tuve una visión de aquella estela: una multitud patética de pequeñas pilas oscuras que se sucedían hacia el horizonte bajo la luz de la luna, en una atmósfera límpida, quieta y despiadada: una especie de paz horrible.

»Pero ¿qué otro tipo de paz podían tener? ¿Qué más merecían? Ignoro por qué asociación de las emociones apareció en mi cabeza la idea de que la tierra era un planeta pagano y no una morada apta para la existencia de las virtudes cristianas.

»Tal vez les sorprenda que recuerde todo tan bien. ¿Por qué una emoción pasajera o un pensamiento a medio formar dura tantos años en la vida cambiante e inconsecuente de un hombre? Pero lo que fijó en mi recuerdo la emoción de aquella noche, de manera tal que las sombras más tenues permanecen indelebles, fue un acontecimiento de carácter extrañamente definitivo, un acontecimiento que es poco probable que alguien olvide en toda una vida, como verán.

»No creo haber pensado en esas cosas más de cinco minutos, y entonces algo me hizo mirar por encima del hombro. Creo que no fue un ruido; la nieve amortiguaba todos los ruidos. Debe de haber sido otra cosa, una especie de señal que llegaba a mi conciencia. Como fuere, volví la cabeza y vi el suceso acercarse, por más que aún no lo sabía ni había tenido la menor premonición. Todo lo que vi fueron dos figuras lejanas que se aproximaban a la luz de la luna. Una de ellas era nuestro Tomassov. La masa oscura que atravesaba mi campo de visión a sus espaldas eran los caballos guiados por el ordenanza. Tomassov era una aparición muy familiar, con sus botas largas y su larga figura que terminaba en una capucha en punta. Pero a su lado avanzada otra. Al principio no di crédito a mis ojos. ¡Asombroso! Llevaba un casco con un penacho en la cabeza e iba envuelto en una capa blanca. La capa no era tan blanca como la nieve. Nada en este mundo lo es. Era más bien de un blanco como el de la niebla, y tenía un aspecto fantasmal y marcial en sumo grado. Era como si Tomassov hubiese atrapado al dios de la guerra en persona. De inmediato vi que llevaba a aquella espléndida imagen del brazo. Luego vi que la sostenía. Mientras yo miraba y miraba, avanzaron arrastrando los pies —porque en efecto los arrastraban— y al final llegaron a la luz de la fogata de nuestro campamento y pasaron cerca del tronco donde yo estaba sentado. Las llamas se reflejaron en el casco, que estaba extremadamente golpeado. Debajo de él, el rostro, con signos de congelación, lleno de úlceras, estaba enmarcado por pedazos de piel raída. Nada de dios de la guerra: era un soldado francés. El *cuirassier* tenía la enorme capa desgarrada, llena de agujeros quemados. Llevaba los pies envueltos en viejas pieles de cordero sobre los restos de unas botas. Tenían un aspecto monstruoso y se tambaleaba sostenido por Tomassov, que lo ayudó a sentarse en el tronco donde me encontraba yo.

»Mi asombro no conocía límites.

»"Has traído un prisionero", le dije a Tomassov, como si no creyera lo que veía.

»Permítanme explicarles que, a menos que se rindieran en masa, nosotros no tomábamos prisioneros. ¿De qué habría servido? Nuestros cosacos mataban a los rezagados o los dejaban en paz, como mejor les pareciera. Al final era lo mismo.

»Tomassov me miró muy preocupado.

»"Apareció de la nada cuando me iba del puesto de avanzada", me dijo. "Creo que pretendía llegar a él, porque chocó a ciegas contra mi caballo. Se agarró a mi pierna y por su puesto ninguno de los muchachos se atrevió a tocarle un pelo".

»"Se salvó por poco", dije.

»"No se dio cuenta", dijo Tomassov, con una expresión de mayor preocupación que antes. "Ha venido hasta aquí agarrado de la tira de mi estibo. Por eso hemos tardado tanto. Me dijo que era oficial del Estado Mayor, y después, en una voz como la que solo usan los condenados, supongo, una especie de ruido ronco de ira y dolor, me dijo que tenía que pedirme un favor. Un favor supremo. Me preguntó si lo entendía en una especie de susurro demoníaco.

»"Por supuesto le dije que sí. Dije: *Oui, je vous comprends*".

»"'Entonces', dijo él, 'hágalo. Ahora mismo... por la piedad de su alma'".

»Tomassov guardó silencio y me miró extrañamente por sobre la cabeza del prisionero

»"¿Qué quiso decir?", dije yo.

»"Eso mismo le pregunté", dijo Tomassov, aturdido. "Y me pidió que le hiciera el favor de volarle la tapa de los sesos. Como soldado que soy. Como hombre compasivo, como... un acto humanitario".

»El prisionero estaba sentado entre nosotros como una espantosa momia con el rostro lleno de cortes, un espantapájaros marcial, un esperpento grotesco de harapos y mugre, con horrendos ojos vivaces, llenos de vitalidad, llenos de un fuego inextinguible, en un cuerpo terriblemente afligido, un esqueleto que asistía al festín de la gloria. Y de pronto sus ojos inextinguibles se clavaron en Tomassov. Este, el pobre, hechizado, sostuvo la mirada cadavérica del alma en pena que residía en aquella cáscara de hombre. El prisionero le habló con voz ronca en francés:

»"Lo he reconocido, ¿sabe? Usted es el muchacho ruso. Estaba usted muy agradecido. Le exijo que salde su deuda. Páguela, le digo, con un tiro que me libere. Usted es un hombre honorable. Ni siquiera tengo un sable roto. Todo mi ser huye de mi propia degradación. Usted me conoce".

» Tomassov no dijo nada.

»"¿No tiene usted alma de guerrero?", preguntó el francés en un susurro encolerizado, pero también con algo de burla.

»"No lo sé", dijo el pobre Tomassov.

»Qué mirada de odio le dirigió aquel espantapájaros con sus ojos inextinguibles. Parecía vivir solo por fuerza de una desesperación furiosa e impotente. De pronto dio un grito ahogado y cayó de bruces, retorciéndose de dolor en todas sus extremidades por un calambre, un efecto nada inusual de las fogatas. Era una tortura horrible. Pero al principio intentó combatir el dolor. Solo gimió en voz baja cuando nos inclinamos sobre él para impedir que rodara hacia el fuego, y con intervalos murmuraba febrilmente: *"Tuez-moi, tuez-moi..."*, hasta que, transido de dolor, se puso a dar gritos de agonía, una y otra vez, que estallaban en sus labios apretados.

»Al otro lado del fuego, el ayudante despertó y empezó a maldecir horrendamente el ruido bestial que hacía el francés.

»"¿Qué pasa? ¿Más de su humanitarismo infernal, Tomassov?", nos gritó. "¿Por qué no lo mandan al diablo o lo arrojan a la nieve?".

»Como ignorábamos sus gritos, se levantó echando pestes y fue a acostarse junto a otra fogata. Poco después, el oficial francés se calmó. Lo apoyamos contra el tronco y nos quedamos sentados en silencio junto a él, uno a cada lado, hasta que las cornetas comenzaron a sonar con la primera luz del día. La gran llama, alimentada durante la noche, empalidecía ante el lívido manto de nieve, mientras que el aire helado resonaba a nuestro alrededor con las notas broncíneas de las trompetas de caballería. Los ojos del francés, fijos y con una mirada vidriosa que por un momento nos hizo desear que hubiese muerto sentado entre nosotros, se movieron con lentitud a izquierda y derecha, mirando por turnos nuestras caras. Tomassov y yo cruzamos miradas de consternación. Después la voz de De Castel, inesperada en su fuerza renovada y su horrenda serenidad, nos hizo estremecernos por dentro.

»*"Bonjour, messieurs"*.

»Bajó el mentón hasta el pecho. Tomassov me habló en ruso.

»"Es él, el hombre del que te hablé...". Asentí y Tomassov prosiguió con tono angustiado: "Sí, ¡es él! Brillante, lleno de talento, envidiado por los hombres, amado por aquella mujer... este espanto... este estropajo miserable que no puede morir. Mírale los ojos. Es terrible".

»No miré, pero entendí a qué se refería Tomassov. Nada podíamos hacer por él. El viento vengador del destino apretaba en su puño de acero a los fugitivos y a los perseguidores. La compasión no era más que una palabra vana frente a la fortuna despiadada. Intenté decir algo sobre el convoy que sin duda se estaba formando entonces en la aldea, pero la mirada muda de Tomassov me cortó la voz. Sabíamos cómo eran esos convoyes: turbas horrendas de desgraciados sin esperanzas empujados por las culatas de los cosacos, de vuelta hacia el infierno helado, con las caras vueltas en dirección opuesta a sus hogares.

»Nuestros dos escuadrones habían formado en el borde del bosque. Seguían pasando minutos angustiantes. De pronto el francés se puso de pie con esfuerzo. Lo ayudamos casi sin saber qué hacíamos.

»"Vamos", dijo con voz mesurada. "Ha llegado el momento". Hizo una larga pausa y después prosiguió en el mismo tono: "Les doy mi palabra de honor, todas mis esperanzas han muerto".

»De pronto su voz perdió la serenidad y le falló. Tras esperar un poco agregó en un murmullo: "E incluso mi coraje... Lo juro por mi honor".

»Siguió otra larga pausa hasta que, con gran esfuerzo, susurró roncamente: "¿No basta con eso para conmover a un corazón de piedra? ¿Tengo que arrodillarme ante ustedes?".

»De nuevo se hizo un profundo silencio entre nosotros tres. Luego el oficial francés lanzó una última palabra de ira a Tomassov.

»"¡Cobarde!".

»El rostro de aquel pobre hombre ni siquiera se movió. Decidí ir a buscar a un par de soldados para que condujeran a aquel prisionero miserable a la aldea. Nada más podía hacerse. No llegué a dar seis pasos hacia el grupo de caballos y ordenanzas que estaba al frente de nuestro escuadrón cuando... Pero ya lo habrán adivinado. Por supuesto. Y también yo lo adiviné, porque les doy mi palabra de que el disparo de la pistola de Tomassov fue lo más insignificante que quepa imaginar. La nieve, claro está, absorbe el ruido. Fue apenas un débil chasquido. De los ordenanzas que sostenían nuestros caballos no creo que ni uno haya vuelto la cabeza.

»Sí. Tomassov lo había hecho. El destino había conducido al tal De Castel hasta el único hombre que podía entenderlo perfectamente. Pero le tocó a Tomassov el rol de la víctima predestinada. Ya saben cómo es la justicia del mundo y el juicio de la humanidad. Cayeron pesadamente sobre él con una especie de hipocresía inversa. ¡En fin! El animal del ayudante, ningún otro, fue el primero en propagar horrorizadas alusiones a la matanza de un prisionero a sangre fría. No dieron de baja a Tomassov de inmediato. Pero, tras el sitio de Danzig, pidió permiso para renunciar al ejército y se enterró en lo profundo de su provincia, donde durante años lo persiguió una vaga historia sobre un acto oscuro.

»Sí. Lo había hecho. ¿Y qué fue lo que hizo? Un alma de guerrero había pagado con creces la deuda contraída con otra alma de guerrero al librarla de un destino peor que la muerte: la pérdida de toda fe y todo coraje. Puede vérselo de ese modo. No lo sé. Y quizás el pobre Tomassov tampoco lo sabía. Pero fui el primero en acercarme a aquel espantoso cuadro oscuro en medio de la nieve: el francés rígido tendido de espaldas, Tomassov con una rodilla apoyada más cerca de los pies que de la cabeza del francés. Se había quitado el gorro y el cabello le brillaba como el oro entre los ligeros copos que empezaban a caer. Se inclinaba sobre el muerto en una actitud de ternura contemplativa. Y su cara joven e ingenua, con los párpados bajos, no expresaba pena, severidad ni horror, sino que se había inmovilizado en la calma de una meditación profunda, diríase que infinita e infinitamente muda.

El príncipe Román

—Tal vez unos hechos que ocurrieron hace setenta años queden demasiado lejos para poder reunirlos debidamente en una simple conversación. Por supuesto, el año 1831 es para nosotros una fecha histórica, uno de esos años aciagos en los que, en presencia de la indignación pasiva y las simpatías elocuentes del mundo, tuvimos que murmurar una vez más *«vae victis»* y calcular el coste en términos de tristeza. No es que se nos diesen muy bien los cálculos, por cierto, ni en la prosperidad ni en la adversidad. Nunca aprendimos esa lección, para enorme exasperación de nuestros enemigos, que nos han conferido el epíteto de incorregibles...

El orador era de nacionalidad polaca, una nacionalidad menos viva que sobreviviente, empecinada en pensar, respirar, hablar, esperanzarse y sufrir en su tumba, acosada por un millón de bayonetas y timbrada en triplicado por los sellos de tres imperios.

La conversación versaba sobre la aristocracia. ¿Cómo surgió ese tema, hoy desacreditado? De aquello hace unos años y el recuerdo preciso se ha borrado. Pero estoy seguro de que no la considerábamos solo un ingrediente del tejido social; y creo incluso que llegamos a ese tema intercambiando ideas sobre el patriotismo, un sentimiento algo desacreditado, pues la delicadeza de nuestras mentes humanitarias lo consideran una reliquia del barbarismo. Y, sin embargo, ni el gran pintor florentino que al cerrar los ojos pensó en su ciudad, ni san Francisco, que bendijo con su último aliento el pueblo de Asís, fueron bárbaros. Hace falta cierta grandeza de espíritu para interpretar el patriotismo dignamente; o, si no, cierta sinceridad sentimental vedada al refinamiento vulgar de la mente moderna, que es incapaz de comprender la augusta simplicidad de un sentimiento procedente de la naturaleza misma de las cosas y los hombres.

La aristocracia de la que hablábamos era la más encumbrada, las grandes familias de Europa, que no se había empobrecido, convertido ni liberalizado, la clase más inconfundible y especializada de todas las clases, para la que ni siquiera la ambición funciona como incentivo de la actividad ni como regulador de conducta.

Dado que sus miembros se habían quedado sin el derecho indiscutible del liderazgo, juzgábamos que sus grandes fortunas, el cosmopolitismo fruto de sus extensas alianzas, su elevado estatus, en el que hay tan poco que ganar y tanto que perder, debía de situarlos en una posición incómoda en épocas de conmoción política y agitación nacional. Al ya no nacer para dirigir —lo cual es la esencia misma de la aristocracia—, les costaba hacer otra cosa que mantenerse al margen de las grandes expresiones de las pasiones populares.

Llegamos a esa conclusión al comentarse unos acontecimientos lejanos y mencionarse la fecha de 1831. Y el orador continuó:

—No quiero decir que conocí al príncipe Román en aquella época remota. Empiezo a sentirme bastante viejo, pero no lo soy tanto. En efecto, el príncipe Román contrajo matrimonio el mismo año en que nació mi padre. Corría el año 1828; el siglo XIX era joven y el príncipe lo era aun más que el siglo, aunque ignoro exactamente cuánto. En cualquier caso, su boda fue precoz. Se trataba de una alianza ideal desde cualquier punto de vista. La muchacha era joven y hermosa, una heredera huérfana de una gran familia y de una gran fortuna. El príncipe, por entonces oficial de la Guardia, distinto de sus contemporáneos por su carácter reservado y reflexivo, se había enamorado perdidamente de la belleza, del encanto y la seriedad de la mente y del corazón de ella. Era un joven bastante callado, pero sus miradas, su actitud, toda su persona expresaban una absoluta devoción por la mujer que había elegido, una devoción que ella correspondía de manera franca y fascinante.

»La llama de esa pasión pura y joven prometía arder para siempre, y durante una temporada iluminó la atmósfera seca y cínica del gran mundo de San Petersburgo. El emperador Nicolás en persona, el abuelo del actual, el mismo que murió en la guerra de Crimea, quizá el último de los autócratas que creía en el carácter divino de su misión, se interesó por aquella pareja de amantes casados. Es cierto que Nicolás vigilaba las actividades de los grandes nobles polacos. Los dos jóvenes, que llevaban una vida apropiada para su posición social, estaban embelesados el uno con el otro, y la alta sociedad, fascinada por aquella sinceridad sentimental que se movía serena entre el boato de su agitación anhelante y puntillosa, los observaba con benévola indulgencia y divertida ternura.

»La boda fue el mayor evento social de 1828 en la capital. Cuarenta años más tarde yo me encontraba en la finca del hermano de mi madre, en una de nuestras provincias del sur.

»Era pleno invierno. El gran prado que había delante de la casa estaba tan puro y suave como un campo de nieve alpino, una superficie blanca y semejante al plumón que relucía bajo el sol como espolvoreada de diamantes y que declinaba poco a poco hacia el lago: una larga y sinuosa pieza de agua helada de aspecto azulado y que parecía más sólida que la tierra. El sol frío y brillante pasaba rasando sobre un horizonte ondulante de grandes pliegues nevados que ocultaban las aldeas de los campesinos ucranianos, semejantes a botes ocultos en las hondonadas de un mar embravecido. Y todo estaba en silencio.

»Ignoro ahora cómo logré escaparme a las once de la mañana del salón de clases. Yo era un niño de ocho años; mi prima, unos meses menor, era por herencia más temperamental, aunque menos aventurera. De modo que escapé solo y enseguida me encontré en el enorme salón de suelo de piedra, calentado por una monumental estufa de baldosas blancas, un lugar mucho más agradable que el salón de clases, el cual, por alguna razón, quizá higiénica, siempre se mantenía a baja temperatura.

»Los niños teníamos conciencia de que había un invitado en la casa. Había llegado la noche anterior cuando nos llevaban a la cama. Atravesamos las líneas de nuestros cuidadores para correr a aplastar la nariz contra el vidrio de la ventana, pero no alcanzamos a verlo apearse. Solo pudimos observar, en medio de un resplandor rojizo, el gran coche de viaje montado sobre patines de trineo y enganchado a seis caballos, una masa negra contra la nieve que se dirigía a los establos, precedida por un jinete que llevaba una bola ardiente de estopa y resina en una cesta de hierro en el extremo de un largo palo cruzado sobre su silla de montar. Aquella tarde a primera hora, se había enviado a dos caballerizos por los senderos de nieve para que se encontraran con el invitado al atardecer e iluminaran su camino con aquellos faroles de viaje. En aquella época, recuerden, no había en nuestras provincias del sur una sola milla de vías férreas. Mi prima y yo nada sabíamos de trenes y locomotoras excepto por algunas ilustraciones, y nos parecían cosas vagas, sumamente remotas, que no eran muy interesantes salvo para los adultos que viajaban al extranjero.

»Nuestra noción de los príncipes, tal vez un poco más precisa, era sobre todo literaria y resplandecía con el encanto de los cuentos de hadas, donde los príncipes son siempre jóvenes, azules, heroicos y afortunados. Aun así, como los demás niños, podíamos trazar una nítida línea entre lo real y lo ideal. Sabíamos que los príncipes eran personajes históricos. Y también en eso había algo de encanto. Pero lo que me había llevado a vagar con cautela por la casa como un fugitivo era la esperanza de una entrevista con un amigo mío muy especial, el jefe de guardabosques, que solía venir a aquella a esa hora a presentar su informe, pues yo esperaba ansioso noticias sobre cierto lobo. Ya saben, en las comarcas donde hay lobos, casi todos los inviernos aparece un ejemplar eminente por la audacia de sus fechorías, por su perfecto carácter lobuno, digamos. Quería oír algún cuento emocionante sobre él, quizá la historia dramática de su muerte...

»Pero en el salón no había nadie.

»Frustradas mis esperanzas, de pronto quedé muy abatido. Incapaz de regresar triunfal a mis estudios, entré sin ánimo en el salón de billar, donde, por cierto, no se me había perdido nada. Tampoco allí había nadie, y me sentí muy desorientado y desolado bajo sus techos altos, completamente solo junto a la enorme mesa de billar inglesa que, con su silencio pesado y rectilíneo, parecía desaprobar la intrusión de un niño.

»Cuando empezaba a pensar en retirarme, oí pasos en la sala contigua y, antes de que pudiera dar la vuelta y escapar, mi tío y su invitado aparecieron en el vano de la puerta. Habría sido muy inapropiado salir corriendo ahora que me habían visto, de manera que me quedé en mi lugar. Mi tío pareció sorprendido de verme; el invitado era un hombre enjuto, de estatura mediana, envuelto en un largo abrigo negro y de talle muy erguido, dueño de una actitud rígida como la de un soldado. Tras los pliegues de un fino pañuelo de batista blanca asomaban las puntas del cuello, que llegaba hasta sus bien afeitadas mejillas. Tenía unos mechones de escaso pelo cano peinados esmeradamente sobre su calva. Su rostro, que debió de ser hermoso en sus buenos tiempos, había preservado con la edad la simpleza armónica de sus trazos. Lo que más me asombró fue su palidez uniforme, casi mortuoria. Me pareció prodigiosamente viejo. Mediante una leve sonrisa, no más que una alteración momentánea de la fijeza de sus labios delgados, mostró que había notado el rubor de mi confusión, y me pareció muy interesante verlo meter la mano en el bolsillo interior de su abrigo. De allí sacó un lápiz y un cuaderno de páginas extraíbles, que tendió a mi tío con una inclinación casi imperceptible.

»Yo estaba muy asombrado, pero mi tío recibió ambas cosas con toda naturalidad. Escribió algo a lo que el otro echó una ojeada y a lo que asintió ligeramente con la cabeza. Una fina mano arrugada —la mano era más vieja que la cara— me dio una palmadita en la mejilla y después se posó en mi cabeza. Una voz sorda, una voz tan descolorida como la cara, salió de sus labios mientras los ojos, oscuros y quietos, me miraban con amabilidad.

»"¿Y qué edad tiene este niño tan tímido?".

»Antes de que yo pudiera contestar, mi tío escribió mi edad en el cuaderno. Yo estaba muy impresionado. ¿Qué era aquella ceremonia? ¿Era aquel personaje demasiado eminente para que se le hablara? Miró de nuevo el cuaderno, y de nuevo asintió con la cabeza, y de nuevo se oyó su voz mecánica e impersonal: "Se parece a su abuelo".

»Recordé a mi abuelo paterno, que había muerto hacía poco. También él era prodigiosamente viejo. Y me pareció muy natural que dos personas tan ancianas y venerables se hubiesen conocido en la edad oscura que precedía a mi nacimiento. Pero era obvio que a mi tío ese hecho no le constaba. Tan obvio que la voz mecánica explicó:

»"Sí, sí. Camaradas en el treinta y uno. Era uno de los que sabían. Los viejos tiempos, mi querido señor, los viejos tiempos...".

»Hizo un gesto como si quisiera apartar a un fantasma importuno. Y entonces los dos me miraron. Me pregunté si esperaban algo de mí. Mirando mis ojos bien abiertos y curiosos, mi tío dijo: "Es completamente sordo". Y después la voz distante e inexpresiva dijo: "Dame la mano".

»Con plena conciencia de mis dedos manchados de tinta, se la ofrecí tímidamente. Nunca había visto a alguien sordo y estaba bastante sorprendido. Me estrechó la mano con firmeza y después me dio una última palmadita en la cabeza.

»Mi tío me habló gravemente: "Acabas de estrechar la mano del príncipe Román S------. Recuérdalo cuando crezcas".

»Me impresionó el tono en que lo dijo. Yo poseía suficiente información histórica para saber vagamente que los príncipes------ habían formado parte de los príncipes soberanos de Rutenia hasta la época en que las tierras rutenas se unieron al reino de Polonia, a principios del siglo XV, y ellos se convirtieron en grandes magnates polacos. Pero lo que más me preocupó fue la falta de cualquier encanto literario. Era chocante descubrir a un príncipe sordo, calvo, flaco y prodigiosamente viejo. En ningún momento se me ocurrió que aquel hombre imponente y decepcionante había sido joven, rico y hermoso. ¿Cómo iba yo a saber que había sido feliz en un matrimonio ideal que unió dos jóvenes corazones, dos grandes apellidos y dos grandes fortunas, feliz con una felicidad que, como en los cuentos, parecía destinada a durar para siempre…?

»Pero no duró para siempre. Estaba destinada a no durar mucho, ni siquiera de acuerdo con la medida de los días humanos en esta tierra donde la felicidad solo se encuentra al final de los cuentos. La pareja tuvo una hija, y poco después la salud de la joven princesa empezó a debilitarse. Por un tiempo sobrellevó su estado con un coraje sonriente, asistida por el sentimiento de que ahora la felicidad de dos vidas dependía de su existencia. Pero finalmente el marido, muy preocupado por su rápido cambio de aspecto, obtuvo un permiso por tiempo indeterminado y la sacó de la capital para llevarla a la finca rural de sus padres.

»El viejo príncipe y la vieja princesa sintieron mucho miedo al ver el estado en que se encontraba su querida nuera. De inmediato empezaron los preparativos para un viaje al extranjero. Pero al parecer era demasiado tarde, y la inválida se opuso al proyecto con amable obstinación. Delgada y pálida en un gran sillón, mientras la pérfida y oscura enfermedad nerviosa le confería una apariencia cada día más frágil y disminuida, aunque sin borrar la sonrisa de sus ojos ni la gracia encantadora de su rostro consumido, se aferraba a su tierra natal y quería respirar ese aire. En ninguna otra parte esperaba mejorar, en ninguna otra parte le sería tan fácil morir.

»Murió antes de que la niña cumpliera dos años. La pena del marido fue terrible y tanto más preocupante para sus padres porque no pronunció palabra ni derramó lágrimas. Tras el funeral, cuando se dispersaba por el campo la inmensa multitud de campesinos que había rodeado la capilla privada con la cabeza descubierta, el príncipe despidió a sus amigos y parientes y se quedó solo para ver a los albañiles de la propiedad cerrar la bóveda familiar. Cuando fijaron la última piedra soltó un gemido, el primer sonido de dolor que se le había escapado en días y, tras alejarse con la cabeza gacha, se encerró en sus habitaciones.

»Su madre y su padre temían por su cordura. Su serenidad exterior les resultaba espantosa. En nada podían confiar salvo en la misma juventud que volvía su desesperación tan intensa y ensimismada. El viejo príncipe Juan, inquieto y ansioso, repetía: "De alguna manera hay que animar al pobre Román. Es tan joven...". Pero no hallaban forma de animarlo. Y la anciana princesa, enjugándose las lágrimas, deseaba en su corazón que su hijo fuera de nuevo un niño para que llorase sentado en su regazo.

»Con el tiempo, haciendo esfuerzos, el príncipe Román empezó a unirse de vez en cuando al círculo familiar. Pero era como si su corazón y su mente hubiesen quedado enterrados en la bóveda junto a la esposa que había perdido. Empezó a vagar por el bosque con un arma, vigilado en secreto por uno de los guardabosques, que al caer la noche informaba de que "su Serenidad no disparó un solo tiro en todo el día". A veces, tras dirigirse a las caballerizas por la mañana, ordenaba en tono apagado que ensillaran un caballo, esperaba de pie a que se lo trajeran, montaba sin decir una palabra y salía por el portón al paso. No volvía a aparecer en todo el día. Hubo gente que lo vio en alguna encrucijada, sin mirar a izquierda ni derecha, pálido, sentado rígido en su silla, como un jinete de piedra en una montura viviente.

»Los labradores de los campos, los extensos campos sin cercas, lo miraban desde lejos, y a veces alguna anciana compasiva, desde el umbral de una cabaña con techo de paja, se compadecía y se santiguaba a sus espaldas, como si él fuese uno de ellos, un alma simple de la aldea desolada por una fuerte aflicción.

»Cabalgaba mirando al frente y sin ver a nadie, como si la tierra estuviese vacía y la humanidad entera sepultada en la tumba que tan pronto se había abierto en su camino para tragarse su felicidad. ¿Qué eran para él los hombres con sus penas, alegrías, obras y pasiones, de las que la mujer que había sido el mundo entero para él había sido arrancada tan pronto?

»No existían; y él se habría sentido tan solo y abandonado como un hombre atrapado en una pesadilla cruel de no ser por la campiña en la que había nacido y en la que habían transcurrido los años felices de su infancia. La conocía al dedillo: cada suave loma cubierta de árboles en medio de los campos arados, cada valle que ocultaba una aldea. Los arroyos contenidos con diques formaban una cadena de lagos en las praderas verdes. A lo lejos, hacia el norte, el gran bosque lituano, que no parecía más alto que un seto, miraba hacia el sol, y por el sur, hacia las llanuras, los vastos espacios marrones de tierra tocaban el cielo azul.

»Y ese paisaje familiar, asociado con los días en los que aún no existía la obsesión ni la congoja, esa tierra cuyo encanto sentía sin siquiera mirarla, calmaba su dolor, como la presencia de un viejo amigo que nos acompaña callado en las horas oscuras de la vida.

»Una tarde ocurrió que el príncipe, tras volver la cabeza de su caballo para regresar a casa, vio una nube de polvo oscuro densa y baja que cortaba en diagonal parte del paisaje. Refrenó al animal en lo alto de una loma y oteó el horizonte. La nube soltaba finos destellos de acero aquí y allá, y contenía formas ambulantes que resultaron ser una larga hilera de carretas rústicas llenas de soldados, que avanzaban con lentitud y en dos filas bajo la escolta de cosacos montados.

»Era como un inmenso reptil que se arrastraba por el campo; su cabeza se perdía de vista en una leve hondonada y su cola se retorcía e iba acortándose, como si el monstruo estuviera devorando la tierra hacia su corazón.

»El príncipe atravesó una aldea que estaba a poca distancia del camino. La posada caminera, que tenía la caballeriza, la vaquería y el granero bajo un solo y enorme techo de paja, parecía un gigante desaliñado, deforme y giboso, despatarrado entre las chozas de los campesinos. El posadero, un judío corpulento de aspecto solemne, vestido con una bata negra de satén que le llegaba a los talones y que se ceñía con una faja roja, estaba en la puerta atusándose la larga barba plateada.

»Observó al príncipe acercarse e hizo una profunda reverencia sin siquiera esperar ser visto, pues era bien sabido que su joven señor no tenía ojos para nada ni nadie salvo su pena. Se sorprendió sobremanera cuando el príncipe se detuvo y preguntó:

»"¿Qué es aquello, Yankel?".

»"Aquello, su Serenidad, es un convoy de tropas de infantería que se dirigen al sur a toda prisa".

»El hombre miró a izquierda y derecha con cautela, pero como no había nadie más que unos niños jugando en el polvo de la calle de la aldea se acercó un poco al estribo.

»"¿Su Serenidad no lo sabe? Ha estallado la guerra. Todos los pequeños y grandes terratenientes han tomado las armas, e incluso el pueblo se ha levantado. Ayer mismo el talabartero de Grodek" (un pueblecito cercano con mercado) "pasó por aquí con sus dos aprendices para alistarse. Me dejó su carreta. Le mostré el vecindario. Usted sabe, su Serenidad, que nuestra gente viaja mucho y ve todo lo que pasa y conoce todos los caminos".

»El judío Yanker, posadero y arrendatario de todos los molinos de la propiedad, trataba de contener su excitación, porque era un patriota polaco. Y en voz más baja dijo:

»"Yo ya era un hombre casado cuando los franceses y todas las demás naciones pasaron por aquí con Napoleón. Ay, ay, ay. La muerte tuvo una muy buena cosecha entonces, *¡nu!* Quizá esta vez Dios nos ayude".

»El príncipe asintió. "Quizá", dijo, y, sumido en una profunda reflexión, dejó que su caballo lo llevara a casa.

»Esa noche escribió una carta y, a primera hora de la mañana, envió un mensajero a caballo al pueblo del correo. Durante el día, para gran alegría de su familia, salió de su retraimiento y conversó con su padre sobre los acontecimientos recientes: la revuelta de Varsovia, la huida del gran duque Constantino, las primeras tímidas victorias del ejército polaco (en aquel entonces existía un ejército polaco); los levantamientos en las provincias. El viejo príncipe Juan, conmovido e intranquilo, hablando desde un punto de vista puramente aristocrático, desconfiaba de los orígenes populares del movimiento, lamentaba sus tendencias democráticas y no creía en la posibilidad del éxito. Estaba triste, agitado por dentro.

»"Juzgo estos hechos con calma. Existen principios seculares de legitimidad y orden que han sido violados en esta descabellada empresa en pro de las ilusiones más subversivas. Aunque, por supuesto, los impulsos patrióticos del corazón...".

»El príncipe Román escuchaba con expresión pensativa. Aprovechó la pausa para decirle en voz baja a su padre que esa mañana había enviado una carta a San Petersburgo renunciando a su servicio en la Guardia.

»El viejo príncipe guardó silencio. Pensaba que debería haberlo consultado. Su hijo era oficial de artillería del emperador y sabía que el zar nunca olvidaría esa apariencia de deserción por parte de un noble polaco. Con tono de descontento le señaló que, tal como estaban las cosas, gozaba de un permiso por tiempo indeterminado. Lo correcto habría sido no decir nada.

O en el peor de los casos se habría podido solicitar un puesto —en el Cáucaso por ejemplo— lejos de esa contienda infausta que en principio era un error y por consiguiente estaba destinada al fracaso.

»"Dentro de poco te encontrarás sin interés por la vida y sin ninguna ocupación. Y necesitarás tener algo en qué ocuparte, mi querido muchacho. Me temo que te has precipitado".

»El príncipe Román murmuró:

»"Me ha parecido lo mejor".

»Su padre vaciló ante su firme mirada.

»"Bueno, bueno, ¡quizá! Pero como oficial de artillería del emperador y merecedor de los favores de la familia imperial...".

»"Nuestra casa ya era ilustre antes de que se oyera hablar de esa gente", soltó con desdén el joven.

»El viejo príncipe era sensible a ese tipo de comentarios.

»"Bueno, quizá sí sea lo mejor", concedió por fin.

»Padre e hijo se separaron afectuosamente por la noche. Al día siguiente el príncipe Román pareció recaer en la profundidad de su indiferencia. Salió a cabalgar como siempre. Recordaba que la víspera había visto un convoy de soldados parecido a un reptil, erizado de bayonetas, que se arrastraba por la faz de aquella tierra que era suya. La mujer que amaba también había sido suya. La muerte se la había robado. Su pérdida lo había conmocionado moralmente. Le había abierto el corazón a una pena mayor, la mente a pensamientos más vastos, los ojos a todo el pasado y a la existencia de otro amor cargado de dolor, pero tan misteriosamente imperioso como el amor por la desaparecida a la que había confiado su felicidad.

»Esa noche se retiró más temprano que de costumbre y llamó a su valet.

»"Ve a ver si todavía hay luz en las dependencias del mariscal de caballerías. Si aún está despierto, pídele que venga a hablarme".

»Mientras el sirviente se ausentaba, el príncipe se apresuró a romper unos papeles, cerró con llave los cajones de su escritorio y se colgó al cuello un medallón que contenía un retrato en miniatura de su esposa.

»El hombre al que esperaba el príncipe pertenecía al pasado que la muerte de su amor había devuelto a la vida. Era de una familia de la baja nobleza que, durante generaciones, había sido partidaria, vasalla y amiga de los príncipes S------. Recordaba la época anterior a las últimas divisiones territoriales y había participado en las batallas finales. Era un polaco típico de su clase, con gran capacidad para la emoción, para el entusiasmo ciego; de instinto marcial y convicciones simples; e incluso dueño de la vieja costumbre de recargar su habla de vocablos latinos. Y sus ojos amables y astutos, su cara roja, su frente ancha y sus bigotes poblados, grises y colgantes también eran típicos de su género.

»"Escuche, mariscal Francisco", dijo el príncipe con familiaridad y sin más preliminares. "Escuche, viejo amigo. Me voy a marchar de aquí sin que se sepa. Voy adonde me llama algo más grande que mi pena, algo que, sin embargo, tiene una voz muy parecida a ella. Solo confío en usted. Llegado el momento usted dirá lo que crea necesario".

»El viejo comprendió. Sus manos extendidas temblaban muchísimo. Pero tan pronto como recuperó el habla agradeció a Dios en voz alta por permitirle vivir lo suficiente para ver al descendiente de aquella ilustre familia que daba en su generación más joven un ejemplo, *coram gentibus*, de amor por la patria y de valor en el campo de batalla. No dudaba de que su príncipe obtendría un lugar en el concejo y en la guerra digno de su noble cuna; ya veía que *in fulgore* de la gloria familiar, *affulget patride serenitas*. Al terminar el discurso rompió a llorar y lo abrazó.

»El príncipe calmó al viejo y, después de sentarlo en un sillón, donde se recompuso bastante, dijo:

»"No me malentienda, mariscal. Usted sabe cuánto amaba yo a mi esposa. Semejante pérdida le abre a uno los ojos a verdades insospechadas. No se trata del liderazgo ni de la gloria. Mi intención es ir solo y luchar oscuramente entre las tropas. Ofreceré a mi país lo que me corresponde ofrecer, es decir mi vida, con la misma simpleza con la que lo hizo el talabartero Grodek al partir ayer con sus aprendices".

»El viejo puso el grito en el cielo al oír esto. Eso no podía ser. No lo permitiría. Pero al cabo tuvo que aceptar los argumentos y la expresa voluntad del príncipe. "¡Ja! Si usted dice que es un asunto de sentimiento y de conciencia, así sea. Pero no puede ir completamente solo. Ay de mí, soy demasiado viejo para servirle. *Crepit verba dolor*, mi querido príncipe, ante la idea de que tengo más de setenta años y no soy de mayor utilidad en el mundo que un lisiado a las puertas de una iglesia. Parece que solo sirvo para quedarme sentado en casa y rezarle a Dios por la patria y por usted. Pero está mi hijo, el menor, Pedro. Será un buen compañero. Y da la casualidad de que está aquí de visita. Durante siglos no ha habido un príncipe S---
que pusiera en riesgo su vida sin llevar un compañero de nuestro nombre a su lado. Debe ir acompañado de alguien que lo conozca, aunque solo sea para que le cuente a sus padres y a su viejo sirviente cómo se encuentra. ¿Y cuándo tiene intención de partir su alteza?".

»"Dentro de una hora", dijo el príncipe, y el viejo corrió a avisar a su hijo.

»El príncipe Román tomó un candelabro y caminó con sigilo por un pasillo oscuro de la casa en silencio. La niñera principal dijo más tarde que se despertó de pronto y vio al príncipe mirando a su hija mientras cubría con una mano la luz de la vela. La miró de pie un rato, puso el candelabro en el suelo, se inclinó sobre la cuna y besó suavemente a la niña, que no se despertó. Salió sin hacer ruido, llevándose la luz consigo. La niñera vio su rostro a la perfección, pero no leyó en él ninguna de sus intenciones. Estaba pálido pero totalmente tranquilo y, después de alejarse de la cuna, no se volvió a mirarla ni una vez.

»La otra persona en la que confió, además de en el viejo y su hijo Pedro, fue en el judío Yankel. Cuando este le preguntó al príncipe hacia dónde quería que lo orientara precisamente, el príncipe respondió: "Hacia la guarnición más cercana". Un nieto del judío, un muchacho larguirucho, guio a los dos hombres por senderos poco conocidos entre bosques y pantanos, y los llevó hasta donde se veían las fogatas de un destacamento acampado en una hondonada. Unos caballos invisibles relincharon, una voz gritó en la oscuridad: "¿Quién anda ahí?", y el joven judío se marchó sin demora, explicando que debía apresurarse a emprender la vuelta para llegar a casa a tiempo de observar el *sabbat*.

»Así, con humildad y de acuerdo con la simple visión del deber que adquirió cuando la muerte le quitó de los ojos la brillante venda de la felicidad, el príncipe Román hizo su ofrenda a su país. Su compañero se dio a conocer como el hijo del mariscal de caballerías de los príncipes S------ y declaró que el príncipe era un pariente, un primo lejano de su comarca y, como supuso la gente, portador de su mismo apellido. Lo cierto es que nadie hizo muchas preguntas. Era evidente que acababan de alistarse dos jóvenes del tipo adecuado. Nada más normal.

»El príncipe Román no permaneció mucho tiempo en el sur. Un día, en una misión de reconocimiento en compañía de varios hombres, la infantería rusa les tendió una emboscada a la entrada de una aldea. La primera descarga tumbó a bastantes, y el resto se dispersó en todas direcciones. Tampoco los rusos se quedaron, pues temían un contraataque. Al cabo de un rato, unos campesinos se acercaron a ver la escena y sacaron al príncipe Román de debajo de su caballo muerto. Estaba ileso, pero su fiel compañero había sido uno de los primeros en caer. El príncipe ayudó a los campesinos a enterrarlos a él y a los demás muertos.

»Desde entonces solo, sin certeza de dónde encontrar a los partisanos, que se movían de forma constante en todas direcciones, resolvió unirse al principal ejército polaco, que se enfrentaba a los rusos en la frontera con Lituania. Disfrazado con ropas de campesino, vagó un par de semanas hasta que encontró una aldea ocupada por el puesto de avanzada de un regimiento de caballería polaco.

»En un banco, ante una cabaña de campesino de buena calidad, estaba sentado un oficial entrado en años que, supuso el príncipe, sería el coronel. El príncipe se le acercó respetuosamente, resumió su historia y declaró que deseaba alistarse, y cuando el oficial, que lo observaba con detenimiento, le preguntó su nombre, dio al instante el de su compañero muerto.

»El oficial entrado en años pensó: "He aquí el hijo de algún propietario campesino de la clase liberada". Le gustó su apariencia.

»"¿Y sabe leer y escribir, buen hombre?", preguntó.

»"Sí, señor", dijo el príncipe.

»"Bien. Entre en la cabaña; dentro está el ayudante administrativo del regimiento. Anotará su nombre y le tomará juramento".

»El ayudante miró con gran atención al recién llegado, pero no dijo nada. Cuando estuvieron cumplimentados los formularios y el recluta hubo salido, se volvió a su oficial superior.

»"¿Sabe quién es ese hombre?".

»"¿Quién? ¿El tal Pedro? Un muchacho agradable".

»"Es el príncipe Román S-------".

»"Tonterías".

»Pero el ayudante estaba convencido. Unos dos años antes, había visto al príncipe varias veces en su castillo de Varsovia. Incluso había conversado con él en una recepción de oficiales que había dado el gran duque.

»"Está cambiado. Parece mucho mayor, pero estoy seguro de que es él. Soy buen fisonomista".

»Los dos oficiales se miraron en silencio.

»"Tarde o temprano lo reconocerán", murmuró el ayudante. El coronel se encogió de hombros.

»"No es asunto nuestro si se le ocurre servir entre los soldados. En cuanto a que lo reconozcan, no es muy probable. Todos nuestros hombres y oficiales provienen de la otra punta de Polonia".

»Meditó seriamente un raro y después sonrió. "Me ha dicho que sabe leer y escribir. Nada me impide promoverlo a sargento a la primera oportunidad. Sin duda se adaptará bien".

»Como suboficial, el príncipe Román superó las expectativas del coronel. El sargento Pedro no tardó en hacerse famoso por su iniciativa y su coraje. El suyo no era el coraje insensato de un desesperado; era un valor sereno, ejercido con plena conciencia, que por nada se dejaba consternar; era una devoción ilimitada pero estable, a la que no afectaban el tiempo, los reveses, los desalientos de interminables retiradas, la amargura de las esperanzas menguantes ni los horrores de las epidemias sumados a los esfuerzos y peligros de la guerra. Aquel año el cólera hizo su primera aparición en Europa. Devastó los campamentos de ambos ejércitos, infundiendo en las mentes más firmes el terror a una muerte misteriosa, que rondaba en silencio entre las armas apiladas y las fogatas del campamento.

»Un alarido repentino despertaba a los soldados maltrechos y, en el resplandor de las ascuas, veían a uno de los suyos retorcerse en el suelo como un gusano pisoteado por un pie invisible. Antes del amanecer el hombre estaba rígido y frío. Se sabe de pelotones que, al recibir aquella visita, se levantaban como si fueran un solo hombre, abandonaban la fogata y se internaban corriendo en la noche, presas de un pánico mudo. O bien iba uno marchando con los demás soldados y conversando con un camarada y de pronto este tartamudeada en mitad de una frase, ponía los aterrados ojos en blanco y caía al suelo entre convulsiones de agonía con la cara contraída y los labios azules, sembrando el caos en las filas. Los hombres eran fulminados en la silla de montar, durante las guardias, en la línea de fuego, al ejecutar una orden, al cargar cañones. Me contaron que, en un batallón formado con suma firmeza bajo fuego enemigo, preparándose para asaltar una aldea, ocurrieron tres casos en cinco minutos a la cabeza de la columna, y el ataque no pudo efectuarse porque las unidades de vanguardia se desperdigaron por el campo como la paja al viento.

»El sargento Pedro, pese a su juventud, tenía mucha influencia sobre sus hombres. Se decía que el número de desertores en su escuadrón era menor que en cualquier otra división de caballería. Tal era al parecer el irresistible ejemplo que daba la reservada intrepidez de aquel hombre al enfrentarse a cualquier forma de peligro y de terror.

»Por la razón que fuera, todos lo apreciaban y confiaban en él. Cuando llegó el fin y los restos de aquel cuerpo del ejército, acosados desde todos los flancos, se preparaban para cruzar la frontera con Prusia, el sargento Pedro se las arregló para reunir una veintena de soldados. Por la noche huyó con ellos del ejército cercado. Los condujo a lo largo de doscientas millas de campos llenos de destacamentos rusos y devastados por el cólera. Pero no lo hizo para evitar la captura, a fin de que él y sus camaradas pudieran ocultarse y así salvarse. No. Los condujo a una fortaleza que seguía ocupada por polacos y donde se encontraba el último bastión de la revolución derrotada.

»Eso puede parecer puro fanatismo. Pero el fanatismo es humano. El hombre ha adorado divinidades feroces. Hay ferocidad en todas las pasiones, incluso en el amor. La religión de la esperanza inmarcesible se parece al culto demente de la desesperación, la muerte, el aniquilamiento. La diferencia reside en el motivo moral que surge de las necesidades secretas y las aspiraciones tácitas de los creyentes. Solo para los hombres vanos todo es vanidad; y todo es engaño solo para los que nunca han sido sinceros consigo mismos.

»Fue en esa fortaleza donde mi abuelo conoció al sargento Pedro. Mi abuelo era vecino de la familia S------ en el campo, pero no conocía al príncipe Román, aunque conocía muy bien su nombre. El príncipe reveló su identidad una noche en que los dos estaban sentados en la muralla, apoyados contra la cureña de un cañón.

»Deseaba pedir a mi abuelo un favor: que, en caso de que lo mataran, transmitiera lo sucedido a sus padres.

»Hablaban en voz baja; los otros artilleros estaban acostados cerca. Mi abuelo dio su palabra y después preguntó con franqueza (pues estaba muy intrigado por aquella inesperada revelación):

»"Pero, dígame una cosa, príncipe, ¿por qué me lo pide? ¿Tiene un mal presentimiento en cuanto a su persona?".

»"Nada de eso; solo estaba pensando en los míos. No tienen idea de dónde estoy", contestó el príncipe Román. "Me comprometo a hacer lo mismo por usted, si le parece justo. Es seguro que al menos la mitad de nosotros morirá antes de que todo esto acabe, así que los dos tenemos más o menos las mismas posibilidades de sobrevivir al otro".

»Mi abuelo le dijo dónde creía que se hallaban su esposa y sus hijos. A partir de entonces, y hasta el fin del sitio, los dos pasaron mucho tiempo juntos. El día del gran asalto, mi abuelo recibió una herida de gravedad. El pueblo cayó en manos enemigas. Al día siguiente, la propia fortaleza, con su hospital lleno de muertos y moribundos, sus polvorines vacíos y sus defensores sin cartuchos que disparar, abrió sus puertas.

»Durante la campaña, el príncipe, exponiéndose a conciencia en cada ocasión, no había recibido ni un rasguño. Nadie lo había reconocido o, en cualquier caso, nadie había delatado su identidad. Hasta entonces, siempre y cuando cumpliera con su deber, no importaba quién fuera.

»Ahora, sin embargo, su posición era distinta. Como ex-miembro de la Guardia y oficial de artillería del emperador, aquel rebelde corría serio peligro de recibir la atención especial de un escuadrón de fusilamiento. Durante más de un mes permaneció perdido entre la miserable multitud de prisioneros hacinados en las casamatas de la ciudadela, con apenas suficiente comida para sustentar cuerpo y alma, pero por lo demás abandonados a morir por sus heridas, por privaciones y por enfermedades al ritmo de unos cuarenta al día.

»Como la fortaleza se encontraba en una posición central, recibía con frecuencia nuevos pelotones, capturados a campo abierto en el curso de una exhaustiva pacificación. Entre los recién llegados quiso la casualidad que hubiera un joven que había sido amigo del príncipe en la infancia. Lo reconoció y, en su gran consternación, exclamó en voz alta: "¡Dios mío! ¡Román, tú aquí!".

»Se dice que esa falta momentánea de autocontrol la pagó con años de vida amargados por el remordimiento. Todo ocurrió en el patio principal de la fortaleza. La advertencia del príncipe llegó demasiado tarde. Un oficial de guardia oyó la exclamación. Le pareció que el incidente merecía investigarse. La investigación no fue muy ardua, pues el príncipe, cuando le preguntaron su verdadero nombre, confesó de inmediato.

»Se envió a San Petersburgo la información de que habían hallado al príncipe S------ entre los prisioneros. Sus padres ya se encontraban allí, viviendo en la tristeza, la incertidumbre y la aprensión. La capital del imperio era el lugar de residencia más seguro para un noble cuyo hijo había desaparecido misteriosamente de su hogar en tiempos de rebelión. Los ancianos no tenían noticias de su hijo desde hacía meses. Se cuidaron de no contradecir los rumores de suicidio por causa de la desesperación que circulaban en el gran mundo, el cual recordaba la interesante unión amorosa, la felicidad sincera y encantadora a la que había puesto fin la muerte. Pero en secreto esperaban que su hijo sobreviviera y hubiese conseguido cruzar la frontera con la parte del ejército que se había rendido a los prusianos.

»La noticia de que lo habían hecho prisionero fue un golpe abrumador. De manera directa, nada podía hacerse por él. Pero la grandeza de su nombre, su posición, sus numerosos familiares y contactos en las altas esferas permitieron a sus padres ejercer una influencia indirecta, y movieron cielo y tierra, según el dicho, para salvar a su hijo de las "consecuencias de su locura", como no dudó en expresarlo el pobre príncipe Juan. Grandes personalidades recibieron visitas de líderes sociales, altos dignatarios concedieron audiencias, poderosos funcionarios fueron convencidos para tomar cartas en el asunto. Se recurrió a la ayuda de toda posible influencia secreta. Algunos secretarios privados aceptaron generosos sobornos. La amante de cierto senador obtuvo una gran suma de dinero.

»Pero, como decía, en un caso tan flagrante no se podía presentar una petición directa ni tomar medidas abiertamente. Todo lo que podía hacerse era, entre bambalinas, influir en el alma del presidente de la comisión militar por medio de emisarios privados para que se inclinase por la clemencia. Llegado el momento, lo impresionaron las alusiones y sugerencias que recibió desde San Petersburgo, algunas hechas desde lugares muy encumbrados. A fin de cuentas, la gratitud de nobles tan grandes como el príncipe S------ era algo que valía la pena poseer desde un punto de vista mundano. El presidente era un buen ruso, pero también un hombre de buena naturaleza. Además, el odio por los polacos no era entonces un artículo cardinal del credo patriótico, como lo sería treinta años más tarde. Desde el principio sintió buena disposición por aquel joven bronceado, de cara delgada y consumida por los meses de dura campaña, las privaciones del asedio y los rigores del cautiverio.

»La comisión se componía de tres oficiales. En la fortaleza, dio comienzo a sus sesiones detrás de una larga mesa negra, en una habitación abovedada y vacía. Unos empleados ocupaban los extremos, y, a excepción de los gendarmes que escoltaron al príncipe, nadie más estuvo presente.

»Aislado entre aquellas cuatro paredes siniestras de todos los sonidos y las imágenes de la libertad, de las esperanzas del futuro, de las ilusiones consoladoras, solo y ante sus enemigos erigidos en jueces, ¿quién sabe cuánto amor por la vida conservaba el príncipe Román? ¿Cuánto quedaba del sentido del deber que le había revelado la tristeza? ¿Cuánto del amor avivado por su país natal? Ese país que exige que se lo ame como nunca se ha amado a ningún otro país, con el triste afecto que uno siente por los muertos que no se han olvidado, y con el fuego inextinguible de la pasión desesperada que solo un ideal vivo y cálido puede encender en nuestro pecho para bien de nuestro orgullo, de nuestro cansancio, de nuestro júbilo, de nuestra perdición.

»La idea de semejante exigencia tiene algo de monstruoso hasta que no la vemos delante bajo la forma de una fidelidad intrépida e irreprochable. Al acercarse al momento culminante de su vida, el príncipe solo puede haber sentido que esta tocaba a su fin. Respondió a las preguntas que le hicieron clara, concisamente, con la más profunda indiferencia. Tras tantos meses tensos de acción, hablar lo fatigaba. Pero lo ocultó, para que sus enemigos no sospecharan en sus modales la apatía del desaliento o el atontamiento de un espíritu doblegado. En cualquier caso, los detalles de su conducta no tenían la menor importancia; aquellos hombres no tenían nada que ver con sus pensamientos. Mantuvo un tono escrupulosamente cortés. Había rechazado el permiso de sentarse.

»Lo que ocurrió en aquel examen preliminar solo se sabe por boca del oficial presidente. Actuando de la única forma posible en aquel caso a todas luces muy serio, desde un principio procuró transmitir al alma del príncipe la línea de defensa que deseaba que adoptara. Enunció las preguntas con cuidado para poner la respuesta correcta en boca del culpable, hasta el punto de que sugirió las palabras mismas: cómo, loco de pena tras la muerte de su esposa, vuelto irresponsable por la desesperación, en un momento de imprudencia ciega, sin comprender la naturaleza reprobable de sus actos, el peligro o la deshonra, se unió a los rebeldes en un impulso repentino. Y ahora, arrepentido...

»Pero el príncipe Román guardaba silencio. Los jueces militares lo miraban esperanzados. En silencio tomó una pluma y escribió en la hoja de papel que halló bajo su mano: "Me uní al levantamiento nacional por convicción".

»Empujó el papel a través de la mesa. El presidente lo tomó, se lo mostró a sus dos colegas a izquierda y derecha y luego, mirando fijamente al príncipe Román, lo dejó caer. Y el silencio no se rompió hasta que dio órdenes a los gendarmes de que se llevasen al prisionero.

»Ese fue el testimonio del príncipe Román en el momento culminante de su vida. He oído decir que los príncipes de la familia S------, en todas sus ramas, adoptaron las dos últimas palabras, "por convicción", como divisa de su escudo de armas. Ignoro si es cierto. Mi tío no pudo confirmarlo. Solo observó que, naturalmente, no se la veía en el sello del príncipe Román.

»Lo condenaron de por vida a las minas de Siberia. El emperador Nicolás, que siempre tenía conocimiento personal de las sentencias impuestas a la nobleza polaca, escribió de puño y letra en el margen: "Se advierte severamente a las autoridades que deben asegurarse de que este convicto marche siempre encadenado como cualquier otro criminal".

»Era una sentencia a muerte diferida. Muy pocos sobrevivían más de tres años a ser sepultados en esas minas. Pero como, al cabo de ese periodo, se supo que seguía vivo, se le permitió, por petición de sus padres y de forma excepcional, prestar servicio como soldado raso en el Cáucaso. Toda comunicación con él estaba prohibida. No tenía derechos civiles. En todo sentido salvo en el de sufrir, era un muerto. La hija que él había procurado no despertar al besarla en su cuna heredó toda la fortuna del príncipe Juan a la muerte de este. La existencia de esa muchacha salvó las inmensas propiedades de ser confiscadas.

»Pasaron veinticinco años antes de que se permitiera regresar a Polonia al príncipe Román, completamente sordo y con la salud deteriorada. Su hija se había casado espléndidamente con un *grand seigneur* austropolaco y, como se movía en la esfera cosmopolita de la más alta aristocracia europea, vivía entre Niza y Viena. Él, tras instalarse en una de las fincas de la hija, no la que contaba con la residencia palaciega, sino otra en la que había una casita modesta, la veía muy poco.

»Pero el príncipe Román no se encerró como si su trabajo estuviera terminado. Poco se hacía en la vida pública y privada de las inmediaciones sin solicitar los consejos y la ayuda del príncipe Román, y nunca se le consultaba en vano. Con justicia se decía que sus días no le pertenecían a él sino a sus conciudadanos. Y sobre todo era un amigo especial de todos los exiliados que volvían, a los que ayudaba con dinero y consejos, poniendo en orden sus asuntos y buscándoles maneras de ganarse la vida.

»Mi tío me contó muchas historias sobre su dedicación a esa actividad, en la que siempre lo guiaba una sabiduría simple, un alto sentido del honor y una concepción sumamente escrupulosa de la probidad pública y privada. Para mí sigue siendo una figura viva a causa de aquel encuentro en la sala de billar el día en que, ansioso por que me hablaran de un lobo especialmente lobuno, entré por un momento en contacto con un hombre destacado entre todos los hombres capaces de sentir con profundidad, creer con firmeza y amar con fervor.

»Hasta el día de hoy recuerdo el apretón de la mano huesuda y arrugada del príncipe Román al cerrarse sobre mis pequeños dedos llenos de tinta, y la manera en que mi tío, medio serio y medio divertido, miró a aquel sobrino que se había metido donde no debía.

»Siguieron su camino y se olvidaron del niño. Pero yo no me moví; me quedé observándolos, no tanto desilusionado como desconcertado por aquel príncipe tan distinto de un príncipe de cuento. Cruzaron la sala muy lentamente. Antes de llegar a la puerta, el príncipe se detuvo, y lo oí decir, de forma que aún me parece oírlo: "Me gustaría que escribiera a Viena con respecto a ese puesto. Es un muchacho que realmente se lo merece, y una recomendación de parte de usted sería decisiva".

»La cara con que mi tío se volvió a mirarlo expresaba genuino asombro. Decía mucho más claro que cualquier palabra: ¿qué mejor recomendación puede necesitarse que la de un padre? El príncipe era rápido para leer las expresiones. De nuevo habló con el acento apagado de un hombre que lleva años sin oír su propia voz, alguien para quien el mundo mudo es como una morada de sombras silenciosas.

»Y hasta el día de hoy recuerdo sus palabras: "Se lo pido porque, verá, mi hija y mi yerno creen que no sé juzgar bien a los hombres. Creen que me dejo llevar con demasiada facilidad por los sentimientos"».

La historia

Al otro lado de la única y amplia ventana, la luz del ocaso se extinguía poco a poco en un gran recuadro descolorido, enmarcado rígidamente por las sombras crecientes de la sala.

Era una sala larga. La marea imparable de la noche subía hacia el fondo, donde la voz en susurros de un hombre que se interrumpía y se renovaba con vehemencia parecía suplicar algo ante los murmullos de ilimitada melancolía que le contestaban.

Al final nadie murmuró ninguna respuesta. El hombre estaba arrodillado junto a un sofá ancho y oscuro que sostenía la oscura silueta de una mujer reclinada. Cuando se levantó, lentamente, se vio que era alto en comparación con el bajo cielo raso; su vestimenta era sombría, excepto por el discordante cuello blanco de su camisa y el brillo débil y diminuto de los botones de latón de su uniforme.

Por un momento permaneció de pie, masculino y misterioso en su inmovilidad, y después se sentó en una silla cercana. Solo veía el óvalo mortecino de la cara de la mujer y, extendidas sobre un vestido negro, sus manos pálidas, abandonadas hacía apenas un momento a sus besos y ahora demasiado cansadas para moverse.

No se atrevía a hacer ruido, pues, como tantos hombres, rehuía las necesidades prosaicas de la vida. Como de costumbre, fue la mujer quien hizo acopio de coraje. Su voz se oyó primero: sonó casi convencional, aunque su ser vibraba aún con emociones conflictivas.

—Cuéntame algo —dijo.

La oscuridad ocultó la sorpresa y después la sonrisa del hombre. ¿No acababa de decirle todo lo que valía la pena decirse? ¡Y, para colmo, no por primera vez!

—¿Qué quieres que te cuente? —preguntó con voz loablemente firme.

Empezaba a sentirse agradecido con ella por el carácter definitivo de su tono, que había puesto fin a la tensión.

—¿Por qué no me cuentas una historia?

—¡Una historia!

De verdad estaba asombrado.

—Sí. ¿Por qué no?

Las palabras tenían una ligera petulancia, un asomo de la voluntad caprichosa de la mujer amada, caprichosa solo porque se sabe ley, a veces embarazosa y siempre difícil de eludir.

—¿Por qué no? —repitió él con un ligero tono de burla, como si ella le hubiese pedido la luna.

Pero en ese momento estaba un poco irritado por la agilidad femenina con que se desprendía de una emoción tan fácilmente como de un espléndido vestido.

La oyó decir, con algo de inseguridad y una especie de entonación vacilante que de pronto le recordó el vuelo de una mariposa:

—Antes me contabas muy bien tus... tus historias simples y... y profesionales. O lo bastante bien para interesarme. Tenías un... una especie de arte... en la época de... antes de la guerra.

—¿De verdad? —dijo él con tristeza involuntaria—. Pues ahora, ya ves, estamos en guerra —prosiguió en un tono tan muerto y monocorde que a ella le dio un poco de frío en la espalda.

Y sin embargo insistió. Porque nada en el mundo es más firme que el capricho de una mujer.

—No tiene por qué ser una historia sobre este mundo —explicó.

—¿Quieres oír una historia sobre el otro mundo, el que es mejor que este? —preguntó él con asombro prosaico—. Para eso habría que invocar a los que han estado en él.

—No. No me refiero a eso. Me refiero a otro mundo, cualquier otro. En la tierra, no en el cielo.

—Eso me alivia. Pero olvidas que solo tengo cinco días de permiso.

—Sí. Y yo también me tomé cinco días libres de mis... mis deberes.

—Me gusta esa palabra.

—¿Cuál?

—Deber.

—A veces es horrible.

—Ah, porque te parece limitada. Pero no lo es. Contiene infinidad de cosas, y... y así...

—¿A qué viene tanta palabrería?

Él hizo caso omiso del comentario de desdén.

—Infinita absolución, por ejemplo —continuó—. Pero, en cuanto a ese otro mundo, ¿quién va a ir en su busca para encontrar el relato que hay en él?

—Tú —afirmó ella con una dulzura extraña, casi brusca.

Él, sin levantarse de la silla, hizo un sombrío gesto de asentimiento cuya ironía ni siquiera la progresiva oscuridad pudo volver misteriosa.

—Como quieras. En ese mundo, entonces, había una vez un Comandante del ejército y un Escandinavo. Con mayúscula, por favor, porque no tenían otros nombres. Era un mundo de mares y continentes e islas...

—Como la tierra —murmuró ella amargamente.

—Sí. ¿Qué más se puede esperar que descubra al viajar un hombre hecho de la misma arcilla atormentada que nosotros? ¿Qué otra cosa encontraría? ¿Qué más comprendería o le importaría, o incluso podría sentir que existe? Había en ese mundo comedia, y matanzas.

—Siempre como en la tierra —murmuró ella.

—Siempre. Y como solo puede encontrarse en el universo lo que está hondamente enraizado en las fibras de nuestro ser, también había en él amor. Pero no vamos a hablar de eso.

—No, no lo haremos —dijo ella en un tono neutro que ocultó perfectamente su alivio, o su desilusión. Al cabo de una pausa, agregó—: Va a ser una historia cómica.

—Bueno... —Él también hizo una pausa—. Sí. De alguna manera. De una manera muy sombría. Va a ser humana, y, como sabes, la comedia es una cuestión de puntos de vista. Y no va a ser una historia ruidosa. En ella, todos los largos cañones estarán mudos; mudos como telescopios.

—Ah, ¡conque hay cañones! Y ¿se puede saber dónde?

—A flote. Recordarás que el mundo del que hablamos tiene mares. Se había desatado una guerra. Era un acontecimiento curioso y tremendamente serio. Se combatía en tierra, en el agua, bajo el agua, en el aire e incluso bajo tierra. Y en las cámaras de oficiales y en los comedores militares, muchos jóvenes se decían unos a otros... perdonarás la palabra poco parlamentaria..., se decían: "Es una guerra condenadamente mala, pero peor sería que no hubiese guerra". Suena frívolo, ¿no?

Oyó en las profundidades del sofá un suspiro nervioso e impaciente mientras proseguía sin detenerse.

—Y sin embargo no es lo que parece. Quiero decir: tiene cierta sabiduría. La frivolidad, como la comedia, es una cuestión de primeras impresiones visuales. Aquel mundo no era muy sabio. Pero había en él una buena cantidad de sagacidad operativa. Sin embargo, la empleaban más que nadie los neutrales, y de diversas maneras, públicas y privadas, que había que vigilar; las vigilaban mentes agudas y ojos muy penetrantes. Tenían que ser de lo más penetrantes, te lo aseguro.

—Me imagino —murmuró ella apreciativamente.

—¿Qué no serías capaz de imaginar? —pronunció él con sobriedad—. Contienes el mundo entero. Pero volvamos a nuestro comandante, que, por supuesto, estaba al mando de un barco. Mis historias, aunque a menudo tratan de alguna profesión particular (como notaste hace un momento), nunca incluyen muchos detalles técnicos. Así que solo te diré que el barco había sido muy fastuoso, con montones de cosas agraciadas y elegancia y lujo a bordo. Sí, ¡había sido! Era como una mujer hermosa que de pronto se pone un traje de arpillera y revólveres en el cinturón. Pero flotaba con ligereza, se movía con agilidad y era lo bastante bueno.

—¿Eso opinaba el comandante? —dijo la voz desde el sofá.

—Exacto. Tenían la costumbre de enviarlo en ese barco a recorrer ciertas costas para ver... qué se veía. Nada más. Y a veces contaba con la ayuda de cierta información preliminar y a veces no. Y la verdad es que daba igual. La información era tan útil como transmitir la ubicación y las intenciones de una nube, de un fantasma que se materializa aquí y allá y que es imposible de atrapar.

»Ocurrió a comienzos de la guerra. Al comandante le asombraba al principio el rostro inmutable de las aguas, con su expresión familiar, ni más amigable ni más hostil que antes. Los días de buen tiempo, el sol saca chispas sobre el azul; aquí y allá se eleva a lo lejos una mancha pacífica de humo, y es imposible creer que el consabido horizonte diáfano traza el límite de una gran emboscada circular.

»Sí, es imposible creerlo, hasta que un día se ve un barco que no es el propio (eso no es tan impresionante), sino un barco acompañante que de pronto estalla y se hunde sin que se sepa qué ha sucedido. Entonces se empieza a creer. En adelante uno se empeña en ver... lo que puede verse, y sigue haciéndolo convencido de que un buen día morirá a causa de algo que no ha visto. Uno envidia a los soldados que, al final de la jornada, se limpian el sudor y la sangre de la cara, cuentan los caídos en batalla, miran los campos devastados, la tierra desgarrada que parece sufrir y sangrar con ellos. Uno envidia eso. La brutalidad final; la experiencia de la pasión primitiva; la franqueza feroz del golpe que se da con la mano; la llamada directa y la respuesta inmediata. En fin, el mar no ofrece nada de eso, y parece hacer como si no pasara nada en el mundo:

Ella lo interrumpió, moviéndose un poco:

—Sí, sí. Sinceridad, franqueza, pasión: tres palabras de tus evangelios. ¡Si las conoceré!

—¡Piensa! ¿No son los nuestros, no creemos los dos en ellos? —preguntó él, inquieto, aunque sin esperar respuesta, y prosiguió de inmediato—: Aquellos eran los sentimientos del comandante. Cuando la noche llegó a rastras por el mar, ocultando lo que parecía la hipocresía de un viejo amigo, fue un alivio. La noche nos ciega francamente, y en determinadas circunstancias la luz del sol puede volverse más odiosa que la falsedad misma. La noche es buena.

»Por la noche el comandante dejaba vagar sus pensamientos... no te diré adónde... A algún lugar en el que la única elección es la verdad o la muerte. Pero el mal tiempo, aunque era cegador, no aportaba el menor alivio. La bruma engaña, la luminosidad muerta de la niebla irrita. Da la impresión de que uno *debería* ver.

»Un día espantoso, el barco hacía su recorrido cerca de una costa peligrosa y llena de rocas que se recortaba de un negro intenso contra el horizonte, como un dibujo en tinta china sobre papel gris. Entonces el segundo oficial habló a su superior. Creía haber divisado algo en el agua, hacia mar adentro. Tal vez restos de un pequeño naufragio.

»"Y, sin embargo, no debería haber restos de ningún naufragio en esta zona, señor", observó.

»"No", dijo el comandante. "Los últimos barcos atacados por submarinos de los que se tiene noticia se hundieron muy lejos, al oeste. Pero nunca se sabe. Puede que desde entonces haya habido otros que nadie ha avistado ni ha tenido en cuenta. Desaparecidos con toda su tripulación".

»Así empezó el asunto. Modificaron el curso del barco para pasar cerca del objeto, porque era necesario echarle una buena ojeada a todo lo que pudiese verse. Cerca, pero sin tocarlo, porque era desaconsejable entrar en contacto con cualquier objeto que se encontrase flotando a la deriva. Cerca, pero sin detenerse ni disminuir siquiera la velocidad, porque en momentos como aquel no era prudente demorarse en un lugar determinado ni siquiera un instante. Te diré para empezar que el objeto no era peligroso en sí mismo. De nada serviría describirlo. Tal vez no fuese algo más notable que, digamos, un barril de cierta forma y color. Pero se trataba de algo significativo.

»La suave ola de la proa lo levantó como para que lo pudieran examinar más de cerca, y a continuación el barco, que retomó su curso, le dio la espalda con indiferencia, mientras veinte pares de ojos oteaban en todas direcciones procurando ver... lo que pudieran ver.

»El comandante y su segundo de a bordo hablaron sobre el objeto con conocimiento de causa. Les pareció que era una prueba, no tanto de la sagacidad, como de la actividad de ciertos neutrales. En muchos casos esa actividad se había manifestado al reabastecer en mar abierto las bodegas de ciertos submarinos. Eso se creía en general, aunque no se sabía con certeza. Pero, en aquellos primeros días, las circunstancias apuntaban en ese sentido. El objeto, al que miraron de cerca y abandonaron con clara indiferencia, no dejaba ninguna duda acerca de que se había realizado algo así en las inmediaciones.

»El objeto en sí era más que sospechoso. Pero el hecho de que lo dejasen abandonado despertaba sospechas adicionales. ¿No sería el resultado de algún propósito profundo y endiablado? En ese punto todas las especulaciones eran vanas. Al final los dos oficiales llegaron a la conclusión de que, con toda probabilidad, lo habían dejado allí por accidente, en circunstancias que quizá se habían complicado por necesidades imprevistas; como ser, tal vez, la de huir aprisa de aquel lugar, o algo similar.

»Habían hablado en frases secas y tensas, separadas por largos y pensativos silencios. Y todo el tiempo sus ojos se paseaban por el horizonte en un esfuerzo perpetuo, casi mecánico, de vigilancia. El más joven de los dos hombres resumió sombríamente:

»"Bueno, constituye una prueba. Sí. Una prueba de algo que antes casi teníamos por seguro. Y además es evidente".

»"¡Pero saberlo no nos va a servir de mucho!", respondió el comandante. "Nuestros refuerzos se encuentran a millas de distancia; el submarino, solo el diablo sabe dónde, está listo para matar; y los nobles neutrales se escapan hacia el este, ¡listos para mentir!".

»El segundo se rio un poco del tono. Pero sospechaba que los neutrales no tendrían que mentir mucho. Los individuos así, a menos que los atraparan con las manos en la masa, se sentían muy seguros. Podían permitirse una risotada. Aquel individuo probablemente riera para sí mismo. Es muy posible que hubiese jugado a ese juego antes y que le importaran un bledo las pruebas que había dejado a su paso. En ese juego, uno se envalentonaba con la práctica y así obtenía el éxito.

»Y de nuevo rio un poco. Pero su comandante se rebelaba contra el sigilo asesino de ciertos métodos, así como contra la insensibilidad atroz de ciertas complicidades, que parecían manchar la fuente misma de las emociones más hondas y las actividades más nobles de los hombres; que parecían corromper la imaginación que sostiene las concepciones últimas de la vida y la muerte. Sufría...

Desde el sofá la voz interrumpió al narrador:

—Entiendo muy bien esa reacción suya.

Él se inclinó un poco hacia delante.

—Sí, yo también. En el amor y en la guerra todo debería estar a la vista. Bien a la vista, porque las dos cosas son la llamada de un ideal que es muy fácil degradar, pero muy fácil, en nombre de la victoria.

Hizo una pausa; luego continuó:

—No creo que el comandante explorara tanto sus sentimientos. Pero sí sufría una especie de tristeza desencantada. Es posible, incluso, que sospechara que estaba cometiendo una locura. Hay muchos tipos de hombres. Pero él no tenía tiempo para la introspección, porque un muro de niebla se acercaba hacia el barco desde el sudeste. Lo sobrevolaron grandes circunvoluciones de vapor, que se arremolinaron en torno a los mástiles y la chimenea, los cuales parecían a punto de derretirse. Luego desaparecieron.

»El barco se detuvo, cesaron los ruidos y hasta la niebla quedó quieta, cada vez más densa y como sólida por efecto de su muda y asombrosa inmovilidad. En sus puestos, los hombres se perdieron de vista unos a otros. Las pisadas sonaban sigilosas; unas pocas voces, impersonales y remotas, se extinguían sin resonar. Una quietud blanca y ciega se apoderó del mundo.

»Para colmo, se hubiera dicho que la situación iba a durar días. No era que la niebla no variase un poco en su densidad. Cada tanto se aclaraba misteriosamente, revelando a los hombres una imagen más o menos fantasmagórica de su barco. Varias veces la sombra de la costa misma flotó oscuramente ante sus ojos entre el impenetrable brillo fluctuante de la enorme nube blanca que se adhería al agua.

»Aprovechando esos momentos, el barco fue acercándose con cautela a la orilla. De nada servía permanecer en mar abierto en un clima así. En aquella zona, los oficiales conocían hasta el último recodo de la costa. Pensaron que la nave estaría mucho mejor en cierta ensenada. No era un sitio muy grande, pero había suficiente espacio para anclar. Hasta que se levantara la niebla, la nave estaría allí más segura.

»Fueron acercándose poco a poco, con cautela y paciencia infinitas, sin ver más que una masa oscura y evanescente de acantilados, con una franja de espuma agitada a sus pies. Cuando anclaron, la niebla era tan densa que habrían podido encontrarse a mil millas mar adentro. No obstante, se sentía el amparo de la tierra. La quietud del aire tenía algo particular. El chapotear de las olas contra la tierra que los rodeaba, muy débil y elusivo, llegaba a sus oídos con pausas repentinas y misteriosas.

»Cayó el ancla, subieron las sondas. El comandante bajó a su camarote. Pero al poco tiempo una voz solicitó desde la

puerta su presencia en cubierta. Pensó: "¿Qué pasa ahora?". Lo
irritaba que de nuevo lo llamaran para que se ocupase de aquella fatigosa niebla.

»Descubrió que había vuelto a aclarar un poco y que la
niebla reflejaba el matiz lúgubre de los acantilados oscuros,
que no tenían silueta ni forma, pero que se imponían como
un telón de sombras en torno al barco salvo en un punto brillante, donde entraba el mar. Varios oficiales miraban en esa
dirección desde el puente. El segundo de a bordo salió a su encuentro y le susurró entrecortadamente que había otro barco
en la ensenada.

»Varios pares de ojos lo habían avistado hacía solo un par
de minutos. Estaba anclado muy cerca de la salida: una mancha vaga en el resplandor de la niebla. Y cuando el comandante miró en la dirección que le señalaban unas manos ansiosas
acabó distinguiéndolo él mismo. No cabía duda de que se trataba de un barco.

»"Es asombroso que no nos lo hayamos llevado por delante cuando entramos", observó el segundo de a bordo.

»"Envíe un bote a bordo antes de que desaparezca", dijo el
comandante. Sospechaba que se trataba de un buque costero.
Difícilmente podía ser otra cosa. Pero de pronto tuvo otro
pensamiento. "Es curioso", le dijo al segundo de a bordo, que
se había unido a él tras dar al bote órdenes de partir.

»Los dos hombres estaban sorprendidos de que el barco
que habían descubierto tan de repente no hubiese declarado su
presencia haciendo sonar la campana.

»"Hemos entrado sin hacer nada de ruido, es cierto", concluyó el oficial más joven. "Pero deben de haber oído a los que
manejaban las sondas. No podemos haber pasado a más de
cincuenta yardas. ¡Casi rozándolos! Tal vez nos hayan avistado,
si es que tenían conciencia de que algo se acercaba. Y lo extra-

ño es que no oímos ni un ruido a bordo de la nave. La tripulación debe de haber contenido la respiración".

»"Sí", dijo el comandante, pensativo.

»A su debido tiempo, volvió el bote de abordaje, que apareció de pronto al lado del barco como si hubiese abierto un túnel en la niebla. El oficial que iba al mando subió a presentar su informe, pero el comandante no le dio tiempo. Gritó desde lejos:

»"Buque costero, ¿verdad?".

»"No, señor. Un extranjero, un neutral", fue la respuesta.

»"¡Qué extraño! Bueno, cuéntenos. ¿Qué hace en esta zona?".

»El joven oficial declaró que le habían contado una historia larga y enrevesada sobre motores rotos. Desde un punto de vista estrictamente profesional era bastante plausible y tenía los componentes habituales: avería, deriva peligrosa cerca de la costa, clima más o menos cargado durante días, miedo de una tormenta, por último la decisión de anclar en cualquier parte de la costa, etc. Bastante plausible.

»"¿Los motores siguen averiados?", inquirió el comandante.

»"No, señor. Tiene vapor".

»El comandante se apartó para hablar con el segundo de a bordo. "¡Por Júpiter!", dijo. "¡Tenía usted razón! Contuvieron el aliento cuando pasamos a su lado. Está claro".

»Pero ahora el segundo tenía dudas.

»"Una niebla como esta amortigua los ruidos, señor", observó. "¿Y con qué objeto lo harían, después de todo?".

»"Para irse sin que nos enteráramos", respondió el comandante.

»"¿Y por qué no se han ido? Han podido. Quizá no exactamente sin que nos enteráramos. No creo que hubieran podido levar el ancla sin hacer ruido. Aun así, en un minuto o dos se habrían perdido de vista antes de que lo viéramos bien. Pero no lo han hecho".

»Los dos hombres se miraron. El comandante negó con la cabeza. No era fácil defender sospechas como la que se le había metido en la cabeza. Ni siquiera lo había afirmado abiertamente. El oficial de abordaje terminó su informe. El cargamento del barco era de carácter inofensivo y provechoso. Iba rumbo a un puerto inglés. Los papeles y todo lo demás estaban perfectamente en regla. Nada sospechoso en ninguna parte.

»En cuanto a los hombres, informó de que la tripulación era normal. Maquinistas típicos, orgullosos de haber reparado los motores. El segundo oficial era hosco. El capitán, un perfecto espécimen de escandinavo, era bastante amable, pero al parecer estaba algo bebido. Era como si estuviese recuperándose de una buena juerga.

»"Le dije que no le podía dar permiso para continuar viaje. Dijo que en un clima como este no se atrevería a mover su barco el largo de su propia eslora, con mi permiso o sin él. De todas formas, dejé un hombre a bordo".

»"Bien hecho".

»Tras meditar un rato sobre sus sospechas, el comandante se llevó al segundo de a bordo aparte.

»"¿Qué pasaría si fuese el barco que ha estado abasteciendo a alguno de esos submarinos infernales?", dijo en voz baja.

»El otro se sobresaltó. Luego, con convicción, respondió:

»"Se saldría con la suya. Es imposible demostrarlo, señor".

»"Quiero asegurarme yo mismo".

»"Por el informe que acaban de darnos me temo que no tiene argumentos ni para sospecharlo, señor".

»"Iré a bordo de todos modos".

»Estaba decidido. La curiosidad es el gran motor del odio y del amor. ¿Qué esperaba encontrar? No habría podido confesárselo a nadie, ni siquiera a sí mismo.

»Lo que esperaba encontrar era la atmósfera, la atmósfera de traición gratuita, que a su juicio nada justifica; porque creía que ni siquiera la pasión de hacer el mal por el mal mismo justificaba eso. Pero ¿podría detectarla? ¿Olerla? ¿Saborearla? ¿Captar alguna señal misteriosa que convirtiera sus invencibles sospechas en una certeza lo bastante irrebatible como para pasar a la acción, con todos sus riesgos?

»El capitán lo recibió en la cubierta de popa, su figura recortada en la niebla contra los habituales elementos de un barco. Era un escandinavo robusto, barbudo y en la flor de la edad. Una gorra de cuero redonda le apretaba la cabeza. Tenía las manos metidas bien hondo en los bolsillos de su corta chaqueta de cuero. Las mantuvo allí mientras explicaba que, en mar abierto, él vivía en la sala de los mapas, y, caminando despreocupado, lo condujo hacia ella. Antes de llegar a la puerta, que estaba debajo del puente, se tambaleó un poco, recobró el equilibrio y la abrió de par en par. Después se hizo a un lado, apoyó el hombro, como involuntariamente, contra el costado del alcázar y se quedó un momento mirando el espacio lleno de niebla. Pero enseguida entró tras el comandante, cerró la puerta, encendió la luz eléctrica y se apresuró a meterse las manos en los bolsillos, como si tuviese miedo de que estas lo aferraran, de manera amigable u hostil.

»La sala era calurosa y estaba mal ventilada. La repisa de los mapas estaba atestada, y sobre la mesa había un mapa que se mantenía extendido gracias a un plato medio lleno de un líquido negro con una taza vacía encima. Sobre el estuche del cronómetro reposaba una galleta algo mordisqueada. Había dos canapés, y uno hacía las veces de cama con una almohada y unas mantas muy desordenadas. El escandinavo se dejó caer en uno de ellos sin sacarse las manos de los bolsillos.

»"Bueno, aquí estoy", dijo con el aspecto curioso de alguien sorprendido por el sonido de su propia voz.

»Desde el otro canapé, el comandante observó la cara apuesta y roja del escandinavo. Gotas de niebla colgaban de su barba y sus bigotes. Las cejas, mucho más oscuras, se unieron en una mueca de desconcierto, y el hombre se puso en pie de un salto.

»"Lo que quiero decir es que no sé dónde estoy. De verdad que no", dijo de pronto con suma seriedad. "¡Maldita sea! No sé cómo, pero me he perdido. La niebla me persigue desde hace una semana. Más de una semana. Y después se rompieron los motores. Le voy a contar cómo sucedió todo".

»De pronto se puso muy locuaz. No se apresuraba al hablar, pero lo hacía con insistencia. Sin embargo, no hablaba continuamente. Hacía pausas muy extrañas y pensativas. Cada una de ellas duraba apenas un par de segundos y cada una tenía la profundidad de una meditación interminable. Cuando retomaba su discurso, nada en él acusaba la menor conciencia de aquellos intervalos. Mantenía la misma mirada fija, la misma seriedad inmutable en el tono. Él no se daba cuenta. De hecho, más de una de aquellas pausas ocurrió en mitad de una oración.

»El comandante escuchó el relato. Le pareció más plausible de lo que suele serlo la simple verdad. Pero quizá fuese un prejuicio suyo. Mientras hablaba el escandinavo, el comandante tomó conciencia de una voz interior, un murmullo grave y oculto en el fondo de su ser, que le contaba otro relato, como si lo hiciera a propósito para mantener vivas en él la ira y la indignación mediante la bajeza de la codicia o de la perspectiva que a menudo subyace a las ideas simples.

»Era la misma historia que le habían contado al oficial que los había abordado cerca de una hora antes. Cada tanto el comandante asentía ante el escandinavo. Este terminó de hablar y desvió la mirada. Agregó, como si fuera algo que se le había ocurrido en ese momento:

»"¿No es como para volverse loco de preocupación? Y para colmo es mi primera travesía en esta zona. Y el barco me pertenece. Su oficial vio los documentos. No es gran cosa, como se dará cuenta. Un viejo barco de carga. Mi familia vive con lo justo".

»Levantó su gran brazo para señalar una fila de fotografías que empapelaban el mamparo. El movimiento fue pesado, como si el brazo estuviese hecho de plomo. El comandante dijo despreocupadamente:

»"Va a ganar una fortuna para su familia con este viejo barco".

»"Sí, si no lo pierdo", dijo el escandinavo sombríamente.

»"Quiero decir con la guerra", agregó el comandante.

»El escandinavo lo observó con una mirada curiosamente perdida y al mismo tiempo interesada, como solo pueden hacerlo los ojos de cierto matiz de azul.

»"Y usted no se va a enfadar por eso, ¿no?", dijo. "Usted es un caballero. Nosotros no les hemos causado esto a ustedes. Y no vamos a ponernos a llorar sobre la leche derramada. ¿De qué serviría? Que lloren los que causan los problemas", concluyó con energía. "El tiempo es dinero, dice usted. En fin... *este* tiempo *es* dinero. ¿O no es así".

»El comandante trató de contener una sensación de inmenso disgusto. Pensó que era poco razonable. Así eran los hombres: caníbales morales que se alimentan de las desdichas de los demás. Dijo en voz alta:

»"Usted ha dejado bien claro por qué está aquí. El cuaderno de bitácora confirma detalladamente sus palabras. Por supuesto, un cuaderno de bitácora puede falsificarse. Nada más fácil".

»El escandinavo no movió un músculo. Contemplaba el suelo; parecía no haber oído nada. Al cabo de un rato levantó la cabeza.

»"Pero usted no puede sospechar nada de mí", murmuró con negligencia.

»El comandante pensó: "¿Por qué dice eso?".

»Inmediatamente el hombre que tenía delante agregó: "Mi cargamento está destinado a un puerto inglés".

»Por un momento su voz se había puesto ronca. El comandante reflexionó para sí: "Es cierto. No hay nada. No puedo sospechar de él. Y sin embargo, ¿por qué tenía las calderas encendidas con esta niebla? Y además, ¿por qué no dio señales de vida? ¿Por qué? ¿Qué otra cosa podría ser sino remordimientos de conciencia? Por los operadores de las sondas se dio cuenta de que el nuestro era un buque de guerra".

»"Sí, ¿por qué?", continuó pensando el comandante. "Supongamos que le pregunto y lo miro a la cara. De alguna manera se delatará. Está clarísimo que ha estado bebiendo. Sí, ha estado bebiendo; pero aun así tendrá una mentira preparada". El comandante se contaba entre los hombres que se sienten moral y casi físicamente incómodos ante la sola idea de tener que exponer una mentira. Huía de aquello con desdén y disgusto, reacciones invencibles por ser más temperamentales que morales.

»De manera que, en vez de preguntar, salió a cubierta y pidió que convocaran formalmente a los tripulantes para una inspección. Los encontró muy parecidos a lo que cabía suponer por el informe del oficial de abordaje. Y en las respuestas que dieron a sus preguntas no descubrió inconsistencias con respecto a la historia del cuaderno de bitácora.

»Los dejó ir. La impresión que le causaron fue: un grupo selecto; les habían prometido un buen puñado de dinero si el asunto funcionaba; todos un poco ansiosos, pero no asustados.

Era harto improbable que ninguno de ellos revelara el engaño. No sienten que peligran sus vidas. ¡Conocen demasiado bien Inglaterra y los modales ingleses!

»Se alarmó al sorprenderse pensando como si sus vagas sospechas se hubieran convertido en certezas. Pues, en efecto, no había la menor razón para inferir nada de aquello. No había nada que revelar.

»Regresó a la sala de mapas. El escandinavo se había quedado allí; y una sutil diferencia en su actitud, más audaz en su mirada azul y vidriosa, lo llevó a pensar que el individuo había aprovechado la oportunidad para beber otro trago de la botella que debía de tener escondida.

»Notó, además, que, al cruzar la mirada con él, el escandinavo adoptaba una elaborada expresión de sorpresa. Al menos parecía elaborada. No podía fiarse de nada. Y el inglés sintió con asombrosa convicción que se enfrentaba a una mentira enorme, sólida como un muro, imposible de rodear para llegar a la verdad, una mentira cuyo horrible rostro asesino parecía asomarse para mirarlo con una sonrisa cínica.

»"Me atrevo a decir", empezó de pronto, "que a usted le intriga mi proceder, aunque no lo estoy retrasando, ¿no? Usted no se atrevería a moverse con esta niebla, ¿no es cierto?".

»"No sé dónde estoy", espetó el escandinavo con fervor. "De verdad que no".

»Miró a su alrededor como si hasta el mobiliario de la sala le resultara extraño. El comandante le preguntó si no había visto objetos extraños flotando en mar abierto.

»"¡Objetos! ¿Qué objetos? Anduvimos a tientas entre la niebla durante días".

»"Nosotros tuvimos unos cuantos intervalos despejados", dijo el comandante. "Y le voy a decir lo que hemos visto y la conclusión a la que he llegado al respecto".

»Se lo contó en pocas palabras. Oyó el sonido de su inspiración repentina a través de los dientes cerrados. Con la mano apoyada en la mesa, el escandinavo permanecía de pie absolutamente inmóvil y callado. Parecía estupefacto. Después esbozó una sonrisa tonta.

»O al menos eso le pareció al comandante. ¿Era eso significativo o no tenía la menor importancia? No lo sabía, no tenía medio de saberlo. Toda la verdad del mundo había desaparecido, absorbida por la monstruosa vileza de la que era culpable —o no— aquel hombre.

»"El fusilamiento es un castigo demasiado bueno para quienes conciben la neutralidad de una manera tan conveniente", observó el comandante al cabo de una pausa.

»"Sí, sí, sí", asintió el escandinavo apresuradamente; después agregó con voz inesperada y soñadora: "Tal vez".

»¿Fingía estar ebrio o solo trataba de parecer sobrio? Su mirada era recta, pero de alguna manera vidriosa. Sus labios se delineaban con firmeza bajo su bigote amarillo. Pero se crispaban. ¿Se crispaban? ¿Y a qué venía aquella actitud suya de desánimo?

»"Nada de tal vez", pronunció severamente el comandante.

»El escandinavo se había enderezado. E inesperadamente también cobró un aspecto severo.

»"No. Pero ¿qué hay de los que tientan a los demás? Mejor matarlos también a esos. Hay unos cuatro, cinco, seis millones", dijo sombríamente; pero al momento siguiente empleó un tono quejumbroso. "Pero más vale que me calle. Usted tiene sospechas".

»"No, no tengo sospechas", declaró el comandante.

»No vaciló. En ese momento tuvo la certeza. El aire de la sala de mapas estaba enrarecido por una culpa y una falsedad que desafiaban el descubrimiento, la simple rectitud, la decencia común, todo sentimiento de humanidad, cada escrúpulo de conducta.

»El escandinavo inspiró hondo. "Bueno, sabemos que ustedes los ingleses son caballeros. Pero digamos la verdad. ¿Por qué habríamos de quererlos tanto? No han hecho nada para que los quieran. Desde luego, no queremos a los otros. Tampoco se lo han ganado. Ahora, viene un tipo con una bolsa de oro... No en vano estuve en Róterdam en mi último viaje".

»"En ese caso, tal vez pueda contarles algo interesante a los nuestros cuando nos acompañe a puerto", interpuso el comandante.

»"Puede que sí. Pero ustedes pagan a cierta gente de Róterdam. Que hagan los informes ellos. Yo soy neutral, ¿no? ¿Alguna vez ha visto a un pobre de un lado y una bolsa de oro del otro? Por supuesto, a mí no podían tentarme. No tengo el valor para hacerlo. De verdad que no lo tengo. Y no me importa. Yo solo se lo digo abiertamente por una vez".

»"Sí. Y yo lo escucho", dijo el comandante a media voz.

»El escandinavo se inclinó hacia delante sobre la mesa. "Sabiendo que usted no tiene sospechas, hablo. Usted no sabe lo que es ser pobre. Yo sí. Yo mismo lo soy. Este viejo barco no es gran cosa y además está hipotecado. Se vive con lo justo, nada más. Por supuesto, no me atrevería. ¡Pero habrá alguno que sí! Mire. Las cosas que ese otro deja subir a bordo se parecen a cualquier cargamento: paquetes, toneles, latas, tubos de cobre y qué sé yo. El tipo no ve el proceso. Para él no es real. Pero ve el oro. Eso es real. Por supuesto, nada me convencería. Padezco una enfermedad interna. Me volvería loco de los nervios o... o... me dedicaría a la bebida. El riesgo es demasiado alto. En fin, ¡la ruina!".

»"Debería ser la muerte". El comandante se puso de pie tras hacer esa brusca declaración, que el otro recibió con una mirada dura, acompañada extrañamente de una sonrisa incierta. Al comandante se le cerró la garganta ante la atmósfera de complicidad asesina que lo rodeaba allí dentro, más densa, más impenetrable, más acre que la niebla de afuera.

»"A mí no me concierne", murmuró el escandinavo, tambaleándose visiblemente.

»"Claro que no", asintió el comandante, haciendo un gran esfuerzo para mantener la voz calmada y baja. La certeza era fuerte. "Pero voy a librar esta costa de todos ustedes de inmediato. Y voy a empezar por usted. Debe zarpar en media hora".

»Cuando dijo esas palabras, el oficial caminaba ya en cubierta al lado del escandinavo.

»"¡Cómo! ¿Con esta niebla?", protestó el otro con voz ronca.

»"Sí, partirá con esta niebla".

»"Pero no sé dónde estoy. De verdad que no".

»El comandante se volvió hacia él. Una especie de furia se apoderó de él. Los ojos de los dos hombres se encontraron. Los del escandinavo expresaban un profundo asombro.

»"Así que no sabe cómo salir". El comandante habló con calma, pero su corazón palpitaba con ira y terror. "Le voy a indicar el rumbo. Navegue hacia el sureste unas cuatro millas y tendrá el camino libre para girar hacia el este rumbo a su puerto. El clima se despejará en poco tiempo".

»"¿Debo hacerlo? ¿Y por qué habría de hacerlo? No me atrevo".

»"Y sin embargo debe hacerlo. A menos que quiera...".

»"No, no quiero", jadeó el escandinavo. "Ya he tenido suficiente".

»El comandante pasó al otro lado de la borda. El escandinavo se quedó quieto en cubierta como si hubiese echado raíces. Antes de que el bote del comandante llegara a su barco, oyó que el vapor empezaba a levar anclas. Después, oscuro entre la niebla, partió en el rumbo indicado.

»"Sí", les dijo a sus oficiales. "Lo he dejado ir"».

El narrador se inclinó hacia delante en el sofá, en el que ningún movimiento delataba la presencia de una persona viva.

—Escucha —dijo él con vehemencia—. Aquel rumbo condujo al escandinavo a un escollo letal. Y el comandante le dio ese rumbo. El vapor salió, dio con el escollo y se fue a pique. Es decir que el hombre había dicho la verdad. No sabía dónde estaba. Pero eso no prueba nada. Ni en un sentido ni en el otro. Tal vez era el único dato verdadero de toda su historia. Y sin embargo... Pareció dejar que lo expulsase una simple mirada amenazante; nada más.

Dejó de fingir por completo.

—Sí, yo le indiqué el rumbo. Me pareció una forma insuperable de ponerlo a prueba. Creo... no, no creo. No lo sé. En aquel momento estaba seguro. Todos se fueron a pique; y no sé si impartí una pena merecida o si cometí un asesinato; si agregué a los cadáveres sembrados en el lecho del mar cuerpos de hombres totalmente inocentes o vilmente culpables. No lo sé. Nunca lo sabré.

Se levantó. La mujer del sofá se puso de pie y le echó los brazos al cuello. Sus ojos eran dos destellos en la honda penumbra de la sala. Conocía la pasión de él por la verdad, su horror del engaño, su humanidad.

—Oh, mi pobre, pobre...

—Nunca lo sabré —repitió él severamente, se soltó, apretó las manos de la mujer contra sus labios y salió.